KB125930

*The Dawn, Revolution, and Destiny of Korea*

시놉시스(Synopsis) - 여명의 강가에 해가 뜬다.

시간은 쉼 없이, 강물처럼 흐른다. 역사는 그 위에 거품을 머금은 부유물로 떠올라 맴돌며 흘러가고, 때로는 침전물이 되어 가라앉는다. 그리고 바닥에 묻혀 사라지고 잊혀진다. 어떤 때는 화사한 연꽃처럼 피어오르다가도, 어떤 때는 혼탁한 찌꺼기와 냄새나는 쓰레기로 둥둥 떠내려 간다. 그 역사의 강물 속에서 누군가 젖은 물살을 후두둑 헤치고 빠져나온다. 새벽 한기에 소스라치듯 부르르 떨며 물기를 털어내더니 어슬렁어슬렁 강가에 쪼그리고 앉는다. 푸른 여명의 빛이 서서히 그 누군가의 젖은 몸을 휘감는다. 따스한 아침 햇살에 한숨 돌리며 그 누군가는 자신이 떠내려가던 그 시간을 거슬러 바라본다. 그때 누구의 인생도 잦아들며 잠시 멈추어 선다. 그리고 생각한다. 누가 방금 전까지 속해 있었던 날렵한 물살들의 거친 향연과 각축장을. 그들은 지금 다 어디 있는가? 서로를 헤집고 암초에 부딪히며 먼저 내려가고자 어깨를 밀치고 속살을 다 드러내던 그 참혹한 경연들은 역사의 부유물들에 가려 더 이상 보이지 않는다. 여전히 있을 그들이 누군가의 시야에서 사라진 것이다. 그러나 누군가 자세히, 뚫어지게 들여다보면, 보인다. 아니 들린다. 강물 아래서 재잘대며 노래하고 포효하며 소리치는 온갖 향락과 비명과 신음 소리들이... 애절하게 때로는 오싹하게, 그리고 때로는 비장하게. 부서지고 깎여나간 모래와 자갈들의 부딪혀 우는 소리가 강바닥에 가라앉아 혁명의 노래가 된다. 요란한 군화 소리와 말발굽 소리가 광야에 길을 낸다. 누군가의 노래는 그렇게 아픈 핏소리가 되어 역사의 강바닥을 엉금엉금 기어간다. 그 소리들이 응집되어 피와 눈물로 뚝뚝 떨어지지만 곧 희석되어 형체도 없이 사라지고, 누군가의 역사가 된다. 오랜 기다림 후에 때가 차면 그 아픈 소리들은 붉은 석양빛 아래 눈부시게 떠올라 황금빛 비늘처럼 반사된다. 그리고 불꽃과 함성이 햇살 먹은 거품이 되어 일어난다. 부활체처럼 투명하게 빛을 내며 유유히 흘러 대양으로 들어간다. 그때 누군가 그 웅장한 마지막 자태를 드러낸다. 벌떡 일어선다. 길게 드리운 그림자와 긴 한숨... 운명이다. 여상하게 중얼거린다. 해 아래 새 것이 없다고. 그리고 다시 물 속으로 뛰어든다. 해가 진다. 한숨도 잦아든다. 깊고 푸른 흑암 또 암흑, 흐느낌, 적막 그리고 멀리서 다가오는 작은 촛불들의 향연... 어둠은 여명을 다시 잉태한다.

# 여명과 혁명, 그리고 운명

구례선과 리동휘, 그리고 손정도

정진호 지음

울독

구례선과 리동휘, 그리고 손정도

민족의 독립과 하나됨의 소망을 위해

자신과 가족의 삶을 드려 희생한

모든 독립운동가와 통일운동가들께

이 책을 바칩니다.

# 목차

하권

## 일러두기

1. 이 책에 나오는 임정 초대 국무총리 리동휘 장군의 생애는 역사적 사실에 근거하여 소설로 재구성한 것입니다.

2. 리동휘 선생 연구의 권위자이신 한국외국어대학교 사학과 반병률 교수님께서 정독 후 조언을 주셨으며, 기독교 근현대사에 관련된 부분은 숙명여대 역사학과 명예교수이신 이만열 교수님과 한동대학교의 역사학자 류대영 교수님의 부분적 조언을 거쳤습니다.

3. 역사와 력사를 함께 아우르기 위해 지문에서는 남쪽에서 사용하는 두음법칙을 따라 '역사체'로 기술하였고, 대사는 그 당시 실제로 쓰이던 발음 그대로 북쪽식의 '력사체'로 기술하였음을 밝힙니다.

4. 소설에 등장하는 광범위한 지역의 방언들로 인해 독자들의 이해도가 떨어지는 것을 막기 위해 지방 방언은 그 지역 사람들 또는 가족들과의 친밀한 대화에 부분적으로 사용하였으며, 대부분의 경우는 표준어를 사용하여 가독성을 높이고자 했습니다.

5. 독닙협회에서 발행했던 "독닙신문"과 상해임시정부 기관지 "독립신문"을 구분하기 위해 그 시대에 쓰여진 철자대로 표기했습니다.

6. 외래어는 발음 그대로 표기하는 것을 원칙으로 하되, 그 당시 구어체에서 쓰이던 장개석, 모택동 및 상해 임정, 연길, 룡정과 같이 고유명사로 굳어진 경우는 예외로 하였습니다.

7. 대하 장편소설에 등장하는 수많은 인물들을 쉽게 찾아보아 독자들의 내용 이해를 돕고자, 〈개화기 및 일제시대 주요 등장인물의 출생지별 도표〉와 〈활동 배경 지도〉및 〈출생일순 등장인물 주요활동 색인표(하권)〉를 부록에 첨부하였습니다.

8. 보수와 진보 진영의 양극화의 담을 허물기 위해 좌우 양 진영을 아우르는 엄선된 인사로부터 추천사를 받아 상·하권에 각각 배치하였습니다.

# 여는 글

.

.

.

.

## (1)

이 책은?

소설이다.
역사 소설이다.
력사 소설이기도 하다.
미래를 겨냥한 화살이다.

섬처럼 가로막힌 분단의 땅에 태어나, 전 세계를 쏘다니며 들개처럼 살았다. 대학 초년생, 나는 학생 식당에서 도시락을 먹고 있었다. 내 앞에는 인생의 고뇌를 질겅질겅 씹고 있던 어두운 그림자의 교련복이 앉아 있었다. 분단 이데올로기의 상징, 그 교련복이 갑자기 용수철처럼 식탁 위로 튀어 올랐다. 그리고 교련복 상의를 벗어젖혔다. 순간 그의 몸은 태극기로 칭칭 감겨 있었고 절규에 가까운 함성과 구호가 터져나왔다. 갑자기 거인이 되어 버린 교련복을 놀라운 시선으로 쳐다보고 있을 때, 주변에서 쏜살같이 짭새들이 달려들었다. 그는 개처럼 질질 끌려 닭장차에 실려 사라졌다. 그리고 식당 안에는 다시 침묵이 찾아왔다. 그렇게 내 대학 생활은 시작되었다.

10·26과 5·18 그리고 광주의 함성과 총격은 충격이었다. 다음 날, 술 권하는 사회의 유약한 지성들은 모여서 불안감과 분노로 밤을 세워 폭음하였고, 나는 병원에 실려가 1주일간 입원했다. 그날 5월 20일은 내 생일이었다. 최루탄의 꼬리를 좇아 몰고 몰리는 달음박질, 이유도 모르고 나는 뛰었다. 나는 운동권 친구들을 피해 밤을 태우는 담배 연기 속에서 문학도를 꿈꾸었다. 진리를 찾고 싶었다. 불경과 도덕경과 라즈니쉬와 실존주의 문학과 철학에 깊이 빠져 현실 도피적 삶을 살았다.
다시 현실로 돌아왔다. 숱한 여자들이 있었지만 마지막에 교회 반주자와 결혼했다. 그것이 내 운명이었다. 보스턴에서 서른 살의 나이에 늦깎이 신앙인이 되었다. 개화기 대다수 독립운동가가 그랬듯이 기독교 신앙은 나에게 민족에 대한 새로운 시각을 불어넣었다. 유학생 수양회에서 만난 몇몇 인생 선배들에 의해 나는 독립운동의 본거지 북간도 만주 땅으로 내 인생의 발걸음을 옮기는 결단을 했다. "청년들이여, 장차 다가올 영적 삼국 통일을 준비하라" 그것이 그 수양회에서 내가 들었던 마지막 메시지였다. 그리고 나는 독립운동가의 인생을 선택했다.

아, 조선족! 그들을 독립운동가의 후예들이라 여기며 품고 가르쳤던 연변과기대에서의 10여 년, 통일의 길을 닦겠다고 평양과기대를 세우고 북쪽 학생들을 품고 달려갔던 15년, 전 세계의 디아스포라 한인과 청년들에게 남과 북, 디아스포라가 하나 되는 3국 통일의 꿈을 나누었다.

역사와 력사의 경계에 서서

누구도 믿어주지 않았던 프로젝트, 평양에 대학을 세우는 그 일을 비전으로 외치며 전 세계를 다녔다. 그리고 마침내 믿음은 현실이 되어 실상으로 나타났다. 그 시절, 꿈이 있어서 나는 행복했다. 주변의 숱한 반대에도 불구하고 나는 아내와 어린 아이들을 이끌고 다니며 연변과 평양에서 살았다. 남들이 가지 못한 그 길을 걸으며, 그것이 과거 독립운동가 선배들이 걸어갔던 나그네 삶이었음을 깨달았다. 대한민국 여권과 캐나다 영주권을 지니고 매우 특별한 신분으로 북한을 다녔다. 우리 가족은 항상 경계인이었고 나그네였다.

영주권 갱신을 위해 토론토에서 안식년을 보내던 2017년, 통상 3개월이면 나오던 영주권이 2년 가까이 나오지 않자 평양으로 가는 길이 막혔다. 그 무렵 가까이 지내는 현지 지도자 한 분으로부터 "통일비전교실" 10주 시리즈 강의 요청을 받았다. 그동안 현장에서의 경험을 살려 북한과 통일에 관한 비전을 교민들에게 나누어 달라는 것이었다. 그러나 첫 강의 후 나는 깊은 고민에 빠졌다. 쏟아지는 질문 공세 속에서 캐나다의 교민 사회도 어김없이 진보와 보수, 촛불과 태극기로 극명하게 나뉘어 있음을 알게 되었다. 분단을 극복하고 통일의 길을 열기에 앞서, 망국적 남·남 갈등을 해소하지 않으면 안 됨을 뼈저리게 깨달았다.

토론토대학 동아시아 도서관에 근 2년간 파묻혀 살았다. 그곳에서 한국책, 북한책, 중국책을 두루 섭렵하며 근현대사 150년을 해부하였다. 갈등의 해소를 위한 분열의 뿌리를 캐내기 위해, 먼저 역사적 진실 앞에 설 필요가 있음을 깨달았다. 식민-분단-전쟁-독재-이산의 5대 비극과 트라우마 속에서 갈갈이 찢겨나간 근대사를 다루면서 내 자신이 먼저 경악했다. 너무나 몰랐던 사실들이 많았다. 생소한 인물들과 감추어진 역사, 그 속에 왜곡되고 편협된 사고를 강요받았던 지난 세월들,

그 70년의 세월 속에서 우리는 끝없이 분리되고 갈라져 이제 원수가 되었다. 그 원수들은 우리 밖에도 있고 우리 안에도 있다. 한반도 전체를 드리우고 있는 식민 잔재, 이 끈질긴 분열의 영, 그것으로부터 벗어나기 위해 우리는 무엇을 어떻게 해야 하는가?

강의가 진행되던 2018년 초, 마치 매시간 곧 나타날 사건들을 예언으로 풀어낸 것처럼, 강의 내용이 곧바로 현실에서 나타나는 놀라운 일들이 펼쳐졌다. 전 세계의 이목을 집중시킨 남과 북 두 정상의 만남을 지켜보며, 강의를 하는 사람과 듣는 사람들이 함께 놀라고 감격하였다. 남북한과 디아스포라를 품었던 지난 25년의 삶의 경험과 진정성으로, 어떤 이론이 아닌 진실과 진심을 담아 강의에 쏟아부은 정성 덕분이었을까? 10주 강의가 끝날 무렵 처음에 반목했던 두 진영이 서서히 다가와 서로를 이해하고 화해하는 포옹이 있었다. 자신들의 생각과 삶이 근원적으로 바뀌었다는 증언들이 있었다. 70, 80세 된 어른들이 눈물을 글썽이며 내가 그동안 거짓에 속아 인생을 헛살았네…라는 고백까지 하셨다.

그때부터 입소문을 타고 여기저기서 강의 요청이 들어오기 시작했다. 토론토 민주 평통에서 또 8주 강의를 부탁해 왔고, 미국과 한국의 여러 학교와 교회와 기관에서 통일 강의 부탁이 들어왔다. 영주권 갱신이 안 되어 평양으로 들어가는 길이 막혔지만 남쪽 사회에 해야 할 일이 더 많아지기 시작했다. 한국의 한동대학에서 강의 요청이 왔고 많은 곳을 다니며 통일 강의를 하는 동안 나 자신을 다시 돌아보았다. 통일의 꿈을 가슴에 품고 달려왔던 지난 30년, 이제 남은 시간을 우리 민족 공동체를 칸칸이 나누고 있는 수많은 막힌 담들을 허무는 그 일에 남은 인생을 바쳐야 한다는 사명감을 재확인하였다.

역사와 력사의 경계에 서서

김어준의 뉴스 공장이라는 곳에서 전화가 걸려와 출연 요청을 해왔다. 그 프로의 막강한 영향력으로 장관이든 부총리든 부르면 달려가는 자리였다. 순간 고민했다. 그러나 나가지 않기로 결정했다. 아직은 때가 아니다. 그 이유는 단 하나였다. 내 사명은 막힌 담을 허물고 양쪽을 다 아우르는 일이기 때문이다. 진보 매체의 대표격인 그곳에 나갔다가 자칫 보수 진영의 사람들이 마음 문을 닫을 수 있다는 우려 때문이었다. 어떤 분이 말했다. "정 교수, 당신은 현재 진보와 보수 양쪽 진영에서 초청받아 말을 할 수 있는 매우 희소한 사람이오. 당분간 그 위치를 잘 유지해야 합니다."

강의를 들은 분들 사이에서 책을 쓰라는 강한 요청을 받았다. 그래 써야지! 그 수고로 인해 나누어진 이 민족의 상처 입은 마음들을 다시 추스를 수만 있다면… 원수 된 자들이 서로 용서할 수 있다면 말이다. 그런데 어떻게? 질곡의 근대사 속에 감추어진 이 방대한 이야기를 어떻게 한 권의 책에 모든 이들이 이해할 수 있는 보편적 이야기로 담아낼 수 있단 말인가? 그리고 그 이야기가 상처 입은 자들의 마음을 추스르고 서로 하나 되게 할 수 있을까? 과연 가능할까? 그 고민 속에서 결국 선택한 것이 소설이었다. 그래 먼저 이야기로 풀어내자. 그리고 담론으로 넘어가자.

그렇게 해서,
이 책이 나오게 되었다.

　세월이 지난 후, 2018년 4월 27일은 통일 코리아의 역사에서 지울 수 없는 기념일이 될지 모른다. 아니 어쩌면 또 다른 위기가 다가와 한 여름밤의꿈으로 다시 사라질 수도 있다. 아직 갈 길이 멀고 모든 것이 안개 속이다. 그러나 70년 분단의 장벽을 가운데 두고 원수로 지내오던 남과 북, 북과 남의 두 정상이 판문점 경계선 앞에서 만났다는 사실은 대단히 큰 의미를 던진다. 문재인 대통령과 김정은 국무위원장은 마주 보고 악수를 하였고, 나란히 서서 카메라의 플래시 세례를 받았으며, 서로 끌어안고 포옹을 하였다. 분단의 상징 그 경계가, 그 장벽이 무너지는 순간이었다. 그 장면은 전 세계 매스컴을 타고 실시간 퍼져나갔고, 실로 그 순간 통일 코리아의 서막이 열렸다. 그리고 지구촌은 보았다. 오랜 냉전 시대의 희생양 코리아가 하나가 되는 세계사적 사건이 서서히 다가오고 있음을 알아차렸다.

　판문점 경계를 건너온 김정은 위원장이 남측 평화의 집에 들어와 방명록에 아래와 같은 글을 남겼다. 이어서 북쪽 통일각으로 건너간 문재인 대통령도 방명록에서 매우 중요한 역사적 이정표를 만들었다.

　어느 매스컴도 간파하지 못했지만, 그날 김정은 위원장은 북에서 사용하는 '력사' 라는 단어와 남에서 사용하는 '역사' 라는 단어를 동시에 써서 기록에 남겼다. 두음법칙을 마치 일제 잔재로 여겨 철저히 배격하는 북측 정부의 수반이 실수로 역사라고 쓸 수는 없는 법이다. 그것은 철저히 계산된 것이었고, 중요한 암시로 여겨졌다. 어쩌면 평양의 대학에서 직접 학생들을 가르쳤던 사람의 눈이기에 그렇게 비쳤을 수 있다. 설사 실수였든

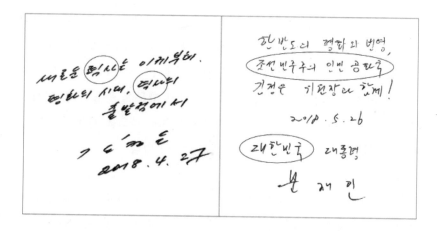

혹은 내 눈에만 그렇게 보였다 해도 그것은 큰 의미로 다가왔다.

문재인 대통령이 남긴 방명록 역시 커다란 역사적 의미를 지닌다. 상호 체제를 인정하지 않고 북한 괴뢰와 남조선 괴뢰라고 서로를 비방하던 그 반목의 70년 세월을 끝내자는 것이다. 두 나라의 정상이 한 페이지 안에 나란히 두 국가의 정식 국호를 쓰고 한반도의 평화와 번영을 향한 그 길을 함께 가자는 파격적 제안을 한 것이다. 두 정상은 지난 세월 남과 북에서 서로를 향해 쏟아부었던 저주와 왜곡의 력사/역사를 청산하고 이제 평화의 새 시대를 여는 출발선에서 함께 번영을 향해 새 출발하자는 의지를 표현한 것이다.

그렇다. 북에서는 력사가 있었고, 남에서는 역사가 있었다. 그런데, 그 두 력사/역사는 모두 불완전하고 비틀리고 가려져 있었다. 이제 우리가 새로운 통일 시대를 열기 위해서는 분열의 근대사 속에서 나뉘었던 서로의 력사/역사를 알고 배우고 인정하는 과정이 필요하다. 력사는 역사를 알아야 하고, 역사는 력사를 배워야 한다.

혹자는 이 시점에 왜 고리타분한 역사 이야기를 끄집어내는가 하고 고개를 갸우뚱할지도 모르겠다. 그러나 역사는 단순한 과거 이야기가 아니다. 역사는 과거와 현재와의 끊임없는 대화이며, 그래서 그것은 미래를 지향하는 지침이요, 방향성을 제공하기 때문에 중요하다. 역사를 모르는 민족에게는 미래가 없다. 동일한 실수와 과오를 반복하기 때문이다. 진실된 역사의 교훈 속에 우리의 갈 길이 있다.

70년 분단의 역사를 이해하기 위해서는 최소한 외세가 침투하기 시작했던 그 시점으로 거슬러 올라가 근현대사 150년을 살펴보아야 한다. 어째서 우리 민족의 역사 속에 이토록 집요한, 냉전 시대 마지막 분단국가의 오명을 지녀야 하는, 분열의 영이 똬리를 틀게 되었는지, 그 원인과 뿌리를 캐고 뽑아서 끊어내야만 한다.

비근한 예를 하나만 들어보자.

평화 통일을 향한 '판문점 회담'의 전조가 되었던 것은 2018 평창 올림픽이었다. 북측 대표팀이 참가하면서 남북한 대표팀이 한반도기를 들고 공동 입장할 때 전 세계가 환호했다. 오랜 시간 굳게 닫혀있던 녹슨 통일의 철문이 삐걱대며 조금 삐죽이 열려 그 틈새 사이로 실낱같은 빛줄기가 들어오기 시작하였다. 그러나 곧 남북한 여자 아이스하키 단일팀 구성을 두고 남쪽 사회에서 심각한 이념 논쟁이 벌어졌다. 평창 올림픽을 두고 진보 진영에서는 '평화 올림픽'을 내세우고, 보수 진영에서는 '평양 올림픽'이라는 프레임으로 공격을 가했다. 그 당시 평창이 고향인 아버지와 평양이 고향인 어머니를 둔 나의 아내는 마치 어머니 고향 사람들인 북측 대표단을 돌아가신 아버지 고향 땅에서 만나는 심경으로 감격에 겨워 올림픽을 고대하다가, 그 같은 이념 논쟁을 지켜보

　　　　　　　　　　　　　역사와 력사의 경계에 서서

며 쓰라린 가슴을 달래야만 했다.

올림픽이 진행되면서 남과 북의 자매가 나란히 성화를 지피는 모습은 감동을 넘어 잊었던 통일의 염원을 그 불꽃 속에서 다시 지피는 결과를 가져왔다. 진영 논리의 우여곡절 끝에도 올림픽이 성공적으로 끝나고 처음에는 서먹했던 남북한 여자 아이스하키팀의 자매들이 헤어지기 싫어서 눈물 흘리는 장면을 바라보는 온 국민의 마음속에는 새로운 희망의 불씨가 서서히 일어나기 시작했다. 그리고 그것이 도화선이 되어 마침내 판문점 회담이라는 새 역사의 지평이, 거대한 잠수함이 하얀 물보라를 쏟아내며 수면 위로 떠오르듯 전 세계인의 눈앞에 나타난 것이다.

올림픽이 끝나고 이어서 펼쳐진 장애인을 위한 패럴림픽 때, 예기치 못한 또 다른 문제가 발생했다. 한반도기에 독도가 그려져 있지 않다는 이유로 북측 대표단이 공동 입장을 거부한 것이다. 한 번은 참고 넘어갔지만, 두 번은 못 참겠다는 것이었다. 그러나 국제 올림픽 위원회에서 독도는 국제 분쟁 지역이라 정치적 문제를 야기할 수 있으니 독도가 그려진 한반도 깃발을 사용하지 못하도록 결정을 내린 마당에 주최국인 남측으로선 다른 방법이 없었다. 우리 민족이라면 누구나 민감하게 생각하는 독도 문제가 또다시 발목을 잡은 것이다.

시시비비를 가리기 전에, 그럼 엄연히 우리 영토인 독도가 왜, 언제, 어떻게 국제 분쟁 지역으로 남게 되었는지를 이해해야만 한다. 독도 연대기는 한반도에 밀어닥쳤던 식민과 분단의 역사에 뿌리를 내리고 있다. 독도의 운명에 결정적 영향을 미쳤던 아래의 세 사건과 깊이 연결되어 있다.

1) 러일전쟁 (1904~5년)
2) 샌프란시스코 강화 조약 (1951년 9월 8일)
3) 한일 국교 정상화 (1965년 6월 22일)

이 세 사건의 전말을 바로 이해해야만 우리는 근대사의 질곡과 왜곡
된 역사 속에서 독도가 왜 국제 분쟁 지역으로 남아 한일 간의 첨예한
대립으로 이어졌는지 알 수 있다.

문제의 핵심은 숨어 있다. 통일로 가는 길을 열기 위해 분단의 뿌리
를 이해해야 한다. 병의 원인을 올바로 진단해야 치유의 방법이 나오는
것이다. 근대사 150년간 분단의 어두운 그림자가 어떻게 짙게 드리우게
되었는지, 그리고 그 원인을 제공한 열강들의 역할은 무엇이었는지를
바로 알아야 한다. 평창 올림픽 이후에 진행된 남북 간, 북미 간 대화와
핵 협상의 모든 이면에서도 과거의 역사에 똬리를 튼 분단 세력이 여전
히 심각한 영향을 미치고 있는 것이다.

옹이와 매듭으로 뒤엉킨 역사/력사의 실타래! 그것을 풀어내려니 너
무 어렵고 화나고 신경질까지 난다. 그렇다고 모르는 채 밀쳐 둘 수도
없다. 안 풀리는 매듭을 가위로 싹둑 잘라버리고 싶기도 하다. 그러나
그럴 수는 없다. 아무리 미운 실도, 더럽혀진 실도 하나로 이어진 한몸
이기 때문이다. 함께 풀어 함께 보듬어 가야 할 우리 속에 그들 모두가
들어와야 한다. 그래서 역사/력사가 중요하다. 어디서 엉켜서 어떻게 매
듭이 지었는지 자세히 미루어 살피고 살피며 뽑아내어 풀어가는 그 작
업이 필요하다. 그 작업을 이제 하려는 것이다. 그것이 바로 역사의 진
실 앞에 우리 자신을 드러내는 일이다.

과거는 과거로만 존재하지 않는다. 우리 인생이 모태에서 나와 무덤으로 가는 과정(from womb to tomb)에서 모든 인과와 배경의 점묘 화법으로 전체 그림이 구성되는 것과 마찬가지이다. 인간이란 존재 역시 유전자 결정론과 문화 결정론이라는 생물학적 양극단 사이에 존재하는 역사적 블랙박스다. 어제는 오늘의 반성으로 존재하고 내일은 오늘의 반영으로 구성되는 것이다.

한국 근대사는 한마디로 외세의 침략에 반응하여 우리 민족 내부에서 일어난 사분오열(四分五裂)의 역사였다. 그 당시 조선과 대한제국의 위정자들은 서세점동(西勢漸東)의 시대적 위력 앞에서 적절히 대응하지 못했다. 조선 말기의 종묘사직(宗廟社稷)은 오랜 세도 정치와 부정부패에 노출되어, 백성의 마음은 이반되어 가고 있었고 결국 동학혁명으로 치달았다. 그러나 사대주의에 이골이 난 왕과 조정 대신들은 시대를 읽을 만한 예지력이 부족하여 우왕좌왕 갈피를 잡지 못하였고 어느 나라에 붙을 것인지 눈치 보기에만 골몰하여 서로 치고받고 싸우고 있었다. 나라를 구하고자 하는 의분과 기개를 지닌 의병장들과 열사들이 나타났지만 기울어진 축을 바로 잡기에는 역부족이었다. 나라는 망했고, 독립지사들은 해외로 망명했다. 그러나 해외 동포와 독립군들 사이에서도 사분오열의 구태는 여전하였다.

이 책에는 우리를 병들게 하고 나라를 망하게 했던 그 아홉 가지 분열의 원인이 들어 있다. 그 망국과 분열의 뿌리 앞에서 과연 나와 내가 속한 가정과 집단과 나라는 무관한지, 내가 피해자가 아니라 가해자의 편에 서 있는 것은 아닌지 하는 통렬한 반성과 회개가 수반되어야 한다. 많은 사람이 오늘날 우리가 직면한 상황이 조선이라는 먹잇감을 두고 열

강의 매와 까마귀와 용과 북극곰의 발톱 아래 놓여 한 치 앞을 내다볼 수
없었던 개화기 상황과 너무 흡사하다는 말들을 한다. 그러나 그것을 이
겨낼 만한 지혜로운 대안에 대한 목소리가 더 절실하다. 그것이 통일 시
대를 앞두고 미래로 나아가는 길을 여는 첩경이 되리라고 믿는다.

우리나라를 망국에 이르게 한 아홉 가지 분열의 원인은 아래와 같다.
그 뿌리가 아직도 우리를 옭아매고 있다.

1) 수구와 진보 세력 간 다툼 (기득권 갈등)
2) 늙은 보수와 젊은 개혁자의 다툼 (세대 간 갈등)
3) 성리학과 양명학 즉 이념 갈등 (이념 당파적 갈등)
4) 사대주의와 민족주의의 대립 (주체 의식의 갈등)
5) 기호 지방과 서북 지방의 갈등 (지역 갈등)
6) 독립운동 방식의 대립 (방법론 갈등)
7) 자본주의와 공산주의의 대립 (시대적 사상 갈등)
8) 기독교 개인 복음과 사회 복음의 분리 (복음의 갈등)
9) 외세가 만든 분열 정책 (일제 잔재와 냉전의 결과)

이 분열의 근대사 속에서 우리가 빼놓을 수 없는 중요한 두 가지 요
소는 "기독교와 공산주의의 전래" 과정이다. 이 두 가지 사상은 압록강
과 두만강을 넘어 북녘땅으로 건너왔다. 그리고 국권 상실 후 3·1 운동
과 임시정부 수립과정에서 결정적 분열 요인으로 작용했다.

위정척사파와 개화파, 성리학과 양명학, 부패관료에 맞선 동학혁명,
청나라와 일본을 끌어들인 사대주의와 주체적으로 나라를 살리고자 일
어난 의병운동, 나라를 팔아 귀족이 된 친일파와 나라찾기에 온몸을 던

진 독립운동가가 맞섰던 망국의 시기에 이 두 사상이 불현듯 찾아온 것이다. 민족 내부의 갈등으로 칸칸이 갈라져 있던 그 시기에 마치 마른 짚섶 위에 불을 붙이듯 타올랐다.

다른 종교에 비해 유독 기독교는 근대 교육과 서구화 과정에서 가장 큰 기여를 했다. 그러나 한국 사회의 분열을 확대 재생산하는 데에도 엄청난 부정적 기능을 했기에 특별히 다루지 않을 수 없다. 지난 2017년 대통령 탄핵과 촛불 집회가 한국 사회를 휩쓸고 지나던 시기, 남남 갈등이 최고조로 달했던 촛불과 태극기의 대결 마당에서 태극기 부대에 함께 등장한 십자가와 성조기 그리고 이스라엘 국기에 기이한 눈길을 보낸 사람들이 많았을 것이다.

그러나 한편, 한국 근대사를 돌아보면 3·1운동 시 민족 지도자의 절대다수가 기독교인이었고 독립운동가 중 절반 이상이 기독교인이었으며 독재 정권과 싸우고 노동자와 농민들의 권익을 위해 민주화 운동, 인권 운동, 통일 운동, 연합 운동을 벌였던 많은 사람 중에 또 많은 진보적 기독교인이 있었다. 한 나무에서 두 가지 열매를 맺은 것인가? 어떻게 이런 일이 일어났을까?

이러한 기현상을 이해하기 위해서는 일제시대를 통과하면서 기독교의 분열 역사가 어떻게 한국 근대사를 양분하였는지를 동시에 알아야한다. 그 속에는 개인 구원에 치중했던 미국 선교사와 사회 구원을 강조했던 캐나다 선교사의 영향이 깊이 드리우고 있다. 미국 선교사들의 담당 지역이었던 평안도에 뿌리를 내린 예장(예수교 장로회)과 함경도 지역을 담당했던 캐나다 선교사의 영향을 받은 기장(기독교 장로회)이 한국 기독교의 보수와 진보 진영을 나누고 있는 것이다. 그리고 사회주의와 공산주의가 일제시대를 통과하면서 어떤 역할을 하였고, 좌우 합작으로 시작했던 임시정부의 형성 과정에서 그들은 어떻게 분열하였는지 해방 후 친일파와 기독교인들이 유독 극렬한 반공주의자가 되어야만 했던 이유도 우리는 파악해야 한다. 그 모든 것들이 연결되어 오늘날 우리가 직면한 갈등과 분열의 역사를 연출해 내었다.

기독교와 공산주의! 우리 근대사에 날카롭게 침투해 들어온 이 두 갈래의 벌겋게 달구어진 부젓가락이 우리 민족 공동체를 마구 휘저으며 흔들어 놓았다. 이 두 가지 신념과 이데올로기가 우리 민족의 분열과 분단의 역사에 가장 큰 영향과 역할과 책임을 안고 있다. 식민에서 분단으로 이어지면서 "력사와 역사"로 갈라졌고 여러 모양으로 감추어지고 왜곡되어 왔다.

3·1운동과 임시정부 설립 100주기를 맞이하여, 임시정부의 역사를 대한민국의 법통을 잇는 출발선으로 이야기하면서도 그 시작이 좌우 합작 운동으로 시작되었다는 사실을 일반인들은 거의 모른다. 우리가 잘 아는 이승만과 김구로 대표되는 우익 진영 인사들은 알아도, 리동휘와 김립 등 그 당시 사회주의 계열의 인사들이 어떻게 관여하였으며, 어떤 역할을 하였는지, 그리고 그들은 왜 다시 나뉘었는지에 대해서는 알지 못한다. 마찬가지로 3·1운동을 통해 대한민국 정부가 독립 훈장을 추서한 외국인 선교사들 가운데 주로 한성(서울) 지역에서 활동했던 캐나다 선교사 스코필드(석호필) 박사에 대해서는 잘 알고 있지만, 같은 캐나다 선교사이면서도 북한 특별히 함경도 지방과 북간도와 연해주의 독립운동에 가장 큰 영향을 미쳤던 그리어슨(구례선) 박사에 대해

　　　　　　　　　　　　역사와 력사의 경계에 서서

서는 아는 사람이 거의 없다. 아니 좀 더 거슬러 올라가면, 남쪽의 기호 지방과 경상도 지방 인사들이 주축이 되어 설립한 **신흥무관학교**의 역사는 알아도 서북 지방 사람들이 북간도에 세웠던 **라자구사관학교**의 역사에 대해서는 무지하다. 이 같은 역사/력사의 편협과 왜곡 현상은 북쪽에서는 더욱 심하다.

근대사에서 개화기에 가장 큰 역할을 했던 기독교 선교사들, 특히 감리교와 장로교, 그리고 미국과 캐나다 선교사의 역할과 그 차이를 이해하는 것이 너무나 중요하다. 1885년 같은 해에 함께 들어왔던 언더우드와 아펜젤러 선교사, 그리고 또 한 사람 스크랜턴이 있었다! 그러나 한국 기독교 역사에서 왜 유독 스크랜턴 선교사만 그 이름이 사라지고 희미한 그림자만 남아 있는가?(최근 재조명되는 노력이 많이 있음을 안다) 스크랜턴 목사가 설립한 상동교회 청년회를 통해 한국 독립운동사를 풍미했던 대부분의 지도자들이 배출되었다. 그 당시 상동청년회에 모여있었던 청년들, 이회영, 안창호, 이동휘, 양기탁, 이동녕, 이갑, 류동열, 신채호 (이상재, 김구, 이승만… 이들은 상동청년회의 정식 멤버라기보다는 다른 교회에 속해 있으며 함께 활동한 사람들이다) 등등… 이들이 신민회를 조직하여 일제에 항거하다가 105인 사건에 연루되어 고초를 당한 후 해외 독립운동으로 망명한 사람들이다. 이들을 뒤에서 이끌었던 스크랜턴 목사의 제자요, 후임인 전덕기 목사의 역사가 일제시대를 통과하며 사라졌다. 그리하여 개화기 초창기 사회 구원에 뜨거웠던, 그래서 많은 조선 백성들의 눈물을 닦아주고 독립지사를 키워내는 데 큰 역할을 했던 감리교는 일제를 통과하며 철저하게 친일로 무너졌다. 그것은 장로교도 마찬가지였다.

또한 3·1운동의 감추어진 주역이며 상해임시정부의 핵심 인물 중 하나였던 손정도 목사 역시 재조명이 반드시 필요한 사람이다. 3·1운동과 임시정부 수립 100주년을 통과하면서 유관순을 키워낸 스승 손정도를 논하지 않을 수 없다. 북쪽에서 김일성 주석의 생명의 은인으로 떠받들고 있는, 역설적으로 인천상륙작전의 영웅이며 대한민국의 초대 해군 참모 총장 손원일 제독의 부친이기도 한 손정도 목사, 유일하게 남과 북의 교회에서 함께 참 목자로 인정받고 있는 손정도 목사. 장남 손원일이 한국의 국립묘지에 묻혀있는 반면, 그의 차남 손원태는 북한의 애국렬사릉에 묻혀 있다. 손정도 목사와 그의 가족을 이해하고 재조명하는 것 역시, 70년 분단의 막힌 담을 허물기 위한 기초 작업이기도 하다.

그래서 "구례선과 리동휘, 그리고 손정도"로 상징되는 력사/역사의 재발굴은 분열의 근대사를 회복하고 바로 세우는 중요한 첩경이 될 것이다. 그들이 민족의 독립과 해방을 위해 아프게 투쟁하며 살았던 여명과 혁명과 운명의 이야기를 풀어내려는 것이다.

(3)

이 책은 우리 민족 분열과 통합의 아픈 역사와 자유와 평등을 되찾기 위한 눈물의 투쟁 과정이 고스란히 들어 있다.

역사 연구의 방법론에는 크게 세 가지가 있다.

1) 통시적(通時的: diachronic point of view)

역사와 력사의 경계에 서서

2) 공시적(共時的: synchronic point of view)

3) 통전적(通傳的: holistic point of view)


**통시적 방법**은 수직적으로 시간을 관통하여 흐르는 인과관계와 역사적 컨텍스트를 살펴보는 방법이다. 반면에 **공시적 방법**은 수평적으로 동시대에 일어난 수많은 역사적 퍼즐들을 공간적으로 배열하여 맞추어 봄으로 그 사건이 일어난 시대적 배경을 살펴보려는 방법이다. **통전적**이라 함은 사건을 바라보는 시각이 부분에 그치는 것이 아니라 인과와 배경을 넘어서 역사의 흐름 속에 나타난 전체 그림을 볼 수 있는 영적 안목을 뜻한다. 바둑에서 고수는 전체 판을 볼 줄 아는 사람을 말한다. 하수는 항상 부분에 빠져 있어서 전체를 보지 못하여 가장 중요한 착점을 놓치고 수순을 잘못 정하여 게임에서 지게 된다. 복잡다단한 역사를 입체적으로 이해하기 위해서는 수직·수평적인 좌표 속에서 통시적이고 공시적인 방법을 함께 동원한 후 관찰자의 영적 직관으로 레고 블럭을 순서에 맞추어 조심스레 쌓아 올려야만 겨우 3차원 구조물이 완성되는 것이다.


3·1운동 100주년을 돌아본다. 그 가장 큰 열매는 대한민국 임시정부의 설립이라고 말한다. 상해임시정부가 세워진 4월 8일 또는 11일을 그 기념일로 선정하자는 움직임이 있다. 그때 만들어진 임시 헌장 10개조에 담긴 탁월한 내용을 살펴볼 때 대한민국 헌법 정신의 기초를 세운 매우 뜻깊은 날임이 분명하다. 그러나 그 당시 <상해임시정부>를 세운 사람들은 지금의 남쪽, 즉 기호 지방과 삼남 지방 인사들이 주축이 되어 세운 정부였다. 그들은 서북인들 중심으로 먼저 세워졌던 또 다른 임시정부, 연해주의 <대한국민의회>와의 주도권 경쟁 속에 있었다. 윌슨의 민족자결주의에 대한 기대감으로 파리강화회의에 대표를 파견할 목적

으로 급히 세워진 상해임시정부에는 상하이라는 위치가 외교 독립을 추진하기에 적합한 국제도시라는 명분이 있었다. 그러나 대다수의 망명 백성이 살고 있는 연해주와 북간도 지역에서는 마땅히 백성이 몰려 있는 곳에 망명정부가 세워져야 한다는 주장이 절대적이었다. 그 갈등 가운데 집정관 총재 이승만과 국무총리 총재 이동휘를 앞세운 제3의 <한성임시정부> 내각이 13개도 대표를 통해 발표되자 통합 임시정부에 대한 필요성이 강하게 대두되었다. 상하이에 입성한 안창호는 현순 목사를 연해주 특사로 보내 두 정부가 동시 해체를 선언하고 함께 한성임시정부를 승인하자고 제안했다. 국민의회 측에서는 이 제의를 선하게 여겨 즉시 자체 해산을 선언하였고 그 당시 연해주와 북간도 지역에서 가장 신임이 높았던 독립운동 지도자 이동휘를 앞세운 대표단을 상하이로 내려보냈다.

그러나 이 약속은 지켜지지 않았고 그것이 장차 우리 민족 분열의 불씨가 되었다. 상하이 측에서는 임시정부와 의정원을 해산하지 않았을 뿐 아니라 이승만을 대통령으로 만들기 위해 9월 11일 헌법을 개조하여 그 틀 안에 국민의회 인사들을 집어넣으려고 했다. 그것을 알게 된 문창범을 비롯한 국민의회 측 인사들이 크게 반발하였고 결국 연해주로 되돌아갔다. 그리고 승인이냐 개조냐 하는 치열한 싸움이 시작되었다. 파국을 막기 위해 고심하던 이동휘가 11월 3일 국무총리에 취임함으로 우여곡절 끝에 반쪽짜리 통합 임시정부가 상하이에서 출범하게 된다. 통합이라 함은 남쪽의 기호파와 북쪽의 서북파가 합하였다는 것이요, 영미식 서구 자본주의(그 당시 제국주의) 열강이 취하고 있던 자유민주주의 제도를 따르는 우파와 그 당시 유럽과 러시아에서 일어나던 사회민주주의(나아가 공산주의)를 따르는 좌파가 연합한 역사적 의미를 갖는 것이다.

임시정부 수립의 기념일 제정 문제 하나를 두고도 매우 복잡한 역사적 의미들이 감추어져 있다. 우리나라 헌법이 대한민국 민주공화국의 건국일을 임시정부로부터 시작한 것으로 헌법에 명시하고 있기에 이 문제는 중요하다. 그러나 상해임시정부 수립일 4월 11일과 통합의 기초를 놓았던 한성임시정부의 조각 발표일 4월 23일, 상해임시정부를 대통령제로 개헌한 9월 11일, 마침내 국무총리 이동휘를 비롯한 내각 총장들의 취임으로 좌우 합작 통합 임시정부가 출범한 11월 3일을 두고 어떤 날이 진정한 임시정부의 시작일로 보아야 하는지 다양한 시각과 의견이 있을 것이다. 현 분단 상태의 남쪽 정부만을 생각한다면 기호파 중심으로 만들었던 상해임시정부 개시일 4월 11일로 제정함이 옳을 것이다.

그러나 이제 70년 분단의 세월을 딛고 그 굴레에서 벗어나 우리가 장차 남과 북을 아우르는 하나의 나라를 만들고자 한다면 통일 지향적 역사관으로 이 문제를 바라보아야 한다. 목숨을 걸고 피 흘려 함께 만세 운동을 했던 남과 북 그리고 해외 동포들을 다 아우르는 통합적 시각으로 임시정부를 이해한다면, 전국 13개도 대표가 서명한 한성임시정부의 출범일 4월 23일 또는 상하이에서 통합 임시정부가 출범한 11월 3일을 기념일로 삼는 것이 더 지혜로울 수 있다. 이는 학계와 정계 및 여론의 수렴을 거칠 필요가 있다.

앞으로 나올 이 책의 시리즈에서는 150년의 한반도(조선 반도) 근대사를 통시적으로 훑어 나가면서 동시에 가능한 한 시야를 전 지구적으로 넓혀서 공간적 역사 배경을 함께 기술하도록 노력할 것이다. 지금 진행되는 남북한, 북미 간 또는 한반도를 둘러싼 6자 간, 그리고 그것을 넘어서서 이스라엘과 중동 국가들 사이에 진행되는 모든 사건들이 서로 연동되어 있음을 이해해야 한다. 동아시아와 중동아시아는 하나의 축에 연결되어 21세기의 역사를 굴러가게 하는 두 수레바퀴이다. 이 시대는 빛의 속도로 움직이며 지구촌이 한 점처럼 수렴해 있기 때문에, 통시적이고 공시적인 접근이 아니고서는 도무지 해석할 수 없는 시대에 우리는 살고 있다. 전 세계가 하나로 엮여서 서로 인과관계 속에서 영향을 주고받으며, 동시에 나비효과처럼 예측 불가능성이라는 공간적 간섭이 작용하고 있는 것이다. 그 속에 분단된 우리 한반도가 있다.

따라서 이 책은 학문적 접근보다는 통일 시대를 준비하기 위해 일반인들도 충분히 이해할 수 있도록 소설의 형식을 취하였고 가급적 쉽게 역사적 사건 중심으로 전개해 나갈 것이다. 그러나 과거를 묘사하는 것에 그치지 않고 시대적 그림을 배경으로 사건을 재해석하고 반성하며 미래적 방향성을 제시할 예정이다.

그를 위해 첫 시도로 내놓는 것이 소설 <여명과 혁명, 그리고 운명>(부제: 구례선과 리동휘, 그리고 손정도)이다. 모든 이에게 다가오는 것은 어떤 이론보다도 역사적(또는 력사적) 사실이다. 그리고 그 역사와 력사를 어떻게 쉽게 풀어서 이 시대의 사람들에게 미래를 들여다보는 통일 만화경으로, 가슴에 와닿는 스토리로 설명할 수 있겠는가, 여기에 성패가 달려있는 것이다. 그 이야기를 먼저 풀어놓으려 한다. 이 소설은 후대들에게 올바른 역사관을 세워주기 위한 구술적 역사 교과서를 집필한다는 심경으로 썼다.

또한 앞으로 후술될 책은 과거에서 현재를 넘어 오늘날 우리가 직면한 핵전쟁의 위협과 평화통일의 염원이 어떻게 맞닿아 있는지, 그것을 극복하기 위한 방안까지 모색할 것이다. 그 과정에서 우리는 먼저 분단 시대의 트라우마를 치유해야만 한다. 그 트라우마는 개인과 가정과 집단 그리고 민족 공동체 전체를 병들게 했던 분열과 분단 역사의 광기와 증오가 배태했던 통증이요, 후유증이다. 트라우마의 치유가 있을 때 비로소 우리가 꿈꾸는 통일 나라가 도래할 것이다. 그 후에 비로소 우리는 미래의 청사진을 그릴 수 있다. 그 미래지향적 통일 나라를 세우고 살아가게 될 젊은 세대를 키워내는 것은 기성세대의 책무요, 그것이 이 책을 쓰는 목적이다. 미래 세대에까지 이 분단의 트라우마를 유산으로 남길 수 없기 때문이다.

혹자는 역사학자도 아닌 사람이 웬 역사 소설이냐고 반문할 것이다. 그러나 역사(력사)는 이론으로 충분하지 않다. 역사(력사)는 삶이다. 대한민국에서 태어나 미국과 중국과 북한과 캐나다를 오가며 살아낸 지난 역사가 이 책을 가능하게 했다. 이론은 힘이 없다. 그러나 삶에는 설득력이 있다. 분단의 역사를 넘어 이제 통일을 향한 삶의 여정을 피맺힌 심경으로 설득하고자 하는 것이다.

통일로 가는 그 길을 닦는 선도자의 심정으로 이 책을 쓴다. 선도자는 선각자를 넘어선다. 이론이 아니라 실제로 먼저 그 길을 가 본 사람만이 볼 수 있고 알 수 있는 그런 이야기들을 풀어내려 한다.

부디 이 책을 읽는 사람마다 자기 안에 드리워진 분열과 분단의 뿌리에 대한 새로운 이해가 생기길 바란다. 그리고 우리가 지난날 서로를 향해 분노하고 손가락질하던 그 대상이 바로 나 자신일 수 있다는 아픈 자성이 일어나기를 소원한다. 우리를 묶고 있던 길고 어두웠던 분단의 그림자가 사라지고 통일로 향하는 희망과 꿈이 생기길 바란다. 그리고 그 꿈들이 자라나는 우리 젊은 세대에까지 이어져 통일 나라를 미리 알고 살아갈 수 있는 통일 일꾼들이 세워지고 펴져 가길 소망한다.


2020년 11월 3일

3·1절 100주년과 임시정부 설립 100주년을 돌아보며
2020년 새로운 100년을 시작하는 원년, 통합임시정부 시작일에

서울 연변 평양 포항 토론토를 오가며, 정진호

제 1 부

# 여명에
# 뜨다

풍운아 (돈보다 사람이 권력입니다)

개척자 (차라리 강을 넘어 새 터전을 개척하겠소)

부흥사 (삼천리에 일동 일학교 일동 일교회를 세우시오)

망명객 (삭풍은 칼보다 날카로워 나의 살을 에는데)

# 여명에
# 뜨다

# 풍 운 아

.

.

.

.

&lt;돈보다 사람이 권력입니다&gt;


1


"아부제에…, 큰일 났소. 아부지, 내래 큰 일 쳤소."

마당채로 허겁지겁 들이닥치는 동휘의 얼굴이 사색이 되어 있었다. 쪽마루에 걸터앉아 가마니를 깁고 있던 아버지 이승교는 이마 주름을 잡으며 무심하게 힐끗 쳐다보았다.

"무스기 이르(무슨 일을)?"

좁다란 앞마당에 외롭게 홀로 서 있는 사과나무에 낙엽이 거지반 다 지고 있었다. 수북이 쌓인 낙엽 사이로 드문드문 썩은 사과 몇 톨이 생채기 난 얼굴을 삐죽이 내밀고 있는 것이 정겹게 보였다.

"내래 그 영감 쌍판대기에 화로 부르(불을) 뒤집어 씌웠슴매."

"뉘기?"

"뉘긴 뉘기? 군수 영감태기지비."

동휘는 단천군수 홍종우의 통인으로 일하고 있었다. 오래 전부터 단천 군수의 아전으로 일하던 아버지 승교가 물러나면서 가까스로 대신

집어넣은 자리였다. 양반이 아닌 중인 출신의 이승교는 아들 동휘의 앞길을 위해 해 줄 수 있는 최선의 길이 그것임을 잘 알고 있었다. 통인은 군수의 온갖 잡일을 맡아서 돌보는 머슴이나 다름이 없었다. 밥상을 나르고 재떨이를 갖다 바치고 기생을 붙여주고 심지어는 급할 땐 밑까지 닦아주어야 하는 추접한 따까리 자리였다. 그러나 그 자리라도 들어가야 나중에 아전으로 올라갈 수 있기에 참고 또 참으라고 아침마다 당부하던 차였다. 그러나 동휘는 아버지 이승교를 닮아 성격이 불 같았다.

"어째 그랬나?"

"그 간나 새끼가 생일잔치 한다고 동네 토호들 앞에서 딸 같은 어린 에미나이르…."

"에미나이르 무시기?"

"온갖 추태로 욕보이려 하지 아이겠소? 기생 아바이가 갖다 바친 쌀가마와 비단으르 성에 아이 찬다고 얼마나 괴롭히는지."

이승교는 자신이 아전 시절 늘 벌어지던 일이라 눈앞에 곧 그림이 그려졌다.

"기래서 어드래?"

"에미나이가 수청 아이 들겠다고 하니 기껏 차려놓은 생일상을 걷어차지 않소? 내래 옆에서 시중들다가 참을 수가 없어서리 그만."

"아이 참고 어찌 했소?"

"곰방대 화로 부르 얼굴에 쏟아부었지비."

"그래서 어쨌슴둥?"

"그래도 맴이 아이 풀려서 방구석에 있던 요강의 똥오줌까지 확 부어버렸지비."

그리고 겁이 나서 내처 집으로 달려온 것이었다. 이승교는 순간적으로 당장 벌어질 일들을 계산했다. 홀아비가 된 후로 외아들 동휘를 위해 모든 희생을 치르며 살아온 그였다. 곧 군졸들이 들이닥칠 것이다. 아마도 군수가 기절을 했든지 얼굴에 난 상처를 처치하느라 시간이 걸리겠지만, 아들이 붙들려 가는 것은 시간 문제였다.

"날래 들어오라이."

일단 아들 동휘를 빼돌려야겠다고 판단한 이승교는 급히 들어가 방문을 걸어닫고 괴나리봇짐을 잽싸게 꾸리기 시작했다. 옷가지와 엽전한 무더기를 쑤셔 넣던 이승교는 문득 방 한 구석에 눈에 뜨인 서책들을 함께 행랑 안에 집어넣었다. 평소에 이승교가 즐겨 읽던 책들이었다.

"떠나라이."

"어데로 가오?"

"위선 북청으로 도망가라이."

"북청 어데요?"

"리용익 대감을 찾아보라. 그곳에 숨었다가 기회를 봐서 한성으로튀란 말이."

이용익은 십년 전 단천부사로 부임해 왔을 때 승교가 모신 일이 있었다. 함경북도 명천 출신으로 북청에서 물장수와 보부상을 하던 이용익은 금광에 손을 대어 큰 돈을 벌었다. 마침 대원군 흥선이 임오군란을 일으켰을 때, 피신하던 고종과 민비를 도운 일이 있었다. 이어서 갑신정변이 실패하고 개화파가 물러나자 이용익은 고종의 총애를 입어 승승장구했다. 단천부사 시절 사금을 채굴하여 고종에게 진상함으로 크게 신임을 얻었고 함경남도 병마절도사로도 지냈다. 그러나 백성들의 등을쳐 불법 수탈을 자행하였다는 소문이 퍼지자 북청에서 민란이 일어났고유배되었다가 풀려났다. 그 소문은 자신을 시기, 질투하는 자들이 퍼뜨린 거짓 소문이었다고 이용익은 분통을 터뜨렸었다. 그 시절 승교가 이용익 대감을 극진히 모셨고, 피차간에 신임이 있었다.

"이걸 품에 넣고 가라이."

승교는 함지에서 곱게 접은 서찰을 꺼내어 동휘에게 건넸다. 한성으로 떠나던 이용익이 그동안 정이 들었던 승교에게 급한 일이 있으면 찾아오라고 하면서 적어주었던 것이다. 한성에서 고종의 총애를 받으며 지내던 이용익이 얼마 전 다시 북청부사 겸 함경남도 병마절도사(총사령관)로 부임했다는 소식을 듣고 있었다. 기회를 봐서 한번 찾아가 동휘를 부탁할까 하던 차였는데 이 일이 터진 것이다. 옆 칸 부엌에서 저녁을 짓다가 심상치 않은 분위기를 눈치챈 동휘의 아내 강정혜가 눈치를 살피며 방안으로 들어왔다. 어려서 어미를 잃고 아버지 승교 밑에서 외롭게 자란 동휘를 위해 승교가 일찍 얻은 며느리였다. 동휘보다 한 살 위의 정혜는 평소 이승교가 가까이 지내던 은쟁이의 딸이었다. 부부 금실이 좋아 시집오자 바로 아이를 낳았고 벌써 둘째를 배고 있었다. 동휘는 눈물을 찍어바르고 있는 아내 정혜를 힐끗 쳐다보면서 아버지 이승교에게 말했다.

"아부지요, 안까이(아내) 부탁함다. 인차 자리 잡고 데려가겠슴다."

동휘는 아버지 이승교에게 넙적 엎드려 큰절을 하더니 봇짐을 메고 방을 나갔다. 갓난 인순이를 들쳐 업고 만삭이 되어 배가 부른 정혜가 뒤따라 나오며 말을 잇지 못하고 울음을 터뜨렸다.

"인순 아부지 언제 옵까?"

"인차 온다. 참으소. 이 일이 수그러들면 내년 봄에 데리러 옴세."

"기다립소."

정혜가 급히 부엌으로 달려가더니 당장 먹을 주먹밥을 사발에 넣어 괴나리봇짐에 밀어넣었다. 동휘의 투박한 손이 정혜의 손을 한번 잡아주고 등에 업혀서 세로로 볼을 대고 잠들어 있는 딸 인순이의 뽈따구니를 검지 손가락으로 톡톡 건드려보더니 돌아섰다.

　　　　　　　　　　　　　　　　　　　　　　　　　풍운아

어둑어둑 땅거미가 지기 시작한 동네 어랑을 타고 동휘의 큰 몸채가 이리저리 그림자가 되어 잠시 너울거리더니 사라져버렸다. 정혜는 쪽마루에 주저앉았고, 곧 흐느끼는 어깨가 흔들리기 시작했다. 이승교는 우두커니 마당에서 긴 담뱃대를 물고 서 있었다. 만감이 교차했다.

어려서부터 총명하고 풍채와 기개가 남다른 동휘를 이승교는 끔찍이 위했다. 아들의 이름을 동녘 동(東)자에 빛 휘(暉)자를 넣어 동휘라고 지으며, 장차 민족의 동녘을 밝힐 큰 인물이 되기를 기원했다. 자신이 겪은 불평등한 계급 사회의 설움을 아들 동휘도 겪게 하고 싶지 않았다. 1876년 일본의 강압에 의한 불평등 강화도조약이 맺어진 이후, 조선은 일본과 청나라를 각각 등에 업은 개화파와 수구파의 싸움터로 변했다. 임오군란(1882)과 갑신정변(1884)을 거치며 유약한 고종을 사이에 둔 민비와 흥선 대원군의 엎치락 뒤치락 정권 쟁탈전은 해를 거듭하며 조정에 피바람을 불러왔다. 침략의 마각을 감추고 진행된 강화도조약에서 조선을 청나라로부터 떼어놓기 위해 일본은 조선을 자주 국가로 선언했다. 일본을 앞세운 개화파의 개혁이 조선을 뒤흔들자, 그동안 억눌려서 지내던 평민과 천민들 그리고 소외 지역의 백성들에게는 무엇인가 새로운 세상을 꿈꾸는 계기가 되었다. 그 속에서도 염치없는 양반들과 세도가들의 가렴주구는 힘없는 백성들을 더 깊은 질곡으로 몰아갔다. 한창 개화의 바람이 불어오던 시절, 이승교는 외아들 동휘에게 양반 못지않은 교육을 시키고자 사설 서당에 밀어 넣어 한학을 가르쳤다. 그나마 학식이 있어야 중인으로서 아전의 자리에까지 올라갈 수 있었기 때문이었다. 부패한 양반 사회에 대한 깊은 분노를 안고 살았던 이승교의 비판 의식은 개화기 새로운 문물을 받아들여 아들 동휘를 가르쳐야겠다는 비장한 결심과 진보적인 의식으로 싹트기 시작했다.

"절대 양반 아새끼들에게 주눅들지 말어라이."

"동휘야, 이제 인차 새 천지가 열리지비. 무엇이든 배워야 새 세상의 주인이 될 수 있단 말이."

어려서부터 동휘가 아버지 이승교로부터 귀에 못이 박히도록 들은 이야기들이었다. 그러나 동휘가 아버지로부터 물려받은 또 하나 중요한 재산은 불의를 보고 참지 못하는 혈기와 의협심이었다. 동네 골목에서 못돼 먹은 양반 자제들을 두들겨 패기 일쑤였고 이승교는 그 뒤치다꺼리에 바빴다.

함경도에 사는 대다수 양반들은 오래 전 당쟁에 밀려 유배당한 사람들이었다. 북청 물장수 이용익도 몰락한 왕가의 후손이었다. 이용익이 단천부사로 부임한 이후 이승교는 그를 지척에서 섬기면서 양반 사회의 표리부동한 모습을 샅샅이 들여다볼 수 있었다. 그들에게는 백성들을 향한 목민의 명분은 그저 말뿐이었고, 자신에게 주어진 권세를 통해 나라를 외세에게 넘겨주더라도 눈앞의 이익을 챙기는 것이 더 급선무였다. 이승교는 이용익이 시세를 타면서 물장수에서 보부상으로, 금광 채굴 사업가로 변신하는 과정을 보았다. 새로운 환경 변화와 문물을 받아들이고 이용하는 그의 모습을 통해 승교는 많은 것을 깨닫고 배우게 되었다. 은쟁이 강서방의 딸을 며느리로 삼게 된 것도 그를 따라다니며 얻은 수확 중 하나였다. 관가에서 매일 벌어지는 부패와 불의를 못 참아 열불을 내는 동휘가 위태위태했지만, 이제 장가들어 아이도 낳았으니 마음 붙이기를 기대했다. 그러나 결국 일이 터지고 말았다. 아들 동휘를 어찌하든지 관가에 밀어 넣어 앞길을 열어주려던 이승교의 계획이 하루아침에 수포로 돌아간 것이다. 허한 마음을 쓸어내리며 동휘를 삼켜버린 어둠을 우두커니 응시하고 있던 승교와 정혜의 귓가에 멀리서 철썩이는 파도 소

리가 들려왔다. 동휘가 태어나고 자란 고향집의 그 정겨운 소리가 오늘
따라 한없이 쓸쓸하게 느껴졌다.

"아이지비, 잘 된겐지 모르잰? 암 사내사 한성을루 가얍지. 아가 울
음 그치라이."

승교가 툭툭 던지는 혼잣말이 정혜 가슴에 못 박히듯 툭툭 떨어졌다.
일렁이는 횃불과 군졸들의 발자국 소리가 점차 다가오고 있었다.



2



강화도는 늘 외세가 들어오는 관문이었다. 단군왕검의 세 아들이 쌓
았다는 제단을 비롯하여 북방 민족 특유의 제단인 고인돌의 유적지가
많기로도 이름난 곳이었다. 그러나 강화는 삼국시대부터 한강을 차지하
기 위한 격전지가 되곤 했다. 한강 어구를 가로막는 빗장의 역할을 하기
도 했지만, 그래서 한성을 치기 위한 첫 공격 목표가 되기도 했던 것이
다. 고려 시대에는 원나라의 침공을 받아 수도가 강화로 이전되기도 했
고, 외세를 물리치기 위한 불력을 쌓기 위해 팔만대장경의 조판이 이루
어진 곳이기도 했다. 개경 환도 이후에는 한동안 몽골에 항거하는 삼별
초들이 진을 치기도 했었다. 조선 시대에는 한성에서 가까운 유배지의
역할을 하여 쫓겨난 임금 연산군과 광해군이 이곳에 머물렀다. 정묘호란
시에 인조의 조정이 피신해 있으며 저항하기도 했고, 재차 일어난 병자
호란 시에는 미처 강화로 피신하지 못한 인조가 남한산성에 갇혀 항전
하다가 결국 강화도가 점령당하면서 삼전도의 굴욕을 겪었다. 정조 대왕
시대에 강화도에 만들어진 외규장각은 병인양요를 치르면서 프랑스 극
동 함대에 의해 불타고 수많은 국보급 서책과 자료들을 강탈당했다.

임진왜란과 병자호란을 겪으며 국력이 약해진 조선 후기는 당쟁과 외세 침략으로 점철된 역사였다. 송나라 주자가 집대성한 성리학을 내세운 노론과 달리 소론은 양명학(陽明學)을 발전시켰다. 왕권의 강화와 경전의 형식주의적 해석에 초점을 맞춘 주자학에 비해 양명학은 지행합일(知行合一)을 강조하며 현실 개혁적 윤리를 주장했다. 양명학은 일본으로 건너가 메이지 유신을 이끌어 내었으나 조선에서는 노론의 거센 판세에 눌려 소론은 양명학을 들고 강화도로 들어갔다. 조선의 양명학을 집대성한 정제두는 강화도에서 칩거하며 후대 교육에 몰두했다. 정몽주의 후손이기도 했던 하곡 정제두의 영향을 받은 일련의 학자들을 강화학파라고 불렀다. 정제두의 사상을 물려받은 손녀사위 이광명은 그 이후로 6대에 걸쳐 강화학파의 대를 이으며 사상가들을 배출했다. 이승훈, 정약종, 정약용 가문의 형제들처럼 양명학에 경도되었던 학자들 중에 먼저 천주교를 받아들여 실학 사상의 태동에 영향을 미친 이들도 있었다. 양반의 위선을 꼬집은 양반전으로 이름난 연암 박지원이나 서자 출신으로 틀을 깨고 청나라 외교관으로 활약하며 중상주의 정책을 주창한 박제가 등이 같은 부류였다.

　　정제두의 6대손 영재 이건창은 강화도에서 태어나 조선 말 양명학의 거봉이 되었다. 병인양요가 발발하여 강화가 프랑스 함대에 함락되자 백성을 버리고 도망가는 관리들을 보며 양명학자 이시원은 손자 이건창에게 '질명미진(質明美盡)'이라는 글귀를 써서 학문에 정진하라는 유언을 남기고 자결했다. 이건창은 15세 어린 나이에 문과 급제하여 홍문관에 들어갔고, 암행어사로도 이름을 날리며 관리들의 비리를 엄단하고 백성들의 고충을 해결하여 큰 존경을 받았다. 그는 당쟁을 비판하고 민생의 어려움을 살피는 실학자이기도 했지만, 이웃나라 외세에 의존하는 비주체적 개화를 극력 반대하는 측면에서는 보수파이기도 했다. 그래서 그는 동학이 일어나자 그 일로 인해 청과 왜의 외세가 조선을 침공할 빌미를 주지 않으려고 동학도들을 타도하고 잡아들이도록 주장하기도 했다. 이러한 주체 의식의 발로로 민비가 시해당한 후 조정의 대신들이 모두 몸을 사리며 숨죽이고 있을 때, 이건창은 비분강개하여 고종에게 속히 국모의 장례를 치르고 사건의 진상을 조사하라는 피를 토하는 상소를 올렸다. 그러나 갑오경장을 일으킨 김홍집 개화파의 미움을 사서 마지막 귀양을 다녀온 후, 관직을 일체 버리고 1898년 죽을 때까지 강화도에 칩거했다.

그의 영향을 받은 강화학파의 맥은 사촌동생 이건방에서 그의 제자 정인보로 이어졌다. 한일병탄 당시, 이건창의 학우 황현은 매천야록을 남기고 자결하였고 아우 이건승을 비롯한 강화학파의 많은 후예들은 나라를 구하기 위해 중국 서간도로 망명했다. 서간도와 상하이에서 조선의 역사를 다시 쓴 신채호와 박은식도 그 영향을 많이 받았다. 일신의 영달을 위해 외세를 이용하여 기회주의적 처신을 일삼던 당시의 조정 대신들과 대다수 지식인들과는 달리 비주류 강화학파는 끝까지 주체적인 역사관과 목숨을 내놓는 희생정신을 발휘하며 조선 말기와 일제시대 정신사의 맥을 이어갔다. 급변하는 국제 정세 속에서 조선 말 개화를 바라보는 시각은 강화학파 내에서도 우파와 좌파로 나뉘어 조금씩 달랐지만, 그들은 동도서기(東道西器)를 주장하며 조선의 중심적 도리와 사상을 유지하면서도 발달한 서양의 학문과 기술을 받아들여야 한다는 열린 사상을 견지했다. 그래서 문학과 역사, 농업, 수학, 법학 등의 각기 다른 실용적 학문 분야에서도 뛰어난 학자들을 배출했다.

*

"영재 대감, 잠시 발을 멈추어 주시오."

이른 새벽을 깨우는 파루의 북소리를 들으며 길가던 행인과 상인들이 도열하여 특별한 구경거리에 고개를 기웃거리고 있었다. 귀양길에 오른 이건창이 죄인이 되어 남대문을 막 빠져나가는 순간이었다. 그때 갓을 쓴 젊은 선비가 갑자기 뛰어들어 일행을 막아섰다. 죄인을 호송하던 군사들은 순간 긴장하며 긴 창을 들이대고 소리쳤다.

"웬 놈이냐?"

"어서 비키지 못할까? 죄인을 압송하는 길이다."

그러나 선비는 지지 않고 큰소리로 대꾸했다.

"어허, 영재 어른이 무슨 죄가 있소이까? 오직 국사와 백성을 위해 목숨을 다해 일한 청백리가 아니오? 만백성이 다 아는 충신을 누가 감히 죄인이라 칭하는 것이오?"

군사들이 그 기개에 눌려 멈칫하자, 인솔하는 장교가 나서서 정중하게 물었다.

"귀공은 뉘시오? 무슨 일이 있어 일행을 막아서는 것이오?"

"나는 유생 리상설이라고 하오. 오직 먼 길 떠나시는 영재 어른께 귀양길 평안을 빌며 술 한잔 받아 올리려 하니 부디 허락해 주시오."

평소에 백성들의 존경을 한 몸에 받던 암행어사 영재 이건창의 명성을 익히 알고 흠모하고 있었기에 인솔 장교도 그 말을 듣고 잠시 생각하더니 포졸들에게 명령했다.

"잠시 물렀거라."

이상설이라 자신을 칭한 청년은 미리 준비한 주안상을 이건창을 압송하던 수레 앞에 놓더니 그 앞에서 엎드려 큰절을 올렸다.

풍운아

"영재 대감, 소인들이 장차 어른의 뒤를 이어 나라를 구하겠나이다. 부디 평안히 가소서."

청년은 도포의 소매를 걷어 정성스레 마련한 곡주를 사발 가득 붓더니 고개를 숙이고 이건창에게 올려드렸다. 상투머리가 흐트러지고 초췌한 모습으로 앉아 있던 이건창은 물끄러미 젊은이를 바라보더니 말없이 잔을 받아 길게 단숨에 들이켰다.

"마침 갈증이 났었는데, 고맙구나. 리상설이라고 했느냐?"

"예, 어르신."

"어느 집안의 자제이며 누구 밑에서 수학했느냐?"

"동부승지 리용우 대감이 제 양아버지이옵니다."

"허허. 리용우가 총명한 아들을 두었다더니 바로 너로구나."

"아직 학문이 미진하여 영재 대감 밑에서 배우고자 하였더니 이렇게 떠나시옵니까?"

이건창은 젊은 청년의 이글이글 타는 눈길을 한참 뚫어지게 바라보더니 옅은 미소를 띠었다.

"내 귀양이 풀리는 대로 강화로 찾아오거라."


보재 이상설은 충북 진천에서 태어나 어려서부터 신동으로 이름난 인재였다. 스무살에 벌써 학문적으로 명망이 있었으나 스물다섯에 갑오개혁(1894)이후 치러진 조선 시대 마지막 과거에서 급제한 후, 성균관 교수를 거쳐 27세의 나이에 관장이 되었다. 보재가 태어난 진천은 강화학파의 계보를 잇는 양명학의 또 다른 본산이었다. 그 영향으로 실학에 관심이 많아 이상설은 조선 최초의 근대 수학책인 산술신서를 저술하며 수학의 이치를 가리켜 수리(數理)라 명하였다. 탁지부 대신으로 있을 때 미국 선교사 헐버트와 가까워지면서 서양의 학문을 접했고 독학하여 영어와 프랑스어, 러시아어를 구사하는 국제 정치와 법학에 능통한 학자가 되었다.

세월이 지난 후, 1905년 을사늑약이 체결될 당시 이상설은 다섯 번에 걸친 반대 상소를 올리다가 비분강개하여 땅에 머리를 부딪혀 자결을 시도하나 주변의 만류로 실패한다. 1906년 영의정에 책봉되었으나 곧 사임하고 블라디보스토크(해삼위)를 거쳐 북간도로 망명하여 룡정에 최초의 해외 민족 교육 기관 서전서숙(瑞甸書塾)을 세웠다. 그러나 이듬해 1907년 이상설은 다시 선교사 헐버트의 도움을 받아 황제의 밀지를 가슴에 품고 네덜란드 헤이그에서 열린 만국회의를 향해 떠났다. 일제의 방해로 회의에 참가하지 못하고 실패하자 함께 갔던 이준은 순국하고 이상설은 이위종과 함께 다시 블라디보스토크로 가서 독립운동을 펼친다.


3


"섰거라. 웬 놈이냐?"

함경남도 병마절도사 이용익의 관저 대문이 멀찌감치 보이는 골목에서 쭈그리고 앉아 하루종일 기다리던 이동휘는 어둑어둑한 땅거미가 진 후에 대감의 행차가 문 앞에 멈추어 서자 지체하지 않고 뛰어들었다. 호위 무사 둘이 창을 엇갈리며 막아섰고, 곧바로 동휘의 옷저고리를 낚아채어 땅에 꿇어 앉혔다.

"대감! 소인은 단천에서 나으리를 모시던 아전 리승교의 아들 동휘이옵니다."

동휘가 고개를 숙인 채로 다급하게 말을 이었다.

"누구? 리승교의 아들이라고?"

이용익이 가마에서 천천히 내려 다가섰다.

"일어나거라."

웅크렸던 동휘가 일어서면서 어깨를 펴고 품속에서 서신을 꺼내 든다. 곁에 섰던 군졸들이 품속에서 무엇을 꺼내는지 의심하여 다시 바싹 창을 겨누었다.

"나으리께서 제 부친에게 남기신 서찰이옵니다."

군졸이 비추는 횃불에 서찰을 찬찬히 훑어보던 이용익이 옛 생각이 떠오르는지 희미한 미소를 지었다.

"허허, 네 놈이 승교의 자제란 말이지? 알았다. 따라 들어오너라."

이용익이 손으로 군졸들을 비키게 하고 두 팔을 내저으며 앞장서서 관저로 들어갔다. 동휘는 아직 마음을 놓지 못한 채로 좌우를 살피면서 그 뒤를 따라갔다. 안채에 들어가 꿇어앉은 동휘를 앞에 두고 용익은 갓과 도포를 벗어 천천히 옷을 갈아입었다. 고개 숙인 동휘의 눈길이 이용익 대감의 버선발을 따라가고 있었다. 마침내 이용익 대감이 보료 위에 가부좌를 틀고 앉더니, 긴 담뱃대를 입에 물었다. 동휘는 습관적으로 옆에 있는 화로에서 불쏘시개를 꺼내어 이용익이 물고 있는 담뱃대에 갖다 대었다. 동휘의 거동을 유심히 살피며 담뱃불을 붙여 몇 모금 빨아들인 이용익이 물었다.

"애비를 닮아 손이 빠르고 풍채가 가득하구나. 네 이름이 무엇이냐?"

"동휘라고 합니다. 동녘 동에 빛 휘, 조선을 밝히는 인물이 되라고 아비가 지어주신 이름이옵니다."

동휘가 우렁찬 목소리로 대답했다.

"하하하, 조선을 밝힌다? 기개가 좋구나. 그래 무슨 사고를 쳤느냐?"

갑작스런 역습에 동휘가 흠칫 놀라 되묻는다.

"어찌 아시옵니까?"

"야밤에 황급히 찾아와 내가 준 서찰을 내미는 것을 보니 보통 급한 일이 아닐 것, 사람이라도 죽였더냐?"

동휘는 심중을 꿰뚫어 보는 이용익의 눈매에 감탄하며 자초지종을 털어놓았다. 고개를 끄덕이며 듣고 있던 이용익은 동휘가 요강을 뒤집어 군수의 얼굴에 부었다는 말에 박장대소를 하고 웃기 시작했다.

"으핫하하하… 실로 네놈의 기개가 대단하구나."

동휘는 이용익의 폭소에 놀라 잠시 어찌 처신을 해야 할지 몰라 쩔쩔매었다.

"홍종우 그놈이 주색을 밝히기로 유명하디, 암. 그렇다고 군수 머리에 화로와 요강을 집어던지는 놈이 개명텬디에 어디 있다더냐? 으하하하하…"

"처음엔 화가 나서 화로를 던졌는데 그만 군수 영감 수염에 불이 붙는 바람에 놀라서 요강을 쏟은 것입니다."

동휘는 이용익의 이해를 돕기 위해 부연 설명을 했는데, 그것이 더 그를 포복절도하게 했다.

"으하하하, 그만 됐다. 수염이 타고 똥물을 뒤집어쓴 그 꼬락서니라니, 상상만 해도 숨이 넘어가는구나. 으핫하하하…"

손을 내저으며 한참 만에 웃음을 가라앉힌 이용익은 움추린 자라목을 하고 다시 한번 동휘의 용모를 찬찬히 요목조목 뜯어본다. 고개를 갸웃거리며 무슨 속계산을 하는지 누런 흰자위 속의 갈색 눈동자가 빠르게 움직이는 것이 보였다. 이대로 다시 쫓겨나면 어찌할꼬 하고 동휘가 긴장하고 있을 때 이용익이 바깥채를 향해 소리 지른다.

"여봐라. 오늘 내가 기분이 좋아 이 나그네와 저녁 겸상을 해야겠다. 주안상을 함께 들여라. 조선을 밝힐 책략이 있다고 하니 한번 들어보자."

동휘는 이용익의 식객이 되었다. 첫 석 달을 아무 일도 주지 않고 무관심한 듯 동휘의 거동을 관찰하던 이용익은 그의 근면함과 스스로 찾아서 뛰어다니며 집안일을 적극 돕는 모습에 흡족한 웃음을 종종 지었다. 동휘 역시 행여 단천 사람과 마주칠까 두려워 바깥출입을 일절 하지 않았다. 처음 며칠은 방안에만 틀어박혀서 집을 나올 때 아버지 이승교가 봇짐에 넣어준 박지원의 허생전, 허균의 홍길동전 같은 소설책을 읽었다. 양명학자 정제두의 한문책은 어려워서 읽다가 던져버렸다. 며칠후 관내를 조용히 둘러보다가 병영에서 벌어지는 군사들의 훈련 모습을 유심히 관찰하며 속으로 익히기 시작했다. 그리고 달밤에 나가 낮에 외운 무술을 혼자서 연마했다. 동휘가 한참 땀을 흘리며 훈련에 몰두하던 중에, 이용익이 지나가다가 그 모습을 보았다.

"군인이 되고프냐?"

"예, 대감님. 소인은 나라를 외세에서 지켜내는 장수가 반드시 될 터이옵니다."

"무슨 수로 장수가 되려느냐?"

"기회를 보아 한성으로 가고자 합니다."

"한성에 가면 길이 열린다더냐?"

"세상이 변하고 있지 않사옵니까? 저희 같은 서북 사람에게도 길이 있을 것입니다."

"길은 사람이 여는 것이다. 네 길을 열어줄 사람을 만날 때까지는 기다려야 하느니라. 따라 들어오너라."

그날, 이용익은 자신이 살아온 이야기를 밤 깊은 시간까지 동휘에게 해 주었다. 물장수가 어떻게 보부상이 되었으며, 기회를 잡아 어떻게 궁중에까지 들어가게 되었는지, 그리고 임금에게 충성하면서도 오히려 멀리 떨어져 있고자 하는 이유에 대해서도 설명해 주었다.

"요즘 같은 시기에 임금 곁에 있다가는 목이 잘리고 피를 보기 십상이다. 권력은 적정한 거리를 두며 필요한 만큼만 취하는 것이 지혜로운 법인 게야."

"명심하겠습니다."

"내 알아보니 홍종우도 상처가 많이 회복되었다 하고, 그자도 자기가 한 일이 드러날까 두려워 크게 일을 벌이지는 않을 것이다. 조만간 군수가 바뀐다. 나와 친분이 있는 리계선이 단천 군수로 부임한다고 하니 기회 보아서 그를 불러 면책을 시켜줄 것이다. 염려 말고, 앞으로 날 따라다니며 먼저 세상일을 배우도록 하거라."

이용익은 광산 사업에 천부적 소질을 가진 사람이었다. 함경도 지방에 주로 밀집된 조선의 광산을 헤집고 다니며 그것을 개발하는 데 탁월한 능력을 발휘했다. 실로 그를 조선의 광산업을 일으킨 대부라고 해도 손색이 없을 것이다. 금·은·동을 채광하여 선광하고 제련하는 과정은 장인들의 오랜 기술과 경험을 필요로 하는 일이었지만, 실제로 그것을 한 줄로 엮어서 돈다발로 끌어내는 일은 또 다른 사업 수완이었다. 단천 지방의 사금팔이들을 모아 금괴를 주조하여 한참 재미를 보고 있을 무렵 임오군란으로 곤경에 처하여 피신해 있던 고종과 민비에게 금괴를 바치게 되었다. 그 다리를 놓아준 민비의 조카 민영익을 통해 이용익은 마침내 선공감가감역이라는 궁궐 내 공사와 수리를 담당하는 자리를 맡게 되고, 곧이어 상의원 주부가 되어 임금의 의복과 재물을 돌보게 되었던 것이다. 이때부터 이용익은 고종에게 충성을 다하며 임금의 비자금 관리책이 되었다. 이 무렵 고종은 조선을 묶고 있었던 수구 사상의 기본 틀을 허무는 인재 등용 확대 정책을 발표했다. 그것은 신분과 지역을 뛰어넘는 인재의 탕평책을 펼치겠다는 선언이었다. 이로 인해 양반들이 독점하고 있던 궁중의 고급 관료를 함경도 출신인

풍운아

이용익이 차지하고 들어갈 수 있는 틈새가 생겼던 것이다.

실제로 조선 시대에는 지역 차별이 극심하였다. 서도라 불리던 평안도와 북도라 불린 함경도를 합하여 서북 지방이라 칭하였다. 인구 비례로 보면 서북 지방에서 과거 급제자를 상대적으로 더 많이 내었음에도 불구하고 정3품 이상의 당상관에 등용되는 일은 거의 없었다. 그러니 서북인들은 늘 조정에 대한 불만과 불평을 지닐 수밖에 없었다. 그로 인해 함경도에서는 이징옥·이시애의 난이 일어났고 평안도에서는 홍경래의 난이 일어났었다. 그리하여 서북 지방은 언제라도 민란과 소요가 일어날 수 있는 반란의 중심지가 되어 왔던 것이다. 따라서 개화파의 힘을 등에 업은 고종의 이 같은 조치는 파격적인 것이었다. 그로 인한 반발도 만만치 않아 고종의 특별 총애를 받는 이용익에 대하여 기호 지방 출신 조정 대신들의 상소가 빗발치기도 했다.

거센 정치 비바람을 피하기 위해서였는지, 그는 중앙 관직을 떠나 다시 함경도 여러 지방을 순회하며 일을 했다. 북청부사, 강계부사, 함남병마절도사와 흥남관찰사 같은 행정을 두루 섭렵하였지만 주로 관북 지방의 광산을 관리하는 직책을 겸하여 맡았다. 그렇게 된 것은 왕실 재정에 큰 공헌을 하고 있는 이용익의 독보적인 역할이 있었기 때문이었다. 그러나 한편으로는 현장을 뛰어다니며 일하는 것을 더 좋아하는 그의 천부적 사업 체질 때문이기도 했다. 이용익은 광산업을 통해 벌어들인 수익을 세금으로 착실히 왕실에 바쳤을 뿐 아니라, 근대적인 회계장부 제도까지 도입하여 재산을 관리하였다. 그와 같은 천부적 장사꾼 이용익의 수하에서 동휘는 세상을 보는 눈을 키우며 급변하는 주변 나라들의 발전 상황을 주워들을 수 있었다. 금광을 찾기 위해 동분서주하는 이용익을 따라 함경도 북단 두만강과 평안도의 압록강 유역 변경까지 따라다니기도 하면서 국토를 두루 살피는 경험도 하였다. 이용익은 물장수 시절부터 발이 빠르기로 유명하여 축지법을 쓴다는 소문까지 있었다. 동휘는 이용익을 따라 숨이 턱에 닿듯 좇아다니며 그의 수행 비서 역할을 했다. 눈발이 휘날리는 동삼에 종성, 온성, 회령 등의 6진 변방 도시를 둘러볼 때는, 세종대왕 시절 여진족을 몰아냈던 김종서 장군의 기상이 자신의 혈관을 타고 흘러들어 옴을 느끼며 동휘는 끓어오르는 혈기를 주체하지 못했다.

4

갑오년 1894년, 동학혁명이 일어났다. 경주 출신 수운 최제우가 서학 천주교에 대항하여 유불선(儒佛仙)의 교리를 종합하고 인내천(人乃天) 사상을 내세우며 동학(후에 천도교로 개칭)을 시작하였으나, 보수적인 영남 지방에서 사도(邪道)로 정죄되어 3년 만에 대구 감영에서 처형되었다. 백성들의 고혈을 빨아들이는 탐관오리들의 억압에 항거하며 충청도 보은에서 동학도들이 최제우를 신원하기 위해 시작된 봉기가, 전라도 고부(정읍)에서는 농민들의 거센 저항으로 발전되었다. 물밀듯 몰아닥치는 서학과 외세의 바람에 맞선다고 하여 자신들을 동학이라 칭했다. 그들은 반상의 신분제 철폐를 주장하며 부패한 정부에 항의했다. 처형당한 최제우를 교주로 하는 동학도들의 궐기와 저항운동은 녹두 장군 전봉준이 합세하면서 대규모 무장 봉기로 발전했다. 수만의 농민들이 한성으로 쳐들어오자, 다급해진 조정과 민비는 청나라에 지원을 요청하였다. 이로 인해 임오군란(1882)과 갑신정변(1884) 이후 청일 양국이 동시 철군하면서 조선에 불간섭하기로 약조했던 톈진조약 (1885)이 깨지고, 조선 반도에서 청일전쟁이 발발하게 한 도화선이 되었다. 청군의 개입에 반발한 일본이 1894년 5월 6일 제물포항에 수천 명의 군사를 상륙시키고 무력으로 쳐들어와서 6월 21일 경복궁을 점령했다. 일본은 흥선 대원군을 꼭두각시로 내세워 김홍집의 친일 내각을 세웠으며 갑오경장을 일으켰다. 친일 내각은 일본군에게 힘을 실어 청나라 군대를 조선에서 몰아낼 것을 요청하였다. 청군의 주둔지 아산만에서 발발한 청일전쟁은, 평양까지 밀리며 후퇴한 청나라 육군을 일본이 다시 쫓아가서 격퇴시킴으로 승기를 몰아갔다. 그 여세로 일본 해군 또한 진남포와 신의주 앞바다에서 청나라의 북양 함대를 물리쳤다. 황해 해전에서 승리한 일본 군대는 요동반도까지 쳐들어가서 여순 학살을 자행하였다. 결국 청나라는 시모노세키 조약으로 요동반도와 타이완을 넘겨주며 무릎을 꿇고 말았다. 수천 년간 중화 사상으로 무장하고 동아시아의 패권 국가요, 종주국 행세를 하던 아시아의 용이 작은 섬나라 원숭이에게 치욕을 당한 것이다. 그러나 이로 인해 조선의 운명은 대륙 침략이라는 제국의 꿈을 꾸기 시작한 일본의 먹잇감이 되고 만다. 일본은 조선의 내정에 본격적으로 간섭을 시작했다. 청군을 몰아낸다는 명분으로 무력으로 경복궁을 점령한 왜군은 용산 둔덕에 군사기지 터를 잡았고 그 후로 해방이 될 때까지 51년간 한 번도 철수한 적이 없었다. 조선에 대한 일본의 실질적 군사 강점이 이때 시작된 것이다. 임진왜란과 정유재란에 이은 갑오년의 세 번째 왜란이었다.

이런 가운데에서도 고종은 망해가는 나라를 살려보기 위해 개혁적인 시도들을 단행했다. 김홍집의 갑오개혁에 의해 단행된 신분 제도와 과거 제도의 폐지는 양반 사회의 근간을 흔들었다. 노예 제도와 인신

매매의 근절, 고문과 연좌법이 폐지되고 조혼 제도가 금지되며 과부의 재혼이 허가되는 등 평등적 인권에 대한 근본적 조치가 단행되었다. 은 본위 제도와 도량형을 확립하고 화폐가 발행되어 세금을 화폐로 거두어들이는 경제 조치와 함께 탁지부에 홍삼의 전매권이 신설되는 등 조정의 재정을 강화하려는 조치도 함께 이어졌다. 반대 상소가 빗발치는 가운데 김홍집 내각은 그동안 언문이라 멸시당하던 훈민정음을 국문으로 채택하고 공문서에 국한문 혼용을 시작하였다. 친일 내각 김홍집의 개혁 정책들은 한편으로는 근대화를 촉진하는 작용을 하였지만, 상대적으로 조선의 전통과 제도를 뒤흔들어 왕권을 약화시킴으로 일본의 침략을 도와주는 역할을 하였다.

이런 혼란 상황 중에 고종이 단행한 조치 중 하나는 교육 정책이었다. 벌써 10년 전 1886년에 고종은 육영공원을 창설하여 미국 선교사 길모어, 헐버트 등의 교사를 초빙하여 고관 및 그 자제들을 양성하고 있었다. 그보다 1년 앞서 1885년부터 미국 선교사 알렌에 의해 세워진 의료 교육 기관 광혜원이 있었고, 그 1886년 감리교 선교사 아펜젤러에 의해 시작된 배재학당과 스크랜턴 선교사와 함께 들어온 그의 어머니 스크랜턴 대부인에 의해 세워진 이화학당이 근대 사학의 시작이라면, 육영공원은 국가가 세운 최초의 관학으로서 근대 공교육의 시작이었다. 그러나 갓을 쓰고 하인을 데리고 등교하는 대가댁 고관 자제 중심의 교육이 육영공원에서 큰 실효성을 거두지 못한 상태에서 조선의 신교육은 주로 기독교 선교사들에 의해 진행이 되었다. 미국 북장로회 선교사 언더우드가 세운 언더우드당을 이어받아 캐나다 선교사 게일이 경신학교를 세우는 등 한일병탄 직전까지 세워진 기독교계 사립학교가 신구교를 망라하여 796개가 되었다고 하니 실로 그 당시 조선의 인재들은 대부분 기독교 선교사들에 의해 배양되고 있었다고 해도 과언이 아니었다. 그중 평안도와 황해도에 세워진 학교가 7할가량 되었으며 근대사의 많은 인물들이 서북 지방에서 쏟아져 나오는 데 기독교가 결정적 역할을 하였다. 그런 와중에 고종은 1893년 강화도에 '통제영학당'이라는 해군사관학교를 만들어 수군을 양성하고자 했다. 당시 세계 최강을 자랑하던 영국 해군의 콜웰 대위를 교관으로 초청하여 장교 훈련을 시켰다. 그러나 대한제국의 군사력 증가를 원치 않던 일본은 청일 전쟁 승리 후에 군권을 장악하고 통제영학당을 폐교하고 말았다.

청일전쟁으로 나라가 전운에 휩싸였던 그 시기에도 고종은 서둘러 관제 개혁을 단행하면서 과거의 예조를 학무아문으로 바꾸고 성균관을 재정비하여 한학과 유학 중심의 교육 제도를 새로운 신학문을 가르치는 관학으로 대치하겠다는 결심을 내린다. 반상의 차별이 없는 인재 양성을 하겠다는 뜻을 밝히며, 우선 교사 양성을 위한 한성사범학교 관제를 공표한 것이었다. 그러나 1895년 4월 고종이 서둘러 한성사범학교를 세운 까닭은 따로 있었다. 한성사범학교는 2년제 본과와 6개월 속성과로 시작했는데, 실제로는 교사 양성뿐 아니라 무관 양성을 위한 사관학교의 성격도 함께 띠고 있었다. 그래서 더러는 무관학교라고 불리기도 했으나, 96년 1월 별도의 한성무관학교가 따로 세워졌다. 풍전등화의 국제 정세 속에서 고종은 자신과 나라를 지켜줄 근대식 군사 훈련을 받은 친위대와 군대의 필요성을 절감하였던 것이다. 그러나 그것은 때 늦은 조치였고 이미 저울추는 기울어지고 있었다.

"동휘야, 네가 이전에 한성에 가서 군인이 되고 싶다 했겠다. 그 뜻이 아직 변함이 없느냐?"

한성을 다녀온 이용익이 동휘를 불러놓고 대뜸 물어보았다. 이용익은 듬직한 동휘를 마치 비서처럼 데리고 다니면서 자신의 사업을 돕는 후계자로 키우고 싶어 했다. 그러나 동휘는 좀처럼 돈을 버는 일에는 관심을 갖지 않았으며 돈 관리에도 소질이 없었다. 동휘가 만든 회계장부는 번번이 실수투성이였고 동휘는 도무지 숫자 계산에는 능력이 없음이 드러났다. 그때마다 이용익은 호되게 야단을 치며 동휘를 가르치려 들었지만 타고난 성품은 바꾸기가 힘들었다.

　"적은 돈을 관리하지 못하면 큰일을 할 수 없느니라. 네 놈이 땅을 파보아라, 엽전 한 닢을 얻을 수 있겠느냐?"

　이용익이 긴 담뱃대를 탕탕 내리치며 화를 내었다.

　"잘못했습니다. 허나 소인은 회계에는 소질이 없는 것 같사오니 다른 일을 시켜 주십시오."

　"돈 버는 것보다 더 중요한 일이 어디 있다더냐?"

　"저는 돈보다 사람이 더 좋습니다."

　"예끼 이놈, 아직도 정신을 못 차리는구나. 돈을 믿어야지 사람은 믿을 것이 못 되느니라."

　"사람을 믿어야지 어찌 돈을 믿는다 하옵니까? 소인은 이해할 수 없습니다."

　"네 놈은 사람을 너무 잘 믿어서 탈이야. 사람은 속이기 위해 산다는 걸 모르느냐?"

　"저는 속임을 당할지언정 속이는 자가 되지는 않을 것입니다. 저는 사람을 제 인생의 권력으로 삼을 것입니다."

　"권력은 곧 돈이다. 돈이 있으면 나라님도 움직일 수 있는 법이야. 그걸 깨달아야 하느니라."

　"나으리께서 광산업을 통해 세금을 거두어 임금께 바치시는 것 역시

　　　　　　　　　　　　　　　　　　　　　　　　풍운아

권력을 취하기 위함입니까? ”

"그것이 또한 나라에 충성하는 길이 아니냐? ”

"임금이 잘못을 하여도 충성을 해야 합니까? ”

"임금이 곧 나라다. 임금이 없는 나라가 어찌 존재할 수 있단 말이냐? ”

"나라를 바로 세우기 위해서는 임금이 잘못하면 그것을 바로잡는 신하가 있어야 하지 않사옵니까? ”

"허허 이놈에게 역모의 씨가 있구나.”

"그렇지 않사옵니다. 나라를 걱정해서 드리는 말씀이옵니다. ”


군수에게 화롯불을 집어던졌던 동휘의 기개는 이용익 앞에서도 결코 물러서는 법이 없었고 두 눈을 부릅뜨고 자신의 의지를 분명히 드러냈다. 종종 맞붙어 이 같은 논쟁을 벌이던 차에 한성에서 새로운 학교가 세워진다는 소식을 접한 이용익이 동휘를 불러다 놓고 의중을 물었던 것이다.

"주상께서 무관들을 양성하는 학교를 세우시겠다 하니, 네가 그 학교에 입학하는 것이 어떻겠느냐? ”

동휘는 한성에 갈 수 있고 게다가 장교가 될 수 있는 교육까지 받을 수 있다는 이용익의 말에 뛸 듯이 기뻐하며 매달렸다.

"대감, 소인 그 학교에 가고 싶습니다. 보내주십시오.”

"네가 가서 임금에게 충성을 다하겠느냐? ”

"예, 나으리, 나라를 지키는 데 이 목숨 바치겠나이다. 그 학교에 입학만 시켜주시면 나으리의 은혜를 잊지 않겠사옵니다.”

"그럼 마침 리계선이가 한성에 올라가 있으니 찾아가서 그 집에 머물며 기다리도록 하거라. 내게 뒷일은 맡기고….”


한성무관학교가 고종의 친위대 양성 기관임을 직감한 이용익은 자신의 수하를 임금 곁에 두는 것도 나쁘지 않다 여겼다. 어차피 동휘는 사업에 쓸 종자가 못 되는 것이 판명 난 이상 더 곁에 붙들어 놓는 것도 의미가 없다고 생각했다. 이용익은 민영익 대감을 통해 이동휘가 한성무관학교에 입학할 수 있도록 천거했다. 명목상 계급 제도를 타파하고 반상을 불문하여 입학할 수 있다고 공표가 되었지만, 여전히 임금을 가까이 모실 친위대 교육 기관에 아무 연고도 없는, 그것도 서북 출신의 상민이나 중인이 입학한다는 것은 하늘의 별 따기와 같았다. 동휘가 한성무관학교에 입학하게 된 것은 그야말로 하늘이 준 기회였고 이용익을 만나게 된 천운의 결과였다.

5

1895년 10월 경복궁 안에서 일본 정부의 사주를 받은 주한 일본 공사 미우라와 친일 대신 유길준 등의 간계로 민비가 비참하게 살해된 을미사변이 일어났다. 일본의 강압을 저지하기 위해 고종과 민비가 러시아에 구원의 손길을 내밀자 급해진 일본 정부가 극약 처방을 단행한 것이었다. 일본 폭력배로 무장한 낭인들이 궁궐을 쳐들어왔고 친일파 조선 군인들이 길 안내를 했다. 궁녀들은 목숨을 걸고 왕비를 지키려 했으나 용병으로 고용된 미국인 훈련 교관 윌리엄 다이를 비롯한 1,500명의 궁궐 경비병들은 상의를 벗어 던지며 무기를 버리고 달아났다. 민비 시해 후 고종의 안위마저 위태로워진 상황에서 왕의 침소를 지키며 주로 불침번을 섰던 사람이 미국인 선교사 헐버트와 언더우드 그리고 캐나다인 선교사 에비슨 등 외국인이었다고 하니 그 당시 긴박했던 정국을 짐작할 수 있다. 민심은 극도로 악화되었고 전국에서 의병이 들고일어났다. 가뜩이나 흉흉했던 민심에 불을 지핀 것은 전국에 강제로 시행된 단발령이었다. 단발령의 본보기가 되기 위해 울며 겨자 먹기로 임금이 먼저 상투를 자르는 대사건이 벌어지자 조선 반도가 발칵 뒤집어졌다. 경기 지역의 김하락과 춘천의 이소응의 봉기를 필두로 충청 지역 의병의 총대장으로 유인석이 일어났으며 영남에서는 허위 이상룡 등이 일어나 관군과 접전을 벌였다. 이들 중 많은 의병장들이 나중에 간도와 연해주로 망명하여 독립운동을 지속하였다.

한때 화가 나서 동휘를 잡으러 혈안이 되어 찾아다니던 홍종우가 신임 군수 이계선과 함께 이용익 대감 집에 초대되어 동휘를 만났었다.

"으하핫하하… 불에 덴 상처에는 똥물이 최고디. 암~ 하하하."

이용익은 두 사람을 불러놓고 한바탕 잔치를 벌이듯 호탕하게 화해를 시켰다.

"글쎄 저놈이 워낙 성질이 불 같아서리… 헛헛."

입장이 곤란한 홍종우는 고개 숙인 동휘를 노려보며 계면쩍은 헛웃음을 지었다.

"대감, 염려 마시오. 내가 이 자의 안광을 보니 과연 장차 큰 장수가 될 상이라… 허허 내 지난 일을 묻지 않겠소."

동휘의 비범함과 장차 큰 그릇이 될 것을 직감한 이계선은 왕족의 후예답게 한번 내뱉은 말을 주워 담지 않았다. 홍종우 역시 그 후로 이전에 벌어진 화롯불과 요강 사건에 대하여 일절 언급하지 않았다. 하기는 그 일이 그의 입장에서 떠벌릴 일도 자랑할 일도 아니었다.

한성 이계선의 집에서 잠시 식객 노릇을 하던 동휘는 민영익 대감의 추천으로 수월하게 무관학교에 입학하였다. 무관학교에 입학하기 위해서는 상투를 자르고 단발을 해야 한다는 것을 알았을 때 동휘는 뒤통수를 한 대 얻어맞은 듯한 충격을 받았고, 그의 손은 무의식적으로 패랭이 밑의 상투머리로 올라갔다. 그 순간 새로운 세상이 올 것이라고 입버릇처럼 이야기하던 아버지 이승교의 말이 떠올랐다. 그리고 실감했다. 조선 500년의 머리채를 쥐고 흔들던 유교적 양반 사회의 상투머리가 마침내 잘려 나가는 세상이 온 것이다. 한편으로는 일제의 강압에 의한 단발령이 분하기 그지없었으나, 나라를 지키는 군인이 되기 위해서는 그 수모를 감수할 수밖에 없음을 깨달았다. 사관 생도의 복장을 맞추기 위해 상투를 자르고 군복을 처음 입은 날, 양복점 거울에 비추인 자신의 모습을 보면서 동휘는 두 줄기 눈물을 흘렸다. 그 눈물의 한 줄기가 살아온 지난날의 모든 고통과 관습으로부터 해방되고 끊어지는 회한과 아쉬움의 눈물이었다면, 다른 한 줄기는 굴욕과 불평등의 세상을 떠나 알 수 없는 미지의 세상으로 자신이 들어가게 된 것에 대한 미어지는 감격이 교차하여 흐르는 눈물이었다. 발밑에 떨어져 흩어진 자신의 상투머리를 바라보며 바야흐로 그의 인생에 새로운 장이 펼쳐질 것을 깨달았다. 어린 시절부터 상상해온 군인의 길에 첫걸음을 내딛는 자신의 현실이 믿기지 않았다. 멀리 고향에 계신 아버지 이승교의 꿈을 풀어드린 것이 기뻐서 울었고 돌아가신 어머니에게 그 모습을 보여드리지 못한 것이 한스러워 또 울었다. 국모 시해 사건을 막지 못한 궁궐 내 군사들을 생각하면 분통과 열불이 나서 견딜 수가 없었고, 동휘는 속히 자신이 무관이 되어 장차 이 나라 조정의 안위를 책임지는 장수가 되겠다고 결심에 결심을 다지고 있었다. 온 나라가 국모 시해 사건으로 인한 분노로 들끓고 있었다. 때마침 함흥 및 갑산 관찰사로 있던 이용익이 오랜 지방 관직에서 떠나 조정의 탁지부 사계국장으로 발탁되었다. 신변에 위협을 느끼던 고종은 자신의 재정을 챙겨줄 측근이 필요했던 것이다.

1896년 2월 11일 새벽, 동휘가 무관학교 입학식을 앞두고 기다리고 있던 어느 날, 고종이 러시아 공관으로 몸을 피하는 큰 사건이 벌어졌다. 친러파 이범진이 러시아 공사 베베르와 함께 모의하여 황제를 궁궐에서 빼돌려 전격적으로 정동에 있는 러시아 공관으로 옮겨버린 것이다. 여인의 복장으로 변장한 고종과 왕세자가 두 대의 교자에 나누어 타고 경복궁 영추문을 빠져나와 치외법권 지역인 러시아 공관으로 순식간에 진입했다. 일제의 강압적 침탈에 거의 볼모가 되다시피 한 상황에서 심한 스트레스를 받던 고종이 러시아의 힘을 빌리고자 피신한 것이었다. 이 거사는 이범진과 엄상궁이 짜고 벌인 일이었다. 명성황후에게 총애를 받아 출세 가도를 달렸던 서자 출신 이범진은 황후 시해 후 고종의 총애가 엄상궁에게 넘어가자 엄상궁을 자신의 집에 불러 금괴를 뇌물로 주면서 거사를 의논했다.

거사 당일 친일 내각에 대한 고종의 체포령이 떨어지자 친일파들이 일거에 무너지면서 김홍집은 전국에서 몰려든 보부상들과 성난 군중에 의해 이송 도중 비참하게 살해당하고 유길준은 일본으로 도피하였다. 왕후 살해 이후 친일 정권에 분노했던 민중의 격한 감정이 폭발한 것이었다. 곧이어 이범진·이완용의 친러 내각이 발표되었다. 고종은 왜군의 철병을 강하게 요구했으나 일본 정부는 의병들을 폭도들로 규정하며 자국 외교관들의 신변안전을 이유로 철군을 거부했다. 그러나 그때부터 친일파들의 반격이 재개되었다. 일국의 임금이 남의 나라 군대의 보호를 받는 우스꽝스러운 모습으로 인해 국가의 위신이 땅에 떨어졌으니 속히 경복궁으로 환궁하라는 유생들의 상소도 빗발쳤다. 그런 와중에 러시아의 간섭이 시작되며 광산의 채굴권과 압록강, 두만강 유역의 산림 채벌권 등 조선에서의 각종 이권들을 챙겨가기 시작했다. 러시아 공사 베베르는 자신의 부인과 처형인 독일 여성 손탁 여사까지 동원하여 고종을 극진히 모셨으나 고종의 신임을 바탕으로 일본을 제외한 다른 나라들이 조선을 개발하기 위한 많은 권리를 받아내었다. 결과적으로는 늑대를 피해 갔더니 범 아가리로 들어간 꼴이 되고 말았다. 고종이 러시아 공관에 머문 1년간 조선의 모든 정치는 러시아의 수중으로 넘어갔고, 탁지부 고문 알렉세프는 마치 재무장관 행세를 했다. 결국 또 다른 궁지에 몰린 고종은 1년 후 친일파들이 주장하는 경복궁이 아니라 경운궁(지금의 덕수궁)으로 환궁하여 또 한 번 세상을 놀라게 하였다. 그동안 고종의 지시를 따라 러시아 교관들에게 훈련된 궁궐 수비대가 준비되기를 기다렸다가 전격적인 행동을 감행한 것이었다.

1897년 10월 12일 고종은 황제국을 선언하고 연호를 광무로 하는 황제로 등극하였다. 그리고 다음 날 국호를 대한이라고 칭하였다. 조선은 대한제국이 되어 세계 만방에 자주 독립국임을 선포하였다. 이로 인해 대한제국은 오랜 청나라와의 속국 관계에서 해방되었고, 1899년 9월 11일에는 한청 통상조약을 체결함으로 대등한 외교를 시작하였다. 이 시기에 고종 황제는 일본의 침략에 맞서 국권의 회복을 위해 노력하였다. 경제와 기술 발전으로 국력을 일으키고자 이용익을 발탁하여 전국의 광산을 관리하게 하고 전환국장으로 화폐를 새로 발행하였으며, 그를 철도사 감독으로 겸임 발령했다. 이용익을 광무감독, 전환국장 및 내장원경을 동시에 겸임케 하여 황실의 경제 개발 계획을 총감독하는 실권을 부여한 것이다. 이 시기에 경운궁에 전기가 들어오고 경운궁 주변의 도로 정비 사업을 하였으며 한성 시내에 처음으로 전차가 다니기 시작하였다. 전차 운행은 비록 미국 자본과 일본 기술자들에 의해 진행이 되었지만, 일본의 교토에 전차가 시범 운행된 이래 동양에서 두 번

풍운아

째로 빠른 것이었다. 반면에 고종은 일본이 경부선 철도를 놓는 것에 대하여는 끝까지 반대 의견을 고집했다. 그러나 대륙 침략의 골간을 조선 반도에 놓으려는 일본의 강압을 물리치기에는 역부족이었다. 을사늑약이 체결되기 직전까지 대한제국은 열강의 틈바구니에서 생존을 위한 몸부림을 쳤으며 그 중심에는 유약하나 노회한 고종 황제가 있었다.

이용익은 고종의 신임과 총애 속에서 주변의 시기와 견제를 받아 지방으로 좌천되기도 하고 귀양으로 내쳐지기도 하면서도 끈질기게 살아남아 내장원경이라는 직책으로 고종의 재무 담당 후견인이 되었다. 전국의 광산과 홍삼을 관리하고 전환국장으로 화폐와 백동전을 찍어내는 책임자가 되어 임금의 돈줄을 마련하기 위한 충견의 역할을 감당했다. 이후 이용익은 대한천일은행(해방 후 상업은행 및 현재 우리은행)을 만들어 6세의 영친왕을 행장으로 세우고 자신은 부행장이 되어 기업체들의 예금을 유치하기도 하면서, 시대를 앞서가는 경제인으로서의 면모를 유감없이 발휘하였다. 정치적으로는 친일파를 견제하기 위하여 이범진과 더불어 친러파의 대표적 인물로 앞서서 활동하였다. 그의 반일 행각으로 말미암아 더러 독립운동가로 평가되기도 하지만, 이용익은 반일이든 친러든 관계없이 항상 고종 황제를 떠받들기 위한 방편으로 입지를 보인 것이지 민족주의적 독립운동과는 약간 거리가 있는 인물이었다. 그에 대한 가장 정확한 평가는 충성심으로 왕을 떠받드는 근왕주의자라고 말할 수 있다. 그 이후, 황제의 측근이 되어 탁지부대신, 군부대신으로 권력의 정점에서 활동하던 중 을사늑약이 체결되자 결국 정계에서 밀려나서 러시아로 망명하였고 연해주에서 파란만장한 인생을 마감한다. 그가 밀려나기 직전이었던 1905년, 지금 고려대학교의 전신인 보성전문학교를 세움으로 구한말 교육자로서의 족적도 남기게 되었다. 이 과정에서 이용익은 동휘의 후견인으로서 많은 도움과 영향을 주었다. 동휘가 훗날 친러시아적 성향으로 돌아서서 러시아 망명 생활을 하게 된 데에도 이용익의 영향이 반드시 있었으리라 짐작된다.

동휘가 러시아와 가까워진 데에는 또 하나의 더 큰 변수가 있었다. 갑작스러운 고종의 아관 망명으로 말미암아 일본식 군사 교육이 러시아식으로 바뀐 것이다. 동휘의 무관학교 입학은 잠시 몇 개월 미루어졌고, 한성무관학교는 결국 졸업 시에는 대한제국 육군무관학교로 이름이 바뀌게 된다. 1기로 입학한 33명의 사관 생도들은 졸지에 러시아 교관들에 의해 군사 훈련을 받게 되었다. 군사 교련 단장 푸치아타 대령을 비롯한 러시아 장교들이 들어와서 생도들을 가르쳤다. 한성무관학교에는 군사학과 훈련 및 체조 시간은 물론이요, 근대적 사관학교의 교육을 위해 국문, 한문, 외국어, 역사, 지리 등의 인문학뿐 아니라 수학, 물리, 화학, 박물 등의 수업 시간도 있었다. 군사와 체조 시간은 동휘에게는 친숙하였지만 기타 과목들은 처음 접하는 신기한 내용들이었다. 성균관에서 파견된 교수들이 가르치는 과목이 많았고 영어와 지리 시간에는 가끔 미국인 헐버트 선교사도 들어오곤 했다. 헐버트는 육영공원에 있을 때부터 한글의 우수성에 감탄하여 자신이 직접 한글로 집필한 〈사민필지〉라는 지리사회서로 가르친 바 있었다. 이듬해 헐버트는 한성사범학교의 교장을 맡기도 했다. 헐버트는 고종이 가장 신임하는 외국인이었기 때문이었다. 그러나 동휘에게 잊지 못할 수업이 있었다.

"기립! 차렷! 교관님께 경례!"
대한제국 육군무관학교 첫 수리 수업이었다.
그런데 전혀 군인 같지 않은 사람이 들어왔다. 단발을 하고 양장을 한 젊은 교수가 옆구리에 책을 끼고 들어와 교단 위에 서는데, 코 밑에 멋진 카이저수염을 기르고 있었다. 동휘는 그의 온화하면서도 눈에서 섬광이 비추는 듯한 눈매에 매료되어 한동안 얼어붙은 듯 입을 벌리고 바라보고 있었다.

"나는 제군들에게 수리를 가르칠 성균관 교수 리상설이다. 제군들의 무관학교 입학을 축하한다. 제군들은 장차 조선 육군을 이끌어갈 장교가 될 사람들이기에 하시의 나태도 없이 모든 학습에 열과 성을 다해 정진해 주길 바란다."

누군가 질문을 하였다.

"수리가 뭔 말잉교? 대포를 수리한단 말잉교?"

생도들이 큰 소리로 떠들며 교실 안이 한바탕 웃음바다가 되었다.

"수리란 수(數)의 리치(理治)라는 뜻이다. 숫자를 다루는 학문이다."

이상설은 한 치의 흔들림도 없이 차갑게 대답했다.

"군인이 수리를 왜 배워야 합네까?"

동휘가 벌떡 일어나서 큰 목소리로 질문했다.

"대포알이 어떻게 날아가서 어디에 떨어질지를 미리 계산하려면 수학의 이치를 알아야 하는 것이다. 그래야 전장에서 적을 섬멸할 수 있다. 포환이 날아가는 궤적의 원리를 이해하기 위해서는 물리를 배워야 하고 폭약을 만들기 위해서는 화학을 배워야 하며, 대포 사격을 어느 지역에 투척해야 전투에서 승리할 수 있을지를 판단하기 위해서는 국토의 지리와 지형을 상세히 이해하고 있어야 한다. 제군들은 이제 조국을 수호하고 지키는 조선의 육군을 선도할 장교로서 마땅히 이 모든 과목을 이수해야 하는 것이다. 이제 알겠는가?"

이상설의 차분하면서도 상세한 설명을 들을 때, 동휘는 대포알이 뻥 하고 가슴을 뚫고 지나간 듯한 충격을 받았다. 그리고 깨달았다. 아, 배워야 하는구나. 군인이 된다는 것이 주먹만 잘 쓰고 힘만 있다고 되는 것이 아니로구나 하는 것을 알게 된 것이다.

수업을 마친 이상설이 책을 옆에 끼고 절도 있는 걸음으로 문을 나서다가 문득 생각이 난 듯 뒤돌아 동휘를 쳐다보고 묻는다.

"자네는 서북 출신인가?"

"예, 함경남도 단천에서 왔슴다."

이상설이 약간 놀랍다는 듯이 멈칫하더니 말없이 나갔다.

# 개 척 자

.

.

.

.

<차라리 강을 넘어 새 터전을 개척하겠소>

6

"받들어, 총!"

우렁찬 궁성 수비대 시위 대장의 목소리가 왕궁이 떠나갈 듯 쩌렁 쩌렁 청명한 가을 하늘을 더 높이 치켜올렸다. 아침부터 중화전 건축을 위해 바삐 움직이는 일꾼들이 멀리 보였다. 2층으로 설계된 화려하고 장엄한 중화전을 세우기 위해 설계사들이 줄로 재고 땅을 파는 모습들이 분주하였다. 러시아 공관에서 돌아온 고종은 대한제국을 선포하고 황제로 등극하였다. 늘 청나라를 의식하며 사대를 일삼던 조정 대신들은 전쟁에서 패한 청나라가 이빨 빠진 호랑이가 되자 도리어 상소를 올려 황제로 올라서기를 주청하기 시작했다. 짐짓 사양하던 고종도 결국 빗발치는 상소를 받아들여 일본과 청나라와 어깨를 나란히 하는 황제가 된 것이다. 황제의 즉위식을 위해 환구단을 세우고 천신제를 올렸다. 왕이 황제가 된 것이다. 마침내 화려한 황룡포를 걸치고 면류관을 쓴 고종이 즉위할 때, 창검을 꽂은 장총을 어깨에 멘 시위대 군사가 어가를 호위하고 행진하였다. 그 선두에 동휘가 있었다. 부슬비가 추적추적 내리고 있었으나 조정 백관과 백성들은 "대황제 폐하 만세"를 소리 높여 외쳤다. "대군주 전하 천세"를 외치던 나라에서 처음으로 만세 소리가 삼천리에 퍼져나간 것이다.

그 황제의 위엄을 세우기 위해 시작한 것이 궁궐 축조 공사였다. 그 바람에 아침마다 조례를 경운궁 안뜰에서 치르고 있었다. 러시아제 베르당 소총을 찬 신식 수비대 군인들이 도열을 하고 제식 행진을 하면서 황제 앞으로 다가왔다. 감청색 군복에 멜빵 바지를 입었으나 각반을 착용하지 않아 바지 끝이 길게 늘어져 있었다. 군모는 검정색이었고, 모표는 하얀 배꽃을 달고 있었다. 열병을 받는 고종의 얼굴에 함박웃음이 가득했다. 러시아 교관에게 배워서 구령 속에 종종 러시아어가 섞여 있었다. 행진을 하다가 직각으로 돌아서서 열병 보고를 하는 장교는 바로 육군 참위 이동휘다.

"허허, 어떻소? 내 말이 맞지 않소? 저 시위대 리동휘 참위의 구령 소리에는 조선 팔도를 벌벌 떨게 할 만한 기개가 있지 않소? 허허, 난 저 구령 소리만 들으면 내 안의 모든 체증이 한꺼번에 쑥 내려가는 기분이오."

고종의 옆에는 명성황후 대신 들어온 엄상궁이 곁에서 황제를 보필하며 함께 구경하고 있었다. 민비는 대한제국이 세워진 후 명성황후로 책봉이 되었다. 명성황후의 시해 후 자신의 목숨도 언제 날아갈지 모르는 살얼음판 속에서 고종은 십 년 전 민비에게 미움을 받아 궁 밖으로 쫓겨났던 엄상궁을 생각해냈다. 다섯 살에 궁녀로 들어가 내전에서 중전을 모시는 시위상궁까지 올라간 대단한 지략과 총기를 가졌으나 워낙 외모가 못생겨서 설마 고종이 엄상궁을 가까이 하리라고는 아무도 예측을 못했다. 자신의 몸종과도 같은 못생긴 엄상궁이 대전에서 임금과 잠자리를 같이 한 것을 안 민비의 노기는 하늘을 찔렀고 형틀에 묶어 주리를 틀었다. 고종이 민비를 향해 유약한 왕세자를 위해 덕을 쌓으라고 통사정까지 하는 바람에, 죽기 직전에 겨우 풀려나 궐밖으로 내쳐졌던 것이다. 고종은 명성황후 시해 후 닷새 만에 엄상궁을 경복궁으로 불러들였다. 그리고 고종의 목숨을 지켜낸 것은 외국인 선교사와 엄상궁이었다. 엄상궁은 친러파 이범진과 짜고 매일 밤 자신이 가마 두 대를 타고 궁궐을 빠져나가는 장면을 수없이 반복하여 성문을 지키는 군졸들의 경계심을 완화시켰다. 그 무렵 엄상궁이 세도를 얻어 밤마다 대신들에게 뇌물을 받기 위해 친정 나들이를 한다는 소문이 퍼져 있었고, 그 소문은 엄상궁의 머리에서 나온 지략이었다. 결국 삼엄한 친일 내각의 경계를 뚫고 엄상궁으로 가장한 고종과 왕세자의 가마가 궁궐을 빠져나올 수 있었던 것이다. 엄상궁은 아관 망명 시 고종을 정성으로 모셨고, 경운궁으로 환궁한 이후에 엄귀비로 올라섰다. 궁녀 출신인지라 조정의 법도로 인해 황후에는 못 올라섰으나 영친왕을 낳은 후 순헌황귀비가 되어 명성황후를 능가하는 세도를 부렸다.

"폐하! 참람무도한 역적 리용익을 주살하소서! 목을 치소서!"

영친왕의 생모 엄비를 황후로 올리는 것을 반대하고 대신 존칭을 양귀비처럼 '귀비'라고 하자고 주청을 드렸다가 이용익이 큰 위기에 몰린 사건이 일어났다. 이용익이 못생긴 자신을 양귀비에 견주어 비하했다고 생각한 엄비가 노기충천하여 이용익을 쳐내기로 작정한 것이었다. 그러자 엄비의 지시를 받은 대신들이 몰려들어 이용익에 대한 탄핵이 이어졌다. 평시에 천한 물장수 출신인 이용익이 궁중을 관리하는 최고 실세인 내장원경이 되어 황제의 총애를 받는 것을 질시하던 조정 대신의 상소가 빗발쳤다. 회계장부까지 만들어 국고를 채우고 오직 황제에게만 충성하는 이용익은 엄비에게도 만만치 않은 껄끄러운 존재였다. 반대로 고종의 입장에서는 궁중의 모든 재산뿐 아니라 전국의 광산과 토지와 인삼 재배에 이르기까지 세밀하게 관리하며 국고를 채우기 위해 노력하는 이용익은 충신 중의 충신이요, 결코 죽일 수 없는 사람이었다.

"내 이 일을 어찌하면 좋겠느냐?"

고종은 이용익을 조용히 불러 상의했다. 임오군란 시절부터 자신의 청지기 역할을 담당한 이용익을 고종은 사석에서 격의 없이 대했다.

"폐하, 중신들의 상소에 따라 소신을 파직하시고 참형에 처하라는 명을 먼저 내리소서."

"무엇이라? 내 어찌 너를 참할 수 있단 말이냐?"

"폐하! 일단 끓는 물은 넘치기 전에 뚜껑을 열어야 하는 법이옵니다. 거품이 잦아들면 다시 뚜껑을 닫으면 될 일이옵니다."

그의 제안에 따라 고종은 이용익의 모든 재산을 몰수하고 파직시켰으며 사형을 명하였다. 그러나 엄비와 중신들의 노기가 가라앉자 고종은 이용익을 즉시 다시 사면하여 러시아 공관으로 몸을 피신케 한 이후, 흉년을 맞아 곡식을 구하라는 어명을 내려 멀리 베트남으로 보내버렸다. 결국 탁월한 사업가 이용익은 베트남에서 곡식을 싼값에 수입하여 배에 싣고 화려하게 귀국하였고, 기근을 물리치고 나라를 살린 충신으로 모든 관직과 재산을 회복했다. 엄비는 결국 이용익의 제안대로 황귀비가 되었다. 황귀비의 세도는 대한제국이 문을 닫을 때까지 지속되었다. 아들 이은(李垠) 영친왕이 아파서 궁궐에서 굿을 하는 날이면 상중에 있거나 상갓집에 다녀온 대신은 어떤 급한 일이 있어도 입궐이 금지되었다. 황귀비는 을사늑약 직후 어마어마하게 모은 재산을 일본 통감부에서 몰수하려 하자 선수를 쳐서 그 돈으로 양정의숙(현 양정 고교)과

진명여학교 및 명신여학교(현 숙명 여고)를 세우기도 하였다.

　　1897년 무관학교를 제1회로 졸업하고 육군 참위 임관을 한 졸업생
은 13명이었다. 그중에서도 동휘는 단연 돋보이는 존재였다. 동휘는
궁성 수비대로 발령받았는데, 유난히 큰 그의 목소리 덕분에 주로 열병
보고를 도맡아 하였다. 고종과 고관 황실 귀족들은 동휘의 열병식을 구
경하기 위해 종종 나오곤 했다. 점차 그의 이름이 장안에 퍼지게 되면
서 동휘는 황태자로부터 조랑말을 하사받는 등 왕실의 신임을 얻었다.
그 무렵 말술을 마시는 동휘가 대낮에 취하여 추태를 부린 일이 있었
다. 그로 인해 징계를 받은 동휘는 자신의 행위를 반성하며 그 좋아하
던 술을 일시적으로 끊어 버리는 결단력을 보이기도 했다. 부위로 승진
이 되면서 고종의 신임을 얻어 군대 요직인 원수부 군무국원으로 발령
이 났고, 정위 승진 이후 그의 청렴 강직함을 인정받아 전국 각지의 군
대 재정을 감사하는 검사관이 되었다. 이 시절 동휘는 평양진위대 대대
장의 공금 횡령 사실을 적발하였고, 사건을 무마하고자 하는 뇌물 제의
를 단호히 거절하고 처벌한 사건으로 이름이 널리 알려졌다. 이로 인해
삼남 검사관이라는 일종의 특별검사와 같은 직책을 맡아 부정부패한
삼남 지역 군수 14명을 파직하게 하고 50만 냥의 엽전을 압수하여 고
종에게 바치기도 했다. 고종이 3만 냥을 상급으로 하사했으나 그것을
극구 고사한 것이 소문으로 퍼지자 이동휘의 이름은 청렴한 군인의 표
상으로 조선 팔도에 퍼지게 되었다. 어쩌면 이용익에게 약속한 대로 황
제에게 충성을 다하는 기간이었는지도 모른다.

　　그런데 그 시절, 동휘의 대외적 명성이 점차 알려지던 것과 비례하여
겉으로 드러나지 않았지만 무척 중요한 또 다른 활동이 있었다. 그는

무관학교 재학 시절 우연히 동기생 하나가 가지고 온 '독닙신문'을 보게 되었다. 놀랍게도 한자가 없이 순 국문으로만 쓰인 신문이었고 제일 뒤에는 영문판도 함께 있었다. 들어보니 미국 유학을 다녀온 서재필이라는 사람이 만든 '독닙협회'에서 발행하는 신문이라고 했다. 일본 유학파였던 서재필은 김옥균, 박영효와 함께 갑신정변의 주모자 중 한 인물이었는데, 구사일생 미국으로 도피하여 의사가 되었다. 그러나 조선에 남아 있던 온 집안은 삼족이 멸문지화를 당했다. 10년 후 다시 친일 내각이 들어서자 박영효의 초청으로 제이슨 필립이라는 미국 시민이 되어 귀국했다. 고종 황제를 알현하는 자리에서 고개를 숙이지 않고 왕에게 악수를 청했다 하여 장안의 큰 화제가 되기도 했다. 그는 백성들을 계몽하기 위해 신문을 발간하기로 하고 유길준, 윤치호, 이상재, 주시경과 같은 개혁파 인사들을 모아 사설과 기사를 쓰게 하였다. 그 신문에 서재필이 논평을 실었는데, 이런 내용이 있었다.

"조선이 몇 해를 청나라의 속국으로 있다가 하나님 덕에 독립이 되어 조선 대군주 폐하께서 지금은 세계의 제일 높은 임금들과 동등이 되시고, 조선 인민이 세계에서 자유로운 백성이 되었으니, 이런 경사를 그저 보고 지내는 것이 도리가 아니요, 조선이 독립된 것을 세계에 광고도 하며, 또 조선 후생들에게도 이때에 조선이 분명하게 독립된 것을 전하자는 표적이 있어야 할 터이오…."

서재필은 프랑스의 개선문을 본뜬 독립문을, 조선의 임금이 친히 나가 중국 사신을 맞이하던 영은문을 허물고 그 자리에 세워야 한다고 주장하며, 독립문 건립을 위한 모금운동을 벌였다. 동휘는 그의 논평과 독립문 건립이라는 대의에 감복하여 당장 모금운동에 뛰어들었다. 그것이 계기가 되어 독립협회 운동에 조금씩 관여하던 중, 졸업 후 소장 개혁

개척자

파 무관의 신분으로 정식 회원이 되었다. 처음에는 개화파 지식인 중심으로 활동하던 독립협회가 정부 관료들도 참여하기 시작하더니 나중에는 천민을 포함한 일반 백성들도 자유롭게 참여하는 모습으로 발전하였다. 그 과정에서 전국적인 지회가 창립되었고 평남 지회에서 안창호 같은 신진 지도급 인물이 등장하는 계기가 되었다.

독립협회 초창기에는 청나라의 영향으로부터 독립을 하자는 뜻에서 친미 또는 친러 인사들이 대거 협회에 참여하여 활동하였다. 협회를 창설한 주요 인물들이 친일적 성향을 지니고 있었기에 청일전쟁에서 나타난 두 나라의 반목 상황에서 청나라의 개입을 몰아내는 것을 나라의 주권을 찾는 독립이라고 이해했던 것이다. 자연스럽게 그것은 일본의 입지를 세우는 결과로 나타날 수밖에 없었다. 그러나 아관으로 고종이 망명한 이후 러시아의 영향력이 커지자 반대로 반러적 성향이 나타나기 시작했다. 특별히 독립협회의 대다수 지도급 인사들이 기독교인들이 많았고 친일 개화파 또는 이승만, 윤치호와 같은 친미적인 성향을 지닌 인물들이 주를 이루고 있었다. 그 영향으로 당시 일본과 미국의 공동 이익을 추구하며 러시아와 대립하는 상황이 반영되어 협회 안에서도 정치 투쟁의 모습이 나타나기 시작했다. 친러 황제파 수구 정치인들의 반대에 직면하여 암살 기도까지 당하자 서재필은 다시 미국으로 돌아갔고 윤치호가 그 뒤를 이어 협회를 이끌었다.

독립협회의 초대 위원장이었던 이완용은 원래는 그의 수양아버지 이호준이 흥선 대원군의 측근이었기 때문에 청나라의 양무운동을 따라 하는 수구파였으며 반일 친청파였다. 그러다가 청일전쟁에서 청나라가 패하고 미국을 다녀온 이후 친미파가 되었고, 아관파천 시에는 일시적으로 친러파로 선회하여 고종의 총애를 받았다. 그러다 보니 한때 이완용은 러시아에 이권을 넘겨준 혐의로 협회에서 이용익과 함께 탄핵을 당했다. 그러자 이완용도 협회에서 탈퇴하여 거리를 두기 시작했다. 그 후에 이완용은 러시아의 이권 개입에 반대하며 갈등을 겪다가 다시 친미파로 돌아섰다. 일찍이 육영공원에서 영어 신교육을 받았던 이완용은 미국 대리 공사까지 지냈던 경력으로 근원적으로 러시아보다는 미국 쪽에 훨씬 더 가까운 인물이었기 때문이다. 그러다가 결국 러일전쟁에서 일본이 승리하자 최종적으로 친일로 돌아서서 그대로 자리매김하게 된다.

동휘는 이처럼 협회 안에도 존재하는 다양한 정치적 이해관계의 충돌과 혼란 상황이 잘 이해가 가지 않았다. 특히 협회가 친러파 이용익 대감을 탄핵하는 과정에서 잠시 갈등을 겪기도 했다. 이용익은 동휘의 독닙협회 활동을 매우 못마땅하게 여겨서 한번은 궁궐 안에서 마주쳤을 때 큰소리로 야단을 치기도 했다.

"황제를 모시는 궁궐 수비대 참위가 독닙협회 활동을 하다니, 그게 말이 되느냐? 속히 그곳에서 나와 황국 협회로 들어오너라."

"대감, 독닙협회에는 많은 우국지사가 있사옵니다. 그들 역시 황제 폐하를 바로 모시기 위해 최선을 다하고 있습니다."

"서재필, 윤치호, 유길준 그놈들은 모두 친일 앞잡이들이야. 결국은 황제 폐하를 해하려 하는 놈들임을 모르느냐? 내가 호랑이 새끼를 키웠더니 어찌하여 여우들 틈에서 기웃거린단 말이냐?"

"독립문 건설을 위해 리완용 대감 같은 조정 대신들도 참여하고 있지 않사옵니까?"

이완용은 25세에 병과 급제한 이후 육영공원에서 신학문을 배워 고종의 눈에 뜨인 후, 왕세자 순종을 가르치면서 정3품 당상관에 5년 만에 올라가는 초고속 승진을 거듭했다. 독립문 건립 위원장을 맡아 독립 문이 세워질 때 현판을 친필로 써서 붙이기도 했다.

"허허, 이놈이 어째 이리도 순진하단 말이냐? 내가 진작에 말하지 않았더냐? 네놈은 사람을 너무 잘 믿어서 탈이라고. 결국 사람 때문에 큰 변고를 당할 것이야."

이용익이 못마땅한 표정으로 헛기침을 크게 하더니 도포 자락을 휘날리며 사라졌다.

사실 동휘도 이용익이 지적한 우려가 전혀 없는 것은 아니었다. 서재필, 윤치호 같은 유학파 지도자들이 넓은 견문으로 새로운 자유민주주의 사상을 설파할 때는 탄복이 되다가도, 그들이 지닌 친일·친미적 사상의 이중성이 청국을 사대주의로 섬기던 것과 무엇이 다른지 구별이 잘 되지 않았다. 그러나 나라의 독립을 추구한다는 숭고한 뜻에 동참하고 많은 우국지사를 만날 수 있다는 것에 큰 뜻을 두고 동휘는 계속 협회 활동을 유지했다. 그러나 그 당시 독립협회를 거쳐 간 다양한 지식층과 지도급 인사들은 을사늑약으로 인한 일본의 국권 침탈 이후 비로소 선명한 자기 색깔들을 드러내며 골수 친일파와 진정한 독립운동가로 나뉘게 되고 독립운동가들 중에서도 우익과 좌익으로 나뉘어서 각기 다른 인생을 걷게 되었던 것이다.

독닙협회는 민주 민권 사상을 불러일으키며 민중을 계몽하는 차원에서 그치지 않고 기관지 격인 독닙신문의 사설을 통해 백성들의 정치 참여와 토론을 유발하였고 부패한 정치인들을 탄핵하는 역할까지 감당하였다. 1897년 2월 러시아 공관에 몸을 피신해 있던 고종에게 압력을 넣어 마침내 환궁하도록 하는 결정적 역할도 감당하였다. 그 여세를 몰아

종로에서 일반 백성들이 함께 참여하는 토론 형식의 만민공동회를 개최하여 안창호, 이승만, 신채호 같은 개혁적이고 젊은 진보 성향의 연사를 등장시켜 대중 연설의 장을 열었다. 특히 열강의 이권 침탈에 반대하는 국권수호운동을 벌여서 백성들의 지지를 받았다. 처음에는 이상재, 윤치호 등 독립협회 지도층들의 주도로 열리던 것이 나중에는 모든 계층의 백성이 참여하는 범인민 운동으로 발전했다. 노비 해방에 대한 진지한 찬반 토론 끝에 결국 찬성 쪽으로 결론이 나자 윤치호 같은 인물은 즉각 노비 문서를 불태워 자신의 노비들을 해방시켰으며 그를 이어 많은 사람이 노비 해방에 참여하였다. 1898년 10월 29일 한성부 중심의 종로에서 관민과 남녀 반상의 신분과 관계없이 1만 명이라는 최대 인파가 모인 가운데 대중 집회가 개최되었다. 그날 개막 연설을 한 사람은 해방된 노비였으며 백정 출신이었던 박성춘이었고, 그는 집회 진행 본부의 천막(차일)을 받치는 장대를 비유하여 단결을 호소함으로 전 집회 참가자들의 열렬한 박수를 받았다.

"이 사람은 대한에서 가장 천하고 무지몰각한 사람이올시다. 그러나 충군애국(忠君愛國)의 뜻은 대강 알고 있소. 오늘날의 이국편민하는 길은 관민이 합심한 연후에야 가능할 것이오. 저 차일에 비유하건대, 한 개의 장대로 받치면 역부족이지만 많은 장대를 합해 받치면 그 힘이 매우 공고해지지 않겠소? 엎드려 바라건대 관민이 합심하여 우리 대황제의 성은에 보답하고 나라의 국운이 만만 년 이어지도록 합시다."

박성춘은 캐나다 선교사 에비슨에게 치료를 받던 중 복음을 받아들여 기독교인이 되었고, 백정 해방 운동을 하면서 만민공동회의 연사로 종종 활약하였다. 그가 섬기던 곤당골교회에서 백정 출신인 그를 장로

개척자

로 세우자 양반들이 반발하여 나가서 북촌 안동교회를 세웠고, 남아 있
던 백정과 천민들이 모여서 만든 교회가 승동교회였다. 그의 아들 박서
양은 세브란스 1기 졸업생 7인 중 한 사람으로 우리나라 최초의 서양
외과 의사가 되었다. 망국 후에 그의 동기생 김필순은 서간도 통화로 떠
나갔고, 박서양은 북간도 룡정으로 건너가서 구세의원을 세워서 대한
국민회 독립군 군의의 역할을 충실히 감당하였다.

만민공동회는 진행 자체가 매우 민주적이고 누구든지 발언권을 얻을
수 있는 자발적 시민 단체 행동이었기에 점점 더 큰 정치적 영향력을 미
치게 되었다. 이런 가운데 의회 제도의 도입을 주장한 만민공동회의 압
력에 고종이 굴복하여 입헌군주제의 하원 격인 중추원 관제가 발표되고
그 절반의 의석을 독닙협회에서 추천하기로 결정이 나자 온 백성이 환
호성을 질렀다. 그러나 기쁨은 잠시 독닙협회가 황제를 몰아내고 역모
를 꾀한다는 거짓 상소가 올라가고 독닙협회 지도부들이 체포당하며 난
관에 봉착하였다. 독닙협회의 활동에 불만을 품은 황국협회의 근왕주의
자들이 보부상을 동원하여 역공을 펼친 것이었다. 황국협회가 결성되는
배후에는 과거 보부상 출신 이용익의 입김이 크게 작용하였다. 만민공
동회가 다시 개최되어 독닙협회 간부들의 석방을 강력히 요구하였으나
신변의 위협을 느낀 고종과 황국협회의 사주를 받은 보부상들이 몰려가
폭력으로 만민공동회를 해산시켰고 결국은 독닙협회는 불법 단체로 해
산 명령을 받게 되었다.

동휘는 독닙협회 후반부에 서무 과장을 거쳐 부장급 임원으로 활동
하면서 많은 개화파 인사들과 접촉하였다. 이때 비로소 장차 독립운동
을 함께 전개하게 될 수많은 민족 운동가를 만나게 되는 기회가 된 것이

다. 그들 중에는 해외 유학을 다녀왔거나 서양 선교사들에게 교육을 받음으로써 서구 시민 사회의 정신을 직간접적으로 배우고 이어받은 서재필, 윤치호, 양기탁, 이승만, 이상재, 안창호, 주시경과 같은 부류도 있었다. 한편 실학의 영향을 받아 동도서기(東道西器)를 주장하며 국내의 사상적 흐름의 뿌리를 중요시하는 박은식, 이동녕, 신채호, 남궁억, 이준, 장지연, 허위 등의 인물도 있어서 다양한 사상의 충돌과 토론의 장을 경험하게 된 것이다. 그뿐만 아니라 독닙협회의 활동을 통해 민중의 힘에 의한 정치 활동이 얼마나 중요한 결과를 가져올 수 있는지에 대한 커다란 깨달음을 얻게 되었다. 동휘의 안목은 일취월장 확대되었다. 그러나 그 무렵까지는 동휘의 사상은 여전히 황제에게 충성하는 육군 장교로서의 우직한 근왕주의적 생각에 머물러 있었다.

그러던 차에, 독닙협회 사무국에서 함께 일하게 된 소장파 인물 중에 전덕기라는 청년을 알게 되었다. 동휘보다 두 살 아래인 약관의 나이였으나 사람이 진중하고 협회에서 일어나는 모든 궂은일을 도맡아 앞장서서 일하는 그 모습에 감탄하게 되었다. 그뿐만 아니라 그는 매사에 기도하고 움직이는 독실한 기독 신자였기에 그 모습이 더 신기하기도 했다. 협회의 지도급 인사들 중에서 서재필, 윤치호뿐 아니라 만민공동회에서 장중을 휘어잡는 웅변으로 동휘를 크게 감동시켰던 젊은 안창호도 기독교인임을 알고 더욱 놀라게 되었다. 동휘는 안창호를 통해 대중 연설의 중요성을 깨달았다.

"덕기 아우, 내 하나 물어봄세."
열심히 등사본을 밀면서 내일 나올 신문을 제작하고 있던 전덕기가 이마의 구슬땀을 훔치며 쳐다보았다. 그들은 배재학당 안에 감리교 출

개척자

판물을 인쇄하기 위해 세워진 삼문 출판사에서 일하고 있었다. 헐버트 선교사의 도움으로 독닙신문을 삼문 출판사에 새로 수입된 인쇄기를 사용하여 인쇄할 수 있도록 허락을 받았다.

"예 참위님, 무슨 일이 있으십니까?"

힘이 장사인 동휘는 제본된 신문을 뭉치별로 나누어 지방으로 보내는 역할을 하고 있었다.

"내 협회 사람들에게 잘 이해르 아이 가는 거이 하나 있지비."

"무어가요?"

"어째 우리 지도부 동지들이 서양 종교인 기독교를 믿느냐는 게야. 우리나라 독닙을 위해 일하는 조직에서 우리 조상 단군신을루 믿어두 모자를 판에 말이. 자네도 예배당 다니는 그 한통속 아닌가?"

"하하, 난 또 무슨 말인가 했네요."

전덕기는 다시 등사본을 밀기 시작하면서 한마디 툭 던진다.

"교회 다닌다고 다 믿는 사람은 아닙니다."

"그건 또 무스그 말이? 절에 다니면 불자요, 교회르 다님 기독도가 되는 게 아님매?"

"하하, 황제 폐하가 교회에 다니기 시작하시면 조정 대신들이 모두 따라다닐 것 아닙니까? 그렇다고 그들이 다 믿음을 가진 기독교 신앙인이 되는 것은 아닙지요."

동휘는 듣고 보니 그럴듯하여 혼자 고개를 끄덕인다.

"그럼 서양 선교사 따라다니는 사람들도 다 믿는 거이 아닐쎄?"

"하하, 그건 그 사람 속마음을 우리가 모르니 알 수 없지요. 허나, 신앙에는 다른 목적이 없어야 합니다. 자식이 부모를 공경하는 것에 다른 목적이 있다면 문제가 아닙니까?"

"사람이 목적이 없이 무슨 사상을 믿을 수 있는가?"

동휘가 커다란 신문 뭉치를 노끈으로 묶으면서 눈을 치켜뜨고 말한다.

"그래서 신앙은 사상이 아닙지요. 자식이 부모를 공경하고 지어미가 지아비를 연모하는 것이 사상으로 될 수 있습니까?"

"신앙은 사상이 아니라… 흠, 재미있군."

동휘는 알 듯 모를 듯한 표정으로 고개를 끄덕였다.

"그리고 기독교는 서양 종교가 아닙니다."

등사기를 밀면서 전덕기가 또 한마디 던졌다.

"예끼, 이 사람! 날 놀리는가? 어린 사람이 그럼 안 되지."

"하하, 제가 형님을 놀리다니요. 그럴 리가 있나요?"

"그런데 어째 그리 말하오. 내가 기독교가 서양 선교사들이 와서 전파한 거이를 모를 줄 아오?"

"그건 맞지요. 서양 사람들이 먼저 믿었으니 우리에게 전해 준 거지요. 하지만 기독교가 처음 생겨난 유대 땅은 아시아에 붙어 있잖아요. 그럼 기독교는 아시아 종교 아닌가요? 하하하. 지도를 한번 보세요 형님."

동휘는 뜻밖의 역습을 당한 듯 갑자기 말문이 막혔다.

"유대라고? 그런 나라도 있었는가?"

"예, 기독교를 일으킨 예수님이 유대 이스라엘 사람인걸요?"

옆에서 조판을 하며 글자를 새겨 넣던 주시경이 거들었다. 두 사람의 대화를 엿듣고 있었던 모양이었다. 주시경은 독닙신문 출판부에서 교정원으로 한글 맞춤법을 통일시키는 작업에 큰 공을 들이고 있던 중이었다. 주시경은 12세에 남대문 시장에서 해산물 객줏집을 하는 큰아버지에게 입양되어 자라면서 전덕기와는 어린 시절부터 절친한 사이였다.

"허허, 그런가? 시경이 자네도 야소교인인가?"

"하하, 제가 다니는 이곳 배재학당을 아펜젤러 목사님이 만드셨잖아요? 저도 배우고 있는 중입니다. 요즘 세례를 받으라 하셔서 고민 중입

개척자

니다."

주시경은 서재필이 아펜젤러의 초청으로 배재학당에서 특강을 할 때 감복을 받았다. 그 후로 협성회와 독닙협회가 만들어지면서 독닙신문 발행에 함께 참여하여 교정원으로 일하면서 학비를 벌고 있었다. 동휘는 조금 머쓱해져서 세계 지도를 다시 한번 보아야겠다고 생각하며 물러섰다. 그날 이후, 틈틈이 동휘는 전덕기와 대화하며 기독교에 대한 기본 상식을 넓혀갔다. 그렇지만 여전히 어려서 배운 한학과 유학의 틀에 잡혀있는 동휘의 생각이 흔들리지는 않았다. 한편으로는 세계의 부강한 나라들이 모두 기독교를 믿고 나서 그렇게 변했다는 전덕기의 말이 계속 머릿속에서 맴돌았다.

독닙협회는 결국 1898년 성탄절에 해산 명령을 받았다.

7

1898년 7월 16일, 캐나다 동부의 핼리팩스의 시골 조용한 교회에서 자그마한 결혼식이 열렸다. 미국 메인주와 바다로 맞닿은 동부 해안의 노바스코샤주의 수도인 핼리팩스는 토론토에서 출발하면 몬트리올과 퀘벡을 거쳐 17시간을 차로 쉬지 않고 달려가야 도착하는 한적한 해안 도시이다. 훤칠한 키에 서른 살의 미남 청년 로버트 그리어슨은 아름답고 쾌활한 여성 레나와 결혼했다. 레나는 그의 아버지가 8년 전 집에 데리고 와서 키운 가난한 여자아이였다. 그들은 한집에서 같이 살면서 사랑이 싹텄고 마침내 결혼하여 가정을 이루었다.

이틀 후 그리어슨 부부는 조선이라는 미지의 나라를 향해 떠났다. 그리어슨은 의사이면서 또한 목사였다. 그들은 많은 가족 친지 동료들의 환송을 받으며 그 길을 떠났다. 신혼여행 치고는 너무나 긴 여정이었다. 그리어슨 부부는 광활한 대륙 캐나다 동부 끝에서 서부로 긴 횡단 여행을 마치고 8월 2일 밴쿠버에서 배를 탔다. 큰 트렁크와 작은 손가방에 짐을 꼭꼭 눌러 실었다. 증기선에 올라 배가 선착장에서 떠나갈 때 배웅 나온 친구가 하얀 손수건을 오랫동안 흔들고 있었다. 선장과 항해사는 서양인들이었지만 선원들은 거의 변발을 한 중국인들이었다. 알류산 열도를 지나는 북태평양 항로를 타고 요꼬하마까지 도착하는 동안 두 번의 주일을 보냈는데, 한 번은 선장이, 두 번째는 일등 항해사가 예배를 인도했다. 항해 중에는 안개가 많이 끼었고, 갈매기와 고래 이외에는 항상 망망대해가 눈앞에 펼쳐졌다. 그리어슨은 아내 레나와 거구의 동료 선교사 맥레에게 한글의 자모를 가르쳐 사전 찾는 법을 알려주었다. 그들은 이미 게일 선교사가 만든 〈한영자전〉을 가지고 있었다. 게일은 토론토대학을 졸업한 후, 1888년 캐나다인으로서는 최초로 한국 땅을 밟은 선교사였다. 1889년 황해도 소래 마을에 들어가서 조선식으로 생활하면서 조선어를 배우고 익혔다. 그는 문학에 조예가 깊어 천로역정 같은 책을 국문으로 번역하기도 하였으며 구운몽, 춘향전을 영어로 번역하여 외국에 소개하였다. 또한 한국에서의 선교 경험을 살린 소설 방가드(Vangard)를 직접 쓰기도 하였고, 성경 번역과 사전 편찬에도 깊이 관여를 하여 한국 땅에서의 문서 선교의 문을 열었다.

9월 7일 마침내 꿈에 그리던 한국 땅 제물포항에 도착하였다. 제중원(연세대 세브란스 병원의 전신) 원장 에비슨 박사가 마중을 나왔다. 에비슨 박사는 토론토 의과대학 생리학 교수로 있다가 조선 선교를 위해 1893

개척자

년 헌신했다. 토론토 시장의 주치의까지 지내던 그는 언더우드 박사의 제안을 받고 모든 교수직을 사임하고 조선으로 떠났다. 그는 제중원 원장을 맡은 후 미국의 부호 세브란스에게 후원금을 얻어 세브란스 병원을 설립했다. 청일전쟁 후 유행한 호열자(콜레라)로 인해 한성에서만 수천 명의 사망자가 나던 무렵, 조선은 호열자가 쥐가 옮기는 병이라 하여 대문에 고양이 그림을 붙여놓던 시절이었다. 에비슨은 호열자가 쥐 귀신이 들리는 것이 아니고 눈에 보이지 않는 미세한 균이 몸에 들어가서 생기는 것임을 설파하였다. 환자들을 병원 시설에 격리시키고, 음식물 끓여 먹기, 손 씻기 등의 위생 수칙을 조선 사람들에게 가르침으로 수많은 생명을 구했다. 따뜻한 눈빛의 에비슨 박사는 그의 아들 11살 로렌스와 함께 와서 신임 선교사 일행을 환대했다. 그리어슨 부부와 푸트 목사 부부 그리고 맥레 목사 이렇게 함께 온 일행은 점심 식사를 하면서 맥켄지 목사의 이야기를 했다.

맥켄지는 그리어슨이 나온 댈 하우지 의과대학과 파인힐 신학교 2년 선배였다. 맥켄지와 그리어슨, 그들은 유쾌한 젊은이들이었고 종종 예배 시간에도 뒤에 앉아 소리 지르며 장난치는 악동들이었다. 그러나 그들은 미국과 캐나다 동부 지역을 휩쓸었던 큰 부흥 운동의 여파 속에서 대학 시절 선교사로 헌신하게 되었다. 그들은 유명한 부흥사 D. L. 무디 목사가 은퇴 후 보스턴 인근의 노스필드에서 아이비리그(Ivy League)를 위시한 많은 대학에서 몰려든 학생들을 모아 훈련했던 학생 자원 운동(SVM, Students Voluntary Movement)에 참가하여 인생의 방향을 바꾸게 되었다. 그 당시 하버드, 프린스턴, 예일대학 등 명문 대학 출신 대학생 251명이 운동에 참가하였는데 그중 대략 삼분의 일 가량이 해외 선교사로 헌신하여 인도, 중국, 동남아 등지로 나아갔다. 그

중에 조선으로 헌신한 사람들도 있었는데, 게일과 언더우드와 같은 사람들이 그들이었다. 맥켄지 역시 그 영향으로 1893년 조선 땅에 도착하여 게일 선교사가 터를 닦아 놓았던 황해도 소래에서 사역을 시작했다. 맥켄지가 핼리팩스를 떠나기 전 그를 위한 파송 예배를 그리어슨이 인도하였다.

맥켄지는 황해도 서해안 솔내(松川, 소래) 마을에 정착하여 조선어를 배우며 기와집으로 교회를 지었다. 그는 당시 조선 사람들과 동일한 복장을 하고 온돌방에서 된장과 김치 등의 조선 음식을 먹으며 함께 살았다. 맥켄지는 2미터에 가까운 거구였는데 이 파란 눈의 서양인을 신기해하며 몰려들어 구경하는 동네 사람들과 아이들 사이에서 늘 온화한 예수님의 모습을 보여주었기에 수많은 사람들이 교회로 몰려들었다. 맥켄지는 몸을 돌보지 않고 전도 여행을 다니며 복음을 전했다. 맥켄지의 헌신은 남달랐고 온 마을이 그것을 알고 있었다. 안타깝게도 1895년 여름 맥켄지는 전도 여행 중에 일사병과 발진티푸스에 걸려 극심한 고통 중에 천국으로 가고 말았다. 그가 남긴 마지막 일기와 에비슨 박사에게 보낸 마지막 구원 요청 편지는 발송되지 못한 채 유품 속에서 발견되었다.

6월 23일 (토요일)

"…(전략) 잠을 잘 수도 없고 밖으로 나갈 수도 없다. 너무 약해졌기 때문이다. 오늘 오후에는 전신이 추워지는 것을 느꼈다. 옷과 더운 물주머니가 있어야겠다. 땀을 내야겠다. 조금은 나은 듯하기도 하다. 죽음이 아니기를 바란다. 내가 한국인들과 같은 방식으로 살았기 때문에 이렇게 되었다고 말하게 될 많은 사람들을 위해서이다. 내가 조심하지 아니하였기 때문일 것이다. 낮에는 뜨거운 햇

개척자

별 아래서 전도하고 밤이면 공기가 추워질 때까지 앉아 있었기 때문인 것이다…
(중략)… 내 마음은 평안하며 예수님은 나의 유일한 소망이시다. 하나님은 모든
것을 이루신다. 몸이 심히 고통스러워 글을 쓰기가 너무 힘이 든다."

"에비슨 박사님, 일주일 전에 저는 60리 정도 떨어진 장연읍에서 타는 듯한
폭양 밑에서 2일간이나 걸어서 급히 집으로 돌아왔습니다. 그리고 하룻밤은
흰 한복을 입고 한기를 느낄 때까지 밖에 앉아 있기도 하였습니다. 그랬는데 일
주일 전부터 체온이 오르고 입맛을 잃고 힘을 잃게 되었습니다. 더운물을 가지
고 땀도 내고 두꺼운 옷을 입어도 고통을 느끼고 있습니다. 잠도 잘 수가 없습
니다. 나를 돕기 위하여 박사님이나 다른 분이 올 수 있겠는지요? 나는 도움이
필요합니다. 박사님이 할 수 있으면 부디 친구의 생명을 구원하기 위하여 최선
을 다해 주시기 바랍니다."

6월 23일 맥켄지 선교사

그가 죽은 후에 온 마을이 슬퍼하였고 더 많은 사람들이 교회로 몰려
들었다. 그리고 캐나다에 편지를 보내어 맥켄지 선생과 같은 후임을 보
내달라고 스스로 요청하게 되었다.

맥켄지의 비보가 고향 땅 핼리팩스에 전해지자, 그의 신학교 후배
들이 너도나도 다투어 조선 선교를 지망했다. 그 당시 캐나다 북장로
교 선교부에서는 재정의 어려움으로 선교사를 보내기가 어려운 상황
이었으나, 그리어슨, 맥레, 푸트 세 사람은 태평양을 헤엄쳐서라도 조
선 땅으로 가겠다는 의지를 보였다. 솔내 마을 교인들의 편지가 당도
한 이후 큰 감동을 받은 캐나다 선교부는 결국 이 세 사람을 조선으로
파송하기로 결정하였다. 이 세 사람이 캐나다 선교부에서 정식으로 파

송한 첫 선교사들이 되었다. 게일과 하디, 에비슨, 펜윅 그리고 맥켄지 등의 캐나다 선교사들이 이미 가서 사역하였지만, 그들은 공식 파송이 아니라 개인 자격으로 갔던 것이다. 그리어슨은 너무 일찍 천국으로 간 옛 친구 맥켄지를 그리워하며 조선으로 떠나기 이틀 전에 결혼식을 올리고 장도에 올랐다.

이들은 제물포에서 배를 타고 한강을 끼고 올라가며 꿈에 그리던 조선의 경치와 정다운 언덕과 사람들을 구경했다. 강을 따라 오가는 남녀 노소 조선인들의 왜소하고 가난한 모습 속에서도 모두 흰 옷을 입은 것이 특이하게 눈에 들어왔다. 지게에 나무 짐을 한가득 지고 지팡이를 짚고 가는 지친 노인과 커다란 둥근 갓을 쓰고 기다란 담뱃대를 입에 물고 느릿느릿 팔자로 걸어가는 젊은 남자가 대조적으로 보였다. 머리 위에 물동이를 올리고 등 뒤에는 잠든 아이를 포대기로 둘러맨 채 곡예를 하듯 아슬아슬하게 걸어가는 아낙네도 스쳐 지나갔고, 나루터에는 어깨로부터 두 줄로 길게 늘어뜨린 끈으로 지탱한 판자를 가슴에 붙이고 엿과 떡을 파는 어린 소년의 모습까지 어느 하나 신기하지 않은 것이 없었다. 그러나 동학란 이후 들어온 일본 군사들에 의해 여기저기 죽어 나간 조선인들의 시체가 길가에 혹은 강가에도 그냥 너부러져 있는 끔찍한 모습도 종종 눈에 띄어 임신 중인 레나를 질겁하게 했다.

마포의 언더우드 박사의 집에 도착하여 환영을 받고 교제를 나눈 후 그들은 마침 안식년으로 미국으로 떠나 비어 있는 헐버트 선교사의 집에 짐을 풀었다. 아름다운 조선의 가을 하늘과 경치를 영혼 깊이 들이마시며 조선 말을 공부하기 시작했다. 그들은 정착 초기에 주로 언더우드 선교사 댁에 초대받아 식사를 해결했다. 에비슨 선교사도 종종 그

식탁에 합류하였다. 황금빛 구리 장식 촛대와 향긋한 양초가 좌우에 있는 우아한 식탁에서 언더우드 부인이 차려주는 서양식 음식을 먹으며 호박이 들어간 펌프킨 케이크로 후식을 곁들여 커피를 마실 때 그들은 오랜 여행의 피로가 씻겨 나가는 것을 느꼈다. 선배 선교사들과의 대화는 조선의 정세를 이해하고 앞으로 자신들의 활동을 짐작하기 위한 좋은 안내가 되어 주었다. 그 무렵 조선은 을미사변으로 명성왕후가 일본 낭인들에 의해 살해된 이후 급격한 정치적 혼란에 처해 있었고, 러시아 공관으로 피신했던 고종이 다시 경운궁으로 돌아와 대한제국을 선포하고 황제로 올라선 상황이었다. 언더우드와 에비슨은 을미사변 시에 위급했던 장면들이 아직도 눈에 선명한지 손짓을 해 가며 설명하였다. 그들은 마치 무용담을 이야기하듯 긴박했던 그 순간으로 되돌아간 것처럼 흥분하였다. 을미사변 직후 고종의 측근에 있었던 헐버트가 도움을 청하여 왕의 신변을 보호하기 위해 그들이 함께 궁궐 안으로 급히 들어갔고 몇 주일간이나 교대로 불침번을 서면서 왕을 지켰다는 것이다.

"세상에 궁궐 안에 남아 있는 병사들이라고는 일본 낭인들을 안내해서 들어온 앞잡이들밖에 없었으니까요. 황제께서 믿을 사람이 누가 있었겠어요?"

그리어슨과 레나는 명성황후의 끔찍한 시해 장면을 전해 들으면서 몸서리를 쳤다.

"아니 세상에, 남의 나라 왕비를 그렇게 잔인하게 죽이는 일본인들이란 도대체 어떤 사람들인가요?"

그리어슨은 분노로 얼굴이 벌게져서 고개를 내저었고, 레나는 흥분하여 들고 있던 커피잔을 파르르 떨었다. 조선을 위해 헌신한 그들에게는 조선 땅을 밟기 오래전부터 기도로 쌓아온 조선인들에 대한 사랑이 있었다. 특별히 영국 연방의 일원으로 빅토리아 여왕을 존경하고 사랑하는 캐나다 사람들에게는 왕비의 참변은 남의 일 같지 않았다. 그 부분은 참변의 발단을 일본 정부와 결탁한 친일 세력과 민비 사이에서 벌어진 정치적 충돌로만 이해하는 미국인들과의 차이점이기도 했다. 언더우드 선교사는 영문으로 발간된 독닙신문을 보여주면서 조선의 최근 정세를 이해하려면 그 신문을 구독할 것을 권하였다.

그들은 대화 중에 종종 맥켄지의 이야기도 했다.

"맥켄지 선교사는 너무 고지식했어요. 그의 헌신은 누구도 따라가기 힘들었지만요."

언더우드 박사의 부인이 말했다.

"어떻게 우리가 조선 음식만 먹고 견딜 수가 있겠어요? 게다가 침대가 아니고 조선의 부글부글 끓는 온돌방에서 고통을 견디며 잠을 자다니요. 저는 상상도 못 할 일이지요."

"저도요. 벌써 도착하자마자 음식 때문에 여러 번 병이 났는걸요?"

옆에서 듣고 있던 그리어슨의 아내 레나가 맞장구를 친다. 그녀도 몸이 약했다.

"그리고 너무 몸을 혹사했어요. 심신이 약해지니까 병원균에 노출된 것이지요."

의사인 에비슨 박사가 옆에서 안타까운 표정으로 거들었다.

"한번은 맥켄지가 조선 음식 때문에 너무 힘들어한다는 소식을 들었지요. 마침 제물포항에 도착한 화물 속에서 우리 음식이 많이 들어 있어서 정성스레 빵과 케이크를 만들고 치즈와 함께 보자기에 싸서 하인을 시켜 소래 마을로 보내지 않았겠어요?"

"아 맥켄지 목사가 너무 좋아했겠네요?"

레나가 상기된 얼굴로 물었다.

개척자

"아니요, 세상에…."

언더우드의 부인은 고개를 내저으며 그때 생각을 하면 지금도 기가 막힌다는 듯이 말을 이었다.

"하인이 가져다준 보자기를 보고 몇 번을 망설이면서 손을 대다 말다 하다가 결국 그 보자기 채로 저에게 돌려보냈더라고요."

"아니, 왜요? 고향 음식이 너무 그리웠을 텐데요…."

"나중에 들어보니, 자기가 그 보자기를 푸는 순간 더 이상 조선 음식을 먹지 못하고 향수병에 걸려 캐나다로 돌아갈 것만 같아서 거절했다는 거예요."

그리어슨은 그 이야기를 들으며, 조선 사람과 더불어 몸과 마음을 함께하고 싶어 했던 친구 맥켄지의 가슴속 열망이 그대로 전이되어 자신의 혈관을 타고 온몸으로 흐르는 듯한 짜릿한 감격을 느꼈다.


맥켄지가 사역했던 소래 마을에는 이미 미국 선교부에서 보낸 후임자가 들어서서 사역이 안정되어 있었다. 그래서 캐나다에서 온 그들 일행이 어디서 사역을 시작할 것인가에 대하여 많은 논의를 하였다. 당시에는 조선에 온 각 나라 선교부와 교단들 사이에서 서로 중복을 피하고 조선 땅에 골고루 복음을 전하기 위해 선교지 분할 정책이 세워지고 있었다. 그리어슨 일행은 선교사들의 연합 회의에 참석하여 처음에는 비어 있는 부산 쪽으로 갈까 하고 생각하다가 원산을 택했다. 원산은 이미 캐나다 토론토 출신의 게일 선교사와 첫 침례교 평신도 선교사 펜윅이 들어와서 사역을 한 곳이기도 했다. 고향 핼리팩스와 비슷한 추운 날씨와 아직 미개척지로 할 일이 많이 남아 있는 함경도 지역 전체를 캐나다 선교사들이 맡도록 결정이 되었다. 그래서 원산에는 게일의 후임으로 푸트가 들어갔고 함흥에는 맥레가, 성진에는 그리어슨이 들어가서 선교부를 세우기로 했다. 게일은 캐나다 선교사였지만 그 당시에는 토론토 대학 YMCA로부터 오던 후원금이 끊어져서 소속을 미국 장로교 선교부로 옮긴 후였기에 동료 캐나다 선교사들에게 원산을 내어주고 한성의 연못골(연동)교회 담임 목사로 부임했다.

아무튼 그리어슨의 이 결정은 그 후로 캐나다 선교사들 대부분이 북쪽 땅과 북간도 및 연해주 지역에서 더 많은 일과 영향을 미치게 된 결과를 낳았다. 그리어슨은 나중에 회령과 북간도 룡정에까지 올라가 선교부를 세웠고, 연해주 일경을 다니며 독립운동가들을 지원했다. 그리어슨이 세운 룡정 선교부에서는 마틴과 바커와 같은 후발 캐나다 선교사들을 통해 3·1운동과 독립운동에 지대한 도움과 영향을 미치게 되었다.

푸트가 원산으로 먼저 떠나고 난 후, 그리어슨 부부와 맥레는 함경도로 부임하기 전에 먼저 언더우드 선교사 부부의 안내를 받아 황해도 일경을 여행했다. 맥켄지가 사역했던 소래교회에 도착해서는 맥켄지의 고향 사람이라는 이유로 큰 환대를 받았다. 맥켄지가 세운 T자형의 아담한 기와집 소래교회에는 150명가량의 세례 교인으로 가득 차 있었다. T자의 중앙에 강단 교탁을 세우고 중간에 칸막이를 길게 하여 남자와 여자가 구별되어 앉아서 예배를 보았다. 맥켄지를 그리워하는 조선 사람들을 위로하기 위해 그리어슨은 예배 시간에 자기가 가지고 간 트럼펫으로 〈어메이징 그레이스〉 찬송가를 불어주었다. 이 교회가 조선에서 처음으로 현지인들의 헌금으로 세워진 교회라고 했다. 놀랍게도 조선은 선교사가 들어오기 전에 이미 성경이 번역되어 기다린 나라였다. 바로 이 소래교회를 세운 서상륜·서경조 형제가 성경을 번역한 사람들이었다. 만주에서 홍삼 장수로 일하던 중 장티푸스에 걸려 죽게 되었을 때 스코틀랜드 선교사 맥켄타이어 목사를 만나 목숨을 건지게 되었고, 곧 봉천(심양)에서 사역하던 존 로스 목사를 소개받았다. 맥켄타이어와 로스는 처남 매부 사이였다. 스코틀랜드 선교사 존 로스 목사는 30세에 중국 만주 땅으로 헌신하였으나 첫 겨울 혹한 속에서 사랑하던 아내 스튜어트가 아들을 낳다가 천국으로 가는 아픔을 겪었다. 로스를 만주로 소개했던 선배 목사 윌리엄슨을 통해 6년 전 자신과 마찬가지로 중국에 오자마자 아내를 잃은 토마스 선교사가 조선 선교를 위해 제너럴 셔먼호를 타고 들어갔다가 대동강변에서 순교했다는 이야기를 전해들었다. 그 이후, 로스는 봉천에서 터를 잡고 조선 선교를 위해 행상으로 건너오는 조선인들을 키우기 시작했다. 서상륜은 이미 로스 목사와 성경 번역을 하고 있던 이응찬, 백홍준과 함께 세례를 받고 최초의 조선인 기독교 신자가 되었다. 그 후 서상륜은 로스 목사에게 조선말을 가르쳐주는 조사가 되어 다른 조선인들과 함께 누가복음을 번역한 후 그것을 인쇄하여 거꾸로 조선으로 들고 들어온 것이다.

그 유서 깊은 소래교회에서 맥켄지가 키우다가 두고 떠난 교인들 10명에게 그리어슨은 조선에서의 첫 세례를 베푸는 특권을 누렸다. 조선 사람들은 맥켄지를 켄 목사라고 불렀다. 그들은 쉬지 않고 켄 목사 이야기를 했다. 맥켄지의 무덤에 가서 풀을 뽑을 때 함께한 조선 여성들이 옷고름으로 눈을 훔치며 울었다. 켄 목사와 유난히 친했다는 어린 소년이 말없이 그리어슨의 옆을 그림자처럼 따라다녔다.

푸르스름한 여명의 안개를 가슴으로 밟으며, 그리어슨은 아내 레나와 함께 소래의 새벽 바닷가를 거닐었다. 조선이 밝아오고 있었다. 이곳이 맥켄지가 고향 핼리팩스의 바닷가를 그리며 향수에 젖었던 곳이라 생각하니 가슴이 벅차올랐다. 그리어슨은 선배 맥켄지의 뒤를 이어 자신도 조선 사람들을 위해 살겠다고 결심했다. 그리고 자신의 조선 이름을 구례선(具禮善)이라고 지었다.

8

1899년 2월 18일 새벽, 짙게 드리워진 어둠을 뽀드득뽀드득 힘들게 밀어내며 꽁꽁 얼어붙은 두만강을 건너는 긴 행렬이 있었다. 눈발은 쉼 없이 날려서 그들이 지나온 과거를 지우고 있었다. 남부여대, 올망졸망 아이들, 썰매에 노인과 짐을 싣고 지게와 괴나리봇짐을 들쳐 메고 142명이나 되는 무리가 도강을 하는 것이다. 함경북도 회령과 종성을 잇는 오룡천에 살던 네 가문이 집안 식솔들을 다 거느리고 고향 땅을 떠나 북간도를 향해 집단 이주를 감행한 획기적인 일이 벌어졌다. 규암 김약연의 전주 김씨 가문에서 31명, 김해 김씨 김하규의 가문에서 63명, 남평문씨 문병규의 가문에서 40명, 그리고 규암의 스승 남도천의 가문에서 7명 등 도합 25세대의 대규모 집단 이민이었다. 이들 모두가 관북 지방에서는 덕망과 명성이 높은 선비와 무관의 가문들이었다.

두만강 유역의 변경도시 회령, 종성, 온성, 경원, 경흥, 부령의 6진은 일찍이 세종대왕 시절 김종서가 여진족을 몰아내면서 구축한 성곽들이었다. 국방의 요새로 중요한 마을들이었지만 조선 초기부터 평안도와 함경도의 서북인들을 멀리하라는 태조의 명에 따라 이 지역 사람들은 철저하게 소외되어 왔다. 국토와 민족을 지키는 방패막이 역할을 하였지만 과거에 급제하여도 조정에 발탁되는 경우는 극히 드물었고, 주로 지방 관리로 또는 변방의 무관으로 배치되었다. 평야가 많은 평안도 관서 지역에 비하여 함경도 관북 지역은 고산준령의 험준한 산세와 한랭한 서북풍에 맞서는 강인한 성품으로 거주민들을 단련시켰다. 특별히 북변(北邊)이라 불리던 6진은 외세의 침입과 노략질에 늘 노출되어 있었기에 더욱 그에 맞서기 위한 끈질긴 투지력으로 나타났다. 그러나 유배당한 양반의 후예들이 기를 펴지 못하고 살다 보니 늘 불평등에 대한 불만이 축적될 수밖에 없었고, 그것은 곧 반란의 씨앗을 낳았다. 그로 인해 서북 사람들은 항상 예비적인 반란자로 취급받아 더욱 차별을 받을 수밖에 없었고 그와 같은 악순환이 반복되어 왔었다.

관북이나 북변 지역에는 중앙의 요직에 있다가 당쟁으로 밀려나 유배지에 고립된 학자들이 후학 양성에 몰두하여 독특한 유림 사회를 형성하기도 했다. 일찍이 관직을 포기한 사람 중에 청나라를 오가면서 상인의 길에 들어서서 큰 재산을 모은 거부들도 더러 나타나곤 했다. 따라서 서북인들은 한성을 포함한 기호 지방이나 삼남 지방에 비해 반상의 구별이 희박하였고 외래의 학문이나 종교에 더 개방적인 태도들을 취할 수 있었다. 특별히 사회적 불평등에 억눌린 그들에게 남녀노소와 양반 상민의 차별이 없는 기독교가 중국을 통해 들어왔을 때, 다른 지방에 비해 받아들이기가 훨씬 쉬웠고 폭발적인 부흥을 가져오는 결과를 낳았다.

규암 김약연은 조부와 부친이 모두 무과에 급제한 변방 무관의 자제로 1868년 회령에서 태어났다. 그러나 규암은 어려서부터 한학을 배우며 스승들의 총애와 인정을 받았고 성리학과 노자의 도덕경이나 실학 사상에 이르기까지 폭넓은 학문 세계를 섭렵하고 있었다. 그러나 조선의 현실은 청일전쟁 이후 거듭되는 외세의 침략에도 불구하고 망국 지경에 이를 만큼 당쟁과 부패로 물들어갔다. 그렇다고 나라를 구하기 위해 자신이 관직에 등용될 수도 없는 상황 속에서, 거듭되는 흉년으로 고통받는 백성과 가족들을 돌아보며 깊은 고심에 빠졌던 규암은 중대한 결심에 이르게 되었다. 평소에 교류가 깊었던 네 가문의 지도자들을 설득하고 깊은 숙의 끝에 두만강을 넘어 만주의 새로운 땅을 향해 떠나기로 한 것이었다. 실로 이 결단은 조선 사회에서 소외된 경계인으로 살아온 한 지식인의 고뇌에 찬 결단을 넘어서 자신이 속한 공동체를 구하기 위한 사회 구원의 몸부림 속에서 나타난 책임감의 발로였다. 한 걸음 더 나아가 망국을 내다본 선견자로서 나라를 되찾기 위하여 독립운동의 해외 기지를 건설하기 위한 예지력의 발로였을 수도 있었다. 결과적으로 그렇게 되었다. 규암의 이 예단은 진흙탕 속에서 힘들게 굴러가던 조선의 역사의 수레바퀴를 건져내기 위한 실존적 몸부림이었던 것이다.

김약연은 야심한 밤에 스승 남도천을 찾아갔다. 남도천은 그 당시 유배지 북변에서 가장 이름난 유학자였다. 그는 수제자 규암을 사판이라 부르며 칭찬했다. 공자 맹자를 완독하여 공판 맹판이요, 예의범절이 특출하다 하여 예판이요, 매사에 분별력이 뛰어나다 하여 정판이라 불렀다. 그런 제자가 가르친 보람도 없이 그저 변방에서 썩고 있는 것이 몹시 분하여 애석하게 여기고 있던 참이었다.

"스승님, 긴히 여쭐 일이 있사옵니다."

"밤공기가 찬데 어쩐 일이냐? 앉거라."

"시국을 염려하다 보니 요즘 잠을 이룰 수 없었습니다. 백성의 경제가 파탄에 이르고 일용할 곡기조차 없어서 풀뿌리를 캐는 아낙네들이 산등성이를 타고 있는 지경입니다. 국모까지 참변을 당한 마당에 우리가 이 땅을 지키고 있을 명분이 무엇인지요? 차라리 강을 넘어 새 터전을 개척하고자 합니다. 그것이 가족을 지키고 후일을 기약하는 길이 아니겠습니까?"

김약연은 오랜 고심 끝에 스승에게 속심을 털어놓았다. 남도천은 규암의 정색을 살피더니 이미 결론이 난 것을 깨닫고 물어보았다.

"같이 갈 사람들은 얻었느냐?"

"예, 종성의 소암과 성암이 가솔을 데리고 함께 하기로 했습니다."

그들은 규암과 함께 남도천의 문하에서 동문수학한 김하규와 문병규였다.

"갈 곳은 미리 알아보았더냐?"

"출가한 제 누이 김용의 시조부께서 이미 오래전 간도로 이주하신지라, 그 길을 통해 화룡현에 땅을 미리 구입하였사옵니다."

남도천은 규암의 용의주도한 모습에 새삼 놀라면서도 사리분별이 분명한 김약연이라면 마땅히 그리했으리라 짐작을 하고 고개를 끄덕였다.


그 무렵 간도 지방에는 강을 건너 이주한 조선인들이 가가호호 모여들어 곳곳에 마을을 이루고 있었다. 간도 지방이 역사적으로 고조선 시대부터 고구려, 발해를 거쳐 조선 민족의 터전이었기에, 나라가 망해도 남아 있던 일부 유민들이 존재해 왔다. 그러나 당나라 시절부터 그 지역의 뿌리를 약화시키기 위해 고구려 유민들을 끌어다가 중국 내지로 흩어 버렸고 소수 남아 있던 유민조차 오래전에 중국에 동화되어 말을 잃어 버렸기에 그 흔적을 찾기는 쉽지 않다. 그 후 1619년 광해군 시절 명나라와 후금의 전쟁에 참가했던 강홍립과 김응서의 군대가 1만 3천의 군사를 이끌고 출병하여 사르하 전투에서 대패한 이후 생존자 8천여 명이 포로로 잡혀서 잔류하게 된 조선인들이 있었다고 전해진다. 그 유래로 남아 있는 가계라고 추정되는 박씨 성을 가진 400여 호의

가 족이 요녕성 본계현에 박가촌을 이루고 살고 있었다. 추후 1982년 호구조사 시에 자신들이 조선족이라고 중국 정부에 주장하였고, 갓을 쓰고 도포를 입은 조상의 초상화와 족보를 제시하여 결국 조선족으로 인정받았던 것이다.

역사적으로 보면 이 지역은 발해 이후에 요나라(거란), 금나라(여진), 원나라(몽골)의 지배를 거친 이후에 여진족 누르하치에 의해 다시 후금으로 통일이 되었다. 누르하치의 아들 홍타이지가 국호를 청으로 바꾸었고, 그 뒤를 이은 순치제가 팔기군을 앞세우고 임진왜란 출병 이후 쇠퇴해가던 명나라를 무너뜨렸다. 변방의 소수 민족이 내려가 광활한 중원을 차지하자, 자기 조상들이 살던 만주에 한족들이 들어가지 못하도록 1667년 봉금령을 내렸다. 그 이후 무인지경으로 금단의 영역이 되어왔으나 만주의 옥토를 개간하기 위해 계속되는 조선인들의 월강에 위협을 느낀 강희제가 사신을 보내어 조선 측과 공동 측량 작업을 통해 1712년 백두산에 경계비를 세우게 되었다. 그에 근거하여 압록강 서쪽과 토문강 동쪽을 경계로 청과 조선의 국경을 정하게 되었다. 그러자 1869년 관북 지방에 펼쳐진 기사년의 대흉년을 기해 조선인들이 대거 일어나 간도로 이주하여 논농사로 개간을 시작하였던 것이다. 그러다가 청나라 말기에 1880년 북경 조약으로 연해주가 러시아에 넘어가고 1881년 봉금 조치가 해제되자 본격적으로 조선인들의 간도 개척이 시작되었다. 그러나 여전히 월강을 금하고 있었던 양국 정부 사이에서 불법 이주를 할 수밖에 없었던 조선인들이 강을 넘다가 잡히면 간도(두만강과 압록강에 있는 사잇섬)에 간다고 둘러대어서 유래되었다는 이 말이 나중에는 두만강 이북의 북간도와 압록강 서쪽의 서간도로 나뉘어 불리게 되었다.

"스승님, 제가 오늘 이렇듯 찾아뵈온 것은…."

이제 이립(而立)의 나이 30을 갓 넘긴 김약연이 허리를 꼿꼿이 세우고 스승의 눈을 뚫어지게 바라보았다.

"무엇이냐? 뜸 들이지 말고 말하거라."

"이 길에 스승님도 함께 모시고 가고자 함이옵니다."

김약연의 뜻밖의 말에 남도천도 흠칫 놀라 순간 얼굴이 굳어졌다.

"저희가 아직 어려 모두 미진한지라, 간도를 개간하여 후대를 일으키고 국난을 극복하는 토대를 마련하고자 하는 큰일을 도모할 때, 마땅히 의논을 드릴 어른이 필요하옵니다. 부디 스승께서 함께 행차해 주시기를 간청드립니다."

북변에서 평생을 유학자로 유생들만 가르쳐온 남도천은 제자 김약연의 제안이 한편 기특하기도 하였지만 노령의 나이에 움직인다는 것이 선뜻 엄두가 나지 않았다.

"너희들에게 방해가 되지 않겠느냐?"

"아니옵니다. 저희는 스승님이 필요합니다."

"너희들이 간도로 넘어가고자 하는 진정한 뜻이 무엇이더냐?"

"후대를 보존하여 바르게 교육하는 것이 첫째 목적이요, 그것이 곧 나라를 바로 세우는 첩경이라고 저희는 믿사옵니다."

"비록 못난 부모라 할지라도 곁에서 지키는 것이 효가 아니더냐?"

"부모를 버림이 아닙니다. 병든 부모를 살리기 위함입니다. 이미 가망이 없는 병든 아비를 살리기 위해 산삼 뿌리라도 찾기 위해 집을 나서는 것이 자식 된 도리가 아니옵니까? 저희가 못 살리면 저희의 후대들이 반드시 나라를 다시 세울 것입니다."

김약연은 끈질기게 기다렸다. 한참을 눈을 감고 깊은 상념에 빠져있던 남도천이 눈을 부릅뜨고 입을 열었다.

"그래, 함께 가자."


9


1900년, 한 세기가 가고 새로운 세기가 시작되었다. 그러나 대한제국의 앞날은 여전히 깊은 안개 속을 헤매듯 갈피를 잡지 못했다. 독립협회가 해산된 후 실의에 빠져 있던 동휘에게 어느 날 전덕기가 다가왔다. 전덕기와 동휘는 해산된 독립협회 사무실을 정리하고 있었다.

"형님, 저와 오늘 함께 갈 데가 있습니다. 좋은 데 구경시켜 드릴게요."

평소에 믿음이 가던 전덕기가 특별히 잡아끄는 바람에 동휘는 의심 없이 따라나섰다. 전덕기는 동휘를 데리고 남대문을 지나 남대문 시장 바닥을 휘휘 돌아 잰걸음으로 앞서 걸어갔다. 포목점을 지나고 어물전을 돌아서고… 시장 바닥의 상인들이 모두 전덕기를 아는 듯 반가이 인사들을 나누었다.

"많이들 파셨습니까? 오늘 날씨가 추워졌는데 고뿔 조심하십쇼."

"아이고, 조사님 오셨소? 이 따끈한 순대국밥 한 그릇 먹고 가시소."

나이가 지긋한 국밥집 아주머니가 김이 모락모락 나는 솥뚜껑을 열면서 반갑게 잡아끄는 것을 겨우 뿌리쳤다.

"집사님, 제가 지금 바빠서 미안합니다. 나중에 꼭 들를게요."

숯을 파는 숯전에 들어가니 얼굴에 시커멓게 검댕이 묻은 아바이가 반기며 나왔다. 전덕기가 자기 숙부님이라고 인사를 시키고 돌아서는데, 아바이가 따라오면서 기어이 전덕기 호주머니에 엽전을 몇 닢 집어넣어 주었다. 몇 걸음 나서자마자 인근 대포집에서 젊은 아낙네가 뛰쳐나오더니, 전덕기의 두 손을 잡고 허리를 굽혀 인사를 했다.


개척자

"조사님, 너무 감사해유… 우리 엄니 황천길 패니 가게 해주셔서유."

여인이 눈물을 글썽이며 연신 고개를 숙였다.

"덕기 잘 지내는가? 요즘도 우리 조카 시경이와 함께 예배당에 나가는가?"

해물전 모퉁이에서 담뱃대를 물고 앉아 있던 초로의 남정네가 아들 친구 대하듯 스스럼없이 전덕기에게 물었다.

"우리 조상을 모셔야지 어째 자네들은 서양 귀신을 끌어들이려는가? 쯧쯧!"

곁에 섰던 아주머니가 남편에게 눈을 흘기며 말을 가로챘다.

"이 양반은 아무것도 모르면서 공연히… 우리 시경이가 어련히 알아서 하겠소? 조사님, 잠시 앉아서 막걸리 한잔하고 가유. 내가 해물파전 맛깔나게 부쳐 드릴게유."

아낙네는 전덕기를 힘써 잡아끌었다. 전덕기는 아낙네의 손길을 슬며시 뿌리치면서 웃으며 말했다.

"어머님, 제가 오늘 바빠서요. 다음에 들를게요. 그리고 꼭 이번 주일에 교회 나오셔요."

전덕기는 근처의 만둣가게에 들르더니 따근따근한 만두와 호떡을 있는 대로 사서 봉지에 담았다.

"그 많은 것을 누가 다 먹소?"

동휘가 염려가 되어 물었다.


등에서 땀이 흘러내릴 만큼 걷다가 문득 보니 뾰족한 종탑이 있는 신기한 건물이 눈앞에 나타났다. 새로 지은 서양식 건물이 낯설었다. 안으로 들어가니 야릇한 페인트 냄새가 싫지는 않았다.

"적은이, 여기가 예배당이오?"

동휘는 아우라는 말을 종종 적은이라고 했다.

덕기는 말없이 웃으며 지하 계단으로 내려가서 어두운 복도를 지나 맞은편에 있는 문을 열고 들어갔다. 문 반대편 천장 바로 아래 반지하 유리창에 반사하는 석양의 햇살이 동휘 눈을 잠시 어지럽게 했는데, 정신을 차리고 보니 자그마한 교실 같은 방 안에 둥글게 의자들을 놓고 앉아 이미 여러 사람이 와서 기다리고 있었다. 둘러보니 거지반 다 안면이 있는 독닙협회 임원들이었다. 좌중의 시선은 갑자기 문을 열고 들이닥친 두 사람에게 모아졌다.

"우당 선생님, 리동휘 정위님을 모시고 왔습니다."

"어서 오시오, 정위. 기다리고 있었습니다."

우당이라 불리운 연장자가 중심에 앉아 있었다.

"역시 듣던 대로 장차 대한제국의 장군이 될 분이로군요. 리동휘 정위가 들어오니 서슬 퍼런 정기가 방안에 가득 차는구려. 허허허."

그 무렵 동휘가 감사관으로 이름을 날리며 전국의 탐관오리들을 파직시키고 고종이 내린 하사금을 거절했다는 소문이 장안에 파다하게 퍼진 상태였다. 동휘는 군복 차림으로 다리를 붙이고 가볍게 거수경례를 하였다.

"동휘 군 어서 오시게."

우당의 오른편에는 이상설이 앉아 있었다.

"아니 보재 선생님이 어떻게 여기에?"

동휘가 놀라서 묻자 이상설은 잔잔히 미소를 지으며 빈 의자를 가리켰다. 동휘가 자리에 앉아 방안을 둘러보니 맞은편 벽에 한지에 붓으로 써서 붙인 글귀가 눈에 뜨였다. 누가 썼는지 명필이었다.

"가난한 자에게 복음을! 포로된 자에게 해방을!
억눌린 자에게 자유를! 고통받는 자에게 평안을!"

개척자

이상설과 함께 이상재, 이동녕이 앉아 있었고, 우당의 왼편에는 낯익은 신채호, 주시경이 보였다. 곧 뒤따라 남궁억과 이준이 들어와 합류하였고 모르는 얼굴들도 몇몇 보였다.

"나는 리회영이라고 하오. 리동휘 정위가 상동교회 엡윗 청년회에 들어온 것을 환영하오."

우당이라고 불린 좌장이 자기 소개를 했고 이어서 각자 돌아가면서 간단히 소개했다. 이상재처럼 독닙협회의 원로도 있었지만 대다수가 동휘와 비슷한 연배의 젊은이들이었다.

"나는 황해도 해주에서 온 김창수라고 하오. 동무를 찾아 강화에 잠시 머물다가 어제 한성에 올라왔는데, 이 옆에 있는 류완무 선생께서 오늘 특별한 모임이 있다 하여 지나가다 잠시 들렀소."

투박한 외모에 허름한 무명 저고리 옷차림을 한 젊은 사내가 두터운 입술로 툭 한마디 뱉었다. 얼굴이 얽어서 곰보 자국이 있었고 둥근 뿔테 안경을 쓰고 있었다. 그가 나중에 김구로 이름을 바꾼 백범이었다.

"하하, 김창수 동지는 을미년 국모 시해 후에 울분을 못 참고 일본군 밀정을 때려죽인 일로 조선의 백성들 마음을 시원케 했던 사람입니다."

그의 옆에 앉아 있던 유완무라는 조금 나이 들어 보이는 사내가 설명을 했고, 다들 놀랍다는 표정으로 알겠다는 듯 고개를 끄덕이며 김창수를 바라보았다.

"제물포 감옥에서 사형 집행 직전에 고종 황제 폐하의 특명으로 살아났다는 소문을 들었소만…."

이준이 진실을 확인하듯 물었다.

"천운이지요. 미진한 사람이 아직 할 일이 남아 있나 봅니다."

"황제 폐하께서 사형 집행을 앞두고, '국모보수(國母報讐)' 범행이라는 보고를 듣고 직접 전화를 거셔서 중지시키셨답니다. 마침 전화가 제물포까지 개통된 직후였는지라….”

　유완무가 설명하자, 동휘도 황실에 설치된 자석식 전화기를 떠올리며 고개를 끄덕였다. 고종 황제는 아관에서 경운궁으로 옮긴 이후 러시아 공사 베베르에 의해 설치된 전화기를 무척 신기해하며 전화를 한성에 속히 보급하도록 특별 지시를 내렸던 것이다.

　“허허 그런 일이 있었소? 그야말로 김창수 동지의 우국충정을 하늘이 알고 도우신 것 아니고 무엇이오?”

　이상재가 크게 놀라며 감탄을 하자 좌중들은 모두 고개를 끄덕이었다. 김창수는 겸손히 고개를 숙이고 눈을 내리깔고 있었다. 그 순간 동휘는 문득 전화기가 개통된 것이 환궁 후 1898년도였다는 사실을 떠올리며 고개를 갸우뚱하였다. 김창수가 이야기하는 국모보수 사건이 일어났던 그 시기는 전화가 개통되기 훨씬 이전이었기 때문이었다. 동휘는 황제를 보위하는 측근에 있었기에 그 일을 누구보다도 정확히 기억하고 있었다. 한번 헛기침을 하며 유완무의 설명에 문제를 제기하려다가 처음 참석한 자가 참견하는 것이 마땅치 않은 듯하여 말을 삼켰다. 아마도 전신을 전화로 착각한 것이겠거니 했다.


　“그런데, 그때 때려죽인 일본인이 정말 명성황후 시해범과 관련이 있는 사람이오? 그냥 지나던 상인이라는 말도 들리던데 혹시 억울하게 죽은 것은 아닌지 해서 말이오.”

　이준이 역시 검사답게 날카로운 질문을 했다. 갑작스런 이준의 질문에 김창수가 얼굴이 벌게지면서 불쾌한 표정을 드러냈다. 무언가 말을 하려고 할 때, 그를 데리고 온 유완무가 또 다시 대신 입을 열었다.

　“일본군 장교가 틀림없소. 김창수 동지는 조선 백성의 울분을 대신하여 국모의 원수를 갚은 것이오.”

　　　　　　　　　　　　　　　　　　　　　　　개척자

분위기가 약간 경색되려고 하자 이회영이 오른손을 뻗어 저지하였다.

"지난 일이니 더이상 거론 맙시다. 그래 그 후로 어떻게 지내셨소?"

우당은 김창수가 한참 손아랫사람인데도 손님 대접하듯 예를 갖추어 물었다. 김창수가 얼굴의 안색을 삭이며 약간 퉁명하게 대답하였다.

"뭐 저야 쌍놈처럼 주먹을 쓰고 굴러먹던 놈인지라 감옥 안에서 잘 지냈죠. 무료한 시간에는 책을 읽고 죄수들에게 글을 가르치다가 답답해서 탈옥을 했습죠. 공주 마곡사에 들어가 불승이 되어 한동안 숨어 지냈는데, 그곳도 제가 있을 곳이 아닌 것 같아서 다시 환속을 했습니다. 동학 패도 따라다니고 승려도 되어 보았지만 기독교는 이번에 강화에서 처음 접했는데 오늘 또 예배당까지 붙들려 왔구먼요, 허허."

김창수는 스스로 신라 경순왕의 후예라 했다. 당쟁에 휘말려 멸문지화를 당한 양반 출신임을 감추기 위해 쌍놈 행세를 하던 집안 출신이었다는 것이다. 어려서부터 책 읽기를 좋아하여 스승을 찾아다니며 독학으로 한글과 한문을 깨쳤다. 과거에 몇 번 응시하였다가 떨어진 후, 양반이 아니면 과거에 붙을 수 없음을 깨닫고 낙담하여 동학혁명에 가담하였다고 했다.

"아무튼 잘 오셨소. 황해도 해주에도 장차 이 같은 청년회가 필요할 터이니 말이오. 오늘 나라를 걱정하는 젊은이들이 다 함께 모였으니 새로운 희망이 샘솟는 듯하오."

"자, 금강산도 식후경! 만두 식기 전에 먹고 회의를 시작합시다."

전덕기가 오다가 사가지고 온 만두와 호떡을 돌리기 시작했다.

"허허, 오늘도 잊지 않고 또 사 오셨구려. 먹기 전에 전덕기 조사께서 기도를 먼저 해 주시오."

이회영의 제의에 모두 숙연하게 눈을 감았다.

"하나님 아버지, 우리 조국 대한의 젊은이들이 나라를 생각하며 이

자리에 모였습니다. 외세의 침탈에 맞서 어찌하든지 나라를 바로 세우고자 노력하는 저희들의 기도를 들어주소서….”

갑작스런 분위기에 당황한 동휘가 어색하게 눈을 껌벅이고 있다가 문득 비슷한 처지에 놓인 김창수와 눈길이 마주쳤다. 김창수는 기도하는 동안 좌중을 이리저리 살피며 눈을 돌리다가 동휘를 보고 움찔하며 놀랐다. 전광석화 같은 불꽃이 튀기며 서로를 바라보다가 두 사람은 급히 눈총을 멈추고 고개를 숙인 후 명상에 잠겼다. 한참을 기도하던 전덕기가 갑자기 감정이 격해진 듯 울먹이기 시작했다.

“아버지, 이 연약한 백의민족을 불쌍히 여기사 나라를 독립시켜 주시며 온 백성이 하나님을 믿고 따르는 거룩한 민족이 되게 하소서. 이 시간에도 차가운 한성 감옥에 수감되어 고생하는 리승만 형제를 돌보아 주시고….”

이승만은 만민공동회가 강제로 해체되고 독닙협회 해산 명령이 떨어진 후 협회 전단지를 돌리다가 고종의 폐위 음모에 가담했다는 죄목으로 체포되어 수감되어 있었다.

“…아멘!”

기도가 끝나자 이회영이 이상재를 쳐다보며 말했다.

“월남 선생님, 우남에게 한번 찾아가 면회를 하시면 어떨까요? 아무래도 저희보다는 월남 선생께서 찾으시면 더 큰 힘이 될 겁니다.”

가장 연장자인 이상재가 고개를 끄덕이며 말했다.

“그렇지 않아도 한번 찾아가려 하던 참이오. 옥중에서도 독서와 시작(詩作)에 열중한다 하니 내가 지필묵과 읽을 서적도 함께 넣어주려고 준비해 놓았소.”

이승만은 주시경이 몰래 전달한 육혈포 권총을 가지고 탈옥을 시도하다 잡힌 후 극심한 고문 끝에 겨우 사형을 면하고 종신형을 받았다.

생사를 오가며 특별한 영적 체험을 하여 기독교로 개종한 후 성경을 탐독하였고 감옥 안에 학당과 도서관을 차렸다.

"알렌 공사와 한규설 대감이 우남의 석방을 위해 노력하고 있으니 좀 기다려 봅시다."

검사 출신 이준이 말했다. 이준은 한성 재판소 검사 5년 차에 친일파 이하영을 탄핵하여 유명해졌으며, 강직한 성품 때문에 손해도 많이 보았다.

"우남의 스승 아펜젤러 선교사를 비롯하여, 에비슨, 게일, 벙커, 헐버트의 다섯 선교사들도 연판장을 만들었다 하오. 궁중의 내무협판 이봉래를 통하여 황제께 진정서를 제출했다 하니 조만간 좋은 소식이 오지 않겠소?"

이상재의 설명에 다들 고개를 끄덕였다. 배재학당에서 발군의 영어 실력으로 보조 교사까지 하며 선교사들에게 한글을 가르쳐 주던 학생 리승만이 옥에서 회심하여 성경학교를 열었다는 소문이 돌자 선교사들은 크게 고무되어 서로 앞을 다투어 이승만을 돕고 있었다.


"요즘 도산의 근황은 어떻소이까?"

이회영이 안창호와 함께 만민공동회 활동을 주도하던 이상재를 다시 바라보며 물었다.

"한동안 은신해 있다가 요즘은 고향 강서로 내려가 점진학교를 세우고 교육 계몽 활동과 전도 활동에 열중한다 하오. 조만간 미국으로 유학을 갈 계획도 세우고 있다고 들었소만. 도산과 동향인 우강 량기탁 선생도 견문을 넓히겠다고 미국으로 건너갔고."

"다들 고생들이 많구려. 자, 보재, 오늘 안건을 말해 주시오."

이회영이 이상설에게 물었다.

"오늘은 우리 상동청년회가 전국적으로 젊은이들을 모아서 어떻게 교육을 할 수 있을까 하는 방도를 찾아보기로 합시다."

"그것 참 좋은 생각이오. 청년이 일어나야 나라가 살 수 있습니다."

월남 이상재 선생이 고개를 끄덕이며 찬성했다.

"먼저 우리가 청년들을 가르치는 학원을 교회 안에 조직하면 어떻겠습니까?"

젊은 이동녕이 눈빛을 반짝이며 목소리를 높였다.

"좋은 생각입니다. 그럼 리동녕 군이 먼저 교사가 되어 주어야 합니다. 어떻소? 하하."

"저야 아직 연소해서 무엇을 가르치겠습니까? 그저 심부름이나 하겠습니다."

무엇을 가르칠지 누가 가르칠지에 대하여 갑론을박이 오가기 시작했다. 한참 논의를 지켜보던 이회영이 다시 입을 열었다.

"우리 교회에 독닙을 위해 일할 인재 배양을 위해 학원을 세우는 것은 참 좋은 생각입니다. 그러나 독닙협회 일로 한창 주목을 받는 때에 우리가 모여 또 다른 기관을 바로 세우는 것은 지혜롭지 못한 것 같소. 조금 때를 기다림이 어떤가 합니다."

묵묵히 토론을 지켜보던 전덕기도 입을 열었다.

"게다가 한성 인근에는 지금 감리교에서 세운 배재학당, 이화학당을 비롯하여 장로교에서 세운 경신학교와 정신여학교가 있어서 교육 활동이 활발하게 진행되고 있지 않습니까? 차라리 교육의 기회가 없는 남대문 시장의 상인들이나 그 자제들을 위한 야학 강습소를 열어서 우리 국문과 국사를 가르쳐주는 것이 어떻겠습니까?"

"아주 중요한 생각이오. 나라의 독립은 양반이나 고관 자제들뿐만 아니라 일반 백성들이 골고루 교육을 받아 생각이 바뀌어야 하는 것입니다. 그런 의미에서 지금 안창호 동무가 하고 있는 지방 계몽 활동이 절실히 필요하지 않겠소?"

"맞소이다. 황실에서 선교사를 불러 만든 육영공원에서 고관들이 가마 타고 다니며 신학문을 배우더니 리완용 같은 인물만 키워내지 않았소?"

신채호가 얼굴이 벌게지며 분통을 터뜨리듯 말했다. 독닙협회 회원들은 이완용이 협회에서 주도적 역할을 하다가 만민공동회에서 황실을 비판하자 슬쩍 몸을 빼고 아들 이승구까지 미국으로 도피 유학을 시킨 것에 대하여 모두 분개하고 있었다.

"오늘 처음 오신 리동휘 정위의 생각은 어떻소? 고견을 들어봅시다."

동휘는 오가는 논의를 놀라운 심경으로 바라보고 있다가 이회영의 갑작스런 지적을 받고 자리에서 벌떡 일어섰다. 그리고 자신이 자라온 배경과 지금의 모습을 생각하며 한성무관학교에서의 교육이 얼마나 중요했는지를 뼈저리게 다시 느꼈다. 입을 열고자 하니 지나온 몇 년의 세월이 주마등처럼 지나가면서 갑자기 눈시울이 뜨거워졌다. 목이 메어 한참 동안 말을 잇지 못하고 감정을 다스리다가 마침내 입술을 떨면서 말문을 열었다.

"저는 관북 단천에서 중인의 아들로 태어나 군수의 통인을 하던 사람이었소. 부패한 군수의 행패를 울분으로 지켜보다 혈기를 이기지 못해 화롯불을 집어던지고 도망가 피신해 있던 중 천운이 있어 대한제국 육군무관학교에 입학하여 오늘에 이르렀으니 교육의 힘이 얼마나 큰지 가장 큰 은혜를 입은 사람이오. 그러나 지방에 있는 사람 중에 한성에 와서 이런 혜택을 입을 사람이 얼마나 있겠소이까? 바라건대 아직도 교육의 기회가 없는 서북 지방이나 삼남 지방에 내려가 학교를 세우는 것이 더 필요한 일이라 여겨집니다."

동휘의 격정에 넘치는 발언에 감동을 한 듯 고개를 끄덕이며 좌중이 잠시 숙연해졌다. 이윽고 침묵을 깨고 이회영이 다시 말을 이었다.

"그럼 오늘 토론의 결론을 냅시다. 당분간 우리 회원들은 야간 학습소나 지방의 계몽 활동에 주력하여 민족 교육의 저변을 키워나가도록 합시다. 이 나라의 자주 독립을 위한 교육이니 마땅히 국문으로 가르쳐야 할 것입니다. 국문 교육을 어떻게 할 것인지에 대한 방책은 주시경 선생이 내오고 국사 교육에 대해서는 신채호 선생이 주관하면 좋겠습니다. 그리고 그 교육은 남녀가 평등한 교육이 되어야 합니다. 오늘 이 자리만 보아도 여자가 한 사람도 없으니 우리나라가 얼마나 여성이 부당한 대우를 받고 있는지 알 수 있지 않습니까?"

돌아오는 길에 동휘가 전덕기에게 물었다.

"적은이, 오늘 참 많이 배웠소. 고맙소. 그런데 회의의 좌장 격인 우당 선생은 대체 어떤 분이오?"

"아이고 형님, 우당 선생을 아직 모르셨군요. 정말 훌륭하신 분입니다. 이조판서를 지내신 리유승 대감의 자제분이시면서 승정원 우승지 리시영 대감의 형님이시기도 하고요. 뒤에서 우리 상동청년회를 이끄시는 분이십니다."

"아하, 리시영 대감의 형님이시라… 이제 알겠네."

동휘는 대궐에서 종종 만난 일이 있었던 청렴한 젊은 대감을 떠올렸다.

"백사 리항복 대감의 자손이신데, 한성에서 알아주는 삼한갑족입지요. 그런데도 자기 집안은 물론 나이든 이웃집 노비들에게도 늘 존대를 하시고요… 만민이 평등하다는 사상을 설파하실 뿐 아니라 언행이 일치하여 모두에게 귀감이 되시는 분입니다."

개척자

"만민 평등이라… 그래서 여인들에게도 동일한 기회를 주자는 것이오?"

우당 이회영은 젊어서 청상과부가 된 누이동생을 아버지도 몰래 전격적으로 재가를 시켜서 세상을 깜짝 놀라게 만든 일도 있었다고 했다. 유교적 전통에 묶여 신음하던 여인들을 구습에서 해방시키고자 하는 그의 소신에 의한 행동이었다. 동휘는 만민 평등이란 말에 큰 감격을 느낀 듯 눈을 소처럼 껌뻑거렸다. 그리고 고향 시골에 묻혀 지금도 자기를 기다리고 있는 아내 정혜와 두 딸 인순, 의순을 생각했다.

"적은이, 그런데 엡윗인가 뭔가는 무슨 뜻이고 청년은 무슨 말이오?"

"하하, 엡윗은 기독교의 한 분파인 감리교 창시자 요한 웨슬리 선생의 고향에서 딴 이름으로 세계적으로 퍼진 젊은이들의 단체 이름입니다. 이제 우리나라에서도 젊은이들을 모아서 교육하려고 저희 교회에서 만들었지요."

청년이라는 단어 역시 엡윗 청년회 조직이 생기면서 처음 등장한 단어였다. 엡윗 청년회는 아펜젤러가 세운 정동교회에서 처음 시작했는데, 스크랜턴 목사가 세운 병원이 교회로 바뀌면서 상동교회가 되었고, 교회 건물을 건축한 후 곧이어 청년회를 만들었다. 경운궁 옆에 세워져서 배재학당과 이화학당 출신의 지식인들이 많이 몰린 정동교회에 비해 상동교회에는 남대문 시장을 중심으로 가난한 자와 상인들이 더 많이 몰려들었다. 남대문 시장바닥 길에서 스크랜턴 목사를 우연히 만나 교인이 된 전덕기는 세례를 받고 상동교회에서 전도사로 일하고 있었다. 상동청년회는 전덕기에 의해 운영되는 것이나 다름없었는데, 그를 중심으로 독닙협회 출신뿐 아니라 장차 독립운동의 주역이 될 인물들이 모두 모여들었다.

"그럼 기독교도 패거리가 있소? 감리교 말고 딴 패도 있소?"

"하하, 형님도. 패거리가 아니고 분파가 다른 거외다. 우리나라에 1885년 처음 들어오신 세 분의 목사님 중에서 배재학당과 정동교회를 세우신 아펜젤러 목사님과 우리 상동교회를 세우신 스크랜턴 목사님은 감리교이시고요, 새문안교회를 세우신 언더우드 목사님은 요한 캘빈이라는 사람이 시작한 장로교 목사님이십니다."

"아이고, 그만. 복잡하오. 난 당최 패거리로 나뉘는 게 싫소."

동휘는 이야기가 길어지자 더 이상 알고 싶지 않다는듯 이마를 찡그리고 고개를 내저었다.

"그럼 아까 눈 감고 마지막에 주문처럼 외우는 아멩은 또 무스기요?"

# 부흥사

.

.

.

.

&lt;삼천리에 일동 일학교 일동 일교회를 세우시오&gt;


10


    1902년 7월, 동휘는 중앙의 고급 장교로 근무한 지 6년 만에 참령으로 진급이 되면서 강화도 진위대장으로 발령이 났다. 강직한 감사관으로 활약하는 동휘에게 고종의 총애가 갈수록 더해가자 시기하고 견제하는 세력들이 나타나 그를 한성 밖으로 내친 것이다. 아울러 가장 유능한 장수를 배치해 한성의 길목을 지키겠다는 두 가지 목적이 동시에 있었다. 점차 고조되는 외세의 침략에 맞서기 위해 강화도에 700명의 군사를 배치한 진위대가 설치되었기 때문이었다.

    상동청년회에서 청년 교육에 대한 사명을 받은 동휘는 원수부에서 당번 근무를 하면서도 한성의 각종 야학 강습소를 돌아다니며 계몽운동에 참가하였다. 삼남 지방에 감찰관으로 출장을 갈 때도 각처에서 국민의 의무 병역과 의무 교육만이 나라를 지키고 살릴 수 있다고 소리 높여 강연을 하였다. 그로 인해 동휘가 다녀간 자리에는 호남 지방 도처에서 학교 설립 운동이 일어나기도 했다. 그리하여 동휘의 이름은 군인으로서뿐만이 아니라 교육자로도 전국에 알려지게 되었다. 당시 남궁억, 신채호, 장지연 등이 창간한 〈황성신문〉은 '리동휘 참령의 강화도 진위대장 부임 소식'을 보도하면서 서울의 야간 강습소와 호남 지방에서 교육 계몽 활동으로 이동휘에 관한 소문이 굉장한 까닭에 정부 내의 반대파들의 입김으로 내륙에 두지 않고 섬으로 보낸 것이라고 적고 있다. 그러나 뒤에서 동휘를 후견자 격으로 돌보던 내장원경 이용익 대감이 그를 보호하기 위하여 강화로 내보냈다는 추측도 있었다.

"황제 폐하! 원수부 감사관 리동휘가 이번에 황제 폐하를 해하고자하는 개혁당 무리에 관여되어 있다는 소문이 있사오니 함께 체포하여엄중히 문책하는 것이 옳은 줄 아옵니다. 윤허하여 주소서."

고종은 경운궁 수옥헌 내실에서 고히(커피)를 마시며 두 중신의 논쟁을 듣고 있었다.

"어허, 리동휘는 시위대에 있을 때부터 내가 눈여겨본 충성심이 특출한 군인이요, 청렴 강직한 사람이오. 그럴 리가 있겠소?"

"아니옵니다. 그자가 독닙협회에서 황제 폐하를 내몰고 의회를 세우고자 모의한 무리와 함께 작당하던 것을 소신이 잘 알고 있습니다. 그자를 가까이 두심은 심히 위험한 일이옵니다."

"리완용 대감 말씀이 지나치오. 리동휘의 폐하에 대한 충정심은 내가더 잘 알고 있소. 폐하, 이번에 강화도 진위대장 윤철규가 강화부윤 이종윤과 충돌하여 재판을 받아 근신 처분을 받았사오니, 리동휘를 참령으로진급시켜 강화도 진위대장으로 임명하는 것이 더 좋다고 사료되옵니다."

고종이 딸가닥 소리를 내며 마치 결론을 내리듯 커피잔을 내려놓았다.

"그것 참 좋은 생각이오. 강화는 한성을 지키는 대문과 같은 곳이니

부흥사

리동휘와 같은 용맹한 무관이 그 자리를 지키는 것이 백성들에게도 안심이 될 것이오."

이용익의 이 타협안이 동휘를 궁궐에서 내치고자 하는 무리에게도 받아들여졌던 것이다.


그 시절 동휘는 민영환과 이준이 중심이 되어 정부 내의 친일파들을 제거하기 위해 결성된 비밀결사조직 개혁당에 가입해 있었다. 개혁당은 점차 가시화되는 일제의 압박 속에 러시아와의 전쟁이 임박했다는 위기 의식으로 유사시 친일 내각을 몰아내고자 하는 배일파 인물들로 구성되었다. 이범진, 이상재, 이상설 및 이용익 대감까지 이 조직에 관여했는데, 동휘는 이갑, 노백린 등의 소장파 무관들과 함께 유사시 무력 동원을 감행할 핵심 인물 중 한 사람이었다. 그러나 개혁당 운동은 거사의 시기를 두고 내부 논쟁 중에 이상재, 이준 등이 체포되어 실패로 끝나고 말았다. 이때 동휘도 연루되어 체포될 수 있는 상황에서 이용익 대감의 엄호 조치로 강화도 진위대장으로 발령이 난 것이었다. 이상재는 이때 체포되어 감옥에서 이승만을 다시 만나게 되었다. 그 당시 이승만은 이미 기독교로 개심을 하였던 때였고 그의 특별한 체험이 담긴 전도를 통해 이상재도 연이어 개종을 하게 되었다. 이승만 역시 월남 이상재의 탁월한 인품을 통해 많은 도움과 영향을 받으면서 두 사람은 그 이후 깊은 협력자 관계로 변하였다. 이상재뿐 아니라 그때 이승만을 통해 옥중에서 기독교를 믿게 된 사람은 무려 40여 명 가까이 되었으며 그들이 나중에 이승만의 중요한 동지요, 조력자들이 되었다.


그동안 한성 궁궐에서 바쁜 생활을 하느라 가족을 돌아보지 못하던 동휘는 강화도로 부임하면서 단천에 있는 식구들을 불러들였다. 부친 이승교는 이용익이 출판 사업에도 손을 대면서 보성관이라는 회사에 취직이 되어 한성에 남았고, 부인 강정혜가 첫째 딸 인순이와 둘째 딸 의순이를 데리고 강화로 합류하였다. 틈틈이 고향에 들러 불쑥 얼굴만 내밀고 돌아오던 동휘는 오랜만에 가족과 함께 생활하게 되었다. 강화에서 보내는 첫날 밤에 오랜만에 동휘의 품에 안긴 정혜는 너무 감격하여 하염없이 울고 또 울었다.

"부인 미안하오. 그간 얼마나 고생이 많았소?"

남편 동휘는 이제 더이상 단천 군수 통인으로 지내던 그 시절의 거칠고 무식한 남자가 아니었다. 남자로서 우람한 풍채가 가득하여 총각 시절에도 처녀들의 가슴을 뛰게 했던 동휘였지만, 한성무관학교에서 신식 교육을 받고 지성인으로서의 엄숙함이 배어나는 그의 말 한마디 한마디에 정혜는 신혼의 새색시로 되돌아간 듯 가슴이 마구 뛰곤 했다. 아내를 배려하는 동휘의 따뜻한 말씨가 이전의 남편이 아닌 듯하여 처음엔 어색하기까지 했다. 야속하게 떠났던 지아비가 이렇듯 훌륭한 인물이 되어 가족들을 다시 부른 것이 너무나도 기쁜 나머지 정혜는 잠들어 있는 남편의 얼굴을 보며 쓰다듬으며 밤을 꼬박 새웠다. 강화도 진위대장의 사택으로 받은 작은 기와집에 들어와 살면서 정혜는 하루하루가 꿈만 같았다. 고향 단천에서 억척같이 두 딸 아이를 업어 키우고 밭일을 해 가며 지성으로 시아버지를 공양하였다. 하루 일과에 피곤에 지친 몸을 자리에 뉘어도 남편 생각에 도무지 잠이 오지 않아 단천의 긴긴밤을 오가는 파도 소리를 헤아리며 지새우던 때가 얼마나 많았는지 몰랐다. 그 세월이 지나가고 이제 꿈같은 신혼이 다시 시작된 것이다.

동휘가 강화도로 부임하게 된 것을 부친 이승교는 오히려 기뻐하면서 아들에게 성재(誠齋)라는 호를 지어 주었다. 강화도는 이승교가 오랫동안 흠모하던 강화학파의 효시 하곡 정제두와, 동휘가 강화도에 부임하기 몇 년 전 작고한 강화학파의 거두 영재 이건창이 후학을 가르치던 곳이었기 때문이었다. 아들 동휘가 강화도에서 양명학의 정신을 이어받아 시대를 밝힐 인물이 되기를 기원하며 호를 지었던 것이다. 이미 영재 이건창을 흠모하고 가르침과 영향을 받은 보재 이상설, 성재 이시영, 경재 이건승 등의 학자들 사이에 아들도 들어갈 수 있기를 기대했던 아비의 마음이었다. 세속적 가치 추구와 실천이 없는 학문을 단호히 배격하고 지행합일을 강조한 강화학파의 영향력은 이후에도 단재 신채호 및 위당 정인보를 통해 그 학맥을 면면히 이어갔다. 강화도에 부임한 이후 이 같은 영향이 분명 동휘의 삶에도 직간접적으로 들어갔으리라 여겨진다. 나중에 을사늑약 이후 이건창의 조카 이건승은 강화에 강화양명학의 학풍을 이어갈 계명의숙을 지어 후학을 양성하였고, 강화도의 유지였던 동휘와도 교류가 있었다. 그러나 학자가 될 재목이 아니었던 동휘의 인생은 아버지 승교의 바람과는 달리 강화도에서 전혀 다른 모습으로 발전해갔다.

"인순아, 의순이 데리고 인츰 이리 오너라."
동휘가 진위대 연병장에서 뛰어놀고 있는 두 딸을 큰 소리로 불렀다. 함께 놀아주고 있는 씩씩한 청년은 오영선이었다. 배재학당을 나오고 육군무관학교를 졸업한 후 강화도 진위대로 배속된 후배 오영선을 동휘가 부관 격으로 가까이 두고 있다 보니, 아이들도 틈틈이 돌볼 만큼 가족처럼 친해졌다. 사내아이처럼 의병 놀이를 좋아하는 둘째 의순이를 위해 오영선은 자그마한 목총을 깎아 만들어주고 자기는 왜놈 행세를 하며 이리저리 도망 다니고 있었다. 수줍음을 많이 타는 인순이는 셋째 경순이를 들쳐업고 그 옆에서 어슬렁거리며 따라다녔다.

"게 섰거라. 왜놈들아 어서 항복해라. 에잇 얍!"

연병장에 만들어놓은 볏단 허수아비를 목총으로 이리저리 내리치며 의순이가 소리쳤다.

동휘는 산기슭 소나무 아래서 땀을 식히며 그 모습을 흐뭇하게 한참 동안 바라보고 있었다. 고향 땅 단천을 떠나 얼마 만에 가족들과 함께 지내는 것인지 동휘도 감개무량했다. 아이들이 건강하게 잘 자라 준 것도 감사할 뿐이었다. 그런데 두 아이가 어찌 저리도 다르단 말인가? 댕기머리를 하고 달음박질치는 두 딸 아이들을 바라보며 동휘가 중얼거렸다.

"넷째는 사내가 나오면 좋으련만….."

아버지의 고함 소리에도 의순이는 아랑곳하지 않고 뛰고 있었고, 아버지 동휘를 힐끗 쳐다본 인순이가 이번에는 의순이를 잡으러 이리저리 뛰기 시작했다.

"의순아, 아부지 오셨다. 이제 그만 가자."

"안녕하심까? 조사님!"

"아이고, 누구십니까? 새로 부임하신 진위대장님 아니십니까? "

동휘가 두 딸 인순이와 의순이를 데리고 교회에 나타났다.

"지나가다가 교회가 보여서 인사도 드릴 겸 해서 들어왔습니다. 여기가 잠두교회인가요? 인순아, 조사님께 인사드려라."

"안녕하셔요? "

"예, 맞습니다. 전덕기 전도사를 통해 진위대장님 이야기를 참 많이 들었습니다. 애국 계몽 강연으로 삼남 지방에서 학교를 세우는 데 큰 영향을 끼치셨다는 것도요."

"아이고 별말씀, 부끄럽소이다. 들어오다 보니 잠두 엡윗 청년회 간판이 보이던데… 강화에서도 청년 활동이 활발합니까?"

"아닙니다. 이제 막 시작하려고 간판을 내건 상태입니다. 교회 옆에 학교도 세웠고요. 청년 계몽 활동을 통해 농민과 어민들을 상대로 야간 학습소도 만들 예정이고요. 진위대장님께서 많이 도와주십시오."

"우리 인순이가 배울 주일학교도 있는가요?"

"그럼요. 인순아, 이번 주일부터 교회에서 전도사님과 함께 성경도 배우고 한글도 배우자."

김우제 전도사가 인순이의 머리를 쓰다듬으며 말했다.

"예, 전도사님, 고맙슴다."

아직 오랜만에 만난 아버지에게도 부끄럼을 타는 인순이가 얼굴이 빨개지면서 대답했다. 의순이는 벌써 교회 안이 궁금한지 고개를 삐죽이 들이밀고 안을 살피느라 정신이 없었다.

*

나라를 지킬 방책은 전혀 없이 속수무책으로 개방을 위한 압력이 가해지는 동안, 강화는 천주교와 성공회 등의 외래 종교가 가장 먼저 발을 내디딘 곳이기도 했다. 뒤늦게 들어온 개신교는 1900년도에 감리교의 존스 선교사가 강화읍에 잠두교회를 창설하고 이듬해에 강화 최초의 근대식 학교 합일 학교를 설립하였다. 학교 이름 자체가 합일(合一)이었던 것에서 알 수 있듯이, 단순히 단결의 뜻만을 가리키는 것보다는 강화학파 양명학의 가르침인 지행합일의 뜻도 함께 담겨있었다고 보아야 할 것이다. 공자가 논어에서 형이상학과 형이하학이라는 말로써 학문에도 우열이 존재함을 설파한 이후, 유교의 전통적 가르침은 근본적으로 이원론이었다. 성리학의 이기론(理氣論)적 가르침도 다를 바 없었다. 조선에서는 퇴계 이황과 율곡 이이의 내부 논쟁이 치열했지만 이 원론의 범주를 벗어나지 않았다. 서양 철학의 근간을 이룬 플라톤과 아리스토텔레스 역시 육체 활동은 천한 것이고 정신 활동이 더 가치 있는 상위 개념으로 가르쳤던 것과 마찬가지였다. 역사적으로 이원론은 철저하게 강자들을 위한 정치 논리로 발전했다. 따라서 정신 활동에 종사하는 귀족 계층과 천한 육체 노동에 종사하는 노예 계급의 존재는 당연한 것이었다. 사농공상(士農工商)의 직업적 차별과 양반, 상민의 계급적 차별을 통한 지배 논리로 이용되어 왔다. 따라서 전통적인 유가의 성리학, 즉 주자학의 가르침에서 벗어나 양명학이 만민 평등의 사상을 설파한 것은 파격과 혁신을 넘어 급진적 가르침이었다. 심즉리(心卽理)의 원리로 마음이 곧 진리라는 일원론적이고 합일적 가르침을 펼쳤을 때, 조선의 지배 계층은 그들을 이단시하여 사문난적(斯文亂賊)으로 몰아갈 수밖에 없었다. 주류에서 밀린 양명학자들은 강화도를 그들의 피난처로 삼아 조선 말기에 강화학파라는 독특한 학맥을 수백 년간 이어오고 있었던 것이다.

그런데 이와 같은 양명학의 가르침은 육체 노동을 중요시하고 남녀노소의 평등을 가르치는 기독교의 사상과 일치하였다. 기독교는 인간의 창조 목적을 땀 흘리는 노동(labor)를 통해 문화(culture)를 창출하여 하나님께 영광을 돌리는 것이라고 가르쳤다. 따라서 동양의 문화 개념이 '문화(文化)'라는 글자를 다루는 정신 활동의 범주에서 출발하였다면 기독교의 영향을 받은 서양의 '문화(culture)'는 밭에서 땀 흘려 농작물을 경작(cultivate)하는 노동에 기원을 두었기에 노동과 기술은 불가분한 관계에 있었다. 그래서 기독교 복음이 들어간 나라마다 과학 기술의 혁명적 발전을 가져왔던 것이다. 그뿐만 아니라 만민 평등을 주장하는 양명학의 가르침은, 복음의 정신적 측면뿐만이 아니라 사회적인 측면을 강조하여 교육과 사회 봉사를 강조하던 감리교의 기독교적 가치와도 일맥상통하였다. 그러다 보니 양명학의 본산이었던 강화에서 기독교가 비교적 쉽게 전파될 수 있었던 것이다. 동휘가 부임하던 1903년도에 맞추어 마침 잠두교회에 김우제 전도사가 부임하였다. 김우제는 1900년 김창수가 지인을 만나러 강화도에 와서 3개월을 유숙하는 동안 그에게 복음을 전했던 사람이기도 했다. 김우제는 그 당시 유행하던 엡윗 청년회를 잠두교회에서 시작했고, 이미 상동청년회에서 그 경험이 있었던 동휘와 한마음이 되어 강화도의 청년 계몽 사역을 시작하였다. 상동교회의 전덕기만큼이나 헌신적이고 영향력이 있었던 김우제 전도사와 함께하면서 동휘는 막연히 알아 왔던 기독교의 진리에 정면으로 부딪쳤을 뿐 아니라 회심의 체험까지 하게 되었다. 그리고 본격적으로 기독교 전도자의 길을 걷게 되었다. 동휘는 전덕기 전도사를 통해 폭력과 탐욕으로 왜곡된 세상의 문제를 해결하고 사회를 구원하기 위한 기독교의 정의를 배웠다면, 김우제 전도사를 통해서는 죄 많은 자신을 구원하기 위해 찾아와 십자가에 달려 죽었다는 예수의 사랑을 배웠던 것이다.

"대장님은 스스로 죄인이라고 여기십니까?"

야간 학습을 마치고 집으로 돌아가는 논두렁 길에서 김우제가 물었다. 중추절이 다가와 달이 휘영청 밝았고, 논둑에는 밤벌레 소리가 요란했다.

"내가 그동안 살아오며 크고 작은 죄들을 많이 지었으니, 암, 죄인이지요. 사람을 죽일 뻔한 일도 많았으니 어찌 죄인이 아니겠소?"

동휘는 당연하다는 듯 대답했다.

"그럼 대장님은 스스로 의인이라 여기신 적은 없으신지요?"

동휘는 갑자기 말문이 막혔다. 그러고 보니, 오히려 평상시에는 자기 자신을 죄인이라 여기기보다는 의인이라 생각하며 살았던 것 같았다. 실제로 그가 불의한 일을 보면 참지 못하고 불같이 화를 내는 것 역시 스스로 의인이라 여기는 증거이기도 했다.

"예수께서는 환자라야 의원이 필요하듯 나는 의인을 구하러 온 것이 아니요, 죄인을 구하러 왔다고 말씀하십니다."

"그럼 의인은 예수가 필요 없다는 말이오?"

초가을 강화의 유난히 둥글고 흰 보름달이 휘영청 두 사람의 발걸음을 지켜주고 있었다. 김우제는 나긋나긋 한 걸음씩 동휘에게 더 다가왔다.

"그러나 성경은 의인은 없나니 한 사람도 없다고 합니다."

"그럼 나도 죄인임이 분명하니 의원이 필요하겠구려. 그나저나 죄가 무엇이오?"

논두렁을 따라 걷는 동휘와 김우제가 두런두런 말동무 길동무를 하는 동안, 그 뒤를 열 두 살 인순이가 세 살 터울 동생 의순이의 손을 꼭 잡고 따라가고 있었다.

"그나저나 왜 예수님은 십자가에 달려 죽어야만 했소? 그런 끔찍한 방법 말고 나를 구원하는 다른 방법은 없었던 거요?"

푸르스름한 강화의 밤 풍경에 비친 다정한 실루엣이 한 폭의 그림처럼 느껴졌다.

＊

한성을 지키는 관문으로써 강화도는 늘 외세에 노출되어 있었다. 10년 내에 병인양요(1866)와 신미양요(1871)에 이어 운요호 사건(1875)과 강화도조약(1875)이 연이어 일어났다. 외세의 침입에 노출되었던 만큼 그것을 방비하기 위해 고종이 통제영학당이라는 해군사관학교를 만들고자 시도했다가 포기했던 곳이기도 했다. 해군 창설에 대한 고종의 미련은 멈추지 않아 동휘가 강화도에 부임할 무렵, 석탄 운반선 양무호를 구입하여 군함으로 개조한 일까지 있었다. 그 당시 대한제국 국방 예산의 30%가 넘는 55만 엔이라는 막대한 예산을 들여 사들인 것이었다. 그러나 그 배는 원래 미쓰이 물산이 영국으로부터 25만 엔에 구입하여 9년 동안 사용하던 중고 화물선이었다. 일본 공사관과 친일 관료에 의해 진행된 양무호 구입 프로젝트는 시세에 어두운 고종을 얼려서 과시용으로 터무니없이 비싼 값에 사들인 전형적인 국방 비리 사건이었다. 상동청년회에 참석했다가 그 소식을 전해 들은 동휘는 그 일로 인해 무척 격앙되었고, 이용익 대감을 찾아가서 큰소리로 따지기까지 했다.

"대감 이런 일이 어찌 있소? 그런 고물 석탄선을 나라의 재정을 다 팔아서 사들이다니 말이 됩니까?"
"리 대장, 진정하시게. 난들 원통하지 않겠나?"
"이 일로 친일파 놈들이 왜놈들과 짜고 얼마나 또 해 처먹었을까 생각하니 분통이 터져서 잠을 잘 수 없소이다. 그 돈이 다 백성들이 광산을 파내고 홍삼을 심어 외국인들에게 다 내주면서 겨우 혈세로 거둔 것들 아닙니까?"
"허허, 진정하시란데? 텅텅 비어가는 국고를 채우려고 팔도를 뛰어다니며 애를 쓰고 있는데, 그 아까운 돈이 새 나가는 것이 난들 왜 속상하지 않겠나?"
그 무렵 고종 황제는 오직 이용익에게 나라의 재정을 다 의존하는 형세가 되어 내장원경에 탁지부대신을 겸직하게 하였고, 그것도 모자라 서북 철도국 총재에다 중앙은행 부총재의 중책을 계속해서 겸임시키며 맡기고 있었다. 그러나 고종의 신임이 커가면 갈수록 곳간 열쇠를 틀어쥐고 있는 이용익을 쫓아내려는 친일파들의 상소와 음해가 그치지 않았다. 그 속에서 이용익 역시 살얼음판을 걷고 있었기에, 친일파가 배후에서 조종하는 고종의 명을 거역하기가 쉽지 않았던 것이다.

"그 돈으로 우리 진위대에게 장총과 속사포를 사 주었으면 얼마나 좋았겠소이까?"

"허허, 이놈이 그래도 말귀를 못 알아듣고 내 복장을 뒤집어 놓는구나. 난들 그리하고 싶지 않겠느냐?"

이용익이 참다가 마침내 소리를 질렀다. 동휘를 진위대장으로 대우를 해 주다가도 이용익은 사석에서는 종종 이전에 동휘를 대하던 옛 습성이 튀어나오곤 했다.

"잘 듣거라. 조만간 친일 세력들과 왜놈들이 눈엣가시인 날 해치려 할 것이다. 그때 내가 죽지 않고 사라지면 로씨아(러시아)로 찾아오너라."

"대감! 로씨아라 했소이까?"


양무호는 결국 한번 전투를 치루어보지도 못한 채 을사늑약을 맞았고 역사 속에서 사라져 갔다. 그 예산이 신무기 도입과 육군 양성에 투입되었다면 그렇게 한번 싸워보지도 못하고 일본에 힘없이 나라를 내주지 않았을지도 모른다는 아쉬움이 동휘에게 두고두고 큰 미련으로 남았다.


*


동휘는 강화도 진위대장으로 부임한 지 2년 만에 진위대장직을 사임하고 교육계에 직접 뛰어들어 학교를 세우는 일에 혼신의 힘을 다하기 시작했다. 그 과정에는 숨겨진 뒷이야기가 있다. 동휘가 강화도 진위대장으로 부임했을 때, 전임 진위대장 윤철규가 강화 부윤으로 다시 부임해 왔다. 윤철규는 황실과 밀접한 인척 관계를 배경으로 학정과 부패를 일삼는 인물이었다. 백성들의 긍휼 사업에 열심이었던 전임 강화부윤 이윤종과도 심한 대립과 충돌을 일으켜 그를 결국 쫓아내고 그 자리를 꿰찼다. 자신의 진위대장 시절 공금 30만 냥을 횡령한 사실이 강직한 동휘에게 발각되어 드러나자 그것을 무마하기 위해 거꾸로 동휘를 러시아 간첩으로 몰아 가기 시작했다. 그 당시 러일전쟁이 막 발발한 상황이었기에 이것은 매우 민감하고 치명적인 모함이 될 수 있었던 것이다. 이 사실에 대로(大怒)한 동휘가 부하 네 명을 거느리고 윤철규를 박살내기 위해 집으로 쳐들어갔다.

"이놈이 내 손에 잡히면 오늘 명줄을 끊어 놓으리라."

동휘가 어깨를 좌우로 휘두르며 달려오고 있다는 아전의 전갈을 받고 윤철규는 겁을 먹고 사색이 되었다. 단천 군수에게 화로를 던졌다는 이야기도 전해 들어 알았던지라, 목숨을 부지하기 위해 뒷문으로 빠져나가 그 길로 한성으로 줄행랑을 쳤다. 그러나 윤철규는 황실의 인맥을 동원하여 결국 동휘를 러시아 간첩으로 고발하였고 재판이 열리게 되었다. 윤철규의 공금 횡령 사실과 거짓 모함임이 분명함에도 불구하고 황실의 입김으로 윤철규와 동휘만 석방되고 동휘의 부하 4인에게 벌이 가해지는 판결이 나는 것을 본 동휘는 분노하였고 고종과 황실에 대해 큰 실망감을 느끼게 되었다. 부하들과 강화 도민들의 절대적인 신임을 받고 있었을 뿐 아니라, 교회에서도 헌신적인 희생을 통해 재산을 헌납하여 교회를 짓고 사회 계몽 사업에 열심을 다하던 동휘가 부패한 권력의 힘 앞에서 한계 상황에 부딪혔던 것이다. 거짓이 진실을 이기는 현실 속에서 무력감과 배신감을 느낀 동휘는 자신의 진위대장직을 사임하는 상소문을 고종 황제에게 올린 후 강화로 돌아와서 그날부터 민간인의 신분으로 교육 사업에 전념하게 되었다. 한편으로는 이미 러일전쟁의 승리로 일제의 마수가 황실을 뒤덮고 있었고, 황실의 군대가 일본의 강압으로 인해 축소 개편되는 상황에서, 군인으로서 황실과 나라를 지키겠다는 동휘의 꿈이 더이상 현실적이지 못하다는 판단에 이른 때문이기도 했다. 그 무렵 동휘는 기독교에 깊이 귀의하고 있었고 군인으로서의 자신의 삶보다는 기독교 전도자로서 또는 교육자로서의 삶이 나라를 살리는 더 빠른 지름길이 될 것이라고 확신을 갖게 되었던 것이다. 고종 황제를 알현한 자리에서 황제의 간곡한 만류에도 불구하고 결국 사직 상소를 올리고 물러났다.

강화로 내려가기 전날 밤, 동휘는 아버지 이승교를 찾았다. 이승교는 이용익 대감의 특명을 받고 조선 최초의 사설 출판사 보성관을 차리기 위해 동분서주 일하고 있던 차였다. 돈을 버는 사업에 천부적이고 본능적인 더듬이를 가지고 있는 이용익은 선교사들이 세운 학교들이 우후죽순 격으로 늘어나 갑자기 교재 시장이 크게 성장하고 있음을 깨달았다. 각종 교재를 인쇄하여 학교에 배급하는 것이 사업이 된다는 것에 착안한 이용익은, 아들 동휘를 따라 강화도로 내려가려는 이승교를 붙들어 출판사를 세우는 일을 맡겼다. 중인의 신분에서 벗어나는 길이 양반보다 더 책을 많이 읽어 지식으로 앞서가는 것이라 믿고 책 읽기에 열중했던 이승교는 그 일에 신명을 다해 일을 하였다. 그러던 중에 이용익은 학교에 교재만 배달하는 것이 아니라 자신이 직접 학교를 세워서 인재를 배양하는 것이 명분과 실리를 동시에 취할 수 있는 일임을 깨닫고, 1905년 보성학교를 세우게 되었다. 교재 출판을 위한 보성관 출판사는 보성사라는 인쇄소가 되어 보성학교 안에 자리를 잡게 되었던 것이다. 보성학교는 조선인이 세운 한국 최초의 근대적 고등 교육 기관으로서 보성전문학교가 되어 나중에 고려대학교로 발전하였다. 또한 보성사는 나중에 3·1운동의 독립선언서 35,000매를 인쇄하는 매우 중요한 역사적 역할을 감당하게 된다.

"아부지, 그간 평안하셨슴까?"

"동휘 네가 야밤에 웬일이냐? 어이 들어오라."

"아부지 제가 오다가 수르(술을) 한잔 했슴다."

"듣자하니 네가 교회에 열심이라 수르 아이(아니) 마인다(마신다) 들었거늘 무스그 일이 있었더냐?"

"아부지, 제가 오늘 또 일을 쳤슴다. 하하, 오래전에 단천 군수 머리에 화로불을 집어던지고 달아났던 놈이 오늘 또 겁이 나서 아부지께 달려왔슴다. 하하하…."

동휘는 그간 자초지종을 이야기하고 강화도 진위대장직을 사임하려 한다는 것을 이승교에게 알렸다.

"아부지, 이 못난 아들을 용서하기쇼. 늘 아부지 가슴에 대못을 박는 놈임다…."

이승교는 그 소리를 듣고 얼굴색이 변하여 한참 말이 없이 앉아 있었다. 아들이 중인의 신분에서 벗어나 당당하게 대한제국의 장교로 임관이 되고 전국에 그 명성이 알려지는 것을 얼마나 대견하게 바라보고 있었던가? 이승교의 꿈이 하루아침에 도로 물거품이 되는 것만 같았다.

"꼭 그렇게 해야겠더냐? 세상일이라는 것이 어찌 네 뜻대로만 되겠느냐? 참고 기다리면 진실이 밝혀질 날이 올 터인데 왜 그리 서두르느냐?"

"아부지, 사실은 제게 다른 꿈이 생겼슴다. 군인으로 나라를 살리는 것보다 교육자로, 전도자로 젊은이들을 일깨워서 나라를 다시 세우는 것이 훨씬 더 중요함을 깨달았슴다. 제가 그 기르(길을) 가려 합다."

이승교는 눈을 감고 하곡 정제두의 친민(親民) 사상을 생각했다. 공자가 대학에서 가르친 친민을 단순히 이론으로 생각한 것이 아니라 하곡은 백성과 더불어 한몸이 되고 백성이 나와 더불어 한몸이 되어야 함을 설파했던 것이다. 이미 아들의 결심이 굳은 것을 안 승교는 말없이 일어나 아들의 세숫물을 받아주고 이부자리를 깔아 주었다. 아침 일찍 떠나는 동휘의 뒤통수에 대고 이승교가 툭 한 마디 던졌다.

"리용익 대감이 학교를 세우려는 것 아느냐? 보성학교라고 한다. 차라리 너도 학교를 세워 봄이 어떠냐?"

강화에 돌아온 동휘는 잠두교회 주일 예배에 참석했다. 그리고 예배 중에 김우제 전도사와 교인들 앞에서 자신의 죄를 회개하며 정부가 저지른 죄상들을 낱낱이 아뢰었다. 그리고 자신이 강화도 진위대장을 그만두기 위해 황제께 사직 상소를 올렸으며 앞으로 인생을 바쳐 주님께 헌신하겠다고 뜻을 밝혔다. 그리고 길이요, 진리요, 생명이신 주님을 자신이 더 깊이 알게 해 달라고 기도를 부탁하였다. 동휘의 이 회심 사건은 교인들을 넘어서 강화 도민 전체에게 큰 놀라움과 영향을 끼쳤다. 동휘는 자신의 회심에 대한 표징으로 진심을 담아 일전에 잘못을 저질렀던 동료들을 찾아가 일일이 죄를 고백하며 용서를 빌었다. 술과 담배를 일체 끊었으며 회심 후에 찾아온 마음의 평화에 대하여 많은 사람들 앞에서 간증을 하였다. 동휘가 진위대 대장으로서 그가 지녔던 큰 명예와 지위를 버리고 진실한 교인이 된 것에 대하여, 이 일로 인해 믿지 않던 강화도민 사이에서도 그를 우러러보며 함께 믿게 된 사람들이 많이 생겼다. 그들이 붙들고 있던 강화 안의 여러 귀신 사당들이 파괴되고 먼지 투성이 우상들이 길거리에 내동댕이쳐지는 일도 생겼다. 이런 일련의 과정을 지켜보았던, 그 당시 잠두교회에서 일하던 케이블 선교사는 그를 '강화의 바울'이라고 칭하며 귀신들조차 그에게 굴복하고 있다는 글을 잡지에 기고하기도 하였다. 동휘는 아내 정혜와 자녀들을 데리고 착실히 신앙생활을 하였다. 1년 후 교회에서 설교를 할 수 있는 권사로 임명이 되어 평신도 지도자가 되었다. 동휘는 잠두교회에서도 지도력을 발휘하여 교회가 선교사들의 재정 지원에서 벗어나 독립할 수 있도록 자신의 집과 전답을 헌납하는 등 열심을 내었다.

그러나 동휘가 강화도에 머무는 기간에 벌였던 일 중에서 가장 큰 일은 보창학교를 설립한 일이었다. 동휘는 기울어진 국권 회복을 위해서는 기독교적인 교육을 통해 새 인재들을 키워 내는 일밖에는 없다고 판단하고 강화도의 각 부락 서당을 찾아다니며 신교육의 필요성을 역설하였다. 그에 감동한 유경근, 윤명삼, 유봉진 등의 동네 유지들 8인과 의형제를 맺어가며 학교 설립 활동을 벌였다(유경근은 동휘와 함께 잠두교회에 출석하던 교인이었고, 유봉진은 강화진위대 군인으로 의병 활동과 장차 강화의 3·1 만세 운동의 주역이 되었던 인물이었다). 이때부터 이동휘는 나라의 독립을 위해 학교를 세워야 한다는 신념으로 마을마다 찾아다니며 눈물의 호소를 쏟아내기 시작했다. 을사늑약이 체결되기 직전에 예비 학생 20명을 인솔하여 경운궁으로 찾아가 황제를 알현하는 적극성을 보이면서 '보창학교'라는 교명과 왕실 보조금 600원까지 받아서 돌아왔다. 비록 진위대장 사직서를 올렸음에도 불구하고 동휘에 대한 고종의 신임과 총애가 여전하여 실제로 군인으로서 직위가 완전히 해제된 것은 2년여의 세월이 더 지난 후였던 것이다.

동휘는 보창학교의 교장을 직접 맡아서 교원들을 모집하였으며 7세에서 17세 학생들을 위한 보통학교와 18세 이상 35세 이하의 사범학교를 함께 운영하였고 예비과와 야학과까지 두는 등 전방위적인 계몽 교육 활동에 나섰다. 이에 대한 각계의 지지와 관심도 대단하여 그 당시 〈황성신문〉에는 '강화부 사립 보창학교 찬성금'이라는 명목으로 전국에서 답지하는 기부자 명단이 끊임없이 게재되었다. 그중에는 50원, 100원의 고액 기부자에서부터 1원, 2원의 소액 기부자가 수백 명에 달했다. 이용익 대감도 손자 이종호를 통해 기부금을 보내 보창학교를 도왔다. 개교 1년 만에 보창학교는 전국에서 가장 큰 학교 중 하나로 발돋움하였고, 6명의 기독교인 교사들에 의해 200명의 학생이 배우는 학교가 되었다. 근대식 시설과 책상을 갖추고 학생들은 모두 단발을 하고 교복을 입었으며, 중국 고전, 한글 독본, 영어, 일본어, 수학, 한국사, 한국 지리, 기초 과학 및 웅변술을 가르쳤다. 특이한 것은 이 학교는 수업이 끝나고 나면 매일 한 시간씩 군사 훈련을 하였다. 이것이 나중에 동휘가 독립군 양성을 위해 북간도 라자구에 세웠던 기독교 무관학교의 모형이 되었다. 소년들은 아직 기독교인은 아니었지만 교사들의 영향력 안에서 기독교 정신으로 가르침을 받았다. 동휘는 교장으로서 학생들을 모집하기 위해 학부형들을 찾아다니며 자녀 교육에 관심을 기울여 줄 것을 눈물로 호소하였고 아이들을 자기 학교로 보내고 먹을 것만 해결해 주면 기숙사와 수업료는 무료로 제공하겠다고 장담하였다.

"무너져 가는 조국을 일으키려면 야소(예수)를 먼저 믿고 학교를 세워라. 삼천리강산 1리에 학교를 하나씩 세워 3천 개의 학교가 세워지는 날이 독립이 되는 날이다."

케이블 선교사의 보고서에는 이동휘 권사가 닭똥만큼이나 굵은 눈물을 흘리면서 '일동일학교(一洞一學校)'를 호소할 때, 그의 연설이 끝나고 나면 청중들이 흐느껴 울고 곧바로 그 동네에 학교가 설립될 만큼 감화력과 호소력이 있었다고 적혀 있었다. 동휘의 이런 노력으로 강화도 마을마다 72개의 사립학교가 세워졌고 보창학교의 분교만 해도 14개의 학교에 800명의 학생으로 불어났다. 보창학교는 여학과를 부설하여 여성 교육 운동에도 앞장서기도 했다. 동휘의 보창학교 설립 노력은 전국적으로 퍼져 나갔다. 1908년 개성 보창학교가 설립된 이래 황해도의 안악 보창, 충청도의 김천 보창, 함경도의 함흥 보창 등 각지에서 연이어 학교를 세워 전국에 3년 만에 170여 개의 학교를 세우는 기염을 토하였다. 그 무렵 미국 유학을 마치고 돌아온 안창호가 전국을 돌면서 학교 설립을 호소하였던 것과 때를 같이하여 동휘는 대한제국의 마지막 꺼져 가는 등불을 교육으로 밝히려는 민족 교육자의 모습으로 우뚝 섰던 것이다.

이 시절 강화 보창학교 출신으로 동휘가 특별히 아끼던 제자 중에 박두성이 있었다. 잠두교회에서 어려서부터 기독교 정신으로 훈련받고 자란 박두성은 유난히 힘든 사람 돕기를 즐겨하고 의협심이 강한 학생이었다. 그를 바라볼 때마다 동휘는 단천에 있던 청년 시절 자신의 모습을 보는 듯하였다. 두성에게 배움의 길을 열어 주는 것이 자신이 해야할 일이라 생각했다.

"두성아, 너는 가르치는 일을 즐겨하니 강화를 떠나 한성사범학교에 진학함이 어떻겠느냐?"

박두성은 동휘의 권유로 한성사범학교를 졸업한 후 맹인학교 제생원 교사가 되었다. 일본 점자밖에 없던 시절 총독부의 눈총을 받으며 끈질기게 조선글 점자를 연구하여 훈맹정음을 완성하였고, 후일 조선맹인들의 세종대왕이라 불리게 되었다.

"리동휘 장군님이다!"

동네 꼬마들이 줄을 지어 뛰어왔다. 강화도 진위대장을 사임했지만 동휘는 여전히 강화 도민에게 장군으로 불렸다. 청렴결백하고 용맹 강직한 군인의 표상, 우리나라를 일제의 침략에서 지켜낼 수 있는 희망의 상징으로서 강화 도민은 동휘를 장군으로 추앙했다. 동휘가 민족 교육가로 변신하여 강화도 곳곳에 학교를 세우고 다닐 그 시절에도 가는 곳마다 동네 아이들에게는 그는 장군으로 남아 있었다. 그 달려오는 꼬마들 무리 가운데 유난히 목청이 우렁찬 한 아이가 있었다.

"리동휘 장군니임, 나도 장군이 될래요."

동휘는 그 소리에 잠시 뒤를 돌아보았다.

동휘와 눈을 마주치자 달려오던 그 아이도 걸음을 멈추었다.

"네 이름이 무어냐? "

아이는 초롱초롱한 눈망울을 굴리며 대답했다.

"봉암이여요. 조.봉.암!"

11

1904년, 한반도를 둘러싸고 일어난 러시아와 일본의 충돌은 필연적이었다. 극동의 기반을 얻기 위해 남하하려는 러시아와 대륙 침략의 교두보로 조선을 먼저 침탈하고자 하는 일본이 맞부딪힌, 제국의 충돌이었던 것이다. 10년 전 조선에서 일어났던 청일전쟁이 부패한 청조를 무너뜨리고 신해혁명을 일으켰던 것처럼, 러일전쟁에서 러시아의 패전은 프롤레타리아 노동자 계층을 중심으로 한 볼셰비키 혁명이 일어나는 방아쇠를 당김으로써, 결국 오랜 부패에 신음해 온 차르(황제) 통치의 제

부흥사

정 러시아를 무너뜨린 결과를 낳았다. 20세기를 풍미했던 냉전 시대의 두 거대 공산주의 국가 소련과 중공이 조선에서 일어난 전쟁의 연쇄 반응으로 나타난 것이다. 그만큼 한반도에서 일어났던 이 두 전쟁은 세계사적 사건으로 기록되었고 20세기 역사의 지축을 바꾸었다. 그러나 러일전쟁에서 일본이 승리하는 데 결정적 역할을 한 사람이 있었는데, 그의 이름은 유대인 제이콥 쉬프였다.

19세기와 20세기에 걸쳐 러시아에서 일어났던 반유대주의 폭동과 학살을 포그롬(pogrom)이라고 한다. 고대 이집트에서 총리 요셉의 가족으로 이주해 들어와 환대받고 지내던 유대인들이 숫자가 불어나고 사회적으로 크게 부상하자 위협을 느낀 이집트인들의 반유대 정책이 시작된다. 그로 인해 노예 생활의 핍박과 유아 살해의 공포 속에서 모세의 인도로 홍해를 가로질러 이집트를 탈출하는 출애굽의 역사가 일어나는 것이다. 이스라엘 민족은 다윗왕과 솔로몬왕 시절에 잠시 강력한 유대 국가를 유지했지만, 그 이후 나라가 북이스라엘과 남유다로 갈라지면서 앗수르와 바벨론, 페르시아와 헬라 제국, 그리고 마침내 예수의 탄생 무렵에 지중해 연안을 지배했던 로마제국에 이르기까지 타민족에게 더 많은 침략과 지배를 받아 왔다. 세계 역사는 제국들에 의한 친유대와 반유대 정책의 싸인(sine) 곡선이 끊임없이 반복되면서 유대인들을 재배치 이동시켰다. 로마에게 멸망한 유대 민족은 전 세계에 흩어져 살면서 기독교인들에게 멸시와 핍박의 대상이 되었다. 나라 없는 민족 유대인들은 그들의 경전 토라를 움켜쥐고 안식일(금요일 해 질 무렵에서 토요일 해 질 무렵까지)을 목숨 걸고 지킴으로 자손들에게 자신들의 정체성을 가르쳤다. 그들이 발을 내딛는 나라마다 두각을 나타내어 사회적 공헌을 했기에 처음엔 환영받으며 세계 경제와 정치의 이정표를 바꾸어 놓곤 했지만 그것은 오래가지 않았다. 예수 그리스도를 십자가에 매달아 죽인 민족 유대인은 로마 카톨릭의 입장에서는 이미 하나님께 버림을 받았기 때문에 핍박받아 마땅한 사람들이었다. 중세에 발생한 십자군 운동은 예루살렘에서 가톨릭에 의한 유대인 학살의 정점을 찍는다. 지중해 연안을 제패했던 무적 함대의 스페인 제국에서도 똑같은 일이 반복되었다. 스페인 왕국에서 금융업을 일으키며 부를 쌓던 유대인들은 이사벨라 여왕이 등극하면서 엄청난 박해를 받아 흩어진다. 스페인에서 탈출한 스파라딤 계통의 유대인들은 북아프리카를 돌아 오스만 터어키와 중동 각국으로 흩어져서 갔고, 유럽에 흩어져 살던 독일 계통의 아슈케나지 유대인들은 각 나라에서 뛰어난 사업 수완과 지적 능력을 과시하다가 러시아로 쫓겨났다. 러시아의 유대인들 역시 러시아 정교를 믿는 기독교인들에 의해 예수를 처형한 민족으로서 멸시와 시기를 받으며 엄청난 인종적 박해와 살해를 당했는데 그것을 러시아어로 포그롬이라고 칭했던 것이다.

1903년 4월 6일 러시아 남부 도시 키시네프에서 잔혹한 포그롬이 다시 발생했다. 유대인들이 유월절 제사를 위해 크리스천 아이들을 잡아 제물로 바친다는 악의적 거짓말을 유포하여 유대인들을 겨냥한 광란의 집단 학살을 자행한 비극적 사건이었다. 그 결과 러시아에 흩어져 살던 350만의 유대인 중에 250만가량이 미국으로 도피 이주하게 되는 결과를 낳았다. 더구나 이 사건은 그 당시 이미 미국에 건너가 살고 있던 유력한 금융 재벌 제이콥 쉬프로 하여금 러시아를 무너뜨리기 위해 일본을 돕게 만드는 계기가 되었다. 쉬프는 전쟁 자금이 절대적으로 부족했던 일본에게 2억 달러의 융자와 500만 파운드의 전쟁 공채를 매입해 줌으로써 러일전쟁의 승리를 이끄는 데 결정적 역할을 담당했다.

요동반도의 여순항은 청일전쟁에서 일본이 청나라로부터 빼앗은 곳이었다. 그러나 일본을 견제하기 위해 러시아가 독일과 프랑스를 끌어들인 소위 '삼국 간섭'으로 말미암아 여순항은 다시 청나라에 반환되었다. 그 후 러시아가 4계절 부동항을 얻기 위해 청나라로부터 여순항을 조차하고 태평양 함대를 그곳에 주둔시키자 그에 발끈한 일본은 제국 함대를 출정시켜 러시아 함대에 어뢰를 발사함으로 러일전쟁이 발발하였다. 러시아는 블라디보스토크에 있는 극동 함대를 지원해야겠는데 그때까지만 해도 시베리아 철도가 블라디보스토크까지 이어지지 않은 상태였는지라 내륙에서 전쟁 물자를 수송할 수가 없었다. 어쩔 수 없이 러시아는 북유럽의 발트 함대를 출정시켰다. 그러나 1902년 맺어진 영일조약에 의해 영국은 일본을 돕기 위해 수에즈 운하 통과를 거부하였다. 결국 발트 함대는 아프리카 남단의 희망봉을 돌아 블라디보스토크로 향하게 되었다. 실제로 이 전쟁은 영미 두 제국이 러시아의 남하를 저지하기 위해 서구 자본주의를 충실히 받아들여 급성장하고 있었던 아시아의 충견 일본을 뒤에서 조정하며 대리전을 치른 이면이 있었던 것이다. 따라서 대영제국의 식민지에 속한 여러 항구에서는 발트 함대의 입항까지 거부하며 보급을 차단하였다. 러시아 군사들은 지칠 대로 지친 상태에서 영양실조 상태로 긴 항해를 지속하였고 결국 함대가 도착하기 전에 여순항은 함락되었다. 그 와중에 일본은 블라디보스토크로 가는 중간 해로를 차단하기 위해 울릉도와 독도를 강점하여 망루를 세웠으며 독도를 시마네현에 부속된 섬 다케시마로 귀속시켰다. 제물포 해전, 압록강 전투, 황해 해전에서 연이은 승리를 거둔 일본군은 여순항을 함락시킨 후 봉천(심양)으로 치고 올라갔다. 뒤늦게 도착한 발트 함대는 블라디보스토크로 가는 길목에서 쓰시마 해협을 통과하고자 하였으나 38척의 군함이 거의 전멸하며 5,000명 이상의 전사자를 내는 참패를 당하였다. 대승을 거둔 일본도 이미 국가 예산의 7배가 넘는 전쟁 비용을 사용한 직후여서 출혈이 너무 심했다. 더 이상 전쟁을 지속할 수 있는 자금이 고갈되자 미국에 급히 중재 요구를 하였고, 미국은 포츠머드 회담에서 일본이 러시아에게 전쟁 배상금을 요구하지 않는 조건으로 강화 조약을 맺게 했다. 이 회담에서 러일전쟁을 종식시키고 평화 회담을 이끌어 내었다는 공로로 미국의 시오도어 루스벨트 대통령은 노벨평화상을 받았다. 유대인 제이콥 쉬프는 일본 정부에 국빈으로 초청되어 메이지 천황으로부터 최고 훈장인 욱일대수장을 받았다.

*

러일전쟁이 한창 진행되던 무렵, 5년 7개월의 감옥 생활 끝에 이승만이 특별사면으로 출옥했다. 양반 신지식인 중에 거의 처음으로 공개적으로 기독교로 개종한 이승만은 옥중에서 죄수들을 가르치고 전도하며 도서관까지 운영하였다. 그가 옥중에 있는 동안 스승 아펜젤러 선교사가 불의의 해상 사고로 세상을 떠났지만 에비슨, 게일, 벙커 등의 다른 선교사들은 여전히 그를 찾아 면회하며 돌보았다. 그들은 이승만의 옥중 회심을 높이 평가하였을 뿐 아니라 장차 조선을 밝힐 기독교 지도자로 키우기 위해 성경은 물론 많은 서적을 감옥으로 보내주었고 정신적 후원자가 되었다. 이승만은 그 시기에 자신의 정치 철학을 담은 〈독립정신〉이라는 책을 집필하였고, 옥중에 콜레라가 번졌을 때 죽어가는 환자들을 헌신적으로 돌아보는 등 그의 행적이 바깥에 알려지면서 그는 감옥에 있는 동안 오히려 전국적인 지명도를 가진 지도자로 올라서는 계기를 마련했다. 옥중 동지로서 이승만을 통해 기독교를 접하고 먼저 출옥했던 월남 이상재는 연동교회를 세운 게일 선교사를 도와 황성 기독교청년회(YMCA) 활동을 하고 있었다. 그 연고로 이승만은 출옥 후 연동교회 게일 목사를 찾아가 세례를 받기를 원했다. 캐나다 출신 게일 목사는 지혜로운 사람이었다. 많은 다른 미국 선교사들 역시 그동안 이승만에게 정성을 쏟았다는 것을 아는지라 자신이 세례를 줄 경우 그들이 섭섭해할 것을 염려하였다. 그는 이승만에게 미국으로 유학할 것을 권하며 미국에서 세례를 받을 수 있도록 주선하며 추천서를 써 주었다.

"우당, 여기 우남이 왔소. 하하. 마침내 하나님이 우리 기도를 들어주셨소."

상동청년회 모임이 있던 날, 월남 이상재가 출옥한 이승만을 데리고 들어오면서 크게 소리쳤다. 한성 감옥에서 신앙을 주고받으며 막역한 사이로 가까워진 후, 먼저 출옥한 월남은 그동안 이승만을 옥바라지하듯 돌보아 왔었다. 모여 있던 회원들은 일제히 벌떡 자리에서 일어나 이승만을 환영했고, 그날 이승만은 마치 개선장군 같았다. 함께 옥살이했던 이준, 이동녕, 박용만, 정순만 등이 특히 반기며 흥분하였다.

"그간 얼마나 고생이 많았소? 우리가 모여 항상 기도하며 오늘을 기다렸다오."

"다 하나님과 동지들 기도 덕분입니다. 저에게는 옥중 생활이 제 인생을 반전시킨 축복이었습니다."

이승만은 동료들의 과분한 환대에 감사하여 그간 옥중에서 있었던 일들과 자신의 변화에 대하여 깊게 나누기 시작했고, 모두 눈시울을 붉히며 그 이야기를 들었다.

"배재학당에서 선교사들로부터 배우면서도 이들이 결국은 하와이처럼 우리나라를 침략하기 위해 들어온 제국의 앞잡이들이라고 경계하는 마음이 더 많았던 제가, 사형을 언제 당할지 모르는 생사의 갈림길에서 나도 모르게 하나님을 부르짖어 찾았던 게요. 그때, 감옥 안에 신비로운 푸른 빛이 가득히 찼고 평화가 몰려왔소. 그 순간 선교사들을 통해 들었던 말씀들이 우리를 구원하는 진리였다는 것을 깨닫게 되었소."

이승만이 이야기를 마치고 잠시 숙연한 침묵이 흐를 때 이회영이 말했다.

"마침 우리가 그동안 준비해 온 상동청년학원을 이제 막 시작하려던 참이었으니, 우남을 원장으로 세우는 것이 어떻겠소?"

"아니, 그래도 원장은 우당 선생이 하셔야 하지 않겠습니까? 우남은 당분간 휴식도 필요하고요."

이회영의 뜻밖의 제안에 신채호가 약간 불만 섞인 목소리로 제동을 걸었다. 신채호는 만민공동회 시절에 이승만, 안창호와 더불어 신진 개혁파 연사로 대중들에게 널리 알려졌다. 성균관 한학자이며 국수주의적인 경향의 신채호에 비하여 배재학당을 다니던 이승만이 강연 중에 유창한 영어를 써 가며 자신을 드러내는 모습에 늘 불편한 마음을 지니고 있었다. 한번은 신채호가 미국의 수도를 그 당시 알려진 한자 음역으로 '화성돈'이라고 발언을 하였더니, 이승만이 나서서 워싱턴이라고 정정해 준 일도 있었다. 게다가 옥중에서 기독교 신자까지 되었다니 더 반감이 갔다. 신채호는 성균관 대선배 이상설이 권하기도 하였고 많은 독닙협회 동지들이 함께 모이는 자리라 상동청년회에 참석은 하지만 예배당에 들어오는 것이 늘 마음이 편하지는 않았다.

"나라가 절체절명의 위기에 빠져있는데 무슨 휴식이오? 옥중에서도 학원을 개설한 사람이 바깥에서 얼마나 잘하겠소?"

"그래도 실무적인 준비 상황을 모르니 잠시 시간을 두시는 것이 좋지 않겠습니까?"

동휘도 염려를 표하였다.

"우남은 이제 전국에 널리 알려진 인물이 되었으니 우남이 앞장서는 것이 우리 학원을 위해서도 좋은 일입니다."

이회영이 주장을 굽히지 않았다.

"그렇다면 우남이 원장을 맡고 우당께서 학감이 되어 뒤에서 실무를 도우시는 것이 어떻겠소?"

이상재가 절충안을 내놓았다.

"그것 참 좋은 생각입니다. 그럼 그렇게 결론을 내립시다."

그 논의를 이승만은 묵묵히 지켜보고 있었고, 사양하지 않았다. 신채호는 이승만이 일절 사양하지 않는 것을 더 탐탁지 않게 바라보고 있었다. 나이로 보면 이승만은 이회영보다 여덟 살이나 어린 후배인데 그 밑에서 우당이 학감으로 일하겠다는 것은 결코 쉬운 결정은 아니었다. 그러나 이회영은 언제나 자신이 앞장서지 않고 뒤에서 돕는 역할을 자처하는 그런 인물이었다. 그래서 그에게는 사람들이 항상 모였고, 다른 사람이 범접하기 힘든 권위가 있었다. 이승만은 출옥 후 상동청년학원의 원장으로 부임하였으나 3주일 만에 그만두고 미국으로 떠났다.

대한제국의 황제 고종은 러일전쟁에 휘말리면서 나라를 지키기 위해 중립국 선언을 하였다. 그러나 그것은 곧바로 일제의 강압에 의해 조선이 러일전쟁의 전초 기지 역할을 하도록 만든 한일 의정서에 의해 무용지물이 되었고 망국을 앞둔 무력한 임금의 의미 없는 외침으로 끝나고 말았다. 고종은 궁녀를 보내 미국으로 떠나려는 이승만에게 루스벨트 대통령에게 전하는 밀지를 보내려 했으나 거절당했다. 이승만은 자신을 투옥한 황제를 나라를 망친 무능한 임금이라고 매우 경멸하고 있었다. 이승만의 투옥은 고종과 보수 근왕주의자들에 의한 것이었지 일본에 의한 것이 아니었다. 오히려 그 당시 이승만을 비롯한 대부분의 개화파 지식인들은 일본이 서양의 대국 러시아를 무찌른 것에 대하여 같은 아시아인으로서 자부심을 느끼기까지 하였다. 러일전쟁을 일으키면서 일본 천황이 선전 포고의 첫머리에 이 전쟁은 동양의 평화와 조선의 독립을 지키기 위함이라고 하였기 때문에, 안중근을 비롯한 순진한 조선의 백성들은 처음엔 그것을 정말로 믿었던 것이다. 일본이 본격적으로 조선 병탄의 마각을 드러내기 시작한 것은 러일전쟁이 끝난 직후였다.

결국 이승만은 자신의 출옥을 위해 애써 준 한규설과 민영환의 밀지를 받고 미국으로 떠났다. 1905년 8월 러일전쟁이 막바지에 이른 즈음에, 이승만은 미국 육군 장관 윌리엄 태프트와 연계하여 뉴욕에서 시어도어 루스벨트 대통령을 만나게 되었고 밀지를 보여주며 한미수호조약에 의거하여 일본으로부터 대한제국의 독립을 도와줄 것을 요청하였다. 처음에는 호의적 태도를 보이며 워싱턴 공사관에 정식 공문으로 제출하라고 했던 루스벨트는, 나중에 워싱턴에서 다시 면담을 요청하는 이승만을 만나주지 않았다. 태프트는 포츠머스 회담이 있기 두 달 전 1905년 7월에 이미 일본 내각총리 가쓰라 다로와 만났다. 그 자리에서 필리핀을 미국이 지배하는 대신 대한제국을 일본에 넘겨주는 것에 대한 신사협정을 비밀리에 진행하였음이 나중에 밝혀졌다. 가쓰라는 대한제국이 러일전쟁을 일으킨 원인 제공자이며 따라서 일본은 대한제국에 대하여 적절한 조치를 취하여야 한다고 주장하였고, 미국은 그것을 인정하는 대신 필리핀의 지배에 대한 일본의 승인을 받아내었다. 태프트는 필리핀 총독을 역임했던 사람이었고, 훗날 루스벨트의 뒤를 이어 미국 27대 대통령이 되었다.

일본의 강압적 무력 침략을 미국과 세계에 알리고자 헐버트 선교사 역시 황제의 밀지를 받고 루스벨트를 만나려고 갖은 노력을 경주했다. 후일 그는 루스벨트가 자신을 만나주지 않은 것과 고종의 부탁을 거절한 것이 결국 일본의 대한제국 침략과 지배 그리고 이어지는 태평양 전쟁에 대한 직접적 책임이 있다고 주장하였다. 시오도어 루스벨트는 미국의 국익에 크게 기여한 사람으로서 미국인이 가장 존경하는 대통령 중 하나이다. 워싱턴, 제퍼슨, 링컨과 더불어 싸우스 다코다 주의 큰 바위 얼굴에도 조각이 된 인물이며 미국인 최초로 노벨상을 받은 사람이지만, 그 영광은 약소국 대한제국과 필리핀의 식민지 지배를 담보로 하여 얻어낸 강자의 전리품이었다.

러일전쟁에서 두 나라 군사들의 위생 및 영양 상태가 승패를 갈랐다는 말이 후일담으로 전해졌었다. 보급이 끊긴 채로 긴 항로에 지친 러시아 군인들은 귤과 같은 과일과 채소를 먹지 못해 비타민 결핍으로 바이러스에 노출되어 있었다. 반면 만주에 파병된 일본군이 티푸스 균에 감염되어 죽어 나갈 때 육군 군의 학교 도츠카 교관이 크레오소드가 그 병에 탁월한 억제 효과가 있음을 발견하고 전장에 나가는 일군들에게 이 약을 매일 투입하였다. 그로 인해 러일 전쟁의 승리 후, 이 약은 로씨아를 정복한 약이라는 의미의 '정로환(征露丸)'으로 불리게 되었다.

동양의 작은 섬나라 원숭이가 강대국인 북극곰 러시아를 무찌를 것이라고는 아무도 예측하지 못했던 일이었다. 그러나 역사적 대이변을 통해 일본은 세계 열강과 어깨를 나란히 하는 제국으로 등장하였고 대륙 침략의 발판을 마련했다. 그 결과 대한제국은 을사늑약을 강요받아 본격적인 일본의 속국으로 전락하였다. 제정 러시아의 차르(황제)는 무능과 부패를 드러내어 러일전쟁 중 1905년 1월 22일 상트페테르부르크에서 민중 봉기로 인한 피의 일요일 참사가 발생하였고 본격적인 러시아 혁명의 시대를 맞이하였다. 제1차 대전이 발발하자 10만에 가까운 수많은 유대인이 독일군에 자원입대하여 러시아와 접전을 벌였다. 독일 프랑크푸르트에 있는 유대인 참전 용사 기념 묘지에는 이때 전사한 12,000명의 유대인이 묻혀있다. 역사의 아이러니가 아닐 수 없다. 그 당시만 해도 독일이 유대 지식인들에게 비교적 우호적인 국가였기 때문이었기에 장차 히틀러에 의한 엄청난 유대인 핍박이 기다리고 있음을 그들은 눈치채지 못하였다. 제이콥 쉬프를 위시한 유대인들의 러시아에 대한 보복 공략은 집요하여 1차 대전 막바지에 제이콥 쉬프는 볼셰비키 혁명을 지원하기 위해 레닌과 트로츠키에게 각각 2,000만 달러를 지원하여 제정 러시아를 무너뜨리는 데 결정적 역할을 한다. 유대인이었던 칼 마르크스와 독일인 엥겔스의 공동 저작, 〈자본론〉과 〈공산당 선언〉으로 촉발된 사회주의 혁명은 트로츠키를 비롯한 수많은 유대인이 적극 가담한 볼셰비키 공산 혁명으로 분출되어 결국 제정 러시아를 무너뜨렸다. 그러나 레닌 사후 트로츠키가 스탈린에 의해 권력 투쟁에서 밀려난 이후 반트로츠키 반유대 운동이 다시 일어나면서 유대인들은 공산 정권 소련에서도 많은 핍박을 받았다.

유대인에 대한 포그롬은 러일전쟁의 판도를 뒤바꾸며 한반도의 운명을 갈라놓았다. 동해의 외딴 섬 울릉도와 독도는 한반도의 비극적 근현대사의 폭풍우의 거센 비바람을 처음으로 맞닥뜨렸다. 러일전쟁의 결과로 이어진 볼셰비키 혁명은 장차 한반도 분단의 불씨를 놓았고 동휘의 인생도 바꾸어 놓았다.

## 12

마침내 올 것이 오고 말았다. 러일전쟁의 승리와 포츠머스 회담을 통해 미국의 동의까지 얻어내자 거칠 것이 없어진 일본은 특명 대사 이토 히로부미를 보내 고종과 궁내 대신들을 회유·강압하기 시작했다. 고종의 측근에서 일제에 끝까지 반대 입장을 표명하는 이용익을 낭인들을 풀어 납치한 후 일본으로 강제로 끌고가서 감금했다. 1905년 11월 17일 이토 히로부미와 하야시 곤스케 공사는 경운궁 중명전에서 어전 회의를 열게 하여 강압적으로 일명 '한일 협상 조약'을 밀어붙였다. 고종은 자리를 피하고 대신들에게 위임했으며 참정대신 한규설, 탁지부대신 민영기, 법부대신 이하영은 불가 의견을 내었고, 학부대신 이완용, 군부대신 이근택, 내부대신 이지용, 외부대신 박제순 및 농상공부대신 권중현은 찬성하였다. 참정대신 한규설은 대성통곡하였고, 이토는 대신 8인 중 5인이 찬성하였으니 가결되었다고 선언했다. 이때 찬성한 다섯을 을사5적이라고 하였고, 처음에 반대했다가 나중에 찬성으로 돌아서고 일본에서 주는 작위와 하사금까지 받은 민영기, 이하영까지 포함하여 을사7적이라고도 불렀다.

을사늑약이 발표되자 민영환은 칼로 목숨을 끊었고 원로대신 조병세는 음독 자결하였다. 장지연은 〈황성신문〉에 '시일야방성대곡'이라는 사설을 실어 온 백성에게 울분을 토로했다. 상동청년회의 이회영, 이상재도 종로에 나아가 엎드려 머리를 땅에 대고 통곡하였고, 의정부 참찬 이상설은 땅에 머리를 부딪혀 피 흘리며 자결까지 시도했다.

윤치호도 한성부 저잣거리에 나아가 조약의 무효를 선언하고 을사5

적을 처형할 것을 주장하는 상소를 올렸다.

"지난 갑오경장(甲午更張) 이후로 자주권과 독립의 기초를 남에게 의지한 적 없이 여유 있게 지켜온 지 이제 10년이 되었습니다. 그런데 내정이 잘 다스려지지 않아 하소연할 데 없는 백성들이 모두 죽음의 구렁텅이에 빠졌고 외교를 잘못하여 조약을 체결한 나라와 동등한 지위에 설 수 없게 되었습니다. 이것은 폐하께서 하찮은 소인들에게 눈이 가리어졌기 때문입니다. 궁실을 꾸미는 데 힘쓰게 되니 토목 공사가 그치지 않았고, 기도하는 일에 미혹되니 무당의 술수가 번성하였습니다. 충실하고 어진 사람들이 벼슬을 내놓고 물러나니 아첨하는 무리들이 염치없이 조정에 가득 찼고, 상하가 잇속만을 추구하니 가렴주구 하는 무리들이 만족할 줄을 모른 채 고을에 널렸습니다. 개인 창고는 차고 넘치는데 국고(國庫)는 고갈되었으며 악화(惡貨)가 함부로 주조되고 민생은 도탄에 빠졌습니다. 그리하여 두 이웃 나라가 전쟁을 일으키고 우리나라에 물자를 자뢰하니 온 나라가 입은 피해는 실로 우리의 탓이었습니다. 심지어 최근 새 조약을 강제로 청한 데 대하여 벼슬자리를 잃을까 걱정하는 무리들이 끝끝내 거절하지 않고 머리를 굽실거리며 따랐기 때문에 조정과 재야에 울분이 끓고 상소들을 올려 누누이 호소하게 되었습니다. (이하 생략)."

일본은 통감부를 설치하여 이토 히로부미를 초대 통감으로 파견하였다. 대한제국은 일본의 보호국이 되어 외교권과 재무권을 상실하였다. 그로 인해 모든 나라의 외교 공사들이 조선에서 철수하였다. 외부 교섭국장 이시영은 사직하였고, 박제순의 딸과 약혼하였던 이회영의 조카는 파혼하고 매국노와의 절교를 선언하였다. 상동청년회의 전덕기는 전국의 엡윗 청년 조직을 동원하여 을사늑약 무효화를 위한 구국 기도회를 개최하였다. 이때 전국 각지에서 1천 명에 가까운 기독교인들이 몰려들었고, 당시 진남포 엡윗 청년회 총무로 있던 김창수(김구)도 함께 참여하였다. 1주간에 걸친 기도회를 마친 후 전덕기와 청년들은 경운궁 대한문 앞으로 몰려가 엎드려 5적을 처단하고 늑약을 철회하라는 도끼 상소를 올렸다. 이 상소가 수리되지 않는다면 차라리 목을 쳐 죽여 달라는 피맺힌 절규였다. 이회영은 돈을 주고 사람을 사서 을사5적에 대한 암살까지 기도했으나 실패하였고, 엎어진 물을 다시 담을 수 없었다.

*

1906년 새해가 밝았다. 엄동설한 정월에 이회영은 평소 가까이 지내던 상동청년회의 이상설과 이동녕을 자기 집에 불러 모아 비밀 회합을 가졌다. 야심한 밤에 눈길을 밟으며 이상설, 이시영, 이동녕, 여준, 유완무, 장유순이 모였다. 이상설이 여준을 데리고 왔다. 용인 사람 여준은 이상설, 이회영과 함께 수학하며 시국을 논하며 지낸 학우였다. 절재(絕才)로 칭송받을 정도로 양명학의 학식이 뛰어나 이상설이 성균관 관장을 지내던 시절에 성균관 직원으로 뽑아 함께 일한 사이였다. 장유순은 경기도 개성 사람으로 이회영이 독립자금을 모으기 위해 개성에서 목재 사업과 인삼 사업을 할 때 알게 된 사람이었다. 유완무는 인천 사람으로 일전에 김창수를 상동청년회에 데리고 왔던 인물이었다. 모두 한성에서 가까운 경기 충청의 기호 지방 출신들이었다.

"국권이 왜적에게 빼앗겨 국내에서 항일 투쟁을 하기 힘들게 되었으니 우리의 근거지를 국외로 옮기는 것이 좋을 듯하오."

"좋은 생각이십니다만, 우당께서는 어느 지역을 생각하고 계시는지요?"

이동녕이 물었다. 이동녕은 충청도 천안 사람으로 독닙협회와 만민공동회에서 핵심적인 역할을 하였고, 이승만과 함께 투옥되어 가까워졌다. 출옥 후에는 이상재와 YMCA 활동을 많이 하였고 을사늑약 발표 후에 경운궁 대한문 앞에서 연좌 시위를 하다가 다시 투옥되었다. 성품이 치밀하고 온화하며 맡은 일에 끈기가 있어서 이회영이 특별히 아끼고 있었다.

"아무래도 청나라가 가장 가까우니 그쪽을 택해야 하지 않겠소? "

"청이라 하시면, 북경이나 상해를 마음에 두고 계십니까? "

"내 생각은 우리 동포들이 많이 이주하여 살고 있는 북간도 지역이 좋을 듯하오. 그래야 독립군을 결집하기도 훨씬 쉽지 않겠소? "

"맞는 말씀입니다. 지난 기사년 대흉년 이후 도강을 하여 이주한 조선인들의 숫자가 10만을 훌쩍 넘었다고 들었습니다. 과거 우리 조상들이 살던 땅이오니 마땅히 그곳을 중심으로 결집 항전하는 것이 좋을 것 같습니다."

이상설도 적극 찬성하며 나섰다.

"로씨아로 넘어간 연해주 지방의 우수리스크와 해삼위(블라디보스토크)에도 동포들이 많이 모여 산다고 들었습니다. 장차 독닙운동을 하려면 자금을 모아야하니 로씨아의 상황도 살펴야 하지 않겠습니까? "

개성 상인답게 장유순이 말했다.

"그렇다면 보재께서 먼저 선발대로 연해주와 간도 지역을 답사하고 오심이 어떻겠소? 가급적 활동 기지를 구축하고 돌아오셔도 좋을 듯하오."

1906년 4월 이상설은 비밀리에 여장을 꾸려 이회영의 배웅을 받으며 제물포에서 배를 탔다. 이동녕이 동행했다. 이상설은 독립을 이루지 못하면 돌아오지 않겠다고 떠나기 전에 저동에 있던 집을 팔았다. 이회영과 이상설은 젊어서부터 함께 학문에 뜻을 품고 속초 신흥사에서 합숙하며 영어, 수학, 법학 등의 신학문뿐 아니라 이건창의 양명학을 연구하던 죽마고우와도 같은 학우였다. 지행합일의 대의를 실천하며 국권 회복의 염원을 품고 조국을 떠나 망명길에 나서는 이상설의 비장한 뒷모습을 보며 이회영은 눈물을 흘렸다. 일제의 감시를 따돌리기 위해 이상설은 먼저 상하이를 에돌아 블라디보스토크로 들어갔다. 동포 사회를 둘러보던 중 그곳에서 기다리던 정순만, 김우용, 황달영, 홍창섭을 만나 뜻을 나누었고, 함께 북간도로 넘어가 연길현 룡정촌으로 들어갔다. 뒤따라 들어온 신민회의 여준과 박무림이 합류하였고, 그들은 룡정촌에 이미 뿌리를 내린 조선인들의 부락들을 둘러보고 크게 감동하였다. 이상설은 내친 김에 그들을 위한 교육 기관을 세워 근거지를 삼기로 결정하였다. 미리 가지고 간 돈을 털어 이상설이 5,000원을 내자 이동녕이 함께 노잣돈을 털어내어 종잣돈을 삼았고, 다른 사람들도 있는 힘껏 갹출하였다. 룡정 서전 평야에서 가장 큰 집인 천주교 회장 최병익의 집을 사들였다. 그리고 '서전서숙'이라고 간판을 내붙였다.

*

"규암, 집에 있소?"

이른 아침 김하규와 문병규가 들이닥쳤다.

"허허, 아침 일찍부터 좋은 일이라도 있소이까? 일단 날이 추우니 들어오시지요."

모두 김약연보다 연배가 위인 사람들이지만, 규암을 명동촌의 지도자로 여겨 어려운 일이 있으면 항상 먼저 찾아왔다. 김약연 또한 멀리 고향에서부터 간고한 여정을 함께 건너온 그들을 오랜 동지를 맞이하듯 반겼다. 뜻이 맞는 동지들이 있어서 타향살이에 서로 격려가 되었다.

"규암, 한성에서 온 리상설이 룡정에 서전서숙이라는 학교를 세웠다 하오."

방에 앉기도 전에 김하규가 말을 꺼냈다.

"리상설이라면? 혹 성균관 관장을 지낸 분 말하는 것입니까? "

"맞는 것 같소. 작년 을사년 늑약에 반대 상소를 올리다가 자결을 하려 했던 의정부 참찬 리상설 대감인듯 싶소."

"어째 그 양반이 이곳까지 찾아왔단 말이오? "

"신학문을 가르치겠다고 서숙에서 배울 학생들을 모집한다 하니 그게 더 큰 문제요. 우리 서당의 아이들까지 데려가려 하지 않겠소? "

문병규가 얼굴을 붉히며 말했다. 김약연은 사태 파악을 하려는 듯 잠시 고개를 숙이고 생각에 잠겼다.

"무슨 연고인지 좀 더 알아봅시다. 그리고 스승님께 가서 함께 의논을 해 보는 것이 좋을 듯합니다."


7년 전 엄동설한에 종성의 상삼봉을 넘어 두만강을 건넌 이들은 개산툰을 지나고 룡정을 통과하여 화룡현 명동촌에 자리를 잡았다. 룡정에서 회령으로 가는 길목에 아담한 산들로 병풍처럼 둘러싸인 분지로 들어간 그들은 각자 가문별로 미리 구입해 놓은 전답을 분배하여 터전을 잡았다. 규암 김약연은 룡정에서 가장 가까운 곳 선바위를 바라보는 장재촌 터를 선택했고, 김하규는 대사동에, 남도천의 아들 남위언은 중영촌에, 문병규는 학교촌에 자리를 잡았다. 1년 후 먼저 이주했던 파평 윤씨 가문의 윤하연이 명동촌 용암동으로 이사를 해 옴으로 회령, 종성 지역 오룡천의 5현이라 불리던 다섯 가문이 모두 명동에 모이게 된 것이다. 이들은 자녀들을 서로 결혼시키며 가문 간의 유대와 결속을 더 다져나갔다. 윤하연의 아들 윤영석과 김약연의 누이동생 김용이 결혼하여 윤동주를 낳았고, 김하규의 딸 김신묵과 문병규 가문의 아들 문재린이 결혼하여 문익환을 낳았다. 이들은 후손들을 위한 이상촌을 건설하기 위해 양반의 체모를 제쳐 놓고 손수 팔을 걷어붙이고 밭을 갈고 농사를 지었으며, 산에 올라 벌목을 하고 집을 짓고 물을 긷는 일을 마다하지 않았다. 그들은 광활하고 척박한 허허벌판을 기경하고 물을 대어 벼농사를 시작하였다. 그뿐만 아니라 이들이 정착하자마자 처음 시작한 일은 각 가문마다 서당을 짓고 자손들을 가르치기 시작한 것이었다. 김약연이 규암재를, 김하규가 소암재를, 남도천의 아들 남위원이 남오룡재라는 서당을 세워 한학을 가르쳤다. 이 일을 위해 다섯 가문이 공동으로 학전(學田)을 내놓아 자녀들의 교육을 위해 공동 관리하였다. 그렇게 자리 잡고 열심히 자녀들을 가르치며 살고 있던 그들에게 서전서숙이 세워졌다는 놀라운 소식이 들린 것이다.

"이상설이 데리고 온 무리들이 학교를 세우고 신학문을 가르친다고 합니다. 천주쟁이 최병익의 집을 사서 학교 팻말을 이미 세웠답니다."

스승 남도천은 긴 담뱃대를 물고 제자들의 말을 듣고 있다가 한참 만에 입을 열었다.

"성균관 대사성까지 지낸 이상설은 학문과 충정심이 뛰어난 학자다. 그런 사람이 이곳 간도 지방까지 와서 교육을 시작했다니 정말 놀라운 일이로구나."

"무슨 다른 속내가 있지 않겠습니까? 기호 지방 양반들이 언제 우리 북변 백성들을 돌아보았다고 이제 와서 이곳에 서숙을 세운단 말입니까? 조정이 백성을 제대로 돌보지 못해 남의 나라까지 와서 눈치 보며 살아가는 우리들을 무슨 낯으로 간섭하려 한단 말입니까?"

문병규가 못마땅한 표정을 지으며 말했다.

"성암, 진정하시오. 꼭 나쁘게만 볼 것은 아닙니다. 이상설 역시 국운이 다하자 우리처럼 새로운 땅을 찾아 나선 것일 수 있지 않겠소? 그리고 우리가 가르치지 못하는 신학문을 우리 자녀들에게 가르친다니 어찌 기쁜 소식이 아니겠소? 한번 지켜봅시다."

규암의 말을 듣고 있던 남도천이 아들 남위원에게 말했다.

"네가 먼저 서숙에 들어가 신학문을 배워 봄이 어떻겠느냐?"

남도천은 연로하였으나 여전히 실학자다운 풍모가 엿보였다.

"좋은 생각이십니다. 저희도 문하생 한 명을 뽑아 서숙에 입학시키겠습니다."

김약연의 적극적 제안으로 그들은 일단 규암재의 문하생 김학연과 남위원을 서숙에 보내기로 결정하였다.


한편 서전서숙은 숙장 이상설이 직접 자신이 지은 〈산술신서〉로 수리를 가르치고, 역사, 지리, 정치, 법률 등 다양한 신학문을 가르쳤다. 이동녕과 정순만이 학교 운영을 담당하였으며 황달현이 역사와 지리를, 여준이 한문, 정치, 법학을 가르쳤다. 교육 내용은 철저한 항일 민족 교육에 바탕을 두었다. 그러나 첫 입학생 22명을 모집하는 과정이 결코 쉽지만은 않았다. 함경도에서 건너온 관북 사람들이 지닌 기호 지방 사람들에 대한 배타적인 경계심도 작용하였지만, 당장 먹고사는 문제가 더 급급하던 그들에게는 신학문을 배울 만한 여력도 많지 않았다. 그래서 선생들이 가가호호 방문하여 학교를 소개하고 심지어는 두만강 넘어 회령, 종성, 온성에까지 가서 학생들을 보내 주도록 부모들을 설득해야만 했다. 등록금도 없는 무상 교육이었고 모든 교재와 학용품도 이상설이 직접 제공하였다. 점차 학교가 알려져서 학생 수가 74명까지 늘어나던 무렵 숙장 이상설과 이동녕이 갑자기 룡정을 떠나갔다. 훈춘 지방에 또 다른 학교를 세운다는 명분이었다. 그들이 떠난 후 여준이 숙장을 맡

부흥사

앉고 교사들과 함께 학교를 유지하려고 애를 썼다. 그러나 심각한 경영
난과 함께 그 당시 일제에 의해 조선통감부 간도 파출소가 세워지면서,
자신들이 재정을 대겠다는 회유까지 곁들여 백방으로 방해가 들어왔다.
결국 학교는 문을 닫고 훈춘으로 쫓겨가서 74명의 졸업생을 배출한 후
문을 닫았다. 해외에 세워진 최초의 근대 교육 기관 서전서숙은 1년 만
에 폐교를 하고 말았다.


13


　늑약을 당하고 병탄을 앞둔 1907년 정미년은 대한제국의 명운을 건
치열한 접전의 해였다. 반일 운동과 주권 회복을 위한 활동을 주도하던
상동청년회는 통감으로 부임한 이토의 눈에는 가시와도 같은 존재였다.
이토는 부임 초기에 외국 선교사들을 불러 모아 그들을 자신의 조선지
배에 이용할 목적으로 유화적인 태도를 보이는 대신, 자신은 물리적으
로 조선을 지배할 터이니 당신들은 정신적으로 조선인을 지배해 달라고
요청하였다. 일본의 조선 지배를 받아들일 뿐 아니라 선교사 당신들도
적극 동참하여 협조하라는 일종의 압박이었다. 이미 미일간의 정치적
협약이 맺어진 이후 본국 정부로부터 일본의 조선 지배와 같은 정치적
사안에는 관여하지 말라는 지시를 받은 바 있었던 미국 선교사들은 위
축되지 않을 수 없었다. 을사늑약 이전에는 조선 기독교인들의 반일 운
동과 사회 개혁적인 활동을 뒤에서 도와주던 선교사들은 더 이상 적극
적인 도움을 줄 수가 없었다. 상동교회 담임이며 상동청년회를 물심양
면으로 지원하던 스크랜턴 목사 역시 예외가 아니었다. 조선에 파견되
어 있던 감리교 감독 해리스를 통해 이토 히로부미 통감 관저에 불려갔

다 온 이후 스크랜턴은 결국 상동청년회를 해산시켰다. 해리스는 일본이 대한제국을 지배하는 것이 하나님의 축복이라고 말하고 다녔던 골수 친일파였다. 해리스와의 충돌로 인해 스크랜턴은 감리교에서 선교사와 목사직을 그만두고 성공회로 교파를 바꾸어 개종하였다. 상동교회를 세워 가난한 자의 친구가 되어 주었던 스크랜턴은 그 이후 조용히 의사로 살아가면서 감리교의 역사에서는 점차 잊혀지게 되었다. 상동교회는 스크랜턴의 뒤를 이어 전덕기가 담임목사를 맡게 되었다. 다행히 교육 기관인 상동청년학원은 해산이 되지 않았고 더욱 활발한 활동을 벌였다.

이런 와중에도 뜻을 굽히지 않고 조선의 독립을 위해 함께 싸워준 두 외국인이 있었는데, 베델과 헐버트였다. 어니스트 베델은 1904년 러일전쟁 취재차 조선에 들어왔던 유대계 영국인 기자였다. 그는 양기탁을 편집인으로 삼아 〈대한매일신보〉를 창간한 후, 일제의 만행을 거침없이 보도했다. 신채호, 박은식 등의 논설을 통해 을사늑약의 무효성을 주장하고 영문판을 통해 일제의 침략 행위를 세계 여러 나라에 알렸으며, 1907년 2월 국채보상운동과 같은 애국 운동을 펼치는 등 민중의 계몽에 앞장섰다. 외국인이 발행하는 신문인지라 통감부도 처음에는 함부로 다룰 수가 없었으나, 영일 조약을 앞세워 결국 베델을 재판에 회부하였고 상하이로 추방하여 실형을 받게 했다. 그 과정에서 스트레스를 받은 베델은 한성으로 돌아와 병을 얻어 사망하였고 양화진에 묻혔다.

고종의 측근이었던 미국인 호머 헐버트 선교사는 1907년 네덜란드 헤이그에서 만국 평화 회의에 밀사를 보내는 데 중요한 역할을 담당했다. 일제의 감시망 속에서 황제의 일거수일투족이 통감부에 보고되는 가운데 헤이그 밀사 파견이라는 특급 프로젝트를 구상하고 총괄 기획한 사람은 이회영이었다.

"우당, 화란에서 6월에 만국평화회의가 열린다 하오. 알고 계십니까?"

<대한매일신보>의 주필로 일제의 만행을 연일 보도하고 있던 양기탁이 찾아와서 대뜸 말했다. 양기탁은 베델을 통해 국제 소식을 접할 기회가 많았다.

"그렇다 합디까? 그것 참 좋은 기회로소이다. 그 자리를 빌려 일제의 만행을 천하에 알리고 을사늑약의 무효성을 밝히는 것이 어떻겠소?"

"일전에 제가 외무부 교섭국장을 할 당시 황제께서 주러시아 공사 이범진을 통해 만국회의 초청장을 받았다는 이야기를 들은 적이 있었습니다만, 그때 내장원경 리용익을 파견하시겠다 하지 않으셨나요?"

옆에서 듣고 있던 우당의 아우 이시영이 말했다. 이시영은 을사늑약 후 사직했으나 조정에서 다시 불러 평안도 관찰사를 역임하다가 중추원에 들어와서 고종이 신임하는 측근으로 있었다.

"그때와는 상황이 많이 달라졌습니다. 러일전쟁에서 패한 후 러시아도 그때처럼 일본을 무시하고 우리를 도울 형편이 아닌지라, 우리가 특사를 보낸다 할지라도 일본의 눈을 피해 밀사를 파견해야 할 것입니다."

양기탁이 다시 말했다.

"그렇다면 누가 그 일에 적임자가 되겠소?"

이회영이 다시 물었다.

"형님, 제 생각은 지금 북간도에 나가 있는 보재 리상설 선생이 가장 적임이라 생각됩니다. 국제 공법에도 밝아 을사5조약의 불법성을 잘 알릴 수 있을 것이고 영어와 법어(불어)도 어느 정도 하실 수 있으시니 국제 회의에 참석하기에 가작 적임이라 생각됩니다."

"흠, 보재를 다시 부른다? 틀림없이 적임자이긴 한데….''

이회영은 잠시 고민했다. 장차 북간도를 독립군 양성을 위한 기지로 삼기 위해 이미 특사로 보낸 사람이었다. 서전서숙을 만들어 한창 애를 쓰고 있는 터에 이상설이 빠지고 나면 학교가 위태로울 것 같았다. 그러나 이 일은 국운이 걸린 더 긴박한 사안이었다.

"급비리에 당장 보재에게 사람을 보냅시다. 그러나 이 일을 누구에게 믿고 맡긴단 말이오? 궁궐 안에 왜놈들의 앞잡이들이 가득한데 어떻게 황제께 나아가 밀지를 받아낼 수 있겠소?''

"제 아내의 사촌인 김상궁을 통해 내시 안호영을 만나 보심이 어떻겠습니까? 안호영이라면 저희의 계획을 함께 의논해도 좋을 듯합니다.''

듣고 있던 전덕기가 옆에서 끼어들며 말했다.

"좋은 생각이오. 내 생각은 전 의정부 참판 리상설을 정사로 세우고 전 평리원 검사 리준을 부사로 황제께 추천하는 것이 좋겠소. 두 사람 모두 국제법을 잘 알고 상동청년회 동지들이니 서로 믿고 이 일을 추진할 수 있을 것 같소.''

"우당! 말이 나온 김에 특사 조직도 할 겸, 해체된 상동청년회를 대신할 새 조직을 만드는 게 어떻겠습니까?''

양기탁이 제안했다.

"나도 같은 생각이오. 독립운동을 하고 국권을 회복하려면 우리도 조직을 갖추는 것이 절대적으로 필요합니다. 마침 안창호 동지도 조만간 미국에서 돌아온다 하니 그때를 기해서 발기할 수 있도록 조용히 준비합시다.''

"이번에는 통감부의 눈을 피해 지하 조직으로 만들어야 할 것입니다.''

청년회의 해체를 가장 아쉬워하던 전덕기도 적극 찬성하며 말했다.

"맞소. 전덕기 목사께서 발기인이 될 만한 사람들을 추천해 주시면 좋겠소."

"장차 독립군 양성을 위한 전략을 세워야 할 터이니, 무관들도 참여시키는 것이 필요하지 않겠습니까? 저는 리동휘 대장이 이 모임에 꼭 들어와야 할 것 같습니다."

"리동휘 대장은 군직을 사임하고 요즘 전국에 학교를 세우느라 바쁘다 들었소만, 아무튼 무관들도 모아 봅시다."

"제가 무관 중에 리동휘 대장과, 리갑, 류동열에게 다음 모임에 함께 참석하도록 통지하겠습니다."


이회영과 전덕기가 내관 안호영을 통해 밀사 파견 상소를 비밀리에 주청하자 황제의 내전 침실 수발을 들던 전덕기의 처 이종 누이 김상궁이 고종에게 전달하였다. 황제는 그것을 읽고 눈물을 흘렸다. 황제의 수결(서명)과 옥쇄가 찍힌 백지 위임장을 내탕금과 함께 자신의 조카 조승남을 통해 헐버트 선교사에게 주었고, 헐버트는 그것을 김상궁을 통해 전덕기와 이회영에게 다시 전달하였다. 주한일본공사 하야시의 밀정들이 궁전 곳곳에 숨어서 황제를 감시하고 있는 상황에서 특별 첩보 작전처럼 진행된 일들이었다. 황제의 밀지를 받은 이준은 1907년 4월 21일 이회영의 배웅을 받으며 서울을 떠나 블라디보스토크로 향했고 같은 시각 룡정을 떠나 도착한 이상설과 만났다. 그리고 또 한 명의 밀사 이위종과 합류하기 위해 시베리아를 횡단하여 러시아의 수도 상트페테르부르크로 향했다. 이위종은 아관파천을 주도했던 친러파의 중심 인물이면서 당시 주 러시아 한국 공사를 역임하던 이범진의 아들이었다. 국제 회의에서 발언하기 위해 영어, 프랑스어, 러시아어가 능통한 스물한 살의 약관 이위종을 또 한 명의 밀사로 발탁한 것이다.

일제는 이미 고종이 헤이그 만국 평화 회의 참가를 독려하는 초청장을 러시아로부터 받았다는 사실을 알고 있었기에 혹여나 또 밀사를 보내지 않을까 노심초사 경계하고 있었다. 친일파에게 가장 두려운 존재였던 이용익이 밀사로 보내질 수 있다는 첩보에 그를 암살할 자객을 러시아로 급파하기도 했다. 고종의 돈줄이요, 버팀목이었던 이용익을 제거하기 위해 일본으로 납치하기도 했던 일제는 러시아 어디엔가 그가 살아 있다는 사실이 목의 가시처럼 걸렸던 것이다. 그런데 이 무렵, 하야시의 특별 감시를 받고 있었던 헐버트가 또 하나의 황제 밀지를 가지고 일본을 거쳐 미국으로 떠났고 때를 맞추어 헤이그에 나타났다. 이미 한번 황제의 밀지를 루스벨트에게 전하려다 실패한 경력을 가진 헐버트를 요시찰 인물로 감시하고 있었던 일본 통감부를 교란시키기 위한 작전이기도 했다. 그 바람에 밀사 파견을 완전히 놓친 일본 정부는 헤이그에 나타난 세 명의 밀사에 대한 보고를 받고 발칵 뒤집혔다. 세 사람의 밀사들은 대회장에 들어가기 위해 가진 노력을 다했으나 일본 정부의 방해로 실패하였고, 언론 기자단을 통해 일본의 불법적인 을사늑약 강요와 반인륜적 만행들을 폭로하여 큰 국제 뉴스거리로 만들었다. 특별히 이위종이 유창한 프랑스어와 영어로 만국회의를 취재하던 영국 언론인 윌리엄 스테드와 인터뷰한 내용이 세 사람 특사들의 사진과 함께 대서 특필로 보도됨으로 일본 정부에게 큰 타격을 주었다.

스테드: 여기서 뭘 하십니까? 왜 이 평화회의에 파문을 던지려 하는 것이오?
이위종: 저희는 아주 먼 나라에서 왔습니다. 이곳에 온 목적은 법과 정의를 찾기 위해서입니다. 그런데 각국 대표단들은 무엇을 하는 겁니까?
스테드: 그들은 세계의 평화와 정의를 구현하려는 목적으로 조약을 맺게 됩니다.
이위종: 조약이라구요? 그렇다면 소위 1905년 을사조약은 조약이 아닙니다. 그

것은 저희 황제의 허가를 받지 않은 채 체결된 하나의 협약일 뿐입니다. 한국의 이 조약은 무효입니다.

스테드: 하지만 일본은 힘이 있다는 걸 잊으셨군요.

이위종: 그렇다면 당신들의 정의는 겉치레에 불과할 뿐이며 기독교 신앙은 위선일 뿐입니다. 왜 한국이 희생되어야 합니까? 일본이 힘이 있기 때문인가요? 이곳에서 정의와 법과 권리에 대해 말해봤자 무슨 소용이 있겠습니까? 왜 차라리 솔직하게 총, 칼이 당신들의 유일한 법전이며 강한 자는 처벌받지 않는다고 고백하지 못하는 겁니까?

그것은 국제적인 관심과 동정을 사기에는 충분하였으나, 힘의 논리로 지배되는 국제 정치 무대에서 일본의 영향력을 더 의식하는 정치인들에게는 먹혀들어 가지 않았다. 만국 평화 회의를 통해 국제 사회에서의 외교 노력으로 국권을 다시 회복하려던 시도가 실패하자 이준은 실망과 분노를 이기지 못해 헤이그에서 자결 순국하였고, 이상설과 이위종은 미국을 거쳐 블라디보스토크로 돌아왔다.

*

(밀담 1)

헤이그 밀사 파견이 급박하게 진행되던 그 무렵 한성의 조선 통감부 관저 밀실에서 긴박한 밀담이 진행되었다.

"이토 통감 나리, 리준이라는 자가 왕의 밀지를 가지고 헤이그로 떠난다는 정보를 입수했습니다. 조치를 취해야 하지 않겠소이까?"

일진회의 송병준이 이완용과 함께 통감부 관저로 찾아와서 급히 의

논했다.

"그게 사실이오? 어찌 알아냈소? "

이토의 눈가가 살짝 경련을 일으키며 반문하였다.

"내전과 대전 안팎에 우리 일진회가 깔아놓은 눈과 귀가 가득합니다. 누군들 그물망을 피하겠소이까? "

송병준이 음흉한 미소를 지으며 응대하였다.

"모의한 자들이 누구요? "

"상동교회를 중심으로 전덕기 목사라는 자가 주변에 불순한 자들을 모아 책동하고 있다 하오. 리회영이 그 중심에 있소이다."

"이회영이 누구요? "

"전임 이조판서 리유승의 자제로 외무부 교섭국장 리시영이 그의 아우되는 자입니다."

"이들을 이 기회에 모조리 잡아들이는 것이 낫지 않겠소이까? "

학부대신 이완용이 거들었다.

"가만, 가만! 아직 때가 아니오. 학부대신은 아직 대일본 제국 천황 폐하의 신하가 되기 위해서는 좀 더 배워야 하오. 이유승 대감과 같은 사대부들의 자제들을 함부로 손대었다가는 백성들의 원성이 얼마나 커지겠소? 지금 의병을 일으키고 우리 일한에 반대하는 무리들은 양반 고관 대작들이 아니라 무식한 천민들의 무지몽매한 행동임을 알려야 한다는 사실을 어째 모르시오? 공연한 소란을 만들지 마시오."

"그렇다면 그냥 두고 보시겠단 뜻이오이까? "

"허허, 러시아와 화란 정부에 연락하여 미리 조치를 취해 놓겠소. 그들이 회의장에 한 발도 들여놓지 못하도록. 그 대신 그 일이 있고 나서 두 대감께서 해야 할 일이 있으니 지금부터 잘 연구하도록 하시오."

"예, 각하 염려 마십시오."

"그나저나 러시아로 도망간 이용익의 행방은 찾아내었소? 그놈도 헤이그로 갈 수 있소. 이번 기회에 그 놈을 잡아 제거해야 하오. 그리고 그 자가 고종의 내탕금으로 상해에 감추어 놓은 비밀 계좌도 알아내시오. 그 뿌리를 뽑아야 독립군들의 자금줄을 끊어놓을 수 있다는 걸 왜 모르시오?"

"하이, 알겠습니다. 리용익이 상트페테르부르크로 옮겼다는 소식을 듣고 있습니다. 곧 밀정을 풀어 잡아내도록 하겠습니다."

송병준이 눈을 가늘게 뜨며 음흉한 웃음을 지었다.

"암, 그렇지. 밀정을 이용해야지. 이제야 머리들이 돌아가는군."

이토가 무릎을 치며 만족한 웃음을 짓는다.

"리용익이 북도파이니 기호파 놈들 중에서 밀정을 찾겠습니다. 연해주로 도망가서 독립운동합네 하는 자들 중에도 미끼를 던지면 덥석 무는 놈들이 수두룩할 것입니다."

이완용이 말했다.

"으흐흐 당신들처럼 말이지?"

이토가 눈을 찡긋하며 두 사람을 훑어보자, 송병준은 비굴한 웃음을 지었고 이완용은 헛기침을 하며 고개를 숙였다.

*

헤이그 특사 사건의 파장은 대한제국을 뒤흔들었다. 〈대한매일신보〉는 이 사건을 특종으로 보도하였고, 일본 통감 이토는 전권 참정대신 이완용과 친일 단체 일진회를 설립한 송병준을 앞세워 고종을 보위에서 끌어내리는 수모를 가하였다. 강제로 순종에게 왕위를 이양시킨 후 이토와 이완용은 정미7조약에 사인을 했다. 그 결과 대한제국의 군대가 강제로 해산되었다. 이 일에 항거하기 위해 전국에서 정미의병이 일어났고, 대한제국 참령 박성환이 권총으로 자결하였다. 참위 이준영은 해산 명령을 거부하고 무기고에서 총기와 탄약을 탈취하여 일본군과 격전을 벌이다가 최신 무기로 무장한 일본군에게 전멸하였다.

보창학교 설립에 동분서주하던 동휘는 을사늑약 직후, 분노를 이기지 못하고 을사5적을 처단하고 자결하겠다는 결심을 내린 후 8통의 유서를 작성한 바 있었다. 고종 황제에게 보내는 〈유서〉 및 2천만 동포에게 보내는 〈유고이천만 동포형제서〉를 비롯하여 조정 대신들, 법관, 각국 사절단, 을사오적, 주한일본공사 하야시 및 주한일본군사령관 하세가와 앞으로 유서를 발송할 계획이었으나 이 일은 실행되지 못했다. 그러나 그 내용은 남아 있어 그 당시 동휘가 단순한 충정심을 가진 근왕주의적 군인에서 새로운 사상적 변화를 가져오는 전환기에 있었음을 보여주고 있다. 결국 기독교 사상에 입각한 교육만이 다시 나라를 살릴 수 있다는 결론에 도달한 듯하다. 그리하여 동휘는 본격적인 교육 계몽 사업에 뛰어들었고, 헤이그 특사 사건을 전후하여 전국적인 지명도를 지닌 교육가로 올라서게 되었다. 동휘의 보창학교와 이종호(이용익의 손자)의 보성학교 그리고 이준이 원산에 세운 보광학교를 '삼보'라 부르며, 동휘는 당시 대한제국의 대표적인 교육가로 여겨졌던 것이다. 동휘는 더 나은 교육 방법과 교재 개발을 위해 연동교회 게일 목사를 중심으로 이상재, 이준 등과 함께 모여서 국민 교육회를 설립하여 활동하기도 하였다.

군대 해산과 박성환의 자결 소식을 들은 동휘는 비록 군인에서 물러난 신분이었지만 가만히 있을 수가 없었다. 급히 강화로 내려가 700여 명의 진위 대원과 군민들을 모아 놓고 의병 결사 항전을 호소했다.

"강화도 진위대 제군들이여, 우리 강토가 간악한 왜적들에게 침탈되어 국권과 외교권을 상실한데 이어 이제 군대까지 해산되었으니 나라를 지키지 못한 군인으로서 자결이라도 해야 마땅하나 국권을 회복하고 다시 독립을 쟁취하기 위해 우리는 끝까지 항전함이 옳을 것이오. 그러나 우리가 지금 힘이 없으니 힘을 키워 군대를 다시 갖추어 군함과 무기를 사들이고 독립군을 양성해야 할 것이오. 그를 위해 우리가 삼천리에 3,000개의 학교를 세워서 독립 정신을 갖춘 후대들을 키워내어야 할 것이오."

동휘는 결사 항전을 호소하는 자리에서도 학교를 세워야 함을 강조하였고, 동휘가 생각하는 학교는 독립군을 양성하는 학교였던 것이다. 동휘는 한성에서 봉기가 일어났다는 전갈을 받고 급히 다시 한성으로 올라갔다. 동휘가 떠난 후 강화에서 마침내 8월 9일 강화진위대 군인이자 동휘의 의형제이며 보창학교 교사이기도 하였던 유봉진이 중심이 되어 군민들이 총궐기하는 무장 봉기가 있어났다. 그러나 수원에서 출동한 일본군에 의해 무력으로 50여 명이 사살된 후 진압되었다. 최신식 연발 장총으로 무장한 일본군을 아무리 용맹한 동휘의 수하 의병이라 할지라도 당해 낼 재간이 없었던 것이다. 그 과정에서 동휘의 집은 친일 단체 일진회와 일본군에 의해 불에 타서 전소되었다. 한일합병을 돕기 위해 친일파 송병준과 동학의 잔존 세력을 규합한 이용구가 손을 맞잡고 조직한 일진회는 전국적인 조직을 갖추고 배후에 일본 통감부의 지시를 받는 적극적 친일 행각을 하였다. 강화에 있던 일진회 세력들이 강화 도민의 존경을 한몸에 받고 있는 동휘의 집을 습격하여 때려 부수고 불을 질렀다. 정혜와 아이들은 겁에 질려 울부짖었고 강화 군인들의 보호 아래 간신히 목숨을 부지하여 한성에 있던 시아버지 이승교의 집으로 급히 피신하였다. 정혜는 꿈만 같았던 강화도에서의 지난 몇 년의 추억이 고스란히 한 줌의 재로 화하는 모습을 뒤돌아보며 나룻배에 올라야 했다. 강화에서 지내던 그 몇 년 사이에 셋째 딸 경선과 젖먹이 아들 우석을 낳아 네 아이를 안고 업고 끌면서 피난길에 오른 것이다. 헤이그 밀사 획책과 강화 폭동의 배후로 동휘가 지목되어 긴급 체포되었고 4개월간 취조를 받으며 경시청에 구금되었다. 정혜는 결국 아이들을 데리고 고향 단천으로 돌아가야만 했다. 사태가 진정된 후, 통감부는 동휘를 풀어주기 직전에 총독부 고위 관직을 제안하며 회유하려 들었지만 일언지하에 거절당했다. 경시청에서 겁박을 받으며 취조받던 그 시절, 동휘는 자신의 집이 불타고 그가 직접 훈련시킨 강화도 진위부대 부하들이 맥없이 쓰러져 죽었다는 소식을 접한 후 눈을 감고 생각했다. 나라를 되찾기 위해서는 반드시 최신 무기가 있어야 함을 깨달았다. 결코 부하들의 용맹이나 애국 충절이 부족해서 진 싸움이 아님을 누구보다도 잘 알고 있었기 때문이었다.

*

그 무렵 안창호의 급거 귀국으로 4월부터 신민회를 비밀리에 결성하려는 움직임이 있었고, 7인 발기인에 동휘도 포함되었다. 이회영과 이동녕이 기호파였고, 안창호, 양기탁, 이동휘가 서북 대표로 참여하였다. 그리고 4인의 문관과 함께 동휘와 이갑, 류동열 3인이 무관으로 참여하였다. 독립협회가 무너진 이후 미국 샌프란시스코로 유학을 떠났던 도산은 미주 한인들과 유학생들을 계도하고 섬기기 위해 공립 협회를 만들어 활동하던 중 신민회 결성을 위해 급히 귀국하였다. 발기인들은 양명학의 친민 사상에 기독교의 '하나님의 백성'이라는 의미를 담아 〈신민회〉라고 이름을 붙였다. 7인 발기인 이외에도 전덕기 목사가 물 밑에서 전체를 조직하는 데 결정적 역할을 하였고, 이관직, 노백린 등의 무관 출신들이 대거 참여하였다. 신민회가 장차 독립 항쟁의 기반을 구축하기 위한 목적이었다. 상동학원의 핵심 교원 출신 김진호도 함께 하였고 진남포 엡윗 청년회의 김창수도 합류하였다. 김창수는 1903년 기독교에 입교하고 세례를 받은 후 평양 사경회에 열심히 참석하여 어느새 교육자로 변모해 있었다. 신민회 준비 과정에서 총감독에는 양기탁, 총서기에 이동휘, 재무에는 전덕기가 선출되었다. 그러나 첫 출발을 헤이그 밀사 파견을 준비하는 일로 시작하였기 때문에 지극히 몸을 낮추어 조심하였고, 밀사 파견 이후 고종의 양위와 군대 해산이 이어지면서 핵심 멤버 중 한 사람인 동휘가 구금되자 다시 활동이 수그러들었다. 그동안 각 지방의 지회를 구축하고 회원들을 확보하는 데 주력하였다. 자신의 생명과 재산을 신민회의 강령에 따라 조국에 바칠 수 있는 사람을 신중하게 선발하여 엄격한 심사를 거쳐서 회원으로 입회를 시켰다. 지방 말단 회원들은 신민회라는 이름조차 몰랐다. 그저 회사에 입사하는 것으로만 알도록 지시하였다. 마침내 12월 2일 동휘가 석방되자 신민회는 본격적인 활동에 들어갔다. 그동안 지하 조직으로 800여 명의 회원을 확보한 신민회는 대한매일신보를 기관지로 선정하고 교육과 문화 사업에 먼저 착수하였다. 각 지역 학교 설립에 관여하여 평양 대성학교, 정주 오산학교, 대구 협성학교에 신민회 간부를 한 사람씩 파견하였다. 본부의 역할을 하는 상동청년학원은 룡정에서 돌아온 여준이 맡았다. 그곳은 마치 신민회 간부들의 비밀 모임 장소이면서 중앙 지도부 역할을 감당하였다.

신민회 내부에서 가장 큰 논쟁이 두 가지 있었다. 첫째는 장차 국권 회복을 위한 독립 투쟁을 전개할 때 그 방법을 내적인 실력 배양을 하여 점진적으로 할 것인지, 무력 투쟁을 통해 급진적으로 실행할 것인지에 대한 것이었다. 신민회 발기인에 무관들이 대거 참여한 이유는 이승만의 외교 교섭 실패에 이어 헤이그 밀사를 통한 외교적 노력 또한 수포로 돌아가자 그와 같은 방법으로는 더 이상 실효성이 없다는 것을 깨달았기 때문이었다. 그 여파로 안창호가 중심이 된 실력 양성론보다는 무장 무력 투쟁으로 나아가야 한다는 독립 전쟁론이 힘을 얻었고, 그 중심에 전덕기 목사와 이회영, 이동휘, 이갑 등이 있었다. 이회영의 마음은 이미 해외 군사기지 건설 쪽으로 움직이고 있었다.

두 번째 큰 논쟁은 장차 국권이 회복되었을 때 나라의 체제를 입헌군주제로 할 것인지 공화제로 할 것인지에 대한 논쟁이었다. 10년 전에 비슷한 논의가 독닙협회에서 만민공동회를 개최하면서도 나온 일이 있었다. 그 당시만 해도 대한제국이 이렇게 쉽게 무너지리라고는 생각지 못했기 때문에 입헌군주제가 대세를 이루었다. 그러나 이미 고종이 물러나고 더이상 제국의 위용이 사라진 지금 군주제는 의미를 상실하였기에 신민회는 공화정제를 채택하게 되었다. 이는 신민회가 정치적으로 왕조시대에서 근대 시민 국가로 넘어가기 위한 사상적 징검다리의 역할을 했다는 의미이기도 했다.

그런데 헤이그 특사 사건과 고종의 폐위 등으로 국내외가 벌집 쑤셔놓듯 시끄러웠던 1907년이 시작하던 정미년 벽두 1월 14일에 평양 장대현교회에서 장차 한국의 기독교를 부흥시키는 데 결정적 역할을 하게 되는 초유의 사건이 일어났었고, 그 여파가 조용히 그러나 강력하게 전개되고 있었다. 후일 사람들은 그 사건을 일러 '평양 대부흥'이라고 불렀다.

그렇게 다사다난했던 정미년의 한 해가 저물어가고 있었다.


14


"학연아, 너는 서전서숙에서 무엇을 깨우쳤느냐?"

"첫째는 민족 의식이요, 둘째는 신지식의 중요함입니다."

남위언도 이어서 대답했다.

"국제 정치와 국제 공법을 배우며 세상이 어떻게 돌아가는지 깨달았고, 우리나라가 우물 안 개구리처럼 갇혀 있다가 결국 힘이 없어 나라를 빼앗겼다는 것을 느꼈습니다."

규암 김약연은 서전서숙 폐교 후에 돌아온 사촌 동생 김학연과 남위언으로부터 회보를 들으면서 고민했다. 자신이 규암재에서 가르쳐 온 한학과 유학으로 과연 후대들이 살아갈 세상에서 부족함이 없을 것인지, 그것으로 힘을 잃은 나라를 되찾는 일이 가능할 것인지 생각할 때 자신이 없었다.

"우리 명동에 서숙을 세우면 너희가 배운 것을 가르칠 수 있겠느냐?"

김약연의 질문에 두 사람은 합창을 하듯 크게 대답했다.

"예, 미력하지만 가르치겠습니다. 저희 마을에 서숙을 세워 주십시오."

"우리에겐 학전이 있지 않소? 학전에서 나오는 공동 재정을 모으면 충분히 서숙을 세울 수 있을 것이오."

문병규가 힘을 싣듯 거들었다.

"그럼 명동에 있는 서당들을 모두 합하여 하나로 만들자는 말이오?"

김하규가 놀란 듯이 물었다.

"만일 우리가 합의를 한다면, 마땅히 그리해야 할 것이오. 그리고 그

서숙은 명동서숙이 될 것이오."

규암의 말에 모두 고개를 끄덕였다.

"문제는 신학문을 가르칠 선생이 너무 부족하다는 것이야."

서전서숙이 문을 닫고 나자 여준을 비롯하여 함께 왔던 외부 교사들은 썰물 빠지듯 돌아가 버리고 말았다.

"규암 어른, 아직 한 분이 돌아가지 않고 남아 계십니다."

김학연이 말했다.

"그게 누구냐?"

"박정서라는 분입니다. 다른 선생들이 무림이라고 부르기도 했습니다만… 그분을 모셔오면 어떨까요?"

서전서숙의 선생들은 일제 통감부의 감시를 피하기 위해 대개 가명들을 사용하였다.

"서북 출신임다. 아마 평양이 고향일겜다. 그래서 학생들과 가장 잘 어울렸슴다."

남위언도 한마디 거들었다.

"그 양반은 어째 돌아 안 가고 남았는가?"

"룡정서 교회를 세운다고 함다."

"교회라고? 흠, 그런가?"

규암은 조만간 박무림을 찾아가서 만나보아야겠다고 생각했다.


간도의 텃세는 무서웠다. 아니 서북인들에게는 오랜 세월 품어왔던 한성과 경기, 충청의 기호 지방 양반들에 대한 잠재된 분노와 피해 의식이 있었다. 자신들을 이곳 북변에 몰아놓고 멸시하며 자신들만의 왕국을 구가해온 그들이 바로 이 나라를 망친 장본인들이라는 감정도 솟아났다. 그들은 서전서숙을 세운 꼿꼿한 조정 대신 이상설에 대해 알게 모르게 반감과 열등감을 느꼈다. 감히 그들이 다가설 수 없는 학문의 깊이와 높은 이상을 가지고 자신들의 자녀들을 가르쳐 주기 위해 찾아온 것이 한편 고맙기도 했다. 그렇다고 해도 남의 나라 황무지에서 청나라와 왜놈들의 양쪽 감시와 눈치를 살피며, 하루하루 살기가 급급한 형편에 신식 교육이라는 것 자체가 현실과 동떨어진 우스운 이야기였다. 그래서 자식들을 보내달라고 찾아온 그들에게 어깃장을 놓고 오히려 냉정하게 돌아서며 박대했다. 오죽했으면 서숙의 선생들이 학생들을 구하기 위해 다시 두만강을 건너 회령과 종성까지 가야만 했을까? 이상설이 떠나고 난 후, 서숙의 재정이 극도로 악화되어 문을 닫게 되었을 때에도 그들은 적극적으로 나서서 학교를 살려보려는 노력을 하지 않았고 그저 지켜보고 있었던 것이다.

그 무렵 한성 이회영의 집에서는 또 다른 모임이 열리고 있었다. 신민회의 주요 간부 중에 독립 전쟁론을 주장하는 주요 멤버들이 얼굴을 맞대고 모여 있었다. 그 사이에는 룡정에서 서전서숙을 운영하다가 폐교를 하고 돌아온 여준과 정순만 등도 함께하였다.

"해외에 독립군 양성 기지를 세워야겠는데, 룡정의 서전서숙을 다시 복구해야 하지 않겠소? 려준 숙장이 한번 의견을 내보시지요."

"저는 반대입니다."

여준이 얼굴을 붉히며 고개를 저었다.

"아니 어렵게 터전을 잡았었는데, 이제 보재 어른이 다시 복귀하면 새로 시작할 수 있지 않겠소? 북간도만큼 우리 동포들이 많이 몰려 사는 곳이 어디 있단 말이오?"

동휘가 약간 불만 섞인 목소리로 말했다. 동휘는 처음 북간도에 독립군 기지 건설을 위해 사람들을 파견할 당시에 자신을 빼놓은 것에 대해 불편한 감정이 있었다. 서북 사람들이 주로 몰려사는 북간도에 군사기지를 만드는 일이라면 마땅히 군인 출신인 자기와 의논을 해야 했다. 더욱이 학교를 세우는 일이라 해도 한창 보창학교를 전국에 세우며 교육자로 이름을 날리고 있는 자신이 간여를 했다면 이렇게 허무하게 폐교를 하지 않았을 것이라는 생각이 들었다.

"아마 보재 대감도 반대하실 것이외다."

여준이 고집을 놓지 않았다. 첫 망명지에서 가지고 간 물질을 다 쓰고 혼신의 힘을 다해 서숙을 세우려 했던 만큼, 그들이 결국 폐교를 하고 패잔병처럼 돌아오게 된 것에 대한 깊은 상처가 있었다.

"까닭을 말해 보시오."

이회영이 재차 물었다. 여준과 함께 서전서숙에서 고군분투했던 이동녕이 헛기침을 한번 하더니 무거운 어조로 입을 열었다.

"두 가지 이유가 있습니다. 첫째는 서북인들이 기호사람들을 배척하는 감정이 너무 심하다는 것입니다. 보재 대감이나 려준 숙장께서 보통 마음고생을 하신 것이 아닙니다. 둘째는 이미 북간도에는 일제 통감부가 파출소를 세워 조선인들에 대한 감시가 시작되었는지라 우리의 비밀스런 활동이 큰 제약을 받을 것이기에 어렵다는 것입니다."

뜻밖의 이야기를 듣자 좌중에는 잠시 침묵이 돌았다. 동휘는 그곳에서 일어난 일들이 머릿속에 그려지며 충분히 상상이 갔다. 자기라 해도 한성에서 온 이 사람들을 배척했을 것 같았다. 말씨도 다르고 생각과 태도가 전혀 다른 외지인들이 갑자기 나타나서 학교를 세운다? 그들은 서북이나 북변 사람들의 마음속으로 들어갈 수가 없었다. 그리고 어떻게 해야 그들의 마음을 휘어잡을 수 있는지에 대해서도 기호인은 체질적으로 알 수가 없었다. 늘 위에서 양반 행세만 하던 사람들이 밑바닥에서 천대받고 살다가 굶주림 속에서 괴나리봇짐을 매고 간도로 이주한 사람들의 척박한 마음을 헤아리기는 정말 힘든 일이었다. 전국적으로 이름난 교육가로 학교를 세워가고 있는 사람들의 면면을 살펴보면, 동휘를 비롯하여 안창호, 이종호 그리고 헤이그에서 순국한 이준 열사조차도 모두 서북 출신이었던 것도 이 일과 무관하지 않았다. 서북인들의 마음을 휘어잡기 위해서는 그들의 울분을 토해내게 만드는 눈물의 호소가 필요했던 것이다.

"그래서 이번에는 서북 사람인 저와 여기 있는 정재면 선생이 다시 한번 가서 그들의 마음을 바꾸어 보면 어떻겠소이까?"

정재면은 평남 숙천 사람으로 그의 어머니 김성약이 1883년 만주에서 기독교 복음과 성경을 들고 압록강을 건넜던 서상륜에게 전도를 받았던 초창기 기독교인이었다. 그 영향으로 어려서부터 신앙을 지녔던 정재면은 상동청년학원을 졸업한 후 전덕기 밑에서 신민회 활동을 하던 중이었다.

"한번 무너진 터는 다시 세우기가 쉽지 않습니다. 저는 아무래도 서간도 지방으로 방향을 바꾸어 새로 시작하는 것이 좋을 듯합니다."

여준이 다시 말했다. 양쪽의 의견이 팽팽히 맞서는 것을 바라보며, 이회영은 이 자리에 보재가 있었다면 얼마나 좋을까 하고 아쉬워했다. 그가 공정한 판결을 낼 수 있을 것 같았다. 보재 이상설은 일본 통감부에 의해 궐석 재판에서 사형 선고를 받았기에 영원히 조국으로 돌아올 수 없는 몸이 되어 있었다. 결국 그날 장소를 결론 내지 못한 채 헤어졌다. 다만 기회가 닿는 대로 이동휘와 정재면은 룡정을 다시 방문하여 학교를 재건하는 것에 대해 타진해 보기로 했고, 이회영은 블라디보스토크로 돌아가 있는 이상설을 찾아가 그쪽의 상황을 둘러보기로 하였다.

동휘는 신민회 회원을 중심으로 서북학회를 창립하여 각 지역에 학교를 세우는 일에 몰두하였다. 서북학회는 1908년 평안도와 황해도 출신의 안창호, 이갑, 박은식 등이 세운 서우학회와 함경도 출신의 이동휘, 이준 등이 만든 한북흥학회를 통합하며 만든 교육 단체였다. 서북학회에는 각 지역 담당자들을 선정하였는데, 각자의 고향을 따라 함경도 지역은 이동휘와 이종호, 황해도 지역은 노백린과 이달원, 평안도 지역은 이갑과 류동열이 맡기로 했다. 동휘는 강화로 내려가 그동안 자신의 장기 구금으로 약화되어 있언 강화 보창학교를 재정비하고 그 운영을 다른 사람에게 맡긴 후에, 교육 환경이 가장 열악한 함경도 지방으로 발길을 돌렸다. 그리고 10개월 동안 함경도 전 지역을 순회하며 눈물의 연설로 학교 설립을 위한 모금 운동을 벌였다. 이 당시의 상황을 훗날 북간도 지역에서 발간된 역사 교과서 〈오수불망〉에서 이렇게 전하고 있다. "리동휘 장군의 활동을 통해 각 촌마다 유지들이 일어나서 자기들의 힘으로 50여 개의 학교가 설립되었는데 '일 연설 일 학교, 일 통곡 일 학교'가 일어났다."

15

평양의 옛 이름은 류경(柳京)이었다. 버드나무가 많은 도시라 버들류를 붙여 그리 부르기도 했지만, 자고로 평양은 기생의 도시요, 화류계(花柳界)로 이름난 색향(色鄕)이었다. 그래서 평양감사가 되는 것은 선망의 대상이었고, 중국에서 들어오는 사신들의 주색을 맞추어주기 위해 평양 기생들을 모아 대동강에 배를 띄우고 을밀대에서 음주가무로 취하기도 했던 곳이기도 했다. 평양은 평안도 병마절도사 김응서 장군의 애

　　　　　　　　　　　　　　　　　　　　　　　　부흥사

첩이었던 명기 계월향이 임진왜란 때 적장 고니시(일설에는 그의 동생)를 유인해 목을 베게 하였다는 전설이 전해지는 도시였다. 이 또한 평양 기생의 절개를 보여주는 옛이야기였다. 사업에 능한 서북인들이 조정에 세금을 바치지 않아 돈이 넘쳐나는 도시였기에 전국에서 모여든 내로라하는 기생들이 기방에 득실거릴 수밖에 없었다. 이승만이 옥중에서 지었던 자작 한시 142편을 모아놓은 〈체역집〉 안에 '춤추는 기생'이라는 시가 있는데 그 당시 양반들의 기방 출입이 얼마나 자연스러운 일이었는지를 보여주는 단면이다.

〈춤추는 기생〉

풍악에 어우러진 미인의 춤
복사꽃 나풀나풀 물결을 좇네
바람에 나부끼는 나비 날개인가
달 아래 어른대는 학 그림자인가
아양 많아 부채 너머로 교태 보내고
수줍은 듯 수건 들어 얼굴 가리네
펄렁이는 소맷자락 깃이 돋친 듯
사람을 하 놀리는 신선이 분명하다

그런 평양에서 1907년에 일어난 평양 대부흥은 세계 기독교 역사에서도 찾아보기 드문 중요한 사건이었다. 불교국 고려 500년, 유교국 조선 500년을 거친 나라가 개화기 30년 만에 갑작스런 기독교의 부흥을 가져오게 되었던 기폭제가 이 사건에서 발단되었다. 1884년 미국인 의사 알렌이 첫발을 뗀 이후, 서양 선교사들에 의해 기독교가 들어오면서

주로 천대받던 하층민들과 서북인들에게 먼저 포교가 되어 퍼져가기 시작했다. 그 당시 들어왔던 미국과 영국, 캐나다, 호주 등의 선교사들은 조선의 백성들과 접촉하기에 가장 효율적인 방편으로서 앞다투어 학교와 병원을 세웠다. 선진 서양 학문을 가르치고 병을 고치는 의술이 뛰어났기 때문에 대다수의 조선인은 그들 밑에서 조선말을 가르치고 통역하는 조사가 되어 돕다가 기독교를 피상적으로 받아들였다. 캐나다인 게일 선교사의 조사로 있던 양기탁 같은 인물이 대표적인 사람이었다. 한편으로는 서양의 발달된 학문의 통로로서 기독교를 접하게 되었지만 서양인들의 풍습과 예절이 조선 사람에게 맞지 않았을 뿐 아니라 그들이 지닌 고압적인 자세와 무식하고 더러운 조선인들이라고 무시하고 깔보는 태도 때문에 내면적으로는 반감을 가진 이들이 더 많았다. 어쩔 수 없이 그들의 도움을 받기는 하되 그들이 믿는 서양 종교인 기독교에 대한 반발심도 함께 생겼던 것이다.

그러던 중 1903년 원산에서 사역하던 캐나다 감리교 선교사 하디에 의해 처음으로 깊은 회개 운동이 일어나기 시작했다. 명문 토론토대학 의과대학을 졸업한 의사 하디는 대학생 자원 운동을 통해 1890년 가족과 함께 한국 땅을 밟았다. 하디의 어린 두 딸이 풍토병으로 먼저 천국에 가는 아픔 속에서 부산에서 원산으로 사역지를 옮겼다. 의사로서 환자를 치료하고 교회를 개척하며 열심을 다했지만 조선의 교인들은 냉담했고 변화되지 않았다. 마침 중국의 의화단 사건을 피해 한국으로 들어온 여선교사 화이트와 캐나다에서 들어온 맥컬리 등 여선교사들이 한국 땅에 회개가 임하도록 기도를 시작했고, 그들의 요청으로 어느 날 하디는 여선교사 기도 모임에서 말씀을 전하게 되었다. 그때 그는 '네가 먼저 회개하라'는 성령의 음성을 듣게 되었고, 비로소 자기 안에 감추어져 있던 죄를 발견하게 되었다. 비록 조선인을 위한다고 선교사로 헌신하였지만 자신의 내면에 도사린 백인 우월주의, 자신의 학력에 대한 자만심과 의사라는 직업에 대한 자부심, 누추한 조선 사람들에 대한 편견과 인종 차별 등 표현키 힘든 교만함으로 가득 찬 자신의 죄를 깊이 회개하게 되었다. 어찌하여 예수님이 귀족의 신분이 아니라 천한 목수로 이 땅을 찾아왔는지 깨달았다. 그는 감당하기 힘든 성령의 휘몰아치는 깊은 임재를 체험하게 되었다. 그 당시 하디가 통곡의 회개를 한 후 그 변화가 얼마나 컸던지, 성령 체험 이전과 이후 그는 전혀 다른 사람이 되었다고 주변 사람들이 말했다. 하디가 교인들 앞에 나서서 자신의 모든 죄를 공개적으로 회개하며 고백할 때, 그것을 듣는 조선 교인들에게도 큰 변화가 나타나기 시작했다. 원산에서 불씨를 지핀 이 회개 운동은 하디를 통해 전국으로 퍼져가기 시작했다. 하디가 가는 곳마다 조선인들은 자신들이 저지른, 감추어진 죄들을 드러내며 공개적으로 회개하는 일들이 벌어졌다. 이 무렵 강화에서 동휘가 회개하여 큰 부흥 운동을 이끌었던 것 역시 전국을 강타한 회개의 영적 흐름에 영향을 받았다고 보는 것이 옳을 것이다. 이 회개 운동의 영향은 한국인뿐 아니라 한국에서 사역하고 있던 다른 선교사들에게까지 미쳐 외국인들도 함께 회개하기 시작했다. 그리고 마침내 1907년 1월 14, 15일 평양 장대현교회 신년 사경회에서 그 정점을 이루게 되었다. 길선주 장로의 공개적인 죄의 고백과 회개로 시작된 장대현교회의 부흥은 참석자 1,500명이 눈물과 통곡으로 며칠 밤을 새우면서 가슴을 치며 자신의 윤리적 죄와 민족의 죄를 고백하고 회개하였다. 그 물결은 감리교 남산현교회로 옮겨붙었고 순식간에 평양 시내 전체를 덮었다.

이 회개는 초자연적 현상으로 전개되어 계층과 연령을 초월하여 나타났다. 교회뿐만 아니라 집 안에 있던 노인과 어린이가 함께 울며 회개하였다. 생활에서도 큰 변화가 일어나서 이 부흥회에 참여하였던 사람들은 술주정뱅이가 술을 끊고 도박꾼이 화투를 찢고, 절도범이 훔친 돈을 임자에게 돌려주며 용서를 빌었다. 평양 시내의 기생집과 술집이 문을 닫기 시작했고 한동안 절도범들이 사라졌다고 했다. 한 도시가 정화되는 놀라운 일이 벌어진 것이다. 이같은 회개 운동은 평양을 넘어서 안주와 정주, 해주와 서울, 의주, 만주에 이르기까지 전국으로 확산되었고, 평양 대부흥 이후 평양과 서북 지방을 중심으로 수많은 교회가 세워지게 되었다. 일제의 폭압에 시달리고 갈 바를 알지 못했던 많은 한국인들이 교회 안으로 들어오게 되었고 개인적인 회개를 통해 구원의 기쁨을 맛보게 되었다. 이 엄청난 사건을 한국에서 사역하던 수많은 선교사들은 경이로운 눈으로 바라보았고 본국으로 속속 보고하였다. 그리고 그때부터 평양은 서양인들에 의해 '동양의 예루살렘'이라고 불리게 되었다.

1866년 통상을 요구하며 대동강을 타고 평양에 들어온 미국 상선 제너럴셔먼호가 조선 군인들에 의해 불타서 격침된 일이 있었다. 그 당시 연암 박지원의 손자 박규수가 평양 감사로 있었는데, 그는 대표적인 개화파였다. 박규수는 처음에는 그들의 요구에 따라 식량과 땔감도 공급해주며 대화를 시도했지만, 미국인들이 조선인을 볼모로 잡고 협박과 함께 오만불손한 통상 압력과 발포를 가해 오자 결국 결사 항전의 명령을 내렸다. 실학자 박규수는 김옥균, 박정양, 박영효, 서재필 등의 개화파를 키워 냈고, 후일 강화도조약도 찬성했던 사람이었기에 그가 통상 요구에 무조건적으로 반대하지는 않았을 것이라는 추측을 낳는다. 그만큼 미 상선에 타고 있었던 자들이 무례하게 조선인들의 감정을 북돋았던 것이었다. 그때 통역으로 타고 있었던 27세의 영국 선교사 토마스가 몇 권의 성경을 나누어 준 후에 순교 당했는데, 셔먼호를 불태우는 데 공을 세운 박춘권은 이 성경을 받아들고 나중에 장로가 되었다. 또 강변에 흩어진 성경 몇 권을 주웠던 열두 살 소년 최치량은 그것을 외숙부 박영식에게 주었다. 성경을 건네받은 박영식은 성경의 종이를 뜯어서 벽지로 썼다고 하는데 그 집이 나중에 평양 최초의 교회 널다리골교회가 되었다고 전해졌다. 평양 대부흥을 점화시킨 장대현교회는 널다리골교회가 장대재로 이사를 가서 이름을 바꾼 교회였던 것이다. 그렇게 기독교를 배척함으로 대동강 변에 최초 순교자의 피를 흘렸던 도시 평양에서 한반도를 뒤덮은 대부흥이 일어난 것은 역사의 아이러니요, 숨은 그림이 아닐 수 없다.

1907년에 조선 반도에서 일어난 또 하나의 중요한 기독교 부흥 운동이 바로 신민회 결성을 통한 기독인들의 사회적 저항운동이었다. 신민회를 이끌었던 주요 인물들이 거의 상동청년회를 중심으로 한 기독교인들이었기 때문에 이 역시 전국적으로 퍼져 가는 기독교 운동이 되었다. 일제의 무자비한 강압적 통치 앞에서 신음하는 한국 백성들을 살리고 나라의 독립을 찾겠다는 사회 정의의 회복과 사회 구원의 측면에서 벌어진 신앙 운동이었던 것이다. 안창호와 이동휘를 중심으로 교육계몽 운동이 벌어지기도 했지만, 다른 한편에서는 무력에 의한 독립 전쟁을 통해 국권을 되찾겠다는 새로운 시도가 나타나기 시작했다. 이때부터 많은 기독인들이 간도와 연해주로 망명을 시작하면서 독립운동에 나서게 되었다.

평양 대부흥과 신민회 운동, 이 두 사건이 조선 반도에 상륙한 근대 기독교의 흐름을 두 줄기로 갈라놓았다.

평양 대부흥의 물결 속에서 회심한 남산현교회의 청년 중에 나중에 목사로서 또 독립운동가로서 큰 업적을 남긴 숭실중학교 학생 손정도가 있었다. 강서 출신 손정도는 1902년 관리 시험을 보기 위해 평양으로 가던 중 기독교인이 많은 조촌리 마을에서 하루를 유하다가 조씨 성을 가진 목사에게 복음을 듣고 바로 개종하여 상투를 잘랐다. 집으로 돌아가자마자 우상을 모신 사당을 부수다가 집에서 쫓겨난 후, 곧바로 평양으로 들어가 조목사를 통해 감리교 선교사 문요한(John Z. Moore)에게 인도되어 감리교인이 되었다. 그 당시 원산 회개운동의 여파로 장로교와 감리교의 연합운동이 일어나자 평양 남산현교회 청년학당에 다니던 손정도는 자연스럽게 숭실중학생이 되어 장로교 선교사들과도 접촉을 하게 되었다. 문요한 선교사의 후원으로 1903년 숭실중학에 입학한 손정도는 1907년 숭실을 졸업할 때까지 남강 이승훈과 친분을 쌓으면서 착실히 민족 정신을 배양하였다. 정주에 오산학교를 만든 이승훈을 따라 틈틈이 경성의 상동교회를 출입하며 이회영, 이동녕 등의 기호파 인사들과도 연을 맺었다. 그뿐만 아니라 같은 감리교인으로 상동청년회 활동을 활발히 벌이며 전국적 교육 계몽 운동의 선봉에 섰던 동휘와도 이 무렵 첫 대면을 가졌다. 그 당시 전국적 회개 운동을 시작한 하디 선교사의 전국 순회 집회는 평양에서도 커다란 회심의 불을 붙였다. 그 집회에 참석하여 큰 감화를 받은 손정도는 민족과 하나님 나라를 위해 헌신하기를 다짐하던 중, 마침내 1907년 평양 대부흥의 물결을 온몸으로 맞닥뜨리게 되었다.

어느 날, 밤을 새워 자신의 인생 앞길과 위기에 처한 민족의 살길을 위해 기도하던 해석 손정도는 새벽에 특별한 체험을 하였다. 눈앞에 광명한 빛이 비치면서 눈물을 흘리는 예수 그리스도의 모습이 임했고, 손정도는 자신의 모든 죄가 씻겨져 나가는 기쁨으로 흐느껴 울었다. 그와 함께 2천만 동포가 죄악의 사슬을 매고 묶여 있는 모습이 환상으로 보이면서 그들을 구원하는 것이 자신의 어깨에 놓인 책임이라는 것을 깨달았다. 그날 아침 남산재 예배당을 향해 올라가는 손정도의 발걸음은 한 발 한 발 땅이 푹푹 들어가는 듯한 체험을 하였는데, 그것은 자신의 어깨에 놓인 민족 구원의 책임감의 무게에 의한 것이었다. 평양 대부흥의 회개를 경험한 사람들이 대부분 개인적 구원과 예수 천당으로 이어지는 초월적 내세 신앙의 한계에 머물렀던 것과 달리 손정도는 개인 구원과 동시에 민족의 구원이라는 사회적 책임까지 동시에 깨닫고 새로운 인생을 살게 된 특별한 경우였다. 손정도는 곧바로 같은 고향 강서 출신 안창호와 연결되어 신민회 활동을 시작하였다.

*

을사늑약 이전에는 선교사들이 대한제국의 독립운동을 적극 지원하며 사회 구원에 대해서도 관심을 가졌다면 미일 조약, 영일 조약 등으로 일본의 조선 강점을 승인하게 된 강대국의 정부들은 더 이상 선교사들이 조선의 정치 문제에 관여하는 것을 원치 않았다. 그것은 일본 통감부의 방침과도 일치하는 것이었다. 그에 따라 대다수의 미국 선교사들은 교회 내에서 성도들을 단속하며 예수천당의 개인 구원을 강조하기 시작하였다. 그것은 평양 대부흥과 시기적으로 맞아떨어지면서 한국 교회의 폭발적인 성장을 가져왔고 특별히 평양을 중심으로 한 평안도 지방에 집중되었다. 일제시대에 교회의 숫자가 남쪽보다 북쪽 지방에 열 배가량 더 많았음을 볼 때 한국 기독교의 뿌리는 평양을 중심으로 한 북쪽 지방에 있었던 것을 알 수 있다. 평양 부흥의 불길은 곧이어 북간도와 연해주까지 번지면서 근대사에 큰 영향을 미쳤다.

평양 대부흥은 큰 폭발력으로 교회를 성장시켰지만, 역설적으로 한국 기독교를 내면화시키며 그 사회적 영향력을 축소시켰다. 평양 대부흥이 주로 교회의 시선을 사회 밖에서 안으로 거두어 개인 구원에 초점을 맞추게 한 교회 내적 현상이었다면, 신민회 운동은 그 시선을 바깥으로 향해 사회 구원을 외치는 교회의 사회적 발산 운동이었다. 전자는 예수천당 불신지옥으로 규정지어지는 한쪽 극단의 '예수교'로 발전되었다. 후자는 사회 운동에서 시작하여 사회주의 혁명으로까지 발전하며 또 다른 극단의 '그리스도교'를 형성하였다. 기독교의 핵심 진리인 "예수 그리스도"가 양분화된 것이다. '예수'라는 단어의 의미가 개인의 구원을 상징하는 '구원자'의 의미라면 '그리스도'는 정의와 심판을 위해 나타날 '메시아'를 의미하는 단어이다. 유대교에서 기독교로 이어지는 시기에, 구약 성경의 히브리어 '메시아'를 헬라어로 번역한 것이 신약 성경의 '그리스도'였다. 그것을 다시 한자어로 번역한 것이 '기독(基督)'이었던 것이다. 따라서 유대교든 기독교든 메시아 사상을 공유하고 있었다. 그것은 세상 역사의 마지막 때에 메시아가 나타나 온갖 어그러진 사회의 부정의와 국가 폭력적 압제와 인간의 죄악상들을 심판하고 광명정대한 하나님의 나라를 세울 것이라는 굳건한 믿음의 표상이었다. 그것은 개인 구원의 차원을 넘어선 사회 구원과, 나아가 전 세계적 또는 우주적 구원의 사상을 담고 있었다. 2,000년 전에 온 인류의 죄를 대신 지고 십자가에 매달려 죽은 '예수'가 하나님의 무조건적 사랑과 은혜를 표현한다면, 그 예수가 성경에 예언된 대로 종말의 때에 다시 나타나온 세상을 정의롭게 심판하여 하나님 나라를 완성한다는 것이다. 그래서 기독교의 복음(좋은 소식)은 '예수'와 '그리스도'라는 두 단어에 의해 압축적으로 표현되었던 것이다. 즉 '예수의 은혜와 사랑'과 '그리스도의 진리와 정의', 그것이 두 기둥이었다. 그런데 함께 서야만 바로 세워질 수 있는 교회의 두 기둥이 갈라선 것이다.

그 결과 개인 구원과 사회 구원을 총체적으로 이루어야 할 '예수 그리스도'의 복음은 한국 땅에 들어와 반쪽으로 나뉘어져서 예수와 그리스도가 서로 대립하고 싸우게 되었다. 국내에서는 예수 복음으로 무장한 교회가 고슴도치처럼 웅크린 자세로 교인들을 끌어안아 보호하였고, 국외로 망명한 크리스천들의 그리스도의 복음은 그 시대를 풍미한 사회주의 혁명에 노출되면서 투사와 열사를 낳는 독립군 운동으로 전환되었다. 주로 사회 복음과 사회주의의 지대한 영향을 받았던 지역은 캐나다 선교사들의 활동 지역이었던 함경남북도와 북간도, 그리고 연해주 일경이었다. 그 당시 선교지 분할 정책에 의해 캐나다 선교사들이 함경남북도 지역을 떠안았던 것이 북한 기독교의 지형을 동서로 나뉘게 한 결과로 이어졌다. 그것은 물론 일제의 억압 통치라는 특수한 상황 속에서 벌어진 일이었다.

그러나 예수와 그리스도의 분리 현상은 해방 이후에도 일제 잔재로 남아 한국 기독교의 고질적 병리 현상이 되었다. 미국 선교사들의 활동 지역이었던 평안도, 황해도를 비롯한 남쪽의 대다수 지역은 숭실중학과 평양신학교를 중심으로 예수 복음의 보수 교단이 주류를 이루었고 길선주 목사, 조만식 장로, 주기철 목사, 박형룡 목사, 한경직 목사, 박윤선 목사 등의 인물들을 배출하였다. 이들 중 일부는 일제에 저항하다가 순교하였고, 일부는 해방 후 월남하여 남쪽의 예수교의 중심이 되었다. 반대로 일제의 핍박을 피해 북간도 룡정으로 건너간 사람들 중에서는 캐나다 선교사들이 세운 은진중학교를 통해 김재준 목사, 강원룡 목사, 문익환 목사, 안병무 교수, 이상철 목사 등이 배출되었다. 이들이 해방 후 남하하여 민주화 운동과 인권 운동, 통일 운동 그리고 민중 신학의 구심점을 이룬 진보 진영과 사회 복음 계열의 중심 인물들이 되었고, 그들이 세운 한신대학과 교단이 중심이 되어 진보적인 그리스도교를 형성하였다. 그리하여 한국에 들어온 대표적인 주류 교단이었던 장로교는 평양 숭실 출신의 보수적인 예장(예수교 장로회)과 룡정 은진 출신의 진보적인 기장(기독교 장로회)으로 양분되었다. 두 기둥 중 예수 복음만을 강조하고 그리스도의 복음이 약화된 보수 교회는 점차 우경화되었고, 반대로 사회 정의를 외치며 그리스도의 복음을 높이 세웠으나 예수 복음이 점차 상실된 진보 진영의 교회는 좌경화되는 결과를 가져왔다.

16

"무림 숙장, 아무래도 한성에 연락하여 옛 동료들 중에 선생들을 더 초빙해 오는 것이 어떻겠소?"

후대들에게 신학문을 가르쳐야겠다는 결심을 굳힌 김약연은 명동촌의 지도자들과 의논하여 세 개의 서당을 통합하고 모든 유생들을 모아 1908년 4월 명동서숙을 세웠다. 서전서숙의 선생이었던 박무림을 직접 찾아가 설득하여 그를 숙장으로 모셔왔을 뿐 아니라 자신이 그 밑에서 숙감이 되어 모든 재정적 뒷받침을 하면서 적극적으로 도왔다.

"규암 어른, 그렇지 않아도 제가 이미 상동청년학원의 선생들을 파견해 달라고 요청을 하였습니다."

교사의 절대 부족으로 고민하던 박무림은 자신들의 비밀결사조직인 신민회를 통해 교사 초빙을 의뢰하였다.


1909년 5월, 신민회는 상동청년학원 졸업생 정재면을 단장으로 내세운 '북간도 교육단'을 파견하였다. 서전서숙을 함께 세웠던 이동녕이 길 안내를 맡았고 동휘가 고문으로 뒤에서 남아 진두지휘하였다. 첫째는 많은 재정을 투입하여 세웠던 서전서숙을 재건할 수 있을지에 대한 현장 조사가 목적이었고, 둘째는 간도 지역의 교육 실태를 파악하여 장차 독립군 양성 기지를 마련하기 위함이었다. 평남 숙천 출생 정재면은 21세에 상경하여 전덕기 전도사 밑에서 신앙 훈련 및 애국 사상을 전수받은 사람이었다. 상동청년학원에서 기독교와 민족 의식을 함께 고취받으며 당시 최고의 신학문을 배웠다. 전덕기에게 성경을, 주시경으로부터 국어를, 남궁억 선생에게 영어와 신문화를 배웠고 군인 출신 이필주에게 체육을 배웠다. 졸업 후 신민회 회원으로 활동하다가 당시 원산 보광학교 교사로 파견되어 근무 중이었다. 정재면을 북간도로 보내기 위해 동휘와 이동녕이 원산으로 찾아가서 계획을 설명하고 사명감을 불러일으켰다.


룡정에 도착한 이동녕과 정재면은 두 가지 사실에 크게 놀라게 되었다. 이미 일제 통감부에서 간도 파출소를 세워 감시하는 상황에서 서전서숙의 재건은 불가능하다고 판단하였다. 그러나 룡정과 연길 일대에는 이미 북간도 교민 중심으로 자체적인 학교 설립의 열풍이 일어나 우후죽순 민족 학교들이 세워지고 있었다. 명동촌에 세워진 명동서숙 뿐 아니라 연길현에는 창동서숙, 개산툰에는 정동서숙이 세워졌다. 서전서숙이 뿌리고 간 영향은 지대하다 못해 경이로웠다. 비록 한성부의 사람들이 와서 서전서숙을 세울 때에는 멀찌감치 바라보며 몸을 사리던 간도 주민들은 그들이 돌아가자마자 자손들에게 민족 교육과 신교육을 시키겠다는 열망으로 가득 차 올랐다. 그저 먹고살기 바빠서, 내팽개치고 온 조국을 생각할 여력도 없었던 그들에게 서전서숙은 다시금 애국심을 불러일으킨 도화선이 되었다. 서전서숙에서 가르친 반일 민족 교육의 영향이 그만큼 컸던 것이다. 게다가 그들을 또 놀라게 한 사실이 있었다. 룡정에 이미 세워진 여러 교회를 둘러보며 평양 대부흥의 열기가 이미 간도 지방에까지 퍼져있음을 보았다. 그 역시 사람들의 사상을 개화시켜 학교 설립 운동이 일어나게 된 또 하나의 기폭제가 되었다. 이러한 사실은 동휘가 후일 3국 전도회를 통해 이 지역에 36개의 교회를 개척하였을 뿐 아니라, 연변 각처에 길동기독학교, 길신여학교, 북일학교, 라자구사관학교 등을 세우게 된 계기가 되었던 것이다.

일본 통감부의 요시찰 인물이었던 동휘는 정재면을 보내 놓고 회령에서 온성까지 변경지역을 순회하며 노심초사 기다리고 있었다. 마침내, 신민회 출신 박무림이 소식을 전해주려고 온성으로 나오면서 노인 한 분을 모시고 왔다. 무림은 흰 수염을 휘날리며 깊은 눈초리가 매서운 도사처럼 생긴 노인을 동휘에게 소개하였다.

"성재 장군님, 룡정교회 구춘선 집사님이십니다. 서로 인사하시지요."

"안녕하시오? 팔도에 이름이 높은 리동휘 장군님을 예서 만나는 행운을 맞았구려. 나는 구춘선이오. 여기 온성이 내 고향이라오. 나도 오래전에 한성에서 궁궐 수비대 군인이었소."

"아, 그렇습니까? 선배님을 몰라뵈었군요. 국운이 다하여 군대마저 왜적들에게 빼앗긴 마당에 구차한 목숨을 아직 부지하는 것이 부끄러울

따름입니다. 후대들을 교육하고 독립군을 일으켜 나라를 되찾고자 하는 일념으로 살고 있습니다."

"참 고맙소. 성재 장군과 같은 용감한 군인들이 간도에서도 많이 일어날 수 있도록 도와주시오."

"그런데 구 집사님께서는 어떻게 야소교인이 되셨습니까?"

동휘는 연세가 깊은 노인이 어떻게 믿음을 갖게 되었는지 궁금했다.

"허허, 지난 세월이 덧없이 흘러가던 중 내가 야소를 만난 것이 가장 큰 행운이었소. 내가 한성에서 남대문 수문장을 하다가 고향 온성에 내려온 것이 을미년이었소. 국모가 무자비하게 살해당하는 것을 보고 군인으로서 창피해서 얼굴을 들 수 없어서 낙향한 것이오. 이미 국운이 다한 것이라 생각이 들어 새로운 세상을 찾는 것이 낫다 여겨 이태 후에 두만강을 건넜소. 이곳에서 청국과 왜놈들에게 이리저리 내몰리며 고통당하는 간도 주민들을 보호하기 위해 군대를 조직해야겠다 싶어 광무 6년(1903) 한성부에서 파견한 간도 관리사 리범윤과 함께 간민 보호소와 병영을 설치하였소. 그런데 갑자기 리범윤이 아령(연해주)으로 떠나버리는 바람에 더이상 보호소를 운영할 수 없게 되어 나는 허탈감에 빠져 있었소."

구춘선 집사의 깊게 팬 주름살만큼이나 주름졌던 그의 인생의 고비고비를 떠올리며 그가 술술 풀어내는 세월을 동휘는 고개를 끄덕이며 듣고 있었다.

"실의에 빠져 있던 그 무렵 룡정 시장 바닥을 지나가는데 어떤 노랑머리 서양사람이 조선말로 열심히 전도하는 모습을 보게 되었소. 사람들이 구경거리가 생긴 듯 빙 둘러서서 그의 이야기를 듣고 있는데, 나도 궁금하여 뒤에서 기웃거리며 끼어들었던 것이오. 그 양반이 자기가 살아온 이야기를 하는데 신기하게도 조선말을 참 잘합디다. 단천군의 어느 장로 아들 주례를 서 주러 갔다가 자신의 말을 훔쳐 타고 달아나는 일본군을 말채찍으로 내리쳐서 떨어뜨린 이야기를 들을 때는 나도 모르게 주먹이 불끈 쥐어졌소. 그날 들은 야소 이야기가 하도 신묘하여 그가 묵고 있는 숙소로 그날 밤 찾아갔소. 그 사람이 바로 구례선이오."

구춘선은 구례선을 만나 예수 그리스도의 복음을 듣고 자신이 변화된 이야기를 거침없이 해 주었다.

"내 이름이 구춘선이라는 것을 알고 자기 형님처럼 나에게 친절히 대해 줍디다. 우리 민족을 구원해 주는 것은 총칼이 아니라 야소의 은혜와 능력을 받아야 한다고 먼저 야소를 믿으라고 하더이다. 그 이후로도 구례선 박사는 북변 지방과 이곳 간도 지역을 몇 차례 방문하였다오. 그가 성진에 거처를 두고 함경도와 간도 해삼위를 수시로 오가는 것 같소."

구춘선은 구례선을 통해 야소교에 입교를 한 후 룡정교회를 세우는 데 적극 참여하였다.

"구례선 목사는 우리 조선 사람보다도 더 왜놈들을 미워하는 것 같았소."

동휘는 그 무렵 을사늑약 이후로 서양 선교사들이 변하여 이전처럼 적극적으로 독립운동을 돕지 않고 일본 정부의 눈치를 보며 교회 안에만 성도들을 붙들어 두려는 모습에 무척 실망하고 분개하고 있었다. 그러다가 자기 고향 단천에서 가까운 옆 동네 성진에 있다는 캐나다 선교사 구례선의 이야기를 들으며 자신도 모르게 중얼거렸다.

"그렇다면, 구례선 선교사를 한번 찾아가야겠다…."

*

"정재면 선생, 우리 명동서숙을 꼭 도와주시오."

김약연은 숙장 박무림이 데리고 온 25세의 청년 정재면을 붙들고 진심어린 간청을 하였다. 이 청년 선생이 있어야 서숙이 살아날 것만 같았다. 정재면은 이미 오기 전부터 서전서숙을 다시 세우고자 하는 결심을 내리고 온 터라, 어차피 이곳에 뿌리를 내려야 할 형편이었다. 숙감으로 있다는 김약연을 만나보니 기품과 학식이 넘치는 유학자인지라 고향에 두고 떠나온 아버지가 생각났다. 박무림으로부터 들었던 그에 대한 이야기도 머릿속에 맴돌았다.

　"규암 선생은 명동촌의 지도자일 뿐 아니라, 실질적으로 우리 간도 사회 전체를 이끌어가시는 분이오. 청국 관리나 일본놈들도 감히 규암 선생을 함부로 대하지는 못한다오."

　이런 분과 함께 서숙을 이끌 수 있다면 장차 간도 교육의 기초를 놓을 수 있을 것 같았다.

　"벌써 42명의 학생을 모아 놓았소. 이제 신교육을 가르칠 선생들만 불러 모으면 되오. 이들이 장차 나라를 되찾을 동량들이 될 것이오."

　정재면은 나이 어린 자신을 선생으로 붙들려고 열심히 설득하는 김약연의 신념 어린 모습에 더 감동이 되었다. 그러나 정재면의 머릿속에는 이 명동서숙을 장차 독립운동의 기지로 삼기 위해서는 지식만이 아니라 상동청년학원과 같이 기독교 신앙 교육을 함께 가르쳐야 한다고 굳게 믿고 있었다. 어젯밤 늦게까지 이동녕과 함께 토론하며 서전서숙을 포기하는 대신 정재면이 명동서숙에 남기로 결론을 내렸다. 그러나 신민회에서 세운 다른 학교들처럼 신앙 교육이 뒷받침되지 않는다면 자신이 이곳에 남더라도 큰 교육적 효과가 없을 것만 같았다. 골똘히 생각하던 정재면이 고개를 들면서 김약연의 눈을 똑바로 바라보았다.

　"규암 선생님, 제가 남아 명동서숙에서 가르치겠습니다. 그러나 조건이 있습니다."

"조건이라니 무엇이오? 무엇이든 말씀해 보오. 이곳에서 머무는 숙식은 우리가 책임질 것이니 염려하지 마시오."

"명동서숙에서 제가 성경을 가르치고 예배를 드릴 수 있도록 허락해 주십시오."

김약연은 깜짝 놀랐다. 대대로 내려오던 서당을 폐지하고 한학 교육 대신 신학문을 가르치기로 결정한 것만 해도 큰 결단이었다. 다섯 문중의 의견을 모으기 위해 무척 고심을 했던 것이다. 그런데 이제 명동서숙을 기독교 학교로 만들겠다는 것이 아닌가? 당돌한 젊은이 정재면을 바라보며 김약연은 표정을 감추기 위해 애썼다. 적이 화가 나기도 했지만, 신학문의 주체가 주로 기독교 국가에서 흘러들어온 것임을 부인하기도 어려웠기에 쉽게 반대하기도 힘들었다. 일전에 만났던 캐나다의 구례선 박사로부터 들었던 야소에 대한 이야기도 늘 그의 마음속을 흔들고 있었다. 아니 이야기 자체보다 더 신기했던 것은 무엇이 그 사람을 그 머나먼 나라 캐나다에서 태평양을 건너 조선까지 찾아오게 했는지가 더 궁금했다. 그러나 우선 다섯 문중의 지도자들을 어떻게 설득할지도 자신이 없었다. 이리저리 고민하다가 여기까지 내친김에 한번 토론을 해 보아야겠다는 마음을 다져 먹었다.

"좋소. 그러나 이 문제는 나 혼자 결정할 일이 아니니 며칠 시간을 주시오."

정재면에게 명동서숙의 뒷일을 맡기고 간도교육회 임무를 성공적으로 마치고 돌아온 동휘를 한성의 서북학회에서는 크게 환영식을 베풀며 대대적으로 축하하였다. 이미 동휘의 1차 교육 운동을 통해 함경도 지방에서 큰 성과를 거둔 바 있었기에 동휘는 이번에는 의주, 평양, 순천 등의 평안도 지방으로도 초청을 받아 교육 시찰에 나섰다. 동휘가 들르는 곳마다 각 지방 학교에서는 선생들과 학생들이 길가에 다투어 나와 그를 환영하였다. 특히 1909년 6월 22일 단옷날에 평양 만수대 송림에서 열린 대강연회에서 동휘는 당대의 명연설가인 윤치호, 안창호와 함께 참석하여 "오늘의 평양"이라는 주제로 감동적인 연설을 펼쳤다. 동휘의 웅장한 음성과 당당한 풍채는 강연을 듣는 사람들로 하여금 자기도 모르게 끓어오르는 애국심과 큰 감동에 휩싸이게 했다. 이 당시 이동휘의 교육 활동에 대하여 독닙신문의 논설에서도 집약적으로 보도하였는데, "그의 열화와 같은 애국성과 절절한 웅변은 듣는 자로 감탄흥기케 한다. 애국심 고취와 교육 진흥으로 기염을 작(作)하니 선생의 손으로 창립된 보창학교의 수가 90여 개요, 100여 개 학교의 장이 되었으며, 선생의 격려로 애국 지사로 나선 사람의 수도 천을 헤아릴 것이다." 라고 전하고 있다. 당시 동휘는 이용익의 손자요, 보성학교를 운영하던 이종호와 힘을 합하고 있었는데, 주로 동휘가 앞에서 치고 나가면 재정을 뒤에서 이종호가 담당하였다. 평안도 순회를 마친 동휘는 다시금 함경도로 발걸음을 옮겼는데, 서쪽 지방에는 도산 선생이 있으니 염려가 없고 오히려 자신의 고향 함경도가 더 급하다고 판단한 것이었다. 그러나 교육을 강조하고 학교를 일으키는 데 중점을 두었던 1차 여행과 달리, 2차 함경도 순회 연설에서는 동휘가 본격적으로 기독교 전도 활동을 펼치게 되었는데, 그것은 구례선 선교사와의 만남으로 시작되었다.

17

"원장님, 손님이 찾아오셨습니다."
1909년 초가을의 어느 오후, 제동병원의 진료소에서 조선 부인의 자궁 혹을 제거하는 수술을 막 끝낸 구례선이 휴게실 의자에 몸을 젖히고 잠시 쉬고 있었다. 그때 조선인 조수 김영배가 방문을 열고 말했다. 그의 뒤에는 방문 전체를 가릴 만한 큰 체구의 건장한 사내가 팔자 콧수염을 기른 채 서 있었다.

*

1898년 말 캐나다 시골 바닷가 마을 핼리팩스에서 온 세 젊은 부부 구례선과 맥레 그리고 푸트는 원산에 도착하여 그들에게 할당된 함경도 사역을 시작하였다. 먼저 푸트가 원산 선교부 책임을 맡기로 결정하였다. 원산은 그들이 들어오기 이전부터 캐나다 출신 게일, 하디, 펜윅 선교사들이 사역하던 곳이었기 때문에 이미 설립된 교회와 학교를 인계받아 비교적 수월하게 일을 시작할 수 있었다. 푸트를 도우며 원산에 체류하던 맥레와 구례선은 1900년 11월 아내들을 남겨둔 채 북쪽으로 더 올라갔다. 순회 전도를 겸하여 장래 그들의 사역지를 탐방하기 위함이었다. 원산에서 증기선을 타고 올라가 성진항에 도착한 그들은 성진에 여관을 잡아놓고 인근 지역을 탐방하기 시작했다. 두 사람의 조선인 조사를 대동하여 더러는 나귀를 타고, 더러는 자전거를 타고 다니며 마을마다 장터에서 복음을 전하고 신약성경을 팔았다. 그들은 다시 성진에서 단천과 리원, 북청을 거쳐 함흥시까지 거꾸로 내려왔다. 관원들의 수탈에 일제의 착취가 더해지자 더욱 가난에 찌들게 된 함경도 백성들의 위축된 모습은 그들의 가슴을 아프게 하였다. 그러나 동해 바다를 따라 이어진 마을들의 수려한 경관은 감탄을 자아내게 하였고, 그들의 고향 핼리팩스를 생각나게 하였다. 가는 곳마다 처음 보는 서양인들과 자전거를 신기해 하는 사람들이 몰려들어 그들이 전하는 복음을 들었

부흥사

다. 장차 팔룡산 호랑이라는 별명을 얻게 된 맥레 선교사는 키가 6척이 넘는 거구에 시커먼 팔자수염으로 사람들의 눈길을 끌었다. 들르는 고을마다 몇 사람씩 복음을 받아들였기 때문에 눈이 녹아 질퍽한 진흙 길에도 불구하고 그들의 여행은 전혀 피곤하지 않았다. 함경도에서 기독인들이 한 사람도 없다는 단천에서도 결국 복음을 받아들이는 사람들이 나타났다. 장터에 둘러선 노인들은 열심히 경청하며 듣다가 그 자리에서는 체면상 복음을 받지 않고 헛기침을 하고 돌아갔으나, 더러는 나중에 밤에 여관으로 슬며시 찾아오기도 하였다.

그러던 중 1901년 캐나다 선교부에서 여의사 맥밀란을 비롯한 세 명이 합류하였다. 맥레 목사가 그들과 함께 함흥에 제혜 병원과 영생 학교를 세우면서 두 번째 캐나다 선교부를 구축하였고, 구례선은 그들을 뒤로하고 다시 위로 올라가 성진에 정착하였다. 1901년에 성진이 자유항으로 개항되자 외국인이 토지와 가옥을 살 수 있도록 허락이 되었기 때문에 구례선은 부인과 딸을 데리고 올라갈 수 있었다. 구례선이 성진을 선택한 이유는 성진이 함경도 전체를 오가며 아우를 수 있는 중간 위치에 있었기 때문이었다. 구례선은 의사로서, 목사로서 과중한 행정적 책임을 지고 있었지만 한 자리에 머물러 있기보다는 수시로 여행을 다니는 것을 좋아하는 성격이었다. 그로 인해 함경북도의 삼수갑산, 회령, 무산, 혜산 등지를 오가며 회령 선교부를 개척하였고, 두만강을 건너 룡정과 간도 지방뿐 아니라 블라디보스토크까지 여러 차례 방문하면서 결국 룡정 선교부까지 개척하는 열심을 보였던 것이다.

성진에 도착한 구례선은 시내에 땅을 구입하여 욱정교회를 세우고 보신학교를 세웠으며 한성의 제중원을 동쪽에 세운다는 의미를 담아 제동병원을 세웠다. 교회는 맥켄지 목사가 사역했던 소래교회에서 보았던 대로 남녀를 갈라 예배를 드리기에 편리하도록 T자형으로 만들었고, 바닷가가 내려다보이는 언덕에 아름다운 양옥집을 지었다. 그 당시에는 캐나다 달러 몇 달러의 적은 돈으로도 집 한 채를 살 수 있을 정도로 조선 화폐의 가치가 없었기 때문에 캐나다 장로교에서 정식 파송 받은 이들은 세 도시에서 교회-학교-병원이 함께 어울어진 복합 선교 단지를 이른 시일 내에 구축할 수 있었다. 특히 함흥과 성진에 세워진 두 병원은 그 당시 열악한 조선의 의료 환경 속에서 밀려드는 각종 환자를 돌보느라 눈코 뜰 새 없이 바빴고, 많은 조선 의료인들을 양성하는 중요한 기지 역할을 했다. 성진의 구례선의 집과 교회 그리고 제동병원은 러일전쟁 시기에 러시아 장교들의 숙소와 일본군 병참 기지로 번갈아 사용되기도 했지만, 지역 사회의 발전에 큰 기여를 하였다. 함흥의 제혜병원 역시 맥레와 추후에 합류한 여의사 맥밀란과 머레이에 의해 함경도 지방의 중심 병원으로 자리 잡았으며, 그 병원을 통해 배출된 의료 인재들이 해방 후에도 남북한 의과대학과 병원에서 중추적인 역할을 감당하게 되었다.

1905년 을사늑약 이후 대부분의 외국 선교사들은 일제의 회유 압박과 소속 선교부의 정치 불간섭 정책 때문에 통감부에 협조하며 친일로 기울거나 어정쩡한 중립적인 입장을 취할 수밖에 없었다. 특히 미국은 미일 조약에 의한 정부 측 압력의 영향뿐 아니라, 영국에서 독립한 이후에 제퍼슨이 헌법 조항에 명기한 정교 분리의 원칙 때문에 개교회주의와 교단주의의 성향이 강했다. 따라서 선교사들은 정부와 교단의 정책적 지시에 의해 일제의 정치적 탄압에 관여하지 않았고 개인 복음 중심의 교회 개척에 더 관심을 가질 수밖에 없었다. 그러다 보니 자연스레 선교사들이 일제에 순응하고 협력하는 제국주의의 앞잡이로 보였던 것이다. 그러나 함경도와 간도 및 연해주 지역 선교를 담당하였던 캐나다 장로회 소속 선교사들은 달랐다. 그들은 일관되게 반일적 태도와 조선 사람들에 대한 우호적, 동정적 태도를 가지고 그들을 도왔을 뿐 아니라 독립 운동과 반일 저항운동에도 적극적으로 참여하였다. 특히 구례선은 1907년 군대 해산 이후 일어난 정미의병들이 함경도 지역으로 쫓겨 왔을 당시, 성진에서 멀지 않은 갑산에서 일본군들이 약탈과 부녀자 강간을 자행했을 뿐 아니라 민간인들을 끔찍하게 몰살시켰다는 것을 전도 여행 도중 그 지역 기독인들에게 듣게 되었다. 의병을 도와준 마을 사람들을 건물 안에 몰아넣어 가둔 후에 문을 잠그고 불을 질러 통째로 살라 버린 일을 전해 들으며 몸서리치며 분개하였다. 그 당시 러일전쟁을 승리로 이끈 후 한국주차군 사령관으로 일본군대를 지휘하던 하세가와는 무자비한 헌병 경찰제를 도입하여 전국에 일어난 의병들을 살육하고 초토화하고 있었다. 그러던 즈음에 단천 원덕리 교회의 장로 아들 결혼식에 주례를 위해 갔다가 자신의 말을 훔쳐 탄 일본군들의 행패를 참지 못하고 채찍으로 후려갈겨 큰 상처를 입힌 사건이 발생했던 것이다. 그것은 구례선의 불의를 참지 못하는 급한 성격으로 인한 우발적 사건이기도 했지만, 평상시 자신이 아끼는 조선 사람들을 괴롭히는 일본군에 대한 분노가 축적되어 나온 필연적 행동이기도 하였다.

캐나다가 그 당시 영국으로부터 독립한 지 얼마 안 된 신생 독립국으로 여전히 대영 제국의 일원이었기 때문에, 캐나다 선교사들은 여전히 영국 시민권을 동시에 가지고 있었다. 따라서 그들의 의지와 무관하게 영일 조약을 통해 러시아와는 배척 관계에, 일본과는 우호 관계에 있는 국제적 상황 속에 놓일 수밖에 없었다. 그들을 바라보는 조선 사람들에게는 캐나다인을 영국인으로 오해하고 잘 구분하지 못하는 경우도 많았다. 북간도 룡정에 캐나다 선교부가 있었던 지역을 영국더기(영국인들이 몰려 사는 언덕)라고 주변에서 불렀던 것만 보아도 그것을 알 수 있다. 그러나 영국 성공회 선교사들이 조선에 들어와 조선인뿐만 아니라 일본인과 영국인들을 위한 사역을 동시에 했던 것에 비하여 캐나다 선교부는 오직 조선인들만을 상대로 선교를 했다. 캐나다인들의 조선인들을 향한 특별한 관심과 사랑이 남달랐던 것을 짐작할 수 있다. 게다가 일부 캐나다 선교사들은 1927년 이후 일본에도 조선인들이 많이 끌려가서 살고 있다는 것을 알고 나서, 일본으로 건너가 재일 동포만을 위해 돕는 일들을 하기까지 하였다. 구례선이 캐나다 고향에서 데리고 와서 함께 성진에서 일하던 루터 영 목사가 그 스타트를 끊은 사람이었고, 그 후에 재일 동포를 위해 일본으로 갔던 캐나다 선교사들은 32명이나 되었다. 그들은 해방 후에도 지문 채취 거부 운동에 동참하는 등 열악한 재일 동포들의 권익을 위해 함께 싸웠다. 캐나다 선교사들이 중국 룡정에 선교부를 세우고 학교와 병원을 세워 조선인들을 도왔던 것 역시 마찬가지였다. 룡정에 세워졌던 명동학교는 수많은 애국 청년과 독립투사들을 키워내다가 일본의 탄압 속에서 불타없어지고 폐교를 당하지만, 나중에 들어온 캐나다 선교사들에 의해 세워진 은진중학과 명신여학교를 통해 그 안에 흡수되어 보호를 받으며 지속적으로 이어져 나갔던 것이다. 그것은 다른 나라 선교사들에게는 찾아볼 수 없었던 캐나다인의 조선 사랑이었다.

*

"안녕하시오? 구례선 박사님, 나는 리동휘라고 하오."

부흥사

콧수염의 사나이가 뚜벅뚜벅 방안으로 걸어들어오더니 묵직한 손을 내밀어 악수를 청했다. 순간 구례선은 동휘가 누구인지 알아보았다. 이미 동휘의 명성은 함경도뿐만 아니라 전국적으로 자자했던 것이다. 특히 구례선이 함경도 지방을 다닐 때 그 지역 사람들은 리동휘 장군에 대한 자부심과 자랑이 넘쳐나서 너도나도 그에 대한 수다한 소문들을 들려주곤 하였다. 이동휘 장군은 그들에게는 탐관오리들을 벌주고 궁극적으로는 일본놈들을 몰아내어 조선을 살려낼 일종의 메시아와도 같은 구원자였던 것이다. 최근에는 이동휘 장군이 함경도 처처의 고을마다 다니면서 감동적인 연설을 하여 수많은 학교가 세워졌다는 이야기까지 들었다. 그런데 막상 그 영웅적 인물이 갑자기 자신을 찾아와서 먼저 인사를 하자 구례선은 당황했다. 기대어 앉았던 안락의자에서 벌떡 일어나 자기도 모르게 그 손을 잡고 흔들었다.

"장군님, 어쩐 일로 여기까지 오셨습니까? 혹시 어디가 아프신지요?"

"하하, 아닙니다. 저는 태어나서 앓아누워 본 일이 없는 사람이오."

"그렇다면 왜? 혹시 가족 중에 병자가 생기셨나요?"

그 말을 듣는 순간 동휘는 강화에서 일진회 폭도들에게 집이 불타고 간신히 피신하여 고향 단천에 가 있는 가족들 생각이 났다. 처녀가 다 된 인순이와 의순이, 경순이 그리고 그 밑에 막둥이 아들 우석이까지 아버지 없이 잘 자라준 것이 얼마나 고마운지 몰랐다. 그러나 그것은 묵묵히 참고 그 모진 세월을 견뎌낸 아내 정혜의 헌신이 없었다면 불가능한 일이었다. 갑자기 정혜가 걱정되었다. 정말 어디 아프지나 않을지?

"아닙니다. 선교사님, 나를 선교사님 밑에서 일하는 조사(전도사)로 받아주십시오. 선교사님 관할 구역의 설교자로 임명해 주시면 힘이 닿는 대로 복음을 전하고 싶습니다. 그 부탁을 하러 찾아왔습니다."

구례선은 귀를 의심했다. 함경도, 아니, 전국적으로 이름난 애국자요, 영웅호걸 이동휘 장군이 자기 밑에서 복음 전도자로 일하고 싶다는 것이다. 그러나 문득 생각하니 최근에 그가 일제 통감부와 마찰을 일으키고 감옥에도 갇혔다는 이야기를 들은 바 있었다. 그를 고용한다면 곧바로 성진의 관할 경찰국과 정치적 충돌이 일어날 것이요, 자신의 선교부가 감시 대상이 될 것이 뻔하였다. 구례선은 잠시 생각하다가 대답했다.

"장군님의 제의는 고맙기 그지없소. 그러나 우리 교단은 1년 전에 고용할 전도사의 예산을 책정하기 때문에 지금은 자리가 없습니다. 오직 한 자리 남아 있는 것은 월급을 받지 않는 매서인 자리가 하나 있을 뿐입니다."

그것은 사실이었다. 구례선은 서양인답게 현실적으로 생각하고 정직하게 이야기하였던 것이다. 그러면 당연히 이 사람이 아쉬워하며 물러갈 줄로 짐작했다.

"매서인이오? 좋습니다. 나는 월급은 필요 없소. 오직 복음을 위해 일할 수 있다면 매서인이면 어떻소? 부디 밑에서 일하게 해 주시오."

매서인은 성경을 등짐에 메고 다니며 각 지방 고을마다 판매하는 직책이었다. 그 당시 인쇄된 성경은 무척 귀한 것이었기에, 매서인 또는 권서인이라고 부르는 직책을 가진 사람들이 들고 다니며 나누어 주어야만 했던 것이다.

"정말 그리하겠습니까? 그렇다면 좋습니다. 우리 함께 일하도록 합시다."

구례선은 흔쾌히 매서인이 되겠다고 하는 동휘에게 두 번째 놀라며 감격했다. 그리고 그의 겸손함과 복음에 대한 열정에 뜨거운 감동을 느끼며 동휘의 두터운 손을 다시 잡았다.

# 망 명 객

.

.

.

.

<삭풍은 칼보다 날카로워 나의 살을 에는데>


18


1909년 10월 26일 오전 9시 30분, 중국 하얼빈역에서 세 발의 총성
이 울렸다. 그리고 이어진 네 발의 총성… 대한제국 의군 중장 안중근
그의 오른편 눈과 오른손 총구에서 겨누어 날아간 세 개의 탄환은 대동
아 공영을 꿈꾸는 일본 제국의 몸통과 심장을 후비고 들어가 사정없이
피를 토해 내었다. 쓰러진 그는 메이지 유신 후 초대 총리대신을 지냈으
며 유신 헌법을 기초하였고 대륙 침략의 교두보로 정한론(그 당시는 征
朝論)을 진두지휘하여 온 일본 제국의 수뇌요, 몸통 그 자체였다. 조선
내 친일 조직을 앞세워 을사늑약을 이끌어 내었고 스스로 초대 통감까
지 지낸 원흉 이토가 썩은 나무토막처럼 속절없이 무너진 것이다. 차르
의 특명을 받고 하얼빈에서 이토를 만나 조선을 일본에 넘겨주는 대신
만주와 요동에서의 최대한의 이권을 챙기기 위해 밀약을 하고자 달려왔
던 러시아의 재무장관 체코코체프는 이토의 저격을 목격한 후 당황하였
다. 러시아의 관할 구역에서 발생한 이 언짢고 불편한 사태를 모면하고

자 일본의 요구에 따라 안중근의 신병을 곧바로 여순에 있는 일본 관동도독부로 인계했다.

거사 직후 총을 던지고 우레와 같은 음성으로 "코레아 후라(코리아 만세)"를 외쳤던 대한국인 안중근은 체포 후에도 당당했다. 자신이 한국인임을 밝히고 자신이 이토를 죽인, 아니, 이토가 죽어야 하는 15가지 이유에 대하여 자신을 취조하는 관동도독부 여순지방법원 검찰관 미조부치에게 의연하게 밝혔다. 그를 취조하고 감시하던 검사, 헌병, 옥장 등 일본인들조차 그 의연함의 기개에 눌려 그를 우대하며 특별 취급을 하지 않을 수 없었다. 전 세계의 언론이 이 비상한 사건에 대하여 앞다투어 보도할 때, 그는 자신이 단순 살인범이 아니라 대한제국의 의군 중장으로서 전쟁 수행 중 적의 수괴를 처단한 것임으로 국제법에 따라 포로로 대우해 줄 것을 강조하였다. 안중근은 독립군 의병 대장으로 함북, 경흥 전투에서 일본군을 격파하고 사로잡은 포로 네 명을 심문한 후 만국공법에 의해 석방한 일이 있었기에 더욱 이 주장을 한 것이었다. 아무튼 이토의 피격 사망이 보도되자 연해주와 북간도에 있던 동포들이나 독립운동을 위해 일신의 안일을 버리고 헌신한 지사들은 모두 일제히 환성과 감탄을 터뜨리며 안의사의 쾌거에 열렬히 반응했다.

그러나… 감옥 안에 갇힌 후 심문의 시간이 끝나고 냉기가 서리처럼 내려서 온몸을 감싸는 그 고독한 밤에, 안중근을 가장 힘들게 했던 것은 여순 감옥의 옥장 구리하라가 의도적으로 계속해서 넣어 주는 조국의 신문을 읽을 때였다. 일제의 언론 통제에 의한 친일 매체임을 이미 알고 읽는 것이었지만, 모든 신문에서 연일 보도하는 이토의 죽음에 대한 애통함, 조선을 위해 불철주야 헌신한 이토 공작의 은혜를 원수로 갚은 흉악범의 소행에 얼굴을 들 수 없는 조선인들이 모두 비탄에 빠져 있다는 등의 보도였다. 총리 이완용은 노발대발하여 내각 회의를 소집하고 자신을 단장으로 하고 순종과 고종 임금의 사절단을 대동한 특별 조문단을 데리고 이토의 유해가 있는 대련으로 배를 띄워 직접 사죄하러 가기로 결정하였다. 순종은 이토 히로부미에게 문충공이라는 시호를 내리고 일본에 잡혀있던 영친왕은 스승의 죽음을 애도하며 석 달 동안 상복을 입도록 조치했다. 이완용, 유길준 등의 친일파 일행이 탄 배는 일본인들의 분노를 의식하여 대련항에 정박조차 못 하였고, 이토의 유해를 실은 아키쓰시마 호가 일본을 향해 가는 도중 해상에서 보트를 이용해 배를 옮겨탄 후 화려하게 장식한 이토의 영정 앞에서 엎드려져 굴욕적인 조문을 했다. 이완용은 이토가 살았을 때에도 그의 앞에 엎드렸을 뿐 아니라 죽은 후에도 그 앞에 엎드렸다. 11월 4일 이토의 장례식을 기해 사흘 간 전 국민이 음주가무를 금하였으며, 전국 각지에서 한국민을 대신하여 사죄하겠다는 무리가 한성으로 몰려들었다. 조정에서는 일본으로 특사를 보내 이토의 가족에게 거금 10만 냥을 사죄비의 명목으로 전달하였고, 총리대신 이완용은 비 내리는 장충단 공원에서 이토의 추도식을 거행하며 한성의 각급 학생들을 불러 모은 자리에서 '문충공 이등박문 전하에게 올리는 조사'를 울음 섞인 목소리로 낭독하고 있었다. 안중근이 처단하기 더 힘들었던 것은 이토가 아니었다. 청나라와 미국과 러시아와 일본이라는 사대주의의 배를 갈아타며 끊임없이 자신의 냄새나는 과거의 흔적을 지우고 썩은 영혼을 살찌우며 살아가는 쥐새끼 같은 족속들이었다. 그리고 그들은 자신들의 기름진 배를 채우며 역사 속에서 끈질기게 살아남았다.

법정 최후 진술에서 재판장을 압도하는 논조로 이토와 일본의 죄악상을 전 세계에 알렸던 안응칠, 무법한 일본 법정에서 졸속 재판으로 사형이 언도된 직후, 어머니 조마리아로부터 "일본 법정에 항소하여 목숨을 구걸하지 말고 대한의 남아로 떳떳이 죽음을 받아들여라."라는 편지를 받아 그대로 실행에 옮긴 착한 아들 안응칠, 거꾸로 자신들이 내린 판결이 부끄러워 안중근에게 항소하라고 권면했던 여순 법원장 히라이시 판사에게 자신은 예수처럼 한 알의 밀알로 썩어져 수많은 열매를 맺기를 원하지 구차하게 한목숨을 연명하려 하지 않겠다며 항소를 거부했다. 민족의 죄를 대신 짊어지고 역사적 죽음으로써 그 형벌을 온몸으로 껴안았던 안중근! 역사는 그를 의사라고 불렀다. 그리고 그의 예언대로 일본은 결국 역사 속에서 부끄러움과 수치를 당했다. 그러나 이토가 조선반도에 뿌려놓았던 친일의 가라지들은 여전히 무럭무럭 자라서 또 다른 부끄러움과 수치의 역사를 만들어 갔다. 알곡과 가라지의 싸움! 안중근과 이완용, 그들은 죽었으나 그들은 살아서 아직도 전쟁은 진행 중이다.

*

1909년 초겨울 구례선 선교사는 예정된 대로 아내 레나와 함께 두 번째 러시아 여행을 떠났다. 블라디보스토크 한인들의 개척리에 신자가 많이 늘어나서 그들을 대상으로 사경회를 하기 위함이었다. 일제의 억압과 가난을 피해 고향을 등진 한인들은 간도를 지나 육로를 통해 블라디보스토크로 흘러들어 와 빈 석유 깡통으로 벽을 세우고 천막과 판자로 지붕을 한 움막에서 살아가며 광산과 농장과 어장에서 고통스러운 삶을 살고 있었다. 그들에게는 가난한 자를 위해 목숨을 내어놓은 예수 그리스도의 복음이 위로와 희망이 되어 주었다. 그들을 맞이한 한인 목사 최관흘은 구례선 선교사 부부를 특별히 대접하기 위해 그 동네의 유일한 목조 건물인 선술집 이층에 숙소를 마련해 주었다. 최관흘 목사는 구례선 선교사의 해삼위 첫 방문 후에 연해주 한인들의 절박한 상황이 조선의 선교부에 알려진 이후, 평양신학교 2회 졸업생 중에서 선발되어 얼마 전 정식 파송된 목사였다. 남자 교우는 구례선 목사가, 여자 교우는 레나 사모가 맡아서 하루 종일 성경 공부를 하였는데, 어느 날 아침 일어나 보니 방문 앞에서 최 목사와 선술집 주인이 담요를 깔고 자면서 밤을 새워 자신들을 지켜 주고 있었던 것을 알게 되었다. 문제의 발단은 그 전날 레나가 여성 교우들에게 십계명을 강의하면서 "살인하지 말라"는 가르침을 준 것이 화근이 되었다. 그 무렵 발생한 안중근의 이토 히로부미의 저격 사건을 연해주의 모든 한인들이 애국적 거사로 받아들이고 흥분하여 연일 신문 보도를 하고 있었다. 그것을 알지 못한 레나가 무심코 가르친 내용이 아내들을 통해 남편들에게 전해지자 마치 안중근의 거사를 비방하는 듯한 내용으로 와전되었던 것이다. 한인들이 분노하여 폭도가 되어 구례선 선교사 부부를 해칠 지경까지 이르자 그들을 초청했던 최목사가 밤을 새워 불침번을 섰던 것이었다.

1908년 미국 샌프란시스코에서 일어났던 장인환, 전명운 의사의 친일파 미국인 외교 고문 스티븐슨의 척살 사건이 일어난 후 재판 과정에서 법정 통역을 부탁받은 이승만이 자신이 기독교인이기 때문에 살인범을 도울 수 없다고 거절한 사실이 알려져 재외 동포들의 공분을 산 일이 있었다. 루스벨트 대통령과도 친분이 깊은 스티븐슨의 살해범을 도울 경우 자신의 입지가 곤란해질 것을 염려한 이승만의 정치적 행동이었다. 그 사건의 장본인 중의 한 사람인 전명운이 공교롭게도 그 당시 재판 중 몸을 피하여 블라디보스토크에 와 있었기 때문에 기독교인의 폭력과 살상 의거가 정당한가에 대한 이 논쟁은 매우 민감한 사안이기도 했다. 실제 저격은 장인환이 했기 때문에 전명운은 증거 불충분으로 먼저 석방되어 블라디보스토크로 건너왔고 이상설과 함께 공립협회 활동을 하면서 연해주 지역 독립운동에 깊이 관여하고 있었다. 안중근의 거사가 전명운에 의해 영향을 받았음을 충분히 짐작할 수 있다.

다음 날, 구례선 선교사가 자신이 평상시에 얼마나 일본인들을 미워하며 한인 독립운동가들을 도와주는 사람인가에 대하여 설명하고 이동휘 장군도 자기와 함께 일을 하고 있다는 사실을 알리며 설득한 이후에야 겨우 그들의 분노가 가라앉았다. 그 지역 함경도 출신들을 통하여 이동휘 장군의 명성은 이미 연해주에도 널리 퍼져 있는 상태였다.

1910년 3월 26일 안중근의 교수형이 집행되었다. 사형 언도를 받고 집행을 기다리는 동안 어머니 조마리아의 부탁을 받은 프랑스인 홍석구(죠셉 빌렘) 신부가 진남포에서 건너와서 성체 성사를 했다. 그의 아버지 안태훈과 중근에게 세례를 주었고 젊은 중근을 가르쳐 세계 정세에 눈을 뜨게 하였던 스승이기도 했다. 그러나 그는 살인을 죄로 여겨 안중근의 독립 의병 활동을 처음부터 반대했던 사람이었다. 중근의 어머니 마리아가 사형 집행을 당할 아들을 위해 성체 성사를 부탁했을 때에도 그는 처음에 거절하였다. 당시 일제통감부에 협조적이었던 조선교구장 뮈텔 주교의 반대로 살인을 한 사람을 위해 성사를 할 수 없다고 생각했기 때문이었다. 그러나 중근을 누구보다 아끼고 사랑했던 홍 신부는 많은 고민 끝에 교리를 꺾고 여순으로 건너갔다. 거룩하고 성스럽게 열린 성체 성사를 마친 후 신부와 죄수는 서로 껴안고 환하게 웃었다. 안중근은 그의 생애 마지막 순간까지 〈동양평화론〉을 집필하였다. 그는 진정한 평화주의자였다. 마지막 면회 시에는 홍 신부와 안중근의 두 아우 정근과 공근이 참석하였고, 그를 취조하고 감시했던 전옥과 헌병 변호사들이 참석하였다. 중근은 울고 있는 두 아우를 위로했고 어머니와 아내 홍 신부 그리고 동포들에게 짤막한 유서를 남겼다. 안중근은 사형이 집행되기 전 어머니 조마리아가 보내준 흰 한복으로 갈아입은 후 평안하게 죽음을 맞이했다. 그의 나이 서른둘이었다. 안중근이 죽자 일제는 그 기세를 몰아 8월 29일 한일병탄을 밀어붙였다. 경술국치였다. 헤이그 특사 사건을 빌미로 고종의 폐위를 몰아갔던 일본 정부에게는 안중근의 이토 저격이 더할 나위 없이 좋은 빌미가 되었다. 국내의 친일파들은 일진회를 동원하여 안중근과 같은 흉악범이 날뛰는 미개한 조선을 일본이 신속히 병합하여 문명국으로 만들어 주는 것이 조선인들을 위하는 일이라고 빗발치는 항소를 올렸다. 이완용은 1910년 7월 데라우치 통감이 부임하자 비서 이인직을 밀사로 보내어 합방 조건을 제시하였고, 어부가 그물을 치기도 전에 물고기가 뛰어들 듯이 스스로 나라를 갖다 바쳤다.

*

(밀담2)

"이토 각하, 어서 오십시오. 여전히 건강해 보이십니다. 하하."

총리 관저에서 선배 총리 이토를 맞이하는 가쓰라 다로가 손을 내밀어 이토를 잡아끌며 상석으로 안내했다. 조선통감을 내려놓고 영친왕 이은을 데리고 일본으로 돌아와 추밀원 원장으로 부임한 이토는 무관 출신 총리 가쓰라를 내심 경멸하며 무시하고 있었다. 젊은 혈기의 가쓰라 역시 이미 대한제국의 황제를 폐위시키고 군대 해산까지 한 마당에 일한 병합을 밀어붙이지 못하고 뜸을 들이고 있는 노회한 정치가 이토가 답답하기 이를 데 없었다. 그래서 천황을 설득하여 이토가 조선 통감 자리에서 물러나도록 종용한 것이다. 반대로 이토는 대의명분을 중시하는 조선인들의 속성과 끈질긴 저항 의식을 모르고 무조건 무력으로 병탄하려고 서두르는 가쓰라가 자신이 공들여 쪄 놓은 다 된 밥에 초를 칠 것 같아 걱정이 되었다. 그러나 이미 자신은 원로 정치인이 되어 한발 뒤로 물러날 수밖에 없는 나이에 이르렀다는 현실을 받아들이지 않을 수 없었다.

"이 늙은이를 어쩐 일로 부르셨소?"

"칠순도 못 넘기신 각하가 늙다니요. 각하는 우리 대일본 제국의 법통과 위대한 제국의 위용을 이루신 국보가 아니십니까? 저희 같은 애송이들과 비교할 수 없는 분이십니다."

가쓰라는 이토의 나이가 이미 내일모레 칠순임을 슬쩍 강조하면서 한편으로는 국보로 추켜올리는 노련함을 과시했다.

"무슨 일이오? 내게 부탁할 일이 있어 불렀을 터이니 본론을 말하시오."

기모노를 입은 비서가 종종걸음으로 다가와 깍듯하게 국화차를 따라 놓고 나갔다. 이토는 찻잔을 들어 코 근처에 갖다 대며 향긋한 국화향을 먼저 음미했다.

"이번에 러시아 황제 니콜라이 2세가 우리 대일본 제국과 밀약을 맺기 위해 특사를 하얼빈으로 보내기로 했습니다. 이번 기회에 동청 철도에 눈독을 들이는 미국을 밀어내고 제국이 확실하게 러시아와 손을 잡아야 할 것입니다. 아울러 백곰이 원하는 생선 몇 마리를 던져주고 조선을 합병할 수 있도록 쐐기를 박아야 할 것이외다. 이 일을 주도하실 수 있는 분은 각하 이외에는 없습니다. 각하께서 수고롭지만 하얼빈에 한번 행차해 주심이 어떠실지요?"

"그런 일이라면 마땅히 외무상 고무라가 해야 할 것이지, 은퇴한 늙은이를 왜 끌어들이는 것이오?"

"벌써 잊으셨습니까? 고무라는 각하께서 이루신 러일전쟁의 대승리에도 불구하고 포츠머스 강화 조약에서 완전 패전국처럼 배상금도 한 푼도 못 받아내고 돌아온 작자 아닙니까? 그로 인해 돌아와서 닭알(달걀) 세례까지 받지 않았던가요? 그래서 제가 각하께 특별히 부탁을 드리는 것입니다."

"흠… 정 그렇다면… 좋소. 천황께는 알리셨소?"

"물론입니다. 적극 찬동하셨습니다."

"그런데 각하의 신변 안전을 고려하여 이번 행차를 비밀에 부치는 것이 어떨지요?"

"나는 당당하게 대일본 제국의 특사로 갈 것이오. 언론에 공개하시오."

(밀담 3)

"가쓰라 총리 각하, 하얼빈에 있는 가와카미 총영사에게 보고를 받으셨습니까? 북만주와 블라디보스토크에 있는 조센징 불순분자들의 수상한 움직임이 포착되었다는…."

외무상 고무라 주타로가 총독 집무실에 들어서면서 허둥지둥 말을 꺼냈다. 황금빛 견장과 훈장을 주렁주렁 매단 제복을 입은 가쓰라는 밀린 결재 서류를 들여다보며 사인을 하느라 쳐다보지도 않고 무심하게 대꾸했다.

"들었소."

"이토 각하의 신변이 위험하지 않겠습니까?"

"하얼빈은 러시아의 관할 구역이니 우리 일본이 나설 수는 없지 않겠소?"

"그래도 무슨 변고라도 나면 큰일이니 우리 쪽에서도…."

가쓰라가 고개를 천천히 들고 고무라를 사선으로 치켜올려 보았다.

"인명은 재천인데 낸들 어찌하겠소? 허허. 그래서 내가 당신을 아끼느라 늙은 여우를 대신 보낸 것 아니오?"

가쓰라의 그 말에 고무라는 꿈쩍 놀라며 반문했다.

"그렇다면 이미 거기까지 생각을 하신 것입니까?"

가쓰라가 고무라를 바라보며 빙긋이 웃었다.

"어허, 뭘 그리 놀라시오? 농담입니다. 이토 각하께서 시작하신 조선 병합의 대업을 그분께서 친히 마무리 짓도록 하는 것도 우리 후배들이 갖추어야 할 예의가 아니겠소? 하하하… 어떤 결과가 나오든 이번 행차의 종착역은 조선 병합이 될 것이오."

"역시 총리 각하의 혜안에 놀라울 뿐입니다."

"하하, 이게 다 이토 각하에게 배운 것이오. 온고이지신(溫故而知新)!"

고무라는 간담이 서늘해지는 것을 느끼며 관저를 빠져나왔다.


안중근과 이토의 죽음은 두 사람을 각자의 조국에서 위대한 영웅으로 만들었다. 그래서 죽음은 위대하다.



19


안중근의 거사를 기점으로 일제헌병대는 조선 반도 안에서 애국 지사들의 긴급 체포와 일제 검거에 들어갔다. 안중근의 고향 황해도와 활동 근거지였던 평안도 출신이 주로 체포를 당하였는데, 이갑, 안창호,

류동열, 이종호, 노백린, 김구, 양기탁 등의 신민회 간부들이 대거 검거되었다. 그러나 이 무렵 동휘는 구례선 선교사와 손을 맞잡고 함경도 지역을 순회하며 매서인으로서 전도 활동에 전념하던 시기였는지라 일경의 손을 벗어날 수 있었다. 성진의 치외 법권 지역에서 캐나다인 구례선과 함께 일하는 동휘를 함부로 손댈 수가 없었던 것이다. 한편으로는 안중근의 쾌거는 독립운동가들에게 새로운 활력과 저항 정신을 새롭게 불지피는 계기가 되었다. 1909년 12월 2일 종현 천주 교회당(현 명동 성당)에 들어가던 이완용을 군밤 장수로 변장한 24세의 청년 이재명이 칼로 찔러 큰 중상을 입히는 사건이 벌어졌다. 이재명은 평안북도 선천 출신으로 기독교계 학교 일신 중학을 나온 후 하와이로 이민을 갔으나, 독립의 염원을 품고 귀국하여 이토 히로부미와 친일파 처단을 위해 모색하던 중 거사를 감행했다.

안중근의 재판이 일단락되면서 신민회 회원들이 모두 석방되자 1910년 4월 7일 국내에서의 마지막 신민회 공식 간부 회의가 열렸다. 양기탁의 집에서 비밀리에 열린 이 회의에서 망명 인사와 국내 잔류파를 결정하였으며, 망명지에 따라 서로 다른 임무들이 부여되었다. 그동안 주로 모이던 이회영의 저동 자택이 최근 일진회 첩자들에 의해 감시를 당하고 일경들이 또다시 급습할 것 같다는 제보가 있어서 장소를 옮긴 것이었다.

"우당 선생님, 보재 어른은 안녕하시던가요?"
고초를 당하고 풀려난 안창호가 먼저 말문을 열었다. 이회영은 해외 독립군 양성 기지를 세우기 위해 연해주에 있던 이상설을 만나고 돌아왔다. 오랜만에 만리타향에서 만난 죽마고우는 시베리아의 삭풍이 몰아치는 연해주에서 만나 서로 부둥켜안고 큰 소리로 울었다. 재회의 반가움과 기쁨이 조국의 현실과 중첩되어 흐느끼는 통곡이 되어 나왔다. 두 사람은 며칠 밤을 세워 가며 국내외 정세를 토론하였고 기울어지고 있는 조국의 앞날을 위해 깊은 생각들을 나누었다. 며칠 후 이상설은 블라디보스토크에서 출발하여 눈 내리는 시베리아 벌판을 하루종일 달려 이회영을 싱카이(흥개) 호수까지 데리고 갔다. 그리고 다시 중국으로 국경을 넘었다.

"보재는 청과 러시아의 국경 지대 중국령에 속한 밀산이라는 곳에서 한인 가구 100여 호를 이주시켜 한흥동이라는 마을을 세울 계획을 하고 있었소."

"한흥동이라면?"

"대한제국의 중흥을 기하겠다는 뜻으로 지은 이름이라고 하오."

참석자들은 보재의 애절한 뜻이 마음으로 전달된 듯 잠시 침묵하며 눈시울을 붉혔다. 다시는 조국의 땅을 밟을 수 없는 신세가 된 유랑객 보재가 자신의 마지막 생을 그곳에서 불태우고 있는 것이다. 영의정의 관직까지 초개같이 버리고 떠났던 대한제국 마지막 재상이요, 대학자 보재 이상설이 꿈꾸는 새로운 세상이 먼 이국땅에서 건설되고 있다는 것이다.

"영남의 유학자 한주 리진상의 자제 리승희 선생이 후원하여 45만 평의 큰 대지를 매입하였다 하오. 보재는 그곳을 독립군 양성 기지로 삼자고 제안하였소. 조만간 의병장 류인석도 그리로 합류할 것이라 들었소."

"우당께서 둘러보시니 그 제안이 합당하던가요? 그 장소가 어떻던가요?"

이동녕이 재차 다급하게 물었다.

"그 뜻과 기상은 훌륭하나 내 눈에는 지리적으로 너무 북쪽 외진 곳을 택한 듯하여 아쉬움이 있었소이다. 연해주와 간도에서 사람들을 끌어모으려면 한참 시간이 더 걸릴 듯하오. 그러나 독립군을 배양하는 곳이 굳이 한 곳에 집중될 필요가 없으니 보재는 보재대로 그곳에서 활동하고 우리는 계획대로 서간도 쪽으로 이동하여 독립군 기지를 세우기로 마음을 모았소."

이상설을 만나고 돌아온 이회영은 결국 연해주와 북간도를 포기하고 서간도 지역으로 떠나기로 최종 결정을 하였다. 그러나 이상설과의 오랜 토론 끝에 장차 연합 전선을 펼치기 위한 장기적인 구상까지 마련하였다.

"조국을 되찾기 위한 이 싸움은 장차 길고 먼 여정이 될 것이오. 우리가 후대들을 생각하며 이 일을 도모하지 않으면 자칫 눈앞의 일에 격동하여 일을 그르칠 수도 있소."

"그렇다면 우리가 어떤 방책을 내오는 것이 좋겠소이까? "

양기탁이 재차 물었다.

"각자 여러 지역에서 다양한 모양으로 독립운동의 기지를 건설하되 반드시 교육 사업이 뒷받침이 되어야 할 것이오. 그리고 무장 독립운동을 하기 위해서는 군사 교육 기관을 별도로 내와야 할 것이오. 아울러 이 일들을 진행함에 있어 일경과 친일 밀정들의 눈을 피해 비밀 결사가 조직되어야 하겠소. 마지막으로 이 싸움을 위해서는 많은 자금이 필요하니 국내에서도 뜻있는 동지들을 규합하여 독립자금을 모아야 할 것 같소. 이것이 나와 보재가 합의한 내용이었소."

이상설의 외로움을 아는지라 이회영은 이동녕을 연해주로 보내서 이상설을 돕게 하였다. 그리고 체포되었다가 석방된 안창호와 이갑 이종호가 청도로 1차 망명을 한 후 미국으로 떠나서 재미 동포들을 규합하기로 했다. 잔류파는 각 지역을 담당하는 책임자를 배분하였는데 한성은 전덕기가, 평안도는 이승훈이, 황해도는 김창수가 맡기로 하였고 동휘는 자연스레 함경도를 맡게 되었다.

동휘는 구례선 선교사와 호흡을 맞추며 함경남북도를 샅샅이 다니며 본격적인 복음 전도자로 활동하였다. 말을 탄 구례선 선교사를 따라다니면서 허름한 옷차림에 짚신을 신고 무거운 등짐을 매고 동휘는 힘든 전도 여행을 마다하지 않았다. 실제로 그 당시 동휘의 마음을 휩쓸고 지나간 믿음은 삼천리 방방곡곡 마을마다 일 학교 일 교회를 세우는 일에 자신을 불태우겠다는 결심이 있었다. 그래야 마침내 나라의 독립을 찾을 수 있을 것 같았다. 동휘의 유명한 "일 동 일 학교" 강연이 "일 동 일 교회" 설교까지 덧붙여져서 다시 쏟아져 나왔다.

"무너져가는 조국을 일으키려면 야소를 믿으라. 예배당을 세워라. 삼천리강산 1리에 교회와 학교를 하나씩 세워 3천개의 교회와 학교가 세워지는 날이 독립이 되는 날이다."

동휘의 피를 토하듯 부르짖는 웅변적 설교를 듣는 사람마다 감격하여 눈물을 흘리지 않는 사람이 없었고, 리동휘 장군의 이름은 군인에서 교육자로 이제 다시 교육자에서 복음 전도자로 새로운 명성을 얻게 되었다. 그들 뒤에는 항상 일경들의 감시가 뒤따라왔지만, 일제는 독립운동이 아니라 동휘가 기독교 복음을 전하는 일에 전념하는 것에 오히려 안심하였다. 동휘는 성경을 판매하는 매서인으로 성경책을 둘러메고 구례선 선교사의 길 안내자가 되어 성진에서 해안을 따라 단천, 이원, 북청, 홍원, 함흥으로 내려가기도 하였고, 더러는 길주, 명천, 어랑, 경성으로 올라가 종성과 회령의 북변 지방을 돌아 두만강을 타고 다시 내려오면서 무산과 혜산, 삼수갑산을 거쳐 성진으로 돌아오는 장도를 오가기도 하였다. 오래전 이용익을 따라 함경도의 광산 지대를 누비던 시절에 익혀 두었던 지리가 큰 도움이 되었다.

그러나 한일병탄의 조약 공포를 얼마 앞둔 8월 3일, 일제는 동휘를 가장 위험한 인물로 판단하여 합방 반대 의병 활동을 또 일으킬 것을 미연에 방지하고자 그를 성진에서 급습하여 체포하였다. 정미의병 시 동휘의 선동으로 강화도에서 일어났던 의병 활동을 의식한 것이었다. '배일론의 선두자이며 일한 합방을 반대하는 위험한 인물'이라는 혐의였다. 그 당시 일제 경찰이 수집한 정보 자료에는 '조선의 구국 교육 운동이 전국적으로 확산되는 것은 이동휘의 순회 강연 때문'이라는 보고까지 올라가 있었다. 동휘는 한성에 압송된 후 통감부에 수감되었다가 병탄 이후에야 석방이 되었다. 그리고 일제는 동휘의 모든 정치 활동을 중지시켰고 대중 교육 및 연설마저 억압하는 무력 통치를 시작했다.

그러나 동휘는 그에 굴하지 않고 더욱 힘을 내어 전도 활동에 힘을 기울였다. 구례선 선교사 밑에서 정식 전도사 직책을 맡게 되어 종교 활동에만 힘쓰는 동휘를 일제 경찰도 쉽게 붙들어 갈 명분을 찾기 힘들었다. 병탄 직후 동휘는 평북 선천에서 개최된 예수교 장로회 평북 노회에 참석하기도 하였는데, 이미 그 시기부터 비밀리에 장차 자기와 함께 독립운동에 헌신할 청년 동지들을 규합하고 다녔다. 동휘의 명성과 설교에 감동을 받은 많은 청년들이 독립운동을 위해 뛰어들었다. 일경의 포위망이 점차 좁혀져 옴을 의식한 동휘는 구례선 선교사와 긴밀히 협의한 끝에 국내 포교를 포기하고 북간도 포교에 자신이 나서겠다고 자원하였다. 이미 구례선 선교사가 캐나다 선교부와 협의하여 만들어 놓았던 '한아청 3국 선교회(한국, 러시아, 청나라의 3개국 포교를 위한 선교회)'의 후원을 받으며 일하게 된 것이었다. 이 무렵 동휘는 자신이 서북 지방을 누비고 다니며 얻었던 청년들을 모아 북간도에서의 독립운동에 대한 큰 뜻을 품게 한 후에 먼저 두만강을 넘어 망명을 시켰다. 이때 미리 넘어간 30여 명의 청년들을 후에 일제 경찰은 '이동휘의 교육생'이라는 별칭으로 부르며 추적 감시하였다. 그중에는 나중에 동휘의 첫째와 둘째 사위가 된 정창빈과 오영선을 포함하여 북간도와 연해주 및 상하이에서의 독립운동의 역사를 기록한 계봉우, 동휘의 오른팔이 된 김립 등이 있었으며 이들은 장차 끝까지 동휘와 함께 생사고락을 같이했던 동지들이 되었다.

<br>

20

<br>

"리동휘 조사님, 단천에 있는 가족들을 이곳 성진으로 모셔 오는 것이 어떻겠습니까? 사모님과 아이들이 너무 고생한다는 이야기를 들었습니다."

전도 여행을 함께 다녀온 구례선 선교사가 동휘에게 말을 꺼냈다. 그 말을 듣자 동휘는 눈물이 핑 돌았다. 강화도에서 쫓겨났던 가족들은 한성의 아버지 승교의 집에 잠시 머물렀었다. 그러나 이승교 역시 이용익 대감이 러시아로 망명한 이후 보성사 출판사 일도 더 이상 하기 힘들어지자 다시 고향 단천으로 내려와 있었다. 그들을 성진의 안전한 선교 구역 안으로 불러들이자는 것이었다.

"우리 관사에 빈방이 있으니 일단 그리로 모신 후에 살 집을 마련해 보겠습니다."

"선교사님 고맙소이다. 그러나 결국 우리 가족은 여기서 오래는 못 살 것이니 잠시만 은혜를 입도록 하겠습니다."

"그럼 말이 나온 김에 속히 단천에 다녀오시지요."

구례선 선교사는 괜찮다고 뿌리치는 동휘의 손에 고향에서 마을 어른들을 모시고 잔치를 벌이라고 노잣돈을 넣은 꾸러미를 쥐여주었다.

오랜만에 고향집을 찾은 동휘는 큰 감회에 젖었다. 열여덟의 어린 나이에 단천 군수의 통인이 되어 온갖 잡일을 하던 중 사고를 치고 도망쳤던 일이 바로 엊그제 같은데 벌써 20년의 세월이 지나 동휘도 어느새 마흔을 바라보는 나이가 되어 있었다. 파도면의 귀에 익은 해안 파도 소리가 서걱서걱 그의 오랜 추억의 가슴 언저리를 긁어대며 거품을 품고 몰려왔다. 아버지가 뜻밖에 모습을 드러내자 부엌에서 광주리를 이고 어디론가 나서려던 인순이가 놀라서 입을 벌리고 서 있다가 광주리를 내팽개치고 황급히 "어머니!"를 외치며 안으로 들어갔다. 시집갈 나이가 지난 큰딸 인순이를 아직 짝도 못 지어준 아비의 마음이 미어져 왔다. 이번에 데리고 가서 구례선 선교사의 주례로 꼭 혼사를 치르리라 그렇게 마음을 다잡았다. 방문이 벌컥 열리면서 정혜가 밖을 내다보는데 얼굴색이 많이 안 좋아 보였다.

"어째 오셨소? 연락도 없이 지내더니."

그간 고생하여 벌써 흰 머리가 희끗희끗 보이는 아내를 보자 동휘는 미안함에 말문이 막혔다. 무슨 말을 하려는데 목에서 마른 가래가 걸린 듯 소리가 잘 나지 않았다.

"흐흠~ 아부지는 어디 가셨소? 경순이와 막둥이는?"

"당신이 언제 가족들 걱정하셨소? 상관 마오."

정혜가 다시 방문을 탕하고 닫아버렸다. 그간 쌓인 정혜의 서러움과 아픔이 탕하는 그 소리에 튕겨 나와 비수처럼 동휘의 가슴에 꽂혔다. 몇 달 전에도 전도 여행을 한다고 인근 지방을 지나치면서도 미처 집에 들를 시간이 없었던 것이다. 정혜는 아마도 읍내 사람들을 통해 남편 동휘가 지나갔다는 야속한 이야기를 전해 들었을 것이었다.

"할아부지는 교횔루 가셨슴다."

인순이가 양쪽 눈치를 보며 슬며시 말꼬리를 흐렸다. 어린 것을 두고 고향을 떠난 후 제대로 품에 안아보지도 못했던 딸이 어느새 이렇듯 과년한 처녀가 된 것이다. 동휘는 아버지 이승교가 고향에 돌아와 교회를 세우고 열심히 섬긴다는 것을 이미 들어 알고 있었다. 아들이 전도자가 되어 전국을 다니기 시작하자 이승교는 아들이 믿는 그것이 무엇인지 궁금하여 한성에서 스스로 교회를 찾기 시작했고, 어느새 믿음이 성장하여 단천 읍내에서 교회를 세우고 열심히 전도하는 집사가 되었던 것이다. 외아들에게 자신의 모든 것을 쏟아부었던 아버지 승교에게는 아들 동휘가 걸어가는 그 길이 곧 자신의 인생 그 자체였던 것이다.

"동휘 아니냐? 네가 이 시간에 어째 예 있느냐?"

그때 등 뒤에서 큰 소리로 반갑게 아들을 부르는 소리가 났다. 돌아보니 아버지 승교가 어느 초로의 사내와 함께 걸어오고 있었다. 동휘는 달려가서 고개를 숙이고 절을 했다.

"아부지 평안하셨슴까?"

"오냐. 잘 왔구나. 동휘야 인사드려라. 홍원에서 강우규 집사님이 오셨다."

"허허, 리동휘 장군 그간 잘 계셨소?"

사내는 성큼 다가와 동휘의 손을 잡으며 따뜻한 눈길을 주었다.

"아니, 강초시 어른이 어떻게 아부지와 같이 다니심까?"

동휘가 그제야 알아보고 놀란 듯이 반문하였다.

"글쎄, 동휘야, 강초시가 요즘 나와 함께 전도자로 함경도르 두루 오가는 길동무가 되었구나. 하하하….”

강우규는 평안도 덕천 출신으로 한의사였는데, 함흥 바로 위의 홍원 군으로 이사한 후에 장사로 큰돈을 벌었던 사람이다. 동휘가 홍원에서 전도 집회를 할 때 참석했다가 감동을 받고 기독교인이 되었고, 동휘의 “일 동 일 학교” 연설을 들은 후 남은 생애를 나라의 독립과 청년 교육 에 바쳐야겠다고 결심하고 인생을 바꾼 사람이었다. 그 무렵 홍원읍 영 덕리에 이미 영명 학교를 세워 청년들을 모아 기독교 교육을 시키며 애 국 독립 사상을 고취시키고 있었다. 이 인연으로 동휘가 함흥으로 내려 가는 길에 홍원을 지날 때마다 꼭 강우규의 집에 들러 식사도 하고 쉬어 가곤 했다. 나라를 살릴 큰 인물로 이동휘 장군을 흠모하던 강우규는 동 휘의 식구들이 단천에서 고생한다는 소식을 듣고 틈틈이 올라와 도와주 고 있었고, 그 사이에 아버지 승교와 각별한 관계가 되어 있었다.

“정말 고맙습다. 불효자가 못하는 이르(일을) 강집사께서 대신 이렇 게 도와주시고….”

그날 저녁 강우규가 시장에서 사 가지고 온 생선으로 찌개를 끓여서 온 식구가 다 함께 식사를 했다. 오랜만에 찾아온 동휘로 인해 가족들이 크게 기뻐하며 화기애애한 시간을 가졌다. 수저를 뜨던 동휘는 고마운 마음에 눈시울을 붉혔다.

“리 장군이 하시는 일에 비하면 이런 일이사 아무 일도 애이오(아니 요). 그나저나 왜놈들의 압박이 점점 더 거세지니, 학교를 유지하는 거 이도 독립운동을 하는 거이도 큰 어려움에 봉착하게 되었소. 이 일으(일 을) 어쩌면 좋겠소?”

“글쎄 말입다. 저 역시 일경의 감시를 수시로 받고 있는 처지라 언제 잡혀들어갈지 모를 상황입다.”

“그나저나 하얼빈에서 안중근 열사의 의거이(의거는) 참으로 일제 놈들의 간담을루 서늘케 한 쾌거였지비? 아이 그렇소?"

"큰 충격을 받았겠지요. 그러나 우리나라의 독립이 그 같은 한 번의 거사로 이루어질 수 있는 거이 아니니, 결국은 해외로 나가서 힘을 키워 왜군을 무찌르는 수밖에는 없을 것 같소이다."

"그럼 리 장군도 망명을 생각하시오?"

"……."

동휘는 묵묵부답 깊은 고민에 잠긴 듯 고개를 숙이고 잠자코 있었다.


"글쎄, 리동휘 장군이 홍원에 오신다는 소식이 들리면 온 읍내가 잔칫집처럼 들떠서 난리가 났었지비."

강우규는 동휘의 식구들을 모아놓고 자신이 처음 동휘를 만났던 때부터 시작하여 그동안의 일들을 풀어놓고 있었다.

"리장군의 연설과 설교는 사람들의 맴을 휘저어놓는 큰 힘이 있어서, 듣는 내내 여기저기서 흐느끼고 온통 눈물바다가 되었다오. 특히나 삼천리 방방곡곡에 일 교회 일 학교를 세워야 독립이 된다는 그 통곡 연설을 듣고사 나는 야소를 믿어야 우리 민족이 살아난다는 것을 확신하게 되었수다."

동휘의 아내와 세 아이도 윗목 발치에 앉아서 귀를 쫑그리며 잠잠히 듣고 있었다. 정혜는 야속한 남편이지만 이런 일이 있을 때마다 한편 자랑스런 마음이 불일 듯 일어나 자신이 아이들을 키우며 희생할 수밖에 없음을 다시금 깨닫곤 하였다. 남편은 이미 나라를 위해 집안에서는 내놓을 수밖에 없는 큰 인물이 되어 있음을 인정하지 않을 수 없었던 것이다.

"연설이 끝나고 동휘 장군이 단상에서 내려오면 서로 달려가 자기 집으로 모시려고 난리법석이 일어나곤 했수다. 그때 내가 너무 큰 감격으로 체통을 무릅쓰고 인차 달려가 리 장군을 우리 집으로 모셨던 거이 아니겠소? 하하하."

　동휘가 집에 돌아왔다는 소문이 퍼지자 단천군 파도면에서는 마을 잔치가 크게 벌어졌다. 동휘는 온 가족이 단천을 떠나 성진으로 가기 전에 정들었던 마을 사람들과 작별 인사를 해야겠다고 생각하였다. 마침 아버지 승교의 환갑이 다가왔기에 자연스레 마을 잔치가 되었고, 그 잔치 속에서 정혜도 힘들었던 지난 세월을 정리하는 시간을 가졌다. 강우규 초시로부터 잔치 소식을 전해 듣고 계봉우와 정창빈도 먼 길을 달려왔다. 계봉우는 함경남도 영흥 출신으로 동경 유학생 단체 태극 학회에서 활동하던 역사학도였다. 신민회에 가입한 이후 함경도의 큰 인물 동휘를 흠모하여 곁에서 적극 지지하였다. 105인 사건 이후 일제의 단속을 피해 고향에 머물면서 함경도의 신민회 활동을 하고 있었다. 정창빈 역시 계봉우가 고향 후배라고 데려와 동휘에게 소개하여 신민회에 가입했던 말수가 적은 듬직한 청년이었다.

　정혜는 때를 거르는 가난 속에서 더러는 풀뿌리를 캐며 끼니를 채우다가, 오랜만에 돌아온 남편이 손에 쥐여 준 엽전 꾸러미를 들고 장을 보는 것이 꿈결 같았다. 읍내 시장에서 통통한 닭 한 마리를 잡았다. 방이 비좁아 마당에 멍석을 깔고 잔칫상을 차렸다. 과일과 시루떡으로 수북히 쌓아 올린 환갑상에 정혜는 시아버지 승교가 좋아하는 감자떡과 가자미식해, 낙지순대(오징어순대)와 이면수구이, 취나물무침과 도토리묵을 정성스레 만들어 올렸다. 마침 송이철인지라 칠보산 송이버섯무침을 마지막으로 올리니 송이 향기가 진동했다. 쑥스러워 하는 아버지 승교를 끌어다 상 뒤쪽에 앉히고 앞에서 한복으로 차려입은 동휘와 정혜 부부가 나란히 절을 올리자 온 동네 사람들이 손뼉을 치고 큰 소리로 환호하였다.

　"승교 형님, 그간 맴 고생 많았소. 장한 아들 며느리 두어 참 행복하우."

　"아무리 집사님이라도 오늘 같은 나르(날은) 탁주 한 사발 아이 하므(하면) 아이 되재? "

　"우리 리동휘 장군은 단천의 자랑입지비."

　"아암, 단천이 낳은 민족의 영웅입지비."

　"아이고, 며칠 새 정혜 얼굴이 확 피었네."

　동네 아낙네와 어른들의 찬사가 쏟아져 나왔다. 정혜는 감격하여 고개를 숙이고 눈물을 흘렸다. 그동안 오랜 세월을 참고 기다린 보람을 느끼며 큰 위로를 받았다. 단천교회에서 집사들이 몰려와서 예배를 인도하고 축복 기도까지 해 주었다. 그 시절은 안수 받은 목사가 거의 없던 시절이라 방방곡곡의 교회마다 선교사들이 세우고 떠난 집사들이 말씀을 전하고 목회를 하는 경우가 허다했다.

　어른들의 잔치 흥이 깊어 갈 때에 열다섯 살 동휘의 둘째 딸 의순이 홍원에서 올라온 정창빈과 담장 밖에서 도란도란 무슨 이야기를 나누고 있었다. 어머니 정혜를 도와 부엌을 오가며 잔칫상 마련하느라 여념이 없었던 맏딸 인순은 술상을 들고 싸릿문을 나가다가 그 모습을 슬쩍 흘겨보았다. 둘이는 무슨 재미난 이야기를 하는지 깔깔대며 웃기까지 했다. 인순이는 잔칫날 어머니와 언니를 도와줄 생각도 않고 사내와 시시덕거리고 있는 의순이가 못내 못마땅했지만 모른 체 지나갔다. 마당이 협소하여 대문 밖 길가의 평상 위에서도 잔치상이 벌어지고 있었다. 항상 활달하고 싹싹한 성품의 의순이는 아버지를 닮아 매사에 적극적이라 강화도에 있을 때부터 주일학교의 동네 사내아이들과 스스럼없이 뛰어놀면서 말을 섞었다. 그에 비해 조용한 성품의 언니 인순은 사내만 보면 얼굴을 붉히고 고개를 돌렸다. 동생 경순이 손을 잡고 놀아 주며 막내 우석이를 등에 업은 채 서책을 읽으며 집 안에 머무는 아이였다.

손님들이 먹다 남은 술상을 치우기 위해 다시 싸리문을 나설 때 이번 엔 의순이가 동네 청년 김동한과 무언가 다투는지 티격태격하고 있었다. 아마도 의순이가 정창빈과 소곤댄 것을 보고 따지고 있는 것 같았다. 그들과 슬쩍 눈이 마주쳤지만 인순은 모른 체하고 난잡하게 널린 술상을 깔끔히 치웠다. 그 모습을 뒤에서 보았는지 오영선이 다가와 인순을 도와주었다. 오영선은 강화 시절 진위대 연병장에서 목총을 들고 인순이와 의순이를 데리고 의병놀이를 하며 놀아주던 아버지 동휘가 가장 아끼던 부하였다.

"의순아, 바쁜데 언니 안 도와주고 게서 뭐하고 있나?"

영선이가 소리치면서 눈을 흘기자, 의순이는 잘되었다는 듯이 동네 청년을 밀쳐 버리고 후다닥 뛰어왔다.

"아이고, 이 철부지야, 오늘 같은 날은 좀 눈치껏 해야지. 냉큼 부엌 서 사발 담을 동이 좀 가져오라."

오영선이 인순이 곁에서 너저분하게 흩어진 술상을 치울 때, 살짝 손 길이 스쳤고 인순은 금세 얼굴이 빨개지고 말았다.

"헤헤헤, 영선 오라버니 또 언니 역성이다."

의순이가 눈웃음치며 달아났다.

어둠이 깔린 후 잔칫집 뒷마무리가 막 끝났을 때, 얼마 전 단천교회 영수(장로)로 세워진 김영수 노인이 호롱불을 든 채로 젊은이 하나를 앞 세우고 다시 찾아왔다. 승교가 달려가서 손을 잡았다.

"영수께서 이 밤에 어쩐 일이시오?"

"내 아까는 사람이 많아서리 리동휘 장군에게 할 말을 못했지비."

"영수 어른, 무시기 할 말이 있소? 날래 하기요."

"동한아, 장군님께 인사 올리라."

따라온 젊은이가 꾸벅 동휘에게 목례를 했다. 동휘가 바라보니 작달막한 키에 눈매가 매섭게 돌아가는 청년이 무표정하게 서 있었다. 뜻밖의 손님이 궁금한 듯 의순이는 벌써 쪼르르 쪽마루에 나와 구경하고 있었고, 인순이도 방문을 빠끔히 열고 쳐다보았다. 그들은 어린 시절부터 단천 바닷가를 몰려다니며 함께 놀던 동무들이었다. 개구쟁이 동한은 늘 아버지 없이 자라는 인순이와 의순이를 괴롭히고 더러는 울리기도 하던 동네 골목대장이었다. 두 자매가 강화도에 가 있는 동안 그가 어느새 대성학교를 졸업하고 돌아와 어엿한 청년이 되어 있었다.

"내 아들놈이오. 리동휘 장군, 이놈을 거두어 주시오. 장차 나라를 위해 장군 밑에서 독립운동을 하는 동량이 될 수 있도록 말이오. 내 소원이오."

동휘는 청년의 눈을 주시하며 입을 열었다.

"자네 마음은 어떤가? 자네도 그리 생각하는가?"

청년은 고개를 들고 주변을 슬쩍 훑어보다가 인순이와 의순이를 번갈아 쳐다보며 눈이 마주치자 씨익 멋쩍은 웃음을 지었다. 의순이는 신기한 구경이라도 만난 듯 생글거리고 있었고, 인순이는 쪽문을 살포시 닫았다.

"작년 평양 대성중학에 오셔서 장군님이 연설하는 것을 들었습니다. 도산 선생께서 장군을 소개하실 때 고향 어른임을 알고 자랑스러워 가슴이 뛰었습니다. 거두어 주시면 민족을 위해 이 한 몸을 바쳐 일하겠습니다."

"대성중학을 나왔는가? 그렇다면 안심이네. 이름이 뭐라고?"

"김동한입니다."

## 21

경술년 8월 29일, 마침내 일제에 의한 강제 합방이 발표되었다. 이 건창의 학우 매천 황현은 국치를 당하여 비분 통탄을 이기지 못하고 〈매천야록〉을 남기고 자결하였다. 일본에서 건너온 헌병 경찰과 사회 깡패들이 전국을 누비며 조선의 백성들을 약탈하고 부녀자를 겁탈하는 일들이 순식간에 자행되었다. 전국에 헌병대 경찰국, 경찰서, 주재소, 파출소를 두고 2만여 명의 헌병이 칼을 차고 백성들을 위협했다. 데라우치 초대 총독의 무단 정치는 심지어 국민학교 교사들까지 칼을 차게 했다. 그들은 조선 백성을 단속, 감시하는 눈과 귀의 역할을 하며 독립투사는 물론 무고한 백성들까지 영장 없이 체포하여 태형을 가하였고 고문과 구타는 합법이 되었다. 일제는 합방과 더불어 곧바로 토지 수탈 작업부터 착수했다. 그들이 세운 동양척식주식회사는 토지 국유화를 시행하는 창구였다. 일본은 조선 청년들의 혼을 마비시키기 위해 길거리 아편 장사를 양성화하였고, 전국에 공창과 유곽과 매음굴을 두어 성병을 유포시켰다.

그동안 총독부의 눈과 귀를 괴롭히던 양기탁의 〈대한매일신보〉는 강제 정간되었고 주필로 활동하던 민족 언론인 박은식, 신채호는 쫓겨났다. 통감부는 그동안 조선인들에게 가장 큰 영향을 미치던 이 신문을 그대로 이어받아 대한을 떼어 버리고 〈매일신보〉라는 이름으로 총독부 기관지로 만들었다. 애국 신문을 친일 매국 신문으로 바꾸어 버린 교묘한 술책이었다. 일제는 대한제국의 국호 한(韓)을 더 이상 쓰지 못하도록 모든 기관에 명하였고, 황제국 대한제국은 13년의 짧은 역사를 뒤로하고 막을 내렸다.

그러나 경쟁적으로 나라를 팔아먹은 이완용, 송병준 등의 매국노들은 일본 정부로부터 귀족의 작위와 막대한 은사금을 받아 챙기며 호강을 누렸다. 그들이 받았던 매국 공채의 총액은 605만 엔으로 현재 시가로 환산하면 약 3,600억 원이 넘는다. 일제 작위를 받았던 76인 중 황실 귀족 12인을 제외한 64인 중 56명이 노론 출신이었다. 명나라와 청나라 사이에서 등거리 외교로 나라의 자주를 꾀하던 광해군을 내쫓고 조선 말기 모든 권세를 장악했던 그들이었다. 노론은 외척을 앞세운 세도 정치로 조선 말기 국운을 기울게 한 장본인들이었다. 그뿐만 아니라 성리학적 위계질서를 앞세운 위정척사론자들이었고, 백성의 고혈을 쥐어짜던 양반 지주 계층이었고, 명나라에서 청나라로, 친일파에서 친미파로 주인을 바꾸어가며 사대주의를 신봉하던 자들이 그들이었다. 그들의 부인들은 나라가 망한 직후 경복궁, 근정전 앞에 모여 기념 촬영을 한 후 일본 정부의 초청으로 동경 나들이를 떠났다. 그리고 치맛자락을 휘날리며 미쯔코시 백화점에서 화려한 쇼핑을 즐겼다.

*

1910년 늦가을, 일찍 찾아온 스산한 추위에 한성 시내 사대부들이 몰려사는 명례방(지금의 명동) 저동 거리에는 골목마다 빛바랜 낙엽들이 휘날리고 있었다. 오가는 인적을 알아보기 힘든 동짓달 그믐께 늦은 밤, 이회영의 둘째 형 이석영의 저택 안채에서 6형제가 함께 모여 시국을 논하는 뜻깊은 회동을 가졌다. 이 밀담을 요청한 사람은 물론 이회영이었다. 회영은 얼마 전 8월에 이동녕과 장유순 그리고 집에서 해방시킨 노비의 아들이었던 소년 이관식을 대동하고 종이 장수로 가장하여 지물보따리를 매고 압록강을 건넜었다. 서간도 독립운동 기지 건설을 위해 남만주 일대를 시찰하고 돌아온 터였다. 정미년 군대 해산 후에 이미 압록강을 건넜던 이동녕의 친족 이병삼, 이장녕 부자가 횡도촌에서 그들을 맞이하였고, 대규모 망명객들이 몰려올 것을 대비하여 한겨울을 날 수 있도록 수십 독의 김장을 하여 준비토록 부탁하였다.

첫째 건영, 둘째 석영, 셋째 철영, 넷째 회영, 다섯째 시영, 여섯째 호영, 온 장안이 알아주는 삼한갑족 가문의 6형제가 모인 자리에서 회영은 자신의 생각과 뜻을 과감히 풀어놓았다.

"참으로 통탄할 일입니다. 동학난과 청일전쟁 이래로 왜적이 왕궁을 침략하여 국모를 시해하더니 마침내 송두리째 조선 팔도가 병탄을 당하고 말았소이다. 자고로 우리 가문은 대대로 나라의 큰 공덕을 입은 공신의 후예일진대, 이 일에 책임을 면할 길이 없습니다. 우리가 이 자리를 지키며 자신과 가속의 안일만을 꾀하고자 한다면 나라를 팔아먹은 을사 7적의 무리들과 무슨 차이가 있으오리까?"

석영을 비롯한 다섯 형제는 회영의 비장한 말을 들으며 함께 침울한 표정을 감추지 않았다. 을사늑약 직후 매국노 박제순의 가문과 파혼하고 절교까지 했던 가문인지라 더욱 비분이 차올랐다.

"아우의 생각은 그렇다면 우리 가문이 어찌해야 하겠는가?"

맏이 건영이 되물었다.

"제 생각은 우리 형제들이 처자와 노유 식솔들을 인솔하고 중국으로 망명하는 것이 옳을 것 같소이다."

"망명이라? 그렇다면 토지와 재산을 다 정리하고 떠난단 말인가?"

둘째 석영은 고종 시절 영의정을 지낸 백부 이유원의 양자로 들어가 큰 자산을 물려받은 갑부였다. 이유원은 대원군 실각 후 박규수와 더불어 문호 개방을 이끌었던 개화파 재상이었다.

"왜놈에게 나라를 잃은 마당에 재산이 무슨 소용이 있으오리까? 차라리 그것을 팔아 중국에서 독립자금으로 사용함이 임진년 왜란 시에 저항하셨던 백사 리항복 공의 후손 된 도리가 아니겠습니까?"

"형님의 말씀이 도리가 있습니다. 저는 모든 관직을 버리고 형님을 따라 중국으로 가겠습니다."

아우 시영이 먼저 결심을 밝혔다. 을사늑약 이후에 외교부 교섭국장 자리를 내놓았다가 형제들 중에 유일하게 다시 관직을 유지하며 평안도 관찰사 및 한성 재판소 소장을 역임하던 시영은 한일병탄을 즈음하여 일제 통감부가 중추원 부참의를 제의하였으나 거절하여 부임하지 않았다.

"저도 따르겠나이다."

막내 호영이 함께 나섰다.

"아우들의 생각이 참으로 가상하오. 비록 우리가 나라를 잃었으나 우리 형제들이 마음을 합하여 이렇듯 결사 항전을 도모한다면 반드시 독립을 쟁취할 날이 올 것이니, 다함께 떠나도록 합시다."

장남 건영이 결심을 내리자, 오가는 대화를 묵묵히 듣고 있던 침착한 성격의 셋째 철영이 입을 열었다.

"중국 어디로 망명하여 우리가 어떻게 독립운동을 할지 회영 아우가 구체적인 계획을 말해보오."

*

12월 중순 신민회 총감독 양기탁의 집에 신민회 핵심 인사들이 다시 비밀리에 비공식 모임을 가졌다. 이회영의 사전 지시를 받은 이동녕과 주진수, 안태국, 이승훈, 김창수(김구) 등이 회집하였고, 서간도 통화현 부근에 토지를 구입하여 독립군 기지를 창건하고 무관학교를 설립하여 군사를 배양하며 때를 기다려 독립 전쟁을 일으키기로 결의한 것이다. 이때 소집된 각도의 대표는 기호 지방과 삼남 지방을 총괄하는 양기탁을 필두로 황해도에 김창수, 평안남도에 안태국, 평안북도에 이승훈, 강원도에 주진수가 내정되었다.

신민회 간부들을 향해 조여드는 통감부의 감시를 피하여 회영의 6형제는 비밀리에 급히 재산을 정리하기 시작하였다. 가택과 토지는 급매물로 헐값에 팔아넘길 수밖에 없었다. 회영은 신민회에 막 가입하여 활동하던 총명한 청년 인재 최남선에게 조상으로부터 물려받은 고택과 고서 등 대부분의 진귀한 가보들을 모두 넘겨주었다. 그때만 해도 회영은 육당 최남선이 장차 친일파로 넘어가리라고는 꿈에도 생각지 못하였고, 조선 독립의 기둥이 될 만한 인물로 여겨 아낌없이 그에게 모든 것을 물려주었던 것이다. 경기도 포천땅에 1만여 석의 논밭과 가옥이 있었고, 양주에서 한성까지 남의 땅을 밟지 않고 올 수 있었다던 거부 이석영의 막대한 재산을 비롯 6형제의 가업을 다 정리하니 대략 40만 냥의 거금이 수중에 들어왔다(현재의 물가로 환산하면 600억 원이 넘는 거액이었다). 그것을 장정들의 보따리 짐에 나누어 넣고, 삭풍이 몰아치던 섣달그믐날 새벽녘에 40여 명의 가솔이 기약 없는 망명길에 나섰다. 조상 대대로 묻혀있는 조국의 산하를 눈물로 하직하고 남부여대 긴 유랑객을 자처한 것이었다. 해방된 노비들 중에 자청하여 따라나선 이들이 있어 일행은 60여 명에 이르렀다. 사람들의 눈을 피하여 가족 단위로 나누어 남문역, 용산역, 장단역에 흩어져 도착하였고, 한 날 동시에 떠나는 신의주행 기차를 탔다.

회영은 남은 뒤처리를 위해 마지막까지 한성에 남았고, 이회영 일가를 인솔한 중심에 그의 후처 이은숙이 있었다. 1907년 정미년에 일찍 상처한 이회영은 이듬해 한산 이씨 가문 이덕규 공의 외동딸 이은숙을 데려와 상동교회에서 조선 최초의 서양식 결혼 예배를 드렸다. 숯장수 출신 전덕기 목사의 주례로 진행된 그 결혼 예배는 명문 대가의 양반이 조선 전통 하례를 생략하고 하나님 앞에서 백년 가례를 맺음으로써, 그 약조를 듣는 많은 하객에게 사회적으로 문화적으로 큰 충격을 안겨 주었던 사건이었다. 존경받는 사대부 우당 이회영의 후처로 들어가 전처 소생의 세 자녀를 키우게 된 이은숙은 그때만 해도 자신 앞에 펼쳐질 간고하고 험난한 독립운동가의 아내라는 운명이 기다리고 있음을 전혀 알지 못했다. 대가댁 마나님에서 졸지에 정처 없는 망명객이 된 이은숙은 훗날 자신의 남편 이회영의 인생을 회고하며 〈서간도 시종기, 가슴에 품은 뜻 하늘에 사무쳐〉라는 자서전을 남겼는데, 거기서 그날 압록강을 넘던 일을 생생하게 기록하고 있다.

신의주에서 독립군 망명을 돕기 위한 연락책으로 일하고 있는 이동녕의 매부 이선구의 안내로 하룻밤 여관 신세를 진 일행은 잠시 눈을 붙인 후 다음날 이른 새벽 깜깜한 세 시경 일어났다. 왜적의 눈을 피해 매운 삭풍과 눈 덮인 얼음 강 위를 썰매에 짐을 싣고 2시간가량을 밀고 끌면서 압록강을 건너 안동현(지금의 단둥)에 도달했다. 만주는 일단 왜적의 추적 관할을 벗어난지라 안도의 한숨을 내쉬며 중국인 여관에서 하루를 유했다. 숨죽이는 한 달간의 망명 계획이 성공하자 일행 모두 마치 호랑이 굴에서 벗어난 기분이었다. 이튿날 이회영이 합류한 후 다시 마차 10여 대를 얻어 타고 중간 기착지 횡도촌을 향해 떠나갔다. 안동에서 횡도촌까지 500여 리를 마필에 채찍을 가하여 7, 8일 만에 북으로 북으로 쾌속 질주하는데, 우당 이회영이 선두에서 직접 말을 몰았

망명객

다. 매일 새벽 네 시에 일어나 만주의 칼바람이 빨갛게 달아오른 볼살을 저며내는 듯한 대한(大寒)의 겨울 추위를 뚫고 대륙의 봄을 향해 달려갔다. 마침내 횡도촌에 이르자 미리 들어가 있던 망명 가족들이 환대하며 맞이했다. 횡도촌에는 이미 강화도에서 계명의숙을 세워 양명학을 가르치던 이건승을 비롯한 충북 진천의 양명학자 홍승원과 정원하가 망명하여 기다리고 있었다. 이회영의 60여 권속이 함께 모여 망명 성공을 축하하며 며칠을 잔칫집처럼 떠들며 지냈다. 그리고 며칠 후 다시 말을 몰아 통화를 거쳐 유하연 삼원포의 추가가에 정착하였다. 그때 우당 이회영의 나이 44세였다.

*

이회영 일가의 망명 소식이 알려진 한성은 발칵 뒤집혔다. 이 일은 일경이 서둘러 신민회 검거에 나선 촉발 요인이 되었다. 그러나 그 쾌거를 접한 독립지사들은 모두 혀를 내두르며 감탄하였고 이어지는 명문대가의 망명 열풍을 일으켰다. 그때까지만 해도 일제는 독립운동은 양반 가문들이 하는 것이 아니라 무식한 하층민들에 의해 벌어지는 일이라고 축소 선전해 오던 터였기에 더 큰 당혹감을 안겨 주었다. 월남 이상재는 그 소식의 감회를 이렇게 기록으로 남기고 있다.

"동서 역사상에 국가가 망한 때 나라를 떠난 충신의사가 수백, 수천에 그치지 않는다. 그러나 우당 일가족처럼 6형제 가족 40여 명이 한마음으로 절의하고 일제히 나라를 떠난 일은 전무후무한 것이다. 장하다! 우당 형제의 절의는 참으로 백세청풍이 될 것이니 우리 동포의 가장 좋은 모범이 되리라."

실제로 이회영 일가의 망명 직후에 안동 의성 김씨 내앞마을의 백하 김대락의 일족이 만삭의 손부, 손녀까지 이끌고 서간도로 망명했다. 대대로 성리학의 명문거족이었던 김대락은 이미 1907년 신민회의 영향을 받아 협동학교를 세운 후에 양명학과 신학문을 받아드리는 혁신 유림의 대표가 되었었다. 의병장으로 이름을 떨치던 석주 이상룡 선생의 처남이기도 했던 김대락은 그때 나이가 65세였다. 그들은 일제의 감시를 피하기 위해 기차를 바꾸어 타며 도보로 행군을 거듭하여 마침내 1월 8일 압록강을 건너 안동에 도착하였고 중국 땅에서 증손자와 외증손자를 얻었다. 김대락은 원수의 땅에서 벗어나 자손을 얻은 것을 기뻐하였고 고구려와 주몽의 기상을 받아 장차 국권을 회복하는 동량이 되도록 '쾌당'과 '기몽'이라는 이름을 지어 주었다. 그들은 산모들을 위해 횡도천에서 한동안 머물다가 4월 19일에야 유하현 삼원보에 도착하였다. 백하 김대락은 만주 땅에서 3년간 머물던 그의 생애 마지막에 후대들이 독립된 조국을 자유와 평등으로 다스리는 대동 사회로 만들 것을 염원하며 〈백하일기〉를 남기고 1914년 12월 10일 삼원포에서 눈을 감았다.

가야산의 의병장 석주 이상룡은 의병 운동의 한계에 절망하던 중, 1910년 11월 신민회 간부 주진수 등이 안동에 내려와 서간도 독립운동 기지 건설에 대한 설명을 하자 즉시 합세하기로 결의하였다. 준비 과정에서 가산 전답을 팔아 독립운동 자금을 마련하고 노비 문서를 태워 노비들을 해방시킨 그는 한성에서 양기탁과 긴밀히 의논한 후 일제의 눈을 피하기 위해 가족을 먼저 신의주로 보내고 자신이 나중에 합류하여 눈썰매를 타고 압록강을 건넜다. 이상룡은 망명길을 떠나는 기차 안에서 〈왕양명 실기〉를 읽을 정도로 양명학에 관심을 가진 학자였다. 1911년 1월 27일 석주가 압록강을 건너며 비분강개한 마음으로 지었던 시한 수가 남아 있어 여전히 우리의 심금을 울린다.

삭풍은 칼보다 날카로워 나의 살을 에는데
살은 깎이어도 오히려 참을 수 있고
창자는 끊어져도 차라리 슬프지 않으나
옥토 삼천리와 이천만 백성의 극락 같은 부모국이
지금 누구의 차지가 되었는가!
차라리 이 머리가 잘릴지언정
어찌 내 무릎을 꿇어 그들의 종이 될까 보냐?
길을 나선 지 한 달이 못되어 압록강 물을 건넜으니
누가 나의 길을 더디게 할까 보냐
나의 호연한 발걸음을.

석주의 뒤를 이어 안동 협동학교 설립의 주역이었던 김동삼, 류인식의 가족이 합세하였다. 이 시절 서간도로 떠났던 안동 사람들은 200가구 1천여 명을 헤아렸으며, 안동 내앞마을에서만 항일 운동으로 망명한자가 150명을 넘었고 독립 훈장을 받은 사람이 25인에 이르니, 안동은실로 독립운동사의 큰 족적을 남긴 도시가 되었다. 뒤를 이어 이동녕, 장유순, 여준과 함께 한성무관학교 출신 김창환, 이장녕, 이관직 등 장차서간도 독립운동의 주역들이 속속 답지하였다. 울진의 주진수는 망명도중 체포되어 105인 사건으로 형량을 채운 후에 뒤늦게 합세하였다.

망명객들을 맞이하고 보내는 중간 기착지 횡도촌에는 이건승을 비롯한 강화학파 양명학자 노인들이 있었다. 그들 노 망명객들은 직접 독립운동 기지 건설에 참여하지는 않았지만, 그들이 설파한 만민 평등의 대동 사회에 대한 가르침은 우당 이회영을 비롯하여 장차 신흥무관학교 출신 독립운동가들의 정신 세계에 깊은 영향을 미쳤다.

그런데 서간도로 몰려든 모든 독립지사들에게는 한 가지 공통점이 있었다. 그들은 모두 기호 지방과 삼남 지방(특히 경상북도 지방)의 양반 유림 출신이라는 점이었다. 서간도 망명을 준비하는 과정에서 신민회 간부들의 모임이었던 양기탁 총감독 집에서의 회담에서도 신민회 발기인 7인 중 한 사람이었으며 대한제국에서 가장 많은 학교를 세웠던 대교육자요, 한성무관학교의 제1회 졸업생으로 큰 영향력을 발휘하였던 이동휘가 제외된 것은 이해하기 힘든 일이었다. 아니 지역 대표를 선발하는 과정에서도 아예 함경도 지역이 통째로 제외되었던 것이다. 장차 신흥무관학교에서 가르쳤던 교관들도 모두 이관직(공주), 이장녕(천안), 김창환(한성), 지청천(한성), 신팔균(진천), 박영희(부여) 등 모두 기호 지방 출신으로 선출되었다는 것이 과연 우연이었을까? 어쩌면 양반 유림 출신과 달리 이동휘, 이종호, 홍범도 등은 모두 중인 및 상인 출신이어서 배제되었던 것은 아닐까? 아니 천한 배경을 가진 이들이 오히려 교육자로 무관으로 더 이름을 날리는 것이 내심 보기가 싫었던 것인가? 이 모임을 주도하던 이회영, 이동녕, 여준이 서전서숙을 세울 때 받았던 북간도 함경도인들의 반발에 대한 상처가 있어서였을까? 아니면 함경도 지방 사람을 늘 무시하고 멸시하던 조선 양반들의 오랜 속성을 깨지 못해서였을까?

이 사실은 장차 전개될 우리 민족의 독립운동과 임시정부 수립 과정에서 두고두고 깊은 분리와 분열의 역사를 일으키는 매우 안타까운 결과로 나타나고 말았다. 처음에는 평안도 지방은 양기탁이 참여함으로 협력이 되는 듯하였으나 나중에 상해임시정부를 두고 벌어지는 파벌 싸움에서는 결국 평안도의 안창호, 손정도까지도 다 쫓겨나고 오직 기호 지방 사람들만이 남게 되는 것이다. 결국 남도파와 북도파로 대별되는, 뿌리 깊은 기호삼남 지방과 서북 지방의 지역적 대립으로 우리 근대 민족사는 시작도 하기 전에 분열의 어두운 그림자를 드리우고 있었다.

22

경술 국치 후, 이제 거리낄 것이 없어진 일제 총독부는 그동안 눈엣가시처럼 생각하던 신민회 일당을 뿌리 뽑기로 작정하였다. 신민회 간부들은 더 이상 국내에서의 활동이 불가능해지자 해외로 속속 망명을 시도하였고, 남아 있는 회원들은 독립운동 기지 건설을 위한 모금 운동을 펼치고 있었다. 안중근의 사촌 안명근이 자신의 고향 황해도 신천에서 서간도에 무관학교 설립을 위한 모금을 하다가 적발되어 체포되었다. 일명 안악 사건으로, 이 과정에서 근처의 안악에서 양산 학교를 세워서 애국 문화 운동을 활발히 벌이던 김홍량, 김창수를 비롯한 많은 사람이 함께 체포되었다. 일제는 이 사건을 확대 날조하여 안명근이 데라우치 총독을 암살하기 위한 모의를 하던 중 발각되었다고 선전하였다. 1911년 새해에 일제 통감부는 전국에 불령선인 체포령을 내렸고 우국지사 600여 명을 잡아들였다. 그동안 신민회와 긴밀한 연계를 하며 기관지처럼 활동하던 대한매일신보의 사장 양기탁을 주모자로 체포하였고, 전덕기 목사를 비롯한 윤치호, 이동녕, 이동휘 등 대부분의 신민회 간부들이 체포를 당하였다. 600명 중에 400여 명이 기독교인들이었기 때문에 이 사건은 기독교에 대한 박해라고 여겨지기도 했으며, 그중에 105인이 기소를 당하였기 때문에 105인 사건이라고도 불렀다.

동휘는 1911년 3월 성진에서 다시 체포되어 한성 경무 총감부로 압송되었다. 머리에 고깔모자를 씌우고 포승줄에 묶여서 어디로 가는지도 알 수 없도록 만든 후 이리저리 끌고 다니며 진을 다 뺐었다. 차가운 감옥 안에 갇힌 후에야 신민회의 많은 동지들이 함께 붙잡혀 왔다는 것을 알게 되었다. 이미 안악 사건으로 제주도에서 유배 생활을 하던 남강 이승훈도 다시 체포 압송되어 취조를 받았다. 3개월 취조 과정에서 많은 고문과 폭행이 있었다. 그러나 동휘는 오히려 큰 소리로 일경에게 호통을 치며 야단을 쳤다.

"네 이놈들, 이런 무법천지가 어디 있단 말이냐? 이것이 이토가 자랑하던 일본 제국의 국제법이요, 법치란 말이더냐? 당장 변호사를 불러오너라."

안중근에게 피격당해 죽은 이토의 이름을 부르자 순사들은 더 독이 올라 주먹과 각목으로 무차별적으로 두들겨 패기 시작했다. 양팔을 포승에 묶어 공중에 매달은 채로 몽둥이와 채찍으로 난타하였고 고춧가루 물을 코에 거꾸로 들이부었으며 심지어 달군 쇠젓가락으로 신체의 약한 부분을 지지기까지 하였다. 무지막지한 폭력을 당하면서도 동휘는 자신이 당하는 고통보다도 나라 잃은 백성의 설움으로 인해 뼈를 깎는 아픔을 느꼈고, 장차 조선 백성들이 당할 더 큰 고초를 생각하며 눈물 흘렸다. 아울러, 자기와 달리 체구가 연약한 동지들이 어떤 고문을 당하고 있을지 걱정이 되어 쓰러져 잠을 이룰 수 없었다. 특히 아우처럼 생각하며 아끼던 전덕기 목사가 당할 가혹한 고문을 생각하니 더욱 안타까웠다. 일제의 이번 음모가 신민회를 와해시킬 목적이요, 그 배후로 양기탁과 전덕기 목사를 지목하고 있다는 소문을 이미 들어서 알고 있었다.

안명근 사건과 무관하게 멀리 떨어진 함경도에서 전도 활동만 하던 동휘에게서 그들이 찾아낼 수 있는 증거는 없었다. 그러나 북간도에서 무관학교 설립을 통해 독립을 꾀하였다는 죄목으로 유죄를 선고하였다. 관련자 중에서 동휘와 같이 직접 주모자가 아니라고 판단된 사람들은 유배 처분을 받아 대부분 섬으로 안치되었다. 동휘는 대무의도로 배치되었는데, 그의 죄명은 간도에 독립군 군사기지를 만들려했다는 것이었다. 그곳에서도 매우 위험한 요시찰 인물이었던 동휘는 1912년 6월 석방될 때까지 꼬박 1년을 가택 연금 상태에서 지내면서 성경 읽기에 전심을 다하였다. 그는 장차 전개될 자신의 인생을 생각하며 하나님의 뜻을 구하는 깊은 기도를 드렸다.

"주님, 제가 어디로 가오리까? 나라 잃은 이 백성을 위해 제가 해야 할 일이 무엇입니까? 아버지의 뜻을 보여 주소서."

해석 손정도는 숭실중학을 졸업한 후 전문학교에 진학하였으나 곧 휴학하고 신학교에 들어갔다. 협성 신학원(지금의 감리교 신학대학교)에 다니면서 진남포교회 전도사로 크게 명성을 떨치면서 목회자로서 인정을 받아 가고 있었다. 신학교를 졸업한 목사가 절대적으로 부족했던 그 시절엔 집사도 안수를 받아 목회를 할 수 있었던 것이다. 그러나 뜨거운 복음의 열정을 지니고 1910년 한일병탄 직전 선교사로 자원하여 중국으로 떠났다. 감리교 연회가 선출하여 파송한 첫 해외선교사였다. 산해관을 거쳐 베이징에 도착한 손정도는 중국 말을 배우는 동안 조성환을 통해 미국에 있는 안창호와 다시 연결되었고 서로 편지를 주고 받으며 호형호제하는 관계로 깊은 우정을 나누었다. 그 때부터 두 사람은 만주 땅에 독립운동 기지 건설을 위해 의기를 모으기 시작했다. 그는 감리교 집사의 신분임에도 불구하고 정식 선교사 파송을 받아 하얼빈에서 조선인 목회를 시작했다. 그 당시 블라디보스토크에서 추방당해 잠시 나와있던 최관흘 목사가 처음 선교사역을 시작하는 손정도를 도와주었다. 감리교와 장로교 선교사가 의기투합을 한 것이었다. 그들은 곧 200여 명의 성도를 얻어 스스로 헌금으로 예배당을 짓고 한인 공동 묘지까지 마련하는 성공을 거두었다.

그러나, 이 무렵 도산 안창호와 연락하며 목회와 더불어 간도 지방에 독립군 기지를 건설하겠다는 생각을 굳혀가고 있던 해석의 활동이 일제 밀정들에 의해 노출되지 않을 수 없었다. 국내에서 일어난 105인 사건의 검거 열풍 속에서 해외로 빠져나간 독립운동가들을 추격하던 일제에 의해 손정도 역시 뒤늦게 붙잡혀와 모진 고초를 당했다. 이번에는 가쓰라-테프트 밀약으로 조선을 두고 미국과 거래를 했던, 가쓰라 공작의 암살 모의에 가담했다는 죄목을 씌워 일제는 하얼빈에 있던 손정도와 최관흘을 체포하였다. 그 당시 최관흘 목사는 러시아 정교로 개종하여 연해주로 돌아감으로 국내 압송을 면하였지만, 손정도는 끝까지 개종을 거부함으로써 경성의 경무총감부로 압송되었다.

해석은 도착하자마자 두 팔을 뒤로 젖혀 손목을 묶고 허리 사이에 나무를 꿰어 끈으로 천장 들보에 매달아 돌리며 몽둥이로 두들겨 패는 비행기 고문부터 받았다. 없는 사실을 자백하라는 그들의 무자비한 폭력 앞에 손정도는 혀를 깨물고 비명소리조차 참아 가며 침묵하였다. 온몸이 으스러질 정도로 매를 때린 후, 풀어 놓고 이제는 강제로 물을 먹이는 물고문이 시작되었다. 일제 순사들은 손정도를 다시 딱딱한 책상 위에 사지를 묶고 천장을 보도록 눕혀 놓은 채 긴 장대와 널빤지를 배 위에 올려놓고 장정들이 올라타 발을 구르는 널뛰기 고문을 가해 물이 가득찬 내장이 파열될 정도에 이르렀다. 해석의 평생을 따라다닌 극심한 위장병이 이때 생겨났다. 결국 해석은 초주검에 이르는 고문을 당한 후에 독립군 기지 건설을 모의했다는 동휘와 같은 죄목으로 진도로 유배되었다.

그러나 가택 연금 상태에 놓였던 동휘와는 달리 손정도의 진도 유배 생활은 다행히 비교적 일정한 자유가 주어졌다. 함께 진도로 유배된 한중전, 한진석, 이유필과 4인방의 동지가 된 그들은 서로 도와 밥을 지어 먹으며 작은 공동체를 이루었고 그 속에서 예배를 드리기 시작했다. 이미 목회의 경험이 있었던 손정도가 그 예배를 주도하였고, 온화한 인품과 준수한 용모에 그의 뛰어난 힘 있는 복음 설교가 소문이 나기 시작하면서 온 진도 읍내에서 함께 예배 드리기를 원하는 청년과 주민들이 몰려오기 시작했다. 마침내 그를 감시하던 일경과 형사들조차 감화를 받아 함께 예배를 드리는 일이 벌어지자, 해석은 허락을 받아 진도 읍내를 다니며 순회 예배를 집전하는 본격적인 선교 사역을 시작하였다. 그 시절 해석은 자신의 처절한 육적, 정신적 고통 가운데에서도 나라 잃은 백성들의 가난한 마음을 어루만지고 오직 복음으로 그들을 일으켜 세우는 참 목자의 마음을 배우고 체득하였다. 그것이 장차 목회자로서의 전국적 명성을 얻게 되는 시발점이 되었다.

그러나 손정도가 전한 복음 설교에는 예수 안에 있는 은혜와 진리를 체득하여 영원한 구원에 이르게 된다는 개인 복음을 넘어서서, 사망과 고통의 늪에 빠진 민족과 민중을 구원하기 위해 그리스도인이 무엇을 어떻게 하여야 할지에 대한 믿는 자의 사회적 역할을 깨우치는 계몽과 도전으로 가득차 있었다. 그 당시부터 나중에 동대문교회와 정동교회 그리고 그의 인생 마지막 목회였던 길림교회에 이르기까지 그가 외쳤던 설교에는 자신을 희생하여 이웃과 민족을 살려야 한다는 요지가 도처에 발견됨으로 해석의 신앙이 어떠했는지에 대한 분명한 내용이 들어 있었다.

"기독교 사회주의가 앞으로 실현되어야 합니다. 우리가 시대를 좇아 기독교 정신을 발휘하여 조선 내부나 만주나 기독교적인 새로운 농촌이 조직되어야 하겠고, '앞으로는 내게 있는 소유를 다 농촌에 들여놓겠습니다' 하는 각오로 동참할 때, 그 사람의 교인 됨과 못 됨이 나타나게 될 것입니다. 이는 성경이 증명하는 것이니 내게 있는 소유를 다 팔아 가난한 사람을 구제하고 나를 좇으라는 예수의 말에, 부자 청년이 울며 되돌아갔습니다. 하나님이 도우시면 나의 이 의견이 만주에 있는 각 교인에게도 전해져야 하고, 우리가 함께 모여서 이 문제를 토론하여야 할 것입니다."

그는 참으로 개인 복음과 사회 복음의 두 기둥을 온전히 세웠던 참 목자였던 것이다.


한편 우남 이승만은 105인 사건이 터져서 한창 독립투사들에 대한 대대적인 검거가 벌어지던 무렵 감리교 감독 해리스와 함께 미국 미네소타에서 열린 국제 감리교 대회 참석을 빌미로 한국을 빠져나갔다. 해리스는 을사늑약 이후 일본이 조선을 지배하는 것을 하나님의 축복이라고 설교하던 친일파 감독이었다. 우남은 1905년 도미 이후 비록 미국의 도움을 청원하여 망국을 막으려는 외교적 노력에는 실패하였지만, 개인적으로는 큰 성과를 거두었다. 1905년 2월 조지워싱턴 학사 과정에 장학생으로 입학한 이후 하버드에서 석사 학위를 받고 마침내 1910년 프린스턴 대학에서 <미국 영향하에서의 중립론>이라는 논문으로 박사 학위를 받았다. 6년 만에 학사에서 박사까지 끝낼 수 있었던 것은 그를 선교사로 키우려는 미국 내 여러 목사들의 추천과 도움의 손길도 있었지만 한국 최초의 개신교 지식인을 장래 미국과 가까운 정치인으로 키우겠다는 미국 정부의 계산도 다분히 담겨 있었다. 학위를 받고 경술국치 직전 귀국했던 이승만은 그 당시 황성 기독 청년회(YMCA) 간사로 활동하며 복음 전도에만 전념하고 있었다. 미국과 일본이 밀월 관계에 있던 시절이라 반일 활동을 일절 하지 않는, 장래가 촉망되는 젊은 이승만을 두 정부 모두 보호할 필요를 느꼈던 것이다. 105인 사건을 피해 도미한 이승만은 해방 후 1945년 귀국 때까지 주로 미국에서만 활동했다.

*

동휘는 석방되자마자 신민회 함경도 책임자의 일을 다시 맡음과 동시에 곧바로 열정적인 전도 활동을 펼치기 시작했다. 원산에서 열린 전도 대회 단상에서 동휘는 커다란 눈에 독립의 소망을 담아 또다시 눈물을 흘렸고, 하나님의 뜻은 이 백성을 향한 자유와 평등이라며 부르짖었다.

"우리는 기독(그리스도)을 믿으니, 기독의 도덕으로 우리 사회를 훈련함이 우리 희망이라. 가시나무에서 어찌 무화과가 열리리오. 더러운 사회에서 어찌 깨끗한 인물이 나오리오."

나라를 살리기 위해 기독교를 믿으라고 외치는 그의 설교를 듣고 그날 많은 사람들이 감동하고 예수를 믿었는데, 그중의 한 사람이 김립의 고향 후배 허헌이었다. 두 사람은 함께 보성전문학교를 다니며 법학을 공부한 막역한 사이였다. 학창 시절 장차 나라의 법을 만들어 바로 세우자는 뜻을 품고 립헌(立憲)의 설 립(立)자와 법 헌(憲)자를 한 글자씩 나눠 가지며 이름을 개명하였다. 그래서 김익용(翼瑢)은 이름을 김립으로 바꾸었고, 허헌(許憲)은 자신의 이름 법 헌(憲)자의 의미를 재규정했다.

"리동휘 장군님, 저를 알아보시겠습니까? 제가 헌입니다."

전도 집회가 끝난 후 단상으로 찾아온 허헌을 보고 동휘는 깜짝 놀랐다.

"네가 헌이냐? 몰라보겠구나. 그동안 어떻게 지냈더냐?"

허헌은 아주 오래전 동휘가 이용익 대감의 식객으로 북청에서 머물던 시절에 함께 그 집에 있었던 어린 소년이었다. 그의 아비가 병을 얻어 낙향하면서 아들 허헌의 교육을 위해 이용익에게 맡겨 두고 떠났던 것이다. 어린 소년 허헌은 몇 살 손아래의 이용익의 손자 종호와 동무가 되어 어울려 다니던 아이였다. 비슷한 처지로 남의집살이를 하던 차라 동휘는 허헌을 동생처럼 아끼고 돌보았다. 그 시절 예의 바른 소년 허헌이 장성하여 다시 눈앞에 나타나니 동휘도 감개가 무량하였다.

"보성을 졸업한 후 도쿄로 유학을 다녀왔으나, 국치를 당하고 나니 낙심하여 그저 낙향하여 쉬고자 명천으로 가는 길에 있습니다."

동휘는 허헌이 일본 변호사 자격까지 얻은 것을 알고 나서, 놀라지 않을 수 없었다. 자신이 옥에 갇혔을 때 미리 알았더라면 허헌을 변호사로 부를 수도 있었을 터이었다.

"앞으로 왜놈들에 의해 억울하게 옥에 갇히는 사람들이 얼마나 많겠소? 허 변호사가 그들을 위해 힘써 지켜 주어야 할 것이오."

변호사가 되었다는 말에 동휘도 예를 갖추어 말을 바꾸었다. 그리고 곧바로 허헌의 손을 잡고 전도를 시작했다.

"허헌 아우, 야소를 믿으오. 그래야 아우도 살고 우리 민족도 살 수 있소."

후일 김립은 동휘와 함께 북간도와 연해주를 누비는 독립투사가 되었고, 허헌은 동휘를 통해 예수를 믿고 3·1운동 이후 독립운동가들을 위해 법정에서 싸우는 인권 변호사로 크게 활약하게 되었다. 1908년 도쿄에서 허헌과 함께 유학 생활을 하던 김성수, 송진우, 리광수가 3·1운동 이후 모두 친일로 돌아서는 것을 지켜보면서도 허헌은 끝까지 지조를 지켰다.

그해 8월 함흥에서 개최된 제2회 조선 예수교 장로회 함경 노회에서 동휘의 평양신학교 입학이 결정되었다. 이 결정은 그동안 동휘가 보여준 신실한 전도자의 삶의 모습과 더불어 구례선 선교사의 적극적인 추천이 있었기 때문이었다. 한편 당연한 결과이기도 했지만, 동휘 자신의 소원과 의지가 없었다면 있을 수 없는 일이었다. 5년제 평양신학교를 나오고 목사가 되어 목회자의 길을 걷게 되는 그 길에 대하여 동휘는 많은 생각을 했다. 동휘의 설교를 듣고 수많은 조선 백성이 하나님께 돌아오고 있었기 때문에 그것이 하나님의 뜻이요, 나라를 살리는 길이라면 마다하지 않고 가겠다는 생각이었다. 동휘가 대무의도에서의 1년 유배 생활 동안에 하나님의 뜻을 구하며 깊은 고민 끝에 내린 결정이었다. 그러나 동휘의 인생은 그렇게 진행되지 않았다.

일제는 유배가 풀린 후에도 동휘를 1급 요시찰 인물로 판단하고 일거수일투족을 감시하고 있었다. 일경들은 동휘의 연설이나 설교 속에 조선 백성의 애국심을 고취하는 내용이 항상 들어 있음을 보았고, 청중 속에 숨어 있다가 "닥치라!"고 소리를 지르기도 했다. 일제의 무단 통치는 악화일로로 도를 더해 갔다. 그와 같은 상태에서는 목회자의 길도, 전도자의 길도 결코 쉽지 않겠다고 판단한 동휘는 구례선 선교사와의 긴 논쟁 끝에 결국 망명의 길을 택하고 말았다.

"동휘 조사님, 인내심을 가지고 주의 길을 가다 보면 좋은 날이 올 것입니다. 한 번만 더 기도해 보시고 결정하십시오."
"목사님께서도 일제의 폭정이 조선 백성을 어떻게 유린하고 있는지 보고 계시지 않습니까? 이 백성을 압제에서 해방시키는 일은 우리가 힘을 키워 독립을 쟁취하는 길밖에는 없습니다. 저는 무관입니다. 마땅히 군대를 만들어 다시 나라를 찾아야 할 것입니다."

"무슨 수로 군대를 만든단 말씀입니까? 우리가 북간도로 전도 여행을 다닐 때에도 항상 일본 경찰의 감시가 끊이지 않았습니다. 전도사님이 무장 투쟁을 하고자 하면 항상 쫓기는 인생을 살 것입니다."

"다윗도 젊은 시절엔 사울에게 쫓기는 인생을 살지 않았습니까? 저는 북간도를 지나 연해주로 갈 것입니다. 로씨야는 일본의 원수이니 우리를 도와줄 것입니다. 그곳에서 동포들을 규합하여 독립군을 만들 것입니다."

"일본 군대와 싸우려면 무기가 있어야 하는데 무슨 수로 무기를 구입하실 것입니까?"

"무기 구입은 하나님께서 길을 열어주실 것입니다. 만일 제가 가는 길이 하나님의 뜻이라면 사람과 돈을 붙여 주실 것입니다. 만일 아버지의 뜻이 아니라면 그 길을 막으시겠지요."

"폭력은 또 다른 폭력을 낳을 것입니다. 주님도 검을 든 자는 검으로 망한다 하지 않으셨습니까?"

그 말에 동휘가 눈썹을 치켜뜨고 두 주먹을 부르르 떨며 격앙된 목소리로 구례선 목사에게 대들 듯이 소리쳤다.

"폭력을 무법으로 행하는 것은 우리가 아니라 왜놈들입니다. 우리 백성이 그 폭력 앞에 무방비로 당하고 있는데 그것을 보고만 있으란 말이옵니까? 목사님의 나라가 외적에게 그렇게 당해도 참으라고만 말씀하시겠소이까?"

항상 구목사의 말에 순종하던 동휘가 처음으로 언성을 높였다. 동휘가 평양신학교에 입학할 것을 종용하던 구례선 선교사도 더 이상 그의 결심을 바꿀 수 없음을 깨달았다. 파르르 떨리는 동휘의 콧수염과 굳게 다문 입술을 보며 그의 결심이 굳어졌음을 알았다. 결국 그가 조선을 떠나 해야 할 다른 일이 있음을 인정하게 됐고 그를 해외로 보내기로 결정했다.

동휘는 망명을 결심한 후, 일제 경찰의 눈을 피해 한성의 전덕기 목사를 찾아가 잠시 만났다. 몸이 약했던 전덕기는 고문을 견뎌 내지 못하여 일찌감치 병보석으로 출옥을 당하였다. 한성 안에서 파다했던 전덕기의 명성을 눈치챈 일경들도 그가 옥사하여 문제가 생길까 염려하였고 민심을 고려해 전덕기를 속히 풀어주었다. 그러나 이미 전덕기의 몸은 상할 대로 상해 있었으며 남대문 시장 숯장수 숙부의 집에 얹혀서 깊은 병석에 누워 있었다. 전덕기는 밤중에 살며시 들이닥친 동휘를 보고 반가워 자리에서 일어나려고 했으나 앙상한 뼈대가 드러난 그의 손목이 새털처럼 가벼워진 몸조차 지탱하지 못하여 힘없이 꺾이고 말았고 다시 자리에 드러누웠다.

"적은이, 어쩌다 이 모양이 되었소?"

동휘의 두터운 두 손이 전덕기의 힘없는 손목을 붙들었을 때, 살아 있음을 입증하는 온기가 서로에게 느껴졌고 두 사람의 눈에서 눈물이 동시에 흘러내렸다.

"형님, 이 아우가 보고 싶어서 먼 길을 오셨구려."

전덕기가 갸우뚱 고개를 비스듬히 돌리면서 희미한 등잔불 밑에서 살며시 웃음을 짓는데, 그 얼굴에서 거룩한 광채가 나는 듯했다. 동휘는 말을 잇지 못하고 소리를 죽여 꺼억꺼억 울었다.

동휘의 염려처럼 옥에서 풀려난 전덕기는 3개월간의 혹독한 고문으로 인해 온몸은 만신창이가 되었고 얼음장처럼 차가운 서대문 형무소 안에서 얻은 폐병으로 쇳소리 나는 잦은 기침을 하며 피 섞인 가래를 힘겹게 뱉어 내고 있었다. 그의 살날이 얼마 남지 않았음을 알고 일제가 놓아준 것이다.

"언제 떠나시려오? 아우 걱정은 마시오. 나는 곧 좋은 곳으로 가지만 형님이 험한 타지에서 고생할 생각을 하니 그게 더 걱정이오."

전덕기는 자신의 때가 임박했음을 이미 직감하고 있는 듯 초연한 표정으로 마지막 작별 인사를 했다.

"적은이, 내가 해외에서 꼭 조선 군대를 만들어 이 나라에서 왜놈들을 몰아낼 것이오. 그러니 몸을 추스르고 그때까지 꼭 살아 있어야 하오. 어서 약속하오."

동휘의 다그침에도 전덕기는 말없이 그저 희미하게 웃기만 하였다.


전덕기를 만나고 돌아오는 길에 마음이 허전했던 동휘는 보창학교 시절부터 아끼던 제자 박두성을 찾아서 만났다.

"두성아, 나를 따라 간도로 가지 않겠느냐?"

의협심과 나라 사랑하는 마음이 특출한 박두성을 데리고 가고 싶은 마음이 있었던 것이다. 그러나 돌아온 대답은 의외였다.

"선생님, 저는 한성에 남겠습니다."

"무슨 할 일이 생겼더냐?"

"예, 저는 앞을 못보는 조선의 맹인들을 위해 살기로 결심했습니다."

박두성은 얼마전 맹인학교 제생원에 취직하였다. 그리고 첫날 수업에 들어가서 눈앞을 못보는 맹인 아이들을 바라보며 눈물을 흘렸고, 그들과 깊은 사랑에 빠졌다.

"우리나라가 눈앞을 못 보는 맹인과도 같은 처지인데, 제가 어찌 이들을 두고 떠날 수 있겠습니까? 제가 이들을 돌보는 것이 선생님이 제게 가르쳐 주신 그리스도의 사랑이 아니겠습니까?"

그날 동휘는 제자 박두성에게 큰 감동을 받아, 송암(松庵)이라는 호를 지어주고 떠나왔다.

박두성은 평생 맹인들을 위한 점자를 만들기 위해 헌신하며 자신의 시력을 잃어갔다.

전덕기를 만나고 돌아온 동휘는 본격적으로 망명 준비에 들어갔다. 그러나 그 당시 상황은 동휘가 국경을 넘어 망명을 한다는 것은 거의 불가능할 정도로 일제가 지목한 불령선인(不逞鮮人)에 대한 감시가 심했다. 두 사람은 기도 끝에 백두산에 인접한 두만강 근처 마을 혜산진에서 큰 부흥 사경회를 개최하기로 하였다. 1913년 봄, 평상시와 같이 동휘를 대동한 구례선 선교사가 혜산진교회에서 조선인들을 모아놓고 연일 부흥회를 통해 설교를 하였고, 틈틈이 동휘도 연단에 올라 큰 목소리로 복음을 전하였다. 그 설교 내용에는 오직 예수만 잘 믿으라는 말만 있었지 일경이 보기에 불온한 내용은 전혀 없었다. 동네 사람들은 구례선과 동휘를 마치 하나님이 보낸 천사처럼 극진히 대접하였고 밤늦게 집회가 끝나면 철야 기도회가 이어졌다. 그렇게 3~4일이 지나자 뒤따라와 감시하던 일경도 꾸벅꾸벅 졸면서 방심하기 시작하였다. 그날 밤, 동휘는 허름한 농부로 가장하여 구례선 박사가 사례금을 후히 주고 미리 얻어 놓은 뱃사공의 안내를 따라 조각배를 타고 얼음이 막 녹기 시작한 두만강을 건넜다. 일부러 칠흑같이 어두운 날을 택하였다. 동휘가 배를 오르기 직전 구례선 선교사는 동휘를 끌어안고 마지막 작별 기도를 했다. 기도의 속삭임은 어느새 흐느낌이 되었고 강물을 타고 흘러갔다. 동휘가 어둠을 타고 강을 건널 때, 눈물이 비 오듯 쏟아졌다. 이제 기약 없는 망명객이 되어야 하는 자신의 처지보다도 등 뒤에 두고 떠나야 하는 조선을 생각하며 울었다. 일제의 탄압에 꽁꽁 얼어붙은 조국의 산하와 망국의 설움으로 남겨진 백성들이 불쌍해서 동휘는 울었다. 며칠 전 만났던 전덕기 아우의 얼굴이 어둠 속에서도 어른거리며 그의 가슴을 저며

왔다. 어둠 속에서 소리를 죽여 물길을 가르는 뱃사공의 노 젓는 소리가 출렁이는 동휘의 가슴도 이리저리 갈라놓았다. 배는 장백현 나루터에서 멀리 떨어진 수풀이 우거진 한적한 곳에 도착했다. 동휘는 숲속에서 기다리고 있던 다른 안내자에게 인계되었고, 밤길을 더듬어 장백현의 한 성도의 집으로 그림자가 미끄러지듯 스며들어 갔다.

다음날 동휘가 사라진 것을 안 일경들이 발칵 뒤집혀서 두만강 인근 마을들을 따라 수색 작업을 펼쳤으나 헛수고였다. 구례선 목사도, 혜산진의 어느 누구도 그 일에 대하여 함구하였다. 가옥마다 벽장 문까지 열어보며 샅샅이 조사하던 일경들은 외국인 구례선에게는 손을 댈 수 없는지라 결국 더 이상의 수사를 포기하고 말았다.

*

동휘가 두만강을 넘어 망명한 후 이듬해, 근근이 목숨을 이어 가던 전덕기 목사가 사망했다. 그는 실로 대한제국 말기에 일본의 폭력적 만행에 저항하며 독립을 위해 가장 치열하게 온몸을 불살랐던 독립투사였다. 처음에는 상동교회 전도사로서 상동청년회를 만들어 인재들을 양성하였고, 을사늑약 후 스크랜턴 목사가 교회를 떠나고 난 후에는 담임 목사가 되어 장차 독립운동사에 큰 획을 긋게 되는 대다수의 인물들을 모아 상동청년학원을 운영하며 민족 교육과 독립 항쟁의 구심점 역할을 하였다. 그들에게 스크랜턴 목사가 전해 주었던 복음의 바른 정신을 심어주는 일뿐만 아니라, 일제에 맞서 나라를 되찾기 위한 비밀 결사 신민회를 조직하고 직접 독립운동에 뛰어들어 자신의 몸을 던지는 데 주저하지 않았다. 강단에서는 피를 토하는 애통한 심경으로 발을 구르며 설교하였고, 그로 인해 나라 잃은 백성들을 위로함으로 성도들이 3,000명 가까이 몰려드는 감리교 최대의 교회가 되었다.

그러나 그 모든 것보다 더 놀라운 것은 목회자로서 그가 마지막까지 생전에 보여주었던 모습이었다. 그것은 그의 장례식에서 그대로 표출되었다. 전덕기의 장례식에는 일본 순사들의 감시망에도 불구하고 그와 함께했던 국내의 애국 지사들과 신앙 동지들이 모두 모여들었다. 그뿐만 아니라 회현동 북창동 일대 빈민가에서 그의 도움을 받았던 상인들과 가난한 자들 병든 자들 심지어 사회적으로 손가락질 받던 천민들 중에서 백정과 창기들이 수없이 열을 지어 장례 행렬을 따라나섰다. 천대받고 힘없는 자들을 찾아다니며 그들의 필요를 채워주고 부단히 섬겼던 전덕기의 헌신적인 삶의 궤적 때문이었다. 그는 후배들에게 목사들은 항상 나막신과 마른 쑥과 의지를 준비하라고 충고하곤 했다. 동학혁명 이후 청나라와 일본의 침략 전쟁 속에서 청일, 러일의 두 번의 큰 참변을 치르면서 목이 잘려 죽거나 전염병으로 죽어 간 수많은 주검이 길거리에 즐비하였다. 아무도 거두지 않은 채 부패한 시체가 체액을 쏟아내며 악취를 뿜어대고 있었다. 전덕기 목사는 그런 임자 없는 주검조차도 지나치지 않고 장례를 치러 주었다. 구역질이 나지 않도록 마른 쑥으로 코를 틀어막았고, 바닥에 흥건한 체액으로 인해 나막신을 신고 들어가 문드러진 시체를 손으로 돌려 가며 의지로 싸서 약식 관을 만들어 장사를 지냈다. 부모 형제의 주검을 앞에 두고서도 장사를 지낼 엄두를 못내던 가난한 상인과 천민들에게 전덕기는 하늘에서 내려온 천사와도 같은 존재였다. 로마의 압제 속에서 살아가던 유대 민족에게 힘없고 가난한 자의 친구가 되었던 예수처럼 전덕기는 실로 그 시대에 일제의 탄압속에서 우뚝 솟아난 조선의 살아 있는 예수였다. 총독부 기관지가 되어 버린 〈매일신문〉에서도 장안의 큰 화제가 되었던 전덕기의 죽음을 그냥 지나칠 수 없어서 1914년 3월 23일 자에 그의 부음을 알렸다.

"슬프다. 오늘날 세상을 떠난 전덕기 씨여."라고.

전덕기의 죽음은 무자비한 제국의 침략 앞에서 마지막 단말마의 고통을 참아가며 비록 연약하나 정의의 목소리로 항거하던 조선 왕조와 대한제국의 죽음이기도 했다. 일제에 항거하고 가난한 자들을 돌보던 감리교 목사 스크랜턴이 친일 감독 해리스에게 저항하며 성공회로 개종하여 떠나가고, 전덕기 목사마저 사망하자 상동청년회와 신민회 출신의 대다수의 독립운동가들은 해외 망명객이 되어 저항을 계속하였다.

그의 죽음이 가져다 준 비통함 때문이었을까? 어린 시절 전덕기와 더불어 자라났던 그의 절친 한글학자 주시경이 몇 달 후 세상을 떠났다. 민중들에게 한글을 가르치기 위해 야학 강습소를 열어 밤낮없이 일하던 그가 그렇게 허무하게 죽은 것이다. 상동교회를 통해 참된 기독교인의 빛과 등불처럼 삶과 글을 가르치던 그들이 세상을 떠나자 조선 반도는 깊은 어두움 속에 빠져들기 시작했다. 일제의 무단 통치 속에서 사회 구원에 열심이었던 감리교와 장로교를 비롯한 조선의 기독교는 어두운 친일의 역사 속으로 늪에 빠지듯 한 걸음씩 들어가기 시작하였다. 그리고 감리 교회는 스크랜턴과 전덕기의 이름을 의도적으로 서서히 지워 버렸고 그들이 몸을 던져 항거했던 구한말의 행적들은 역사의 빛바랜 페이지 속에서 희미하게 사라져 갔다.

(1부 끝)

망명객

제 2부

# 혁명에
# 뛰다

**독립군** (내 나라가 불쌍해서 울었노라)

**혁명가** (내 피로 이 땅과 강을 적시게 하라)

**운동가** (조선의 독립국임과 조선인의 자주민임을 선언하노라)

제2부

# 혁명에
# 뛰다

# 독 립 군

.
.
.
.

< 내 나라가 불쌍해서 울었노라 >

23

1913년 봄 동휘는 백두산 자락 서쪽 장백현의 한적한 곳에서 한동안 몸을 숨기고 잠적하였다. 산길을 따라 한참 오르다 보니 압록강이 시작하는 곳에 협곡이 나타났고 인적이 드문 곳에 눈에 잘 띄지 않는 조선 초가가 몇 채 울창한 나무 속에 감춰져 있었다. 일경들이 동휘의 거처를 알아내기 위해 장백현 일대를 뒤지고 다닌다는 소문이 파다했다. 그는 오래전 이용익 대감 집의 식객으로 숨어지내던 시절을 떠올렸다. 의분을 참지 못하고 화롯불을 집어던지던 그 기개는 오랜 세월이 지났으나 변함이 없었다. 그러나 상황은 그 시절에 비해 더 엄중하였다. 이제 그는 자기 고향에서 한 개인을 피해 숨어 다니는 것이 아니라 남의 나라에서 일본 제국주의의 국가 폭력의 발톱을 피해 숨어 다니는 망명객이 된 것이다. 눈이 녹아 개울물이 흐르고 봄꽃이 만발하여 소동이 가라앉기를 충분히 기다린 후, 어느 날 야밤을 타고 그는 룡정으로 잠입하였다. 그곳에서 한참을 칩거하다가 신민회 조직을 강화하며 조심스레 활동을 개시하였다. 그리고 3개월 후에는 연길현 국자가로 다시 옮겨서 안착하였다. 조선인들이 몰려 사는 룡정에는 일본 간도 영사관이 설치되어 감시망이 강하였기 때문이었다. 그 무렵 일제의 눈을 피해 반일 활동을 하는 애국 지사들이 연길현 국자가로 몰려들고 있었다. 동휘는 자신의 망명 성공을 그 당시 미국에 건너가 자리 잡고 있던 안창호에게 알리기 위해 서신을 썼다. 서신이 발각되지 않도록 먼 길을 떠나는 인편에 맡겨서 인접 도시에서 부치게 하였다. 그만큼 동휘의 망명에 대하여 다른 신민회 회원들도 가슴 졸이며 기도로 소식이 답지하기를 기다리고 있었던 것이다. 당시 동휘와 안창호 사이에는 같은 서북인으로서 그리고 같은 교육자로서의 깊은 유대감과 신뢰가 흐르고 있었다.

동휘는 몇 년 전 둘째 딸 의순을 오영선의 손에 붙여 먼저 북간도로 망명시킨 바 있었다. 오영선은 경기도 고양 사람이었지만 한성무관학교를 나온 후배로 강화도 진위대에서 동휘가 특별히 총애하던 부하였다. 강화도 시절 동휘가 집을 비울 때면 틈틈이 동휘의 집을 찾아 궂은일을 도와주고 정혜와 네 아이를 돌보아 주며 한 식구처럼 지냈다. 인순이와 의순이도 오라비처럼 그를 따랐고, 의순이가 졸라대면 훈련용 목총을 빌려주어 연변장에서 독립군 놀이도 종종 하곤 했었다. 정미년 군대 해산 후에는 동휘를 따라 가장 먼저 신민회에 가입했었다. 동휘가 성진에 머물며 구례선 선교사가 세운 협신중학교에 교사가 부족하자 그를 불렀고, 동경 물리학교에 유학을 하던 오영선은 즉각 순종하여 자기 동무들인 기태진과 홍우만까지 함께 데리고 와서 교사 생활을 할 정도로 동휘에 대한 존경심이 넘치는 청년이었다. 오영선의 합류로 협신중학교는 함경도의 명문 학교가 되었다. 많은 교사들을 양성하여 인근 농촌 소학교로 보내었을 뿐 아니라, 북간도와 연해주까지 교사를 파견하였다. 오영선은 병탄 직전 앞장서서 북간도로 망명하였고, 그때부터 일제가 추적하는 '이동휘의 교육생'으로 불리던 일단의 청년들 중 한 사람이 되었다. 국운이 기울자 동휘가 장차 독립운동의 기지를 건설하기 위해 청장년 후배들을 모아 미리 선발대로 보내 놓았던 것이다. 청년들이 집단 망명을 비밀리에 준비하고 있을 때, 둘째 딸 의순이가 갑자기 아버지에게 자신도 그들과 함께 북간도로 따라가겠다고 나섰다.

"아버지, 저도 간도로 건너가겠습니다. 허락해 주세요."

어려서 한성과 강화도에서 자란 의순이는 한성말을 쓰고 있었다.

"다 큰 년이 어디르 사내들 사이에 껴서 그 위태한 곳을 따라간단 말이?"

어머니 강정혜는 펄쩍 뛰면서 반대하였으나, 동휘는 대견하게 여기며 반문했다.

"네가 정녕 이 애비와 함께 나라를 찾는 일에 뛰어들겠느냐?"

"예, 아부지, 저도 무엇이든 도울 수 있습니다. 간도에서 반드시 제가 할일이 있을 거예요."

동휘는 며칠을 숙고한 후에 의순이를 다시 불러 물었다.

"의순아, 솔직히 이 애비에게 고하거라. 네가 마음에 두고 있는 녀석이 누구냐?"

동휘는 자신의 딸이 필시 주변에 몰려 있던 청년들 중 한 사람과 모종의 약조를 하고 나서는 것으로 판단하였다. 동휘의 가족이 구례선 선교사의 성진 선교부 내에서 지내던 시절, 아프다는 핑계로 제동병원을 찾아오거나 동휘에게 문안을 드린다는 핑계로 집에 들러서 의순이를 만나고 가던 청년들이 더러 있었다. 강우규 초시가 홍원에서 올라올 때면 꼭 계봉우와 정창빈이 함께 따라왔고, 협신중학교에서 가르치던 청년들도 드문드문 동휘 집을 찾아와서 시국을 논하고 자신과 나라의 장래에 대해 걱정을 하곤 했다. 동휘의 뜻밖의 질문에 의순이도 당황하여 얼굴을 붉히며 주저하더니 입을 열었다.

"아버님, 소녀는 영선 오래비를 사모합니다."

효자로 이름나고 말수가 없는 듬직한 정창빈을 둘째 사윗감으로 생각하고 있던 동휘는 뜻밖의 대답에 내심 놀랐다. 오영선은 의순이보다 나이가 일곱살이나 연상이라 오히려 큰 사윗감으로 생각하고 있었던 것이다. 그러나 두 사람의 마음이 확정된 것을 알자 동휘는 그들이 떠나기 전에 조용히 혼례를 치러 주어 사위 오영선에게 의순이를 맡겼다. 그 일은 첫 만남에 반하여 의순이를 사모하여 오던 정창빈에게는 큰 충격이 되었다. 또한 강화 시절부터 오랜 세월을 친오라비처럼 함께 보내며 속으로 오영선을 사모하던 인순에게도 말할 수 없는 아픔이 되었다. 그러나 혼례식이 진행되는 동안 그 두 사람은 아무런 내색조차 하지 않았고 서로 눈길조차 마주치지 않았다. 그 일이 있은 후 동휘의 집 출입을 한참 끊었던 정창빈도 1911년 정월 동삼 추위를 무릅쓰고 계봉우를 따라 함께 북간도로 망명하여 계림촌에서 교사 생활을 시작하였다.

동휘가 도착했을 때 의순이는 이미 명동여학교에서 교원으로 일하고 있었다. 동휘는 연길로 가는 길에 감시를 피해 명동촌에 들러 잠시 오영선과 둘째 딸을 만나고 갔다. 명동학교의 중추적 역할을 하는 신민회 후배 정재면도 반갑게 와서 동휘를 맞이했다. 소식을 듣고 명동촌의 어른 김약연 선생과 구춘선 장로도 밤길을 건너 찾아왔다. 김약연은 일전에 동휘가 3국전도회 부흥강사로 와서 룡정교회에서 설교할 때 큰 감복을 입은 바 있었다. 명동여학교도 동휘가 북간도 포교 시절 명동학교를 운영하던 김약연 선생에게 여성들도 교육을 받아야 한다고 역설하여 세운 학교였다.

"성재 장군, 오시느라 얼마나 수고가 많았소이까? "

"규암 선생, 그간 명동학교를 꾸리시느라 노고가 많으셨지요? 정재
면 아우를 통해 간간히 소식을 듣고 있었습니다. 다들 장하오. 의순아,
네가 독립군을 키워 내는 어엿한 여선생이 되었다니 이 애비는 너무나
기쁘구나."

다들 눈시울이 뜨거워져서 끌어안고 깊고 진한 해후를 했다.

"이곳 룡정의 근황은 어떻소? "

"그간 참 많은 일들이 지나갔습니다. 장군께서 3국전도회를 세우시
고 떠나신 후 간도 지방에는 큰 부흥이 일어났습니다. 이 지역에 36개
의 교회 처소가 세워지고 교인이 벌써 천여 명이 훌쩍 넘었습니다."

구례선 선교사가 처음 룡정 땅을 밟았던 1903년 이후 전도자 안순영
을 보내어 광제암 교회가 처음 세워졌다. 을사늑약 이후에 부척 망명객
이 많아지면서 이화춘이 세운 와룡동 교회, 구춘선, 박무림이 세운 룡정
교회 , 김약연이 세운 명동교회가 간도 지방의 민족 운동의 구심점으로
자리를 잡아 가고 있었다. 그러나 병탄 이후 1911년에 동휘가 재차 방
문하여 명동교회에서 대사경회를 개최하여 통곡으로 학교와 교회 설립
을 호소한 이후에 본격적으로 간도 부흥이 일어났던 것이다.

"구례선 선교사와 성재 장군이 다녀간 이후로 간도에서 교육과 신앙
부흥이 일어나고 있음을 알게 된 함경도 일경에서 많은 백성들이 일제
핍박을 피해 몰려들었지요."

"그들은 도처에 집성촌을 차리고 교회와 학교를 세우기 시작했으니
까요. 물론 캐나다 선교회의 도움으로 3국전도회가 뒤에서 지원도 해
주었고요."

"그렇구 말구. 아 참, 우리 성진의 학성동에 살던 20여 세대가 그 무렵 집단 이주를 했었는데, 그들은 어떻게 되었소?"

고개를 끄덕이며 듣고 있던 동휘가 갑자기 생각난 듯 물어보았다.

"말도 마십시오. 학성동 달래촌에서 온 그 양반들이 회령에서 강이 얼기를 기다려 건너왔지요. 화룡 인근 진달래골에 자리를 잡고 곧바로 장은평교회와 보진학교부터 세우고 학전을 일구면서 얼마나 열심히 신앙생활을 했는지 얼마 지나지 않아 아예 예수촌이라는 별명이 붙어 버렸을 정도니까요."

"그랬군. 참 기특도 하지. 듣기만 해도 기쁜 일이오. 이제 비로소 간도가 우리 독립운동 기지로 자리를 잡아 갈 수 있게 되지 않았소? 기독교 정신으로 무장한 독립운동가들을 배양하는 것만이 우리 민족이 살길이라 생각하오."

"그러나 좋은 일만 생긴 것은 아닙니다. 아버님."

사위 오영선이 침울한 표정으로 말했다.

"무슨 일이오? 속히 말해보오."

"을사늑약 이후에 일본놈들이 통감부 간도 파출소를 통해 이곳의 한인들을 멋대로 치리하고 군대까지 파견하지 않았습니까? 그러자 청나라에서는 간도가 자기 땅이라고 길림변부독변을 설치하고 간도 파출소 철수를 요구하며 대치하는 일이 벌여졌더랬습니다."

침착한 정재면이 선비답게 천천히 말을 이어가자, 답답한 듯 오영선이 급히 말을 받았다.

"처음에는 왜놈들이 간도는 우리 한인들이 개척하여 살던 곳이요, 우리 대한제국 시절부터 고종 황제가 리범윤을 간도 관리사로 파견하여 관리하던 땅이라며, 이제 을사늑약을 맺어 국권이 일본에게 넘어왔으니 마땅히 자기들이 관리해야 한다고 맞섰고요."

"왜놈들은 오래전에 백두산경계비를 통해 청과 조선 사이에 국경으로 맺어진 토문강이 두만강이 아니라 송화강 지류라는 사실을 알고 있었던 것입니다. 그래서 간도가 자기 구역이라고 주장했던 것이고요."

"그러나 청나라의 반발이 워낙 거세게 나오자 갑자기 전략을 바꾸어 두만강을 경계로 인정하며 간도 영유권을 청나라에게 넘겨주는 간도협약을 맺었던 겝니다."

"그게 언제였소?"

"병탄이 일어나기 한 해 전, 1909년 4월의 일이었습니다. 성재 장군이 간도교육회를 만들고 저를 이곳에 보내시기 직전에 벌어진 일입니다. 그해 10월 안중근이 격살한 이토가 간도협약의 후속 조치를 위해 하얼빈에 왔던 것이고요. 그때만 해도 우리는 일본과 청나라 사이에서 일어난 그 밀거래를 제대로 파악을 못 하고 있었습니다."

정재면이 동휘의 기억을 살려 주면서 상세히 설명하였다.

"나쁜 놈들, 남의 땅을 자기 멋대로 팔아버리다니…. 그나저나 왜놈들이 간도 땅을 그렇게 쉽게 넘겨준 까닭이 무엇이오?"

"왜놈들의 속셈은 간도 영유권을 넘겨주는 대신 간도 지방의 광산, 탄광 그리고 철도 부설권 같은 이권을 챙겨서 실질적인 지배를 하려고 덤벼든 것입니다. 간도 협약 이후에 파출소는 철수했지만 일본 영사관을 설치하여 같은 놈들이 여전히 조선 사람들을 관리했으니… 왜놈들의 계략에 의해 우리 땅만 빼앗기게 된 셈이지 뭡니까?"

오영선은 분이 치밀어 참을 수 없다는 표정으로 주먹을 쥐고 부르르 떨었다.

"나라가 힘이 없으니 조상들이 개간하여 살던 우리 땅을 전부 다 빼앗기는구려. 간도나 연해주 일경이 모두 과거 우리 조상의 땅이 아니오? 청나라가 약해져서 이리저리 다른 나라에 땅을 떼어주는 마당에 우리는 오히려 더 잃어 버리고 있으니 참으로 통탄할 일이오."

실제로 러시아가 연해주를 차지하게 된 것도 청나라가 제2차 아편전쟁에서 패한 1860년에 이르러서였다. 그 이전에는 무인지경에 조선인들이 들어가서 개간을 하던 땅이었던 것이다.

"병탄 후에 간도에 조선인들이 더 밀려들지 않았겠소? 그래서 간민자치회를 만들어 그들의 정착과 경제 문제를 돕고자 했소이다."

명동학교 교장으로 명동교회의 장로로 존경받던 김약연은 구춘선과 손을 잡고 자치회를 구성하여 북간도 한인 사회를 안정시키고 실질적인 독립운동의 구심점을 구축하려고 했다. 그러나 그것을 눈치챈 일본인들은 중국 당국에 압력을 넣어 그것을 해산시켰고, 결국 간민회는 간민 교육회로 이름을 바꾸어 활동을 하였다. 간민 교육회는 조선인들이 중국으로 귀화를 할 경우 토지를 소유할 수 있도록 겨우 허락을 받아내었다.

"참 그동안 다들 수고들이 많았소이다."

동휘는 일제의 감시를 피해 룡정을 떠났다. 동휘가 연길현 국자가에 도착할 무렵 아내 정혜와 과년한 맏딸 인순이와 셋째 딸 경순이, 아들 우석까지 아버지 이승교가 데리고 연이어 함께 망명하였다. 물론 그 과정에서 구례선 선교사의 도움이 결정적이었다. 동휘의 가족은 훈춘에 자리를 잡았다. 이때부터 동휘는 연길과 룡정, 도문, 훈춘 등지를 오가며 간도 지방에서 또다시 조심스럽게 순회 교육 사업과 전도 활동을 펼치기 시작했다. 아울러 북간도에 건너온 대다수의 농민, 노동자들의 경제 상황과 자녀 교육의 열악함을 보고 그들을 위한 농업 진흥책과 교육 계몽 활동을 함께 전개하였다.

독립군

동휘가 연길 국자가에 머무는 동안, 그의 제자들인 일명 '리동휘의 교육생'들이 하나둘 모여들기 시작하였다. 각자 흩어져 활동하던 그들이 비로소 구심점을 찾게 된 것이다. 사위 오영선을 비롯하여 동휘의 오른팔 왼팔 역할을 하게 될 김립과 계봉우, 나중에 맏사위가 된 정창빈, 그리고 김하구, 장기영, 마진, 유예균, 도용호, 고명수, 류일포, 서상용, 김하석이 있었고, 나중에 합류한 김병흡, 이빈, 최빈, 남공선, 유일보, 이홍준, 강봉우, 조필우, 장석함 등이 있었다. 장차 이름을 날린 독립운동가들이 이들 중에서 많이 나왔다. 함북 길주 출신으로 오래전 만주로 건너와 이동휘의 영향으로 기독신자가 된 후 장재촌에서 창동학교를 세웠던 마진은 나중에 충렬대와 대한국민회를 세워 무장항일운동을 펼쳤다. 함북 명천 출신의 김하구는 와세다에서 공부한 엘리트로서 동휘를 도와 한인사회당 결성과 상하이에서 고려 공산당 결성에 함께 했던 사람이다. 그들 대부분이 함경도 출신으로서, 조선에서 대교육자요, 부흥사로 이름났던 동휘를 오래전부터 흠모하고 추종하던 젊은이들이었지만, 더러는 나이 많은 동지들도 섞여 있었다.

특히 김립은 동휘의 오른팔이요, 책사가 되었는데, 북간도와 노령(露嶺, 러시아 영토)을 함께 동행하면서 교육 계몽 운동을 주도했다. 김립은 1910년 병탄 직전 보성전문학교에서 법률과 정치를 전공하여 졸업한 후 블라디보스토크로 건너갔다. 이상설과 합병 반대 운동단체인 성명회를 만드는 데 적극 동참했다가 일제에 쫓겨서 북간도 훈춘으로 피신하였다. 1911년 동휘가 북간도에서 부흥회를 인도하며 삼국전도회를 일으킨 이후, 연길 지역의 유지요, 지도자인 이동춘을 교장으로 모시고 김립이 학감이 되어 연길현 소영자에 길동학교를 개교하여 중학교와 법률정치과를 두고 신교육을 가르쳤다. 동휘의 지시를 받은 김립이 연해주로 건너가서 이용익의 손자 이종호에게 자금을 얻은 후 연길에 돌아와 길동학당을 세웠다. 그리고 함께 망명했던 이동휘의 교육생 출신 동지들을 규합하여 학교를 운영하고 있었다. 기독교 사상에 바탕을 둔 철저한 배일 교육과 군사 병과 교육을 병행하여 가르쳤으나 재정난과 중국 당국의 탄압으로 폐교 위기에 이르렀을 때 동휘가 건너왔던 것이다.

"성재 장군이 오시기를 우리 모두 손꼽아 기다리고 있었소. 이제 비로소 북간도에 독립군 기지를 세울 수 있겠소이다. 하하하."

동휘가 김립의 안내를 받아 학교에 딸린 식당 겸 교사들의 사랑채로 쓰는 자그마한 조선식 초가 가옥으로 들어서자 길동학교 교장 이동춘이 두 팔을 벌리고 반갑게 맞이하였다.

"리동춘 교장 선생이 이렇듯 반가이 맞아 주시니 마치 고향에 온 듯하오이다. 허허."

"그렇소. 우리 나그네들은 발길 닿는 곳이 고향이니 그저 잘 오시었소."

"영감님 둘째 아들 며느리는 잘 살고 있소이까?"

동휘가 기독교 전도 활동을 하러 왔을 때, 이동춘의 부탁으로 그의 둘째 아들 주례를 보아준 적이 있었다. 이미 소문을 듣고 사방에서 몰려든 동지들이 빽빽이 아랫목 윗목을 모두 차지하고 앉아 있었다. 부엌과 온돌방이 한데 터져있는 전형적인 조선 가옥이었다. 땔감을 넣는 아궁이 위에는 커다란 검은 가마솥이 얹혀 있었고, 솥 안에서 토닭을 삶는지 구수한 냄새가 피어오르고 있었다. 부엌을 오가며 아낙네 두 사람이 점심 식사 준비에 여념이 없었다.

"다들 시장하시겠소만, 상을 차리는 동안 내가 우리 학교 선생들부터 먼저 소개하겠소. 제일 아랫목을 차지하고 앉은 점잖은 분이 정현설 선생으로 우리 학교 재무를 맡았고, 력사·지리 교사 계봉우, 김립과 윤해 선생은 법률·정치를, 오영선 선생은 수학과 물리를 가르치고, 식당 주임 박춘서 선생, 체육 교사 문경 선생, 그리고 군사 훈련은 구춘선 장로께서…."

이동춘 교장이 함께 일하는 선생들을 차례로 소개하였다. 마지막에 자그마한 체구의 한 사람에게 시선이 멈추자 모두 고개를 갸우뚱하였다. 미처 아직 소개가 안 된 한 사람이 동휘를 만나려고 달려온 것이다.

"아, 아직 서로 인사를 못 하였구려. 이 사람은 우리 고향 단천의 김 장로 아들로서 앞으로 함께 일하게 될 김동한 선생이오. 대성중학교 출신이기도 하고…."

동휘가 소개를 하자 모두 고개를 끄떡이며 새로운 얼굴을 맞이하였다. 날카로운 눈매의 김동한이 멋쩍은 웃음을 지으며 가볍게 목례를 하였다.

"무슨 일이든 시켜만 주십시오. 앞으로 잘 부탁드립니다."

"허허, 그렇다면 지금 부엌에 나가 상 차리는 것부터 도우시오. 뉘 댁 부인들인지 모르겠으나 들어오다 보니 두 사람이 너무 고생하는 것 같으니 말이오."

동휘의 말에 김동한이 꿈쩍 놀란 표정을 짓다가 바로 부엌으로 내려갔다.

"우리 민족이 세계 열강과 어깨를 맞부딪치며 다시 독립을 찾으려면 교육을 바로 해야 할 것이오. 그러나 하나님 앞에서는 남녀노소가 모두 평등한 자녀들이니 귀천이 따로 없고 여자들도 마땅히 교육을 받아 함께 독립운동에 나서야 할 것이오. 독립군학교에 아직 녀학생이 없다는 것이 아쉽소. 그래서 빠른 시일 내에 녀학교를 만들고자 하오."

조선 팔도를 뒤흔들던 대교육자답게 동휘는 오자마자 바로 여성 교육에 대한 새로운 계획을 발표하였다. 모두 뜻밖의 제안에 놀라면서도 과연 그렇다는 듯 고개를 끄덕였다. 밥을 차리던 두 아낙네는 그 소리를 훔쳐들으며 감격하여 눈시울을 붉혔다.

연길현 국자가 소영자에 위치하던 길동학당은 길동기독학교라고도 불리웠으며 동휘에 의해 나중에 광성학교로 이름을 바꾸었다. 간도의 조선인들은 룡정의 명동학교와 더불어 연길의 광성학교를 최고의 학교로 생각하며 자부심이 높았다. 중국인들은 미국이나 영국과 같은 나라가 기독교 국가인 것을 알고 그 세력을 함부로 대하지 못했다. 그래서 한인들은 의도적으로 중국인들을 의식하여 그들이 세운 학교가 기독교 학교임을 강조하였다. 실제로 교과 내용도 기독교 정신이 스며든 배일 민족 교육이었으며, 한편으로는 체육 시간에 군사 교육을 겸하여 가르쳤기에 인근 조선인들은 길동학당을 독립군학교라고도 불렀다. 그리고 바로 옆에 길신여학교를 함께 만들어 여학생 교육을 실시하였다. 그러나 그 당시 일제의 앞잡이가 된 친일 세력들과 완고한 유학자들이 뭉쳐서 농민들을 규합하여 이동춘과 김립이 만든 간민 교육회 및 간민회에 반대하여 기독교 교육과 배일 교육에 대항하기도 하였다. 그렇기 때문에 일본에 대항하여야 하는 중국 정부는 기독교 지도자들과 간민회를 지지하는 입장이었다. 그런 상황 속에서 여학생을 모집하기 위해 동휘와 김립은 남존여비 사상에 사로잡힌 완고한 농민들을 가가호호 방문하여 딸들을 학교에 보내도록 여성 교육에 대한 계몽 운동을 전개하였다.

"성재 장군이 다녀간 이후로 기독교 부흥이 일어나자 그것을 반대하는 봉건 유림 세력들이 얼마나 핍박을 했는지 모른다오. 김립 아우가 구타를 당하고 납치되어 감금되기도 하고 아주 고생이 심했소. 이만큼 간도 주민들이 우리에게 협조적이 되도록 터를 닦아 놓은 것이 다 김립 선생의 피타는 노력 덕분이라오."

　건교 초기에는 한족 과부 강씨의 큰 가옥을 빌려 학교를 꾸렸다. 교원과 학생들이 스스로 통나무를 채벌하여 책상과 긴 의자를 만들어 교실을 꾸렸다. 나중에는 기숙사와 공동 식당도 함께 지었으며 학교 경비를 충당하기 위하여 한족 지주의 토지를 소작하기도 하였다. 야간반과 사범과까지 개설하여 학생수가 150명이나 되었고, 간도 학생뿐 아니라 소문을 듣고 조선 국내와 연해주에서 찾아온 17세에서 40세까지의 학생들이 모여있었다. 갑, 을 반이 나뉘어 있었는데 소학교 갑반(고등반)에서는 조선어, 역사, 지리, 산술, 자연, 중국어, 수산, 음악, 도화, 체조를 가르쳤다. 학생들의 민족 의식을 고취시키기 위하여 역사학자 계봉우가 직접 편찬한 '최신동국사(신한독립사)'와 '오수불망(吾讐不忘)', '안중근전'을 가르치기도 했다. 계봉우는 밤낮 야간반, 주간반에서 강의를 하면서도 교재를 편찬하고 등사하는 등 쉬지 않고 노동을 하는 열심을 보였다. 임나일본부(任那日本府)설과 같은 허위 역사를 가르치던 일제는 계봉우의 책들을 금서로 여겨 발견하면 즉시 압수 소각하였다. 구춘선 장로의 군사 훈련은 무기가 없어 목총으로 제식 훈련과 총검술을 가르쳤다. 교직원들은 노임이 없고 자원봉사를 하였기에 자주 끼니를 거르기도 하였고, 강냉이죽이나 뉘가 절반이나 섞인 조밥에 된장과 돌소금을 반찬으로 먹기가 일쑤였다. 교원들의 의복도 변변치 못하여 여름에는 겨울옷의 솜과 안을 뜯어내고 입었으며, 신이 없어 맨발로 교단에 서는 사람도 있었다. 이런 간고한 형편 속에서도 교사와 학생은 한마음이 되어 민족의 독립을 위해 배운다는 일념으로 그 모든 어려움을 이겨냈던 것이다.

## 24

"무무야 준비되었느냐? 인차 나오너라."

허물어져 가는 초가집 싸리문 앞에 서서 동휘가 큰 소리로 불렀다.

"예, 성재 장군님, 인차 감다(갑니다)."

동휘는 길동학교 시절 낚시를 좋아하여 틈이 나면 낚싯대를 둘러메고 강가에 나갔다. 그때마다 학생 송창근(아호 무무)이 양동이와 떡밥을 준비하여 따라나섰다. 어린 나이에도 나이 많은 청장년 학생들 속에 끼어서 공부하면서 뒤처지지 않고 모든 면에서 두각을 나타내는 송창근을 동휘는 특별히 아꼈다. 송창근도 성재 장군을 흠모하여 그가 나타나면 그림자처럼 따라다니며 무엇이든 배우려 했다. 동휘가 강가에 낚시를 나갈 때면 만사를 제쳐두고 따라나서 조수 역할을 했다. 동휘도 어린 창근을 데리고 다니며 두런두런 이야기하는 것이 싫지 않았다.

"장군님, 언제 또 떠나시나요?"

창근은 수시로 연길을 떠났다가 한참 만에 돌아오는 동휘를 누구보다 기다렸기에, 오기가 무섭게 그 질문부터 하곤 했다.

"허허, 무무는 내가 속히 떠나기를 기다리느냐? 어째 늘 그것부터 묻느냐?"

"아임다(아닙니다). 장군께서 또 인차 떠나실까 그게 싫어서임다."

"무무야, 내가 무엇이 좋으냐?"

"저도 장군님처럼 나라를 위해 싸우는 독립투사가 되고 싶습다."

"허허, 기특하구나… 그러나 무무 같은 수재가 총을 잡을 수 있겠느냐?"

한바탕 소나기가 쏟아진 후, 화창한 여름 햇볕이 따가운 한낮이었다. 연길현을 가로지르는 강, 부루하통하는 물이 불어나서 누런 흙탕물이 알몸 근육을 드러내 보이듯 울퉁불퉁 요동치며 흐르고 있었다. 강가에는 시선을 아랑곳하지 않고 그 물에 들어가 바지저고리를 걷어붙이고 흰 살을 드러내며 목욕을 하는 남녀 어른들과 발가벗고 풍덩거리며 헤엄을 치는 어린아이들이 많았다. 성재와 창근은 인적이 한가로운 자리를 찾아 축 늘어진 버드나무 아래에 자리를 잡았다. 창근은 작은 나무 궤짝으로 두들겨 만든 조악한 낚시 의자를 동휘가 앉기 편하게 재빠르게 놓아 드렸다.

낚싯대를 드리운 지 한 시간이 넘었지만 낚시 추는 미동조차 없었다. 오늘따라 무슨 근심이 있는지 동휘도 꼼짝 않고 앉아서 흐르는 강물만 우두커니 바라보고 있었다. 창근은 지루했지만 동휘의 마음속에서 일고 있는 폭풍우 같은 생각을 방해하지 않으려고 끈질기게 기다리고 있었다. 한 시간이 더 지나고, 옆에 앉아 계봉우 선생이 쓴 역사책 오수불망을 읽고 있던 창근이 꼬박 졸음이 몰려와 책과 고개를 뚝 떨어뜨릴 때였다. 갑자기 동휘가 큰 소리를 지르며 땅을 치듯 대성통곡을 하며 울기 시작했다. 창근은 너무 놀라서 어찌할 바를 모르고 벌떡 일어나 안절부절못하였다. 설마 장군께서 물고기가 안 잡혀서 그러실까? 그동안 무슨 일이 있었나?

"장군님 왜 그러십까? 제가 어찌해야 함까?"

한참을 울고 난 동휘가 고개를 돌려 창근을 물끄럼이 바라보았다.

"내 나라가 불쌍해서 울었느니라. 무무야, 너는 내 민족이 불쌍치 않으냐?"

"저도 불쌍함다."

창근도 울쌍이 되어 울먹이며 말했다.

"무무야, 너는 총을 들지 말고 목사가 되어라."

"그게 무슨 말씀까? 장군님?"

"너는 이곳 연길을 떠나 한성으로 가거라. 내가 소개 편지를 써 주마. 그곳에서 신학을 공부하고 목사가 되어 이 나라에 복음을 전하는 사람이 되어라. 이 민족이 하나님을 알아야 어둠에서 깨어나서 독립을 이룰 수 있을 것이다. 너 같은 수재는 이렇게 시간을 허비해서는 안 된다. 알겠느냐? 내일부터 속히 떠날 준비를 하거라."

송창근은 동휘의 소개로 한성으로 내려가 피어선신학교(현재 평택대학교)를 졸업한 후 일본을 거쳐 미국 콜로라도 덴버신학교에서 수학 후 신학 박사가 되어 돌아왔다. 평양 노회에서 안수를 받고 산정현교회 목사가 되었으나 그의 진보적인 신학이 문제가 되어 물러났다. 부산에서 빈민 구제 사역을 활발히 벌이기도 하였고, 수양 동우회 사건으로 투옥이 되어 모진 고초를 당하는 등 독립운동에 매진하였다. 그러나 태평양 전쟁 막바지에 일제의 강압에 의해 한때 소극적인 친일 활동을 한 것이 올무가 되어 여생을 조용히 살았다. 동휘의 부탁대로 해방 후에 한신대학교 교장이 되어 후진 양성을 하던 중 전쟁 시에 북으로 피랍되었다.

*

저녁 시간에 정재면이 동휘를 찾아왔다.

"성재 어른, 계십니까?"

"벽거 선생이 느즈막에 어인 일이오? 어서 들어오시오."

벽거는 정재면의 호였다.

정재면은 얼굴에 수심을 안고 들어서서 동휘가 호롱불을 밝히고 성경을 읽고 있는 앉은뱅이 탁자 앞에 앉았다.

"무슨 일이 있소? 얼굴색이 안 좋구려."

"아닙니다. 부탁드릴 일이 있어서 찾아뵈었습니다."

"무슨 일이오. 인차 말하오."

"일세(김립) 형님과 북우(계봉우) 형님이 조만간 장군님을 따라 해삼위로 떠날 것이라는 이야기를 들었습니다."

"벌써 그 이야기가 들어갔소? 그렇소. 이곳 간도는 일경들의 감시가 하도 심해서 내가 활동하기에 제약이 너무 많소. 언제 붙잡힐지도 모르겠고… 그보다 해삼위에 있는 우리 동포들을 하나로 묶어서 그곳에서 독립운동 기지를 건설하는 작업을 하고자 하오."

"성재 어른, 저도 데려가 주십시오. 작은 힘이나마 보태겠습니다."

"흠… 자네도?"

"이곳 룡정으로 저를 데리고 온 분도 성재 어른이 아니십니까? 그러니 끝까지 장군님을 따르겠습니다."

"…"

"제가 부족해서입니까?"

정재면의 불타오르는 눈동자를 그윽히 바라보던 성재의 눈가에 이슬이 맺혔다.

"절대 아니오. 내가 벽거를 너무 아끼기 때문이오. 정재면 선생은 이곳 명동학교와 명동교회에서 없어서는 안 될 사람이오. 그대가 떠나면 길동 전도회는 누가 맡을 것이오? 그뿐만 아니라 우리 민족의 장래를 위해서 총을 드는 무관들만 필요한 것이 아니라 교회를 지키고 성도들을 키워낼 목사가 반드시 필요하오. 정재면 선생은 꼭 신학을 공부하고 목사가 되시오. 이 나라가 복음으로 일떠서도록 그 일을 맡아주시오."

평양신학교 입학 허가를 받아들고 목사의 길을 가기 위해 준비하다가 그 뜻을 이루지 못한 미련이 있어서였을까? 동휘는 후배와 제자들에게 독립군의 길만 제시한 것이 아니라 교사와 목회자의 길을 걷는 사람들도 함께 양성하였다. 명동교회 장로 정재면은 1918년 무오독립선언 시에 김약연과 함께 참여하였고, 민족 교육자로 많은 제자를 키워내다가 남경 금릉 신학부를 거쳐 평양신학교를 졸업하고 목사가 되었다. 캐나다 선교부가 세운 룡정 은진중학으로 돌아와 교감 및 교목으로 활동하였고 청진과 원산에서 독립운동에 매진하던 중 해방 후에는 남으로 내려와 기독공보 사장을 역임하였다.

25

의암 유인석은 을미사변으로 국모를 잃은 후 춘천에서 의병을 일으켰다. 그러나 전통 유림 출신 유인석은 동학군을 역적으로 알아 의병으로 인정하지 않았을 뿐만 아니라 자신의 수하에서 용맹을 떨치던 포수 출신 의병장 김백선을 양반에게 항명했다는 이유로 처형했다. 조선 백성들의 끓어오르는 분노는 을사늑약 후에 다시 점화가 되어 양반 최익현과 평민 신돌석이 의병을 다시 일으켰다. 1907년 정미7조약으로 군대가 해산되자 경기도 양주에 집결한 의병들이 '13도 창의군'을 창설하여 이인영이 총사령관이 되었다. 신식 소총을 지닌 해산 군인 3천 명이 합류하였고, 총병력이 1만 명에 이르렀던 가장 강력한 의병 조직이었다. 그러나 의병 부대 편성 과정에서 신분이 낮다는 이유로 혁혁한 승전을 일구어 내던 신돌석, 홍범도, 김수민 등 평민 출신들을 제외시켰다. 더 어처구니없는 일은 일본군에게 점령당한 한성을 탈환하기 위해 진군 작전을 수행하던 중, 총대장 이인영이 부친의 부고를 받자 임무를 버리고 곧바로 귀향을 해 버렸다. 사기가 떨어지고 지리멸렬해진 의병 군대는 군사장 허위가 결사 항전했으나 패하여 체포된 후 서대문 형무소에서 최초로 순국했다. 전라도 보성의 꼴머슴 출신 안규홍과 영남 농민 출신 신돌석이 산간 지방과 해안 지방에서 크게 활약했으나 일본의 대토벌 작전과 현상금을 노린 자들에 의해 죽임을 당했다. 결국 의병들도 만주와 연해주로 몸을 피할 수밖에 없었다.

*

1908년 그 당시 연해주에는 대한제국의 초대 주러 공사였던 이범진이 페테르부르크의 공사관이 폐쇄되자, 헤이그 밀사로 파견되었던 그의 아들 이위종에게 1만 루블의 거금을 후원하며 연해주로 보내어 독립운동에 가세토록 하였다. 그것을 발단으로 동의회라는 무장 독립 단체를 조직하였는데 여기에 안중근도 가입하였다. 이위종을 통해 이준의 순국 소식이 전해지자 교민들은 분노와 애국심으로 들끓어 올랐다. 연해주의 무장 독립운동 세력을 결집하여 동의회를 구성하기로 하고 선거를 통해 최재형이 총장, 이위종이 부총장으로 선발되었다. 그로 인해 평소에 황제가 임명한 간도 관리사임을 자처하고 마패를 들고 다니던 이범윤이 크게 반발하였다. 간도 관리사 출신 이범윤은 간도가 일본 경찰의 관할에 넘어가자 연해주로 건너와서 독립군에 참여했었다. 이범윤은 거만한 자로서 최재형의 어미가 노비 출신임을 알고 마치 종 부리듯 하대하는 일까지 있었다. 그러던 중 동의회를 구성할 당시 투표에 의해 최재형이 총장이 되고 자신은 조카 이위종에 이어 3등을 하자 크게 화를 내며 반발하였던 것이다. 이것이 연해주 독립운동 세력이 조정 대신 출신의 양반 기호파와 불평등 속에서 가난하게 살다가 건너왔던 서북인들 사이에서 갈등이 점화되는 계기가 되었다.

이위종의 양보로 이범윤을 부총장으로 이위종이 회장, 엄인섭을 부회장으로 하는 수습안이 통과되어 겨우 동의회를 구성하였으나 이범윤의 지속적인 반발로 분파가 생기고 국내 진공 작전에도 실패하여 지리멸렬한 상태에 놓이고 말았다. 그러던 차에 마침 국내의 의병들이 연해주로 들어옴으로 말미암아 유인석, 이범윤, 이상설, 홍범도, 엄인섭, 안중근 등이 재결집하여 연해주에서 1909년 '대한 13도 의군'을 창설함으로 의병 운동은 독립 전쟁으로 성격을 바꾸게 되었다. 안중근의 하얼빈 의거 역시 이때 세워진 대한 독립군의 의군 중장에 의한 독립 전쟁 중 치러진 작전 수행의 일환이었던 것이다.

한일병탄 이후, 연해주는 일제의 탄압을 피해 몰려든 망명객과 의병들에 의해 본격적인 독립운동의 중심지가 되었다. 그러나 오래전 1860년대부터 기근을 피해 먼저 들어와 있던 함경도 출신 한인들과 새롭게 들어온 기호파 출신 양반 지도자들 사이에 심한 파벌과 반목이 일어났다. 함경도 경원에서 노비의 아들로 태어난 최재형은 연해주로 도망쳐 온 후 고아처럼 지내다가 세계 일주 상선을 탔다. 성실한 그를 주목하던 러시아인의 눈에 띄어 양자가 된 후 주류 사회에서 사업으로 크게 성공하였고, 연해주 한인 독립운동의 대부가 되었다. 최재형은 안중근의 거사도 배후에서 도왔던 큰 인물이었다. 안중근은 최재형을 믿고 따르며 최재형은 안중근을 적극 후원하는 관계에 있었고, 안중근은 동의회의 핵심 인물 12인과 함께 일제 요인 및 친일 반역자들을 처단하기 위한 단지 동맹까지 맺게 되었다.

그 와중에 기호 출신 김현토가 함경도 출신 망명 정치인 이용익을 페테르부르크에서 암살한 사건으로 인해 두 진영이 크게 반목하던 중

1910년 기호 출신 정순만이 함경도 출신 양성춘을 오발 살해한 사건이 도화선이 되어 갈등은 절정으로 치달았다. 정순만은 이승만, 박용만과 더불어 기호파 독립운동가 사이에서 '3만'이라 불리며 촉망받던 사람이었다. 결국 정순만이 양성춘 일가의 복수로 재차 살해되자 두 진영은 돌이킬 수 없을 정도로 갈라지고 말았다. 이 같은 당파 분쟁은 러시아 당국의 개입과 일제 밀정들에 의한 교묘한 분열 책략에 의해 더욱 심화되었다.

이런 상황 속에서 1911년 연해주의 한인들은 새로 부임한 콘닷지 총독의 한인 유화 정책에 힘입어, 잠시동안 활동하다가 사라진 광복 독립 단체인 '대한 13도 의군'과 '성명회'의 정신을 잇고자 통합 자치 기관인 '권업회'를 구성하였다. 이때 신민회 출신 이상설, 신채호, 이갑, 이종호 등과 의병장 출신 홍범도, 엄인섭 등이 발기하여 최재형을 회장에 홍범도를 부회장에 선출하였다. 그러나 권업회를 러시아 당국에 정식 인가받는 과정에서 재차 파벌 싸움이 벌어졌다. 이상설을 중심으로 한 기호파와 이종호를 중심으로 한 북도파(함경도), 정재관을 중심으로 하는 서도파(평안도)가 나뉘어져 3파전의 양상을 띠게 되었다. 정재관은 북미주 국민회에서 도산 안창호가 파견한 사람으로서 이상설이 헤이그 거사 이후 미국 샌프란시스코에 거하다가 다시 연해주로 들어올 때 함께 들어왔었는데 지방색으로 인해 어느새 갈라져 있었던 것이다. 회장 최재형의 중재로 이상설을 의장으로 이종호를 부의장으로, 정재관을 교육 부장으로 실무진을 구성하여 가까스로 권업회가 시작되었다.

그러나 안중근과 의형제까지 맺은 바 있었던 의병장 출신 엄인섭이 이미 그 시절 일제 밀정으로 넘어가 있었던 것을 아무도 모르고 있었다.

엄인섭은 자신의 집에서 권업회 요인들을 모아 회의를 할 정도로 신임을 얻고 있었다. 밀정의 임무는 정보를 빼내어 일제 당국에게 넘기는 것뿐 아니라, 독립운동 진영을 내부적으로 분열시키기 위한 교묘한 술책을 만들어 내는 것이었다. 권업회 조직이 겨우 안정을 찾자, 기관지 〈대양보〉를 준비하는 과정에서 인쇄 활자 도난 사건을 만들어 내어 양 진영에 싸움을 붙이고 다시 분열에 불을 지핀 것 역시 엄인섭의 계략이었다. 〈대양보〉는 〈권업신문〉으로 이름을 바꾸었는데, 창간 시의 주필은 단재 신채호가 맡았고 한형권이 총무 겸 신문 부장으로 출판을 도왔다. 한형권은 함경도 경흥 출신으로 동휘를 도와 장차 사회주의 계열 독립운동 세력의 충추적 역할을 하게 될 사람이었다.

합방 이후 청도를 거쳐 블라디보스토크로 망명한 신채호는 권업신문 사설을 통해 해외 동포들의 항일 의지를 고무하고 교육 계몽을 촉진하고자 노력하였다. 아울러 청나라를 무너뜨리고 신해혁명에 성공한 중국을 배우도록 〈중국혁명약사〉를 소개함으로 우리 민족의 독립을 촉구하기도 하였다. 신해혁명은 해외 독립지사들에게 우리도 혁명으로 나라를 새로 세우겠다는 희망과 의지를 불러일으키기에 충분한 놀라운 사건이었다. 이로 인해 합방으로 인해 실의에 빠졌던 많은 독립지사들이 중국을 망명지로 택하여 베이징, 상하이, 난징, 광둥 등으로 모이고 있었다. 중국 광둥의 혁명 정부를 찾아가 손문(쑨원)과 깊은 인맥을 쌓아 중국통이 되었던 신규식이 대표적인 인물이다. 언더우드 선교사의 조사였다가 일찍이 미국 유학파가 되었던 김규식 역시 숭실중학교에서 영어 교사로 가르치다가 105인 사건을 피하여 중국으로 망명하였으며, 그 당시 상하이와 몽골을 오가며 사업가로서 중국통이 되었던 또 다른 인물이었다. 최남선과 더불어 조선의 3대 천재라 불리던 이광수, 홍명희 등의 문인들도 이 시기에 상하이로 망명했다.

단재 신채호, 그는 정치가가 아니었다. 그렇다고 언론인이 되기에
도 너무 꼿꼿한 사람이었다. 그는 타협을 모르는 학자였다. 〈권업신문〉
을 둘러싼 북도파와 기호파의 파벌 싸움에 염증을 느끼던 차에 신채호
는 미국에서 다른 민족지 주필로 초청을 받았다. 그러나 해삼위의 민족
지 발행이 끊어질 것에 대한 우려와 책임감 때문에 쉽게 떠나지 못했고,
이종호의 만류로 겨우 붙들려 있었다. 그 당시 연해주의 민족 신문들은
수난에 수난을 거듭하고 있었다. 을사늑약 후에 〈황성신문〉에 "시일야
방성대곡"을 실었다가 투옥되었던 장지연이 해삼위로 건너와 1908년 〈
해조신문〉을 처음 발간했으나 석 달 만에 폐간되었다. 그 뒤를 이어 러
시아인으로 귀화한 유진율과 미국 공립 협회에서 파견된 국민회 출신
이강이 주필이 되고 최재형이 재정을 도와 〈대동공보〉를 발간했으나
1910년 일제의 간섭으로 또 폐간되었다. 러시아는 미국의 영향이 미치
는 국민회를 견제하기 위해 권업회를 밀어주고 있었기 때문에 〈권업신
문〉이 남아 있는 유일한 민족지였던 것이다. 이런 와중에 고민하던 신
채호는 1912년 말 〈권업신문〉 발행 23호까지의 논설을 마치고 신규식
의 초청으로 결국 상하이로 떠났고 2대 주필 이상설이 취임했다. 신채
호는 상하이에서 1년간 머물며 김규식에게 영어를 배웠고, 서간도에 잠
시 머물다 이회영의 권고로 1915년부터는 베이징에 자리를 잡았다. 그
시절 〈조선사통론〉을 비롯한 수많은 역사책과 역사 교과서를 집필하여
일제 식민지에 의해 유린당하는 조선의 역사 바로 세우기에 전념했다.

병탄 이후에 친러파에 속했던 노론의 대신들 중에 이상설에게 부탁
하여 자신들의 자제를 러시아 사관학교로 유학시킨 사람들이 더러 있었

다. 이상설은 그동안 러시아에서 맺은 문창범, 이범윤 등의 인맥을 활용하여 줄을 대어 시베리아의 러시아 헌병 사령부로 그들을 입대시켰다. 그러나 헌병의 세도를 얻은 기호파 2세들이 북도파를 탄압하고 더러는 정탐배의 역할까지 함으로 인해 갈등은 더욱 심화되어 갔다. 그로 인해 이상설이 의도적으로 그들을 심은 것이라는 소문이 퍼지면서 곤란한 입지에 놓이게 된 것이다.

*

이같은 연해주 노령 사회의 심각한 갈등 상황이 동휘의 귀에도 들리게 되었다. 고심 끝에 동휘는 마침내 러시아행을 결심하였다. 이 당시 동휘의 북간도에서의 독립 활동이 일제 관헌과 밀정들에 의해 노출되어 포위망이 좁혀져 오고 있었기도 했지만, 동휘는 갈라진 독립운동 세력을 하나로 합하는 일이 무엇보다 중요하다는 것을 인식했다. 연해주로 들어가기 직전 미국에 있던 안창호에게 보낸 편지에서 동휘는 노령 사회의 일치와 화합을 자신이 반드시 이루어내겠다는 결심을 밝히기도 했다. 떠나기 앞서, 동휘는 권업회 기관지 <권업신문>의 1913년 7월 27일자에 "아령 동포에게 고하노라."라는 글을 미리 기고하였다. 그 당시 연해주의 동포들은 그 일경을 로씨아(러시아)의 영토라는 뜻으로 앞글자를 따서 로령(노령) 또는 뒷글자를 따서 아령이라고 부르고 있었다.

"시비리아 차고찬 바람에 눈에, 남과 갓치 먹지 못하고 남과 갓치 닙지 못하고, 조국강산을 바라보면서 쥬야로 가삼을 두다리고 뜨거운 눈물로 비참한 생애하난 나의 동지시여…."라고 비감한 어조로 동휘의 기고문은 시작하였다.

"나난 매임을 당하나 노힘을 당하나, 내디(內地)에 있으나 외디(外地)에 나오나 항샹 아령을 향하야 스사로(스스로) 위로를 받고 스사로 희망을 붓치고, 날마다 여러분을 위하야 신톄(身體)의 건강을 긔도(祈禱)하였노라. 범사의 화평을 긔도하였노라. 사업의 성취를 긔도하였노라."

심한 당쟁과 파벌로 고통당하던 노령의 동포들은 동휘의 이 위로에 가득 찬 기고문을 읽고 모두 큰 감복을 받았고, 동휘가 어서 와서 아령 사회를 수습해 줄 것을 기대하게 되었다. 대한 황실의 군인이요, 동시에 대교육자요, 부흥사인 동휘의 명성은 이미 노령 사회에서도 크게 떨쳐 있었고, 동휘가 북간도에 들어와서 각고의 노력으로 길동기독학교를 세우고 운영하는 소식까지 들어서 알고 있었다. 동휘는 아령 동포에 대한 위로와 더불어 장차 아령 한인들이 한마음이 되어 조국의 독립을 위해 싸워야 할 중대한 책임이 있음을 강조했던 것이다.

블라디보스토크 신한촌의 모든 한인 단체들은 동휘가 도착하자, 대대적인 연합 환영회를 개최하였다. 1913년 10월 12일 권업회관은 동휘를 맞이하기 위해 분주했다. 이미 200여 명의 동포들이 이동휘 장군을 만나보기 위해 아침 일찍부터 와서 빽빽이 자리를 잡고 있었다. 단상 뒤에는 "축하, 성재 리동휘 장군 해삼위 왕림, 환영"이라는 현수막이 걸려 있었고 단상 좌우에는 큰 화환이 놓여 있었다. 서로 반목하던 여러 분파의 한인들이 함께 모여 오랜만에 서먹한 인사들을 나누고 있었다.

"성재 장군이시다!"

누군가의 고함에 입구가 소란해지더니, 빛바랜 검정색 코트를 입은 동휘가 수행하는 여러 사람에 싸인 채 들어왔다. 장래는 순식간에 환호를 일으키며 모두 일어서서 그를 맞이했다. 특유의 팔자 콧수염 아래 큰 웃음을 날리며 양팔을 벌려 화답했다. 그가 들어오며 양편에 도열한 여러 인사들과 악수와 포옹을 나누었다. 마침내 제일 앞자리 의자에 앉자 곧바로 환영식이 시작되었다.

"자, 좌중은 조용히 착석해 주시오. 흠흠, 그럼 지금부터 우리 민족의 큰 지도자요, 교육자 성재 리동휘 선생의 아령 왕림을 축하하는 환영식을 시작하겠소."

〈권업신문〉 주필 이상설이 사회를 맡았다. 오래전 한성무관학교 입학 시절 가르치던 스승이었고 성균관 대학자 보재 이상설이 자신을 그렇게 소개하자 동휘는 말할 수 없는 감격과 함께 비애를 동시에 느꼈다. 이상설은 눈에 띄게 노쇠해 있었다. 을사늑약 이후 고종 황제에게 피맺힌 상소를 올리며 비분강개를 토하던 그 충절과 헤이그 밀사로 조선의 독립을 위해 투쟁하던 날카로운 패기는 석양빛에 이미 바랜 듯, 망명객의 피곤함과 고뇌가 이상설의 깊이 패인 이마의 주름살에 올곧이 새겨있었다. 어느새 많은 세월이 지나 동휘는 군인에서 교육자로, 또 전도자로, 이제는 만주와 연해주를 누비며 뛰어다니는 독립운동가로 변신하였다. 그동안 나라는 국권을 상실하여 보재도, 그 자신도 정처없는 망명객이 되어 먼 이국 땅에서 이렇게 재회한 것이다. 한성무관학교 교실 안에서 두 사람의 아침 햇살 같았던 싱그러운 첫 대면이 아직 생생한 기억으로 뇌리에 새겨져 있는데, 오랜만에 만난 보재는 망국의 무거운 세월을 어깨에 짊어진 구부정한 중늙은이로 변해 있었다. 그것이 슬픔을 자아냈다.

해삼위에 도착하자마자 동휘는 보재부터 찾아갔다. 그리고 서로 얼싸안고 한참 울었으며, 밤을 새워 이야기했다. 밤이 깊어지자 보재의 마음속에 감추어졌던 울분과 서북인들에 대한 섭섭함이 쏟아져 나왔다. 기호파의 어른으로서 오래전 친분 때문에 구한말 조정 대신들의 부탁을 받고 그들의 자제들을 러시아로 유학시키기 위해 거두어 주었던 것이 화근이 되었다. 기호 양반 가문에서 어려움 없이 자라서 앞뒤 분간을 할 줄 모르는 그들이 러시아 헌병이 되고 나자 말썽을 일으켰다. 타고난 양반 행세에 헌병의 계급장까지 덧붙여지자 거들먹거리는 언행과 행동이 서북인들에게 상처와 화를 돋우었고 결국 큰 충돌과 사고가 일어났다. 게다가 일본과 러시아 사이에서 오가며 독립군들을 음해하는 밀정질까지 했던 것이다. 그러나 그것을 뒤에서 보재가 사주하고 지시했다고 서북인들이 오해하고 몰아가는 데에는 이상설도 참을 수가 없었다. 청렴하고 사리분별이 유별나서 결벽증까지 있는 보재의 자존심을 심하게 건드렸고, 어느새 그에게도 서북인들에 대한 미움이 싹트기 시작했다. 서전서숙을 세울 때 받았던 서북인들의 반발도 아픈 생채기의 기억으로 되살아났다. 그것이 이제 연해주 독립운동 세력들 간의 깊은 불화로 자라난 것이다. 동휘는 밤을 새워 보재를 설득했다.

"보재 선생님, 나라의 독립을 위해 대의를 위해 어른께서 참고 품어 주옵소서. 서북인들이 좀 거친 면이 있음을 잘 압니다. 그러나 그들도 역사의 상처가 있어서 그런 것이니 너그러이 용서하시고, 나라의 독립을 위해 이제 무조건 하나가 됩시다. 제가 보재 선생님을 열심히 받들어 모시겠소이다."

"참 미안하이. 내가 이런 초라한 모습을 보여서…."

겨우 설득하여 오늘의 환영 행사의 사회를 보재가 맡게된 것이었다.

"성재 장군 강연을 듣기 전에 권업회 부의장 리종호 선생께서 나오셔서 리동휘 선생의 약력을 발표하시겠소."

이상설의 호명을 받고 이용익의 손자 이종호가 나와 동휘에 대한 경력을 장황하게 소개한 후, 정재관과 최관흘 목사 등 권업회의 주요 지도자가 나와서 축사를 하였다. 최관흘 목사는 구례선 선교사의 해삼위 방문 이후 평양신학교에서 신한촌에 파송한 연해주 최초의 한인교회 목사였다. 이어서 등단한 동휘는 200여 청중을 상대로 대략 1시간가량의 강연을 했다. 합방 이후 참담한 국내 백성들의 상황과 105인 사건으로 고초를 당한 독립지사들의 참혹상을 먼저 보고했다.

"일제의 포악무도함은 금수가 따로 없더이다. 무고한 우리 독립지사들을 가두고 때리며 혹독한 고문을 가함은 물론, 죄 없는 양민을 약탈하고 토지를 수탈하고 부녀를 겁탈하니 산천초목이 함께 분노하고 하늘과 땅이 함께 피눈물을 흘리고 있소이다."

동휘는 일제의 마수에서 벗어난 해외 동포들의 책임과 의무를 강조하고 독립운동의 필요성을 역설하였다. 특별히 나라 없는 백성의 설움을 토로할 때 온 청중이 흐느끼며 눈물을 흘렸고, 일본의 악행을 비판하고 우리 민족의 우수성과 독립의 결의를 호소할 때는 크게 소리치고 박장대소를 하는 등 한마디로 감동과 눈물과 웃음이 넘치는 명연설이었다. 소문으로만 듣던 대 연설가 리동휘 장군의 실제 강연을 들은 모든 청중은 그동안의 갈등을 일소하고 순식간에 하나로 뭉치게 되었던 것이다.

"그저 단합이라 하면 명사가 박약하니 영원단합이라 하옵세다…. 여러분은 생각하시오. 난우면(나뉘면) 망하고, 합하면 흥하나니, 만경창파에 풍도가 위험한데 초월이 상시할지라도 갓치탄 배안에서 셔로 돕고 셔로 구제하지 아니하겠는가 (만장이 박수)…(중략)… 과연 오늘날은 살부살형의 원수라도 우리의 광복을 희망하야 서로 나누지 말자."라고 역설하였던 것이다. 이 환영회를 취재하여 보도한 권업신문의 기사는 이 연설을 평하여 "수천 마디 말로 만장이 통곡갈채하게 했다."라고 기록했고, "리성재 선생의 연설"이라는 제목으로 3회에 걸쳐 연재함으로 노령 사회를 일시에 단합시켰던 것이다.

　동휘는 서간도에서 온 이동녕과 함께 권업회의 임시이사로 선출되었고, 며칠 후 동휘를 보려고 몰려든 400명 청중을 상대로 "생명의 앞길"이라는 연설을 재차 하여 고질적 분열로 침체되어 있던 노령 사회의 분위기를 일신하였다. 마침내 2주 만에 권업회 특별 총회가 열려 노령 사회 최고 원로인 최재형을 회장으로, 이상설을 권업신문 사장, 정재관을 총무, 이종호를 고문으로 추대하였다. 아울러 계파 간 싸움이 일어나자 그동안 뒷전에 물러나 관망하던 홍범도 같은 독립군 지도자들도 다시 권업회에 적극적으로 가담하기 시작했다. 이에 그치지 않고 동휘는 총무 정재관과 함께 하바롭스크, 파스캐, 도비허 등 6개 도시를 순회하며 권업회 지부를 창설하였고 한인촌마다 계몽운동과 학교 설립을 추진하였다. 동휘의 이런 노력으로 채 1년도 지나지 않아 권업회는 9개 지부에 전체 회원이 8,597명이나 되는 큰 조직으로 발전하였고 그중 5개 지부는 동휘가 개척한 곳이었다. 이 당시 동휘의 노령 지역 활동은 지방색을 뛰어넘고 양반과 평민의 계급을 뛰어넘는 화합과 단결을 이끌어내었을 뿐 아니라, 기독교를 전파하고 한인 학교를 설립하는 일에도 열심을 내어 한인들의 계몽 사업에도 큰 기여를 하였다. 그러나 이 시절의 과로가 일제 경찰에서 당했던 고문의 후유증을 재발시켜 그 무렵 안창호에게 보낸 편지에서 동휘는 신체의 고통을 호소하는 지경에 이르게 되었다. 이때만 해도, 동휘는 안창호와 깊은 연계를 지니면서 류동열, 이강, 이갑 등의 노령에 들어와 있는 옛 신민회 간부들을 모아 조직을 강화하는 일에도 열심을 내고 있었다.

## 26

1914년은 연해주에 있는 한인들과 독립운동가들에게는 큰 희망의 해였다. 러일전쟁 발발 10주년을 맞이하여 전 러시아는 반일 감정으로 불타오르고 있었다. 시베리아 횡단 철도의 최종 구간 아무르 철도도 완공을 목전에 두고 있었다. 10년 전 시베리아 철도의 부재로 결국 보급로가 차단되어 전쟁에 패한 경험이 있었던 러시아는 이제 제2의 러일전쟁으로 그때의 수치를 만회하고자 하는 전쟁 분위기를 잔뜩 고취시키고 있었던 것이다. 때마침 매년 정초에 진행되던 러시아 군대의 만기 제대가 두 차례 연기되면서 전쟁 발발이 임박했다는 소문까지 나돌았다.

동휘는 권업회 주요 간부들 중에서 러시아 국적이 없는 여호인 출신들을 비밀스럽게 소집했다. 러시아 국적을 지닌 원호인들은 고려인들의 무장 활동을 금지하고 있는 러시아 정부의 눈치를 보아야 했기에 나설 형편이 안 되었다. 동휘는 군인으로서 그동안 가슴에 두고 참아왔던 독립 투쟁에 관한 일장 열변을 토하였다.

"동지들! 이제 마침내 우리가 독립 전쟁을 치를 때가 다가왔소. 2차 러일전쟁이 터지는 순간 우리는 러시아 편에 서서 왜놈들을 물리치고 독립을 쟁취해야 하오. 그를 위해 우리가 림시정부를 먼저 만들어야겠소."

동휘의 적극적 제안에 따라 "대한 광복군 정부"가 만들어졌다. 독립 전쟁을 치르기 위해 해외에 세워진 최초의 군정부였다. 동휘는 이상설을 정도령(정통령)에 추대하고 자신은 부도령(부통령)에 취임했다. 계봉우가 책임 비서가 되었고 흩어진 무장 독립 단체들을 규합하여 3개의 군구로 나누어 광복군을 편성했다. 정부가 있는 연해주를 제1군구, 북간도를 제2군구, 서간도를 제3군구로 분할하여 정도령인 이상설의 지휘 통제하에 두었다. 대한 광복군 정부는 해외에 세워진 최초의 임시정부였다. 대한 광복군 정부는 독립군을 양성하기 위해 사관학교를 세우기로 결정했다.

권업회 사무실에서 임시 광복군 정부 내각 회의 겸 군무 회의가 열렸다. 임박한 전쟁에서 어떻게 광복군을 규합하여 국내로 진공 작전을 벌일 것인지 대책을 논하는 회의였다. 정도령 이상설이 상석에 앉아 있었으나 실질적인 회의는 동휘가 주관하였다. 그도 그럴 것이 문관 출신 이상설보다는 무관 출신 동휘가 군무 회의에서는 더 권위가 있었던 것이다. 회의에는 권업회에 다시 적극 참여하게 된 의병장 홍범도를 비롯하여 이동녕, 류동열, 이종호, 정재관, 김립, 김하구, 계봉우, 엄인섭 등 권업회 출신들이 주로 참석하고 있었다. 함북 경흥 출신 엄인섭은 합방 전에는 안중근, 홍범도와 함께 13도 창의군 출신 의병장으로 활동했었다. 특히 그는 안중근과 의형제를 맺었던 사람으로서 사격술에 능하여 안중근이 이토를 격살하기 전에 사격 훈련을 시켰던 사람이기도 하였다.

"왜 리강, 리갑, 안정근 동지는 안 보이는 거요?"
정도령 이상설이 류동열에게 물었다. 신민회 출신들이 대부분 안 보이는 것을 의식한 질문이었다. 신민회 쪽에서는 오직 이동녕과 류동열만이 참석했다. 이동녕은 서간도의 이회영 진영과 연해주의 이상설을 잇는 가교 역할을 하는 사람으로 양쪽을 오가고 있었다.
"참석하도록 권했는데 결국 안 왔군요. 성재 동지께서 한번 만나서 다시 설득해 주시면 좋겠습니다. 그들은 계속 실력 양성론을 앞세우는지라…."
류동열이 곤란한 표정을 지으며 대답했다. 일찍이 샌프란스시코에 건너갔다가 일본 육사를 나온 후 대한제국 군인으로도 근무했던 평북 박천 출신 류동열은 신민회 속에서 동휘처럼 무력 항쟁을 주장하는 사람이었기에 오늘 회의에 참석한 것이다.

"지금 당장 전쟁이 임박했는데, 언제 실력을 키워서 독립을 찾겠다는 것인지 참 답답합네다."

김립이 옆에서 화를 내며 말했다. 최근 들어 전쟁 준비를 위해 동휘가 주관하여 광복군 정부를 세우자 신민회 출신들이 반발하고 나섰다. 그들은 동휘가 만주와 노령에서 신민회 조직을 통해 독립운동 기지를 강화해 나가기를 더 원하고 있었다. 그것은 미국에 있는 안창호의 뜻이기도 하였고, 안창호와 긴밀히 연락을 취하고 있는 이강이 중간에서 그 사이를 벌려 놓고 있었다. 무력 투쟁을 주장하는 동휘와 이종호, 김립 등 권업회 출신들의 주장이 너무 급진적이라는 것이었다. 이강은 안창호와 같은 서도(평안도) 출신으로서 미국 샌프란시스코에 체류하면서 도산이 세운 공립 협회에 가입하여 활동한 바 있었으며, 안창호를 지도자로 받드는 일에 동휘가 함께 해 주기를 바라고 있었다.

"사관학교를 어디에 세우면 좋겠소이까?"

동휘가 침묵을 깨고 좌중의 의견을 물었다.

"이미 싱카이 호수(흥개호) 근처 봉밀산에 내가 한흥동을 세워놓았으니 그곳에 군사기지를 두는 것이 좋겠소."

정도령 이상설이 대답했다. 이상설은 1909년에 미국에서 돌아오자마자 경북 성주의 갑부 이승희의 도움을 받아 한흥동을 군사 기지로 세우려고 노력하고 있었다.

"한흥동은 너무 북쪽이라 위치가 외지지 않소이까? 광복군 정부가 연해주와 간도의 독립군까지 전부 관할하려면 중간 위치가 되어야 합니다. 북간도 왕청현 라자구에 아주 은밀한 곳이 있으니 그곳에 사관학교를 세우도록 합시다. 사관학교를 세우려면 군자금이 있어야 하니….”

이종호가 팽팽히 맞섰다. 이종호는 망명할 때 그의 아버지 이권익과 함께 왕청현에 자리를 잡고 태흥학교를 세워 이미 운영하고 있었다. 이권익의 본명은 이현재로서 이용익의 양자로 들어갔었다. 구한말에 목탄 장수로 큰돈을 벌었고, 이용익의 후광으로 러시아 주재 공사관을 지내다가 나라가 망하자 왕청현에 자리를 잡았다. 그리고 독일 은행에 전 재산을 예금하고 항일 독립운동을 돕고 있었다. 그러니 실제로 사관학교를 세울 때 자금력을 지닌 사람은 이종호밖에는 없었다. 권업회와 〈권업신문〉의 운영도 대부분 이종호가 낸 기부금으로 운영되고 있었다.

“일제의 간섭과 감시를 피할 수 있는 몽골에 세우면 어떻겠소?”

신민회 출신 류동열이 갑자기 몽골 이야기를 꺼냈다. 그 당시 류동열은 연해주에 오기 전 중국에서 상하이와 몽골을 오가며 사업으로 돈을 벌었던 김규식으로부터 몽골 이야기를 들었고, 세브란스 출신 이태준 등과 함께 몽골에 사관학교를 세우는 일을 꾸미고 있었다. 의사 이태준은 나중에 몽골인들을 그리스도의 사랑으로 섬겨서 온갖 질병을 퇴치하고 몽골 국왕으로부터 훈장까지 받아 몽골의 슈바이처가 되었던 사람이었다.

“갑자기 몽골이라니? 설명을 좀 해 보시오.”

“신해혁명 이후 몽골이 청나라에서 독립을 쟁취했으니 비슷한 처지에 놓인 조선에 대해 협조적일 것이라 생각하오.”

“흠, 그러나 몽골은 좀 너무 멀지 않소? 홍장군 생각은 어떻소이까?”

평양 출신 포수로 함경도에서 활약하던 거물 의병 홍범도는 연해주로 피신하여 유인석, 이범윤 등과 함께 13도 의군 창설에 참여하였고, 의병과 군자금을 모아 재기를 꿈꾸고 있었다. 합방 이후 국권 회복을 위해 성명회 운동에 참여하였다가 일제의 탄압에 의해 한때 이르쿠츠크로 추방을 당하기도 하였다. 그 후에 블라디보스토크로 건너와서 최재형과 함께 권업회 창립에 참여하여 부회장이 되었으나 북도파와 남도파의 싸움에 진력을 내고 물러났다가 동휘가 돌아와 동포를 연합한다는 소식에 힘을 내어 다시 적극 참여하고 있었다.

"독립군 군사기지는 위치가 가장 중요하오. 첫째는 모병이 용이해야 하니 우리 동포들이 많이 사는 곳과 너무 멀면 곤란하오. 그렇다고 사람들의 내왕이 많은 곳은 일제에 발각되기 십상이니 둘째는 적당한 거리를 두고 왜놈들의 공격을 막아낼 수 있는 요새가 되어야 하오. 셋째는 장차 국내 진공 작전을 수행하기에도 적절한 거리가 되어야 하니 국경에서 너무 멀면 그것도 힘들 것이오."

홍범도는 산전수전을 다 겪은 의병장답게 실전을 염두에 두고 대답했다.

"그럼 먼저 라자구에 가서 한번 답사를 해 보고 결정하면 어떻겠소이까? "

동휘는 홍범도의 설명을 듣고 나니 이종호의 의견이 가장 일리가 있는듯 하여 이상설과 류동열의 눈치를 살피며 라자구 편을 들었다. 이상설이 정도령이라고는 하나 실제로 광복군 정부의 간부들이 주로 서북인들이었기에 대체로 그들이 회의를 주관하는 경우가 많았다.

"나는 몸이 안 좋으니 그럼 당신들끼리 다녀오시오."

이상설이 회의 중 못마땅한 표정으로 훌쩍 자리를 떠났다. 좌중이 갑자기 찬물을 끼얹은 듯 썰렁해졌다.

"내가 따라가서 말씀드려 보겠소."

어색한 분위기를 인식한 이동녕도 급히 따라 나갔다.

"기호파 놈들은 항상 저 모양이야. 자기들이 늘 상전이 되어 좌지우지하지 않으면 직성이 안 풀리는 놈들이니 말이오. 내가 〈권업신문〉 주필도 맡기고 싶어서 맡긴 줄 아오?"

이종호가 화가 나서 뒤에 대고 소리를 질렀다. 옆에서 계봉우가 이종호의 팔을 붙들고 말리고 있었다. 그동안 이상설에 대한 이종호의 불신도 깊을 대로 깊게 패어 있었다.

"어허, 종호 이보게. 그게 무슨 말버릇인가? 보재 어른은 대한제국의 마지막 재상이요, 민족의 지도자가 아닌가?"

"나라와 백성도 못 지키고 말아먹은 재상이 무슨 소용이 있단 말이오? 그가 데려다 놓은 기호파 젊은 놈들이 다 밀정 짓을 하고 있는데, 어찌 저 양반을 우리가 믿을 수 있단 말이오? 내 말이 틀리오?"

이종호가 여전히 분을 삭이지 못하고 씩씩거리고 있었다. 그 모습을 보고 있던 홍범도와 엄인섭도 슬며시 일어나 자리를 떴다.

지역주의를 극복하고 기호파와 서북파를 연합시키려던 동휘의 노력은 결국 수포로 돌아가고 말았다. 이상설은 얼마 후 광복군 정부 정도령과 〈권업신문〉 사장 겸 주필을 동시에 사임하였다. 함경도 출신들에 대한 그의 불신에서 비롯된 일이었다. 동휘가 중재를 시도하기도 전에 러시아 신문에 이상설이 일본인들의 간계에 속아 권업신문 주필을 사임하고 조선과 러시아의 정황을 일본에 전하는 밀정이 되었다는 기사가 나자, 이상설의 분노가 폭발하였다. 그것이 이종호에 의한 계략이라고 대노하여 다시는 서북인들과 화해하지 않겠다며 결국 하바롭스크로 떠나버렸다. 그러나 그 이전에 러시아 헌병대에서 이종호에 대한 가택 수사를 벌이고, 김하구를 잡아다가 취조를 한 사건이 있었다. 이상설이 추천했던 기호파 출신 헌병 정탐꾼 구덕성이 그들을 일본 첩자로 거짓 밀고한 일 때문이었다. 그로 인해 양측의 격한 감정 싸움은 돌이킬 수 없는 상황이 되었던 것이다. 갑자기 떠나 버린 이상설의 무책임한 태도에 동휘도 결국 화를 내었다. 한창 독립 전쟁을 준비해야 하는 중요한 시점에 정도령이 떠나자 고심하던 동휘는 결국 2대 정도령으로 취임할 수밖에 없었다. 그리고 연해주에서 간행되는 유일한 해외 동포 신문이며 항일 독립 사상을 전하던 <권업신문>의 주필은 신채호에서 이상설을 거쳐 다시 김하구로 넘어갔다. 김하구 역시 이동휘의 교육생 중 한 사람이었다.

## 27

4월경, 동휘는 김립과 계봉우를 대동하고 이종호가 이끄는 왕청현 라자구로 답사를 떠났다. 김립과 계봉우는 이미 동휘의 오른팔 그리고 왼팔이었다.

푸르스름한 빛을 발하며 먼동이 트고 있는 블라디보스토크 기차역은 새벽 기차를 기다리는 사람들로 붐볐다. 제정 러시아의 독특한 유럽풍의 건축 양식으로 웅장하게 지어진 기차역 대합실에서 동휘와 그 일행은 김립이 나누어 준 수분하까지 가는 기차표를 한 장씩 쥐고 동청 열차의 승차 출구를 향해 걸어갔다. 이곳에서 상트페테르부르크까지 가는 시베리아 횡단 열차와 하얼빈을 향해 가는 동청 열차가 분기되어 떠나는 것이다. 기차에 올라탈 때 두리번거리며 동휘가 물었다.

"어째 김하구 동무는 안왔소?"

"<권업신문> 논설을 쓰고 편집하느라 바쁜 것 같아서 오지 말라 했습니다."

김립이 대답했다. 김하구는 김립과 함께 함경북도 명천에서 태어나 어린 시절부터 같이 자란 동무였다. 와세다대학을 졸업하고 김립과 함께 연해주 독립운동에 뛰어들어 권업회 일을 돕고 있었다. 정치적 지략가인 김립에 비해 김하구는 인텔리 지식인으로 문필력이 뛰어났다.

"그래? 어제는 같이 가고 싶다고 해서 나오라 했는데? 할 수 없지."

기차표를 사고 일정을 세밀하게 준비하는 모든 일들을 김립이 도맡아 했다. 김립은 머리가 명석할 뿐 하니라 몸이 재빨라서 일 처리에 빈틈이 없었다. 상황 판단과 군사 전략에도 밝아서 요즘 같은 군정부 시기에는 꼭 필요한 참모였다. 자연히 동휘는 김립을 가까이 둘 수밖에 없었다. 특별히 돈 계산에 밝지 못한 그에게는 김립과 같은 비서가 옆에 있어 주는 것이 여간 고마운 일이 아니었다. 김립은 가까운 동지를 넘어서 동휘를 받들기를 마치 친부형처럼, 때로는 부하가 상관을 모시듯 충성했다. 그러나 김립은 열심이 지나쳐서 동료들과 충돌을 빚을 때가 많았고 권력에 대한 욕심이 있어서 동휘 주변에 다른 사람이 가까이하는 것을 견제하려는 습성이 있었다. 사람을 쉽게 믿는 동휘는 김립의 치밀한 비서 역할에 의해 조금씩 길들여져 가고 있었다.

라자구는 흑룡강성과 길림성의 접경 지대에 위치한 외진 곳이었고, 개척 초기에는 가난을 피해 살길을 찾아 건너와 밭을 부치던 함경도 사람들이 대부분이었다. 그러나 러시아와도 가까운 지역이라 연해주에서 건너온 조선 사람도 적지 않았고 연해주와 간도 지방을 오가는 독립군들에게는 안성맞춤이었다. 따라서 합방 이후에 망국의 한을 품고 건너온 망명객들과 의병 독립군들이 모여들기 시작하면서 1910년 말에는 800여 세대에 5,000명이 넘는 조선 사람들이 살게 되었다. 라자구 지역에는 이종호 부자가 꾸린 대흥 서숙(태흥학교)뿐 아니라 반일 인재 양성을 위한 학교들이 더 들어섰다. 마을 곳곳에 기독교인들이 몰려 있어서 예수 학교도 세워졌는데 특별히 예수 학교에서는 러시아식 훈련용 총으로 군사 훈련까지 하고 있다고 이종호는 설명했다.

동트기 전 블라디보스토크를 출발한 일행은 그 다음 날 어둑어둑해질 무렵 라자구 삼도하자에 도착했다. 꼬박 이틀 길이었다. 블라디보스토크에서 우수리스크를 거쳐 수분하까지 이어진 동청 철도를 타고 러시아와 중국 변경을 건넜다. 그 기차를 계속 타고 가면 목단강을 지나 하얼빈까지 이어지게 되어 있었다. 안중근이 이토를 격살하기 위해 타고 갔던 바로 그 철도였기에 독립군 기지 건설을 위해 떠나는 동휘에게는 창밖에 펼쳐진 대평원이 예사롭게 보이지 않았다. 인생을 던질 거사를 위해 이 길을 나섰던 안중근의 마음으로 깊이 들어갔고 동휘는 말할 수 없는 감회에 젖었다. 일행은 포그라니치니 역에서 내려 러시아 군인들의 검문을 받은 후 중국 영토 수분하로 건너가 다시 중국 군인들의 짐 검사를 받았다. 이종호의 연락을 받고 수분하 역에서 미리 기다리고 있던 수염이 덥수룩한 노인의 안내로 하룻밤을 여관에서 묵었다. 수분하에서 라자구까지 가는 길은 교통이 불편하여 낡은 지프차와 마차와 소달구지를 번갈아 갈아타며 중간중간 하루종일 걷고 또 걸어야 했다. 마침내 산길을 돌아 마을로 들어서니 병풍처럼 늘어선 산줄기 아래에 광활한 평원이 나타났고, 그 앞에는 큰 시내가 흐르고 있었다. 산 밑등에 옹기종기 모여선 초가집들이 한눈에 조선 사람 마을임을 알게 했다. 이종호는 마을 초입에서 얼마 가지 않아 골목을 한 두 번 돌아서더니 싸리문을 열고 들어갔다. 비교적 큰 초가집이었다.

"아부지, 성재 장군 일행이 오셨슴다."
이종호의 고함 소리에 안방 문이 벌커덩 열리더니 이권익이 버선발로 달려나왔다. 마당에는 어느새 어둑어둑 땅거미가 지고 있었다.

"어서 오시오. 성재 장군! 이 멀리 누추한 곳까지 오셨구려."

이권익은 오래 전 동휘가 이용익의 식객으로 있을 때부터 안면이 있었던 사이인지라 서로가 반갑게 손을 잡고 인사를 나누었다.

"참 오랜만이오. 이렇게 타향에서 다시 만날 줄이야…."

"늘 성재 장군 소식은 듣고 있었소이다. 삼천리 곳곳에서 활약하시는 소문이 이곳 간도 지방에도 자자하게 들려왔소이다. 얼마나 자랑스럽던지, 허허."

"권익 선생이 그동안 여러 방면으로 독립군들의 활동을 지원해 주신 것에 대하여 진심으로 되는 감사를 올리고 싶소. 그 덕분에 우리가 이번에도 대한 광복군 정부의 군사를 배양하는 사관학교를 세우고자 함께 래왕한 것이외다. 아 참, 소개가 늦었구려. 이쪽 계봉우 선생은 역사학자시고, 김립 선생은 법학자이나 손자병법에 능통하여 군사학도 가르치는 인재요."

"김립 선생이야 한 고향 명천 사람이니 우리가 잘 알지요. 고향에서는 익용이라 불렀지요, 허허. 어려서 허헌이와 우리 종호를 많이 돌보아 주었지요. 아버님이 세우신 보성학교를 졸업하였고요. 아무튼 참 귀한 분들이 찾아와 주시니 영광입니다."

"하하 그렇지. 내가 정신이 없소. 내가 내일 라자구를 시찰한 후에 다시 소영자로 건너가서 그간 광성학교에서 가르치던 우리 동지들을 이곳으로 다 모아 데리고 올 요량이오. 일제 놈들의 탄압으로 그 학교가 문을 닫게 생겼으니, 이제 라자구로 근거지를 옮겨서 독립군을 배양해야할 것 같소. 권익 선생의 도움이 절실하오."

일행이 서늘한 산자락의 밤 추위를 따뜻한 온돌의 온기로 녹이고 있자, 곧 안방에 푸짐한 저녁상이 차려졌다. 이권익은 귀한 손님이 오셨다고 담가 놓은 들쭉술을 한 잔씩 권했다.

"한 잔씩 쭉 들이키시오. 곧 몸이 따뜻해지실 거외다."

"참 인사가 늦었소. 아버님의 타계 소식은 멀리서 듣고 눈물만 흘렸다오. 참 안타까운 일이오. 나라를 위해 그토록 애쓰시던 분을 일제 놈들이 밀정을 보내 해치려 했다니 참으로 분통이 터질 일이오."

이종호와 이권익은 동휘의 그 말을 듣자 서로 쳐다보며 얼굴이 곧 어두워졌다.

"내가 공연한 말을 꺼냈구려. 미안하외다. 이용익 대감은 내 생명의 은인이신지라 나도 모르게 말이 튀어나왔소."

"아닙니다. 장군께서 걱정을 해 주시니 참으로 감사하오."

술이 몇 잔 돌며 일행의 얼굴에 화색이 돌던 무렵, 묵묵히 술잔을 들여다보던 이권익이 문득 고개를 들고 입을 열었다.

"종호야, 두 분 손님을 접대하고 있거라. 건넛방에 이부자리도 펴 드리고. 내가 성재 장군을 모시고 잠시 다녀올 데가 있느니라."

이권익은 돌연 동휘를 이끌고 일어나 방문을 나섰다. 쌀쌀한 밤공기가 달아오른 뺨을 스칠 때 오랜만에 마신 들쭉술의 주기가 싹 사라지며 동휘는 정신이 번쩍 들었다.

"어디로 가시오이까?"

"만날 분이 있습니다. 장군."

휘영청 보름달이 떠올라, 적막한 시골 마을을 환하게 내려다보았다. 침묵 속에서 두 사람이 걸었다. 밝은 달빛이 주마등이 되어 두 사람의 머릿속을 환히 비추고 있었다. 오래전 생각들이 조각조각 부서졌다가 다시 모아지면서 한 장의 그림을 짜 맞추듯 떠올랐다. 동휘가 이용익 대감 집의 식객으로 있던 시절, 오늘처럼 보름달이 청명한 밤이었다. 혼자

독립군

검술을 연습하던 그를 멀리 나무 그늘 아래서 권익이 지켜보고 있었다. 이리저리 껑충껑충 뛰어 오르며 칼을 휘두르는 동휘는 마치 한 마리 표범처럼 사납고 빨랐다. 어려서부터 병약했던 권익은 동휘의 사내다운 그 모습을 훔쳐보며 은근히 부러움과 동경을 느꼈다. 아버지 용익으로부터 사내가 계집아이처럼 유약하여 배포가 없다고 늘상 꾸지람을 듣고 자란 그였다. 동휘가 나이는 자신보다 대여섯 살 어렸지만 그의 우람한 체구 앞에서 권익은 늘 위축되었다. 그때 갑자기 아버지 용익이 나타나 동휘를 데리고 사랑채로 들어갔고, 그날 밤늦게까지 두 사람이 소곤대며 더러는 큰 소리로 웃으며 이야기하는 모습을 지켜보았다. 창호 문밖으로 얼른거리는 두 사람의 그림자가 권익의 가슴에 씻을 수 없는 상처와 어두움으로 남았다.

그 이후로 아버지 용익은 아들인 자신을 제쳐두고 동휘를 데리고 전국의 광산을 누비고 다녔다. 권익은 동휘 앞에서 점점 더 왜소해졌고 용익은 동휘를 마치 아들처럼 여기며 모든 일을 가르쳤다. 용익은 아예 동휘에게 창고 열쇠까지 주어 살림을 맡아 돌보게 하려는 듯하였다. 그 무렵 계산에 밝지 못한 동휘가 자꾸 용익에게 꾸지람을 듣는 횟수가 많아졌고, 그것을 지켜보며 권익은 아버지의 눈에 들기 위해서는 돈을 만지고 계산하는 일에 밝아야 함을 깨달았다. 독학을 하며 회계 장부를 다루는 일을 열심히 공부하던 권익에게 마침내 기회가 다시 돌아왔다. 어느 날 눈엣가시와 같았던 동휘가 훌쩍 한성으로 떠나버렸던 것이다. 아버지의 사업상 회계 업무는 자연스럽게 권익에게 되돌아왔고, 그는 아들의 자리를 겨우 되찾을 수 있었다.

한참 골목을 돌아 밭고랑을 지나서 다른 마을로 접어드니 시골에서 보기 드문 기왓집이 하나 나타났다. 대문이 빠끔이 열려 있었고 손으로 밀고 들어가니 백발의 노파가 대청마루에서 서성이며 기다리고 있었다.

"어머니, 성재 장군 모시고 왔습니다."

그 말에 동휘가 깜짝 놀라 바라보니, 그 노파는 영락없는 이용익 대감의 안방마님 유씨 부인이었다. 오래전 그 집에 머물 당시 동휘에게 쌀쌀맞게 굴어 감히 눈을 마주치기도 힘들었으나 멀리서 그 모습을 지켜보아 잘 알고 있었다. 머리는 백발이 되었지만 갸름한 얼굴에 귀티가 나는 대갓집 마나님의 모습은 여전했다.

"아니, 마님, 이게 웬일입니까? 예서 뵙다니요? 안녕하셨는지요?"

동휘는 허리를 숙여 예를 갖추었다.

"어서 들어오시게. 밤기운이 차갑네."

동휘는 마님의 안내를 따라 안방으로 따라 들어갔다. 어두컴컴한 방 안에는 구석에 보료가 깔려있었고 그 위에 누가 덩그러니 누워있었다. 유씨 부인이 방 귀퉁이에 놓인 작은 단자 위 호롱불을 켜자 방 안이 금세 밝아졌다. 자색 고급 보료 위에는 등이 굽은 자그마한 노인이 벽 쪽을 향해 돌아누워 잠이 들어 있었다. 자는지 죽었는지 모를 정도로 그는 정적 속에서 미동조차 없었다.

"대감, 성재 장군이 왔소. 일어납소."

동휘는 잠시 귀를 의심했다. 대감이라니? 그럼? 동휘가 놀라서 옆에 서 있는 권익의 얼굴을 쳐다보니, 그가 턱을 당겨 고개를 살짝 끄덕였다. 노인이 한참 만에 꿈틀하더니 굼벵이가 움직이듯 서서히 어깨를 틀어 돌아눕기 시작했다. 고개를 돌려 어깨너머로 눈을 살포시 뜨고 동휘를 올려다 보았다.

"동휘냐? 네가 왔느냐?"

놀라서 한동안 멍하니 그 모습을 내려다보던 동휘가 무릎을 꿇고 황급히 다가섰다.

"대감님, 살아계셨소이까? 진정 대감님이시오이까? "

두 손을 맞잡아 붙들고 흔들어 묻던 동휘가 흐느끼며 눈물을 뿌리기 시작했다. 한참을 손에 힘을 주고 동휘를 올려다보던 이용익도 숨을 가쁘게 몰아쉬며 다시 눈을 감았다. 계속되는 동휘의 울음소리에 이용익의 주름진 두 눈가에도 이슬이 맺혔다.

찻상이 들어왔고, 권익과 마주 앉아 따뜻한 차를 마시며 동휘는 그동안의 이야기를 들었다. 을사늑약 직전 마지막까지 고종 황제의 최측근 충신으로 보필하였던 친러파의 거두 이용익은 일본 정부의 입장에서는 반드시 제거해야 할 인물이었다. 늑약을 앞두고 이토는 재무를 총괄하는 탁지부대신이었던 이용익을 납치하다시피 일본으로 끌고가서 감금하였다. 한성으로 겨우 돌아온 이용익은 고종 황제와 내밀히 의논한 후 육군 부장 강원도 감찰사로 발령을 받아 한성을 떠났고, 얼마 후 원산에서 배를 타고 곧바로 러시아로 망명을 해 버렸다. 일제는 이용익이 고종 황제의 내탕금을 관리하며 큰돈을 해외로 빼돌렸다고 생각하여 계속 밀정을 보내 추격하였다. 일진회 회장 송병준은 하야시 공사와 결탁하여 이용익이 손자 이종호 이름으로 위탁해 놓은 경성 제일은행의 내탕금을 빼앗으려고 혈안이 되었다. 상하이의 은행에도 고종의 비밀 계좌가 있어서 이용익이 관리한다는 소문이 있었다. 일제 경찰의 눈을 피해 러시아에서도 한 곳에 머물 수 없었던 이용익은 시베리아의 여러 도시를 옮겨 다니며 전전하던 중 같은 친러파 이범진이 공사로 있는 상트페테르부르크로 찾아갔다. 그곳에서 국권 회복을 위해 다방면으로 애쓰던 중 어느 날 상트페테르부르크의 한 호텔에서 그를 곁에서 돕던 비서 김현토의 총과 칼에 맞아 큰 부상을 입고 결국 절명하였다는 소식이 한성에 전해졌던 것이다.

"그때 이미 김현토는 일제에 매수된 밀정이었고 아버님의 비밀 계좌를 캐내려고 접근했던 것이었소. 또한 아버님이 만국 평화 회의에 밀사로 파견될 것이라는 소문이 있어서 그것을 저지하기 위함이었다고도 하고요. 아버님은 어깨와 배에 큰 부상을 입은 채로 달아났고 김현토는 따라오면서 계속 총을 쏘아대었소."

"이 양반이 워낙 발걸음이 빠른 사람이어서 겨우 도망칠 수 있었지, 쯧쯧….'

옆에서 듣고 있던 유씨 부인이 한마디 거들었다. 젊어서 축지법을 쓴다고 소문이 날 정도로 발이 빨랐던 이용익 대감을 떠올리며 동휘가 고개를 끄덕였다. 그때 상황을 떠올리며 대화를 듣고 있었는지 누워있는 이용익 대감의 얼굴에서도 간간이 경련과 같은 떨림이 있었다. 김현토는 기호파 출신으로서 해삼위 동양 학원 한국어 강사로 있던 친구였는데, 같은 친러파인 이범진이 추천하여 안심하고 이용익이 비서로 채용했다는 것이다. 동휘는 왜 이종호가 그토록 기호파를 미워하는지 이제야 좀 이해가 갔다.

"간신히 몸을 피한 아버님이 외각의 초라한 의원에 뛰어들어 러시아 의사에게 응급 치료를 받고 숨어 있다가 사람을 보내어 가족에게 전갈을 한 것이었소. 아버님은 큰돈을 주고 그 의사에게 시체를 사서 자신의 장례를 치르게 했다고 나중에 들었소. 우리 가족은 아버지의 편지에 적힌대로 일부러 아버님이 돌아가셨다는 소문을 크게 내었고, 조정에까지 알린 후 호상꾼을 불러 시신 없는 장례를 한성에서 다시 한번 치르고 위패를 모신 후에 고국을 떠났던 것이오."

"황제께서는 대감의 사망 소식을 듣고 눈물을 흘리시며 충숙(忠肅)이라는 시호까지 내리셨다 하니, 이 양반은 이미 이 세상 사람이 아닌게지."

유씨 부인이 거들었다.

"리범진 공사가 나를 페테르부르크의 공사관에 불러 취직을 시켜주었고, 어머니는 그때부터 환자인 아버지를 은밀히 모셨던 것이오. 아버지는 자신이 살아 있음을 같은 친러파 리범진에게조차 절대 발설하지 못하게 했습니다. 김현토가 리범진과도 내통하고 있었다고 의심하신 듯합니다."

이권익은 분노에 찬 목소리로 말을 이었다.

"리범진과 대감 사이에 어떤 갈등이 있었소?"

"그것은 알 수 없지요. 고종 황제께서 오직 아버님만 의지하고 내탕금을 일체 아버님께서 관리하도록 하셨으니, 조정 내에서 얼마나 반대파가 많았겠소이까? 사실 국고를 채워 대한제국의 위상을 그만큼이라도 올린 것이 모두 아버님이 팔도를 뛰어다니며 애써 일하신 덕분인데도 말입니다. 노론에 속한 신하들은 어찌하든지 그것을 빼내어 사욕을 채울 욕심들밖에 없었고, 아버님은 황제의 신임에 힘입어 온몸으로 그것을 막아서야 하는 입장이셨으니까요."

동휘조차 그 당시 이용익을 음해하는 상소가 빗발치던 것을 떠올리며 고개를 끄덕였다.

"아버님이 그 일을 당하시는 바람에 결국 만국 평화 회의에 참석차 페테르부르크에 들린 리상설과 리준은 리범진의 아들 리위종을 데리고 떠나게 되었던 것입니다."

"흠… 그래서 종호가 리상설을 더 미워하는 게로군."

동휘는 그제야 모든 수수께끼가 다 풀린 듯 혼자 고개를 끄덕였다. 결국 친러파보다도 더 무서운 결속이 기호파들끼리의 결속이었던 것이다. 친일이니 친러니 하는 것은 이완용처럼 언제나 바뀔 수 있는 것으로 되 기호파가 구축해 놓은 조선의 세도는 나라가 망한 이후에도 여전히 맹위를 떨치고 있음을 동휘는 탄식하며 깨달았다.

"그 당시 아버지와 우리 가족의 안전을 지킬 수 있는 곳은 세상 어디에도 없었소. 어차피 고종 황제께서 아버님께 맡기신 내탕금을 노린 자였을 터이니…. 김현토가 일제의 밀정이었든, 리범진이 보낸 자객이었든 위험하기는 마찬가지였소. 차라리 김현토를 보내 당신을 죽이려 했던 리범진의 품에 자식과 아내를 맡기고 있는 것이 더 안전하다고 생각하셨던 것 같소. 결과적으로 리범진은 자결할 때까지 우리 가족을 극진히 대해 주었으니 말이오. 어쩌면 자신의 범행을 감추기 위해서라도 더 그랬을지도 모를 일이지요."

러시아 공사 이범진은 국권 피탈 후 상트페테르부르크의 자기 별장에서 목에 밧줄을 건채 매달려 권총 세 발을 머리에 쏘아 자결했다. 일제와 친일파들에 의해 이용익 못지않게 온갖 음해와 공격을 받아오던 이범진은 그로 인해 역사의 충신으로 남게 되었다. 이범진이 남긴 유서에는 자신의 남은 재산을 어떻게 분배할지에 대하여 상세히 적혀 있었다. 그중에 이상설과 김현토에게 보내는 후원금 500루블씩을 포함하여 각 공익 단체에 보내는 후원금 5,000루블을 분배하는 책임을 김현토에게 맡겼던 것이다.

"김현토는 어떻게 되었소?"

"그는 오히려 나라의 역적을 처단하려 했다고 더 큰 소리를 쳤으며, 해삼위에 돌아가서 자신의 의로운 행위에 대하여 떠들고 다녔소."

"그래서 결국 해삼위에서 기호파와 북도파의 싸움이 시작된 것이로군요."

"합방 후에 페테르부르크에 대한제국 공사관도 없어지고 더 이상 그곳에 있을 필요가 없다고 판단한 나는 처음엔 해삼위로 돌아갔소. 그

긴 거리를 기차로 환자를 모시고 이동했던 것이오. 그러나 한인 사회에서 자칫 소문이 날 것 같아 어머니와 함께 이곳 한적한 왕청현 라자구를 찾아와서 집을 짓고 자리를 잡았소. 밤중에 이사를 들어온 이후 아버님은 거동을 못 하시고 계속 집 안에만 계셨기에 동네 사람들에게는 전혀 눈에 띄지 않았던 것이오."

다음 날 아침, 동휘는 이용익 대감과 겸상을 했다. 겨우 부축하여 벽에 기댄 채로 앉은 이용익은 곁에서 유씨 부인이 떠 주는 수저로 조금씩 음식을 받아먹고 있었다. 아침에 세수를 말끔히 하고 단장을 했는지 병색에도 불구하고 얼굴에 윤기가 흘렀다. 한때 조선 팔도를 휘돌아다니며 호령하던 이용익의 인생을 떠올리자 동휘는 허무하고 쓸쓸한 감회에 젖었다. 상을 물리자 유씨 부인이 용익의 등과 가슴을 쓸어내렸다. 소화가 잘 안 되는 모양이었다. 한참 만에 크게 트림을 한 후 겨우 한숨을 내쉬었다. 고개에 힘이 없어 턱을 고여 숙인 채 눈을 치켜뜨고 힘써 동휘를 바라보는 용익의 눈에 흔들리는 눈물이 고였다.

"네가 나라를 구하겠다고 했느니라."
이용익이 말했다.
"예, 대감, 기억하시옵니까?"
동휘가 대답했다.
"네가 그 약속을 지키겠느냐?"
이용익이 물었다.
"군대를 만들어 자강(自強)으로 왜적을 물리쳐야 할 것입니다. 다른 길은 없습니다."
동휘가 대답했다.

"그 일은 혼자 할 수 있는 일은 아니다. 그리고 반드시 돈이 있어야 할 수 있는 일이니라. 네가 돈이 있느냐?"

이용익이 재차 물었다.

"돈은 없으되 사람이 있사옵니다."

"사람은 믿을 것이 못된다. 명심해라."

동휘는 오래전 생각이 떠올랐다.

"돈도 사람이 있어야 얻을 수 있고, 사람이 있어야 쓸 일이 생기지 않사옵니까?"

"학교를 세우겠다 했느냐?"

"예, 사관학교입니다. 대감께서 못난 저를 한성 사관학교에 보내서 오늘날 이 모습으로 키워 주셨듯이, 저도 사람을 키워 낼 것입니다."

"종호가 도울 것이다. 그러나 나라가 없는 백성이 어찌 남의 나라에서 제대로 된 학교를 세울 수 있겠느냐? 조용히 작게 만들어라. 그리고 언제든 떠날 각오를 하고 살아야 할 것이다."

"대감, 고맙습니다. 반드시 대감님의 기대에 미치도록 할 것이외다."

"네가 다 할 수 없다. 너는 네 몫이 있고 네 후대가 이룰 일은 그들에게 맡겨야 할 것이다. 왜놈들은 독하여 쉽게 물러가지 않는다. 임진년에 겪은 것처럼 물러갔다 해도 또다시 몰려올 것이다."

"명심하겠습니다."

"네 편을 많이 만들되, 적을 만들지 말아야 할 것이다. 보이는 적은 왜적이로되, 보이지 않는 적은 우리 무리 가운데 있어 더 무서운 법이니라."

"또 명심하겠습니다."

"사람을 다스리는 것만큼 더 어렵고 두려운 것이 돈을 다스리는 것이다. 돈은 모든 일을 행할 수도 모든 일을 그르칠 수도 있는 양날의 검이니 극히 조심해서 다루어야 하느니라."

"대감, 이 부족한 자가 어찌 그 일을 감당하겠나이까? 대감의 가르침이 필요합니다."

"내가 너를 보고 눈을 감으니 복이 있구나. 이제 맘 편히 조상들께 돌아갈 것이다."

"대감, 오래오래 사시옵소서. 제가 다시 들리겠나이다."

그 말을 듣고 이용익이 힘없이 고개를 끄덕이며 입을 닫았고, 동휘는 큰절을 하고 물러났다.


28


삼원포 추가가에 첫 둥지를 틀었던 이회영을 비롯한 서간도 독립운동 세력은 1911년 경학사라는 계몽 자치 기구를 설립하고 신흥강습소라는 독립군 배양 학교를 세웠다. 음력 4월 추가가 대고산 자락 아래 초기 이민자 300여 명이 군집하여 감격스러운 군중 집회를 열고 경학사 취지문을 공표하였다. 이 내용은 그들의 동지들인 신민회 회원들을 체포, 취조했던 105인 사건의 판결문에도 적시되어 있는 것처럼, '서간도 이민자들의 자치 조직을 통해 학교 및 교회를 세우고 교육과 군사 배양을 통해 독립 전쟁을 일으켜서 국권의 회복을 꾀하는 것'이었다. 취지문에서 이들은 만주 땅이 남의 땅이 아니라 조상들이 살던 고토이기에 이곳에서 반드시 뿌리를 내릴 것임을 천명하였다. 경학사 사장은 이회영의 바로 위 형인 셋째 이철영이 맡았고 부사장은 이상룡, 내무 부장에 이회영, 농무 부장에 장유순, 재무 부장에 이동녕, 학무 부장에 유인식이 선출되었다. 경학사는 병농제(兵農制)를 채택하여 낮에는 일하고 밤에는 공부하는 주경야독을 표방하였다. 그들은 곧바로 이어서 한족의 옥수수 창고를 빌려 신흥강습소라는 군사 훈련소를 시작했는데, 초대 교장은 이동녕이, 군사 교관은 육군무관학교 출신의 이관직, 김창환, 이 장녕 등이 맡았다.

그러나 농사를 제대로 지어본 일이 없었던 양반 유림들이 일군 밭농사가 제대로 될 리가 없었으니, 1년 만에 경학사는 큰 흉년으로 문을 닫게 되었다. 게다가 갑작스런 대규모 단체 이민자들에게 위협을 느끼고 경계하는 그 지방의 한족(漢族)들이 토지 및 가옥 매매는 물론 임대조차 불허하는 배척 운동을 일으켰다. 한족들의 반발을 무마하기 위해 이상룡 등의 지도자들이 솔선하여 한족과 같이 복장을 바꾸고 변발을 하며 중국인으로의 귀화를 요청하였으나 그것도 거부되었다. 결국 이회영은 그 당시 신해혁명 이후에 권력을 잡게 된 원세개(위안스카이)를 직접 찾아가 이 어려움을 해결해 줄 것을 호소하였다. 원세개는 임오군란 시 북양대신 이홍장이 조선에 파견한 청나라 군대의 군수 참모로 들어와 한동안 조정 대신과 교류가 깊었던 사람이었다. 그 당시 영의정을 역임했던 이석영의 양부 이유원과 이회영의 아버지 이조판서 이유승과 친교가 깊었던 관계로 청나라를 몰아내고 임시 대총통이라는 막강한 권력을 장악한 원세개를 찾아가서 만날 수 있었던 것이다. 겨우 원세개의 지시에 의해 동삼성 총독이 마음을 바꾸어 한인들의 진정서를 받아들여 가옥과 토지의 임시 집조(등기부 대장)를 내어주었으며 입적(호구)을 허락받게 되었다. 그러나 그 과정은 험난하였으며 총독 조이풍의 권유에 의해 겨우 둥지를 틀었던 삼원보 추가가를 떠나 통하현 합니하로 옮겨가지 않으면 안 되었다. 한족들과의 마찰이 심한 추가가보다는 인적이 드문 합니하로 가서 새로 개척을 하라는 것이었다.

두 번째 유랑, 합니하로 가는 길은 처음 추가가로 오던 길보다도 더 험했다. 통화현에서 출발하여 고뢰산 첩첩산중을 돌아 서광촌이라는 마을을 통과한 후 신안보(지금의 광하진)에 도달해 보니 합니하라는 작은 강이 반원을 돌아 흐르며 압록강으로 들어가는 곳에 산 밑의 넓은 평야가 나타났다. 실로 그곳은 주변이 고산준령으로 둘러싸여 군사 기지를 세우기에 안성맞춤인 천애의 요새였다. 일행은 그곳에 다시 초막을 치고 토지를 개간하기 시작했다. 그리고 그들의 이주 목적인 독립군 양성 기관 신흥강습소(후일 신흥무관학교가 됨) 건설에 착수하였다. 추가가에서 옮겨온 교사와 학생 그리고 지역 주민이 합심하여 고원 지대를 평지로 만들고 나무를 베고 돌무더기를 등짐으로 나르면서 고된 노역을 이어 갔다. 그러나 그들은 새로운 터전을 일군다는 새 희망으로 애국가와 청년 학도가를 부르며 기백 있게 일을 하였고, 3월에 시작한 교사 건설은 7월에 완공이 되어 마침내 눈물의 낙성식을 가지게 되었다. 때마침 1912년 4월에 이회영이 신청한 합니하 토지 구매가 7월 1일 허락이 떨어지자 이석영이 거금을 들여 그 일대를 사들였다. 이 모든 과정에서 동분서주 뛰어다닌 이회영의 역할이 가장 결정적이었으나, 그는 신흥무관학교의 어떤 직책도 맡지 않았고 교장은 이철영, 이동녕, 여준 등이 차례로 이어서 맡았다.

산 밑의 학교에는 큰 병영이 건설되었고 강당과 교무실, 내무반과 취사실, 숙직실과 편집실이 마련되었다. 내무반에는 생도들의 이름이 적힌 총기를 세워 두는 총 받침대가 함께 설치되었다. 학생들의 학비는 일체 면비였으며 이석영이 학교 운영의 전반을 담당하였다. 학생들의 식사를 준비하는데 이회영의 부인 이은숙과 이시영의 부인 박씨를 비롯한 6형제의 부인들이 전부 달라붙어서 봉사하였다. 새벽 여섯 시 기상

나팔 소리에 맞추어 모든 생도들이 3분 이내에 뛰어나가 점검을 마치고 보건 체조를 시작함으로 하루의 일과가 시작되었다. 힘찬 구령 소리와 함께 체조를 마친 학생들이 세면과 내무반 청소를 마치면 식당에서 식사가 시작되었다. 늘 윤기 없는 좁쌀에 콩장이 대부분이었는지라 낙성식 날 이석영이 기증하여 나온 돼지고기 특식에 모든 학생들이 정신없이 먹고 일체 설사를 하였다.

신흥무관학교에는 4년제 중학 과정 본과와 6개월 속성 과정인 특별과가 있었다. 신흥무관학교가 이름이 나기 시작하자 인접한 평안도를 비롯한 전국에서 학생들이 몰려왔다. 후일 님 웨일스가 쓴 〈아리랑〉의 주인공 독립운동가 김산(본명 장지락) 역시 신흥 학교의 명성만 듣고 열다섯 어린 나이에 고향 평안북도 룡천에서 압록강을 건넌 후 걸어서 찾아와 특별반에 입학한 학생이었다. 한용운과 같은 훗날 민족 지도자들도 신흥강습소의 명성을 듣고 다녀가기도 하였고, 여준 교장의 조카 여운형도 이곳을 다녀감으로 나중에 3·1운동과 상하이 임시정부 수립 시에 중요한 연결 고리를 만들었다. 신흥무관학교는 3·1운동 이후 다시 유하현 대두자로 옮겨 본교를 크게 지었으며, 합니하는 거꾸로 분교가 되었다. 신흥무관학교를 졸업한 졸업생이 3,500명을 넘었으니 이 학교를 통해 배출된 유명, 무명의 독립운동가들이 실제로 뒤에 이어지는 독립운동사의 주역이 되었던 것이다.

이민 초창기 대다수의 서간도 이주민들은 한족들의 농지를 받아 소작을 했는데, 초기에는 쉽게 빌릴 수 있는 산지에 들어가 나무를 베고 화전을 일구어 감자, 보리, 옥수수, 메밀 등을 심었다. 그러나 점차 평지로 내려와 들판의 황무지를 개간하여 논농사를 시작했다. 종래로 중국 한족(漢族)들은 물을 싫어하여 논농사보다는 서서 일하는 밭농사를 주로 하였다. 그들은 허리를 굽히는 것도 싫어하여 길다란 삼지창으로 서서 밭을 일구었지만, 반도에 살던 조선인들은 물을 좋아하여 수전(水田) 일구기를 두려워하지 않았고, 허리를 굽혀 호미로 열심히 김을 매고 일을 하였다. 아이들조차 비가 오면 물웅덩이를 첨벙거리며 다니는 것은 조선 아이였고, 개울에서 물장구를 치고 노는 아이들도 모두 조선 아이들이었다. 한족들은 물을 두려워할 뿐 아니라 싫어하여 잘 씻지도 않았고, 한족 아이들도 개울물에 발을 적시지 않으려고 늘 먼 길을 돌아 다리로 건너다니곤 했다. 이런 연유로 만주 땅의 논농사는 모두 조선 사람들에 의해 개간된 것이라 해도 무방했다. 한족들은 논농사를 할 줄 몰라 습지도 배수를 못 하여 방치하고 있었으나 조선 사람들은 황무지조차 개간하여 관수 공사를 하고 논을 만들었다. 이상룡과 김형식은 화전민들을 산에서 불러내려 논을 개간하도록 하고 농업을 장려하였다. 추가가의 경학사는 합니하에서 새로운 자치 기구 '부민단(扶民團)'으로 바뀌었고, 6,000여 명의 한인(韓人)들의 민사 형사상의 일을 중재하였다. 초대 단장으로 서대문 형무소에서 순국한 의병장 허위의 형 허혁을 세웠다. 부민단은 통화, 환인, 안동 일경으로 새로 이주하는 한인들의 정착을 돕는 일뿐 아니라 뒤에서 조용히 신흥무관학교를 지원하는 일까지 맡아서 했다. 명실상부 서간도 한인들의 생활 및 민족 교육을 통한 계몽 운동과 독립군 기지 건설을 위한 지원 본부 역할까지 감당하였다. 3·1운동 이후에는 부민단이 다시 한족회(韓族會)로 이름을 바꾸어 발전하였고, 한족회는 인민 재판 기능까지 지닌 자치 행정 기구로서 서로 군정서라는 독립적인 군대를 가지고 있었다.

한양의 삼한갑족으로 편히 지내던 이회영 6형제의 일가식솔들의 고생은 말이 아니었다. 농사를 제대로 지을 줄 모르니 끼니를 거르고 자녀들이 배를 곯아 병에 걸려 죽기가 다반사였으나 남편들은 독립운동과 학생들을 가르치는 데 골몰하여 가정을 돌보지 못하였다. 더욱이 남편 이회영이 독립자금을 구하고 고종을 망명시키기 위해 조선 땅으로 다시 들어가 버린 후 남아 있던 이은숙과 자녀들의 고생은 이루 헤아릴 수가 없었다. 비록 형제지만 먹을 것이 궁하여 동서간에 눈치를 보며 양식을 구해야만 했던 이은숙의 안타까운 사연이 여전히 기록에 남아 있다. 그러나 그 당시 굶주림과 함께 그들을 더 괴롭혔던 것은 무서운 마적 떼의 공격과 만주의 매서운 겨울바람이었다. 1913년 이회영이 블라디보스토크를 통해 국내로 잠입한 이후, 마적 떼 사오십 명이 총을 쏘며 합니하로 쳐들어 왔다. 이은숙은 본능적으로 어린 두 남매를 살리고자 부등켜 안고 엎드렸다. 결국 마적이 쏜 총알이 어깨를 관통하여 피를 철철 흘리며 쓰러졌으며 세브란스 의전 1기 출신 최초의 한인 의사 김필순이 개업하고 있던 통화로 급히 후송되어 40일 동안 입원한 후에 겨우 살아난 일도 있었다. 이상룡의 손부 허은이 쓴 〈아직도 내 귀엔 서간도의 바람 소리가〉라는 책을 읽다 보면 읽는 이의 가슴을 여전히 시리도록 만드는 그 시절의 맹추위가 얼음장처럼 차갑게 다가온다.

"서간도의 추위는 참으로 엄청나다.
공기도 쨍하게 얼어붙어
어떤 날은 해도 안 보이고
온천지에 눈서리만 자욱하다.
하늘과 땅 사이엔 오로지
매서운 바람 소리만 가득할 뿐이다."

독립군

이회영 6형제와 함께 나섰던 모든 독립지사의 가족들은 결국 나라를 위한 제단 위에 가문을 통째로 드렸다. 갑부 이석영은 3·1운동 이후 신흥무관학교가 해체되자 베이징, 상하이 등 중국 각처를 떠돌아다니며 끼니를 거르고 굶주리다가 상하이에서 쓸쓸하게 죽었으며 그의 장남 이규준 역시 유명한 일제 밀정 김달하를 암살하는 등 치열하게 독립운동을 하다가 29세의 나이로 병사하였다. 다른 모든 형제와 그 자녀들도 대부분 비참한 최후를 맞이하였다. 오직 상하이 임시정부 활동을 꾸준히 했던 이시영만이 해방 후 살아 돌아와 대한민국 초대 부통령을 지냄으로 그 가문의 영광을 실낱같이 이어갔다.

29

"성재 장군, 낭패가 생겼소이다. 로씨아와 일본이 동맹을 맺었다 하오."

김립이 임시 광복군 정부 사무실로 뛰어 들어오며 소리쳤다.

"뭐라 했소? 그럴 리가? 아니 왜 로씨아가 일본놈들과 동맹을 맺는단 말이오?"

동휘도 놀라서 소리쳤다. 제2 러일전쟁을 기해 러시아와 함께 국내 진공 작전을 계획했던 권업회와 광복군 정부의 희망은 1914년 7월 제1차 세계 대전 발발 이후 한 달 만에 이로 인해 물거품이 되었다. 1914년은 러시아 이주 한인들이 노령 이주 50주년을 맞아 큰 행사를 준비하고 있었고, 동휘는 그 기념식을 기해 무력 투쟁을 위한 군자금 모금 계획까지 추진하던 중이었다.

"이런 밸도, 자존심도 없는 로스케들이, 어떻게 일본하고 손을 잡는

단 말인가? ˮ

　김립의 얼굴이 일그러져 있었고 당황한 기색이 역력했다. 그도 그럴
것이 제2 러일전쟁에서 러시아군과 연합 작전으로 국내 진공 작전을
수립하는 데 가장 앞장섰던 전략가가 바로 김립이었기 때문이다.

　러시아와 일본은 동맹을 맺고 미국과 함께 연합군에 속하게 되었고
독일, 오스트리아, 헝가리, 터어키의 동맹군과 싸우게 되었다. 그러자
일본 정부의 강력한 요구로 러시아 당국은 한인 독립운동의 지도자들을
탄압하기 시작했다. 한인 50주년 기념 행사도 무산되었고, 권업신문을
폐간 조치하고 권업회를 해산시켰다. 결국 한인 지도자 이동휘, 이종호,
이동녕, 계봉우, 김립, 윤해, 김하구, 이갑, 안정근, 정재관, 이범윤 등에
게 48시간 이내 러시아를 떠나라는 명령이 떨어졌다. 1911년 이후 권업
회를 통해 추진해온 모든 계획들이 일시에 사그라지는 순간이었다. 어
쩔 수 없이 이들은 중국 국경을 넘거나 하바롭스크 또는 니콜스크 등의
농촌 지대로 급히 몸을 피신했다. 그 당시 블라디보스토크의 경무 총감
의 보고서에는 "한인들 간에 신념의 애국자로 존경받는 인물 이동휘가
1914년 8월 22일까지 해삼위 신한촌에 거주하다가 중국으로 떠나 가족
과 합류하였다."라고 적혀 있었다. 어쩔 수 없이 광복군 망명정부도 동
휘를 따라서 중국으로 또다시 망명한 셈이 되었다. 세계 대전이 계속되
는 동안 연해주에 거주하던 러시아 국적을 취득한 원호인(元戶人)들 중
19세에서 47세에 이르는 4,000여 명이 일본과 함께 연합군이 되어 전
쟁에 참여하였고 그중 150명이 장교였다. 그러나 곤다치 총독 부임 이
후 최근에 국적을 획득했던 대다수의 사람들은 동원령을 피해 가족들을
이끌고 중국령으로 이동하여 반일 운동을 계속했다.

　　　　　　　　　　　　　　　　　　　　　　　　　독립군

1914년 말, 이종호로부터 자금을 얻어 시작했던 북산가 소영자의 길동학교가 문을 닫으면서 교사와 학생들이 함께 라자구(啦子溝)로 옮겨와서 라자구사관학교가 개교했다. 얼마 후 이종호가 라자구에 미리 세웠던 태흥서숙의 학생들이 편입되었고, 연변 각지와 연해주에서 넘어온 학생들까지 몰려들어서 학생 수는 300명까지 급증하였다. 교장은 이종호, 교감은 김립이 맡았으며 장기영, 오영선, 김하석, 김영학, 남공선, 김하정, 고경제, 김광은 등이 교원으로 활동했다. 일본 관원들의 감시를 의식하여 동휘가 전면에 나서지는 않았지만 실질적 학교 운영의 총책임자로서 역할을 담당했다. 이종호가 실질적 행정 책임을 맡았으나 동휘는 정신적 지도자로서 학생들을 일깨우고 독립투사로 세우는 일에 기독교 정신과 민족 사랑의 마음을 불러일으켰다.

\*

왕청현 라자구진 태평구촌을 가로질러 수분강이 흐르는데 오른쪽으로 난 밭길을 따라 내려가다 보면 나루터가 있었다. 사관학교가 있는 언덕으로 올라가다 보면 물방아골이 보이는데 동쪽에는 낭떠러지 아래로 강이 흐르고 태평구촌 마을이 건너다 보였다. 서쪽은 밭이고 남쪽은 남산이 있어서 기슭을 따라 수분하가 에둘러 흐르며 북쪽에는 낮은 산등성이가 있었다. 그 아래 탁트인 평야가 있었고 멀리 벽돌로 쌓아 창고처럼 세운 기다란 학교 건물이 있었으며 넓게 닦은 운동장 인근에 옹기종기 초가집들이 나란히 모여있었다.

멀리서 무명옷을 입은 학생들이 줄을 맞추어 목총을 들고 훈련하는 모습이 보였다. 군사 교관은 대한제국 육군무관학교 출신 김하정이 통솔하였고, 군사 전략 및 손자병법의 이론은 고경제가 가르쳤다. 이들은 운동장과 산등성이를 오르내리며 제식 훈련, 사격술, 총검술 그리고 격투 훈련까지 연마하였다. 더러는 국내 진공 작전을 염두에 둔 실전 훈련을 위해 수분하를 타고 내려가 험준한 절벽 등반을 하며 라자석굴 안에 들어가 매복 연습도 시키기도 하였다. 그러나 그들의 손에는 무기가 없었다. 동휘의 사위 오영선도 틈틈이 훈련을 도왔으며 김립은 법률과 정치를 가르쳤다.

"어째 오늘은 영선이가 안 보이네."

동휘는 멀리 한 걸음씩 발걸음을 옮길 때마다 가슴으로 다가오는 학생들의 땀 흘리는 모습이 대견하여 혼잣말을 하며 웃음을 지었다. 룡정, 연길, 훈춘 지역을 한 바퀴 돌아 각 도시의 민족 학교와 교회를 들려서 권면과 연설을 하고 오랜만에 라자구로 돌아오는 길이었다. 봄기운이 완연했다. 샛노란 개나리와 불붙는 철쭉이 서로 경쟁하듯 온 벌판에 가득했다. 얼었던 간도의 동토가 녹아내리는 시냇물 소리가 요란한 것이 영락없는 봄이었다.


"리종호 교장, 그간 무고했소?"

교장실에는 마침 김립과 사위 오영선, 김하석, 전일 등이 함께 모여 회의를 하고 있었다. 전일은 함북 길주 출신으로 길동기독학당을 졸업한 후 간민교육회 활동을 돕다가 라자구사관학교 시작 때부터 합류하여 학생모집책으로 충성스럽게 일하고 있었다.

"그나저나 학생들은 자꾸 불어나고 사격술을 연습하려면 초보적으로 무기가 필요한데 저렇게 목총만 가지고 연습하니 딱하기가 그지없소."

동휘는 운동장에서 한참 연습 중인 학생들을 한참 동안 물끄러미 바라보다가 교장실로 들어오자마자 바로 말을 꺼냈다.

"그렇지 않아도 그 문제를 토론하고 있었소이다."

"종호 교장께서 어떻게 학교 운영 자금을 좀 더 출연해 줄 수는 없겠소?"

"허 참, 낸들 답답하지 않겠소? 그동안 학교 건설에서 운영에 들어간 돈이 얼마인 줄 아시오? 우리는 흥부네 박씨라도 가지고 있는 줄로 아시는 게요?"

이종호가 얼굴을 붉히면서 퉁명하게 말했다. 요즘 자금난으로 계속 시달리면서 그는 안팎으로 심리적 압박을 많이 받고 있었다.

"그럼 어찌해야겠소?"

"낸들 어찌 아오? 돈을 찾으려면 독일 은행에 가야 하는데, 해삼위에서 우릴 잡으려고 눈이 시퍼런 판국에 어찌 가오?"

그때, 성미가 급한 김립이 옆에서 한 마디 톡 쏘듯이 내뱉었다.

"지금 달리 방도가 없지 않소? 내가 몰라도 들리는 소문에 리용익 대감이 황제께 받은 내탕금이 상해 어디엔가 감춰져 있다고들 하던데, 그것이 다 독립자금에 쓰라고 주신 것이 아니오?"

"지금 뭐라 하는 게요? 내탕금이라니? 그놈의 내탕금 때문에 우리 조부께서 저렇게 되신 것을 몰라서 지금 하는 말이오?"

이종호는 멍들고 아픈 곳을 찔린 사람처럼 벌떡 일어나 갑자기 펄펄 뛰며 화를 내었다. 실제로 내탕금을 노린 첩자와 밀정들을 피해 다닌 리용익 대감 가족에게는 그 말은 건드려서는 안 될 금기어였던 것이다.

"종호 교장, 진정하시오. 다들 답답해서 그런 것이니 이해하시고…."

오영선이 옆에서 말리느라 진땀을 흘렸다. 그것을 뿌리치고 이종호가 문을 쾅 닫고 나가 버렸다.

"에잇, 성미 머리 하고는, 쯧쯧. 내가 없는 말을 만들어 냈나? 기가 찰 노릇이네."

김립도 화가 난 듯 혀를 찬다.

"자네도 형편을 보아 가며 말을 가려 해야지. 황제 내탕금 이야기만 나오면 저 사람이 불같이 화를 내는 것을 몰라서 그러나?"

동휘가 나무라듯 말을 했다.

"그래도 리용익 대감께서 우리 동림학교( 라자구사관학교의 별칭)를 위해 자금을 내어 도우라 명하신 것을 종호도 다 알지 않소? 그런데 어째 저러오? 장군께서 대감을 한 번 더 찾아가 보심이 어떠시오?"

"일세, 진정하오. 리용익 대감은 이젠 전혀 사람도 못 알아보시는 지경이 되신지 오래요."

일세는 김립의 호였다.

"리종호는 나라의 큰일을 생각지 아니하고 자신의 재산을 지키려는 모양새를 보이고 있지 않소? 그 돈이 어째 자기 돈이오? 이제 난 종호를 떼어 버리고 새로운 길을 찾아야 한다고 생각하오."

김립이 더 강경하게 나왔다.

"김립 교감, 말씀이 지나치오. 리종호 교장이 있었기에 그동안 김립 동지가 북간도와 연해주에서 이만큼 민족 교육 활동을 할 수 있었던 것 아니오?"

코가 납작하여 뭉툭코라는 별명이 있었던 김하석이 옆에서 끼어들었다. 김하석은 연해주 원호인 출신으로 동휘가 연해주에 들어가 권업회의 분쟁을 중재하고 독립운동을 활발히 하던 무렵 동휘의 명성과 인품에 감복하여 따라나섰던 인물이었다. 그러나 권력 욕구가 강하여 학교를 주도적으로 이끌어 가고 있는 김립과 자주 의견 충돌을 일으키곤 했다.

"그게 무슨 소리요?"

김립이 어이없다는 표정으로 김하석을 째려보았다.

"오래전 망국 직후 청도 회의에서 리종호가 안창호 선생을 따르는 리

독립군

갑, 리강 등과 함께 동만주 평미산에 무관학교를 세우기로 했던 것을 당신과 윤해가 회유하여 북간도 국자가에 길동기독사관학교를 세우도록 했던 것 아니오? 그때부터 줄곧 종호가 당신 물주 노릇을 하며 여기까지 왔는데 이제 와서 떼어 버리겠다는 것이 말이 되는 소리요?"

김립과 이종호, 윤해 세 사람 모두 한 고향 명천 사람이었다. 그들이 하나로 뭉친 것은 어찌 보면 자연스러운 일이기도 했으나 재력가 이종호의 협조를 구하던 안창호의 측근들에게는 배신감으로 다가왔을 것이었다.

"누가 그런 소리를 하오? 종호 그 간나 새끼가 그리 말을 하오? 미국 물을 먹은 서도파 세력들에게 돈을 대주기가 싫어서 스스로 우릴 따라나선 게지, 누가 누구를 회유했단 말이오?"

김하석은 그 말은 듣더니 말없이 일어나 나가 버렸다.

"김하석이 저 간나 새끼가 난 의심스럽소. 뭉툭코 저 자식이 라자구에 들어온 이후로 종호 곁에 붙어서 우리 사이를 이간질하고, 요즘 부쩍 출입이 잦은 것이 수상하지 않소? 원호인 놈들은 근본 이리 붙었다 저리 붙었다 하는데, 왜 우리를 찾아왔는지 모르겠단 말이오."

"일세, 제발 고정하오. 그동안 우리가 기호파니 서도파니 북도파니 하면서 얼마나 싸우고 분열했소. 서로 생각이 다르지만 종호는 그동안 우리와 늘 함께하던 동지가 아니오? 어떻게 그리 쉽게 갈라서겠단 말을 하는 것이오? 우리 안에서 여호인이니 원호인이니 하고 또 분열이 되면 우리가 어찌 독립을 쟁취할 수 있겠소? 게다가 종호와 일세는 한 고향 사람인데도 이리 갈라진다면 우리의 앞길이 어찌 되겠소?"

잠잠히 지켜보던 계봉우가 일어나 큰 소리로 그러나 간곡하게 좌중을 둘러보며 말했다. 역사학자요, 조용한 문필가 계봉우의 한 마디에 논쟁은 끝이 났다. 그는 "뒤바보"라는 러시아식 필명으로 〈아령실기〉 등의 역사 기록을 남겼고, 훗날 상해 임시정부에서도 끝까지 의리를 지키며 동휘와 함께 활약했다.

동휘는 그들의 논쟁을 들으며 눈을 감고 묵묵히 생각에 잠겨 있었다. 김립과 종호의 갈등보다도 더 염려스러운 것이 김립과 김하석의 갈등이었다. 일제와의 전쟁에 앞서서 그들이 치러야 했던 더 치열한 전쟁은 지방색을 둘러싼 오래 묵은 지역 감정이요, 군자금과 교육 자금을 마련하기 위한 그럴듯한 명분을 내세울지라도 권력과 명예와 돈을 둘러싼 서로 물고 물리는 떡의 전쟁이었다. 동휘는 생각했다. 그리고 이용익 대감의 말을 회상했다.

'돈을 다스리지 못하니 결국 사람도 잃고 마는구나.'

그러나 그 전쟁은 이제 막 시작되는 서막에 불과했다는 것을 그 당시 동휘는 알지 못했다.

1915년 3월이 되자 중국과 일본 사이에 남만주와 동부 내몽고를 둘러싸고 긴장이 고조되었다. 양국관계가 험악해지고 전쟁 발발 가능성이 커지자 한인들은 다시 중일 전쟁에 희망을 걸고 한중 연합군을 만들 것을 계획하였다. 동휘는 일찍이 간도에서 만들었던 광복단을 재편하여 한중 연합 작전을 통한 대일 무력 항전을 준비하였다. 동휘는 대한 광복군 최고 사령관 정도령의 자격으로 황병길을 육군 참독에 임명하여 훈춘에서 노령으로 넘어가는 지역을 담당케 하고, 장기영을 북간도 지역 참독으로, 서간도 사령관은 김호이를 임명하였다. 특히 황병길은 함경도 경원에서 가난한 소작인의 아들로 태어났으나 일찍이 의병 활동에 뛰어들어 안중근과 단지동맹을 맺고 활동하던 사람으로, 캐나다 선교부와 연결된 이후로 훈춘지역에서 기독 교우회를 만들어 많은 교회를 세우고 군자금 모집과 독립운동가를 키워 내던 믿음직한 동지였다. 동휘는 라자구의 이종호에게 전령을 급파하여 거병을 명하는 동시에 국자가와 룡정의 배일 한인 및 기독교인들을 총동원하여 비밀 집회와 군자금 모집을 진행했다. 마침내 최후 통첩과 공격 개시를 앞두고 있었던 1915년 5월 9일, 중국과 일본이 21개조 조약을 타결하면서 또다시 모든 계획이 수포로 돌아가고 말았다.

"우리가 번번이 남의 나라 군대에 기대를 걸었던 것이 잘못인 것 같소이다."

김립이 분을 삭이며 거칠게 말했다.

"어제의 적이 오늘의 동무가 되는 것이 국제 관계의 냉혹한 질서라는 것을 다시 한번 깨닫게 되었소. 우리 힘으로 군대를 만들어서 진공 작전을 하는 것밖에는 다른 길이 없소이다."

동휘가 침통한 어조로 군무 회의에서 입을 열었다.

"그러나 막강한 일본 군대를 우리가 무슨 힘으로 당하겠습니까? 로씨아와 중국도 미국과 영국이 뒤에 버티고 있는 일본이 두려워서 감히 적을 만들지 못하고 동맹을 맺는 판에 우리가 무슨 수로?"

이종호가 불만 섞인 말투로 입을 열었다. 이종호는 라자구사관학교 건설에 직접 투자한 장본인지라 이제 이런 수고와 노력이 다 소용이 없게 된 것이 아닌가 하는 의구심을 표출하는 것이다.

"종호 동지, 그렇지 않소이다. 우리가 계속 힘을 키워서 무기를 구매하여 군대를 만들어가야 하오. 반드시 기회가 또 올 것이오. 기회가 왔을 때 우리가 준비를 못 했다면 그 기회를 놓치는 것 아니겠소이까?"

동휘는 팔자수염을 부르르 떨면서 다시 한번 의지를 다그쳤다.

"무기를 구입하려면 현금이 있어야 하오."

김립이 싸늘한 눈빛으로 이종호를 바라보았다.

그리고 며칠 후 큰일이 발생했다. 무기 구입 자금을 얻겠다고 김립이 과격 학생 스무 명 가량을 데리고 이종호의 집을 습격하여 협박으로 돈을 강탈하려 시도한 것이다. 그러나 이종호의 말대로 집 안에는 현금이 전혀 없었고, 강압적으로 멱살이 잡히고 몸싸움이 오간 이후 이종호가 동휘의 집으로 쳐들어왔다.

"장군, 정말 내게 이럴 수가 있단 말이오? 당신이 시켰소? 아니라면 어떻게 학생들까지 교장에게 대들 수 있겠소? 난 이제 더 이상 독립운동이고 나발이고 못하오. 대감이 깨어나서 내게 명하는 한이 있어도 이제 끝이오."

이렇게 큰 소리로 고함치듯 쏟아붓더니 그 길로 보따리를 싸서 라자구를 떠나고 말았다. 들리는 소문에 의하면 이종호는 블라디보스토크에 들렸다가 다시 상하이로 내려갔는데, 거기서 일제 경찰에 체포되어 국내로 압송되었다고 했다. 정말 블라디보스토크의 독일 은행과 상하이에 감추어 둔 내탕금을 모두 찾아서 사라지려고 했던 것인지, 그 누구도 알 수 없지만 그 이후로 황제의 내탕금은 역사 속에서 비밀로 영원히 묻히고 말았다. 이종호가 사라지던 무렵 김하석도 조용히 보따리를 싸서 말없이 동휘 곁을 떠났다.

설상가상, 악재는 겹으로 찾아온다더니, 곧바로 러시아에서 겪었던 것처럼 일본의 압력에 의해 한인 독립운동가들과 그에 협조했던 기독인들에 대한 중국 정부의 대대적인 탄압이 시작되었다. 동휘를 비롯한 광복군 정부 지휘부는 대부분 중국 오지로 몸을 피했고, 간도 주재 일본 영사관의 요구에 의해 라자구사관학교는 개교 1년 만에 중국 당국이 폐쇄를 결정했다.

학교가 문을 닫던 날, 철혈광복단 단장 전일과 김립이 비장한 표정으로 동휘와 오영선에게 찾아와 말했다.

"장군, 염려 마시오. 내가 학생들 중에 힘센 동무들을 뽑아서 러시아에 올라가 공장에서 노동일을 하겠소. 학교 운영 자금을 마련해서 다시 돌아오리다."

학생 중 40인의 결사대가 1차 대전 발발 이후 노동자를 대대적으로 모집하고 있는 러시아 우랄산맥 페름이라는 도시의 공장 지대로 떠났다. 그곳에서 반드시 학교를 재건할 수 있는 자금을 마련해서 돌아오겠다는 결의를 다지며 눈물로 헤어졌다.

나머지 학생들과 교사들은 오영선의 인도로 새로운 군사기지 건설을 위해 훈춘으로 떠났다. 동휘는 눈에 띄지 않도록 가족을 데리고 왕청현 하마탕이라는 오지로 따로 몸을 피했다. 오랜만에 만난 아내 강정혜와 맏딸 인선이, 아버지 이승교를 비롯하여 소영자에서 고락을 함께하던 구춘선, 계봉우, 정창선, 김학규와 같은 동지들이 하마탕으로 모여들었다. 타고난 교육자요, 전도자인 동휘의 열정은 하마탕에서도 멈추지 않았다. 동네에서 눈에 띄지 않도록 작게 학교를 만들고 우수리강 연안의 동포들을 돌아보며 가가호호 기독교 전도를 하고 다녔다.

*

이 무렵 동휘 가족에게 큰 경사가 있었다. 오랜 세월 노처녀로 지내던 맏딸 인순이를 시집보낸 것이다. 리동휘의 교육생으로 1911년 북간도 계림촌으로 망명하여 교사로 활동하던 정창빈이 동휘의 맏사위가 되었다. 정창빈은 1907년 신민회 결성 당시 계봉우의 추천으로 신민회에 입회하여 동휘의 휘하에서 열심히 활동하던 근면 정직한 청년이었다. 성재 장군을 흠모하여 계봉우와 함께 망명하였고 늘 동휘 가족 주변에 맴돌면서 측근으로 활동해 왔었다. 그러나 활달하고 적극적인 오영선에 비해 내성적이고 조용한 성격이었던 정창빈은 동휘의 둘째 딸 의순이를 짝사랑하였으나 결국 오영선에게 선수를 빼앗기고 말았다. 한동안 실연의 가슴앓이로 인해 동휘 가족을 멀리하였고 1916년에는 노령 연해주 도비허에 세워진 화동 학교로 옮겨 교사로 일하며 동포 자제들의 교육에 전념하고 있었다. 마침 동포 교육과 포교 활동으로 연해주 일경을 순회하며 격려하던 동휘가 화동 학교에서 정창빈을 우연히 맞닥뜨렸다.

"아니, 이게 누군가? 창빈이 아닌가? 여기서 일하고 있었는가?"

"아 성재 장군님, 어떻게 여기까지 오셨습니까? 건강은 어떠신지요?"

정창빈은 어려서 심장병으로 앓아 누운 노모를 위해 자기 손가락을 잘라 피를 어머니 입에 떨어뜨려 살려 냈다는 효자 중의 효자였다. 어른 대하기를 깍듯이 하는 정창빈은 그날 동휘를 자기 집에 모시고 가서 극진히 저녁을 대접하였다.

"창빈이 자네는 장가는 아직 아니 갔는가?"

홀로 밥상을 차려 들어오는 정창빈을 바라보던 동휘가 묵묵히 그의 거동을 살피며 물어보았다.

"예, 어른, 아직이옵니다."

동휘도 한 때 오영선과 더불어 정창빈이 둘째 딸 의순을 사모하였다는 것을 잘 알고 있었다. 어려서 고향 단천 바닷가에서 아버지 없이 외롭게 자란 맏딸 인순이가 늘 소심하고 위축된 성격이었다면, 강화도에서 아버지 동휘의 사랑을 듬뿍 받고 온 동네 사람들의 귀여움까지 독차지했던 의순이는 성격이 밝고 싹싹하여 모든 사람에게 호감을 주는 계집아이였기에 자라면서 사내들에게 항상 인기가 많았던 것이다.

"자네 나이가 있는데, 이제 서둘러 장가를 가야지."

겸상을 받아 서로 덕담을 나누던 동휘는 문득 과년한 딸 인순이를 떠올렸다. 그리고 그 자리에서 정창빈을 맏사위로 맞이해야겠다는 결심을 굳혔던 것이다. 그리고 먼저 혼삿말을 꺼내 들었다.

"창빈이 자네, 우리 딸 인순이를 맡아주지 않겠나?"

일제 경찰에게 눈에 뜨이지 않기 위해 하마탕에서 가족끼리 조촐하게 올린 혼례청이었지만, 정창빈은 인순이를 맞이하여 가례를 올리고 도비허에서 신접살림을 차렸다. 노총각 정창빈은 늦깎이 신랑이 되어 나이 든 새색시 인순을 끔찍이도 아끼고 사랑하였고, 곧바로 아들 광우를 낳아 동휘에게 손자를 안겨 주었다. 정창빈은 흠모하던 성재 장군의 맏사위가 된 것에 감격하여 동휘 내외를 공양하기를 친부모처럼 하였다. 동휘 역시 인순을 시집보내고 나서 크게 기뻐하여 한동안 맏딸 내외와 함께 기거하며 부정(父情)을 듬뿍 내주었다. 어쩌면 그 짧은 기간이 독립운동가로 남의 나라를 전전하던 동휘 내외에게는 가장 행복했던 순간이었는지도 몰랐다. 망명 후 아버지를 도와 길동여학교 교사로 여성 교육에 매진하였던 인순이도 곧바로 남편의 교육 사업을 함께 도우며 시골의 못 배운 여성들을 모아 학당을 만들었다. 한글도 가르치고 간단한 셈법도 가르치면서 기독교의 만민 평등의 신앙심을 불러일으키며 여성들도 얼마든지 남자와 동등한 위치에서 독립운동을 할 수 있다고 강조하였다. 도비허에서 교육 사업을 하던 창빈은 그의 효심이 발동하여 장인의 독립 활동 자금을 마련하기 위해 가족을 데리고 큰 도시 블라디보스토크로 건너가 개인 사업을 펼치기 시작했다. 그러나 정창빈에게 찾아왔던 이 행복은 그리 오래가지 못했다.

*

    동휘의 활동 소식이 룡정 일본 영사관에 첩보로 들어간 즈음, 1916
년 11월 초 동휘는 아내 강정혜의 생일을 맞아 훈춘 지역 전도를 마치
고 하마탕으로 막 돌아와 있었다. 거구의 체격으로 전형적인 무관의 품
격을 지녔던 동휘였지만 고된 독립운동을 하면서도 틈틈이 식구들의 생
일을 챙기는 자상한 가장으로서의 따뜻함을 잃지 않았다. 친지와 동료
들이 모여 생일 잔치가 막 벌어지던 차에 동네 청년 서넛이 급히 달려와
동휘에게 소리쳤다.

    "성재 장군, 속히 몸을 피하시오. 일경들이 들이닥치고 있소이다."

    동휘가 뒷문을 통해 급히 마을을 빠져나가고 있을 때, 6, 7명의 순사
들이 생일상을 벌여놓은 동휘의 본가에 쳐들어왔고 미처 몸을 피하지
못한 계봉우가 체포되어 국내로 압송되고 말았다. 동휘는 그 소식을 듣
고 아내 강정혜와 동료 계봉우에 대한 미안한 마음과 애통함으로 인근
마을에서 며칠간 몸져누워 있어야만 했다. 그러나 더 요양하라는 주변
사람의 만류에도 불구하고 며칠 만에 자리를 털고 일어난 동휘는 흑룡
강 연안의 동포들을 심방하면서 전도 활동을 계속하였다.

    1917년 1월 동휘는 훈춘시 영안진 대황구촌에서 량하구, 김도현, 김
남극 등 그 지역의 반일 인사들을 다시 불러 모아 협의하여 북일중학교
를 다시 세웠다. 마을에서 동창 소학교를 운영하던 량하구를 교장으로
김남극을 부교장으로 앉히자 그들이 동휘를 명예 교장으로 추대하였다.
동휘가 이 학교를 세운 까닭은 일제와 중국 당국에 의해 폐쇄된 라자구
사관학교를 이어가기 위함이었다. 곧 이어 사위 오영선이 라자구사관학
교에서 배양하던 사관 생도들과 교사들을 데리고 와서 합류하였고, 김

립이 다시 들어와서 법률, 정치를 가르치기 시작하였다. 고경제가 다시 군사 훈련을, 남공선이 역사를, 이영이 영어를, 오영선이 수학, 물리, 화학을 가르쳤다. 가르치는 선생이나 교과 내용 모두가 라자구사관학교를 그대로 이어받은 후신의 성격을 지니고 있었다. 시작할 때 학생 40명 중에서 절반 이상인 20여 명이 라자구에서 옮겨온 사관 생도였다. 학제는 일정치 않아 반년제, 1년제 또는 2~3년제까지 융통성 있게 학업을 완수한 후, 졸업 후에는 대부분 반일 운동 단체에 배치되었다. 1918년에는 초대 교장 량하구가 일본 경찰에 체포되어 서대문 형무소에 투옥되었고, 오영선이 대리 교장을 맡아 학교를 꾸려갔다. 1918년 북일학교 1회 졸업생을 배출한 후, 오영선, 남공선, 장기영은 러시아로 돌아갔는데 많은 졸업생들이 그들을 따라갔고 대부분 홍범도가 지휘하는 반일 무장대의 휘하로 들어갔다. 그리고 나중에 봉오동 전투의 주역들이 되었다.

라자구사관학교는 일명 '대전학교' 또는 '동림학교'라고도 불렸다. 길동학교에서 라자구사관학교로, 그리고 다시 북일학교로, 학교의 장소와 이름은 바뀌었을지라도 동휘가 세운 이 학교들은 장차 3·1운동 무렵까지 북간도 독립운동에 있어 전문 군사 인재를 배양하는 매우 중요한 역할을 감당하였다. 중간에 탄압으로 인해 일시 폐교가 되기도 하고, 북일학교와 같이 다른 곳으로 학교를 옮겼다가 돌아와 1919년도에 다시 시작하는 등 우여곡절을 겪었지만 이 학교를 통해 배출된 인재들이 조선 사람으로서 또는 중국 공산당 소속 동북 항일 연군에 소속되어 직간접적인 독립 전쟁을 치렀다. 학교가 사라진 이후에도 그곳 태평구촌은 30년대 후반까지 항일 투쟁의 요람으로 계속 남았던 것이다.

# 혁 명 가

.

.

.

< 내 피로 이 땅과 강을 적시게 하라 >

30

　오래전 고구려와 발해가 세워지고 멸망하던 역사 속에 우리 민족의
웅장한 기상과 더불어 눈물과 한탄과 혈흔이 남아 있는 땅, 연해주는
1860년 새 주인을 맞이했다. 발해 이후 여진족의 금나라가 한때 주인이
되었고, 칸의 말발굽 아래 몽골인의 원나라로 주인을 갈아치우던 그 땅
은 후금의 누르하치가 일어나서 청나라가 중국 중원을 정복한 이후 오
랜 세월 인적이 드문 금단의 지역으로 남아 있었다. 2차 아편 전쟁에서
영국, 프랑스의 연합군에게 밀리고 있던 청나라가 혼란에 빠져있는 틈
을 타고 러시아 제국이 남하하여 1858년 아무르강 유역의 아름다운 도
시 하바롭스크를 건설하여 원동 정복의 발판으로 삼았다. 결국 청나라
가 전쟁에 패하고 1860년 베이징 조약을 맺을 때 러시아는 어부지리로
연해주를 차지했고 우수리스크와 블라디보스토크를 건설하여 이 지역
을 프리모르스키(연해주, 沿海州)라고 불렀다. 시베리아 동토의 평원으로
부터 끊임없이 남하를 거듭하며 원동(元東) 지방에서 바다와 부동항을

갈망하던 러시아가 마침내 그 소원을 이룬 것이다.

이 무렵 1863년 조선에 대기근이 있었고 많은 유랑객들이 괴나리봇짐을 메고 두만강을 건넜다. 어떤 이들은 간도로 어떤 이들은 연해주로 새 삶의 터전을 찾아갔다. 그 당시만 해도 그들 유랑민이나 이후에 들어온 초창기 독립투사들에게도 간도와 연해주는 항상 오갈 수 있는 곳이었기에 큰 차이가 없었다. 그 무리들 가운데 함경북도 경흥 출신 김두서가 있었고 그는 노령, 즉 로씨아의 영토를 택했다. 그는 함께한 13가구와 함께 지신허를 거쳐 추풍 지방 영안평에 뿌리를 내렸다. 그는 생존을 위해 굶주림과 질병과 싸우며 열심히 러시아어를 배워서 통역사로 물품 납품업자로 재산을 모아갔다. 1885년 딸 알렉산드라가 태어났고 그녀는 동청 철도 건설 공사장의 통역사가 된 부친을 따라 만주로 건너갔다. 알렉산드라는 어려서부터 성품이 활달하고 붙임성이 있어 어떤 환경에서도 누구에게든 사랑을 받는 여자아이였다. 험한 공사장에서 조선인과 중국인 노동자들을 늘 나긋나긋 대하며 그들과 한 천막에서 더불어 살았다. 그들의 권익을 위해 노동 쟁의를 하고 열심히 싸우는 아버지 김두서(표트르)를 보면서 어린 알렉산드라의 의식은 무럭무럭 성장했다. 러시아인들의 감독과 관할에서 진행되는 철도 공사판에서 차별과 멸시와 구타 속에서 일하는 못 배우고 무식한 조선인과 중국인들은 그녀의 아버지 표트르가 유일한 보호자였다. 특히 의화단 사건이 일어났을 때 중국인들을 색출하여 목을 따는 무서운 혁명기에 표트르는 민족을 초월한 박애 정신으로 중국 노동자들을 자기 집에 피신시켜 목숨을 살려 주었다. 그 일은 알렉산드라의 인생에 큰 영향을 미쳤다.

그녀가 열여섯 살이 되던 해 공사장에서 과로로 쓰러진 아버지가 시름시름 앓다가 갑자기 사망하였다. 그의 죽음을 접한 조선인, 중국인,

러시아인 노동자들 수백 명이 사업장을 떠나 파업을 하고 표트르의 장례식에 몰려들어 마치 자기 아버지의 장례을 치르듯 통곡하였다.

"우리 로동자의 친구 표트르 김이 서거하였소. 이제 누가 우리 편이 되어주겠소?"

그들은 눈물로 범벅이 되어 쑤라를 위로하고 안아주었다.

"아저씨, 울지 마세요. 내가 공부를 잘하여 커서 아버지처럼 통역사가 될게요. 아저씨들을 행복하게 할게요."

쑤라는 오히려 어른들을 위로했다. 그것이 아버지가 그녀에게 남긴 유언이요, 유산이 되었다.

고아가 된 알렉산드라는 부친의 폴란드인 친구 스탄케비치에게 맡겨졌고 블라디보스토크로 옮겨져 여학교에서 러시아식 교육을 받았다. 러시아의 문학과 역사를 접하고 혁명 사상가의 저술을 통해 인류 보편적 가치인 자유와 평등 사상을 접한 알렉산드라는 차르 통치하에서 고통당하는 인민들의 모습을 보며 청년 혁명가들과 교류하기 시작했다. 사범학교 졸업 후 고향 영안평으로 돌아가 소학교 선생으로 지내던 그는 자신의 후견인 스탄케비치의 아들 마르크와 결혼 생활을 시작했다. 그러나 그녀의 첫 결혼은 남편의 술주정과 구타 그리고 외도로 인해 파경에 이르렀고, 철도 노조에서 일하던 알렉산드라는 그 당시 동토를 태우는 불꽃처럼 일어났던 러시아 혁명의 소용돌이 속으로 빨려들어 갔다.

세계 대전의 여파로 연해주 한인(韓人)들은 핍박 속에 전쟁터로 징집되었고 군수 공장으로 휩쓸려갔다. 모병을 피해서, 더러는 극심한 생활고 속에서 군수 공장에 지원하면 의식주가 해결되고 월급을 받을 수 있다는 희망을 안고 많은 한인들이 우랄 지방의 공장 지대로 지원했다.

혁명가

그 중간에 러시아 헌병대와 연결된 한인 브로커들이 있었고, 노동자들의 의복과 신발 월급을 착복하는 사기꾼들도 범람하였다. 그 당시, 평소에 알렉산드라가 존경하던 러시아 정교회의 오와실리 신부가 노동자들 편에서 헌신하는 것을 보게 되었고, 러시아 헌병대에 쫓기던 그를 숨겨주는 과정에서 알렉산드라 역시 혁명 활동에 뛰어들었다. 시베리아 철도청 노동 조합에서 노동자들의 편에서 노동운동을 하던 알렉산드라는 수많은 한인들이 중간 브로커들에게 사기를 당해 계약 기간이 끝나도 돌아오지 못하고 고통당하고 있다는 가족들의 부르짖음을 듣고 분연히 우랄행을 선택하여 자신의 운명을 바꾸었다. 우랄의 공장에서 한인들과 중국인들이 러시아 말이 통하지 않아 계속 농락만 당하고 있다는 이야기를 들은 알렉산드라는 과거 자신의 아버지가 걸었던 길, 통역사로 자원하여 노동자의 편에 서기로 결심했다.

1914년 겨울, 알렉산드라는 어린 두 아들을 보모의 품에 맡기고 블라디보스토크 기차역을 가득 메운 수천 명의 노동자들과 함께 우랄산맥의 공장 도시 페름을 향해 떠나는 기차 안에 몸을 맡겼다. 남루한 회색 외투와 털모자를 쓴 사람들은 그나마 나은 형편이었고, 혹독한 시베리아의 추위를 도무지 견딜 수 없는 얇은 무명옷을 걸치고 헐렁한 작업모를 쓴 한인 노동자들이 가득 차 있었다. 계약서에 따라 출발 후 노동자들에게 지급하기로 되어 있었던 외투와 털신발은 지급되지 않았다. 기차 안 식사도 돌덩이처럼 딱딱한 러시아 흑빵으로 하루 한 끼밖에 주어지지 않았다. 알렉산드라의 노동 투쟁은 기차 안에서부터 시작되었다. 며칠을 두고 달려야 하는 기차의 중간 기착지에 내려서 식사를 하고 떠나게 되어 있었으나 허기진 노동자들에게 식사는 끝내 나오지 않았다. 알렉산드라는 노동자들을 설득하여 단체 교섭권을 발동하였고, 역무원과 차장들 그리고 차량 경비병들에게 항의하며 세끼 식사를 주지 않으면 탑승을 거부하겠다고 버티기 시작하였다. 페름에 도착하기 전에 이미 알렉산드라는 한중 노동자들 사이의 지도자로 올라서 있었다.

'알렉산드라 킴 페트로브나 스탄케빈치'의 예명은 쑤라였다. 형량이 무거운 죄수들만이 간다는 유형지 우랄산맥, 전시 노동 시장에서도 지옥 다음으로 힘든 막장이라고 일컬어지는 페름시 공장 지대에는 러시아 전역에서 몰려든 각양 인종의 노동자들로 득실거렸다. 눈보라 속에서 트럭에 짐짝처럼 실려 도착한 공장 건물마다 긴 굴뚝에서 검은 연기를 꾸물꾸물 밀어내고 있었고, 철조망을 친 막사는 마치 감옥이나 포로수용소를 방불케 했다. 쑤라와 함께 도착한 한중 노동자들은 제철소와 목재 공장에 분산 배치되었다. 하루 할당량을 채워야 월급을 받기 때문에 무리하게 아름드리 통나무를 자르다 보니 지치고 병약한 노동자들은 전기톱에 손가락이 잘려 나가기 일쑤였고, 제철소에서는 쇳물이 튀어 안전사고로 목숨을 잃는 노동자들이 속출하였다. 막사 안에는 악취가 코를 찌르는 때 묻은 이불 하나가 지급되었고 비누가 없어서 개인이 목욕과 빨래를 한다는 것은 엄두도 못 냈다.

청소 및 빨래 잡역부를 제외하고는 여자가 자원하여 들어온다는 것은 생각하기도 힘든 생지옥 육체 노동판에서 쑤라가 나타나자 관리인들은 깜짝 놀랐다. 그동안의 남자 통역사들은 대부분 자기 민족을 대상으로 사기를 치는 거간꾼들이었기에, 러시아인 관리인들과 한통속이 되어 노동자들에게 돌아가는 물품을 빼돌리고 계약서를 위조하여 한중 노동자들을 노예처럼 부려 먹는 존재들이었다. 특히 김병학이라는 통역사가 그동안 술수를 부려서 한인 노동자들을 전부 노예로 팔아먹고 돈을

혁명가

챙겨 달아났다는 것이다. 그러나 쑤라는 실질적으로 정직하게 자기 일을 했을 뿐 아니라 통역사를 넘어 거칠고 투박한 남자 노동자들을 휘어잡고 그들의 권익을 위해 싸우는 노동 투사였다. 그 환경 속에서도 간부급 관리 직원과 노동자들을 데리고 온 거간꾼들은 전혀 다른 식단으로 호의호식하였다. 쑤라는 그들을 상대로 벌목공들의 안전과 인권 신장을 위해 노동 조합을 만들어 단체 교섭을 하였다. 러시아 혁명이 일어나자 쑤라는 케렌스키 임시정부를 상대로 수도 상트페테르부르크까지 청원서를 들고 가서 끈질긴 협상 끝에 그들의 밀린 임금을 받아내었고 마침내 그들을 가족이 기다리는 고향으로 돌려보냈다. 쑤라는 페름 노동자들의 유일한 보호자요, 어머니와 같은 존재였다. "우랄의 딸"로 불린 쑤라의 이런 노동운동의 성공으로 그녀 명성은 러시아 전역에 알려지게 되었고 페름 노동자들의 영웅이 되었다.

어느 날, 쑤라는 벌목 노동자들 중에서 전혀 다르게 행동하는 일단의 무리들이 있음을 발견하였다. 그들은 노동판에서 일상으로 되어 있는 거친 쌍욕과 몸싸움을 일절 하지 않았고 행동거지에도 교양과 절도가 있었다. 그중 일부는 그 험한 식사 시간에도 기도를 하는 사람도 있었고, 몸이 약한 자에게 자기 식사를 덜어주는 모습도 눈에 띄었다. 그들은 페름에 들어오기 전부터 익히 알고 있었던 사이인 듯 늘 단체로 몰려서 움직이며 서로 돕는 모습이 역력하였다. 분명히 교육받은 지식인들임에 틀림없는 사람들이었다. 관심을 가지고 그들을 유심히 관찰하던 어느 날, 하루 노동이 끝나고 인원 점검을 마친 쑤라가 그들 중 지도급으로 보이는 한 사내에게 말을 걸었다. 출석 점검을 쑤라가 하고 있었기에 그의 이름을 알고 있었다.

"박철군 선생, 잠깐 이야기 좀 합시다."

호명을 받은 남자는 꿈쩍 놀라 쑤라를 바라보았다. 쑤라는 사무실 의자를 권하고 미리 준비한 따뜻한 차를 끓여 그에게 주었다. 찬찬히 뜯어보니 수염을 못 깎아서 험해 보이던 첫인상 속에 선한 눈동자가 보였고, 그는 쑤라보다 대여섯 살은 어려 보이는 청년이었다.

"선생들 일행은 어데서 왔소?"

박은 쑤라의 질문에 말문이 막힌 듯 한참 찻잔만 들여다보고 있었다. 그러나 그동안 쑤라가 보여 주었던 한인들에 대한 놀라운 지도력으로 인해 이미 신뢰를 가진 듯 고개를 들고 순순히 이야기를 풀어놓았다.

"우리는 중국 라자구에 있는 사관학교 생도들이라오."

"사관학교라고요? 라자구에 그런 학교가 있었나요?"

어려서 아버지를 따라 중국 흑룡강과 길림성을 오가며 살았던 쑤라는 라자구를 알고 있었다.

"성재 리동휘 장군이 1914년에 세운 민족 학교요. 우리는 독립군이 되기 위해 그 학교에 들어갔소. 내 고향은 연길이오. 일찍이 북산가 소영자에 성재 장군이 길동기독학교를 세워 나중에 이름을 광성이라 했는데, 그 학교가 문을 닫고나서 라자구로 옮겨왔소."

그는 라자구사관학교의 설립 배경과 이종호 교장, 김립 교감, 계봉우 역사 선생 등 그들을 가르쳤던 선생들이 모두 유명한 학자요, 독립투사들인 것을 자랑스럽게 이야기하였다.

"아니 그런데 왜 이런 위험한 곳에 와서 일을 하고 계시는 겁니까?"

쑤라의 의아스러운 질문 앞에서 박철군은 머뭇거리다가 속내를 털어놓았다.

"전쟁이 터지고 일제 놈들과 중국이 동맹이 되고 난 후, 학교가 재정난으로 결국 폐쇄가 되고 말았지 뭐요. 우리들은 학교를 재건하기 위해 40명이 결의를 하고 군자금을 마련하려고 이곳으로 자원한 것이오."

혁명가

박철군은 그때를 생각하고 목이 마른지 후루룩 차를 들이켰다.

"그런데 오자마자 한 동무가 벌목장에서 목숨을 잃고, 계약서와는 달리 임금도 제대로 못 받고 노예 신세가 되어 일을 하고 있으니 이 어찌 원통하기 그지없는 노릇이 아이겠소?"

이야기를 하던 박철군이 마침내 눈물을 보이며 손등으로 닦아 내었다. 쑤라도 눈물을 흘렸다. 노동 현장에서 자신을 지키기 위해 사내들 앞에서 일절 감정을 보이지 않았던 쑤라가 가슴이 쓰려서 견딜 수가 없었다. 의자에 앉아 어린아이처럼 옷소매를 훔치며 울고 있는 박철군에게 다가가 그의 머리를 감싸고 안아주었다.

"우리는 철혈광복단 출신의 동무들이오. 혈서를 쓰고 조국의 독립을 위해 목숨을 내놓은 사람들이오."

박철군과 그 일행들은 쑤라에게 자신들의 이야기를 더 깊게 해 주었다. 동휘 장군과 그 부하들이 세운 여러 학교들은 대한 독립을 위해 무장 투쟁을 하는 독립군들을 키워 내는 학교라고 했다. 철혈광복단은 일제 탄압을 받아 학교들이 폐교된 이후 광성학교, 창동학교, 명동학교, 북일학교 출신들과 교사들이 모여 만든 지하 조직이라고 했다. 광복단에 들어오기 위해서는 선서와 함께 혈서를 쓰는 입단식이 있었다. 광복단원이 일제 밀정을 찾아내 처형하기도 했으며 그로 인해 자기 동지들이 붙잡혀 가서 청진 형무소에서 사형을 당한 일도 있었다고 일러주었다.

"철혈광복단은 누가 지휘를 하나요?"

"우리는 리동휘 장군의 휘하에 있으며 전일 단장과 김립, 오영선 같은 교관들이 지시를 내리면 작전 수행을 합니다. 이곳 우랄 페름으로 무기 구매를 위한 군자금 마련을 위해서 떠난 것도 김립 교관의 지시에 따라 온 것이오."

철혈광복단은 북간도가 일제 통감부의 관할로 들어가자 이동휘 장군이 과거 신민회 조직을 본 따서 만든 지하 독립 단체라고 설명하였다. 초대 단장은 전일이 맡았고 전일이 길동기독학교 학생시절 선생이었던 김립이 뒤에서 지도하였다고 했다. 박철군은 점차 쑤라에게 쏙 빠져 모든 것을 털어놓고 이야기하고 있었다.

"아, 나도 어려서부터 아버지에게 성재 리동휘 장군의 이야기는 많이 들어서 알고 있어요."

쑤라도 잊었던 그 이름을 듣자 성재 장군에 대해 흠모하는 마음이 솟아올랐다. 그리고 결심했다. 반드시 이 동무들을 생지옥과 같은 이곳에서 정당한 월급을 받게 하여 내보내겠다고. 그리고 그날 이후 쑤라는 틈틈이 광복단 동무들을 모아 러시아어도 가르치고 자신이 가지고 온 톨스토이의 소설과 마르크스와 엥겔스의 〈공산당 선언〉을 읽어주며 사상적으로도 가르쳤다. 그리고 라자구 사관 생도들과 더불어 목숨을 건 노동 투쟁이 본격적으로 시작되었다. 처음엔 조선인을 위해서 시작했으나 점차 우랄 공장 지대 전체를 상대로 인간 이하의 조건에서 일하는 노동자들의 처우 개선을 위해 쑤라는 투쟁했다. 공장장과 기관원들의 회유와 살해 협박에도 불구하고 쑤라는 선전·선동을 통해 모든 인종의 노동자들을 일깨워 하나로 뭉치게 만들었다. 거대한 파업 투쟁이 시작되었고 마침내 우랄을 해방구로 이끌었다.

31

세계 제1차 대전이 한창이던 1917년 2월 23일, 제정 러시아의 차르 통치를 무너뜨린 대사건이 일어났다. 밀고 밀리는 지루한 전쟁에서 수

백만의 참혹한 사상자를 내며 모든 물자가 독일 전선에 투입되던 추운 겨울, 수도 페테르부르크에서 국제 부녀절(그레고리력으로 3월 8일)을 기해 길가에 줄지어 애처롭게 먹을 것을 구하던 여자들이 "빵을 달라!"라고 외치기 시작했다. 함성은 순식간에 전 도시로 퍼져갔고 탄압하기 위해 나선 정부군이 오히려 봉기에 가담하면서 결국 300년간 이어 오던 로마노프 왕조가 종말을 고하고 니콜라스 2세를 왕좌에서 끌어내렸다. 부르주아 인텔리 귀족층을 포함한 온건파 케렌스키의 임시 의회가 급조되면서 노동자-농민-병사들로 구성된 프롤레타리아 소비에트(평의회) 연맹과 연합 정부를 구성하였다. 이때 블라드미르 레닌이 주도하는 강경 좌파 볼셰비키가 전면에 등장하여 전쟁 종식, 토지 국유화를 내세우며 "모든 권력을 소비에트에게!"라고 외치기 시작했다. 임시정부와 볼셰비키의 밀고 밀리는 치열한 권력 투쟁이 그해 동안 전개되었다. 군주제가 무너지자 정당 결성과 언론·출판·집회의 자유가 허용되었고, 전국은 약탈과 총격과 처형이 난무하는 일시적 무정부 상태가 되었다. 그 속에서 노동 조합이 결성되고 노동자 신문이 출간되었고, 차르 통치하에서 노예처럼 살면서 오랜 세월 동안 한 번도 자기 목소리를 내지 못했던 기층 세력들이 결집하기 시작했다.

이때를 맞추어 멀리 미국에서는 1917년 4월 2일 미국이 1차 대전에 참여하기 위한 우드로 윌슨 대통령의 역사적인 의회 연설이 있었다.

"이 위대하고 평화로운 국민을 전쟁으로, 그것도 가장 무섭고 참담한 전쟁으로 이끈다는 일은 두려운 일입니다. … 그러나 평화보다 가치 있는 것이 정의입니다. 우리는 우리가 언제나 소중히 했던 것들을 위해 싸워야 합니다. 민주주의를 위해, 약소 국가들의 권리와 자유를 위해, 모든 나라에 평화와 안전을 가져다주고 궁극적으로 세상을 자유롭게 만들어줄 정의의 보편적인 지배를 위해. … 이제 미국이 피를 흘릴 때가 왔습니다. 이 나라를 탄생시켰으며 행복과 평화를 지켜온 원칙을 위해 싸울 때입니다. 신께서 우리를 도우시기를 빕니다. 우리가 아니면 아무도 이 싸움을 할 수 없기 때문입니다.”

이는 1823년 5대 미국 대통령 먼로에 의해 천명되었던 오랜 전통 먼로주의가 무너지는 순간이었다. 먼로는 “우리는 유럽의 정치에 간섭하지 않는다. 그러니 유럽도 우리를 간섭하지 말라”라며 미국의 대외적 상호 불가침 조약을 선언했던 것이다. 그러나 미국은 20세기 들어서 부와 해군력의 증가로 대영 제국을 앞지르는 국력을 지니게 되었다. 힘에 의한 정치를 주도한 공화주의자 시오도르 루스벨트에 의해 파나마와 하와이를 무력으로 점령하였고 이어 괌과 필리핀도 강점하였다. 미국의 국제적 영향력은 아메리카 대륙과 유럽을 넘어 태평양과 아시아까지 진출하고 있었다. 이미 미국도 유럽 제국주의 열강의 대열에 경쟁적으로 성큼 뛰어들고 있었던 것이다. 그러나 장로교 목사의 아들이요, 프린스턴 대학 총장 출신으로서 진보적 도덕주의자인 우드로 윌슨은 1차 대전 전쟁 참여의 명분을 만들어내지 않으면 안 되었다. 미국의 참전은 독일과 오스트리아와 같은 악의 축을 제거함으로 국제 평화와 약소국들의 권리와 자유를 지키기 위한 정의감의 발로이며 이로 인해 불가피하게 일시적으로 평화를 깰 수밖에 없음을 천명하였던 것이다. 미국은 세계의 경찰 국가로 자처하며 국제 무대에 화려하게 모습을 드러내었다.

그동안 러시아에서는 혁명이 한창 진행되고 있었다. 한때 볼셰비키가 독일 첩자로 몰리며 레닌이 스위스로 망명하여 위기를 맞이하는 듯했다. 그러나 소비에트가 볼셰비키를 지지하면서 레닌이 다시 돌아와

10월 혁명이 일어났고 결국 권력 쟁취에 성공했다. 레닌은 평화와 토지에 관한 두 가지 포고령을 즉시 발표하였다. 병합과 배상이 없는 즉각적 종전 선언과 국가가 지주의 토지를 몰수하여 농민에게 무상 분배한다는 선언이었다. 고대 신정 국가 이스라엘에서나 가능했던 희년(禧年)처럼, 토지를 지주에게서 몰수하여 원주인 농민에게 반환하는 역사적 사건이 일어난 것이다.

이로써 1917년, 자유주의와 평등주의를 주창하는 두 거대 국가 미국과 러시아의 세기의 대결이 점화되었다. 그 대결의 시작은 약소국과 농민을 위한 절대 자유와 절대 평등을 내세운 가치 전쟁이었던 것이다. 한쪽에서는 평화보다 정의를 내세움으로 전쟁에 참여를 선언하였고, 다른 한쪽에서는 절대 평화를 외치며 즉각적 종전을 선언하였다.

*

러시아 혁명의 여파는 연해주 한인들에게도 큰 영향을 미쳤다. 세계 대전 발발과 함께, 제정 러시아 정부가 돌변하여 반일 사상을 가진 한인들을 핍박하기 시작한 이후 완전히 위축되어 있던 노령 사회는 다시 활기를 띠기 시작했다. 언론·출판·집회의 자유가 허용되자 러시아 국적을 가진 원호인과 비국적자 여호인들이 각자 조직 활동을 재개하였다. 이런 소식은 하마탕에서 쫓겨와 훈춘에서 다시 북일중학교를 시작한 동휘의 귀에까지 들려왔다.

"아버님, 로씨아에서 혁명이 일어났다 합니다. 이제 우리가 다시 해삼위로 돌아갈 수 있게 되었슴다."

사위 오영선이 기쁜 소식을 전하려고 동휘에게 달려왔다.

"지난 부녀절에 터진 혁명이 전국으로 번지고 있다고 합니다."

함께 들어온 김립도 흥분한 모습이 역력했다.

"이제 막 시작한 북일학교를 두고 어떻게 떠나겠소. 당분간 추이를 지켜봅시다."

동휘는 신중한 태도를 보였다.

"그런데 요즘 연해주 한인들이 다시 일어나 원호인과 여호인들 사이에 경쟁적으로 다시 단체를 만든다고 합니다. 그런데 원호인은 최재형, 문창범을 중심으로 뭉치는데 여호인들은 중심이 없으니 성재 장군이 조만간 행차를 하셔야 하지 않겠소? 자칫 우리가 실기를 하면 나중에 해삼위에서 활동하기가 여간 힘들어지지 않는 게 아니겠소이까?"

김립이 여전히 긴장을 늦추지 않고 재촉하듯 말했다.

"아버님, 그럼 학교는 제가 맡아서 가르칠 터이니 일세 형님과 함께 한번 다녀오시지요."

"우리가 원호인 지도부들과도 화합해야 하오. 분열은 절대 금물이오."

"장군, 무슨 말씀을 그리하십니까? 누가 합하는 것이 옳은 줄 몰라 하는 이야기입니까? 지난 전쟁 시기에 우리 여호인들이 반일 항쟁으로 이리저리 쫓겨 다니는 동안 원호인들은 러일 동맹에 동조하여 왜놈들과 한패가 되었고 오히려 밀정들을 통해 우리 동지들에게 해를 입힌 사람들입니다. 그들과 연합하면 나중에 큰 화근을 자초할 것입니다."

김립은 예리한 분석가였다. 오래전 러시아에 들어와 국적을 획득하고 뿌리를 내리고 살아가는 원호인들은 같은 조선 민족으로서 비록 기회가 되면 독립운동에 참여하기도 하였지만, 상황의 변화에 따라 러시아 정부의 정책에 더 민감할 수밖에 없었다. 한일병탄 이후에 오직 독립운동을 목적으로 들어가서 목숨을 걸고 싸우는 동휘와 같은 후발 여호

혁명가

인들과는 생각의 차이가 있었던 것이다.

이 같은 논쟁을 하며 연해주로 가는 길을 망설이고 있던 차에 얼마 지나지 않아 보재 이상설이 니콜스크(지금의 우수리스크)에서 갑자기 세상을 떠났다는 소식이 전해졌다. 이어서 신민회 발기인이었던 이갑 역시 니콜스크에서 병사하고 말았다. 특히 스승 보재의 사망 소식은 동휘에게는 큰 충격이었다. 이상설은 대한 광복군 정부를 떠난 후 상하이로 내려가 박은식, 조성환, 신규식 등 기호파 인물들과 신한혁명당을 조직하고 본부장이 되었으나 큰 성과를 거두지 못하고 일제 경찰의 추격을 피해 다시 연해주로 돌아왔던 것이다. 오로지 나라를 위해 온 인생을 바친 꼿꼿한 선비가 독립 활동이 뜻대로 되지 않고 동포들로부터 오해까지 받는 수모를 당하다 보니 크게 낙망하여 몸까지 쇠약해진 것이 갑작스런 죽음의 원인이었다.

연해주행을 망설이던 동휘는 보재 이상설의 장례식에 참석차 3년 만에 급히 노령으로 들어갔다. 동청 철도를 타고 거꾸로 내려가다 보니 수년 전 해삼위에서 라자구를 향해 이 기차를 탔던 생각이 떠올랐다. 광복군 정부 군무 회의에서 화가 난 보재를 떠나보냈던 일이 엊그제 같은데, 그것이 마지막이었다. 동휘가 도착했을 때 보재의 장례는 이미 치러진 후였다. 먼저 니콜스크 한인촌을 찾아갔다. 길 가는 조선 사람을 붙들고 물으니 곧바로 보재의 무덤으로 안내해 주었다. 며칠 전 장례식에서 인근의 한인 대표들이 모여 큰 슬픔 가운데 장례식을 치렀다. 보재는 아무것도 남기지 않았다고 했다. 그는 "조국 광복을 이루지 못했으니, 몸과 유품은 불태우고 제사도 지내지 말라. 그 재를 강물에 뿌려다오. 내 혼이 재가 되어 동해 바다를 타고 흘러내려 가 내 나라 강토에 닿을까 하노라."라는 유언을 남겼다. 그의 유언대로 화장을 하여 뼛가루를 우수리 수이푼강에 뿌렸다. 위대한 망명객의 혼백이 넋이 되어 공중으로 그리고 물속으로 사라져 버렸다. 그러나 너무 아쉬워하는 몇몇 한인들이 뼛가루 일부를 묻고 작은 비석을 세워 기념으로 남겨놓았다. 황량한 러시아 강변에 갓 세운 비석이 덩그러니 남아 하얗게 빛을 내고 있었다. 아! 한 시대를 휘어잡을 줄 알았던 수재요, 학자요, 스승이요, 재상이요, 황제의 밀사요, 민족 지도자요, 독립운동가였던 보재가 이렇게 허무하게 가 버렸는가? 동휘가 한성무관학교에서 보재 이상설의 첫 수업을 들었을 때 천지가 열리고 세상이 달라 보였던 그 감격이 아직도 생생하게 남아 있었다. 그런데, 어쩌다가 망국의 망명객이 되어서 서로 등지고 미워하는 감정까지 생겼단 말인가? 그놈의 기호파가 뭐고 서북파가 뭐길래…. 동휘는 보재의 생전에 스승인 그를 더 극진히 모시지 못한 후회와 자책으로 그 자리를 떠날 수가 없었다. 동휘는 홀로 무덤가에 앉아 외로운 보재의 비석을 쓰다듬으며 길고 처량하게 늘어지는 곡을 했다. 해가 뉘엿뉘엿해질 때까지 동휘는 혼자 그렇게 역사의 넋이 되어 공중으로 산화해 버린 망명객의 혼을 달래고 있었다.

*

해삼위로 돌아온 후 동휘는 옛 동료 최재형과 문창범을 차례로 찾아 인사했다. 전쟁 발발 후, 처음엔 불령선인으로 선정되어 같이 추방되었다가 체포된 최재형은 석방 후에는 러시아 정부에서 그에게 이전에 주었던 사업상 특권들을 박탈당하여 경제적으로 어려움에 처해 있었다. 안중근의 거사를 뒤에서 돕고 노령 사회의 가장 큰 어른으로서 각종 독립운동을 지원하던 대부 최재형은 이제 육체적으로나 재력으로나 힘을

혁명가

잃어 버렸고 노년을 쓸쓸히 보내고 있었다. 문창범은 한때 동휘의 영향을 받아, 우수리스크(니콜스크)에서 권업회를 세우고 지부장을 맡기도 했다. 동휘가 연길 북산가에 세웠던 광성학교 이름을 따서 연해주 광성학교를 세워 인재를 배양하기도 했던 인물로서, 동휘 역시 해삼위에 올 때마다 그의 집에 기거하며 식객이 되곤 했던 사이였다. 그러나 고려인 사회의 대부로 불리며 존경을 받던 최재형에 비해 문창범은 아편 장사에 손을 대고 권력에 대한 욕심이 있는 사람이었다. 세 사람이 다시 만났다. 세계 전쟁의 회오리 속에서 서로 다른 길을 갔던 세 사람이 오랜만에 만나니 서먹한 감정이 휘감아오는 것은 어쩔 수 없었다. 일제와 함께 동맹한 연합국 러시아에 속해 활동한 것에 대하여 그들을 탓만 할 수도 없었다. 동휘는 나그네였지만 그들은 삶의 터전을 지켜야 할 사람들이었다. 동휘는 이번에는 다른 집으로 거처를 옮겼다. 문창범도 예전만큼 적극적으로 그를 잡아끌지 않았다.

4월 15일 해삼위 푸쉬킨 극장에서 오랜만에 한인들이 모여서 연합기독교 전도 집회를 했다. 동휘의 불을 뿜는 설교를 들은 한인들은 그동안 잊고 있던 신앙심과 독립을 향한 뜨거운 가슴을 회복했다. 동휘도 가슴 속에 맺혔던 사자후를 토해 놓고 나니 속이 시원함을 느꼈다. 그러나 운집한 군중 속에는 러시아 임시정부에서 파견한 밀정들이 섞여 있었다. 2월 혁명은 일어났지만 케렌스키 임시 의회 정부는 아직 제정 러시아의 연장선상에 놓여 있었고 일본과 연합한 연합국은 여전히 독일 오스트리아와 치열한 접전을 벌이고 있는 전시 상황이었다. 다음 날 아침 동휘는 러시아 헌병대 소속 한인 정탐군 구덕성에게 체포되어 해삼위 군 감옥에 수감되었다. 오래전 이종호를 '일본 간첩'으로 체포한 바 있었던 구덕성은 이번에는 동휘를 '독일 간첩'으로 체포하였다. 동휘가 라자구사관학교에 독일 교관을 채용하였고, 독일과 내통하여 동청 철도 폭파 계획을 세운 주범이라는 죄목이었다. 구덕성은 보재 이상설이 키운 기호파 2세 러시아 헌병이었다.

취조 결과 동휘의 무죄와 무고가 곧 밝혀졌지만, 동휘는 좀처럼 석방되지 않았다. 사실은 동휘를 체포하도록 사주한 것은 동휘가 다시 항일 활동을 전개할 것을 우려한 일본 정부의 요청이었고, 러시아 정부는 그 동맹 관계를 고려하여 동휘를 붙들어 두고 있었던 것이다. 일제는 교활하게 미리 철도 폭파 거사에 동휘가 간여하고 있다는 기사를 신문에 게재토록 하여 죄를 뒤집어씌웠다. 일제의 공작에 의해 한인 지도자들을 러시아 관헌들이 체포토록 하는 전략에 말려든 것이었고, 거물급 동휘의 체포 소식은 일본 정부에게는 큰 성과요, 전리품이 되었다. 그 같은 공작에 실제로 한인들이 밀정으로 활용되었고, 일제는 한인들 사이에 상존하는 지방색에 의한 파벌 싸움을 파악하고 교묘하게 그것을 이용하였다.

그러나 노령 한인 사회의 큰 덕망을 얻고 있었던 동휘의 체포 소식은 한인들의 분노와 반발을 가져왔고 대대적인 "리동휘 장군 석방 후원 운동"이 벌어졌다. 전로 한족 대표자회에서 그의 석방 요구에 대한 청원서를 정부에 제출하였고, 〈한인신보〉라는 동포 신문은 "리동휘 선생을 위하여"라는 논설을 실었다. 무고한 이동휘 선생이 증오스러운 원수들의 모략에 의해 고초를 당하는 것을 분개한다며, 그의 건강 악화를 염려하는 기사를 실었다. 이런 반발에 대하여 일제는 오히려 그를 본국으로 인도하라는 압력을 러시아 정부에 가해왔으며, 러시아 당국은 분쟁을 피해 그를 하바롭스크 군감옥으로 이감시켰다. 한인들은 하마탕에 있는 동휘의 가족에게 의연금을 모금하여 전달하였고, 이 운동

혁명가

에는 한인 유지들뿐 아니라 소학교 학생들까지 참여하는 대대적 석방 성토 운동이 벌어졌다.

이런 와중에 혁명의 전세는 점차 볼셰비키에 유리하게 전개되었다. 쑤라가 보낸 우랄 노동자의 처우 개선에 관한 청원서는 우랄 혁명 위원회에 접수되었다. 그녀의 노동자들을 위한 헌신적 혁명 투쟁은 레닌의 오른팔 야콥 스베르들로프에게 강렬한 인상을 주었다. 그는 자신들의 볼셰비키 이론과 전략을 실제 노동 현장에서 성공적으로 성취해 낸 동방의 이 작은 여성을 만나고 싶어 했다. 당의 어떤 지원도 없이 혈혈단신 뛰어들어 우랄 노동자 연맹을 만들었고 민족을 초월하여 억압받는 노동자들을 부르주아의 잔인한 노예 통치의 굴레에서 해방시킨 이 놀라운 여성의 이야기는 공산당 이론의 교과서에 등장할 만한 내용이었기 때문이었다. 쑤라는 그의 권유로 볼셰비키 당인 러시아 사회민주당에 가입하였다. 마침내 최초의 한인 볼셰비키가 탄생한 것이었다. 쑤라에게는 새로운 임무가 주어졌다. 미국 시카코에 망명 중이던 볼셰비키의 핵심 인물 크라스노체코프와 함께 원동 혁명 정부를 세우는 일이었다. 원동 아시아의 새 정권을 담당할 소비에트 자치 정부가 하바롭스크에 세워졌으며 쑤라는 혁명 정부 인민위원회의 외무 위원(외교 위원장)으로 임명받은 것이다. 원동 아시아는 바이칼 호수 동쪽에서 태평양까지 이르는 광대한 지역을 일컫는 말로서 자바이칼주, 아무르주(흑룡주), 연해주, 사할린주, 캄차카주를 포함하고 있었다. 동방의 한 여성이 소비에트 혁명 정부의 외무상이 된 것이다.

2월 혁명 후 권력을 잡았던 케렌스키 임시정부가 볼셰비키에 권력을 이양한다는 발표가 있은 후, 쑤라는 페름에서 해방된 수백 명의 노동자들과 함께 원동으로 돌아가는 기차를 탔다. 그중에는 함께 돌아가는 30여 명의 라자구사관학교 생도들도 포함되어 있었다. 돌아가는 기차 안에서 쑤라는 공산당 선언을 조선어로 번역하여 청년들에게 나누어주었다. 갓 탄생한 한인 볼셰비키들이 각 도시의 대표로 파견되었다. 쑤라와 함께 하바롭스크로 돌아온 사람 중에는 동휘와 함께 한동안 해삼위에서 일하던 청년 동지 이인섭도 동승하여 끼어 있었다. 평양 광성학교 출신 이인섭은 정미년에 유인석의 의병 부대에 들어가 활동을 하다가 남만주를 거쳐 연해주로 건너와서 동휘를 만났다. 옴스크로 옮겨 볼셰비키 활동을 하던 중 기차 안에서 우연히 쑤라를 만나 극동 소비에트 정부 수립에 함께하는 동지가 되었다. 이런 혁명의 물결을 타고 하바롭스크에서 알렉세프스크로 재이감되어 수감 중이던 동휘가 마침내 석방되었다. 쑤라의 보이지 않는 석방 노력이 결정적이었다. 수감 기간 중에도 동휘는 105인 사건 당시 유폐되었던 대무의도 시절을 회상하며 성경과 기도 생활에 전념하고 있었다. 자신을 밀정으로 넘긴 것이 기호파 구덕성이라는 사실과 러시아가 자신을 일본 정부에 넘기려 한다는 소식을 면회를 위해 찾아온 제자들을 통해 듣고 있었다. 그 무렵 누군가 넣어준 조선어로 번역된 공산당 선언을 읽었으며 우랄에서 노동자들을 해방시킨 한인 영웅 김 알렉산드라의 활동상과 명성을 듣고 크게 감복을 받았다. 동휘는 옥중에서도 면회자들을 통해 우랄로 찾아갔던 제자들의 소식을 듣고 있었던 것이다. 일본과 동맹을 맺고 자신을 일본에게 팔아넘기려는 비도덕적인 제정 러시아 정부에 맞서서 노동자와 농민들의 해방을 위해 혁명을 일으킨 볼셰비키 운동에 대하여 관심을 갖기 시작한 것이 이 무렵이었다. 석방된 동휘가 하바롭스크 역에 도착하던 날, 그의 석방을 위해 노력하던 많은 한인 인사와 우랄에서 돌아온 제자들 그리고 쑤라가 마중을 나갔다. 특유의 카이저수염을 지닌 동휘가 옥중에서의 고초에도 불구하고 당당한 모습으로 기차에서 내렸다.

"성재 장군님, 쑤라입니다."
"아, 알렉산드라 동지! 참 반갑소이다. 옥중에서 동지의 이야기를 참 많이 들었습니다."
"선생님, 말씀을 낮추시지요."
그들은 러시아식으로 얼굴을 빗겨 끌어안고 뜨겁게 포옹했다. 동휘의 인생을 사회주의와 공산주의로 이끌었던 쑤라와의 운명적 만남이 이루어진 것이다.


32


문을 여니 쑤라가 서 있었다. 동휘를 크라스노체코프 위원장에게 인사를 시키기 위해 그녀가 아침 일찍 찾아온 것이다. 동휘가 첫날 밤 묵는 호텔을 쑤라는 집 근처에 잡아두었다. 오랜 수감 생활의 피로를 풀수 있도록 하룻밤이라도 편히 쉴 수 있도록 쑤라가 배려한 것이었다. 자신의 숙소로 동휘를 모시고 와서 정성스레 마련한 아침식사를 같이 하였다. 그녀의 오랜 혁명 동지요, 두 번째 남편인 오와실리가 함께 하였다. 러시아식 수프와 흑빵에 홍차가 나왔고, 전시이지만 특별히 준비한 소금을 얹은 구운 감자와 삶은 닭알을 접시에 내놓았다. 쑤라는 말로만 듣던 성재 장군을 직접 만나는 것이 흥분되었고, 동휘 역시 볼셰비키를 감동시킨 혁명 영웅이 한인의 딸이라는 것이 무척 자랑스러운듯 아침식사 내내 화기애애한 대화가 이어졌다. 특별히 쑤라가 우랄에서 겪었던 이야기와 라자구사관학교 생도들을 만나 함께 노동 운동을 한 이야기는 동휘의 눈시울을 뜨겁게 하였다.

"공산당 선언을 쑤라 동지가 조선 말로 번역했다는 게 사실이오? 내가 감옥 안에서 참 감동스럽게 읽었소."

"예, 우랄에서 돌아오는 기차 안에서 제가 바로 조선말로 번역하여 읽으면 라자구사관학교 생도들이 구술하는 대로 받아적었습니다. 그 첫 번역본을 제가 부탁하여 여기 있는 와실리 동지를 통해 선생님께 전달해 드렸습니다."

"그랬었군. 고맙소. 내가 제일 감동한 것은 공산주의는 어느 한 민족 안에 갇혀있는 것이 아니라 모든 민족을 해방시키기 위해 국제 공산당 조직으로 발전해야 한다는 내용이었소."

"선생님, 그렇습니다. 그래서 제가 러시아 사회민주당의 볼셰비키가 된 것입니다. 그것이 러시아만을 위한 것이 아니라 결국 우리 민족을 해방시키고 독립시키는 길이라는 것을 깨달았기 때문입니다."

"그때 내가 마침 감옥 안에서 요한계시록 성경을 읽던 중이었소. 거기 보면 모든 나라와 민족과 열방이 마지막 때에 예수 그리스도 앞에 돌아와 하나가 된다는 그 내용이 나온다오. 그걸 읽으면서 한참 은혜를 받고 있을 때였는데, 문득 공산주의가 같은 생각을 하고 있구나 하고 더 놀랐던거요."

"하하, 그러셨군요. 어쩌면 공산당 선언을 쓴 칼 마르크스가 유대인이면서 그 아버지는 기독교로 개종한 유대인 랍비였기 때문일 수 있습니다. 마르크스는 어려서부터 성경의 내용을 배워서 잘 알고 있었던 것이 아닐까요? 그래서 그런 영감을 얻었겠지요."

오와실리가 옆에서 거들었다.

혁명가

"그렇소? 난 마르크스가 유대인인 것도 모르고 있었소만…."

"공산주의가 제국주의로부터 노동자 농민들의 기층민들을 노예 생활에서 해방시키기 위한 것이라면, 그것 역시 이집트 파라오의 압제로부터 유대인을 구해낸 모세의 이야기처럼 구약 성경에서 나타난 사상이겠지요. 토지를 농민들에게 공평하게 나누어주는 사상도 마찬가지고요."

최초의 한인 볼셰비키답게 쑤라는 단호한 어조로 말했다.

"쑤라는 어떻게 성경을 그리 잘 아오?"

"저도 어려서 러시아 정교회에서 자라났어요. 페트로브나라는 제 중간 이름도 교회에서 세례를 받고 얻은 이름인데요 뭘, 하하."

쑤라가 아무르강을 따라 걸어가며 활달하게 웃었다. 동휘와 쑤라는 좀 더 이야기를 나누고 싶어서 아무르강 강가로 길게 연결된 산책로를 천천히 함께 걸었다. 비 온 뒤 활짝 갠 아무르 강물을 비추는 아침 햇살이 비늘처럼 결을 이루고 쏟아져서 너무 눈부시게 아름다웠다. 쑤라는 작은 유리구슬이 달린 넓은 챙이 있는 모자를 쓰고 있었는데, 쏟아진 햇살이 흔들리는 구슬에 반사되어 동휘의 눈을 간질이고 있었다. 동휘는 이 아리땁고 귀여운 여자가 그 놀라운 노동 혁명을 이끌었다는 것이 믿기 힘들었다.

하바롭스크 원동 혁명 정부 볼셰비키 당위원회 건물은 러시아풍 둥근 뾰족 돔이 인상적인 3층 대리석 건물이었다. 건물 앞에 보초로 서 있는 젊은 러시아 군인이 쑤라를 보고 유난히 흰 얼굴이 빨개지면서 거수경례로 인사를 했다. 쑤라는 만나는 사람마다 오른손을 좌우로 가볍게 흔들며 쾌활하게 아침 인사를 했다. 쑤라 덕분에 아무런 제재를 받지 않고 건물 안으로 들어갔다. 크라스노체코프 위원장의 집무실은 2층 계단 앞의 응접실 바로 옆 방이었다. 강변으로 향한 창문을 등지고 책상 앞에 앉아 있던 크라스노체코프는 벌떡 일어나 두 팔을 벌리고 다가와 쑤라와 동휘를 차례로 포옹했다.

"환영합니다. 쑤라 동지에게 장군의 이야기를 참 많이 들었습니다."

"위원장께서 제 석방을 위해 애써 주셨다는 말씀 전해 들었소이다. 참으로 감사하오."

옆에서 쑤라가 빠르게 통역했다.

위원장은 그들이 소파에 앉기를 권했고 세 사람은 테이블에 준비된 부드러운 홍차를 차례로 따라 마셨다.

"허리 통증이 심하여서 고생을 많이 하셨다고 들었습니다."

위원장은 동휘가 짚고 온 지팡이를 쳐다보며 말했다.

"이제 쑤라 동지와 더불어 혁명 사업을 함께 합시다. 우리도 한인 사회를 움직이는 장군의 지도력과 명성이 필요합니다. 조선의 독립을 위해 우리 당도 함께 싸울 것이오."

"말씀만으로도 고맙고 힘이 되오. 그러나 나는 지금 가석방 상태이고 또 언제 구금이 될지 모르오. 건강도 회복할 겸 일단 북만주에 있는 가족에게 돌아가서 당분간 휴식을 취하고 싶소. 블라디보스토크를 거쳐서 내 석방을 위해 애써 준 한인들께 감사 인사를 하고 가려고 하오."

듣고 있던 쑤라가 의견을 제시했다.

"맞아요. 장군은 지금 휴식이 절대 필요합니다. 쉬시는 동안 제가 연해주 일대에서 활동하는 한인 망명자들을 다 모아 하바롭스크에서 내년 3월경에 전략을 짜는 대회를 개최하려고 합니다. 그때는 꼭 참석해 주셔야 합니다."

"무슨 목적으로 모이는 것이오?"

"아직 이곳 원동 시베리아 지역에서는 우리 볼셰비키의 혁명 정부 세력이 온전치 못합니다. 전통적으로 이 지역은 부르주아 사회혁명당

혁명가

(SR) 지지 세력이 워낙 강하고 그들을 뒤에서 밀고 있는 일본과 영미, 프랑스 등의 연합군들이 반볼셰비키 연합 전선을 펴고 있어요. 언제 반격을 당할지 모릅니다. 그래서 우리 한인들도 사회주의 당을 만들어서 뭉칠 필요가 있습니다. 내년에 날이 풀리면 3월경에 망명자 대회를 열고 뜻을 모아 한인사회당을 결성할 계획입니다. 그때 성재 장군께서 당수가 되어 주시면 감사하겠습니다."

크라스노체코프 위원장은 쑤라의 말에 고개를 끄덕이며 동의를 표했다.

"제가 장군의 휘하에 있는 김립, 장기영, 김하구, 이인섭 동지들뿐 아니라 서간도 쪽과 연결된 이동녕, 양기탁 동지, 북만주와 연해주를 오가는 류동열 동지, 홍범도 동지 등도 다 결집시키려고 합니다."

"듣던 중 반가운 이름들이오. 홍범도 대장은 요즘 어떻게 지내오?"

"만주 봉밀산과 연해주 추풍을 오가시면서 독립군의 재기를 노리고 무기를 모으고 있다고 들었습니다."

"과연 오늘 만나보니 쑤라 동무는 탁월한 조직력과 동원력을 가지고 있구려. 허허."

크라스노체코프 위원장은 두 사람의 대화를 매우 흡족한 표정으로 듣고 있었다. 늘 왜소한 동양인만 상대하다가 서양인의 풍채에도 전혀 뒤지지 않는 동휘의 당당한 모습에 감탄하며 그는 새로 등장할 또 한 사람의 쑤라와 같은 한인 혁명가를 상상하고 있었다.


돌아오는 길에 동휘가 물었다.

"쑤라 동지, 다 좋은데 말이오. 어째 공산주의는 하나님을 인정하지 않소? 마르크스도, 쑤라도 처음엔 기독교 가정에서 자라지 않았던가요? 쑤라도 교회에서 신부님이 집전하는 결혼 예배를 드렸을 것 아니오?"

"글쎄요. 저도 잘 모르겠어요. 어려서는 정교회를 다니면서 분명히

제가 하나님을 믿고 예수님께 기도하며 자랐고 첫 남편 스탄께비치도 마찬가지였던 것 같은데, 어느 순간 다 잃어 버렸어요. 아마도 노동자들을 착취하는 악독한 자본가들과 제국주의 열강들이 모두 기독교를 앞세우는 나라들이기에 그 실망감 때문 아닐까요?"

쑤라가 미간을 약간 찌푸리며 어두운 얼굴이 되었다.

"그들과 싸우다 보니, 그들이 믿는 기독교가 다 거짓이고 위선인 것만 같았어요. 마르크스가 종교를 인민의 아편이라고 한 것은 제국주의 국가들이 선교사들을 보내 인민들을 종교라는 허울에 빠지게 하여 자신들에게 순종적인 마취상태로 만들기 위함이라는 것이죠. 그 역할을 기독교가 하는 것 아닌가요?"

"그렇다고 제국주의 국가 선교사들이 다 그런 것은 아니오. 나와 함께 일했던 캐나다 선교사 중에 구례선이라는 분이 있었소. 그분은 일본의 제국주의 횡포를 조선인보다도 더 증오하고 항거하는 분이었소."

"제 둘째 남편 오와실리도 원래는 정교회 신부님이었어요. 당시 제가 존경하는 분이었죠. 그러나 그도 제정 러시아의 혹독한 토지 제도 아래서 신음하는 피압박 노동자 농민들을 위해 싸우다 보니 어느새 공산주의자가 되어 버렸어요. 그들에게 진짜 희망을 주는 것은 기독교가 아니라 공산주의라는 확신을 갖게 된 것이죠."

33

1918년은 1차 대전이 막바지로 넘어가는 해였다. 1918년 벽두에 발표된 미국 우드로 윌슨 대통령의 14개조 평화 조약은 모든 약소 민족들을 위한 자결주의를 포함하고 있었다. 1차 대전 이후의 제국주의 패권 쟁탈을 의식하고 윌슨은 미 의회에서 민족자결주의(self-determination) 원칙을 발표했다. '모든 민족은 타민족의 간섭을 받지 않고 자신의 정치적 운명을 결정할 권리가 있다'는 것이었다. 어떤 민족도 힘의 논리에 좌우되지 않고 정의와 자유를 실현하며 스스로 자신의 운명을 결정할 권리를 가지고 있다는 것이었기에 식민지에서 살아가는 모든 약소국들에게는 마치 복음과 같은 소식이 아닐 수 없었다. 윌슨 대통령의 발표를 전해 들은 모든 식민지 국가는 열광적으로 환영했다. 일본의 식민지 조선의 지식인들은 전쟁이 끝나면 조만간 새로운 국제 질서의 새 시대가 열릴 것을 기대했다. 그것은 영국의 식민지 인도와 프랑스의 지배를 받고 있던 베트남이나 네덜란드 식민지 인도네시아 등 동남아시아의 여러 나라에서도 마찬가지 희소식이 아닐 수 없었다. 실로 윌슨은 피지배 억압 민족들에게 혜성처럼 나타난 그 시대의 메시아와도 같은 존재였다. 특히 모든 민족이 자유와 평화를 누리며 살 수 있는 국제 질서를 만들기 위해 제안된 마지막 14조의 국제연맹 창설 제안은 파격 그 자체였다. 불의한 힘의 논리로 강자가 약자를 지배하던 제국주의 시대의 종말을 선언하는 것과 마찬가지였기에 정의로운 새 시대의 도래를 예감케 하는 신선한 충격이 되었던 것이다. 미국은 정의로운 기독교 국가의 전형으로 떠올랐다.

월슨의 민족자결주의에 대한 소식과 기대감은 춘원 이광수 등을 중심으로 한 동경 유학생 사회에서 먼저 불이 붙었고, 점차 조국의 지식인들과 망명 독립운동가들 사이에도 펴져나갔다. 이들은 전쟁 직후 벌어질 식민지 국가의 독립을 추진하기 위해 모종의 준비 작업이 필요하다는 것을 직감하였다. 그 첫째가 세계 만방에 조선이 독립국임을 천명하는 일이요, 둘째가 국제 사회에서 조선을 독립국으로 승인하게 될 때 그 일을 추진하여 받을 수 있는 그릇을 만드는 일이었다. 그리하여 독립선언서 작성과 함께 임시정부 수립을 위한 작업이 도처에서 활발하게 그러나 비밀스럽게 전개되기 시작하였다.

프린스턴 대학에서 박사 학위를 받았던 이승만은 대학 시절 은사였던 월슨 대통령과의 관계를 부각시키며 외교 독립론을 주장하였다. 전쟁 직후에 열릴 국제 정치 외교 무대에서 자신의 외교력을 통해 조선의 독립을 쟁취하겠다는 야심찬 주장이었다. 이 주장은 시대적 조류를 타고 매우 설득력이 있었기 때문에 간도와 연해주 일대에서 독립운동을 하던 사람들에게조차 솔깃한 소식이 아닐 수 없었다. 그 기회를 이승만이 포착했던 것이다.

그 무렵 상하이에 운집한 조선의 지식 청년들의 관심 역시 이 문제에 집중되었다. 그리고 그 중심에 몽양 여운형이 있었다. 여운형은 경기도 양평의 몰락한 양반 출신으로 동학을 따르던 집안에서 뛰쳐나와 배재학당에서 클라크 선교사를 만나면서 일찍이 기독교를 받아들였다. 승동교회에서 열심히 신앙생활을 하며 성경공부를 하는 한편 을사늑약 이후 상동청년학원에서 전덕기를 비롯한 많은 청년 지도자들을 만났다. 1907년 안창호의 연설을 듣고 감화를 받아 개화 사상에 눈을 떴으며 기호 흥학회 활동에 열심을 내었다. 1908년 부모의 상을 치른 후에 집안의 노비들을 해방시켜서 주변을 놀라게 했다. 강릉에서 초당의숙을 설립하여 교육 사업에 열중하던 여운형은 한일병탄으로 학교가 폐교되자 목회의 꿈을 안고 평양신학교에 입학했다. 그러나 100만인 구령 운동에서 전도 활동을 활발히 벌이던 중 보수적인 기독교 선교사들이 일본 제국주의에 연합하는 것에 실망하여 신해혁명 이후 새롭게 변화하고 있는 중국으로의 유학을 결심하였다.

혁명가

여운형이 첫발을 내딛은 중국은 숙부 여준이 사역하고 있는 서간도 신흥 학습소였다. 독립군 양성을 위해 헌신하고 있는 선배들을 보며 큰 감동을 받았으나, 산골짜기에 위치한 그곳은 여운형이 꿈꾸던 중국이 아니었다. 그는 외지가 아닌 중원으로의 진출을 꿈꾸었다. 여운형은 신학을 계속하겠다는 결심을 품고 언더우드 목사의 소개장을 받아 1914년 난징 금릉대학에 입학하였다. 그러나 금릉대학에 신학과가 폐지되는 바람에 영문학과 철학을 공부하였다. 이 시절 나중에 중국 공산당의 창시자가 된 진보적 지식인 진독수(천두슈)를 만나 영향을 받으며 3년간 세상을 보는 실력과 안목을 키웠다. 1917년 상하이로 거처를 옮긴 여운형은 미국인 선교사 피치 박사가 운영하는 서점 협화서국에 취직하여 그 당시 몰려들기 시작한 조선 유학생들을 돌보는 한편, 교민교회의 전도사 겸 상하이 거주 조선인들의 자녀 학교인 인성학교를 설립하여 기독교 교육 사업에 몰두하였다. 윌슨의 민족자결주의가 회자되기 시작할 무렵 여운형은 유학생들을 결집하여 1918년 8월 신한청년당을 조직하여 총무 겸 실질적 당수 역할을 하며 이때부터 본격적인 해외 독립운동을 시작하였다. 상하이 프랑스 조계지에 있는 신한청년당 당사에는 조선에서 건너온 내로라하는 유학생들과 독립지사들이 대거 몰려들어 시국을 논하였는데 여운형과 함께 장덕수, 선우혁, 김철, 서병호, 조동호가 신한청년단 창립의 주요 멤버였고 이어서 동경에서 유학 중이던 이광수와 중국통 신규식이 가세하였다.

"이제 곧 세계 전쟁이 끝날 것이오. 그리되면 승전국과 패전국 사이에서 큰 담판이 진행될 것이고 전 세계가 다시 민족과 국가의 경계를 새로 세우는 일들이 벌어질 것이 불 보듯 뻔한 일 아니겠소?"

모임을 소집한 여운형이 먼저 말을 꺼냈다.

"그때를 잡아야 합니다. 우리도 승전국 편에 서야 독립을 쟁취할 기회가 생길 것이오."

장덕수가 조급한 표정으로 미간의 주름을 꿈틀대며 말을 끊었다. 장덕수는 황해도 재령의 가난한 양반의 자제로 태어나, 그 당시 상동청년학원의 일원으로 파견되어 교육 계몽 운동을 펼치던 김창수에게 학문을 배웠다. 일본으로 건너가 와세다대학에서 어렵게 고학을 하며 정경대학을 졸업한 후, 조선 총독부에서 일하자는 회유를 뿌리치고 상하이로 망명하여 여운형을 만났던 것이다.

"지금 전쟁은 독일과 오스트리아가 이미 패색이 짙어 연합국 쪽의 승리로 끝날 것 같소이다. 문제는 일본놈들도 연합국에 속해 있기에 그놈들이 승전국 행세를 할 터인데 쉽사리 우리나라를 내놓겠소이까?"

서병호가 침착하게 말을 받았다. 서병호는 조선 최초의 교회 황해도 소래교회를 세운 서경조의 차남으로서 아들이 없었던 큰아버지 서상륜의 양자가 되어 최초로 유아 세례를 받았던 사람이었다.

"글쎄 말입니다. 연합국이라는 놈들이 모두 일본, 러시아, 영국, 프랑스, 미국과 같은 대한제국 시에 우리나라를 서로 잡아먹자고 덤벼들던 제국주의 나라들 아닙니까?"

김철이 약간 언성을 높이며 흥분한 어조로 말했다. 김철은 전남 함평 출신으로 경성법전과 일본 메이지대학 법학부를 졸업한 수재였다.

"그래서 제정 러시아에서 제국주의 황제와 귀족들의 횡포를 타도하려고 혁명이 일어난 것 아니오? 그런데 그 혁명의 위세를 꺾으려고 제국주의 연합군이 백위군이 되어 러시아로 진격한 것이 사실이고… 그렇다면 게는 가재 편인데 그 연합국 놈들이 일본 제국주의 편을 들지 과연 우리나라를 도와 독립을 시켜주겠소? 나는 아니라고 보오."

선우혁이 김철의 말을 받았다. 선우혁은 이광수와 함께 평북 정주

　　　　　　　　　　　　　혁명가

출신으로 그 모임에서 두 사람만이 유일한 서북인이었다. 그나마 서도 (평안도) 출신들은 같은 미국 선교사들을 통해 복음을 받았던 연결 고리가 있어서 기호파와 서로 섞일 수 있었다. 선우혁은 105인 사건에 연루되어 모진 고문을 받고 풀려난 후 상하이로 망명하여 여운형과 함께 상하이 한인교회를 개척하였으며 신한청년당 결성에 합류하였다.

"차라리 독일이 이겨 주었더라면 우리나라에 유리했을 터인데, 쯧쯧 …."

조동호가 넋두리하듯 혀를 찼다. 조동호는 충북 옥천 출신으로 여운형과 함께 중국으로 건너와 금릉대학을 졸업한 후 구국일보 기자와 동제사 활동을 활발히 하다가 신한청년당 발기인에 참여하였다.

"그런데 우리에게 아직 희망이 있소."

그때 춘원 이광수가 말을 꺼냈다. 몰락한 왕가의 자손 이광수는 안창호와 이승훈에게 감화를 받아 민족 교육에 뜻을 두고 스승 이승훈이 고향 정주에 세운 오산학교에서 교사로 가르쳤다. 105인 사건으로 이승훈이 투옥되자 오산학교 교감이 되었고 그 무렵 학생들에게 톨스토이뿐만 아니라 다윈, 헤겔 등의 반기독교적 사상을 가르친다고 하여 학교에서 퇴출되기도 하였다. 일본 와세다대학에서 철학을 공부하며 유학을 다녀온 후 총독부 기관지 매일신보에 자유 연애를 다룬 소설 〈무정〉을 연재하여 전국적인 유명 인사가 되었다. 그는 일본 유학 시절에도 나혜석, 허영숙 두 여인과 동시에 연애를 하여 세간의 물의를 빚었고 결국 조강지처 백혜순과 헤어진 후 허영숙과 재혼을 하였다.

"무슨 희망 말이오?"

"미국은 여타 제국주의 나라들과는 좀 다른 면이 있잖소? 미국 대통령 그 우드로 윌슨이란 작자가 발표한 민족자결주의라고 들어보지 못하였소?"

이광수가 약간 우쭐대듯 말했다.

"대체 그게 무슨 내용이오?"

"모든 약소 민족들이 주체적으로 자유와 평화를 누리며 스스로의 운명을 결정할 권리가 있다는 선언을 했다고 들었소."

"스스로 민족의 운명을 결정한다고…? 그게 정말이오?"

"암, 그렇다마다…. 그래서 모든 피식민지 민족들이 요즘 한창 그 일로 떠들썩하게 흥분하고 있다오. 요즘 일본에 있는 조선 유학생들 사이에는 그 일로 인해 모두 흥분을 감추지 못하는 실정이오."

같은 일본 유학파 김철이 거들었다.

"그렇다면 전쟁 후 담판에서 미국이 그 약속을 지켜주길 기대할 수 있지 않겠소?"

"그렇게만 된다면 얼마나 좋겠소? 삼천리 금수강산이 어깨춤을 추며 좋아할 거이외다."

기대와 우려가 뒤섞인 대화들이 한참 오가고 있을 때, 그 모임의 맏형 격인 신규식이 신중하게 입을 열었다.

"그 담판이 바로 내년 초에 파리에서 열린다는 사실을 알고 있소? 지금은 우리가 그 회담에 대표를 파견하는 문제를 당장 토론해야 할 것이오."

신규식은 대한제국 육군무관학교 출신으로 한일병탄 후 곧바로 상하이에 망명하여 손문(쑨원)과 사귀며 신해혁명에도 가담한 바 있었던 중국통이었다. 이후 독립운동을 돕기 위한 무역 회사 동제사를 창립하여 박은식을 총재로 내세워 김규식, 신채호, 홍명희, 조용은, 윤보선 등 많은 애국 인사들을 끌어들이며 활발한 활동을 벌여오고 있었다. 1917년에는 박은식, 신채호, 조소앙 등과 함께 독립운동의 방향성을 정립하기 위해 황제국이 망한 시점을 기해 주권이 인민에게 넘어왔음을 천명하는

〈대동단결선언〉을 작성 배포하기도 했다. 한때 해삼위에 있던 이상설까지 불러들여 신한혁명당을 발족하였으나 실패로 돌아가 실의에 빠져 있던 중 여운형을 중심으로 젊은 청년들이 모여 신한청년당이 창당된다는 소식을 듣고 그 일을 돕기 위해 급히 달려온 것이었다. 여운형이 신한청년당을 만들때 가장 큰 영향을 끼친 인물이 바로 신규식이었다.

"정말 그렇소이까? 그럼 우리가 누구를 대표로 파견할 수 있겠소?"

여운형이 새삼 놀랍다는 표정으로 좌중을 둘러보았다.

"국제 회의에서 우리의 의사를 표달하려면 영어나 불어가 유창해야 하오."

장덕수가 동의를 구하듯 좌중을 둘러보며 말했다.

"그렇다면 마땅히 윌슨 대통령과도 친분이 있다는 리승만 박사가 적격이 아니오? 흥사단의 안창호 선생도 미국 생활을 오래 하셨으니 함께 가면 좋지 않겠소?"

이광수가 고개를 끄덕이며 스스로 단언하듯 말했다.

"그렇소. 그러나 미국 정부가 두 사람에게 여권을 발급하기를 거절했다 하오. 그래서 큰 난관에 봉착한 것이오. 그래서 오늘 내가 급히 여러 분들을 찾아온 것이오."

신규식이 다시 말했다.

"아니, 윌슨 대통령과 친분이 있다는 리승만 박사에게 여권을 발급해 주지 않다니 그게 무슨 뜻이오?"

"우리의 독립 청원을 미국 정부가 원치 않는다는 것 아니오? 결국 일본 편을 들겠다는 것 아니겠소?"

선우혁이 얼굴이 벌게지며 화를 못 참겠는듯 쉰 소리를 내뱉었다. 선우혁은 105인 사건의 고문 후유증으로 흥분하면 혈압이 오르고 거친 호흡에 잦은 기침을 내뱉었다.

"설마 그럴 리가? 그 말은 윌슨 대통령의 민족자결주의와 정면으로 배치되는 것 아니오? 무슨 다른 이유가 있지 않겠소? "

이광수가 고개를 저으며 말했다.

"아무튼 그렇다고 주저앉아 있을 수는 없는 법, 예관 선생님, 다른 방도가 없겠소이까? "

여운형이 다시 좌중을 정돈시키며 신규식을 바라보았다. 예관은 신규식의 아호였다. 을사늑약 후 울분을 참지 못하여 음독자살을 기도하였으나 실패하였고, 그 후유증으로 한쪽 눈이 상하여 항상 남을 흘겨보는 듯한 눈초리를 지니게 되었다 하여 자신의 호를 예관(睨觀)이라고 지었다.

"오늘 함께 오지 못하였으나, 파리 회담에는 우사 김규식 선생을 보내는 것이 적격이라고 생각하오."

"아, 김규식 선생이? "

좌중에서 탄식이 흘러나왔다. 김규식은 언더우드 선교사의 비서 출신으로 미국 유학을 다녀왔을 뿐 아니라 10개 국어를 구사하는 언어의 천재였다. 강원도 홍천 양반 출신으로 아버지가 민씨의 정책에 반대하는 상소를 올려 유배당한 후 고아처럼 지내던 어린 규식을 언더우드가 거두어 경신학교를 만들어 가르쳤고, 그 후 서재필 박사의 권유로 미국 유학을 떠났다. 영어뿐 아니라 불어, 독어, 라틴어 및 몽골어, 산스크리트어까지 유창하게 할 수 있었던 김규식은 식민지에서 태어난 지식인으로서 당대에 보기 드문 특출한 인물이었다. 김규식은 동제사에 참여하여 무역을 하면서 망명 초기에 몽골에 군관학교를 세우는 일을 추진하기도 하였다. 며칠 전 자신의 혁명 동지 이태준과 류동열을 만나서 지사 설립을 위해 몽골로 출장을 떠났다고 했다.

그날 모임에서 김규식을 파리 회담의 대표로 신한청년당에서 파견하기로 결정하였다. 한편 그 일을 성공적으로 추진하기 위하여 세계 각국에 조선의 독립 의지를 천명하기 위한 독립선언을 하기로 뜻을 모았다.

"미국까지 합세한 제국주의 열강들의 반대를 무릅쓰고 우사가 파리에서 우리의 독립 청원을 성사시키려면 그 전에 조선의 독립 의지를 세계 만방에 천명하는 것이 선행되어야 할 것이오."

신한청년당의 당수답게 여운형이 침착하게 말을 꺼냈다.

"옳은 생각이오. 그렇다면 어떤 방도가 있겠소이까?"

신규식이 동의하듯 고개를 끄덕이며 재차 물었다.

"독립선언문을 작성하여 널리 알리고, 평화적으로 독립 만세 운동을 펼치는 것이 어떻겠소?"

신규식과 함께 온 조용은이 제안했다. 조용은은 경기 파주 출신으로 성균관에서 수학하고 메이지대학 법학과를 졸업하였다. 상동교회에서 전덕기 목사에게 세례를 받은 후 기독교에 입문하였고 합병 이후 상하이로 망명하여 동제사에 참여하였다. 문장력이 뛰어나서 1917년 신규식, 박은식, 신채호, 박용만 등과 함께 〈대동단결선언〉을 할 때 선언문의 기초를 작성하였다. 조용은은 그 시절 손문의 삼민주의의 영향을 받아 기독교의 만민평등 사상과 결합시켜 정치·경제·교육 분야에서 개인과 민족과 국가 간 균등을 기초로 하는 삼균주의를 주창했다. 그는 필명을 따라 종종 조소앙으로 불리고 있었다.

"그것 참 좋은 생각이오. 소앙 선생이 문장력이 뛰어나니 독립선언문을 작성하면 어떻겠소? 그동안 나는 국내에 잠입하여 이 문제를 민족지도자들과 상의하도록 하겠소. 누가 같이 갈 동지들이 없소이까?"

선우혁의 제안에 장덕수과 서병호가 즉각 동참을 결의하였다.

"그럼 춘원은 다시 일본으로 건너가 일본 유학생들을 규합하여 독립선언문을 작성하면 어떻겠소? 나는 소앙과 함께 서간도와 북간도를 거쳐 연해주에 있는 동포들에게 이 소식을 전하고 함께 동참할 것을 종용할 것이외다."

여운형의 이 제안에 좌중은 모두 만족하고 고개를 끄덕이며 기뻐하였다.

"몽양! 참으로 고맙소이다."

여운형의 지시를 따라 신한청년당원들이 일사불란하게 발 빠른 결정을 하는 것을 지켜보던 신규식이 그의 일그러진 한쪽 눈을 껌벅거리며 눈시울을 붉혔다.


34


비슷한 시기 1918년 노령 한인 사회는 케렌스키 부르주아 정부에 우호적이고 연합국에 협조했던 원호인들 중심으로 구성되었던 고려족 중앙 총회와, 거기서 반발하고 나와 새로 결성된 볼셰비키 혁명 정부를 지지하는 한족 중앙 총회로 나뉘었다. 문창범과 최재형을 중심으로 형성된 고려족 중앙 총회는 그동안 제정 러시아가 취해온 정책 방향성의 연속선상에 있었기에 우익 기득권에 기반을 두고 있었다. 원호인들은 오래전 연해주로 건너와 많은 고생을 통해 재력과 기반을 잡았고, 비록 2할 정도의 소수였지만 러시아 국적을 지닌 사람들이었기에 토지 분배까지 받는 등 많은 혜택을 누리고 있었다. 처음에는 원호인들도 독립운동 세력들과 연합하여 독립자금을 대주는 등 반일 운동에 함께 나섰으나 1차 대전 발발 후에 제정 러시아가 뜻밖에도 일본과 동맹을 맺고 독립운동 세력들을 탄압하기 시작하자 그들의 입장이 애매해지기 시작하였다. 이미 러시아 국적을 취득한 원호인들은 국가의 정책을 따라가

혁명가

지 않을 수 없었던 것이다. 그러다 보니 자연히 항일 운동의 구심점이 되었던 여호인들과 거리를 두고 자신들의 모임에도 배제하고자 했다. 그래서 그들은 이동휘의 석방 운동에도 소극적이었고 오로지 노령 한인 사회의 권익 신장에만 신경을 썼다.

그러나 1917년 10월 혁명으로 볼셰비키가 권력을 잡자, 김립, 장기영, 김하구 등을 중심으로 한 반일 여호인들과, 고려족 중앙 총회에서 떨어져 나온 친볼셰비키적인 젊은 원호인들인 오와실리, 유스테판 등이 합세하여 한족 중앙 총회를 새로 결성했다. 그들은 권업신문 주필을 지낸바 있었던 김하구를 내세워 〈한인신보〉라는 신문을 발행하였고 리동휘 석방 운동을 활발히 벌렸었다. 오와실리는 러시아 정교회의 신부 출신으로 쑤라와도 깊은 유대감 속에서 노조 활동을 했던 사이였고 쑤라가 우랄로 가기 전에는 연인 사이로 발전하여 쑤라의 둘째 아들이 오와실리의 아들이라는 소문도 있었다. 이들은 노령 한인들의 대동단결을 내세우며 고려족 중앙 총회의 대표들도 함께 초청하여 원호인 여호인을 불문하고 함께 헌장 회의를 소집할 것을 결의하기에 이르렀다. 그러나 우익과 좌익으로 갈라진 노령 한인 사회는 여전히 분열의 불씨를 안고 있었다. 고려족 중앙 총회가 연합 모임에 어쩔 수 없이 참여한 것은 10월 혁명 이후 볼셰비키의 권력 장악이 대세로 흘러가고 있었기 때문이었다.

1918년 3월 원동 인민위원회 위원장 크라스노체코프의 주최로 '한인 혁명가 대회(재러 한인 망명가 대회)'가 열렸다. 이 대회는 러시아 볼셰비키 당인 사회민주당과 별도로 한인들이 한인사회당을 세워서 항일 운동의 구심점을 구축하자는 쑤라의 제안과 노력으로 개최된 것이었다. 주로 동휘와 연결이 있었던 신민회, 광복단, 권업회, 대한 광복군 정부 등에서 활약하던 독립운동가와 노령 사회의 지도급 인사를 포함하여 60여 명이 집결하였다. 원동 지역의 한인뿐만 아니라 북간도와 서간도의 모든 한인 병력들을 집결시켜서 러시아 백위군을 돕는 일본 군대와 맞서 싸우도록 하겠다는 것이었다. 크라스노체코프 등 러시아 대표들이 대회에 참여한 한인 대표들을 그룹별로 접견하여 대화하는 방식으로 진행되었다. 쑤라와 동휘가 중간에서 그들을 연결하여 통역을 하였고 서로의 생각을 이해하기 위한 자리이기도 했다. 항일 투쟁을 지속해 왔던 홍범도와 류동열 같은 무관들은 러시아 볼셰비키와 연합하여 독립 무장 투쟁을 하는 것에 적극 찬성을 하였고, 동휘가 사관학교 설립 및 군사 양성에 대한 제안을 내놓았다.

"오늘날 우리가 처한 정세는 매우 엄중하오. 다 아시다시피 일제가 제국주의자들과 연합하여 우리 독립운동가들을 내쫓고 핍박한 지 오래요. 나나 여기 있는 김립 동지나 모두 그 모함을 받아 감옥 생활까지 하였소. 그러나 일제와 손을 잡은 부패한 제정 러시아를 볼셰비키당이 혁명으로 무너뜨리고 새로운 나라를 세워가고 있소이다. 그러니 우리 조선의 독립운동도 그를 따라 배워 한인사회당을 만들고 사관학교를 세워서 조선 민족의 해방 운동을 주도하는 것이 어떻겠소?"

그러나 대회가 진행되는 과정에서 동휘의 오랜 신민회 동지들이었으며 서간도의 독립군과 한족회 대표로 참석한 양기탁, 이동녕이 볼셰비키와 연합 전선을 펼치는 것에 대하여 강한 저항감을 가지고 반대 의견을 내기 시작했다. 게일 선교사의 조사로 일한 바 있었던 우강 양기탁은 그 연줄로 일본을 거쳐 3년간 미국에 체류한 바 있었고, 영국인 베델과 함께 〈대한매일신보〉를 창간하여 국채보상운동을 펼치는 등 배일 언론인으로 활약하면서 영미 서구 문명에 일찍 눈을 뜬 바 있었다.

"지금 전세가 연합군에게 유리하게 돌아가고 있소. 곧 전쟁이 끝나면 미국을 비롯한 서방 국가들이 담판을 할 것이오. 그리되면 조선과 같은 피지배 약소국가들을 독립시키려는 노력들이 있을 것이오. 그때를 대비하여 우리도 연합국과 대화할 수 있도록 외교적으로 준비를 해야 하오. 볼셰비키로부터는 필요하면 자금 지원만 받고 사상적 지원을 받을 필요는 없소."

그는 독립협회와 만민공동회에서도 주도적 역할을 하였고, 동휘와 더불어 신민회를 일으킨 주역 중 한 사람이었다. 그로 인해 105인 사건의 주모자로 옥고를 치룬 후에 출옥하여 만주로 건너갔다. 신흥무관학교에서도 간여하며 계속 독립군 양성을 위해 동분서주하던 중 〈한인신보〉의 주필로 초청되어 블라디보스토크로 건너왔던 것이다. 그러나 일본이나 미국의 선진 문명을 이미 접한 바 있었던 양기탁이 보기에는 러시아는 희망을 걸기에는 너무나 가난하고 낙후한 나라였다. 그의 눈에는 혁명이 일어나고 있는 러시아보다는 자유주의 미국이 훨씬 안정적으로 기댈 언덕처럼 보여졌던 것이다. 양기탁에 이어 이동녕이 한 걸음 더 나아가 반대 의견을 표명했다.

"노동자와 농민이 주도하는 볼셰비키 혁명으로 어떻게 독립운동을 한단 말이오? 우랄 벌목장에서 나무를 베던 사람이나 땅을 파던 소작농들이 독립투사가 될 수는 없는 법이오. 볼셰비키와 연계가 없는 광복군 단체를 새로 만드는 것이 필요하오."

이동녕은 전통적인 노론 출신으로서 독립운동에도 신분적 차이가 있음을 강조하는 것이었다. 이동녕의 발언에 참고 있던 쑤라가 발끈하여 반박하며 나섰다.

"그럼 독립운동은 선비나 인텔리들만 할 수 있다는 말씀입니까? 지금 연해주에 건너온 모든 한인 노동자와 농민들이 과연 누구 때문에 이

고생들을 하고 있는 것입니까? 조선시대 양반 지식인들이 나라를 잘못 다스려 일제에 빼앗기는 바람에 토지를 강탈당하고 쫓겨나 이렇게 유랑 객이 된 것 아닙니까? 당신들이 빼앗긴 나라를 되찾겠다고 여기 홍범도 선생과 같은 못 배우고 가난한 농민들이 전국에서 들고 일어나 의병 활 동을 하였고 지금도 투쟁하고 있는데 어떻게 그런 말씀을 하시는 겁니 까? 러시아에서 소비에트 노동자 농민이 혁명에 성공했듯이 조선도 반 드시 노동자와 농민이 주인이 되는 혁명 투쟁으로만이 나라를 되찾을 수 있습니다. 그 일을 위해서 러시아 볼셰비키와 연합할 필요가 있습니 다. 리동휘 선생과 류동열 선생이 한인 사관학교를 하바롭스크에 만들 면 한인들은 누구나 그곳에서 훈련받고 독립군이 될 수 있는데 왜 또 다 른 단체가 필요하단 말입니까? "

동휘도 가세했다.

"석오(이동녕) 선생, 우강(양기탁) 선생, 어째 이러오? 우리가 일제를 내쫓기 위해 무장항쟁을 하는데 힘을 합해야 하지 않겠소? 어찌 우리가 일본과 한편이 될 수 있단 말이오. 일본이든 미국이든 제국주의는 결코 우리를 돕지 않을 것이오. 그래서 볼셰비키 혁명을 통해 제국주의 러시 아를 무너뜨린 것이 아니오? 국제 공산당만이 우리를 도울 수 있소."

그러나 쑤라와 동휘의 말은 그들에게 먹혀들지 않았고, 고려족 중앙 총회에 속한 우익 원호인들과 양기탁, 이동녕, 조성환, 안정근 등 신민 회 일원이 일어나서 퇴장하였다. 결국 망명자 대회는 볼셰비키를 지지 하는 좌익 운동가들만이 남게 되었다. 그날, 동휘는 신민회 회원들에 대 하여 크게 실망하였다.

"나는 오늘 이 자리를 빌려 그동안 오랜 세월 함께 일해온 신민회를 탈퇴할 것을 선언하오. 우리의 원수 제국주의자들과 연합하려는 사람들 과 함께 일을 할 수는 없소. 그렇다고 예서 주저앉을 수는 없는 법, 우리

혁명가

끼리 한인사회당을 결성합시다."

전쟁의 상흔으로 갈라져 있던 노령 사회와 독립운동가들의 좌우 연합을 시도하고 그들을 한인사회당으로 끌어들이고자 했던 쑤라와 동휘의 계획은 무산되었고, 오히려 신민회와 철혈광복단조차 좌우 대립으로 갈라지는 결과를 가져왔다. 라자구사관학교를 설립할 당시 철혈광복단을 만들어 동휘를 따르던 후배들 중에서도 김립의 지도를 받아 우랄의 노동 현장으로 떠났던 졸업생들은 볼셰비키를 지지하는 좌익으로 남아 한인사회당 결성에 참여한 반면, 연해주의 원호인 출신 김하석을 따라갔던 졸업생들은 이동녕과 양기탁의 뒤를 좇아 퇴장하였다. 동휘 수하에서 서로 경쟁하던 김립과 김하석의 분열이 철혈광복단마저 둘로 나누어 놓았던 것이다.

마침내 4월 28일, 조선 최초의 공산주의 정당인 한인사회당이 시작되었다. 발기에 참여한 사람들은 김알렉산드라, 이동휘, 류동열, 김립, 오하묵, 오성묵, 이인섭, 이한영, 박애, 오와실리, 유스테판, 임호, 전일, 박진순, 한형권, 김하구 등이었다. 당중앙위원회 위원장에는 동휘가 선임되었고 부위원장에 오와실리, 군사 부장에 류동열, 선전 부장은 기관지 〈자유종〉의 책임 주필 김립이 선임되었다. 동휘는 쑤라를 위원장에 추천했으나 그녀는 자신은 러시아 볼셰비키 당원임을 강조하며 사양했다. 한인사회당은 무장 부대를 편성하는 데 집중하여 하바롭스크에 사관학교를 설립하고 류동열을 책임자로 임명했으며 홍범도의 의병 부대도 하바롭스크로 이동하였다.

## 35

그 무렵 원동 지역에서는 볼셰비키 진영의 적위군과 반볼셰비키 진영의 백위군이 맞붙을 내전의 전운이 감돌고 있었다. 볼셰비키 혁명을 타도하고 제정 러시아를 돕고자 연합군에서 파견했던 체코 군단이 거꾸로 원동 시베리아 지역에서 포로로 잡혀 있다가 블라디보스토크에서 반란을 일으키자 그들을 볼셰비키의 손에서 구출하겠다는 명분을 내세워 반볼셰비키 진영이 연합하기 시작했다. 부르주아 계열의 사회혁명당 뿐 아니라 미국, 영국을 등에 업은 일본이 연해주와 시베리아로 출병을 준비하기 시작하였다. 혁명은 성공했으나 중앙 볼셰비키 소비에트 정부가 아직 전권을 잡지 못한 가운데 멀리 떨어진 원동 시베리아 지역에서 반격이 시작된 것이었다.

이런 분위기 속에 1918년 6월 13일에 니콜스크-우수리스크에서 열린 제2회 전로 한족 대표자 회의가 열렸다. 볼셰비키 소비에트 정부만이 조선인들의 지위 문제와 토지 문제를 해결할 수 있다는 좌익의 주장과 그것을 반대하여 일본-미국-러시아의 연합국에 기대려는 우익 원호인 귀화 한인들이 팽팽히 맞선 가운데, 그들은 "러시아 만세", "자유 만세", "사회주의 만세"의 정치적으로 중립적인 슬로건만 채택한 채로 해산했다. 대회 참가자들은 크라스노체코프 의장의 연설에 만장의 박수갈채를 보냈으나 그것은 형식에 불과했다. 우파에 속한 고려족 중앙 총회의 원호인 세력과 좌파에 속한 한족 중앙 총회가 혁명에 휩싸인 급변하는 러시아의 정세를 서로 눈치를 살피며 예의주시하고 있었다. 반볼셰비키와 친볼셰비키 진영 중 과연 누가 최후의 승자가 될 것인지 가늠하기 어려운 미묘한 상황 속에서 어정쩡한 정치적 입장을 표방하였던 것이다.

한편 볼셰비키와 타협하여 블라디보스토크 항구를 거쳐 본국으로 귀환하기로 약속하고 동진하던 체코군이 영국, 프랑스 등 연합군의 묵인하에 중간에 반란을 일으키며 시베리아 횡단 철도의 주요 도시를 점령하자, 그 소식을 들은 블라디보스토크의 체코군도 함께 봉기를 일으켰다. 이는 시베리아에 대한 무력 개입의 명분을 기다리던 일본군에게 절호의 기회를 제공하였다. 원동 인민위원회 크라스노체코프 의장은 일본군의 파상공격을 물리치기 위하여 이동휘와 함께 시국에 관한 작전 협의를 하였고, 이동휘는 양기탁, 류동열, 오와실리를 찾아 대책을 논의하고 중국 길림의 장군 멍시위안과도 대일 공조를 협의하는 등 전황이 급박하게 전개되기 시작했다. 그 사이에 일본군은 러시아 백위파 군대와 체코군과 연합하여 연해주, 흑룡주, 자바이칼주 등 원동 러시아의 볼셰비키 정부를 차례로 무너뜨리며 잔인하게 유린하기 시작했다.

"제국주의 착취 계급은 당신들과 같은 힘없는 프롤레타리아 노동자들을 전장에 참여시켜 죽이기 위해 남의 나라 전쟁에 투입했습니다. 부자들을 위해 당신들의 피를 희생시키지 마십시오. 그들이 당신의 적입니다. 총부리를 일본의 자본가와 사무라이 장군들에게 돌리십시오."

김알렉산드라는 블라디보스토크를 비롯한 각 도시에 주둔하고 있는 일본군 병사들을 향해 반제 반전의 혁명에 동참할 것을 호소하는 전단지를 살포하는 등 적극적인 선전 사업까지 벌였으나 이미 대세는 기울고 있었다.

8월에 들어서자 일본군의 지원을 받은 백위파 군대들이 하바롭스크와 치타를 점령하기 위해 진격을 시작하였다. 이동휘를 비롯한 한인사회당의 중심 인물은 하바롭스크에 집결, 도피하여 대책을 논의하고 있었다. 전황의 긴박성 때문에 그날 회의에는 김알렉산드라도 함께 참가했다.

"장군, 다 이룬 혁명을 일본 놈들 때문에 놓칠 수는 없소. 우리가 나서서 이 지역 적위군들을 다시 모집하여 끝까지 맞서 싸워야 합니다…."

김립이 핏대를 세워가며 흥분하여 목소리를 높였다.

"일세, 진정하오. 그것은 만용이오. 지금은 그런 무모한 전투를 벌일 전황이 아니오. 손자병법에도 불리하면 일단 후퇴하라 하지 않았소?"

이동휘는 신속히 퇴각할 것을 주장했다.

"우수리에서 곧 마지막 전투가 시작됩니다. 여기서 밀리면 우리는 끝장입니다. 조선 적위군도 함께 싸워야 합니다."

"이 전투에서 조선 적위군이 빠진다면 나중에 역사에서 우리를 어떻게 기록하겠습니까?"

류동열과 철혈광복단 단장 전일도 싸우기를 원했다.

"잘 알고 있소. 내가 목숨을 두려워하는 것으로 보이오? 그러나 지금 우리가 이 전투에 참여하는 것은 일본만을 적대시하는 것이 아니라 함께 백위군에 참여하고 있는 미국 영국 프랑스 등 연합국 전체에 대한 적대 행위가 된다는 것을 알아야 하오. 곧 전쟁이 끝나고 나면 소비에트 혁명의 결과와 무관하게 결국 연합군이 승전국으로 남게 될 것이오. 그때를 기해 우리가 독립을 쟁취해야 하는 담판에 들어갈 터인데 그때 우리가 불리한 상황에 놓일 것을 생각해야 하오."

동휘는 고뇌에 찬 표정으로 동지들을 설득하려 했다. 이미 양기탁 등의 옛 신민회 동지들을 만나면서 1차 대전 전체의 전황과 윌슨의 민족 자결주의 선언에 대한 이야기를 듣고 있었던 것이다. 이들의 논쟁을 주시하며 듣고 있던 쑤라가 한참 만에 입을 열었다.

"그럼 이렇게 합시다. 성재 장군은 우리를 대표하여 반드시 살아남아야 합니다. 우리의 혁명 사업은 전투의 승패와 무관하게 지속되어야 하기 때문이오. 주건 동지는 병사 몇 사람과 함께 장군을 모시고 신속히 피신하시오. 나와 김립 동지는 여기 남아 있는 동지들과 함께 끝까지 빨치산(파르티잔) 투쟁을 전개할 것입니다."

조선인 최초의 볼셰비키답게 쑤라의 최종 결정은 정확하면서도 빨랐다. 쑤라와 함께 했던 원호인 청년들도 빨치산 투쟁에 동참하기로 하며 전의를 다졌다. 그것으로 논쟁은 끝났고 그들은 곧 행동에 들어가기 시작했다.

그날 밤, 동휘는 그 지역을 잘 아는 주건과 함께 하바롭스크 강가로 내려가 목선을 빌려 타고 우수리 강변의 한인 촌락 하이강으로 잠입하여 몸을 숨겼다가 며칠 후 중국 요하현 토산재로 빠져나갔다. 아침이 밝자 김립을 비롯한 나머지 한인사회당 간부들은 최후의 결전을 위한 한인 군대 모집에 착수하여 400명의 조선 적위군을 데리고 우수리 전투에 참여하였다. 치열한 접전에도 불구하고 일본군을 앞세운 백위파 연합군의 숫자에 밀려 전세는 불리하게 전개되었고, 우수리 전투에서 조선인 30여 명이 전사했다. 일본군의 하바롭스크 진격과 입성이 임박해지자 하바롭스크의 소비에트 볼셰비키 세력은 파르티잔 체제로 전환을 결정하고 흑룡강(아무르강)을 타고 퇴각하기 시작했다. 어쩔 수 없이 한인사회당 간부들도 흑룡강을 타고 거슬러 올라가 몽골을 경유하여 중국 신장과 중앙아시아를 거쳐 모스크바에서 집결하기로 결정을 하고 흩어질 수밖에 없었다.

김립은 눈물을 뿌리며 김알렉산드라, 류동열, 이인섭, 안홍근, 심백원 등의 열두 명 한인사회당 간부와 함께 러시아 상선 '바론 코르프호'에 몸을 실었다. 그 배 안에는 함께 퇴각하는 수백 명의 소비에트 적위군이 동승하고 있었다. 그들은 한 치 앞을 내다볼 수 없는 자신들의 운명을 일렁이는 강물의 흔들림에 맡긴 채 긴장 속에서 일각이 여삼추와 같은 시간을 보내고 있었다.

김알렉산드라는 한밤중 뱃전에 홀로 나와 어두움이 짙게 드리운 아무르강의 말없는 속삭임에 귀를 기울이고 있었다. 자신이 살아온 인생이 파편처럼, 더러는 폭포를 거슬러 올라가는 연어처럼 기억의 물줄기를 타고 역류하고 있었다. 어린 시절 아버지와 더불어 동청 철도 노동 현장의 텐트 속에서 노동자들의 귀염둥이로 자라나던 시절, 아버지의 갑작스런 사망으로 고아가 되어 폴란드인 친구 스탄케비치 일가에 들어가서 지내던 일, 첫 남편 스탄케비치와의 연애와 결혼, 첫 출산 그리고 이어진 남편의 외도와 파탄으로 괴로움을 겪던 일, 온화한 혁명가 오와실리 신부와의 만남으로 노동운동에 뛰어들게 된 일, 마침내 우랄 페름으로 떠나 노동자의 어머니요, 혁명가로 거듭나던 감격의 시절들이 검은 강물 위를 떠도는 연등처럼 줄을 이어 뱃전을 스치고 지나갔다. 혁명의 환호와 함성이 아직도 귓가에 쟁쟁하다. 이제 막 혁명이 꽃을 피우고 조국의 해방을 위해 달려가야 할 시기다. 여기서 멈추면 안되는데… 이런 저런 상념에 잠겨 있을 때, 갑자기 따가운 소총 소리와 함께 소란스런 함성들이 들리면서 타고 있던 배가 기우뚱하며 뱃머리를 우측으로 틀기 시작했다. 목적지 아무르주의 블라고베센스크에 못 미쳐 중도에 백위군에게 나포되고 만 것이었다.

나포된 일행은 포승줄에 줄줄이 묶여 호송 트럭을 타고 밤새워 다시 하바롭스크로 되돌아갔다. 하바롭스크에는 그 당시 잔인하기로 악명을

혁명가

떨치던 백위군 장교 칼미코프가 그들을 기다리고 있었다. 그들은 약 열흘간 백위파 군사 재판에서 고문을 동반한 심문과 동시에 즉결 심판을 받았다. 다행히 김립, 류동열, 이인섭 등의 한인사회당 간부 십여 명은 중국인 노동자로 가장하여 석방되었다. 북만주를 오가며 독립운동 당시 익혀두었던 중국어가 목숨을 구하는 도구가 되었다.

쑤라는 혹독한 심문 과정에서 자신의 신념과 동지들을 파는 일을 일절 거절하였다. 원동 지방을 넘어 전 러시아에 이미 전설적 여성 혁명가로 이름을 떨치고 있던 알렉산드라를 자신이 직접 심문하게 된 칼미코프는 매우 기뻐하였고, 잔인하고 비열한 웃음을 날리며 취조에 임했다. 처음에는 이 가냘프고 연약해 보이는 미모의 동양 여인이 그 유명한 혁명 투사라는 것이 믿어지지 않는 듯 신원을 거듭 확인하였다. 그리고 신사적인 태도로 만일 쑤라가 지닌 신념을 철회하고 볼셰비키 동료들의 명단을 제출하는 전향적 태도만 보이면 얼마든지 자신이 목숨을 구해주겠노라고 유인하였다.

"이름을 대라…."

"나는 알렉산드라 킴 페트로브나 스탄케비치다."

"쑤라는 누구인가?"

"쑤라는 동청철도 노동자들과 우랄 노동자들이 붙여준 영광스런 내 애칭이다."

"민족은?"

"나는 러시아에서 태어난 조선인이다."

"그대는 조선인인데 어찌하여 우리 러시아의 시민 전쟁에 참여하여 볼셰비키가 되었는가? 왜 남의 나라 전쟁에서 피를 흘리려 하는가?"

쑤라는 의연하게 대답했다.

"나는 볼셰비키다. 민족을 초월하여 억압받는 모든 프롤레탈리아들의 해방을 위해 투쟁하였고 지금도 투쟁하고 있다. 이 투쟁에는 민족의 경계가 없다. 러시아인과 조선인 중국인 전 세계 인민이 함께 이 영광스런 투쟁에 참여하고 있다. 사회주의 혁명에 승리하는 날 우리 조국 조선의 해방과 모든 나라의 자유와 독립이 달성될 것이다. 그것을 믿기에 나는 투쟁한다."

가죽 채찍을 든 칼미코프가 빙그레 비웃음을 날리며 창백한 얼굴을 쑤라에게 들이밀며 씰룩대듯 말했다. 그의 입 냄새가 역겨워 쑤라가 고개를 돌렸다.

"혁명도 살아남아야 할 수 있는 것이오. 쑤라 동지, 볼셰비키에서 나와서 우리 백위파와 혁명 사업을 같이 합시다."

포승에 묶여 의자에 앉은 쑤라는 칼미코프를 외면하다가 한참 만에 고개를 들고 올려다보았다. 불꽃 같은 섬광이 그녀의 눈에서 뿜어져 나왔다.

"시간을 낭비하지 마라. 나는 내 길을 간다. 너는 너의 길을 가라. 내 결심은 바꿀 수 없다. 나는 혁명의 딸로 아무르강에 피를 흘릴 것이다. 그 피가 대지를 적시고 이 땅의 혁명을 완수할 것이다."

칼미코프의 쇠몽둥이 같은 손등이 쑤라의 뺨을 후려쳤다. 그리고 분을 삭이지 못하여 마구잡이로 채찍질하기 시작했다. 이를 악물고 반항하는 쑤라를 발가벗기며 본격적인 유린을 시작했다.

1918년 9월 16일 푸르스름한 새벽, 쑤라는 열여덟 명의 동료 볼셰비키와 함께 수감되어 있던 감옥에서 끌려 나와 죽음의 차량에 태워진 채로 아무르 강가의 한적한 숲속으로 이송되었다. 그곳에서 볼셰비키들이 차례로 끌려나와 총살을 당할 때, 쑤라는 끝까지 당당하였다. 마지막

혁명가

소원으로 그녀의 조국 조선을 향해 여덟 발자국만 걷게 해달라고 청하였다. 한 번도 가보지 못했던 아버지의 나라 조선 팔도를 그리면서 눈을 가리고 포승에 묶인 그녀가 한발 한발 강가로 다가섰다. 뒤에서 따가운 따발총 소리가 들렸고, 그녀는 강가에 핀 잔꽃송이처럼 가볍게 쓰러졌다. 그리고 쑤라의 소원대로 그녀의 심장에서 흘러나온 붉은 피가 아무르강(흑룡강)으로 조용히 스며들어 갔다.

# 운 동 가

.

.

.

<조선의 독립국임과 조선인의 자주민임을 선언하노라>

36

무오년이 저물어 가고 기미년으로 해와 달이 바뀌고 있었다. 여운형은 베이징을 거쳐 자신의 숙부 여준이 활동하고 있는 서간도 신흥무관학교를 먼저 찾아갔다. 가는 길에 베이징에서 손문(쑨원)을 만나 조선의 독립을 지지해 달라고 부탁했다. 서간도에 미리 올라가 있던 조소앙과 함께 숙부 여준을 찾았다. 여준의 소개로 이회영의 형제들을 만나 파리 회담 내용과 독립선언의 필요성을 설명하고 이 일의 준비를 위해 상하이로 모여 임시정부 수립을 해야 한다고 역설하였다.

서간도에서 독립운동가들을 양성하고 있던 이상룡, 여준 등의 대표들은 여운형의 이야기를 진지하게 받아들여 이시영을 먼저 상하이로 파견하기로 결정하였다. 이시영은 베이징에 들려 연해주에서 내려온 조완구와 함께 만세 운동을 준비하는 한편 상하이로 들어가 임시정부 수립을 위한 기초 작업을 시작하기로 했다.

여운형과 조소앙은 장춘 길림을 거쳐 하얼빈으로 들어갔다. 하얼빈은 안중근 의사가 이토를 격살한 곳이라 꼭 한번 들르고 싶었다. 안중근이 거쳐 갔던 그 길을 따라 소왕령을 지나 블라디보스토크로 들어갈 계획이었다.

"아니 이게 누구세요? 려운형 전도사님 아니세요?"

"아 누구신지요?"

하얼빈에 잠깐 머무는 동안 그 지역 독립운동가들과 만나 식사를 하며 파리강화회의에 관한 협조 요청을 하는 자리에 동석했던 한 여인이 갑자기 아는 척을 했다. 자세히 보니 과거 승동교회 시절 많은 헌금을 하던 배정자였다. 세월이 많이 지나 잔주름이 생기기 시작한 초로의 여인이 청색의 화려한 중국식 치파오를 입고 어깨에는 밍크 털로 만든 고급 숄을 걸치고 있었다.

"배정자 자매님이 어떻게 여기에?"

"아 제가 요즘 하얼빈 일본 총영사관에서 일하고 있어요. 독립운동도 도울 겸해서요. 호호호."


여운형은 소왕령에서 그 당시 몸을 피해 있던 이동휘와 김립 등 한인사회당 인사들을 잠시 만난 후 곧바로 해삼위로 발걸음을 옮겼다. 이동휘는 백위파의 추격을 피해 이동 중이었기에 독립선언서에 대한 이야기를 듣고 서명에 승낙은 했으나 길게 이야기를 못 하고 곧 몸을 감추었다.


폭풍우와 같았던 전장 속에서 천재일우로 목숨을 구한 동휘는 한동안 요하현의 강우규 선생 집에 숨어 있었다. 아버지 이승교와 함께 노인독립단을 만들어 일하던 강우규는 요하현에 한의원을 열고 몸을 숨기면서 그 일경의 농토를 개간하고 한인들을 모아 신흥촌을 만들었다. 함경도 홍원에서 하듯 그곳에서도 광동중학을 만들어 교육에 힘쓰는 한편 블라디보스토크를 오가며 독립운동을 돕고 있었던 것이다. 한편 백위군에게 체포되었다가 중국인으로 가장하여 석방되었던 김립, 류동열, 이인섭 등은 처음에는 류동열의 집으로 향했다. 그러나 그곳에서 미리 기다리고 있던 일본군에게 발각되어 간신히 포위망을 뚫고 도망가던 중 기차역 검문에서 결국 다시 체포되었다. 기차에 실려 니콜스크로 압송되던 그들은 기차가 서행을 할 때 달리는 기차에서 유리창을 깨고 목숨을 건 탈출을 시도하였다. 그리고 마침내 그들이 헤어지기 전에 집결지로 약속한 요하현 강우규의 집에서 동휘를 다시 만났던 것이다. 동휘는 그들로부터 쑤라의 소식을 전해듣고 마치 친누이가 죽은 것처럼 가슴을 치면서 슬퍼했다.

"조선의 딸아, 못난 조국이 너를 죽였구나. 원통하고 불쌍타. 조선의 딸… 쑤라야…."

요하현에 숨죽이고 몸을 숨기고 있던 동휘 일행은 김립, 이인섭 등의 동지들이 살아 돌아오자 다시 조심스럽게 연해주로 잠입하여 한인사회당 조직을 강화하기 시작했다. 그러나 백위파 세상이었던 그 당시 눈에 불을 켜고 연해주 불령선인의 최고 거두 동휘를 색출하려는 그들의 감시망 속에서 국민의회 측의 임시정부 수립 활동이나 3·1 만세 운동에도 동휘는 일절 모습을 나타낼 수 없었던 것이다.


"성재 장군님, 이렇게 숨어다니시기보다는 상하이로 오셔서 함께 림시정부 수립을 도와주심이 어떻겠습니까?"

여운형이 동휘에게 말했다.

"허허, 림시정부를 세우려면 우리 동포들이 몰려있는 이곳 연해주에 세워야지 왜 상해로 내려간단 말이오?"

"그 말씀도 일리가 있으나 지금은 국제 정세가 급박하게 돌아가고 있으니, 국제 외교를 펼치려면 상해가 훨씬 유리합니다. 모든 강대국들의 외교관들이 모여있는 국제도시가 아닙니까?"

"나는 대한제국 군인 출신으로 이곳에서 군사를 일으켜 무장 독립운동을 함이 더 옳다고 생각하오. 그것을 위해 볼셰비키의 도움도 필요한 것이고 한인사회당도 만든 것이오."

이동휘와 김립도 연해주로 곧 다시 들어갈 예정이라고 했다.

"성재 장군님, 그러면 우리도 함께 데려가 주시면 어떻겠소이까? 러시아 말도 못 하는데 해삼위까지 동행하면 큰 도움이 되겠소만…."

그러나 동휘와 김립은 기호 출신 여운형에게 마음을 활짝 열지 않았다. 기호 출신 밀정에게 밀고를 당해 옥살이를 했던 그들에게서 나오는 어쩔 수 없는 감정이었다.

"나와 함께 움직이는 것은 위험하오. 해삼위에 가면 먼저 내 사위 오영선을 만나시오. 그가 안내하는 노인 독립단의 이발 어른과 강우규 어른을 찾아 의논하시오. 잘 도와주실 것이오."

이발은 동휘의 아버지 이승교가 독립운동을 하면서 쓰던 가명이었다.

여운형은 상동청년학원에서 안창호 선생과 함께 민족 교육자로 우러러보았던 대선배 성재 이동휘 장군을 다시 만난 감격을 채 새기기도 전에 헤어지는 것이 못내 아쉬웠다. 여운형은 그의 얼굴에서 도망쳐다니는 독립운동가의 고단함을 읽었다.

"두 사람도 같이 다니지 마시오. 도처에 일경과 밀정들이 깔려 있다는 것을 명심하기 바라오."

그날 밤 여운형과 조소앙은 제각기 발걸음을 나누기로 결정했다. 독립선언서 작성 준비를 위해 조소앙은 다시 길림으로 돌아가기로 했다.

"소앙, 대한독립선언서에는 내 이름을 빼 주시오."

"몽양, 그게 무슨 말입니까? 몽양이 시작한 일인데 이름을 빼라니요?"

"그 명단이 발표되면 곧바로 일경들의 추격이 시작될 터인즉, 나는 파리강화회의에 김규식 선생을 파견하는 일을 비밀리에 해야 하니 빼는 게 좋겠소. 이동휘나 신채호, 박은식 선생 같은 이는 이미 불령선인으로 일경이 추격하는 분들이니 문제가 없겠소만…. 나는 아직 몸을 감추는 게 좋겠소."

"그 말도 일리가 있군요. 성재 장군의 말씀을 듣고 보니 조심하는 것이 좋을 듯합니다."

"나는 하얼빈에서 만난 배정자가 계속 마음에 걸리오."

\*

여운형이 블라디보스토크에 도착했을 때는 이미 문창범 김하석 등이 주도하여 결성한 연해주의 전로 한족회 중앙 총회 측에서 파리 회담에 파견할 대표를 선정하고 있었다. 윌슨의 민족자결주의와 파리 회담의 대표 파견 소식은 이미 연해주 〈한인신보〉 주필 양기탁을 통해 연해주에도 알려져 있었던 것이다. 당시 원동 연해주의 정치적 상황은 백위파 콜차크 정부가 장악하고 있었기에 이동휘를 비롯한 한인사회당 세력들은 몸을 사리고 피신할 수밖에 없었고 그 틈을 타서 원호인 중심의 전로 한족회 중앙 총회를 중심으로 임시정부 설립을 추진하는 한편 파리 대회 대표자를 선발하고자 했다. 상하이에서 이승만, 안창호를 대표로 보낸다고 하는 소식이 전해지자 연해주에서도 그에 걸맞은 큰 인물을 보내야 한다고 판단하여 이동휘, 최재형, 문창범 등이 거론되고 있었다.

그러던 중 여운형 일행이 도착하여 상하이에서 김규식을 단장으로 외국어에 능통한 젊은 대표단을 보내기로 결정했다는 것을 듣고 그들도 영어와 불어 등 외국어에 능한 윤해와 고창일을 대표로 다시 선정하였다.

그들은 독립운동 선언서를 준비하는 한편, 대한국민의회라는 임시정부 수립을 위해 전로국내조선인의회를 상설위원회로 만들어 활동하기 시작하였다. 이 일을 주도한 원호인 출신 김하석은 한때 이동휘의 교육생 중 한 사람으로 활동하여 라자구사관학교 교관까지 지낸 바 있었으나 김립과의 마찰을 빚고 뛰쳐나간 후 철혈광복단 우파를 규합하여 독자노선을 걷기 시작하였다. 라자구에서 동휘의 곁을 떠난 후 어느새 문창범과 손을 잡고 원호인 조직의 주역으로 올라서 있었던 것이다. 1911년 동휘의 지시로 김립과 전일 등이 주도하여 북간도에 조직했던 광복단이 1914년에 라자구사관학교를 세우면서 노령의 철혈단과 연합하여 만든 전투적인 비밀결사조직이 철혈광복단이었다. 그 후 한인사회당 결성 시에 참여한 철혈광복단 좌파와 거기서 반대하고 나온 철혈광복단 우파로 갈라질 때 김하석이 우파의 중심이 되었다. 그들은 상해파와 경쟁적으로 임시정부를 수립하여 한인의 대표성을 지니고 파리강화회의에 참가함으로 국제 사회로부터 승인을 받아 무장 독립운동의 주체가 되려는 목표를 두고 있었다. 김하석은 백위파 정부와 계약을 맺고 한인 군사들을 모집하여 중동 철도 수비대에 편입시켜 훈련시키는 대신 러시아 무기를 공급받아 독립운동에 투입하겠다는 계산을 하였다. 그러나 백위파 군대가 본질상 일본군과 한편인데다가 볼셰비키와의 전투에 참여할 수밖에 없는 상황 속에서 그들이 일본군과 맞선다는 것은 처음부터 이율배반일 수밖에 없었다.

그러나 그들은 국민의회의 조직을 만들 때 동휘를 대일 무력 전쟁의 총책임자인 선전 부장으로 임명하였다. 이미 1914년 대일 무력 전쟁을 위해 대한 광복군 정부를 설립하여 2대 정도령을 지낸 바 있었던 동휘의 전력을 무시할 수 없었던 것이다. 아울러 연해주 일대에서 실질적인 가장 강력한 무장 독립 세력인 한인사회당을 배제하고 무장 투쟁을 거론한다는 것은 비현실적이라는 것을 잘 알고 있었을 것이다.

한편 길림으로 되돌아온 조소앙은 여운형의 숙부인 여준의 적극적인 지지를 받아 서간도와 북간도 및 연해주 일경의 저명한 독립운동가들을 찾아다니며 더러는 서신을 보내어 자신이 작성한 독립선언서에 함께 동참해줄 것을 호소하기 시작하였다. 서간도에서는 이상룡, 이시영, 여준, 김동삼, 김좌진, 이동녕 등이 참여하였고 연해주에서는 이동휘, 문창범, 박용만, 이범윤, 류동열, 안정근, 정재관 등이 상하이에서는 박은식, 조소앙, 신채호 등이 참여하기로 하였다. 그뿐만 아니라 선언의 범민족 대표성을 얻기 위해 미국에 있는 이승만과 안창호, 박대위에게도 동참할 것을 요청하였다. 여운형도 연해주에서 문창범, 정재관 등의 지도자를 만나 독립선언의 서명 약속을 받았으며 파리강화회의에 대한 설명을 하고 협조를 구했다. 여운형의 설득으로 연해주에서 활동 중이던 기호파 인물들 중 이동녕과 안중근의 동생 안정근은 독립선언 서명에 참여할 뿐 아니라 상하이에서 임시정부 구성에 동참하기 위해 상하이로 내려오기로 약조하였다. 그러나 이동휘의 부친 이발과 함께한 강우규 노인은 독립선언에 참여하는 것을 꺼려했다.
"우리는 조용히 다른 할 일이 있소. 우리 노인 독립단에서는 노인의 일을 추진할 것이니 청년들은 청년의 일을 하시오. 독립선언을 위해 뒤에서 기도하고 응원하리이다."

운동가

"아쉽습니다만, 어르신께서 별도로 하실 일이 있다니 기대됩니다."

상하이로 돌아오는 길에 여운형은 우수리스크와 인접한 중국 국경을 넘어 훈춘, 연길을 거쳐 룽정으로 들어갔다. 북간도 간민회 지도자 김약연과 정재면 등도 소식을 접하자 적극 참여하기로 결의하고 파리 회담 파견을 돕기 위해 모금 운동까지 벌이기 시작했다. 그리하여 음력 무오년 마지막날, 대종교와 기독교를 중심으로 39인의 민족 대표가 참여한 대한독립선언서를 완성하였고 새해 정초를 기해 길림시에서 역사적인 최초의 독립선언을 발표하였다. 음력 무오년에 완성하였다 하여 기미 독립선언서와 구별하기 위해 무오독립선언서라고도 불리게 되었다.

"우리 대한은 완전한 자주독립과 신성한 평등복리로 우리 자손 여민(黎民: 백성)에 대대로 전하게 하기 위하여, 여기 이민족 전제의 학대와 억압을 해탈하고 대한 민주의 자립을 선포하노라. (중략)

정의는 무적의 칼이니 이로써 하늘에 거스르는 악마와 나라를 도적질하는 적을 한 손으로 무찌르라. 이로써 5천 년 조정의 광휘(光輝)를 현양(顯揚)할 것이며, 이로써 2천만 백성[赤子]의 운명을 개척할 것이니, 궐기[起]하라 독립군! 제[齊]하라 독립군!

천지로 망(網)한 한번 죽음은 사람의 면할 수 없는 바인즉, 개·돼지와도 같은 일생을 누가 원하는 바이리오. 살신성인하면 2천만 동포와 동체(同體)로 부활할 것이니 일신을 어찌 아낄 것이며, 집안이 기울어도 나라를 회복되면 3천리 옥토가 자가의 소유이니 일가(一家)를 희생하라!

아 우리 마음이 같고 도덕이 같은 2천만 형제자매여! 국민본령(國民本領)을 자각한 독립임을 기억할 것이며, 동양 평화를 보장하고 인류평등을 실시하기 위한 자립인 것을 명심할 것이며, 황천의 명령을 크게 받들어(祇奉) 일절(一切) 사망(邪網)에서 해탈하는 건국인 것을 확신하여, 육탄혈전(肉彈血戰)으로 독립을 완성할지어다."

무오독립선언은 그 작성 과정에서 연해주와 만주에서 활동하던 무장 독립운동가들의 영향을 받지 않을 수 없었고, 그 내용에 일본 제국주의를 악마로 규정하고 육탄혈전의 전쟁을 불사하여 독립을 쟁취할 것을 선언하였다. 그 당시 무장 독립운동을 하던 주체는 대종교의 2대 교주 김교헌을 중심으로 한 여준, 김좌진, 이동녕 등의 대종교 세력으로, 서간도와 북간도를 중심으로 크게 영향을 미치고 있었다. 양반 기호파 중심의 서간도 독립운동가들은 한일합병 전에는 상동교회를 중심으로 기독교에 많이 경도된 일이 있었으나, 일제와 연합한 미국 선교사들에게 실망하고 서간도로 넘어와서는 대부분 대종교 쪽으로 귀의한 상태였다. 반면에 북간도 룡정 지역과 연해주는 김약연, 구춘선, 이동휘, 정재관 그리고 하와이에서 이승만과 척을 지고 들어온 박용만 등이 중심이 되어 여전히 기독교 세력이 주축을 이루고 있었다. 그들에게 영향을 미쳤던 캐나다 선교사들이 보여준 정의감 넘치는 반일 활동이 오히려 기독교에 대한 신뢰를 가져왔던 것이다. 한편 미주에서 무장 투쟁을 반대하던 이승만, 안창호, 이대위 등의 세력 또한 대다수가 기독교인들이었기에 무오독립선언은 결국 대종교와 기독교가 주류를 이룬 독립선언이 되었다.

특히 단군신을 국조(國祖)로 모시며 민족 종교를 자처하고 일어난 단군교는 을사늑약이 일어난 1905년 나철이 삼일신고의 경전을 계시받아 일으켰고, 1910년 대종교로 개칭하였다. 일제에 의해 대종교가 탄압을 받자, 나철은 망국지탄의 한을 안고 서일 등 추종자들을 데리고 중국 길림성으로 본사를 옮겼다. 정훈모를 비롯 친일 성향을 지닌 분파들은 단군교의 이름으로 국내에 남았으나 대종교는 중국에서 본격적으로 독립운동과 민족 교육에 뛰어들었다. 1916년 나철이 일제의 폭정에 항거하며 자결하자 김교헌이 2대 교주가 되었다. 김교헌은 성균관 대사성을 지낸 학자로 독립협회 활동을 한 바 있었다. 총본사를 북간도 화룡현으로 옮긴 후 중광단이라는 비밀결사조직을 만들어 무장 독립운동에 나섰고 서일, 김좌진 등이 가세하면서 북로 군정서로 발전하였다. 이 시절 이동녕, 이상룡, 여준, 이시영 등 서간도에 들어왔던 많은 독립지사들이 대종교에 귀의하면서 대종교는 일제에 맞서 무장 독립운동을 하는 중심 세력으로 발돋움하였다.

*

무오독립선언이 한참 준비되고 있을 무렵인 기미년 1월 초순경, 신한청년당 당사에 젊은 우국 청년들이 다시 모였다. 만주와 연해주에서 많은 호응을 얻어 이시영, 조완구 등 새로운 동지들을 규합하여 돌아온 여운형도 함께 참석하였다.

"우사 선생, 재혼을 축하하오."

김규식은 몽골에서 돌아온 후 서병호의 소개로 김필순의 누이 김순애와 재혼하였다. 황해도 장연 출신 김필순은 아펜젤러가 세운 배재학당을 나와 세브란스 병원이 배출한 최초의 조선인 의사가 된 사람으로서, 에비슨의 조수로 활동하며 많은 총애를 받았다. 병탄 이후 망명하여 요녕성 통화에서 병원을 차리고 서간도 독립운동가들의 주치의로 물심양면 독립운동을 도왔다. 1916년 일제에게 쫓겨서 몽골근처 치치할로 이주했으나 3·1 만세가 일어난 직후 밀정에게 독살당했다. 그는 가솔들을 제대로 돌보지 못하여 그의 자녀들은 유리 방황했지만, 첫째 아들 김덕봉은 룡정 제창병원의 의사가 되었고 셋째 아들 김염은 상하이에서 중국을 뒤흔든 반일 영화 황제가 되었다. 김필순과 서병호는 처남매부 지간이었고 재혼 후 김규식은 서병호의 동서가 되었다. 김순애는 세상을 떠난 김규식의 전처 조은수의 정신여고 시절에 가까운 동무이기도 하였다.

몽골 고륜(울란바토르)에서 돌아온 우사 김규식은 재혼의 기쁨을 미처 누리기도 전에 자신이 신한청년당의 대표로 선임되어 파리강화회의에 참석하게 된 것을 알게 되었고 깊은 고민에 빠졌다. 연합국의 승리로 끝난 전쟁에서 승전국의 일원인 일본에게 맞서 조선의 편을 들어줄 나라가 과연 있겠는가 하는 점이 첫째였고, 그 같은 독립 청원을 할지라도 조선에 대하여 들어보지도 못한 나라들이 대부분일 터이라 어떻게 파리강화회의에 참석한 연합국 대표들에게 조선을 알리고 관심을 불러일으킬 것인가에 대한 것이 둘째 고민이었다.

막 모임을 시작하려는데 예관 신규식의 뒤를 따라 동제사의 백암 박은식과 단재 신채호가 함께 들어왔다. 백암의 등장으로 좌중에 앉아 있던 청년들이 모두 벌떡 일어섰다.

"백암 어른께서 누추한 곳까지 행차를 해 주시다니 영광입니다. 어서 상석으로 오르시지요?"

여운형이 급히 달려가서 박은식의 소매를 잡아끌었다. 백암은 특유의 잔잔한 미소로 슬며시 그것을 뿌리치며 문가에 있는 의자에 자리를 잡았다.

"무슨 상석? 청년당에는 청년이 상석에 앉아야지. 나는 여기 말석에서 그냥 자네들 이야기를 들으러 왔네. 오늘 중요한 논의가 있다고 예관이 잡아끄는 바람에 억지로 왔다네."

황해도 황주 출신 박은식은 안중근의 부친 안태훈과 교분을 나누던 한학자였다. 향시에 합격하여 참봉 벼슬을 받아 동학을 반대하고 위정척사파로 성리학에 정진하던 그는 40세에 독립협회에 가입하면서 새로운 학문에 눈을 떴다. 장지연, 남궁억과 교분을 나누며 황성신문을 창간하여 주필이 되었고, 을사늑약 후에는 대한매일신보의 주필을 맡았다. 병탄 이후 중국으로 망명하여 서간도 환인에 머물며 조선 고대사 집필에 천착하다가 상하이로 옮겨 1914년 〈한국 통사〉를 완성하였다.

소앙을 통해 보내온 대한 독립선언서 초안 내용을 받아 훑어보던 김규식이 무겁게 말을 꺼냈다.

"소앙과 몽양이 참 수고가 많았구려. 그러나…."

우사 김규식은 미국 유학파답게 깔끔한 양복 차림에 나비넥타이를 매고 있었다.

"조선이 국제적인 관심거리로 부각되지 않는 한 이런 선언을 한들 아무도 우리 말에 귀 기울이지 않을 것이오. 전 세계가 깜짝 놀랄 만세 운동이 필요하오. 그 만세 운동은 일본 놈들의 심장 동경 시내에서 일어나고 국내에서도 함께 일어나야 합니다."

"전 세계가 놀랄 만세 운동이라…? 그렇다면 국내의 독립운동 세력과 긴밀한 연계가 필요하지 않겠습니까?"

여운형이 말을 받았다.

"그렇소. 더 큰 목소리가 있어야 하오. 전국적인 규모의 만세 운동으로 일제 놈들 뿐 아니라 전 세계 열강들이 우리 조선을 새롭게 바라보고 인식하는 그런 함성들이 반드시 일어나야 하오…. 그래야 내가 파리에 갈 수 있소."

"어떤 방법이 있을까요?"

옆에서 듣고 있던 서병호가 갑자기 기발한 생각이 난 듯 얼굴을 들이밀며 말했다.

"기독교 세력을 규합해야 합니다. 전국적으로 퍼져있는 기독교 교회와 교인들이 함께 만세를 부른다면 그것만으로도 큰 함성이 될 것이오. 전국의 기독교 청년 조직도 활용하면 좋겠소이다."

"그것 참 중요한 생각이오. 지금 활동하고 있는 독립우국지사들 중에도 기독교인들이 다수이니, 국내의 교회들을 규합하여 만세 운동을 준비합시다."

김규식이 고개를 끄덕이며 맞장구치듯 말했다.

"나도 그 의견을 적극 지지하오. 지난 여름 평북 정주에서 열린 장로교 총회에서 만났던 리승훈 선생과 량전백 목사도 필히 도움을 줄 것이오."

당시 장로교 총회에 상하이 대표로 참석했던 여운형도 맞장구 치듯 말했다. 그러자 옆에서 듣고 있던 선우혁이 비장한 어조로 말을 받았다.

"내가 국내로 들어가서 연계하리다. 숭실중학 동기 동창인 해석 손정도가 최근에 정동교회 목회를 그만두고 평양에서 독립운동 세력들을 모으고 있다고 들었소. 감리교 목사 손정도는 사람을 끌어모으는 탁월한 재주를 가진 사람이오."

"맞소. 그가 동대문교회와 정동교회에서 목회할 때 구름떼처럼 사람들이 몰려들었다는 소식을 나도 들었소. 손정도가 움직이면 감리교뿐만 아니라 전국의 기독교인들이 함께 거사를 준비할 수 있을 것이오. 김규식 선생이 파리로 가려면 많은 자금이 필요할 것인즉 모금 운동도 함께해야 할 것이오. 나도 해석에게 그것을 부탁해 보겠소."

둥근 뿔테 안경 속에서 안광이 날카로운 김철이 거들었다.

"손정도의 숭실 후배인 김형직도 장일환, 배민수와 함께 조선 국민회 활동으로 독립운동을 하다가 평양 감옥에서 옥고를 치르고 나왔다는 소식을 들었소. 장일환은 모진 고문으로 순국했다고 들었고 출옥 후 배민수는 성진으로 몸을 피했다고 들었소만…. 김형직의 거취도 찾아보도록 하겠소. 105인 사건으로 함께 고초를 치렀던 남강 리승훈 선생을 찾아야 하오. 그가 내 고향 정주에서 오산학교를 세웠으니 오산학교에서도

운동가

함께 만세를 부를 수 있을 것이오. 또한 평양의 길선주 목사와 고당 조만식을 움직이면 장로교를 규합하여 이 일에 큰 도움을 줄 것이오."

선우혁이 흥분하여 다시 계획을 쏟아내었다.

"그러나 잠깐! 이 일을 도모할 때 서양 선교사들과 목사들에게는 절대 알리지 말아야 하오. 그들은 이미 제국주의의 앞잡이들 역할을 하고 있기 때문이오. 그들에게 거사가 알려지는 순간 바로 일제에게 그 정보가 들어갈 것이오."

여운형이 말했다. 을사늑약 이후 미국인 목사들이 변하는 모습에 실망하여 망명을 결심했던 여운형이 눈살을 살짝 찌푸리며 근심 어린 표정을 지었다. 여운형의 지적은 날카로웠다.

"그렇다면 김규식 선생님의 은인이신 언더우드 선교사 일가에게도 비밀로 해야 합니까?"

서병호가 눈치를 살피듯 김규식을 바라보았다. 언더우드는 서병호가 자란 황해도 소래교회에서 조선인 최초의 세례식을 베푼 사람일 뿐 아니라 서병호의 양아버지 서상륜이 전도한 사람들을 데리고 내려가 한성에서 새문안 교회를 창립하기도 하였기에 서병호 일가와 언더우드 가족은 깊은 연관을 가지고 있었다. 아버지 언더우드 1세는 1916년 사망하였으나 한성에서 태어난 그의 아들 언더우드 2세(원한경)가 뉴욕 대학을 졸업한 후 선교사로 다시 들어와 경신학교와 연희전문학교에서 가르치고 있었다. 그의 돌발적인 질문에 잠시 좌중에 침묵이 흘렀다. 그것을 의식한 듯 김규식이 헛기침을 한번 하더니 말문을 열었다.

"비밀로 합시다. 미국과 영국 등 제국주의 국가는 작금 일제와 깊은 동맹 관계에 있기 때문에 선교사들은 자신의 선교부의 방침에 따라 보고를 하게 되고 그 내용은 정부 간 협조에 의해 반드시 일제에 알려질 것이오. 그러니 개인적인 친분을 떠나 선교사들에게는 거사의 내용이 일절 비밀에 붙여지는 것이 좋을 듯합니다."

그곳에 모인 사람들 중에 기독교인들이 많았기 때문에 이 내용은 무겁게 받아들여졌고 모두들 고개를 끄덕이며 다짐을 하였다.

그때 그 분위기를 깨고 조용히 듣고 있던 예관 신규식이 말을 꺼냈다.

"이번의 독립 만세 운동은 어떤 특정 종교에 국한되어서는 안 될 것이오. 기독교도를 규합하는 것도 좋지만, 천도교나 불교 등 종교의 유무와 관계없이 조선의 모든 백성이 함께 참여하는 거국적 만세 운동이 되어야 성공할 수 있을 것입니다. 우리는 이 점에 각별히 주의를 기울여야 합니다."

"정말 지당한 말씀이외다. 나도 예관 선생의 의견을 적극 지지하오. 유림이나 불교도 함께 해야 하지만 천도교의 의암 손병희 선생을 반드시 붙들어야 합니다. 천도교의 교세는 동학도의 큰 탄압에도 불구하고 병탄 이후에 크게 불어나 전국적으로 가장 큰 교세와 연결망을 가지고 있지 않소?"

단재 신채호가 옆에서 거들었다. 한때는 상동교회 엡윗 청년회에서 전덕기 목사와 함께 열심히 활동했던 단재였지만 이승만과의 불화 이후에 교회를 떠났다. 우당 이회영과 함께 베이징에 머물고 있던 그가 신한청년당 회의를 위해 잠시 상하이를 방문하였던 것이다.

"그대들이 독립선언서를 만들겠다고 하였소? 그렇다면 가장 중요한 것은 그것을 찍어낼 곳을 찾아야 하는 것이오. 독립선언서를 전국에 배포하려면 인쇄소가 있어야 할 것이오. 그래서 의암이 반드시 필요하오."

지켜보던 박은식 선생이 무겁게 입을 열었다. 과연 언론인으로서 황성신문과 매일신보의 주필을 거친 노장답게 정곡을 찌르고 있었다.

"인쇄소라면? 그렇구 말구…. 보성사가 있구려."

신채호가 다시 무릎을 쳤다. 이용익이 설립한 보성학교와 보성사 인쇄소는 그가 러시아로 망명한 이후 천도교의 손병희가 인수하였다.

"누가 보성사에 연계를 할 사람이 없소?"

"보성학교 교장 최린 선생이 내 메이지대학 선배이니, 제가 한번 은밀히 부탁을 드려 보겠습니다."

김철이 옆에서 신중한 어조로 말했다.

"제 형님 우당 선생께서도 이미 국내에 잠입하여 오세창, 한용운, 리상재 등의 다양한 종교계 인사들을 접촉하고 있소이다. 아마도 극비리에 거사를 준비하고 계실 것이오. 국내에 들어가시면 우당 선생과도 연계를 하심이 좋을 듯하오."

최근에 서간도에서 내려와 임시정부 준비를 위해 그 모임에 합류한 이시영이 한쪽 구석에서 조용히 듣고만 있다가 조심스레 말을 꺼냈다.

"거사라면?"

"아마도 황실을 접촉하시는 것 같습니다. 망명정부를 세우려면 구심점이 있어야 하지 않겠소이까?"

"그럼, 고종 황제를 망명이라도 시키겠다는 게요?"

"만일 거사가 성공하면 만세 운동 못지않은 세계적인 이목이 집중될 것이외다."

"이미 망해 버린 구 황실을 다시 복구한들 무슨 유익이 있겠소이까? 나는 반대요."

단재 신채호가 단호하게 말했다.

"우리가 신민회를 만든 후에 이미 공화정으로 새 나라를 세우겠다고 토론하지 않았소?"

"예, 맞습니다. 형님께서도 공화정을 찬성하시지만, 작금의 형편에서 국제적인 이목을 이끌어내고 망명정부의 국제적 위상을 높이기 위해서는 고종 황제의 망명이 상징적 효과를 미칠 것이라고 생각하시는 듯하오⋯."

"우당의 생각은 범인들이 따라가기 힘든 깊이가 있소. 아마 나름대로 생각한 것이 있을 것이오."

박은식이 논쟁을 끊고 이회영을 두둔했다. 실로 일제가 한일병탄의 근거로 조선 황실의 동의가 있었다고 국내외적으로 거짓을 유포하고 있었기에, 고종의 망명은 그것을 정면 부인하게 되는 폭발적 요인이 될 것이었다. 우당 이회영은 그 점을 예리하게 파악하고 있었다. 고종 망명을 통해 일본 정부에 직접 선전 포고를 하여 국내외에서 동시다발적으로 독립운동을 점화시키려는 계산이었다. 그것을 위해 국내에 잠입하여 집요하게 고종의 망명을 추진해왔다. 그것은 이상설이 상하이에 내려와서 박은식과 함께 신한혁명단을 만들 때 이미 모의가 되었던 일이기도 하였다.

"그러나 리시영 선생, 내 생각은 그 같은 극비에 붙여야 할 사안은 입 밖에 내지 않으심이 더 좋을 듯하오. 발 없는 말이 천 리를 가서 어느새 일제의 귀에 들어갈지 모르는 일이라⋯."

백암 박은식의 지적에 이시영과 조완구의 얼굴이 갑자기 굳어졌고 좌중은 서로의 얼굴을 바라보며 무거운 침묵이 흘렀다.

"헛헛 우리 중에 설마 첩자가 있겠소만은 부주의한 전언이 대사를 그르칠 수도 있기에 하는 말이오. 늙은이의 노파심이라 생각하고 너무 개의치 마오."

"아닙니다. 백암 선생님께서 매우 중요한 지적을 해 주셨습니다. 지난번 회의 이후에 1차로 국내에 진입한 장덕수가 이미 일경에 체포되었다는 소문을 접하고 무척 당황하고 있는 차였습니다. 이제 이후로 이 안에서 논의된 이야기는 설사 아내에게도 일절 발설하지 않기로 약조합시다. 그리고 선우혁, 서병호, 김철 동지가 국내로 잠입할 때에도 각자가 나뉘어서 언제 들어갈지 어디로 들어갈지를 일절 비밀로 하고 움직이도록 합시다. 나는 다시 해삼위로 올라가서 만세 이후에 상해에서 림시정부를 일으킬 인사들을 모아서 돌아오겠소. 아울러 우사 선생이 파리에서 우리 신한청년당의 대표로 독립 청원을 할 수 있도록 우리 당의 이사장으로 추대하는 바이오."

신한청년당 당수 여운형이 모임을 결속짓듯이 그렇게 마무리를 했다.

"감사하오. 그것도 좋은 생각이오···. 그러나 이번 만세 운동은 반드시 평화적인 시위가 되어야 합니다. 국내에 들어가거든 그 점을 강조해 주시오."

김규식은 독립선언과 함께 무력이 아닌 평화적인 시위가 일어나야 한다고 생각했다. 더구나 평화 회담 석상에서 무력적인 독립 쟁취에 대한 선언문이 전달될 경우 설득력을 가질 수 없으리라 판단하였다. 김규식은 조소앙을 비롯한 신한청년당원들에게 그 같은 자신의 의중을 전달하였다. 그 부탁에 따라 조소앙은 무오독립선언 직후 바로 일본 동경으로 건너가서 그 소식을 전하며 춘원 이광수가 기초한 독립선언서를 작성·발표하는 것을 도왔다. 서병호와 선우혁은 각자 황해도와 평안도를 중심으로 기독교 세력을 규합하기 위해 떠났고 김철은 파리강화회의 자금 구입책으로 천도교의 최린과 손병희를 접촉하는 임무를 띠고 길을 떠났다.

*

1919년 2월 8일 조선인 유학생 최팔용, 송계백, 신익희, 김도연, 김준연, 안재홍, 윤치영, 나혜석, 김상덕 등이 모여서 이광수가 기초한 독립선언서를 낭독한 후 평화적인 거리 행진을 하였다. 독립선언의 내용은 무오독립선언과는 달리 월슨의 민족자결주의에 입각한 독립의 요청을 파리강화회의에 전달하기 위하여 무장 투쟁에 관한 내용을 삭제하였다. 조선과 일본 사이의 순치 관계의 역사를 일깨우고 러일전쟁 시 일본이 조선의 독립을 보장한 국제적 약속을 위반하고 조선 황실을 협박하여 위력에 의한 무력 병탄을 감행한 것을 국제적인 사기 행각으로 부각하고 그 부당성을 꾸짖는 내용으로 순화되었다.

"모든 조선 청년 독립단은 우리 이천만 조선 민족을 대표하여 정의와 자유의 승리를 얻은 세계 만국 앞에 독립을 이루기를 선언하노라.

4300년의 유구한 역사를 가진 우리 겨레는 실로 세계 최고의 문명 민족 중 하나다. 비록 어떤 때에는 중국의 정삭을 받든 적은 있었으나 이는 조선 황실과 중국 황실과의 형식적인 외교 관계에 지나지 아니하였고 조선은 늘 우리 겨레의 조선이오 한 차례도 통일한 국가를 잃고 다른 민족의 실질적인 지배를 받은 적 없도다.

일본은 조선이 일본과 순치의 관계가 있음을 깨닫고 1895년 청일전쟁의 결과로 일본이 한국의 독립을 앞장서 승인하였고 영·미·프·독·러 등 여러 나라들도 독립을 승인했을뿐더러 이를 보전하기를 약속하였도다. 한국은 그 의리에 감동하여 마음을 다잡고 여러 개혁과 국력의 충실을 꾀하였도다.

당시 러시아의 세력이 남하하여 동양의 평화와 한국의 안녕을 위협하니 일본은 한국과 공수동맹을 체결하여 러일전쟁을 펼치도다. 동양의 평화와 한국의 독립 보전은 실로 이 동맹의 뜻에 있음으로 한국은 더욱 그 호의에 감동하여 육해군의 작전상 원조는 불가능하였으나 주권의 위험까지 희생하여 가능한 온갖 의무를 다하여서 동양 평화와 한국 독립의 양대 목적을 추구하였도다.

마침내 전쟁이 끝나고 당시 미국 대통령 루스벨트 씨의 중재로 러일 사이에 강화회의가 열리니 일본은 동맹국인 한국의 참가를 불허하고 러일 두 나라 대표자 사이에 임의로 일본의 한국에 대한 종주권을 의정하였으며 일본은 우월한

운동가

병력을 가지고 한국의 독립을 보전한다는 옛 약속을 어기고 나약한 당시 한국 황제와 그 정부를 위협하고 속여넘겨「국력의 충실함이 족히 독립을 얻을 만한 시기까지」라는 조건으로 한국의 외교권을 빼앗아 이를 일본의 보호국으로 만들어 한국으로 하여금 직접 세계 여러 나라들과 교섭할 길을 끊고 그로 인하여 「상당한 시기까지」라는 조건으로 사법·경찰권을 빼앗고 다시「징병령 실시까지」라는 조건으로 군대를 해산하며 민간의 무기를 압수하고 일본 군대와 헌병 경찰을 각지에 두루 두며 심지어 황궁의 경비까지 일본 경찰을 쓰고 이리하여 한국으로 하여금 전혀 저항할 수 없도록 만든 뒤에 꽤 사리에 밝다 일컬어지는 한국 황제를 내쫓고 황태자를 내세워 일본의 사냥개로 이른바 합병 내각을 조직하여 비밀과 무력 속에서 합병 조약을 맺으니 이에 우리 겨레는 건국 이래 반만년에 스스로를 이끌고 도와준다고 하는 우방의 군국적 야심에 희생되었도다.

실로 일본은 한국에 대한 행위는 사기와 폭력에서 비롯된 것이니 실상 이렇게 위대한 사기의 성공은 세계 흥망사 상에 특필할 인류의 큰 수치이자 치욕이라 하노라. (중략)"

기미년의 밝아 오던 여명의 시간, 봄을 시샘하는 한파가 조선 반도를 꽁꽁 얼어붙게 했던 그해 겨울, 국내에서도 바야흐로 독립선언을 위한 뜨거운 혁명의 물결이 일제의 얼음장 같은 삼엄한 경계 밑에서 꿈틀거리며 흘러가고 있었다.

37

1919년 1월 21일 새벽 6시경 고종 황제가 덕수궁 함녕전에서 급사했다. 임박한 망명을 저지하기 위해 일제와 친일파들의 모의에 의한 독살이었다. 궁인을 매수하여 독을 탄 식혜를 마시게 한 후, 그 궁인들을 제거한 것이다. 전 조선이 눈물바다가 되었고, 우당 이회영은 땅을 치고 통곡했다. 민영달이 희사한 5만원의 거금을 받아 베이징에 있는 동생 이시영과 조완구를 통해 고종이 머물 처소까지 마련해 두었던 것이다. 첫 번째 망명 이후 신흥무관학교를 세우고 독립군 양성에 주력하던 그가 홀연히 합니하를 떠나 다시 국내로 잠입하였던 것은 오로지 고종의 망명을 성사시키기 위해서였다. 이로써 수년에 걸쳐 추진해 왔던 우당의 계획은 거사 직전에 수포로 돌아갔다.

이회영은 슬픔과 회한을 품은 채 기독교계의 이상재와 이승훈, 천도교의 오세창, 불교계의 한용운을 만났다. 상동청년학원 출신의 이상재와 이승훈은 막역한 사이였고 만해 한용운은 한때 신흥무관학교의 명성을 듣고 직접 서간도로 찾아왔던 연고로 친분을 맺은 사이였다. 천도교의 오세창은 최남선을 통해 소개를 받았다. 독립 만세 운동을 고종의 국장일을 기해 거국적으로 일으키기로 모의한 후, 자신은 국외의 독립 세력을 결집하기로 했다. 망명 전 자신의 집과 책을 다 넘겨주었던 문필가 육당 최남선에게는 독립선언문 작성을 의뢰하였다. 그리고 홀연히 다시 두 번째 망명길에 올랐다.

*

해석 손정도는 1913년 11월 유배에서 풀려날 때까지 진도 유배지에서도 사람들을 모아 성경을 가르치고 활발한 전도 활동을 벌여 수많은 사람들을 개종시킴으로 유명해졌다. 그 유명세를 타고 여전히 집사의 신분으로 동대문교회 목회자로 임명되어 독특한 '걸레 목회'로 가난한 자들의 더러운 곳, 아픈 곳을 닦아 줌으로 1년 만에 동대문교회를 크게 부흥시켰다. 동대문교회는 가난하고 소외된 자들을 찾아다녔던 스크랜턴 목사가 세운 교회로서 주변의 상인들 뿐 아니라 갖바치와 백정 무당 등의 천민들이 몰려들던 교회였다.

"비단옷은 있으면 좋지만 없어도 살 수 있는 것이오. 그러나 집 안팎의 더러움을 닦는 걸레는 하루도 없이는 살 수 없소. 예수를 따르는 우리 기독인들은 이와 같이 우리 동포의 구석구석 더러운 곳을 닦아 청결케 하는 걸레와 같이 살아야 합니다."

손정도의 확신에 찬 자기 간증 설교와 그의 헌신적이고 실천적인 삶의 모습에 감동한 가난한 자들이 몰려들기 시작하여 예배당 마당에 빽빽이 서서 예배를 드려야 할 정도였다. 성인 성도가 1,000명, 주일학교 아동이 800명 가까이 모였으며 12개의 지교회까지 함께 부흥하였다. 이 소문이 퍼지면서 감리교 본부에서는 손정도를 현순 목사의 후임으로 감리교의 대표적인 교회 정동교회로 발령을 냈다. 그 소식을 들은 동대문교회 성도들은 슬퍼하며 손정도를 빼앗기지 않으려고 연판장까지 돌리는 사태가 발생했다. 1915년 정동교회에 부임한 손정도는 중단되었던 엡윗 청년회를 부활시키고 남녀를 갈라놓았던 휘장을 제거하는 등 파격적인 목회를 단행하여 순식간에 2,700명이 넘는 성도가 구름떼처럼 몰려들어 국내 최대의 대형 교회를 이루었다. 그 당시 정동교회에는 인근의 배재학당, 이화학당의 지식 청년들이 몰려들어 손정도에게 가르침을 받았는데, 그 청년들 가운데 유관순이 있었다. 이화학당의 부흥강사로 손정도가 초빙되어 말씀을 전할 때는 전교생들이 죄를 회개하고 고백하는 눈물바다를 이루기도 하였으며, 30대 초반의 청년목회자 손정도는 부흥사로서 그리고 중국 선교사로서 독립운동하다가 붙잡혀온 독립운동가로서 전국적으로 이름을 알리게 되었다.

목사가 되는 것보다 참 목회자가 되는 것이 더 중요하다고 생각했던 손정도는 집사와 선교사 신분으로 목회를 하였고, 1917년이 되어서야 어렵게 감리교 신학교인 협동 신학교를 졸업하고 목사 안수를 받았다. 이제 정식 목사가 되었으니 날개를 단 호랑이처럼 본격적인 목회를 시작할 수 있었을 그는 홀연히 건강상의 이유로 정동교회를 사임하고 평양으로 떠났다. 일제의 무단 정치를 바라보며 더 이상 교회 안에만 갇혀 있을 수 없다는 판단을 하고 평양을 거점으로 독립운동 세력들을 모으기 시작한 것이다.

손정도 목사가 머물던 정동교회의 목사관은 당시 고종이 유폐되다시피 머물던 수창궁에서 가까웠다. 어느 날 깊은 밤, 은밀하게 찾아온 고종의 시종 김황진을 따라나선 손정도는 수창궁 내실에서 고종을 만났다.
"손 목사에게 긴히 부탁할 말이 있어서 야심한 밤에 불렀소."
늦은 밤인데도 고종은 고히(커피)를 내왔다. 나라 걱정에 잠 못 이루는 밤을 종종 지새우던 고종은 얼굴빛이 창백했고 유난히 수척해 보였다. 그를 옥죄고 있는 감시와 위협 속에서 언제 죽을지도 모른다는 불안감이 얼굴에 어두운 그림자를 드리우고 있었다.
"폐하, 말씀하소서. 듣겠나이다."
주변 사람들을 다 물린 후, 고종은 해석의 귀에 대고 들릴 듯 말 듯 한 목소리로 밀령을 내렸다.
수창궁을 다녀온 이후 손정도는 며칠간 곡기를 끊고 금식 기도에 들어갔다. 그리고 마침내 가족을 다 이끌고 평양행을 선택한 것이다. 자신의 때가 끝나감을 예감한 고종이 손정도를 조용히 불러 자신의 망명이

운동가

실패할 경우 아들 이강공의 망명을 부탁했던 것이다.

"아니 이게 누군가? 혁이 아닌가?"

야심한 밤에 선우혁이 방안으로 들이닥치자 손정도가 벌떡 일어나서 맞이했다. 그와 함께 앉아 무슨 이야기를 나누고 있던 젊은 두 청년이 조용히 일어나 자리를 피해주었다. 슬쩍 스쳐 지나갔지만, 핏기없이 빼빼 마른 체구에 안광이 번뜩이는 것이 인상에 남았다.

"정도 참 반갑네. 우리가 숭실중학을 졸업한 후 처음 만나는 것 아닌가? 그간 자네의 소식은 워낙 유명하여 틈틈이 전해 듣고 있었다네. 참 대단하이 대단해. 목사 안수도 안 받은 사람이 큰 교회를 일으키다니…."

삼엄한 경계 속에서 기차를 타고 압록강을 무사히 건넌 선우혁은 먼저 고향 정주에 들러 친척들과 며칠 지내며 일경의 감시망을 벗어나 의심을 풀었다. 오산학교 교장 이승훈을 만나 그간 진행된 일들을 서로 나눈 후 평양에 도착한 선우혁은 수소문하여 손정도를 찾아왔다.

"정동교회에서 큰 교회 목회를 했던 사람이 살림이 어찌 이렇게 누추한가?"

쓰러져 가는 작은 집에 땔감이 없어 온기가 거의 없는 온돌에 앉아 있으니 손정도의 아내 박신일 사모가 찻잔을 들고 들어와 내려놓는데 그 손등이 갈래갈래 터져 있었다. 그 모습을 보니 선우혁의 눈에서 눈물이 왈칵 쏟아졌다. 손정도가 돈만 생기면 이웃의 가난한 자들에게 퍼주다 보니 정작 자기 아이들을 키우고 살림을 돌보는 일은 일체 박신일 사모의 몫이었다. 평양 기홀병원에서 잡역부로 일하고 삯바느질로 재봉틀을 돌려 겨우 연명을 하고 있었던 것이다.

"사실은 자네에게 큰 부탁이 있어 이렇게 찾아왔네."

"혁이, 어서 말해보게. 나도 중국을 떠난 지 오래라 해외 독립운동가들이 요즘 어찌 지내시는지 궁금하던 차에 참 잘 왔네."

"자네 혹시 곧 파리에서 열리게 될 평화 회담에 대해 들어보았는가?"

"알다마다. 그렇지 않아도 내가 그 일로 자네에게 물어보고 싶은 것들이 많다네."

해석은 갑자기 목소리를 낮추며 앉은걸음으로 선우혁에게 다가갔다. 바쁜 목회를 하느라 오히려 해외 정세에는 어두웠던 손정도는 그날 선우혁을 통해 윌슨의 민족자결주의의 자세한 내용과 파리 강화 회담에 맞추어 우사 김규식을 수석 대표로 보내기로 하였다는 이야기를 전해 들었다.

"전 세계가 들썩거릴만한 큰 만세 운동이 일어나야 하네. 그것을 우리 신한청년당에서 준비하고 있다네. 자네도 우리 당에 가입하는 것이 어떻겠는가?"

손정도는 그 이야기를 듣자마자 잔잔한 미소로 고개를 끄덕이며, 곧바로 자기도 청년당에 가입하겠다고 말했다.

"지금 국내에서도 만세 운동을 위해 조용히 준비를 하고 있다네. 방금 나간 청년들도 우리 숭실중학 후배들인 배민수와 김형직이라네. 일경을 피해 지방으로 몸을 감추고 있다가 만세를 의논코자 잠시 들른 것일세. 조선국민회 사건으로 평양감옥에서 출옥한 지 얼마 안 되어 몸이 많이 상해 있지만, 각자 흩어져서 만세 운동에 참여할 것일세."

"아까 그 청년들이? 참 놀랍네그려. 후배들까지 돌보다니 역시 해석이로고…. 그나저나 자네에게 거국적 만세 운동을 준비하기 위해 자금 조달책과 조직책을 부탁하러 왔는데…."

선우혁이 말꼬리를 흐렸다. 손정도의 살림살이를 둘러보니 자금 이야기를 꺼낼 형편이 전혀 아닌 듯 했다.

"허허허, 염려 마시게. 자금은 우리 하나님께서 마련해 주실 것이네."

손정도는 선우혁의 심중을 꿰뚫어 본 듯 너털웃음으로 위로했다.

　　　　　　　　　　　　　　　　　　　　　운동가

"내가 와병을 핑계로 정동교회를 휴직하고 평양으로 온 까닭도 바로 같은 이유라네. 이 일을 시키시기 위해 하나님의 미리 보내신 것이 아닌가?"

"고마우이… 해석!"

"그나저나 파리강화회의 대표단에 의친왕 리강공을 함께 포함시키는 것이 어떨까? 폐하의 망명보다는 못할지라도 그에 준하는 효과가 있을 것이네만?"

해석이 속삭이듯 그러나 급하게 말을 뱉었다. 선우혁은 귀를 의심했다. 그리고 주위를 둘러보며 목소리를 낮추었다.

"그게 가능한가? 그렇게만 될 수 있다면….”

"내게 복안이 있네. 만세 운동을 위한 독립자금줄도….”

"그게 무슨 말인가? 궁금하네.”

선우혁이 귀를 쫑긋하며 바싹 다가앉았다.

"자네 하란사라는 여성을 아는가? 이화학당 교수….”

하란사는 평양 출신으로 성이 김가였으나 일찍이 인천별감 하상기의 후처로 들어갔다. 이화학당에 들어가 남편의 성을 따 이름을 하란사(Nancy Ha)라고 개명한 후 조선 여성 최초로 미국 유학을 떠났다. 1906년 오하이오주의 웨슬리안 대학교에 유학할 당시 함께 유학 중이던 고종의 다섯째 아들 의친왕 이강을 만나 알게 되었다. 졸업 후 돌아와서 스크랜턴 대부인과 함께 영어 교실, 어머니 육아 교실, 여성 성서 교실 등을 열어 첩, 기생, 과부 등 불우한 조선의 여성들을 위한 여성 교육에 힘쓰던 중 1911년 이화학당의 첫 한인 교수 겸 기숙사 사감이 되었다. 하란사는 미모와 지성을 겸비한 신여성으로서 귀국 직후부터 황실의 엄귀비를 비롯한 많은 고위층들과 연줄을 맺고 있었다. 여성 성서 교실을 다니던 궁녀들을 통해 엄귀비를 알게 된 것이다. 하란사는 1916년 손정도가 정동교회에서 목회할 당시 미국 순회 집회를 통해 모금한 돈으로 정동교회에 최초의 파이프 오르간까지 헌정할 정도의 실력을 지니고 있었던 여성이었다. 유관순은 이화학당에서는 하란사에게 배우고 정동교회에서는 손정도에게 배운 제자였다.

"천도교의 손병희 선생을 끌어들여야 하네. 오세창 선생도 좋지만 재력이 없어. 손병희 선생을 반드시 이 만세 운동의 책임자로 앉혀야 할 것일세."
손정도가 말했다.

*

천도교 측은 1918년 11월 일본 오사카를 방문하고 돌아온 권동진에 의해 윌슨의 민족자결주의 소식을 전해 듣고 그에 부합하는 독립운동을 펼치기 위해 자체적으로 최린, 오세창과 더불어 긴밀한 준비를 해 오고 있었다. 그러나 천도교의 대부 격인 의암 손병희의 최종 결심을 얻지 못하여 고심하고 있었다. 의암 손병희는 청주 출신으로 동학의 2대 교주 최시형을 만나 수제자가 되었다. 전봉준과 함께 2차 동학 봉기를 주도하였다. 최시형의 순교 이후 동학에 대한 대한제국의 대대적 탄압을 피해 이상헌으로 가명을 쓰며 일본으로 망명하였다. 일본 망명에서 돌아온 손병희는 동학을 천도교로 개칭하고 보성전문학교와 동덕여학교를 인수하여 교육 사업에 몰두하여 재력을 얻고 교세를 크게 확장시키고 있었다. 의암이 타고 다니던 캐딜락은 그 당시 경성의 명물이기도 하였고, 그리하여 황실을 능가하는 재력을 과시하였다. 비록 손병희는 4대

운동가

교주 박인호에게 자리를 물려주었으나 천도교 내에서의 그의 영향력은 절대적이었다. 손병희는 한일병탄 이후 꾸준히 민족주의 세력을 결집하고 교당 건축헌금의 명목으로 독립운동 자금을 모으고 있었다. 그러나 때를 살피는 치밀한 경세가 손병희는 거사가 가져올 후폭풍을 계산하며 결단을 위한 고민을 하였다.

처음에는 기독교 측에서 파리강화회의에 제출하기 위한 독립 청원서를 만들어 발표하는 것을 생각했으나 천도교 측에서 독립선언을 해야 한다고 주장하였다. 양측에서 초안 작성자로 지목한 육당 최남선의 중매에 의해 두 진영의 조우가 이루어졌다. 그러나 여전히 손병희가 적극 참여 의사를 결정짓지 못하는 상황이었다. 그것은 실로 천도교의 장래 운명을 건 중요한 일이었기 때문이었다.

손정도는 하란사를 통해 손병희의 애첩 주산월과 접촉하여 극적으로 만남을 가졌다. 때마침 김규식의 파리강화회의 여비를 마련하기 위해 전남 함평으로 내려갔던 김철이 올라와 자신의 선배 최린을 접촉하여 손병희와 더불어 중요한 회합을 함께 가지게 되었다. 김철은 자기 고향에 남아 있던 전답을 다 팔아 1만원의 거금을 독립자금으로 헌납했다. 김철은 이미 1915년 메이지대학을 졸업하고 돌아온 직후 자신의 노비들을 해방시키고 전답들을 떼어준 일도 있었다. 김철의 이같은 행동은 손병희에게 독립자금을 요청하기 전에 자신이 먼저 솔선수범함을 보여주기 위한 의도적인 것이기도 했다.

"의암 선생님, 이 일은 우리 민족의 역사를 바꾸는 일입니다. 선생께서 결심을 내려 주십시오."

망명에서 돌아온 손병희는 을사늑약 이후 동학을 천도교로 개칭하고 교세를 넓혀 가던 중, 이용익이 만들었던 보성학교와 보성사까지 인수하여 교육 사업은 물론 출판 사업까지 손을 대고 있었다. 셋째 사위 소파 방정환을 보성전문 법학과에 입학시켜 키움으로 열악했던 조선의 아동 교육에도 길을 열었다.

손정도는 천도교가 운영하는 보성사에서 독립선언서를 인쇄해 줄 것과 파리강화회의에 대표를 파견하는 준비 자금을 지원해 줄 것을 손병희에게 요청하였다. 그 말은 결국 이 거사의 정점에서 책임자가 되라는 말과 다름없었다. 손병희는 그동안 자신이 혼신의 힘을 쏟아 쌓아 놓은 천도교의 모든 것이 이 일로 인해 단숨에 무너질 것에 대해 염려하였다. 그러나 손정도의 확신에 찬 말 앞에 심히 흔들리고 있었다.

'민족의 운명이 걸린 결정이라…. 과연 어찌할고?'

그때 문득, 오래전 동학도가 일군에게 쫓겨 황해도 솔내로 들어갔을 때, 캐나다의 맥켄지 선교사가 그들을 맞이하여 보호해 주었던 일이 손병희의 머릿속에 떠올랐다. 맥켄지 선교사는 교회 지붕 위에 긴 장대 위에 십자가 깃발을 높이 매달았고, 소래교회 교인들과 동학도들이 함께 모여 찬송가를 불렀다. 도무지 누가 교인이고 누가 동학도인지 구별할 수 없게 만든 것이다. 그 힘찬 찬송가 소리의 위세에 눌려 일본 군대들은 감히 교회를 습격하지 못하고 그냥 지나가고 말았던 것이다. 그 일로 인해 동학 접주들 중에 예수교를 믿은 자들이 많이 생겨났었다. 그 당시 그 소식을 전해 들은 손병희가 신음 소리 같은 탄식을 하며, 결국 이 강산에는 기독도가 크게 일어날 것이라는 예언을 측근에게 하였던 것이다. 왜 지금 그 일이 다시 떠오른 것일까?

운동가

손정도의 끈질긴 설득에 묵묵히 눈을 감고 있던 손병희가 눈을 번쩍 뜨고 입을 열었다.

"고우! 사람을 보내 보성사의 리종일 사장을 불러오오."

손병희가 최린에게 지시하였다. 고우는 최린의 아호였다. 그리고 함께한 김철을 바라보며 말했다.

"일단 파리행 거사 준비 자금으로 3만원을 내 보장하리다. 독립선언서를 전국에 배포하려면 인쇄 비용도 만만치 않을 것이오. 춘암! 속히 자금을 확보해 주시오."

춘암은 천도교 4대 교주 박인호의 호였다.

"정말 고맙습니다. 마침내 김규식 선생의 파리행이 가능해졌습니다. 차질없이 전달하겠습니다."

김철이 감격하여 고개를 숙였다.

"의암 선생님, 큰 결단 내리셨습니다. 우리 민족의 역사 속에 길이 남을 것입니다."

손정도도 예를 갖추며 머리를 조아렸다.

"허허… 같은 손씨 문중의 조카님이 부탁하는데 내 어찌 거절할 수 있겠소? 그럼, 기독교계에서는 손목사님이 주도하는 것이오? 불교 쪽에서는 만해가 나올 것이라 했으니…. 우리 천도교에서는 여기 최린 선생이 주도하여 함께 모의를 하도록 하시오."

"감사합니다. 기독교계에서는 남강 리승훈 선생께서 대표가 되실 것입니다. 저는 뒤에서 보이지 않게 잔심부름을 하도록 하겠습니다."

"허허, 그대는 이 시대의 참 목자이구려…."

손병희는 손정도를 바라보며 만족한 듯 고개를 끄덕였다.

"독립선언서 작성은 누가 하기로 하였소?"

"이미 우당 리회영 선생이 육당 최남선에게 부탁을 하였으니 조만간

회답이 올 것입니다."

"그렇지. 이 시대에 육당만한 문장가가 없지."

"초안이 나오는 대로 최린 선생이 주도하셔서 남강과 만해를 함께 불러 검토하시면 좋을 듯합니다."

\*

손병희와 이승훈을 연결한 손정도는 극비리에 새로운 일을 도모하였다. 같은 감리교 목사인 현순, 최창식과 함께 모의하여 의친왕 이강을 파리강화회의에 보내려는 특급 작전을 시도하고 있었다. 그 중간 역할을 정동교회 교인인 하란사가 맡았고 고종의 밀명을 받아 의친왕 이강의 결심을 얻어내었다. 하란사를 통해 감리교 간호 선교사 그레이스 하우스가 평양 기홀병원의 간호사들에게 이 작전을 전달하였고, 그 내용은 당시 그 병원 잡역부로 일하고 있던 손정도의 아내 박신일을 통해 다시 손정도에게 알려졌다. 이 무렵 이승훈이 이 병원에 위장 입원하여 손정도와 함께 3·1운동의 전체 거사를 모의하고 있었다. 손정도는 국내의 만세 운동 제반 여건을 조성한 후 그의 스승 격인 이승훈에게 일임하고 자신은 의친왕 이강공의 망명 작전에 몰입하고자 했던 것이다. 그리고 마침내 1919년 정월 대보름날, 자신의 운명을 하나님께 맡기고 머나먼 망명의 길을 떠났다.

두 살 연상인 그의 아내 박신일은 남편 손정도의 뒷바라지를 위해 혼신의 정성을 쏟는 여성이었다. 남편이 예수를 믿고 돌아와 집에서 사당을 부수고 쫓겨난 이후 집안에서 박대를 받던 중 세 살짜리 맏딸 진실과 갓 태어난 둘째 딸 성실을 들쳐업고 평양으로 찾아왔다. 문요한 선교사의 주선으로 낮에는 평양 기독 병원에서 잡역부로 일하며 밤에는 삯바느질을 해야 했고 손발이 터지도록 고생하며 아이들을 홀로 키웠다. 남편의 숭실중학 졸업만을 기다렸는데, 졸업과 동시에 또다시 신학교에 입학하더니 진남포교회 전도사 사모가 되었고, 어느 날 갑자기 선교사가 되어 중국으로 떠나 버렸다. 그나마 남편의 선교 일이 곧 하나님 일이라 여기며 시어머니 오신도를 전도하여 봉양하며 믿음의 아내로, 며느리로 내조를 하였다. 그러던 어느 날 갑자기 남편이 일경에게 체포되어 국내로 송환되자 옥바라지를 해야 했고 멀리 전라도 진도의 유배 생활까지 참아 내야만 했던 것이다. 마침내 고생 끝에 낙이 온다던 속담이 기적처럼 펼쳐졌다. 목회를 시작한 남편을 동대문교회와 정동교회에서 서로 모셔가려고 경쟁할 만큼 큰 부흥이 일어나 교회가 성장하자 박신일 사모는 남편이 그렇게 자랑스러울 수 없었다. 그제야 아이들 앞에서 어깨를 펴고 온 가족이 웃음꽃이 만발한 나날을 보낼 수 있었다. 온 성도들이 남편을 우러러보며 사모인 자신과 아이들까지 함께 섬겨주던 지난 몇 년간의 시간이 유일하게 박신일 사모의 인생에서 꿈같이 달콤하고 재미가 나던 세월이었다. 그러나 그 시간이 정녕 꿈이었던가? 눈만 뜨면 신기루처럼 사라질 것 같은 그 시간들이 꿈속의 불안감으로 점차 부풀어 오르고 있었다. 결국 남편 손정도가 신학교를 졸업하고 목사 안수를 받자마자 얼마 되지 않아 그 좋은 자리를 박차고 다시 평양으로 떠나버린 것이다. 이제 다시 박신일은 집안의 끼니를 걱정하는 신세가 되고 말았다. 박신일 사모는 오래전 멈추었던 기홀병원 잡역부 일을 다시 시작해야 했다. 억센 평안도 젊은 아낙의 기세로 고생도 낙으로 여기던 10여 년 전과 비교하면 지금이 더 기가 막힌 현실이었다. 갓난아이 두 딸을 들쳐업고 안고 일하던 지난날에 비해 지금은 다 자란 딸 진실과 성실뿐 아니라 아래로 한참 개구쟁이 맏아들 원일과 코흘리개 원태에 갓난 막내 인실이까지 줄줄이 있었다. 그러나 그녀가 요 며칠 가슴이 아리고 종아리에 맥이 풀릴 정도로 힘이 든 까닭은 그나마 곁에 있던 남편이 이제는 아이들을 두고 언제 돌아올지 모르는 망명객의 삶을 선택했기 때문이었다.

그 남편이 이 밤에 나라를 위해 이제 더 멀리 길을 떠나려는 참이었다. 상상도 못 했고 원하지도 않았지만 교회 사모의 신분에서 이제는 독립운동가의 아내가 되고만 박신일은 자신의 운명을 또 그렇게 감내해야만 했다.

"여보 내가 당신을 보면 면목이 없소. 시집온 이후로 호강은 커녕 당신 손등이 부르트도록 고생만 시켰으니 말이오. 그러나 이번 일은 나라의 운명을 걸고 해내야 할 중대사니 부디 당신이 이해해 주시오."

"언제 당신이 내 걱정 했소? 그런 말 마시고 인차 떠나소."

따끈한 된장국에 생선 한 조각을 올려놓아 마지막 저녁상을 정성스레 차렸다. 박신일은 떠나는 남편을 눈물 없이 보내기로 며칠 전부터 작정하고 입술을 깨물었는지라 외면하며 짐짓 쌀쌀맞게 굴었다. 그 모습을 보며 수저를 뜨다가 도로 밥상에 내려놓은 손정도는 아내의 손을 잡아 그 갈라진 손등을 쓰다듬어 주었다.

"내가 상해에서 자리를 잡은 후에 인차 연락하리다. 그리 오래 걸리지는 않을 것이오."

박신일의 눈에서 터질 듯 참고 있던 눈물이 주르르 흘러내렸다.

손정도는 자신이 어떤 결정을 하든 군말 없이 따르며 희생적으로 남편만을 섬기는 아내 박신일을 늘 자랑스레 생각했고, 그래서 그의 설교 중에는 박신일을 염두에 둔 가정 설교가 많았다.

"가정이 잘 되려면 첫째는 남편이 하늘이 내린 천직으로 살아야 하고, 둘째는 좋은 돕는 배필 아내를 얻어야 하며, 셋째는 온 가족이 화목하게 하나님을 섬겨야 합니다."

박신일은 손정도를 있게 만든 최상의 돕는 배필이었던 것이다.


때가 정월이라 이화학당 졸업을 앞둔 맏딸 진실이 방학 중 집에 와 있었다. 밤늦게까지 이화학당 도서실에서 빌려온 영문 책 에밀리 브론테의 〈폭풍의 언덕〉을 읽고 있던 진실은 아버지의 호출을 받아 안방으로 건너왔다. 그리고 늦은 밤 눈물을 흘리는 어머니의 그 모습을 같은 여자의 마음으로 함께 불안하게 바라보았다. 동생들은 줄줄이 아랫목에서 한 줄에 엮인 굴비처럼 나란히 잠들어 있었다. 진실은 어려서부터 마치 아버지 없는 아이처럼 자라면서 어머니의 혹독한 고생을 보았고, 그때마다 마음속에 한 가지 사실을 꾹꾹 눌러 다짐을 하곤 했다. 나는 절대 아버지같은 남편을 만나지 않으리라. 진실은 이화학당을 졸업한 후 하란사 교수처럼 미국 유학을 가겠다고 결심하였다. 이화학당의 학생들 중에는 자신의 아버지 손정도를 존경하며 따르는 열혈 제자 김활란 선배와 유관순 같은 후배도 있었지만, 친일파의 자제들도 더러 있어 그들이 누리는 호강이 진실은 내심 부럽기도 했다. 친구의 집에 놀러 갔을 때 처음 앉아 보는 소파의 폭신함에 서양에 대한 막연한 신비스런 감상에 빠져들기도 했다. 과일을 깎아주며 응접 세트 위에 살포시 올려놓는 우아한 친구 어머니의 그 고운 손등을 보며 자신의 어머니 박신일을 생각했다. 아이들이 노는 동안 친구의 어머니는 피아노 앞에 앉아 베토벤의 〈엘리제를 위하여〉를 연주해 주곤 하였다.

"진실아, 네가 맏이니 어머니 도와 동생들을 잘 거두어라."

진실은 굳은 얼굴로 아버지를 응시하였고, 아무 대답도 하지 않았다.

손정도 목사는 두 딸 후에 연거푸 낳은 두 아들 원일과 원태를 어여뻐하여 틈날 때마다 머리를 쓰다듬어 주며 훈계하곤 하였다. 진실은 며칠 전에도 방안에서 〈작은 아씨들〉을 영어 원서로 읽으며 미국 사회에 대한 막연한 동경에 빠져 있었다. 목사인 아버지를 둔 미국의 어느 가난한 청교도 가정의 네 자매의 이야기가 마치 자기 가정과 흡사하여 맏언니 메그에게 자신의 모습을 감정이입하며 소설 속 이야기에 빠져들어가고 있었다. 그때 진실을 부르며 밥상을 들여가라는 어머니의 외침이 부엌에서 들려왔고, 눈길을 책에서 거두려는 순간 무심코 뒤꼭지를 통해 들려오는 부자간의 대화를 엿듣게 되었다. 두 아들을 좌우에 끼고 양지바른 툇마루에 걸터앉은 손정도 목사가 맏아들 원일의 머리를 쓰다듬으며 물었다.

"원일아 네 꿈이 있느냐? 너는 무엇이 되고자 하느냐? "

"아바지처럼 목사가 되렵니다. 목사가 되어 큰 교회를 세우렵니다."

"허허, 원일아, 큰 교회가 좋으냐? "

큰 교회 정동교회를 그만두고 평양으로 이사와 다시 초라한 생활을 하게 된 것이 이해가 안 가는 원일이 풀이 죽어 고개를 끄떡였다. 한국 최초의 서양식 벽돌 예배당인 정동교회에 들어가면 온 몸을 쫑끗 곧추서게 만드는 웅장한 파이프 오르간 소리가 들려왔고, 아버지가 그 교회 담임목사인 것이 얼마나 자랑스러웠던가? 아담한 교회 사택에서 수창동 영신학교에 입학하여 걸어다니던 일, 교회 바로 옆에 있던 미국 공사관 테니스 장에서 미국인들이 치는 공을 줍기 위해 달려가 볼 보이를 하고 아르바이트 용돈 동전을 받아들고 기뻐하던 일들이 생각났다. 원일에게는 그 시절이 돌아오지 않을 것 같은 아련한 추억이 되어 있었다.

"큰 교회보다도 나는 네가 큰사람이 되면 좋겠다."

"예 아바지, 밥을 많이 먹어 저도 큰 사람이 되갔시오."

운동가

옆에서 듣고 있던 둘째 원태가 당돌한 목소리로 끼어들었다.

"허허 그래라. 원태야 너는 병치레가 많으니 밥을 잘 먹어야 한다. 그래 너는 나중에 아픈 사람들을 고쳐주는 의사가 되거라. 아픈 아이들이 세상에 많으니 예수님처럼 병을 낫게 해주는 의사 말이다. 네 둘째 누이 성실이도 몸이 약하니 장차 네가 고쳐 주고….'

"아바지, 큰사람이 무엇입니까?"

원일이 다시 물었다.

"큰사람이란 자신의 일보다는 나라의 일을 더 생각하는 사람이란다. 아버지는 원일이가 그런 사람이 되면 좋겠다."

"아바지 그럼 저는 큰 군함을 만들어서 우리나라를 구하는 해군이 되겠습니다."

"해군? 네가 정말 군함을 만들겠느냐? 허허, 기특한고로… 이 아바지도 찬성이다. 그래 원일아, 네가 군함을 만들어 힘없는 이 나라를 지키는 군인이 되면 좋겠구나."

손정도는 신민회 활동을 하며, 성재 이동휘를 통해 우리가 군함이 없어서 나라를 빼앗겼다는 이야기를 들은 적이 있었다. 고종이 국권을 회복하고자 엉터리 석탄선을 비싼 값에 사들였다가 어이없이 도로 빼앗겨 버린 양무호에 대한 이야기를 들으며 분함이 치밀어 올랐던 것이다.


새까만 밤, 창호 밖에서 윙윙대는 정월의 매서운 바람 소리가 징징 떼를 쓰듯 길 떠나는 나그네의 마음을 더 어렵게 했다. 이제는 정말 떠나야 할 시간이다. 나그네의 밤길에 잠시라도 찬 바람 한기를 막아 주려고 따뜻한 아랫목에 이불로 덮어두었던 모자를 집어 들었다. 아내가 삯 바늘질로 번 돈으로 장터에서 사서 눈물의 아린 가슴으로 품고 돌아온 투박한 개털 모자였다. 손정도는 망명의 길을 다짐하듯 그 모자를 꾹 눌러썼다. 남편의 머리를 감싸듯 아내의 가슴 온기가 머리에서 온몸으로 흘러내렸다. 손정도는 잠들어 있는 아이들의 이마에 손을 올려놓고 마지막으로 차분히 기도를 하였다. 이 아이들의 인생 앞길을 오직 하나님께만 맡기겠노라고. 그리고 무릎을 세워 막 일어서려는데 이상한 낌새를 챈 원일이 눈을 뜨더니 부시시 잠자리에서 일어났다.

"아바지, 또 어디 가십네까?"

눈을 비비며 아버지를 불안하게 쳐다보던 원일의 눈에 신기하게 생긴 개털 모자가 들어왔다.

"아바지, 그 모자 내도 쓰고 싶습네다."

"허허, 원일아 이 모자가 좋으냐?"

"내 한번 써 보갔시오."

손정도 목사의 양손이 머리로 올라갔다. 사랑하는 아들을 위해 어떤 모자인들 아까우랴. 이까짓 개털 모자가 무엇이라고. 벗어서 씌워 주려던 그의 손이 멈칫 멈추었다. 그리고 잠시 침묵하던 그는 사랑하는 아들 원일을 꼭 가슴에 껴안았다. 그리고 양 볼을 비벼가며 속삭이듯 말했다.

"원일아, 너는 개털 모자가 아니라 더 멋있는 군인의 모자를 쓰거라. 나중에 네가 중국에 오면 아바지가 더 좋은 모자를 사주마."

\*

손정도가 그렇게 공을 들였던 이강공의 망명 계획은 그 일을 준비하기 위해 베이징으로 불러내었던 하란사의 갑작스런 사망으로 충격적인 제동이 걸렸다. 그녀가 동포들이 마련한 만찬장에서 음식을 먹던 중 급사하였던 것이다. 하란사의 갑작스런 죽음 역시 의친왕 이강의 파리행을 막기 위해 하란사의 뒤를 밟던 일제 밀정 배정자에 의한 독살로 알려졌다. 배정자는 생부가 민비에게 죽임을 당한 후 관비와 기생으로 전전하다가 일본으로 건너가 이토 히로부미의 양녀가 되어 돌아왔던 여자였다. 을사늑약 후 엄귀비의 눈에 띄어 조카 행세를 하며 궁중 출입을 하며 고종의 총애를 받았고 사교계를 주름잡다가 이토가 죽은 후에 다시 외교관을 가장한 밀정으로 중국에 파견되어 있었다.

"하란사 교수, 이게 얼마 만입니까? 궁중에서 뵙던 분을 북경에서 만나다니요? 호호호."

"아이 깜짝이야, 누구신가 했네요? 배 집사님은 언제 북경에 오셨나요?"

"호호, 저야 뭐, 엄귀비께서 돌아가신 후 경성 생활이 재미가 없어져서요. 요즘은 중국에서 작은 사업을 벌이고 있지요."

긴 드레스에 팔목 장갑을 끼고 나타난 배정자가 화려한 언사로 하란사를 껴안으며 반가워하자 주최 측은 그를 하란사의 가까운 친구로 여겨 상석 바로 옆자리에 앉혔다. 하란사 역시 엄귀비를 만나러 궁중 출입을 할 때 종종 배석하여 만나던 배정자의 갑작스런 출연에 다소 놀랐지만, 그가 베이징 교민 대표로 참가한 줄로 착각하였다. 오래전부터 배정자의 눈빛이 예사롭지 않아 궁중에서 부딪혀도 거리를 두고 가까이하지는 않았던 사이었다. 그러나 종종 교회 행사에도 나타나 큰 헌금을 하는 그녀를 무시할 수도 없는 처지였던 것이다. 그날 따라 하란사는 감기가 걸렸는지 기침을 콜록콜록 하면서 조금 힘들어하고 있었다. 그런 하란사 옆에서 유난히 수다를 떨며 포도주 건배를 제의하던 배정자는 하란사가 구토를 하며 갑자기 쓰러지자 소란한 틈을 타서 슬며시 자리를 떠나 사라지고 말았다.

기미년 새해 벽두부터 이렇게 목숨을 걸고 국경을 넘나드는 운동가들에 의해 일제의 무단 통치에서 억눌린 조선의 백성들을 해방시키기 위한 독립 만세를 앞두고, 한편에서는 목숨을 걸고 준비를 하였고, 또 다른 편에서는 기를 쓰고 그를 저지하려는 치열한 암투와 전쟁이 벌어지고 있었다. 손정도는 베이징 숭문문교회에서 애통한 눈물을 뿌리며 하란사의 장례식을 집전하였다.

　　의친왕 이강공은 그 후에도 대동단 김가진의 도움으로 상하이 임시정부의 손정도, 안창호와 연락하며 제2의 망명을 시도했다. 수색역에서 출발한 열차가 무사히 압록강을 건너 안동(지금의 단둥)에 도착했으나, 밀정들에 의해 사전 정보가 새 나갔고, 미리 대기하고 있던 경무총감부 친일경찰 김태석에 의해 체포되어 국내로 다시 압송되었다. 평남 양덕 출신 김태석은 한성사범학교를 졸업하고 일본 니혼대학에서 법학을 공부하였고, 평양보통립학교 교사로 재직하던 자였다. 병탄 이후 스스로 일제 경찰로 투신하여 밀정을 풀어 주로 독립운동가들을 잡아들이는 일로 악명을 떨치고 있었다. 그해 11월 25일자 상하이에서 발간된 독립신문은 이렇게 보도하였다. "의친왕 전하께서 상하이로 오시던 길에 안동에서 적에게 잡히셨도다. 전하 일생의 불우에 동정하고 전하의 애국적 용기를 칭송하던 국민은 전하를 적의 손에서 구하지 못함을 슬퍼하고 통분하리로다."

　　한편 미국에 있던 이승만은 한국을 국제연맹의 위임 통치하에 둘 것을 요청하는 청원서를 1919년 2월 25일 윌슨 대통령에게 제출하였다. 파리강화회의의 대표로 가려던 계획이 수포로 돌아가자 미국 내에서 자신이 할 수 있는 외교적 역량을 발휘한 것이다. 장차 완전한 독립을 시켜

준다는 보장하에서 국제연맹의 위임 통치를 받는 것이 일본의 식민지로부터 벗어날 수 있는 유일한 길이라고 판단하였다. 일본이 승전국의 지위를 유지하는 파리강화회의에서는 어떤 소득도 얻을 수 없을 것이 뻔하였기 때문이다. 이 판단은 국제 관계의 역학으로 보면 맞는 것이었지만, 이승만의 이 독단적 행동으로 인해 나중에 상하이 임시정부의 큰 분열을 일으키는 원인을 제공하였다. 그뿐만 아니라 해방 공간에서는 거꾸로 유엔 신탁 통치안을 반대하는 반탁 운동을 벌임으로써 같은 논리에 대한 상반된 행동을 보이는 역사의 지울 수 없는 오점을 남겼다. 그로 인해 우리 민족은 미처 완전한 독립을 되찾기도 전에 찬탁과 반탁의 두 진영으로 갈라져 분단과 분열의 깊은 늪 속으로 빠져들고 말았던 것이다.

38

고종의 장례, 인산일이 3월 3일로 정해졌다.

민족 진영에서는 인산일을 앞두고 전국에서 미리 상경할 인파들을 예상하여 3월 1일을 거사일로 잡았다. 3월 2일은 일요일이라 안식일을 지켜야 한다는 기독교계의 반대로 결국 3월 1일 토요일이 되었다.

거사를 앞두고 민족주의 진영은 바쁘게 움직이고 있었다. 손병희를 중심으로 최린, 오세창, 박인호 등의 천도교 진영과 이승훈, 함태영 등을 중심으로 한 기독교 진영이 가장 활발하게 움직였다. 이승훈은 장로교 진영을 연결하였고 손정도는 망명하기 전에 그의 선후배 목사들을 찾아다니며 감리교 진영을 모아 이승훈에게 연결시켜 주었다. 그리고 독립 선언서에 마지막 서명을 할 민족 대표를 선정하기 위한 내부 작업에 들어갔다. 불교계는 친일 쪽으로 많이 기울어 만해 한용운은 동참할 서명자를 찾기가 쉽지 않았다. 일제에 협조적이었던 천주교는 불참 의사를 밝혔고, 유림은 내부 논쟁으로 참여를 결정짓지 못해 우왕좌왕하였다. 영남 유림의 거두 한주학파의 곽종석은 병환으로 김창숙은 결단이 늦어 서명할 때를 놓쳤다. 최린은 이승훈, 한용운과 더불어 육당 최남선이 작성한 독립선언서 초안을 다듬으며 마지막 손질을 하고 있었다.

"오등은 자에 우리 조선의 독립국임과 조선인의 자주민임을 선언하노라(吾等오등은 玆자에 我朝鮮아조선의 獨立國독립국임과 朝鮮人조선인의 自主民자주민임을 宣言선언하노라)."로 시작하는 웅장하고 유려한 독립선언서 초안을 읽으며 민족 대표들은 벌써부터 흥분하고 있었다.

"아! 이 선언서를 읽다 보니 우리 민족의 독립이 눈앞에 다가온 듯하오."
이승훈이 목이 메어 오듯 눈시울을 붉혔다.
"나는 이 문장이 너무 좋소. 아, 새로운 세계가 눈앞에 펼쳐졌도다. 위력의 시대가 가고 도의의 시대가 왔도다…. 정말 윌슨의 민족자결주의가 전 세계 민족에게 펼쳐지는 그런 정의의 시대가 올까요?"
시인인 만해 한용운이 기대 반 의심 반의 눈빛으로 좌중을 둘러보았다.
"믿읍시다. 우리가 현재 붙잡을 수 있는 것은 그것뿐 아니오?"
감리교 대표로 그 자리에 함께하고 있던 정동교회 이필주 목사가 확신에 찬 목소리로 말했다. 이필주는 군인 출신으로 상동청년학원의 체육 교사로 있다가 목사가 된 인물이라 패기가 있었다.
"기독교에서는 만세 운동을 주동할 사람들과 장소가 확인되고 있소이까? 인산일을 앞두고 전국에서 동시에 일어나야 하오. 시간이 없소."
독립선언 준비의 전체 기획을 맡고 있는 최린이 재차 점검하듯 다그

운동가

쳐 물었다.

"이미 평안도 각 도시 대표자들이 선정되어 교회에 전달되고 있소이다. 내가 며칠 전 급히 평북 선천으로 올라가 량전백 목사 사택에서 비밀 모임을 가졌소. 정주의 김병조 목사, 의주의 류여대 목사가 적극 참여하기로 했소. 그 두 사람은 거사 당일에는 경성에 내려오지 않고 평북 만세 운동을 책임지기로 하여 내가 서명을 위해 도장을 받아왔소이다. 정주 오산학교에서도 이미 치밀하게 만세 준비가 되고 있으니 염려할 것 없고, 평남의 평양과 안주는 길선주 목사가, 진남포는 김창준 전도사가, 황해도 해주에서는 최성모 목사와 박희도 전도사가 책임을 맡기로 했소. 아무래도 기독교는 서북 지방이 강세인지라…."

이승훈의 자세한 설명에 좌중이 새삼 감탄하며 놀란 듯 고개를 끄덕였다.

"우리 천도교에서도 전국의 교당 대표를 모아 경성부에서 이미 회합을 가졌소. 량한묵, 임예환, 라인협, 홍기조, 김완규 도사들이 서명에 참여하기로 하였소. 그리고 박인호 교령께서 자금을 모으고 있으니 선언서 인쇄에는 문제가 없을 것이오."

천도교 측의 권동진도 맞장구치듯 말했다. 권동진은 충북괴산 출신의 무관으로 육군 참령으로 민비의 살해에 가담하여 일본 낭인을 안내한 경력이 있었으나 일본 망명 중에 손병희를 만나 천도교인이 되었고 순종의 사면 이후에 남궁억과 함께 대한 협회를 창설하고 동덕여학교 설립에 관여하였다. 3·1운동 이후 옥고를 치른 후에는 이상재와 함께 신간회 창설을 주도하며 부회장이 되어 좌우 합작 운동을 하였고 광주 학생 운동에도 깊이 관여했던 인물이다.

"그럼 기독교계에서는 서명 대표자가 확정되었소? 우리 천도교에서는 15인을 이미 확정했소만….."

최린의 재차 질문에 이승훈이 난감한 듯 기침을 한다. 그리고 옆에 앉은 이필주 목사를 쳐다보았다.

"아시다시피 우리 기독교는 현재 감리교와 장로교가 중심인데, 서로 주도권을 잡으려 하니 아무래도 8인씩 공평하게 16인으로 해야 할 듯하오. 양해해 주시오."

"그게 무슨 문제겠소. 우리 불교계에선 사람을 찾지 못해 더 큰일이오. 오직 해인사의 백용성 스님만 참여하겠다고 하였소. 원효 대사 시절의 호국 불교와 임진란을 물리치던 사명대사의 구국의 혈기는 다 사라지고 사찰마다 친일 모리배들이 몰려 있으니 내 원 참… 불심을 닦느라 세속의 일에는 관계치 않겠다고 온갖 위선을 다 떠니, 부처님이 통탄하실 일이오."

만해 한용운이 한편 부럽다는 듯이 불편한 심기를 토로했다. 한용운은 젊은 시절 독립의 의지를 불태우다가 서간도에 독립군 양성소인 신흥무관학교가 세워졌다는 소문만 듣고 아무런 소개 편지도 지니지 않은 채 홀홀단신 합니하를 찾아온 일이 있었다. 이회영이 그를 만나 보니 단정한 젊은이가 구국의 열정은 있으나 안심할 수 없어 여비를 주어 돌려보냈다. 그러나 그 사실을 모르는 무관학교의 젊은 생도들이 한용운을 밀정으로 오해하여 합니하에서 통화로 넘어가는 산고개에서 그를 저격하여 머리에 총상을 입힌 일이 있었다. 한용운은 통화로 급히 옮겨져 김필순이 운영하는 병원에서 응급 치료를 받았던 것이다. 그 같은 성정의 만해에게 불교계의 미온적 태도는 불만이 될 수밖에 없었다.

"그런데 어찌 손정도 목사의 이름이 안 보이오?"
민족 대표자 명단을 한참 살펴보던 최린이 물었다.

"해석은 거사 준비를 다 마치고 상하이로 떠났습니다. 만세가 끝나자마자 바로 림시정부 수립을 위해 할 일이 많기 때문입니다. 대신 평양 남산현교회의 신흥식 목사가 서명을 하기로 했습니다."

"허허, 일을 다 꾸며 놓고 정작 본인은 빠지다니…."

이승훈의 해명에도 불구하고 최린이 혀를 차며 아쉽다는 듯이 말했다. 이승훈이 처음 만들었던 기독교계 대표 명단 초안에는 손정도가 들어 있었다. 그러나 이승훈의 간곡한 부탁에도 불구하고 손정도는 리강공 망명이라는 대의를 위해 사양하며 신흥식을 추천하였다.

"사실은 해석은 영친왕 리강공을 파리 회담에 참가시키는 일을 극비리에 진행하고 있소이다."

손정도에게 정동교회를 이어받은 후배 목사 이필주가 목소리를 낮추어 설명했다. 그제야 사람들은 이해가 간다는 듯 고개를 끄덕였다.

"과연 해석이로고… 그 사람은 인물 중의 인물이야."

"우리 정동교회에서는 배재학당과 이화학당의 젊은 청년들이 대거 참여할 것이오. 이미 탑골공원에 모여 그날 만세를 부르기 위해 태극기를 밤을 새워 그리고 있다오."

이필주 목사가 말했다.

"우리 선천에서도 신성중학교와 보성여학교 학생들이 중심이 되어 만세 운동을 준비하고 있소이다."

그 두 학교의 설립자이기도 한 양전백 목사가 덧붙였다. 양전백 목사는 안창호, 이승훈과 더불어 평안도의 3대 민족 교육자로 불리는 사람이었다.

"그뿐이 아닙니다. 연희전문학교의 김원벽, 보성전문의 강기덕, 경성의전의 한위건 같은 학생 대표들이 모여서 함께 만세 시위를 모의하고 있소이다. 그들 뒤에는 YMCA의 박희도 간사와 세브란스의 이갑성 선생과 감리교의 김창준 전도사 같은 청년지도자들이 있어서 학생들을 모아서 준비하고 있습니다. 지난 20일 함태영 선생과 함께 승동교회에서 모임을 가졌다오.”

승동교회는 탑골공원에서 인사동으로 들어가는 초입에 세워진 교회로서 백정 출신 박성춘을 장로로 세운 후 양반들이 떠나가고 백정들이 모여들어 백정교회라고 불리던 곳이었다. 박성춘의 아들 박서양이 세브란스를 졸업한 최초의 의사 일곱 명 중 한 사람이 되었고, 그 연고로 세브란스 출신 학생 회장 김원벽이 승동교회 청년회 회장을 겸하고 있었다. 그곳에서 만세 운동을 위한 청년들의 준비 모임이 자체적으로 열리고 있었던 것이다.

“학생들이 말이오? 아, 그것 참 기특하오.”

그날 모인 대표자들 중에 학생들이 적극 참여한다는 소식을 처음 접한 몇 사람은 놀라고 감격해했다.

“사실은 그들을 끌어들이느라 어려움이 많았소.”

이승훈이 속내를 털어놓듯 말했다. 기독교 청년회에 속한 청년들은 오래전부터 자신들이 직접 만세 운동을 준비하고 있었다. 그들은 처음에는 기독교가 천도교와 함께 거사를 진행하는 것에 대해 반대 의사를 표했다. 그러나 이승훈이 독립선언은 종교를 초월한 민족적 거사가 되어야 함을 설득하여 겨우 청년들이 받아들였던 것이다. 그 과정에서 청년들을 이끌던 서른 살의 청년 지도자 박희도, 이갑성, 김창준이 민족 대표에 들어오게 되었던 것이다.


“그런데 육당 최남선이 민족 대표 서명을 거절했다는 것이 사실이오? 그런 자가 어찌 이런 선언서를 쓸 수 있었단 말이오?”

만해가 못마땅한 표정으로 언성을 높이며 물었다. 다양한 민족 대표

운동가

들을 설득하려고 같이 다니던 그가 정작 서명을 안 했다는 게 어이가 없었다. 의암 손병희의 제안으로 이완용, 윤치호, 박영효 등 조정의 친일 대신들과 한규설, 김윤식, 이상재 등 명망 있는 인사들을 더 끌어들이고자 찾아다녔었다. 그것은 만세 이후에 벌어질 정치적 파국을 최소화하고 몰아닥칠 천도교에 대한 핍박의 피해를 줄이고자 하는 민첩한 경세가 손병희의 전략이기도 했다. 최린과 한용운은 최남선을 앞세우고 이들 인사를 찾아다니며 독립선언서에 함께 서명할 것을 종용하였으나 그 누구도 동조하지 않았다. 이완용은 지필묵을 펼쳐놓고 난을 치면서 묵묵부답 거들떠보지도 않았다. 한규설은 당황하며 나중에 생각해 보겠다고 슬쩍 사양하였다. 한규설은 을사늑약에 끝까지 반대하였고 일제의 작위 수여까지 거절했던 사람이었다. 윤치호는 '물지 못하겠거든 짖지도 말라'며 되지도 않을 일을 어리석게 하지 말도록 만류하였다. 윤치호 역시 을사늑약 직후에 황제에게 피 토하는 상소를 올렸던 자였다. 병탄 후 채 10년도 지나기 전에 일제의 폭력적 무단 정치에 의한 세월의 무게가 이들을 변화시킨 것이었다. 이상재는 이승만의 외교론을 지지하기에 독립 청원을 해야지 독립선언은 필시 폭력적인 사태를 유발하게 될 터인즉 그것은 하나님의 뜻이 아니라고 완곡히 거절하였다. 권력자와 지도자들의 그 같은 반응들을 목도한 최남선이 심적 동요를 충분히 느꼈을 수 있었다.

"그렇소. 육당에게 독립선언서 작성을 부탁한 것이 너무 큰 심적 부담이 된 듯하오. 유약한 문인의 한계인 게지. 추후에 조금이라도 책임을 덜어보려는 것이니 이해합시다."
이승훈이 만해를 달래듯이 말했다.
"각자 자기 몫이 있는 법, 우리는 우리 할 바를 하면 되지 않겠소?"
최린도 곁들여 말했다.

"그렇다 하더라도 육당이 만든 독립선언서를 폐하고 우리가 다시 만들어야 하지 않겠소?"

만해가 여전히 화가 안 풀린 듯 재차 말했다.

"그럴 것까지야 있겠소? 육당의 문장이 너무 수려하고 우리가 원하던 내용을 다 담고 있으니 독립선언서로 부족함이 없다고 생각되오만, 인산일을 앞두고 만세 운동이 폭력적으로 번지지 않도록 이 뒤에 행동 지침을 첨부하는 게 어떻겠소?"

독립선언서를 재차 훑어보던 이승훈이 고개를 들고 말했다. 파리강화회의의 대표자 김규식의 간곡한 요청이 이미 그들에게 전달된 상태였다.

"좋은 생각입니다. 그렇지 않아도 황제의 독살설이 크게 유포되고 있는지라 자칫 만세 운동이 무질서한 폭동으로 번질 경우에 일제에게 빌미를 주어 큰 유혈 사태가 날 수 있으니, 행동 공약을 첨부함이 좋겠소이다."

최린이 말했다.

"만해도 뛰어난 문장가이니 공약을 첨가해 봄이 어떻겠소?"

화를 가라앉힌 한용운은 거사 당일 일어날 일들을 의식하며 최대한 자제하여 행동할 것을 요청하는 공약 3장을 뒤에 첨부하였다.

### 공약 3장

1. 오늘 우리의 이번 거사는 정의, 인도와 생존과 영광을 갈망하는 민족 전체의 요구이니, 오직 자유의 정신을 발휘할 것이요, 결코 배타적인 감정으로 정도에서 벗어난 잘못을 저지르지 말라.

1. 최후의 한 사람까지, 최후의 일각까지 민족의 정당한 의사를 시원하게 발표하라.

1. 모든 행동은 가장 질서를 존중하며, 우리의 주장과 태도를 어

운동가

디까지나 떳떳하고 정당하게 하라.

"어떻소? 이만하면 당당하게 우리의 의사를 밝히면서도 평화적 시위를 할 수 있지 않겠소?"

"참 잘되었소이다. 이제 이 선언문에 민족 대표 서명을 하고 속히 인쇄하여 전국에 배포하는 일만 남았소이다."

이승훈이 말했다.

"이제 이 독립선언문을 민족의 역사 속에 길이 보존하기 위해 기미독립선언문이라고 명합시다."

한용운이 말했다.

"그럼 선언서 인쇄와 배포는 리종일 선생이 책임지고 27일까지 완수하시오."

최린이 말했다.

"최대한 노력하겠소이다. 인쇄된 선언서는 우리 집에 숨겨놓고 손녀딸 아이 장욱이를 통해 배포하겠소. 비밀리에 사람을 보내면 장욱이가 필요한 분량을 내어주도록 하겠소."

"그러나 인쇄물을 극비리에 전국에 운반하려면 시간이 너무 촉박하오."

"남쪽은 천도교 측에서 책임지겠으나 북쪽은 기독교에서 운반책을 선정하여 책임지고 배포하시오."

"시간이 없으니 경의선과 경원선을 타고 운반하는 수밖에 없을 것입니다. 그런데 삼엄한 경비 속에서 인쇄 뭉치를 안고 여행을 한다는 것이 가능하겠소?"

과거 궁정 수비대 군인 출신 권동진의 말에 모두 얼굴이 어두워졌다.

"운반은 정말 극비리에 해야 합니다. 너무 위험하니 멀리 떨어져 있는 지역에는 미리 인쇄본 사본을 보내어 당지에서 등사를 하도록 하는 것이 좋겠소."

이승훈이 말했다.


일제와 각을 세우며, 이토가 눈엣가시처럼 여겼던 이용익이 만들었던 보성사 출판사가 결국 기미 독립선언서를 인쇄하게 된 것은 역사의 숨은 그림이었다. 이용익을 축출한 일제는 때마침 동학에 대한 탄압을 피해 일본에 망명 중이던 손병희가 일본과 손을 잡고 1904년 갑진개혁운동을 일으키자 동학에 대한 시선을 누그러뜨렸다. 더구나 망명 중인 동학도 안에는 을미사변 시에 일본에 협조했던 권동진이 있었고, 손병희와 쌍벽을 이루던 동학의 고제 이용구가 친일파 송병준과 협력하여 일진회에 들어가자, 일제는 동학도를 귀국시키고 1907년 순종에게 압력을 가해 그들을 모두 면책하였다. 손병희는 시대를 읽는 경세가로서 처음에는 일제와 협조적인 태도로 착실히 교육 사업을 벌이며 교세를 넓혀갔다. 일제에 맞서지는 않았지만 친일로 넘어간 이용구의 일진회 세력을 천도교에서 축출하면서 서서히 민족주의의 입지를 넓혀갔다. 그러던 중, 1910년 이종호의 망명으로 공중분해될 위기에 놓인 최초의 민족 사학 보성전문학교와 최초의 민족 출판사 보성사를 손병희가 인수하게 된 것이다.


27일 저녁 늦은 밤, 커튼을 드리운 보성사 인쇄소에서 쉴 새 없이 딸깍거리며 인쇄기가 돌아가고 있었다. 이종일 사장은 며칠째 야근을 하며 독립선언서를 찍어내고 있었다. 모든 직원들을 일찍 퇴근시킨 후 믿을 수 있는 측근 두 사람만을 데리고 밤샘 작업을 해 왔던 것이다. 내일 아침이면 마침내 독립선언서가 전국으로 배포될 것이었다. 이미 1차분 2만 장이 인쇄되어 학생들을 중심으로 전국으로 내려갔고, 오늘 1만 5천 장을 더 찍을 예정이었다. 지방에서 자체 등사를 하기 위해 철필로

운동가

붉은 등사 원고도 어제부터 전국에 배포되고 있었다. 경의선 기차를 타고 의주로 올라가는 아낙네가 등 뒤 속옷 안에 감추고 아이를 들쳐 업고 극비리에 운반하기도 했다. 혹한의 추위에도 불구하고 등에 식은땀을 흘리며 숨죽이는 작업이 진행되고 있었다.

그때, 갑자기 문을 두들기며 순찰 중이던 종로파출소 형사 신승희가 들이닥쳤다. 그는 평소에도 보성사와 천도교 측을 드나들며 정보를 캐내고 돈을 뜯어 가던 자였다.

"당신들 지금 뭐 하는 거요?"

신승희는 인쇄된 독립선언서 한 뭉치에서 한 장을 빼내어 읽어보다가 얼굴이 하얗게 되었다.

"정신 나갔어? 당신들? 인산 날이 눈앞에 닥쳤는데 이런 불온 문서를 인쇄해?"

선언서를 쥐고 있는 신승희의 손도 벌벌 떨고 있었다. 그가 결심한 듯 선언문 몇 장을 쥐고 급히 나가려 했다. 그 순간 이종일이 달려들어 신승희의 바짓가랑이를 붙들고 늘어졌다.

"형사님, 제발 멈추시오. 당신도 조선인 아니오?"

"이것 못 놓아? 당신들은 당장 체포야!"

인쇄공 두 사람도 가세하여 신승희를 가로막고 몸싸움이 한창 벌어지고 있을 때, 인쇄 상황을 점검하기 위해 최린이 들어왔다. 벌어진 일을 순간적으로 파악한 최린은 뒷걸음질 치며 이종일에게 소리쳤다.

"내가 돌아올 때까지 절대 이자를 내보내선 안 되오."

최린은 급히 손병희에게 달려가서 사태를 고하였고, 손병희는 즉시 자신이 지니고 있던 뭉칫돈 5천원을 내주었다. 최린은 단숨에 달려와 신승희와 담판을 벌였다.

"우리 조선의 운명을 건 일이오. 제발 눈감아 주시오. 당신도 조선 사람 아니오? 이제 우리 조선이 곧 독립이 될 것이오. 그러면 당신은 민족의 영웅이 되오."

신승희는 고개를 숙이고 주먹을 부르르 떨고 있었다. 최린이 그의 손에 돈뭉치를 쥐여주자 그는 말없이 벌떡 일어나 인쇄소를 나갔다.

거사 전날, 그 소식은 의암 손병희의 집에 모여든 민족 대표들에게도 속속 알려졌다. 모두들 사색이 되었다. 안절부절못하는 사람도 있었고 묵묵히 눈을 감고 기도하는 사람도 있었다. 오후 다섯 시경이 되자 서명을 한 민족 대표들 중 모일 수 있는 사람들이 다 모여들었고 마지막 점검을 위한 회의가 진행되었다.

"내일 탑골공원에서 독립선언서를 낭독하는 것은 범 아가리에 들어가는 것입니다. 보나 마나 그자가 일제 총감부에게 고하였을 것이 아니겠소이까? 순사들이 다 깔려 있을 터인데, 장소를 옮겨야 합니다."

박희도 전도사가 떨리는 목소리로 말했다. 그는 이갑성, 김창준과 함께 서른 살의 나이에 민족 대표로 발탁된, 가장 젊은 사람이었다. 황해도 해주 출신으로 숭실중학과 연희전문학교, 협성 신학교를 두루 거친 촉망받는 신세대 지식인이었다. 중앙대학 전신인 중앙유치원을 설립하고 YMCA 간사로 있던 그는 최연소 민족 대표가 되는 영광을 안았으나 훗날 최린, 정춘수와 함께 친일의 길을 걷는 치욕적 3인 중 한 사람이 되고 만다.

"허허, 박 전도사, 우리가 이미 죽기로 각오하고 하는 일인데 어찌 그리 말하오. 생명은 하나님께 달린 것이오."

이승훈이 나무라듯 말했다.

운동가

"죽음이 두려워서가 아닙니다. 그동안 애써 목숨 걸고 준비한 독립선언을 하지도 못하고 붙잡혀 갈까 염려함입니다. 그리 되면 누가 책임질 것입니까?"

"그러면 이제 와서 어디로 옮긴단 말이오? 학생들과 폐하의 인산일에 모인 백성들이 다 탑골공원과 대한문 앞에서 기다릴 터인데 어쩌란 말이오?"

박희도와 동년배인 평남 강서 출신 북감리회 전도사 김창준이 반박했다.

"그럴 수는 없습니다. 학생 대표들을 겨우 설득하여 탑골공원에서 연합 만세 운동을 하게 되었는데 이제 와서 변경을 하다니요."

세브란스의 청년 지도자 이갑성도 소리쳤다.

"우리가 혈기만 내세울 것은 아니오. 박희도 조사의 말에도 일리가 있소. 지금은 내일 독립선언을 반드시 해 내야만 하는 책임이 우리에게 있소."

최린이 침착하게 말했다.

무거운 침묵이 소리 없이 흘렀다.


"옮깁시다. 장소를….."
의암 손병희가 무겁게 입을 열었다.


39


"조선 독립 만세! 조선 독립 만세!"

3월 1일 민족 대표가 나타나기로 한 약속 시간 두 시가 지나갔다. 탑골공원에 운집하여 민족 대표를 기다리던 청년들 중에 누군가 팔각정 단상으로 뛰어 올라갔다. 그는 미리 배포되었던 독립선언서를 펼쳐 들고 크게 낭독하기 시작했다. 경신중학교 졸업생 정재용이었다. 민족 대표를 기다리던 학생들이 술렁이며 동요하기 시작하자 정재용이 담대히 뛰어들었던 것이다.

" 우리는 이에 우리 조선이 독립한 나라임과, 조선 사람이 자주적인 민족임을 선언한다. 이로써 세계 만국에 알려 인류 평등에 큰 도의를 분명히 하는 바이며, 이로써 자손만대에 깨우쳐 일러 민족의 독자적 생존에 정당한 권리를 영원히 누려 가지게 하는 바이다…."

그 순간 준비했던 독립선언서 전단지가 공중에 뿌려지기 시작했다. 학생들의 모자가 자유를 향한 용솟음처럼 푸른 창공을 향해 솟아올랐다. 가슴 속에 감추었던 태극기를 손에 들고 공중에 흩날리며 조선 독립 만세를 부르는 함성이 노도처럼 번져갔다. 그 함성과 전단지는 곧바로 고종의 장례를 애도하기 위해 전국 각도에서 올라와 대한문 앞에 운집하여 있던 유생들과 일반 백성들에게까지 퍼져갔다. 중학생들이 학교에서 뛰쳐나왔고 남대문 시장의 상인들이 철시를 하고 만세에 동참하자 사태는 걷잡을 수 없는 상태가 되고 말았다.

그 시간 민족 대표들은 한성부 명월관 인사동 지점 태화관에 모여 있었다. 경찰의 방해로 인한 독립선언 저지를 피하기 위해 손병희가 자신이 자주 다니던 태화관으로 장소를 불시에 바꾸었던 것이다. 궁중 요리사 출신 안순환이 차린 태화관은 손병희의 셋째 부인 주옥경이 운영하

운동가

고 있었다. 민족 대표들이 몰려들던 오후 2시경, 파고다 공원에서 민족 대표를 기다리던 학생 대표들은 그들이 태화관에 모여있다는 소식을 듣고 급히 찾아갔다. 민족 대표들은 태화관 밀실에 모여 길게 이어 늘어진 식탁에 둘러앉아 식사를 하고 있었다.

"의암 선생님, 이게 어찌 된 일입니까?"

보성전문학교 대표 강기덕이 소리쳤다.

"전도사님, 학생들을 공원에 다 모이게 하고 예서 이러고 계시면 어찌합니까? 속히 탑골공원으로 가십시다."

세브란스의 김원벽은 자신들을 평소 지도하던 YMCA 전도사 박희도가 약속을 어긴 것으로 생각하여 격앙된 목소리를 냈다.

"온 겨레가 선생님들의 독립선언을 기다리고 있습니다. 속히 가십시다. 무엇이 두려워 음식점에서 숨어서 독립선언을 한단 말입니까?"

보성전문학교의 강기덕이 의암 손병희의 옷자락을 붙들고 일으켜 세우려 했다.

"어허! 자네들 이게 무슨 경거망동인가? 잠시 흥분을 가라앉히고 말을 들어보게!"

"지금 우리가 독립선언을 하는 것도 중요하지만 절대 일제 경찰과 폭력적인 충돌 사태가 일어나면 안 되는 것일세. 우리가 이 일로 인해 파리 평화 회담에 우리의 의사를 전달해야 하는 것이 더 중요하다는 것을 잊어서는 안 되네. 그래서 우리가… 여기 일은 어른들에게 맡기고 자네들은… 어허, 이 손을 놓으라니까?"

민족 대표들과 학생 대표들 사이에 밀고 당기는 상당한 실랑이가 오고 갈 무렵, 태화관 밖에서 벌써 조선 독립 만세를 외치는 민중들의 소리가 노도와 같이 몰려들고 있었다. 그 소리를 듣자 학생 대표들은 주저하지 않고 그대로 밖으로 뛰쳐 나갔다.

잠시 침묵이 흘렀고, 누군가 헛기침을 했다.

"우리가 마땅히 탑골공원에 갔어야 함이 아니오?"

김창준 전도사가 불만 섞인 말을 내뱉었다.

"자, 자, 더 늦기 전에 속히 독립선언서를 낭독합시다. 만해가 사회를 보시오."

최린이 만해를 지목하였다.

만해 한용운이 일어서서 그동안 진행된 일들의 경과와 독립선언의 의의에 대하여 간단히 설명했다.

"의암 선생님, 이제 직접 말씀을 하시지요."

손병희가 일어나서 짧게 말했다.

"우리 민족 대표 48인은 오늘 기미년 삼월 일일 이 자리에서 조선의 독립을 온 만방에 선언하노라. 그럼 독립선언서를 인쇄하느라 고초를 겪은 이종일 선생이 독립선언서를 직접 낭독해 주시오."

이종일 사장이 일어나, 독립선언서 전문을 조용히 낭독하였다.


"우리는 이에 우리 조선이 독립한 나라임과, 조선 사람이 자주적인 민족임을 선언한다. 이로써 세계 만국에 알려 인류 평등에 큰 도의를 분명히 하는 바이며, 이로써 자손만대에 깨우쳐 일러 민족의 독자적 생존에 정당한 권리를 영원히 누려 가지게 하는 바이다.

반만년 역사의 권위에 의지하여 이를 선언함이며, 이천만 민중의 충성을 합하여 이를 두루 펴서 밝힘이며, 영원히 한결같은 민족의 자유 발전을 위하여 이를 주장함이며, 인류가 가진 양심의 발로에 뿌리박은 세계 개조의 큰 기회와 시운에 맞추어 함께 나아가기 위하여 이 문제를 내세워 일으킴이니, 이는 하늘의 지시이며, 시대의 큰 추세이며, 전 인류 공동생존권의 정당한 발동이기에 천하의 어떤 힘이라도 이를 막고 억누르지 못할 것이다.

운동가

낡은 시대의 유물인 침략주의 · 강권주의에 희생되어 역사가 있은 지 몇천 년만에 처음으로 다른 민족의 억누름에 뼈아픈 괴로움을 당한 지 이미 십 년이 지났으니, 그동안 우리 생존권에 빼앗겨 잃은 것이 그 얼마이며, 정신상 발전에 장애를 받은 것이 그 얼마이며, 민족의 존엄과 명예에 손상을 입은 것이 그 얼마이며, 새롭고 날카로운 기운과 독창력으로 세계 문화에 이바지하고 보탤 기회를 잃은 것이 그 얼마나 될 것이냐.

슬프다. 오래전부터의 억울을 떨쳐 펴려면, 눈앞의 고통을 헤쳐 벗어나려면, 장래의 위협을 없애려면, 눌러 오그라들고 사그라져 잦아진 민족의 장대한 마음과 국가의 체면과 도리를 떨치고 뻗치려면, 각자의 인격을 정당하게 발전시키려면, 가엾은 아들딸들에게 부끄러운 현실을 물려주지 아니하려면 자자손손에게 영구하고 완전한 경사와 행복을 끌어대어 주려면, 가장 크고 급한 일이 민족의 독립을 확실하게 하는 것이니 이천만 사람마다 마음의 칼날을 품어 굳게 결심하고, 인류 공통의 옳은 성품과 이 시대를 지배하는 양심이 정의라는 군사와 인도라는 무기로써 도와주고 있는 오늘날, 우리는 나아가 취하매 어느 강자인들 꺾지 못하며, 물러가서 일을 꾀함에 무슨 뜻인들 펴지 못하랴.

병자수호조약 이후 때때로 굳게 맺은 갖가지 약속을 저버렸다 하여 일본의 배신을 죄주려 하는 것이 아니다. 그들의 학자는 강단에서, 정치가는 실제에서 우리 옛 왕조 대대로 닦아 물려온 업적을 식민지의 것으로 보고, 문화 민족인 우리를 야만족같이 대우하며 다만 정복자의 쾌감을 탐할 뿐이요, 우리의 오랜 사회 기초와 뛰어난 성품을 무시한다 해서 일본의 의리 없음을 꾸짖으려는 것도 아니다.

스스로를 채찍질하고 격려하기에 바쁜 우리는 남을 원망할 겨를이 없다. 현 사태를 수습하여 아물리기에 급한 우리는 묵은 옛일을 응징하고 잘못을 가릴 겨를이 없다. 오늘 우리에게 주어진 임무는 오직 자기 건설에 있을 뿐이요, 그것은 결코 남을 파괴하는 데 있는 것이 아니다. 엄숙한 양심의 명령으로써 자기의 새 운명을 펼쳐나갈 뿐이요, 결코 묵은 원한과 일시적 감정으로써 남을 시새워 쫓고 물리치려는 것도 아니로다. 낡은 사상과 묵은 세력에 얽매여 있는 일본 정치가들의 공명에 희생된 불합리하고 부자연스러움에 빠진 이 어그러진 상태를 바로잡아 고쳐서 자연스럽고 합리적인, 올바르고 떳떳한 큰 근본이 되는 길로 돌아오게 하고자 함이로다.

당초에 민족적 요구로부터 나온 것이 아니었던 두 나라의 합방이었으므로 그 결과가 마침내 억누름으로 유지하려는 일시적인 방편과, 민족 차별의 불평등과, 거짓으로 꾸민 통계 숫자에 의하여 서로 이해가 다른 두 민족 사이에 영원히 함께 화합할 수 없는 원한의 구덩이를 더욱 깊게 만드는 오늘의 실정을 보라. 날래고 밝은 결단성으로 묵은 잘못을 고치고, 참된 이해와 동정에 그 기초를 둔 우호적인 새로운 판국을 타개하는 것이 서로 간에 화를 쫓고 복을 불러들이는 빠른 길인 줄을 분명히 알아야 할 것이 아닌가.

또 원한과 분노에 싸인 이천만 민족을 위력으로 구속하는 것은 다만 동양의 영구한 평화를 보장하는 길이 아닐 뿐 아니라, 이로 인하여 동양의 안전과 위태로움을 좌우하는 굴대인 4억만 중국 민족이 일본에 대하여 가지는 두려움과 시새움을 갈수록 두텁게 하여, 그 결과로 동양의 온 판국이 함께 넘어져 망하는 비참한 운명을 가져올 것이 분명하니, 오늘날 우리 조선의 독립은 조선 사람으로 하여금 정당한 생존과 번영을 이루게 하는 동시에 일본으로 하여금 그릇된 길에서 벗어나 동양을 붙들어 지탱하는 자의 중대한 책임을 온전히 이루게 하는 것이며, 중국으로 하여금 꿈에도 잊지 못할 괴로운 일본 침략의 공포심으로부터 벗어나게 하는 것이며, 또 동양 평화로써 그 중요한 일부를 삼는 세계 평화와 인류 행복의 필요한 단계가 되게 하는 것이다.

이 어찌 사소한 감정상의 문제이리오.

아, 새로운 세계가 눈앞에 펼쳐졌도다.

위력의 시대가 가고 도의의 시대가 왔도다.

운동가

과거 오랫동안 갈고 닦아 키우고 기른 인도적 정신이 이제 막 새 문명의 밝아
오는 빛을 인류 역사에 쏘아 비추기 시작하였도다.

새봄이 온 세계에 돌아와 만물이 되살아나기를 재촉하는구나. 혹심한 추위가
사람의 숨을 막아 꼼짝 못 하게 한 것이 저 지난 시대의 형세라 하면, 화창한 봄바
람과 따뜻한 햇볕에 원기와 혈맥을 떨쳐 펴는 것은 이 한때의 형세이니, 천지에
돌아온 운수에 접하고 세계의 새로 바뀐 조류를 탄 우리는 아무 주저할 것도 없
으며 아무 거리낄 것도 없도다.

우리의 본디부터 지녀온 권리를 지켜 온전히 하여 생명의 왕성한 번영을 실컷
누릴 것이며, 우리의 풍부한 독창력을 발휘하여 봄기운 가득한 천지에 순수하고
빛나는 민족 문화를 맺게 할 것이로다.

우리는 이에 떨쳐 일어나도다.

양심이 우리와 함께 있으며, 진리가 우리와 함께 나아가는도다.

남녀노소 없이 어둡고 답답한 옛 보금자리로부터 활발히 일어나 삼라만상과
함께 기쁘고 유쾌한 부활을 이루어내게 되도다.

먼 조상의 신령이 보이지 않는 가운데 우리를 돕고, 온 세계의 새 형세가 우리
를 밖에서 보호하고 있으니 시작이 곧 성공이다.

다만, 앞길의 광명을 향하여 힘차게 곧장 나아갈 뿐이로다."


태화관 안에서 숨죽인듯 차분히 독립선언서가 낭독되는 동안에도 밖
에서는 학생들의 만세소리가 하늘을 찌를 듯 들려오고 있었다. 청년지
도자 김창준 전도사는 조선독립선언의 무게 중심이 민족지도자들로부
터 청년들에게 옮겨지고 있음을 느꼈다.


잠시 침묵이 흘렀다. 이어서 만해 한용운이 일어나 자신이 작성한 공
약 3장도 낭독한 후 취지 설명을 길게 했다. 만해의 선창으로 일동이 만

세 삼창을 했다.

"조선 독립 만세, 만세, 만세!"

"이제 우리가 잡혀가는 것이 두려워 이곳에 숨은 것이 아님을 당당히 밝혀야 하오. 그렇다면 우리가 스스로 총독부와 총감부 연락을 취하여 독립선언을 한 것을 알리는 것이 마땅할 것이오."

남강 이승훈이 말했다.

"리갑성 전도사는 속히 총독부에 사람을 보내 우리가 이곳에서 독립선언한 사실을 알리시오."

이어서 손병희가 지시했다.

"최린 선생! 총감부에 직접 전화를 해서 이곳에 민족 대표가 모여 있으니 섣부르게 백성들을 체포하지 말고 우리를 체포해 가라고 연락을 하시오."

"자, 오늘은 조선의 독립을 만방에 선언한 기쁜 날이오. 어두운 표정들을 다 거두시고 총감부에서 우리를 잡으러 달려올 때까지 의연하게 식사들을 하고 기다립시다."

그들은 손병희의 선창에 화답하며 축배를 한잔 들었고, 태화관에서 마련한 만찬 요리를 들기 시작했다. 때는 오후 4시 무렵이었다. 5시경 60여 명의 헌병과 순사들이 들이닥쳐 이들을 체포하기 시작했고, 남산 경무 총감부로 연행하였다.

그날 태화관에는 지방에서 만세 운동을 준비하고 있던 평북 정주의 김병조 목사와 의주의 유여대 목사, 평남 안주의 길선주 목사와 함경도 원산에서 만세 운동을 조직하던 정춘수 목사 4인을 제외하고 29인이 다 모였다. 나머지 네 명도 역시 지방의 만세 운동을 조직한 후에 급거 상경하여 경찰에 자진 출두하였다.

운동가

*

3월 1일 당일, 만세를 부른 도시는 전국에서 7개 도시였다. 경성(서울)을 제외하고 평안도의 평양, 진남포, 안주, 선천, 의주 및 함경도의 원산까지 나머지 6개 도시가 모두 서북 지방의 도시였다. 26일부터 조심스레 배포되기 시작한 3만 5천 장의 독립선언서가 인구가 몰려 있는 남쪽 지방에 더 많이 뿌려졌고 교회와 천도교 교당을 중심으로 고르게 퍼져나갔던 것을 생각하면 더욱 이상한 일이었다. 한 가지 공통점이 있었다면 이 6개 도시는 한결같이 평양 대부흥 이후 엄청난 기독교 부흥을 경험했던 도시들이었다. 실제로 서북 기독 교회를 중심으로 평안도 각 도시에서 독립 만세가 준비되고 각 도시의 민족 대표가 목사들이었다는 것을 생각할 때 충분히 이해가 가는 일이었다. 천도교가 동학 운동이 일어났던 남쪽 지방을 중심으로 더 퍼져 있었음에 반하여 기독교는 절대적으로 북쪽 지방이 강세였던 것을 보아도 만세 첫날 거리로 뛰쳐나갔던 사람들의 대부분은 기독교인들이었던 것을 알 수 있다. 그 당시 천도교의 교세는 100만을 넘어설 만큼 강세를 떨치고 있었고 반면 기독교는 전국을 통틀어 23만 명 정도로 아직 전체 인구의 1.5%밖에 미치지 못하고 있었다. 그러나 동학혁명 시에 너무나 큰 인명 피해를 입었던 천도교인들은 첫날 뛰쳐나가기에 주저함을 지니고 있었다. 반면 기독교인들이 첫날 만세를 불렀다는 것은 이미 목숨을 걸고 죽기를 각오했다는 의미였다. 그들은 죽으나 사나 순교자의 심경으로 만세를 불렀다. 그들의 순교적 희생이 있었기에 그것이 마중물이 되어 그다음 날부터 전국적으로 만세의 불길이 요원처럼 퍼져나갔던 것이다. 게다가 일제 경찰은 너무나 갑작스런 조선인들의 봉기를 맞아 전혀 예기치 못한 사태가 발생하자 초기 대응에 실패하였다. 그 바람에 만세 운동이 더욱 전국적으로 퍼져갈 수 있었다.

종로 경찰서 형사 신승희는 결국 입을 다물었던 것이다. 처세술에 능하고 상황 판단이 뛰어난 손병희의 손빠른 대응은 효과를 보았다.

평양에서는 장대현교회와 남산현교회를 중심으로 교인들이 쏟아져 나와 만세에 동참하였다. 서울에서 민족 대표를 기다리느라 독립선언서 낭독과 만세가 늦추어지고 있을 때, 평양에서는 정시에 맞추어 먼저 만세가 울려 퍼지기 시작했다. 의주에서는 민족 대표이면서도 거사를 준비하기 위해 상경하지 않고 남아 있던 유여대 목사를 중심으로 부족한 독립선언서를 밤을 새워 등사기로 밀었고, 당일 아침에 교인들을 풀어 각 관공서까지 배포하였다. 오후 두 시경 의주 서부교회 마당에 1,000여 명이 모여들었고, 유여대 목사가 단상에 올라가 찬송가를 부르고 독립선언서를 낭독하였다. 선천에서는 양전백 목사의 말대로 신성중학교와 보성여학교 학생과 졸업생들이 시내로 몰려나와 준비한 태극기를 흔들며 골목골목을 누비고 있었다. 이들을 저지하기 위한 경찰들이 맞대응하며 공포를 쏘아대었으나 학생들은 행진을 계속하였다. 이때 헌병의 말발굽 소리와 함께 날아온 총알에 의해 시위대 한 명이 쓰러졌고 최초의 희생자가 발생하였다. 안주 시위대에서도 사망자가 한 명 발생하였으나 만세 첫날에는 일본 경찰들도 당황하고 아직 윗선의 지시를 받지 못한 상황인지라 큰 사상자가 발생하지는 않았다. 평양의 서해 관문 남포는 강서와 가까운지라 안창호, 손정도, 양기탁 등의 독립지사들을 많이 배출한 도시였다. 손정도를 따르던 북감리회 출신 김창준 전도사가 미리 학생들에게 독립선언서를 배포하고 내려온 터라 시간을 맞추어 진남포 공립 보통 고등학교 운동장에 모여 독립선언문을 낭독하고 만세를 부르며 거리행진을 시작하였다. 그곳은 일찍이 안창호 선생이 들려서 청년들을 모아놓고 애국 연설을 하던 곳이었고, 그 연설을 듣고 안중근과 이승훈이

운동가

독립운동과 민족 교육자의 길을 걷게 한 유서 깊은 장소이기도 했다.

경의선의 이동이 많았던 평안도에 비해 비교적 교통이 불편했던 함경도에서는 경원선을 타고 겨우 원산에만 거사 당일에 맞추어 독립선언서가 도착하였다. 게일, 펜윅, 하디, 푸트 등 캐나다 선교사들의 활동이 집중되었던 원산에는 남감리회 소속 정춘수 목사가 28일 독립선언서 300장을 가지고 와서 교인들을 모아 밤을 새워 태극기를 만들었다. 시위를 주동할 13인의 대표를 선정하여 각각 맡은 장소에서 독립선언서를 읽고 배포한 후 장촌동 시장으로 집결하기로 하였다. 그다음 날 3월 1일은 마침 원산의 장날이라 장촌동 시장에는 사람들이 많이 모여있었고 곧 만세 시위는 2,000명으로 불어났다. 경찰의 물세례와 공포탄에도 불구하고 만세는 날이 어두워질 때까지 계속되었다. 원산은 캐나다 선교사 하디를 통해 전국적인 회개 운동을 촉발시킴으로 결국 평양 대부흥의 뇌관이 되었던 도시이기도 하였다.

3월 1일 7개 도시의 첫날 만세는 한겨울을 지난 마른 짚섬에 불을 붙이듯 순식간에 전국의 만세 운동으로 확산되었다. 그 과정에서 학생들의 역할은 절대적이었다. 특히 일곱 개 도시에서 첫 만세를 외치며 치고 올라올 수 있었던 것은 서울과 서북 지방에 집중적으로 포진해 있었던 기독교 학교와 교회 내의 기독 청년부 학생들의 조직력과 용기에 힘입었다. 그것은 상동교회와 정동교회의 엡윗 청년회에서 시작된 청년부 조직과 1903년 이상재를 비롯한 출옥 성도들이 중심이 되어 배재학당과 게일 선교사가 시무하던 연동교회에서 조직되었던 황성기독교청년회(YMCA) 조직이 전국적으로 확산되었던 것에도 원인을 찾을 수 있었다. 청년들의 신앙과 용기가 만세 첫날 거리로 뛰쳐나가게 만들었고, 그

것이 불쏘시개가 되어 다음날부터 전국적 시위가 일어났던 것이다. 이는 나중에 3·1 만세 의거로 인해 체포되어 실형을 받은 학생 240명 중의 120명이 기독교인이었고, 60명이 천도교인이었던 것을 보아도 알 수 있었다. 경북 재천의 신실한 기독교인 가정에서 태어난 김단야는 기독교계 대구 계성학교를 다니다가 미국인 선교사 교장이 일본인의 조선 지배를 지지하는 데 반발하여 동맹 휴학을 주동하였다가 퇴학당했다. 잠시 일본 유학을 거쳐 다시 배재학교에 다니던 중 3·1 만세가 터지자 고향 재천 개령면으로 달려가 만세 운동을 주동하다가 체포되어 태형 90대의 형벌을 받았다. 사흘에 걸쳐 엉덩이 살이 피죽처럼 찢어지도록 매질을 당한 후 풀려난 김단야는 상하이로 망명하였다.

여학생들과 여성들의 활약도 눈에 띄었다. 김규식의 부인 김순애가 파리강화회의 소식을 전하기 위해 상하이에서 경성으로 다녀간 이후 불이 붙었다. 일본에 서양화를 공부하기 위해 유학 중이던 신여성 나혜석은 2·8독립선언에 참여한 후 경성으로 다시 돌아와 이화학당의 김마리아, 박인덕과 함께 여학생들의 만세 시위를 이끌어냈으며 체포되어 서대문 형무소에서 6개월간 복역하였다. 이화학당 학생으로 시위에 참가했던 유관순은 3월 중순 고향 천안으로 내려가 만세 운동을 다시 준비하였다. 마침내 4월 1일, 병천 아우내 장터에서 수천 명의 인파가 모인 가운데 유관순은 가장 앞장서서 뛰쳐 나갔고 태극기를 흔들며 만세를 부르다가 체포되었다. 유관순은 일경의 비인간적인 끔찍한 고문 가운데에도 일절 흐트러짐 없는 순국의지를 불태우며 3·1운동 1 주기를 기해 옥중 만세를 주도하다가 고문으로 옥사하였다. 유관순과 함께 8호실 여성 감옥에 갇혀있던 7인의 수감자 중에는 이화학당 선배 권애라와 그녀에게 영향을 받은 개성 호수돈여학교 출신 어윤희, 신관빈, 심명철, 파주의 구세군 출신 임명희가 함께 있었고 수원 기생들의 만세 운동을 주도했던 김향화도 수감되어 있었다. 권애라는 출옥 후에도 여성 애국 운동을 벌였고, 중국으로 건너가 지하 독립 운동으로 지속하다가 1942년 관동군 특무대에 체포되어 혹독한 투옥 생활 중 해방을 맞이했다. 3월 31일, 수원 제암리 발안 장터에서 큰 시위가 일어났다. 인근 수촌리에서 흥분한 시위대와 경찰 사이에서 폭력 대결이 벌어졌고 시위에 대한 보복으로 일제 경찰들이 4월 5일 수촌리에서, 4월 15일 제암리에서 양민을 방화 학살하는 끔찍한 만행을 저질렀다. 제암리 교회에 양민들을 몰아넣고 포위한 경찰들이 창문을 통해 집중 사격을 한 후 불을 질러 살해한 일이 일어났다. 캐나다 선교사 스코필드 박사는 목숨을 걸고 그 현장을 취재하여 국제 사회에 만행을 알렸다. 그같은 탄압에도 불구하고 전국적인 만세는 그치지 않았고 3, 4월에 일어난 만세 시위만도 1,200회가 넘었다. 전국에서 200만 명이 넘는 인파가 파도처럼 들고 일어나 무단 정치로 몰아붙이던 일본 제국주의의 간담을 서늘케 하였다.

3·1만세 운동은 교세와 자금력이 앞선 천도교가 주도적으로 준비하고 조직력과 순교적 각오로 무장한 기독교가 첫날 만세로 불을 지폈으며, 이어서 전국 백성들이 노도와 같이 함께 들고 일어난 거족적 운동이 되었다.


40


거사 당일, 원산에서 사람을 보내 함흥으로도 독립선언서를 보내었으나 거사일을 맞추지 못하였다. 뒤늦게 서울과 평양, 원산에서 독립 만세가 터졌다는 소식을 들은 함흥에서는 고종의 인산날인 3월 3일, 만세가 터졌다. 그리어슨과 함께 왔던 맥래(마구래) 선교사와 그의 부인이 1903년 세운 함흥 영생여학교는 관북 지방에 세워진 최초의 여성 교육 기관이었다. 맥커런 교장 선생을 비롯 헌신적인 선생들이 인근 도시의 여성들을 모아놓고 예배를 드리며 기독교 교육을 하였고 신여성들을 배출하고 있었다. 원산의 만세 소식이 전해진 다음날 2일에 각급 학교 선생들이 믿을 만한 여학생들을 집으로 불러 독립선언서를 읽어주며 태극기를 만들었고, 그다음 날 수업 중이던 여학생들은 약속된 호루라기 소리와 함께 수업 시간에 책보를 싸 들고 거리로 뛰쳐나와 만세를 불렀다. 이웃한 영생중학교, 함흥 고보 남학생들과 제혜병원 직원들도 함께 가세하였고, 많은 여학생들이 거리에서 무자비하게 순사들에게 붙잡혀 투옥되었다. 첫날 투옥된 사람이 학생 88명, 일반인 46명이었다 하니 학생들이 주도하였던 시위라 해도 과언이 아니었다. 일경은 한 달간의 투옥 기간에 여학생들을 차례로 불러다 놓고 그들의 인생에 돌이킬 수 없는 모욕과 상처를 주었다. 수갑을 채운 채로 강제로 발가벗겨 놓고 온갖 추행을 다 하였고 반항하는 여학생들에게는 담뱃불로 지지고 모진 고문으로 몸을 망가뜨렸다. 그중에는 양가댁 규수로 곱게 자라 혼사를 앞둔 여학생도 있었다. 영생 여학교에서 예배 시간에 반주자로 선생들에게 너는 꼭 피아니스트가 되어야 한다고 총애를 받던 미모의 여학생 주세죽도 있었다. 인권 변호사 허헌의 활약으로 한 달 만에 석방이 되었으나 시위 참여자들은 모두 퇴학 처리가 되었고 한 번의 만세 시위는 그들의 인생을 바꾸어 놓았다. 그러나 모든 학생들이 거리로 뛰쳐나간 것은 아니었다.

"은혜를 모르는 조센징 빠가야로!"

몇몇 여학생들이 수업 중 뛰쳐나가자 일본 교사들이 소리를 질렀고, 그 고함 소리에 눌려 그 자리에 남아 주저앉아 버린 학생들도 있었다. 함흥 YMCA 이사이며 영생 학교 학감인 김창제 같은 이는 천도교와 연

운동가

합한 만세 운동은 하나님 뜻이 아니라며 만세를 거부하였다. 만세 운동이 끝나고 발가벗겨진 여학생들에 대한 주변 이웃들의 따가운 눈총을 견딜 수 없었던 주세죽은 결국 상하이로 음악 유학을 떠났고 상하이에서 만난 청년 박헌영과 결혼하여 독립운동가의 아내로 또한 공산주의자로 파란만장한 인생을 살게 되었다.

*

"선교사님, 급히 상의드릴 일이 있습니다."

성진 제동병원에서 환자들을 보고 있던 구례선 선교사를 찾아온 몇 사람이 있었다. 환자 진료 시에는 손님을 들이지 않도록 늘 주의를 주고 있었기에 그를 비서처럼 돕던 조선인 의사 김성우가 문을 열고 이들을 들인 것은 예사로운 일이 아님을 말해 주고 있었다. 구례선은 환자에게 필요한 조치를 취한 후에 내보내고 그들을 맞이했다. 그들은 구례선 목사와 함께 사역하는 강학린 목사를 비롯, 안성윤, 이효근 등 구례선 목사가 익히 잘 아는 욱정교회 성도들 다섯 명이었다.

"선생님, 함흥에서 며칠 전 큰 독립 만세 운동이 일어났다 함다. 들으셨슴까?"

"아니요. 처음 듣습니다."

목회와 병원을 돌보는 일에 여념이 없었던 구례선은 전혀 소식을 듣지 못하고 있었다. 그들 중 한 사람이 벌떡 일어나더니 복도에 나가서 문을 닫고 망을 보았다.

"경성과 평양, 의주에 이어 원산, 함흥에서 만세 운동이 일어났습니다. 저희 성진에서도 반드시 독립 만세를 외쳐야 합니다. 그래서 목사님께 긴히 부탁을 드리려고 왔습니다."

구례선은 놀라면서도 한편 이들이 자신을 찾아와 준 것이 고마워 가슴이 뭉클했다. 한일병탄 이후로 일제의 무단 통치가 가혹해질수록 기독교 선교사들은 그 같은 정치 상황을 외면하고 오직 교회 안에서만 예수 복음을 전하는데에 몰두하였기 때문에 그들로부터 복음을 받았던 조선의 기독교인들조차 점차 선교사들에게 등을 돌리고 있던 상황이었다. 그러나 구례선의 아주 특별한 조선 사랑은 항상 일본의 정책에 반발하고 조선인들을 감싸안았기 때문에 욱정교회 성도들의 신뢰가 매우 높았던 것이다.

"그래 내가 어떻게 도우면 좋겠소? 무슨 부탁이 있소?"

구례선은 약간 긴장하며 되물었다.

"지금 일제 순사 놈들이 성진에서도 만세가 일어날까 봐 매우 경계를 강화하고 있습니다. 낌새를 채고 욱정교회 인근에는 벌써 순사들이 깔려있습니다. 저희가 거사를 준비할 장소가 필요합니다. 함흥에서 받아가지고 온 독립선언문이 있는데, 그것도 인쇄해야 하고요. 목사님, 이 제동병원 회의실을 빌려주실 수 없으신지요?"

구례선은 잠시 고민했다. 조선인들의 독립운동에 자신이 직접 관여하여 도왔을 경우 닥쳐올 여러 가지 복잡한 문제들이 떠올랐다. 어쩌면 일본 정부에 의해 추방을 당할 수도 있을 것이다. 그러면 10년 동안 애써서 가꾸어 놓은 모든 사역의 기반들이 다 무너지고 어려움을 겪게 될지도 모른다. 그러나 그동안 그가 보아 왔던 일본인들의 강압 통치는 절대 묵과할 수 있는 도를 넘고 있었다. 애굽에서 노예로 시달리던 이스라엘 백성의 고통을 생각하며 그들의 부르짖음과 같은 조선인들의 절규를 그는 보고 듣고 느끼고 있었다. 무조건 도와야 한다. 그것이 하나님의 뜻이다. 구례선의 마음에 결심이 섰다.

"제동병원은 많은 사람들이 다니는 공공장소입니다. 결코 안전하지

운동가

도 않고 적합하지도 않습니다. 차라리 우리 집으로 갑시다. 그곳에 주보
를 찍는 등사기를 옮겨 놓고 작업을 하는 것이 더 안전할 것이오.”

구례선은 과감하게 자신의 집에서 성진 독립운동 준비를 하자고
제안했다.

“목사님, 정말 괜찮겠습니까?”

성도들이 이제 구목사를 걱정하기 시작했다. 설마 자신의 집을 열어
독립 만세 준비를 하자고 할 줄은 미처 몰랐던 것이다.

“염려 마오. 내가 들어가서 준비하고 있을 터이니, 오늘 어두워진 후
에 차례로 찾아오시오. 뭉쳐서 오면 눈에 뜨일 것이니 조심하시오.”


그날 구례선은 일찍 퇴근하여 아내 레나에게 그 사실을 먼저 고했다.
레나는 처음엔 겁이 나서 펄쩍 뛰며 반대를 했다.

“윌리엄 벌써 잊었어요? 우리가 러시아에 가서 한번 잡혀 죽을 뻔했
잖아요? 절대 조선 사람들의 정치에는 관계하지 마세요. 잘못하면 우리
가 쫓겨날 거예요.”

“레나, 내 말 잘 들으시오. 우리가 조선에 온 까닭이 무엇이오? 조선
사람들을 사랑하고 돕기 위해서 온 것 아니오? 지금 우리가 사랑하는
조선 사람들이 큰 곤경에 빠져 있는데, 이들을 외면하면 결코 하나님이
기뻐하지 않으실 것이오. 쫓겨날 때 쫓겨나더라도 이 일은 반드시 도와
야 하오.”

구례선의 강경한 태도에 레나는 금세 물러났다. 그리고 자신의 생각
이 짧았음을 곧 깨달았다.


그날 밤늦게 구례선 목사의 관저 응접실에는 그가 세운 욱정교회와
제동병원 그리고 보신중학교의 핵심 지도자들이 모여 밤늦게까지 의

논을 벌였다. 이왕 늦어진 만세이니 조직적으로 준비하여 거사를 치루기로 결정했다. 극비리에 믿을 수 있는 사람들을 동원하여 조직을 넓혀갔고 구례선의 안채에서는 매일 밤 독립선언서를 등사기로 밀어서 조금씩 배포하기 시작했다. 거사일을 10일로 정했다. 9일 욱정교회에 모여서 다 같이 주일 예배를 본 이후에 하나님께 모든 것을 맡기고 뛰쳐나가기로 한 것이다. 거사 전날, 구례선 목사는 예배 설교 시간에 "이제 동쪽 하늘에서 찬란한 빛이 비추어 하나님의 영광이 나타날 것입니다."라는 상징적인 메시지를 전하며 거사를 준비하는 성도들을 격려하였다. 구례선의 집에서 독립선언서가 3만 장이나 인쇄되어 나갔다. 성진뿐 아니라 인근의 도시들에게도 사람을 보내어 배포하기 시작했다. 소식에 어두운 함북의 여러 도시들이 성진의 만세를 통해 일어날 수 있도록 돕자는 것이었다.

3월 10일 오전 10시 성진 제동병원 앞에 약속된 군중들이 모여들기 시작하더니 5,000명을 헤아리는 큰 무리가 모였다. 오후 두 시가 되자 나팔 소리가 울려 퍼졌다. 나팔수는 얼마 전 조선 국민회 사건으로 장일환, 김형직과 함께 평양 형무소에 갇혔다가 얼마 전 출소한 배민수였다. 배민수의 아버지 배창근은 의병장으로 활약하다가 체포되어 서대문 형무소에서 이미 순국한 상태였다. 구례선과 함께 사역하는 욱정교회의 강학린 목사가 당당히 독립선언서를 낭독하고 공약 3장까지 읽은 후에 "조선 독립 만세!"를 3창하고 평화적인 행진을 시작했다. 너무나 큰 군중이 결집하여 움직이자 당황한 일경들은 어찌할 바를 모르고 지켜만 보고 있었다. 성진시의 각 거리마다 흩어져서 태극기를 흔들며 만세를 외쳤다. 시위는 오후에도 계속 이어졌고, 기독교계 학교 보신학교의 학생 40명이 앞장서서 일본인들이 진을 치고 있는 경찰서와 우체국, 상가

운동가

들 앞에 서서 담대하게 만세를 외쳤다. 구례선의 조수 김성우를 비롯한 수백 명의 욱정교회 교인들이 그 뒤를 따르고 있었다. 겁이 난 일본인들은 오히려 허둥지둥 몸을 피하기 바빴다.

시위는 그다음 날 11일에도 계속 이어졌다. 마찬가지로 제동병원 앞에 700여 명의 무리가 모여서 만세를 불렀다. 만세 소리는 성진의 하늘을 꿰뚫고 올라가듯 울려 퍼졌고 금세 시위대는 다시 수천 명으로 불어났다. 그러나 이날부터는 상부의 지시를 받은 일경들이 줄을 지어 대치하였고 신호에 의해 본격적으로 시위대를 탄압하기 시작했다. 경찰의 무자비한 발포로 시위대 앞에 섰던 한 사람이 그 자리에서 즉사했다. 큰 소동이 일어나자 칼과 소총으로 무장한 일제 경찰들이 시위대를 향해 달려들었고, 남녀노소를 가리지 않고 무자비하게 살육하기 시작했다. 도끼와 갈고리로 찍고 총으로 쏘고 일본도로 베는 살육전이 벌어졌다.

"이놈들, 멈춰라. 이 잔인한 놈들아. 내가 너희를 고발할 것이다."

구례선도 시위대와 뒤엉켜서 이리저리 뛰어다니며 막으려 했지만 이미 시위대는 난장판이 되고 말았다. 구례선은 처음에는 일본 경찰의 무자비한 폭력을 저지하며 사진을 연신 찍었다. 어떻게든 그들의 만행을 고발해야겠다는 심경이었다. 그러나 수많은 이들이 피를 흘리고 쓰러지자, 의사 구례선은 제동병원 직원들을 동원하여 그들을 업어 병원으로 실어나르기 시작했다. 제동병원은 순식간에 비명 소리와 신음 소리가 가득한 전쟁터가 되었고 구례선과 그가 키워낸 조선인 의사와 간호사들은 그들의 피를 멈추고 살리기 위해 이리 뛰고 저리 뛰면서 밤을 새워 치료했다. 병원 침대마다 자기가 돌보던 욱정교회 교인들이 신음하고 있었다. 거사를 함께 모의했던 욱정교회 장로 한 분이 다 죽어가는 자기 동생을 업고 병원으로 달려왔다. 총상에 두개골이 열려 숨을 쉬고 있는

데 가망이 없어 보였다. 보신중학교의 어린 학생들도 피를 흘리고 실려왔다. 제동병원은 곧 야전 병원이 되고 말았다. 그날 수많은 사람들이 체포되어 감옥으로 들어갔다. 감옥 안에 함께 붙들려간 김성우는 그 속에서도 부상자를 치료하느라 여념이 없었다.

성진면의 시위 소식은 인근 학동면과 학성면 사람들을 일으켰다. 학동면에서는 허씨 문중 사람들이 전부 들고일어나 온 거리를 누비고 다녔으며, 산골 마을 하천동 사람들은 산 위에 올라가 하루종일 북과 꽹과리를 치며 태극기를 흔들고 만세를 불렀다. 성진면의 이 시위는 기독교인들이 중심이 되어 일으킨 가장 큰 규모의 시위였을 뿐 아니라 선교사가 직접 모의에 관여한 유일한 시위이기도 했다. 성진의 만세 운동은 시위가 함경북도 전체로 퍼져나가도록 하는 방아쇠의 역할을 했으며 길주, 명천, 경성, 어랑, 청진, 회령으로 빠르게 북상하면서 군, 면 단위까지 파급되었다. 그리고 마침내 두만강을 넘어 북간도 지역까지 활활 타오르게 했다. 이 지역들은 10년 전 구례선과 리동휘가 3국 전도회를 만들어 짝을 이루어 마을 마을 찾아다니며 전도하던 그 마을들이었다.

3월 12일에 서간도에서 만세가 터졌고, 3월 13일에는 북간도 룡정에서도 대규모 만세가 터졌다. 룡정 서전 평야에서 2만여 명의 간도 한인들이 모여 '독립선언 포고문'을 낭독하고 만세를 부르기 시작한 것이다. 무오독립선언, 2·8 독립선언 및 기미독립선언에 이은 네 번째 독립선언이었다.

"우리 조선 민족은 민족의 독립을 선언하고, 민족의 자유를 선언하며, 민족의 정의를 선언하고, 민족의 인도를 선언하노라. 우리는 4천년 역사의 나라이고 2천만의 신성한 민족이었다. 그러나 (일제가) 우리 역사를 소멸하고 우리 민족을 타파하여 굴레를 씌우고 얽어매어 신음과 농락의 고통에 빠뜨린 지 10년을 헤아린다. (중략)… 우리 수도인 경성(서울)에서 독립 깃발을 먼저 들었으므로 사방이 파동(波動)하고 반도 강산은 초목금수가 모두 향응 공명한다. 우리 간도 거류 80만 민족도 혈맥을 멀리 잇고 마음과 뜻이 서로 통해 황천(皇天)의 부르심에 감격하고 기뻐하며 인류 계급에 동참하는 것이다."

간도의 대통령 김약연을 앞세워 구춘선 등 간민회 지도자 17인의 서명으로 발표된 포고문은 80만 간도 거민들을 대표하여 일제에 항거하는 선전 포고와도 같았다. 13일 정오 대회장인 김영학의 포고문 낭독과 공약 3장이 선언되자, 명동학교, 정동학교, 창동학교, 북일학교 학생들과 라자구사관학교 졸업생들로 구성된 철혈광복단 등 민족 교육의 산실 북간도 일대 12개 민족 학교 학생 및 교사들로 이루어진 충렬대가 태극기를 흔들며 만세를 부르고 일본 영사관을 향해 평화 행진을 시작했다. 중국 땅이었지만 일본 총영사관 치외법권 지역의 서전 평야에 집결한 흰옷 입은 무리들을 향해 일본 정부의 사주를 받은 중국 군대가 발포를 시작했고, 그 자리에서 열 명이 즉사했다. 사망자와 부상자가 속출하였고 캐나다 선교사들의 거주 지역 안에 세워진 제창병원은 곧 신음하는 시위대들로 가득 찼다. 영국더기(영국인들이 사는 언덕받이)라고 불리던 치외법권 지역까지는 중국인과 일본인들이 쫓아 들어올 수 없었기에 제창병원과 은진중학은 평상시에도 독립운동가들의 피신처가 되어 왔었다.

1907년 평양의 큰 부흥 이후 구례선과 이동휘가 차례로 방문하며 간도 부흥을 일으켰고, 캐나다 장로교회는 구례선의 요청을 받아 회령 선교부에 이어 룡정 선교부까지 설립했다. 북간도 룡정 지역에 몰려있는 조선인들을 조선 선교의 대상으로 정식 인정한 것이었다. 1913년 토론토대학 출신 바커(박걸) 선교사가 회령 선교부에서 옮겨와 룡정 선교부 책임을 맡은 이후 제창병원과 은진중학교, 명신여학교를 차례로 설립하였다. 그는 의사 마틴을 불러와 제창병원의 책임자로 앉혔고, 30병상과 X-ray 까지 갖춘 근대식 병원으로 키워놓고 있었다. 3·13 독립 만세를 준비하면서 제창병원 지하실에서 독립선언 포고서를 인쇄하는 등 제창병원은 북간도 독립운동의 구심점 역할을 했다. 바커와 마틴은 3·13 만세 운동 시에 자전거를 타고 다니며 부상자들을 실어 날랐고 헌신적으로 부상자들을 치료하고 보호하는 한편, 학살 현장의 사진을 찍어 일제의 만행을 국제 사회에 폭로하는 데에도 앞장섰다. 더구나 부상자들을 수술하는 과정에서 뽑아낸 탄환들이 모두 일제인 것을 밝혀내어 중국 군대를 앞세운 일제의 만행인 것을 밝혀내기도 하였다. 4월 말까지 연변 일대 각처에서 일어난 만세 시위는 무려 58차례에 이르렀으며 86,000여 명이 참여하였다. 3·1운동에 이은 3·13만세 운동은 중국인들을 크게 자극하여 5·4운동을 일으키는 촉발제가 되었다.

그러나 간민회의 김약연, 구춘선 등이 앞장서고 기독교인들이 주축이 되어 일으킨 비폭력 평화시위가 일본의 폭력진압으로 좌절을 겪으며, 간도 사회에서는 무장독립운동의 필요성이 더욱 강하게 부상하였다. 그와 때를 맞추어 밀려들어 온 사회주의, 공산주의 사상의 물결 속에서 민족 교육의 산실이었던 명동학교와 은진학교 등에서도 반기독교 운동이 빠르게 퍼져나가기 시작했다.

*

3월 18일, 성진 만세가 일어난 후 첫 주일이 되었다. 구례선 목사가 예배를 위해 단상에 서니 교회가 썰렁하게 비어 있었다. 평소에는 꽉 들어차서 앉을 틈이 없었던 욱정교회였다. 강학린 목사와 배민수를 비롯하여 그의 조수 김성우까지 제동병원과 보신학교의 직원 학생들 중 많은 사람들이 유치장에 들어가 있었다. 구례선 선교사 역시 그동안 경찰서에 불려가서 조사를 받았다. 취조하던 순사는 성경의 로마서 13장 1절을 들이대며 큰소리쳤다. 을사늑약 이후로 이토의 지시로 말단 순사들조차 이 성경 구절은 다 외우고 있었다.

"당신들이 믿는 성경에도 위에 있는 권세에 복종하라고 씌어 있지 않소? 모든 권세가 다 가미사마로부터 나온 것이라 하지 않았소? 그런데 왜 당신은 조선 사람들에게 이걸 제대로 가르치지 않는 것이오? 당신과 함께 모의한 조선 사람들을 다 대시오."

"나는 모른다. 내가 아는 것은 지금 너희 일본이 저지르고 있는 만행은 하나님으로부터 온 것이 아니라는 것이다."

"이렇게 협조를 안 하면 당신도 한패가 되어 유치장에 들어갈 수 있어."

"의를 위하여 핍박을 받는 자는 복이 있나니 천국이 그들의 것이다… 이 예수님의 가르침을 들어보지 못했느냐? 너희 나라가 외국에 강제로 점령당해 핍박을 받는다면 너희는 가만히 있겠느냐?"

구례선은 물러서지 않았고 맞받아 소리를 질렀다. 그때 그의 머릿속에 동휘의 얼굴이 스쳐 지나갔다. 일경은 그를 회유와 협박으로 몰아붙였지만 아무것도 얻지 못했다. 결국 동맹국 영국의 연방국 캐나다인을 손댈 수 없어서 자정 무렵 방면하였다.

그날, 구례선은 보이지 않는 성도들의 이름을 불러가며 눈물로 하나님의 말씀을 전했다. 모진 고문을 당하고 있을 성도들을 생각하니 견딜 수가 없었다. 축도를 마친 구례선은 달음박질치듯 본당 밖으로 뛰어나 갔다. 교회 현관 안에 딸린 작은 문을 열고 빙글빙글 도는 철제 사다리를 타고 뾰족한 교회 종탑 위로 기어 올라갔다. 새벽 기도를 위해 아침마다 울리던 종이었다. 그러나 주일 예배를 마치고 올라가기는 처음이었다. 종탑 위에 서니 나지막한 조선 초가집들이 옹기종기 모여있는 앙증맞은 풍경 너머 멀리 흉물스런 성진 경찰서 건물이 눈에 들어왔다. 구례선은 미친 듯이 종을 치기 시작했다. 옥에 갇힌 성도들의 얼굴을 떠올리며 그들이 이 종소리를 듣고 힘을 얻을 수 있도록 있는 힘껏 종을 쳤다. 그의 이마에서 구슬땀이 흘러내렸다.

"하나님 불쌍한 조선 백성을 구원해 주옵소서. 저 악한 일본인들이 이 땅에서 물러가게 도와주옵소서."

쉴 새 없이 종을 치는 구례선의 얼굴에서 땀과 눈물이 범벅이 되어 흘러내렸다. 동네 산기슭마다 흐드러진 개나리가 활짝 피어 있었다. 그날따라 성진의 푸른 창공은 멀리 수평선과 맞닿아 입을 굳게 다물고 있었다.

*

캐나다 장로회 선교부는 3·1만세 운동의 격동이 물러간 후 7월 10일, 일제의 만행을 엄중히 경고하고 항의하는 내용을 조목조목 문서로 작성하여 당시 조선 총독 하세가와에게 제출하였다.

"우리는 일본정부가 취한 부당하고 비인간적인 방법에 대해 강력한 항의를 표시합니다.

운동가

– 무방비한 남녀, 어린이에게 사격과 총검질을 가함

– 일본 민간인이 조선인을 곤봉으로 때림

– 총과 갈고리로 무장한 소방수가 평화적 시위자들에게 야만적인 공격을 가함

– 부상당하거나 죽어가는 시위자를 변명할 수 없을 정도로 방치함

– 혐의자를 재판 전에 매우 비위생적인 상태로 구류함

– 경찰 심문 중에 가혹한 고문을 행함

– 범죄자를 경찰이 야만스런 구타(태형)로 처벌함

– 마을을 불태우고 멋대로 재산을 파괴함

– 제암리 학살을 저지름

– 전 사회를 공포에 떨게 한 잔인한 방법

– 기독교인에 대한 부당한 차별 등."


3·1운동 이후 많은 나라의 선교사들이 일제 만행을 규탄하였지만 문서로 항의한 나라는 캐나다가 거의 유일했다. 뒷날, 제암리 학살 현장을 사진으로 찍어 일제의 만행을 국제 사회에 밝힌 스코필드(석호필) 박사와 함께 바커(박걸), 마틴(민산해), 그리어슨(구례선)은 모두 3·1운동을 도운 캐나다 선교사로서 대한민국 정부로부터 독립 훈장을 받았다.

(2부 끝)

<좌우를 아우르며 엄선된 인사들의 서평 및 추천사들 >


**추천 서평**      화해와 통합을 위한 역사/력사의 재발굴 : 소설로 풀어 쓴 역사교과서

반병률 (한국외국어대학교 사학과 교수)


**추천사 上**      사랑과 열정으로 빚어낸 여명과 혁명, 그리고 운명 (송영길 국회의원)

미래를 향한 용서와 치유의 서사 (안도현 시인)

운명같은 이 책, 꼭 한번 읽어 보세요 (김진향 개성공단 이사장)

불꽃의 사람, 미스터 선샤인 씨유 어게인 (김우현 다큐 감독)

감춰진 보물의 발굴, 꿈꾸는 미래의 통일 (강준민 새생명비전교회 목사)

감동과 기적을 만드는 사람 (장순흥 한동대 총장)

활과 화살이 만나야 활시위를 당길 수 있다 (정세현 전 통일부 장관)


**추천사 下**      민족의 희망을 일으키는 역사의 대서사시 (이후정 감신대 총장)

분단의 벽을 넘나드는 참 자유인, 정진호 교수 (방인성 하나누리 대표)

읽고 났을 때 가슴이 찡한 이유 (정태헌 고려대 역사학 교수)

이동휘와 정진호, 통일을 위한 독립운동가 (한석현 NEAFC 이사장)

역사의 고삿길에서 찾아낸 화해의 단초 (김기석 청파감리교회 목사)

통일을 위한 사랑의 원자탄 (손명원 손컨설팅 대표 – 손정도 목사 손자)

어둠을 밝히는 한 줄기 빛 (김기석 성공회대 총장)

# 추천 서평

## 화해와 통합을 위한 역사/력사의 재발굴 : 소설로 풀어 쓴 역사교과서

반병률 (한국외국어대학교 사학과 교수)

『여명과 혁명, 그리고 운명: 구례선과 리동휘, 그리고 손정도』의 작가 정진호 교수는 짧은 문자 메시지로 자기를 소개했다. 첫 통화에서 정 교수는 이동휘 선생을 '발견'하고 그를 주인공으로 한 역사 소설을 쓰게 된 동기를 설명하였다. 중국의 연변, 북조선 평양, 그리고 캐나다 토론토와 미국 등지를 오가며 활동하면서 이동휘라는 인물에 주목하게 되었다는 것이다.

20여년 전에 출간된 『성재 이동휘 일대기』(1998, 범우사)를 비롯한 필자의 웬만한 글들을 모두 읽었다고 했다. 정 교수가 보내준 소설 초고를 읽으면서 한국 근현대사에 관한 필자의 생각을 명쾌하게 정리하고 있었음을 알고 감탄하였다. 필자의 글들을 이처럼 꼼꼼하게 읽어 준 역사학자가 있을까. 유감스럽게도 없다. 필자의 제자들까지도... 진심으로 감사할 뿐이다.

그는 소설의 주인공으로 로버트 그리어슨(구례선)선교사, 이동휘 선생, 그리고 손정도 목사 세 분을 선택하였다. 이들 세 분을 선택한 그의 역사적 안목이 심상치 않다. 이분들에 대한 개별적인 호감 이상으로 한국 근현대사를 꿰뚫고 있는 그의 깊은 통찰력과 문제의식을 짐작할 수 있다. 그의 남다른 삶의 역정과 민족에 대한 그의 실천적 고민에서 비롯되었을 것이다. 한마디로 한국 근현대사에 대한 그의 지성적 내공이 만만치 않음을 느꼈다.

438

그는 이 역사 소설을 집필한 목적을 다음과 같이 말했다.

"'구례선과 리동휘, 그리고 손정도'로 상징되는 력사/역사의 재발굴은 분열의 근대사를 회복하고 바로 세우는 중요한 경첩이 될 것이다. 그들이 민족의 독립과 해방을 위해 아프게 투쟁하며 살았던 여명과 혁명과 운명의 이야기를 풀어내려는 것이다."

그는 "한국 근현대사는 한마디로 외세의 침략에 반응하여 우리 민족 내부에서 일어난 사분오열의 역사였다"라고 선언한다. 그는 또한 이러한 "분열과 분단"의 역사가 "개인과 가정과 집단 그리고 민족 공동체 전체를 병들게 했다"라고 진단한다.

그는 기독교와 공산주의가 "우리 민족의 분열과 분단의 역사에 가장 큰 영향과 역할과 책임을 안고 있다"라고 했다. 그런데 소설의 세 주인공들은 모두 기독교인이다. 이에 더하여 이동휘는 사회주의 내지 공산주의 운동의 선구자로 평가되고 있는 인물이다. 이들 세 분에게 "분열과 분단"의 한국 근현대사에 영향과 책임의 일단이 있다는 말인가? 물론 아니다. 역설적이게도 정 교수는 역사 소설을 통해서 이들이 사회와 민족의 통합과 연대를 위해 싸웠던 대표적인 인물임을 보여주고 있다.

세 분은 타의 추종을 불허할 정도로 사회와 민족에 대한 책임감과 헌신적인 삶을 보낸 이들이다. 개인의 명예와 출세보다 사회와 민족을 우선시했다. 그리어슨 박사는 캐나다 장로교 선교사로서 한말 이후 1930년대 초까지 함경도, 북간도, 연해주 일대를 무대로 선교 활동을 했던 분이다. 3·1 운동 당시 일본인 군인들을 꾸짖을 정도로 그의 반일 의식은 누구 못지않게 철저했으며, 사회와 민족에 대한 기독교의 책임을 강조했다. 1960~70년대 반독재 민주화 운동과 민중 운동을 이끌었던 진보적인 한국 기독교의 씨앗을 뿌린 선교사들 가운데 한 분이다.

그는 1909년 구국의 방안을 기독교에서 찾고자 찾아온 고급 장교 출신의 이동휘를 성경 매서인으로 받아 주어 그의 애국 연설 활동을 지원했고 1913년에는 이동휘의 해외 망명을 기획하고 주선했다. 그리어슨 선교사는 후일 자신의 선교 수기에서 이동휘와의 만남을 "운명의 5년간"이라며 감격스러운 필치로 회상했던 것이다.

이동휘는 한말 민족운동에 투신한 이래 해외 망명 후 북간도와 러시아에서 지방 파쟁과 이념의 차이를 뛰어넘어 초지일관 통합을 지향했던 인물이다. 그의 진면목은 그의 반대파들에 의해서 크게 왜곡되었으며 오늘날까지도 그 잔재가 강하게 남아 있다.

또 다른 주인공 손정도 목사는 중국 상하이의 대한민국 임시정부에서 제2대 임시 의정원 의장을 지낸 분이다. 이른바 통합 임시정부(1919.11.3~1921.2.24)에서 이동휘는 국무총리로, 손정도 목사는 의정원 의장으로, 요즈음 표현으로 내각 수반과 입법부 수장으로 임시정부를 이끌었던 동지였다. 손정도 목사는 임시 의정원과 임시정부에서 자신을 내세우기보다 통합을 위해 활동한 대표적인 인물이다. 일례를 들면, 1921년 이동휘의 탈퇴로 통합 임시정부가 붕괴되고 가까웠던 안창호를 비롯하여 김규식, 남형우, 유동열 등이 탈퇴한 기호파 중심의 임시정부에 남아 임시정부를 지켰던 것이다.

또 하나의 공통점이라면 이들은 한국 근현대사에서 의미 있고 비중 있는 족적을 남겼음에도 불구하고 일반 사람들에게 잘 알려져 있지 않다는 점이다. 정 교수는 이승만과 김구는 알아도 이동휘, 김립, 전덕기는 모르고, 선교사들 가운데서 언더우드, 아펜젤러, 스코필드는 알아도, 스크랜턴이나 그리어슨은 알지 못한다고 질타한다. 신흥무관학교는 알아도 라자구사관학교에 대해서는 무지하다고 꼬집는다. 여전히 우리 사회의 역사의식이 매우 편중되고 낮은 수준에 있음을 지적하고 있는 것이다.

정 교수는 소설가도, 역사학자도 아닌 공학도이다. 그러나 이미 여러 권의 저서들을 출간한 바 있어 상당한 독자층이 형성되어 있는 문필가로서 정평이 나 있는 것으로 알고 있다. 놀라운 것은 정진호 교수는 역사학도가 아님에도 역사학도 이상으로 역사를 이해하는 눈을 제시한다는 점이다. 남북의 대립적 또는 차별적 역사 인식에 대하여 "력사는 역사를 알아야 하고 역사는 력사를 배워야 한다"라고 강조한다. 이 땅의 역사학자들과 대중들에게 거리낌 없이 던지는 경종이 아닐 수 없다.

『여명과 혁명, 그리고 운명 : 구례선과 리동휘, 그리고 손정도』는 단순한 문학 작품이 아니다. 역사 소설의 형식을 빌린 훌륭한 역사 교과서라 할 수 있다. 공학도가 대충 쓴 소설이 아니고 역사적 고증이 비교적 탄탄한 작품이다. 한국 근현대사를 올바르고 균형 있게 이해하고자 하는 이들에게 좋은 교훈을 줄 수 있을 것으로 기대한다. 유려한 문장력과 뛰어난 표현력 덕택으로 딱딱한 역사를 소재로 하고 있음에도 가독성이 매우 높은 작품이다. 거칠 것 없이 매끄럽게 읽힌다. 한국 근현대사에서 중요하지만 알려지지 않았던 인물과 사건들이 한층 생동감 있게 감동적인 모습으로 그려져 있다.

상권의 감동을 넘어 하권에서는 독립운동사의 가장 아픈 역사, 통합임시정부의 형성과 분열과정 및 자유시 참변의 내막이 잘 묘사되어 있다. 그러나 이 책의 마지막은 그 비극을 극복하고 우리 민족이 이제 함께 가야할 화해와 용서의 길을 제시한다. 그뿐 아니라 분단의 세월을 뛰어넘는 21세기 미래적 비전까지 보여주고 있다. 제4부에는 냉전시대를 살아온 기성세대가 다 이루지 못한 통일의 길, 그러나 그 길을 이어받아 실크로드를 향해 달려갈 2030 젊은이들의 꿈이 흥미진진하게 펼쳐진다.

정 교수가 기대하는 바 한국 근현대사에 드리워져 있는 분단과 분열의 뿌리에 대해 이해하고자 하는 이들에게, 그리고 이러한 분열의 역사를 청산하고 남과 북이 하나가 되는 새로운 역사를 갈망하는 모든 이들에게 기쁜 마음으로 일독을 권한다. 아울러 "핵전쟁의 위협과 평화통일의 염원이 어떻게 맞닿아 있는지, 그것을 극복하기 위한 방안까지 모색"하게 되는 그의 후속 작품을 기대한다.

# 추천사

## 정진호 교수의 사랑과 열정으로 빚어낸 <여명과 혁명, 그리고 운명>

송영길 (국회의원, 외교통일위원회 위원장)

1907년 대한제국 군대가 해산된 이후 군복을 입고 어린 소년들과 총을 겨누고 서 있는 대한제국 말 의병들의 사진이 중고등학교 역사 교과서에 실려있다. 이 사진 한 장으로 을사늑약 이후 한일 강제 병탄까지의 2천여 회 넘게 싸웠던 의병들의 피어린 역사가 복원되었다. <미스터 션샤인>이란 드라마를 통해서 김은숙 작가의 탁월한 상상력과 간결한 대사가 최고 시청률로 국민들에게 알려졌다. 정진호 교수가 제2의 김은숙 같다는 느낌이 든다. 이 책을 통해 대한제국의 성립과 멸망의 역사가 생생하게 다가온다. 동쪽을 빛나게 만들라고 이름을 지어주었다는 애국자 이동휘의 모습이 선명하게 살아나는 것 같다. 그 시절 이동휘와 같은 독립운동가의 열정과 헌신이, 독실한 크리스천으로서 분단된 민족의 통합을 위해 연변과기대를 개척하고 마침내 평양과기대 설립의 기적을 이끌어낸 정진호 교수의 열정과 사명으로 그대로 투영된 것 같은 책이다. 미국과 캐나다의 선교지가 평안도와 함경도로 각기 분할되면서 예수와 그리스도가 분화되고 이것이 보수 기독교와 진보 기독교로 나누어지는 배경을 이렇게 심도 깊게 분석하는 책은 처음인 것 같다. 이 보수와 진보의 분열이 해방 공간과 오늘날 광화문 태극기 집회에 이르기까지 이어지며 우리의 발목을 잡는 것 아닌가? "아는 만큼 보인다"는 말처럼 이 책을 읽고 대한제국의 역사를 보면 안 보이던 것들이 새롭게 보인다. 함경도 북간도 선교를 담당했던 그리어슨(구례선) 박사의 이야기나 라자구사관학교에 관한 이야기는 처음 듣는 이야기였다. 더욱 놀라운 것은 이 책이 지닌 스케일의 광대함과 디테일의 세미함이었다. 러일전쟁 시 정로환이란 약의 유래부터 을미사변과 아관 망명을 둘러싼 치열한 첩보작전 이야기 등 역사적 장면 장면의 세미한 묘사에서부터 을사늑약, 대한제국 멸망, 3·1운동과 임시정부를 전후한 민족사의 격동의 흐름에 이르기까지 파란만장한 독립운동의 역사 드라마를 살아 있는 언어로 입체적으로 재현시켜 준 이 책의 일독을 꼭 권하고 싶다. 여명과 혁명, 그리고 운명의 한반도는 지금도 역사의 아픔 속에 희망을 안고 연단의 광야를 걸어가는 중이다.

## 미래를 향한 용서와 치유의 서사

안도현 (시인, 단국대 교수)

정진호 교수는 심장이 누구보다 뜨겁게 뛰고 있는 분이다. 그의 심장은 그의 발걸음에 강력한 엔진을 달아 서울, 평양, 연변, 토론토, 포항을 종횡무진 달리게 하고, 급기야 공학자인 그에게 역사 소설 작가로서의 역할을 맡겼다. 문장은 망설임 없고 원래의 사실을 빙빙 돌려 말하지도 않는다. 이 소설은 우리 민족이 왜 분열과 분단의 상처를 지니게 되었는지 그 뿌리를 분석해보려는 작가 정신에서 출발한다. 작가는 한 시대를 울리며 간 역사적 인물들을 통해 분단의 근원을 찾아내고 갈등과 반목이 결국 우리의 발목을 잡고 있다는 점에 주목한다. 소설은 과거의 역사적 인물들을 다루는 역사 소설의 형식을 취하고 있지만 작가의 시선이 정작 향하고 있는 곳은 우리에게 도래할 미래의 시간이다. 이 열정적인 용서와 치유의 서사가 분단의 현실을 안주하며 사는 이들에게는 아픈 자극제가 되기를, 성장하는 우리의 미래 세대에게는 통일의 길을 알려주는 통쾌한 길잡이가 되기를 바란다.

## 운명같은 이 책, 꼭 한번 읽어 보세요

김진향 (개성공업지구 지원공단 이사장, 한반도 평화경제회의 상임의장)

이 책, 꼭 읽어보셔야 합니다. 정진호 교수의 이 책, <여명과 혁명, 그리고 운명>은 대한민국 국민들이 누구나 꼭 읽어보아야 할 책입니다. 이 책은 우리 민족을 고통 가운데 몰아넣은 남북 분단의 이유를, 그 이전의 일제 식민의 역사, 그리고 또 그 이전 구한말의 비극적 민족사를 통해, 그 분열의 뿌리를 너무나 흥미롭게 그러나 가슴 아프게 풀어갑니다. 책의 여러 곳에서 정진호 교수님의 삶을 보는 듯하여 마음이 참 간단치 않았습니다. "... 그리고 식당 안에는 다시 침묵이 찾아왔다. ..." 이렇게 시작되는 서문, 정진호 교수님의 대학시절 한국의 민주주의는 그렇게 철저하게 짓밟히고 무거운 적막 속에 내동댕이쳐지고 수많은 회피적 방관 속에서 눈물 흘리고 있었습니다. 마찬가지로 분단체제의 폭압 속에서, 평화와 통일도 그렇게 금기의 영역에 갇혀 암흑 속에서 구조적으로 방치되고 왜곡되고 유린되었습니다. 분단과 통일문제를 연구하다 보면 반드시 만나게 되는 역사가 일제 식민의 역사입니다. '통일운동은 독립운동이다!' 이는 수많은 독립운동가들이 해방 이후 분단을 반대하며 외쳤던 민족사적 명제입니다. 그 연장선에서 정진호 교수님은 독립운동가의 인생을 살고 계십니다. 역사 속 많은 독립운동가들이 그리했듯이 자신의 화려한 과거를 버리고, 통일운동에 자신의 인생을 거셨습니다. 그 길이 민족 공동체의 근본 불행과 근본 행복을 만드는 것이기에 그만한 가치가 있다고 판단한 것입니다. 이 책은 그런 고뇌의 산물입니다. 일제 식민지배의 현재 진행형적 속성을 가지고 있는 분단체제가 구조적으로 가르쳐주지 않았던, 오히려 왜곡하고 오도했던 부분까지, 매우 의미 있는 인식의 지평을 열어줄 것이라 확신합니다. 남북의 통일이 진정한 광복이라는 것, 진정한 해방임을 결코 잊어서는 안되겠습니다. 이 책을 읽다 보면 잘못된 인식의 부끄러운 자화상들을 돌아보게 하고, 불편한 진실과 마주치는 고통이 있지만, 마지막 결론은 화해와 하나됨의 미래적 소망과 큰 기쁨으로 우리를 안내할 것입니다. 정진호 교수님의 이 고뇌에 찬 그

추천사

수고 앞에, 역사와 우리 공동체의 이름으로 큰 존경과 감사의 마음을 전합니다. 이 책이 많은 국민들 속에서 깊이 있게 널리 나누어질 수 있기를 간절히 바랍니다. 이 책, 꼭 한번 읽어보세요.


## 불꽃의 사람, 미스터 선샤인 씨유 어게인

김우현 (작가, 다큐멘터리 감독)


오랜만에 소설을 읽었다. 그것도 '역사 소설'이다. 역사상 가장 짙은 분열, 갈등, 증오와 대립의 이 시대가 공학도요, 통일 운동가, 선교사인 저자의 마음에 고통을 안기어 이런 엄청난 소설을 쓰게 하였다. 그래서 솔직히 소설적 재미는 생각지 않고 무심히, 약간은 의무적으로 읽기 시작하였다. 그러나 예상과 달리 처음부터 강한 흡인력으로 달려갔다. 한 사람이 대의를 품고 생을 치달아 간다는 것은 얼마나 장대하며 지난한 투쟁인가! 작가가 발굴하고 해석해 낸 주인공들이 진정한 '자유와 해방'을 위해 자기를 부인하며 눈물로 씨를 뿌리는 과정을 따라가며 그런 생각을 했다. 엄청난 역사적 사료들이 치밀한 구조로 엮여 하나의 주제를 향하여 전개되지만 주인공 각자가 가진 자유를 향한 뜨거운 진실이 쉽게 멈추지 못하게 만드는 대하 소설적 재미가 크다. 개인적으로 드라마 '미스터 선샤인'을 읽는 듯 했다. 스타일은 다르지만 뜨겁게 내 안에 타오르는 '불꽃'을 일으킨 것이다. 진정으로 독립된 조국, 온전히 '하나'인 '그 나라'에서 씨유 어게인... 몇 번을 울었다. 그리고 작가가 민족의 진정한 '하나 됨'을 갈망해 지난한 분투를 해 온 '장정'과 '애통'이 주인공들과 겹쳐 수차례 울컥하였다. 이 소설은 과거만 탐구한 것이 아니다. 이 괴기하도록 혼돈한 시대에 진정한 '샬롬'으로 구축된 '새 하늘과 새 땅'에 대한 진정한 전망을, '오늘'의 상황을 이기는 에너지로서의 '어제'를 치밀히 재구성한 것이다.

## 감춰진 보물의 발굴, 꿈꾸는 미래의 통일

강준민 (새생명비전교회 담임목사)

저자가 이번에 내놓은 작품은 역사 소설이다. 저자는 탁월한 공학도이며, 교수이며, 저술가다. 연변과기대와 평양과기대 설립에 기여한 개척자다. 공학도가 이토록 방대한 역사 소설을 쓴다는 것은 경이로운 일이다. 역사 소설은 치밀한 연구와 분석과 올바른 역사 이해가 생명이다. 또한 균형 감각이 중요하다. 어느 편에도 치우치지 않는 평정심으로 역사를 바라볼 때 역사 소설은 빛을 발하게 된다. 물론 완벽한 균형을 기대하는 것은 무리다. 누구나 역사를 해석하는 안경을 가지고 있기 때문이다. 하지만 저자는 최선을 다해 치우치지 않는 안목으로 이 소설을 썼다.

저자는 연변과 북한과 캐나다에 머무는 동안 한국의 근현대사를 깊이 연구하는 중에 우리 민족이 현재 직면하고 있는 문제의 근원을 찾아냈다. 근원을 살핀다는 것은 문제의 원인을 살피는 것이며, 해결책을 찾는 작업이다. 뿌리를 찾는 것은 우리 민족의 미래의 씨앗을 심는 일이다. 특별히 저자는 그동안 감춰진 캐나다 선교사들의 이야기를 들려준다. 그들이 우리 민족의 독립과 사회적 변화에 끼친 영향력을 밝혀 준다. 이 책은 우리 민족의 근현대사와 한국 초대 교회 이야기를 상세히 기록하고 있다. 우리 민족을 중심으로 한 전쟁사도 함께 담아냈다. 저자는 정말 놀라운 섬세함과 공교함으로 수많은 인물들을 소개하고, 그들의 배경과 성장 과정을 기록하고 있다. 엄밀한 의미에서 역사는 인물이다. 그 인물들이 남긴 유업과 영향력이 역사다. 저자는 특별히 감추인 보물을 찾아내듯이 우리에게 낯선 구례선과 이동휘, 그리고 손정도를 중심으로 역사 소설을 전개한다. 저자는 우리 민족이 현재 직면하고 있는 분열과 분단을, 역사 속에서 그 원인이 무엇인지를 밝힌다. 저자는 이 책에서 우리 민족의 독립을 위해 생명을 내걸고 싸운 인물들의 헌신을 기록하고 있다. 눈물겨운 스토리다. 또한 저자는 사건과 인물들의 역사 너머에서 섭리하시는 하나님의 역사를 기록하고 있다. 하나님이 어떻게 우리 민족을 인도하고 섭리하고 계신지를 보여준다. 하나님이 우리 민족

추천사

의 고난을 낭비하지 않고 선용하고 계심을 보여준다. 저자는 우리 민족의 염원인 통일을 동경하며 이 소설을 썼다. 이 책 속에서는 저자의 애환과 열정과 눈물과 땀이 함께 담겨 있다. 민족 통일을 위해 마음에 품은 기도가 담겨 있다. 어두운 터널 후에 전개될 우리 민족의 밝은 미래를 꿈꾸는 저자의 소원이 담겨 있다. 이 책 속에는 역사를 움직이시는 하나님의 손길이 담겨 있다. 그래서 우리에게 희망을 품게 한다.

## 감동과 기적을 만드는 사람

장순흥 (한동대학교 총장)

정진호 교수를 처음 만나고 10여 년의 세월이 흐른 2018년, 한동대를 다시 방문한 그를 만나게 되었다. 예전이나 그때나 그는 분단된 조국의 하나됨을 위해, 민족의 통일을 위해 열정을 쏟아붓는 모습 그대로였다. 긴 세월 동안 변함없는 그의 모습 속에서 우리 대한민국의 통일이 어쩌면 금방 우리 곁에 다가올 수도 있겠다는 희망을 보게 되었다. 이번에 출간하는 이 책을 통해 그는 남남 갈등과 남북 분단으로 나뉘어진 우리 민족 공동체가 다시금 하나로 뭉칠 수 있는 계기가 되기를 바라고 있다. 나 또한 이 책을 통해 우리 민족의 통일이 하루라도 앞당겨지는 초석이 되기를 함께 기대해 본다.

## 활과 화살이 만나야 활시위를 당길 수 있다

정세현 (민주평통 수석 부의장, 전 통일부 장관)

정진호 교수의 신작 역사/력사 소설의 추천사를 쓰게 된 것이 개인적으로 무척 기쁘고 뜻 깊다. 그는 연변과기대와 평양과기대에서 인생을 헌신하여 남과 북의 하나된 나라를 후대에 물려주려는 초지일관 통일의 꿈을 꾸고 달려온 사람이다. 국립외교원장 김준형 교수에게 소개받아 그가 시작한 한동해 포럼의 자문위원이 되었지만, 막상 그를 처음 만난 것은 인천에서 열린 국제해양포럼에서였다. 해양물류의 전문가도 아닌 그가 토론자로 초청받아 짧은 시간 내에 그가 살아온 인생역정과 비전을 쏟아내는 동안 두 가지 면에서 큰 울림이 있었다. 미국 MIT 대학의 연구원으로 안정된 생활을 할 수 있었던 그가 아내와 아이들을 데리고 연변과 평양에서 살아온 특별한 인생도 감동이었지만, 통일을 위해서는 먼저 분열의 근현대사를 알아야 한다며 남과 북의 역사를 꿰뚫어 보는 그의 통찰력이 더 놀라웠다. 그의 확신에 찬 강연은 마치 정치가의 웅변적 연설처럼 마음을 움직이는 힘이 있었던 것이다. 북핵 문제와 더불어 갑자기 다가온 포스트 코로나 시대가 오히려 우리 민족에게는 상생과 연합을 통해 통일로 나아갈 수 있도록 하는 기회요인이 될 수 있다는 그의 꿈이 정말 실현되기를 바란다. 활과 화살이 맞닿아야 시위를 당길 수 있듯이, 남과 북이 만나는 결단이 먼저 있어야 미국과 중국을 아우르는 다자외교를 통해 통일을 향한 화살이 날아갈 것이다. 역사의 활과 화살을 다시 만나게 하는 그 일에 이 소설이 크게 쓰임받을 수 있기를 소망하며 기대한다.

추천사

그림1. 독립운동 학교 및 단체

그림2. 북간도 연해주 독립운동 거점 약도

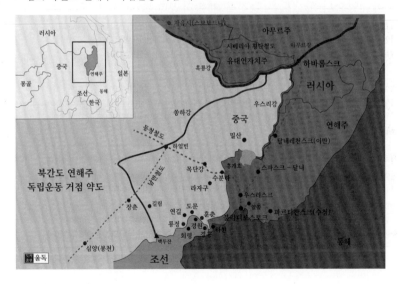

표1. 출생지별 개화기 및 일제시대 주요 등장인물들

예) 리용익(명천54): 1854년 명천 출생

| | |
|---|---|
| **함경도**<br>북간도<br>연해주 | 리용익(명천54), 구춘선(온성57), 송병준(장진58), 최재형(경원58), 리준(북청59), 구례선(핼리팩스, 성진68), 김약연(회령68), 문창범(경원70), 리동춘(회령72), 리동휘(단천73), 엄인섭(경흥73), 함태영(무산73), 최린(함흥78), 계봉우(영흥80), 김규면(명천80), 김립(명천80), 김하구(명천80), 현순(함흥80), 서일(경원81), 김태석(양덕82), 전일(길주82), 정창빈(영흥83), 김알렉산드라(연해주85), 김철훈(명천85), 리종호(명천85), 한명세(지신허85), 허헌(명천85), 김만겸(연해주86), 김하석(연해주86), 윤해(명천88), 김동한(단천92), 한형권(경흥), 홍도(함흥95), 박진순(연해주97), 송창근(경흥98), 김아파나시(연해주00), 김재준(경흥01), 주세죽(함흥01), 윤동주(룡정17), 문익환(룡정18) |
| **평안도** | 서상륜(의주48), 안병찬(의주54), 강우규(덕천55), 리승훈(정주64), 홍범도(평양68), 길선주(안주69), 량기탁(강서71), 하란사(평양72), 리갑(평원77), 최관흘(정주77), 안창호(강서78), 류동열(박천79), 차리석(선천81), 선우혁(정주82), 손정도(강서82), 정재면(평원82), 방응모(정주83), 조만식(강서83), 오동진(의주89), 리광수(정주92), 량세봉(철산96), 김동인(평양00), 주요한(평양00), 손진실(강서01), 박흥식(용강03), 한경직(평원03), 장지락(룡천05), 손원일(강서09), 김일성(평양12), 백선엽(강서20) |
| **황해도** | 리건창(개성52), 리건승(개성58), 박은식(황주59), 노백린(송화75), 리승만(평산75), 김구(해주76), 주시경(봉산76), 장유순(개성77), 김필순(장연78), 안명근(신천79), 안중근(해주79), 정재관(황주80), 서병호(장연85), 김순애(장연89), 박희도(해주89), 안공근(신천89), 김마리아(장연91), 권애라(개성97) |
| **강원도** | 류인석(춘천42), 박용만(철원81), 모윤숙(원산10) |
| **한성** | 고종(52), 박성춘(62), 남궁억(63), 오세창(64), 리회영(67), 리시영(69), 조성환(75), 리강(77), 조완구(81), 박서양(85), 리위종(87), 지청천(88), 리범석(90), 최남선(90), 정인보(93), 김활란(98), 방정환(99), 리봉창(00) |
| **경기도** | 리범진(고양52), 리완용(광주58), 민영익(경기60), 박영효(수원61), 류완무(인천61), 려준(용인62), 리인직(이천62), 전덕기(이천75), 신숙(가평85), 려운형(양평86), 오영선(양주86), 조소앙(파주87), 박두성(강화89), 려운홍(양평91), 안재홍(수원91), 신익희(광주94), 조봉암(강화98) |
| **충청도** | 리상재(한산50), 김옥균(공주51), 리종일(태안58), 권동진(괴산61), 손병희(청주61), 윤치호(아산64), 리상설(진천70), 정순만(청원73), 정춘수(청주73), 한용운(홍성79), 리동녕(천안79), 신규식(청원80), 신채호(대덕80), 김좌진(홍성89), 조동호(옥천92), 류자명(충주94), 조병옥(천안94), 박헌영(예산00), 류관순(천안02), 윤봉길(덕산08) |
| **경상도** | 최제우(경주24), 리승희(성주47), 리상룡(안동58), 장지연(상주64), 리용구(상주68), 배정자(김해70), 김진호(상주73), 김규식(동래81), 장건상(칠곡82), 리태준(함안83), 김두봉(부산89), 리극로(의령93), 김원봉(밀양98), 김단야(김천99), 로덕술(울산99), 현진건(대구00), 박열(문경02), 박정희(구미17) |
| **전라도** | 리수정(곡성42), 전봉준(고창54), 라철(보성63), 서재필(보성65), 최흥종(광주80), 김철(함평86), 송진우(담양90), 김성수(고창91), 김연수(고창96), 김철수(부안93), 백정기(부안96), 김춘배(삼례06) |

(개화기와 일제시대에 쓰던 발음대로 이름을 력사체로 표기하였음)

제3부

## 운명에 지다

화해와 하나됨의 감동적 서사
하권에서 계속 이어집니다.

# 여명과 혁명, 그리고 운명

구례선과 리동휘, 그리고 손정도

**펴낸 날** 초판 1쇄 2021년 1월 15일
        5쇄 2024년 2월 24일
**지은이** 정진호
**펴낸이** 정진호, 안정윤, 이소명, 구세연
**표지그림** 김우현

**펴낸 곳** 도서출판 울독
**등록** 2020.8.28. 제231-95-01410호
**주소** 경상북도 포항시 남구 포스코대로 138, 301호
**전화** 070-8808-1355
**이메일** uldok.books@gmail.com

**홈페이지** 1eastseaforum.com
**페이스북** facebook.com/Uldok
**인스타그램** @uldok.books
**계좌번호** 국민은행 821701-01-621350

ISBN 979-11-973386-1-8
      979-11-973386-0-1 (세트)
© 정진호 , 2021